草木为舟，
诗书为楫，
烈火为心。

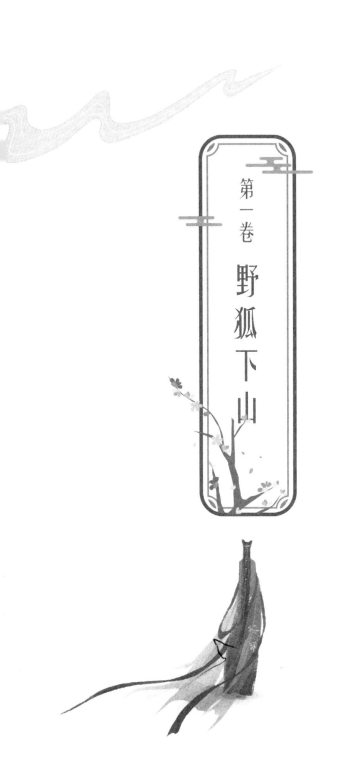

第一卷　野狐下山

雨夜，大雾封山。

深山里的一座破庙里飘出发霉的潮气。一双粗糙的手拎着衣服在火堆上翻来覆去地烤着。

"公子，别看了。"老仆仰起头，看了一眼门边立着的年轻人，"云头尚重，雨要下上一整宿，今晚，便在此地凑合凑合吧。"

年轻的公子一惊，关上庙门，揣着两只手坐回火堆旁："啊？"

老仆烤干披风，又去烘烤鞋子和袜子："唉！这种时候还有地方容身，已是万幸。公子，换上干衣，早些歇息吧。"

公子环顾四周，一张脸顿时皱成了苦瓜。

深山中的破庙，当真破败不堪。初进门时，地上横着断梁碎瓦，香炉倾倒，香灰洒了一地。几只不知名的虫子从这些碎末中迅速爬过去。要不是随行的老仆手脚麻利，三两下拾掇了一下这个地方，真难想象这种地方也能过上一夜。

公子心烦意乱地躺在神案下的草堆上，细皮嫩肉叫虱子咬着，越搔越痒。

他出身富贵家庭，脑袋还算聪明，平日里读书之余，斗鸡走狗、眠花宿柳，从没受过这等穷酸书生们风餐露宿的苦。

要不是为了赶考……

本来他带着仆人，驾着马车，优哉游哉地一路进京。

眼看提供给读书人的驿站就要到了，谁料暴雨忽然而至，转瞬间天昏地暗，水聚成溪，汩汩地往下淌，湿泥里充满了被雨水揪出来的草根、蚯蚓和蜗牛。

山洪不但冲走了那些弱小的生灵，也冲走了他的马车，他和几位男仆也失散了，只剩下这个老仆陪伴着。山路寸步难行，他累得气喘吁吁，浑身湿透地找到一座破庙，这才算松了口气。

"真是时运不济。我那可怜的小红、小芳、艳艳们，哪里知道我竟然在这种地方休息？"他悲戚地想着，翻来覆去，被虱子咬得睡不着，脑子里回味着他那些帐中香软红颜，绮念蔓延。

他一个翻身，碰到了神案的桌角，布满蛛网的神主木牌掉了下来，嘭的一声砸在宋公子的脸上。

他发出哎哟一声。老仆正在忙碌，听到叫声，赶过来一看，宋公子龇牙咧嘴地爬起来，身边掉了一块暗淡的神主木牌。

"您没事吧？"老仆连忙去搀扶他，掸去主人身上的灰尘。

宋公子揉揉脸，摆摆手，郁闷地道："罢了，我不睡了，你再加点柴火，我们坐一会儿。"

这座破庙的草堆又冷又湿，他左右是睡不着了，便捡起那块砸了他个正着的神主木牌细看，拿袖子一抹，便见上下两个篆体字——灵山府君。

他读的闲书颇多，不是那等只读圣贤书的腐儒，山海志怪一类看得不少，嘴里念了两句，忙抬头看那尊神像："原来是灵山府君。"

老仆一边加柴生火，一边道："灵山府君？这是哪路神仙？"

上了年纪的人，素来喜欢烧香拜佛，却从没听过这尊神。

宋公子道："山有山神，水有水神。我在书里看到过，灵山在中部，是徐山大脉的子山，灵山府君虽然不太出名，但也是正神，有自己的香火。"

恰逢风雨吹进破庙，掀起半截纱帘，露出神坛上神像暗淡的容颜。

神像是描金石塑，神仙盘腿而坐，袈裟半敞，沿着褶皱弯垂，安详地闭着眼睛，左腕悬着佛珠，右手持着的玉净瓶，不但是空的，而且遍布裂痕。

老仆道："这位正神——灰头土脸的？"

宋公子叹息道："我们有落魄的时候，神仙当然也有落魄的时候。想必是从前的庙宇，村落没了，人走了，神像也'死'了。"

"神像还会'死'？"

"当然。"宋公子说，"按照一些僧、道的说法，有香火、有功德，神仙就在此处显灵。没有香火，神仙离了正位，不知道沦落哪里去了，神像也就'死'了。"

"原来是这样。"

老仆又看了神像一眼。神像眉眼的描金残破，即使惨白的闪电闪过，也好像被困在尘埃里，一副了无生气的样子。

宋公子望着它，想起自己现下的处境，更不禁感到悲从中来，同是天涯沦落人啊。

他将神主木牌擦干净，放回神案上，又扶正香炉，合一合双手，算是向尊神赔礼，为方才的神前绮念。

宋公子才将神主木牌扶正，窗外风雨大作，有人急促地拍门。

这样的天气，深山野庙，会是谁来呢？

应答似的，门外传来娇滴滴的女声："奴家回娘家赶路，中途碰上大雨，不知道往哪儿躲避。看见庙里有火光，敢问庙里的人，能不能让奴家进去避避？"

那女声如此温软黏腻，勾得宋公子心神一荡，怜惜之情顿生："我们也是避雨的路人，大姐不要客气。"

刚要开门，老仆却拦住主人，压低声音："公子，这深山破庙，哪有女人家独自出行？怕是什么……我听说，有一些……就等着你主动打开门……"

宋公子扑哧一声笑了："那些什么山精鬼魅的，都是话本志怪小说里的东西。这种天气，深山里，放一个小娘子在外面，不是男儿所为。"

不顾老仆的欲言又止，宋公子仍然打开了门。

门外，黑漆漆的夜色里，果然正立着一个浑身湿透，挽着竹篮的美人。

湿透的衣裙层层叠叠，裹紧了曼妙的身子。她一头长至腰际的黑发，被雨浇得湿透散乱，拉出的丝缕鬓发，蜿蜒地贴在白里透红的脸颊上，流进樱桃小口里。剪尾丹凤眼，俏生生地含情，被从庙门里透出的火光一照，像两团妖冶的明火在跃动。

宋公子愣了半晌，用了平生最大的自制力，才将目光努力地从她的胸前移开，红着脸道："大姐，快、快请进……"

女子梳着妇人头，冲他一笑，便扭着腰肢，仿佛风吹动的柳条一般，扭进了庙里。

宋公子觉得心浮气躁，绮思像压不住的杂草在心里直冒。

唯有老仆见此，暗暗地啐了一口，道一声晦气："呸，妖里妖气的，像什么样，不像个正经人。"

老仆毫不客气地挤到公子身前，化身成一堵墙，隔开那红粉之气。

公子这才不情不愿地回过神来。

那个小妇人进了破庙，放下手里的篮子，羞答答地将发丝别到耳后："还请两位勿怪，雨太大了，天又太黑，奴家怕得很，这才顾不得羞耻和男女之别，进来避一避，待雨小些便立即离开。"

宋公子忙看着另一边道："大姐不必多心。我们正生了火，大姐可以过来烤一烤火，我们坐到那边去。"

虽然心里的绮思压不住地往外冒，但他仍然装作君子，避到了破庙的另一边去，竖起耳朵。

妇人见他这般做派，便嗔怪地一笑，掀开篮子上盖着的白布，笑道："奴家无以为报，有些野果、干粮，是回娘家路上带的。公子和这位老人家，要是不嫌弃乡野村味，倒是可以果腹。"

说罢，眼光如飘絮一般，轻飘飘地在公子身上一沾。

妇人将篮子一推，就在她的身旁，等着公子来拿。

老仆用眼角的余光瞟去，篮子里黑乎乎的，果然好像是山李子一类的野果，有些嫌弃。

可是显然，宋公子已经叫这个妇人迷了心窍，连"娘家"两个字都忽略，虚伪地推托一番后便起了身，就要去拿。

一双老迈的手抢先一步。

老仆一屁股把公子往后一挤，提起篮子，脸上的褶皱和老人斑出现在女子的眼前，吓得她往后一靠。

这可恶的老货道："多谢！老朽这就拿去给公子。"

宋公子只能快快地坐下，继续当他的君子。

妇人面色一僵，很快又恢复了正常，便不再言语，只是坐在火堆边，安安静静地烤火，时不时地抖了抖衣袖，整一整领子，拧出一些水来，滴滴答答的。

火光映着她艳美绝伦的面容，胸前露出那脂膏般的一抹雪白，晃花了宋公子偷偷觑来的眼。

宋公子也是阅美人无数的，却从未见过这般骚媚入骨、天赋异禀的妇人，一时间更加心浮气躁。

只是还有个从小陪他长大的老仆在一边，到底有些端着，只得干坐在那儿，有一搭没一搭地问："请问大姐夫家在哪儿，做什么的？这么大的雨，怎么让你独自一人赶路？"

　　那个妇人抽抽搭搭地拭起泪来："奴家命不好，父母早亡，夫婿早丧，如今早已过了丧期，无依无靠，只得回娘家去，投奔兄长和嫂嫂。谁知今日家去，偏逢夜雨。"

　　寡妇……

　　宋公子的眼睛微微一亮。

　　君子不欺有夫之妇。既然是寡妇，那便没有什么顾忌了。

　　初嫁从父，再嫁由己。看她麻衣粗服，想必夫家、娘家也不过是些砍柴打猎的山野村夫。

　　这等绝色沦落山野，实乃暴殄天物。他虽不能纳之，春风一度未尝不可，再留下一些银两，助她渡过难关，岂不两全？

　　他想得正美，抬头一看，那个美艳的年轻妇人也正眼波流转地斜觑他，泪眼里映着火光，见他看来，心虚地别过眼去，似有其意。

　　男女之事，无需多言。破庙里的气氛一时变得诡异的暧昧。

　　老仆盯着公子与妇人看了半天，毕竟年迈，体力不支，又鞍前马后地忙了半日，头一点一点的，眼皮发沉，竟渐渐地靠在草堆上睡了过去。

　　鼾声一起，宋公子与妇人便越坐越近。原本两个人还是在室内两边，到最后，两个人已经围坐在了火堆边，只隔了一臂的距离。

　　妇人扭头看了看庙外："这雨还不停，看来要在这里过夜了。我在这儿宿一夜，公子准许？"

　　"这有什么不可以？"宋公子鼻息间尽是妇人身上温软的香气，魂儿都飘走了，却还不忘故作老实地干笑两声，"这个地方不是我的，我也是问旁人借的。"

　　妇人顺着他的手指看去，神像慈悲端坐，隐在暗处。她的娇容骤然一僵，旋即，掩口笑了。

　　宋公子借机问："小生宋明玉。大姐芳名？"

　　"奴家姓苏，没正经名字，小名叫作奈奈。"

　　这声"奈奈"，千回百转，有如羽毛挠在宋公子心上。

　　哪有女子把自己的小名告诉外男的？

公子心中暗喜："奈奈……"

不过唤一声小名，片刻的工夫，一对肩膀便碰在一处。

妇人恍若未觉，犹自在火上摆弄纤细的手指："呀，公子，火快熄灭了。这里冷得很，多生点火好不好？"

宋公子脸红至脖子根，唯恐失了风度，颤抖着手捧了一摞晾干的柴来，声如蚊蚋："好……"

手上一凉。宋公子一惊，叫这玉手按住了手背。

见他回头，小妇人那双无辜的眼睛将他勾住，软绵绵的指腹，揉着他虎口的纹路："这点柴火顶什么用，多放些……"

那纤细的手沿着虎口的纹路逐渐往上。

哐当一声，柴火滚下去了。

这小妇人不知何时变了姿势，手握着他的手，膝盖抵着他的膝盖，外衣褪到肩膀上，小腿也从裙裾里露出来，仿佛蛇蜕皮似的，白生生的："公子，火快灭了呢，奴家冷，快加柴火……"

柴火没加进去，宋公子身上的火顶了天，他吞咽了一下口水，手顺着她的背抚去，上身的衣裳渐渐落地……

宋公子意乱情迷，顾不得其他，却不知二人说话的声音太大，早将老仆惊醒。他年纪大了，又是下人，虽然有心阻拦，无奈小主人荒诞不经，一意孤行，只好闭着眼睛，装眼瞎耳背就是。谁知打眼一晃，却发现宋公子正解那妇人衣裳的时候，从那妇人的裙摆下竟无声无息地晃出了一个粗壮的黑影。

寒气顺着脊背爬上心头，老仆的身体颤抖起来。

庙外风狂雨骤，电闪雷鸣。

他虽然老眼昏花，却认得分明。从妇人裙子下伸出来的是一条毛茸茸的狐狸尾巴！老仆心念急转，猛然操起地上火堆里的一根木头，往妇人的裙摆上一丢，又将宋公子猛地拽起来："公子，小心！"

火势顺着妇人的裙摆烧到了那根毛茸茸的尾巴上，她便惨叫一声，从公子身上跌了下去，竟然在地上开始打滚熄火。

火光照耀，阴影晃动，那条蓬松、毛茸茸的巨大狐尾彻底暴露了出来。

赤红色的毛发根根分明，毛尖在火焰中如同淬火的针。

宋公子仿佛被扎成了朵莲蓬，眼瞪圆，口大张，脸发白，半天没能吐出一个字。

老仆推着愣住的公子："快跑！"

宋公子这才回过神，两手挥动，连滚带爬地想要逃开。

可惜脚软，没走几步，他眼前一花，那个妇人已经堵在面前。

骤然而起的阴风，吹得火光闪烁，明明灭灭的，照得她的脸色也变化莫测。

妇人看起来很狼狈。她的鬓发滚得散乱，头上沾着稻草，身上的衣裙被烧焦了小半。

名唤"奈奈"的妇人堵住了大门，面对浑身发抖的主仆二人，吃吃地笑着，声音恨恨的，却又娇滴滴地道："公子，往哪儿去？奴家还等着你与我春风一度呢。"

只是背后那条被烧秃了小半截的尾巴晃来晃去的，脚尖从裙下露出来，足有几寸长的指爪穿过草鞋。她的指甲也暴长了几寸，尖锐地闪着银光。

而那美艳的芙蓉面上，狭长的眼一弯，琼鼻一点点变长，突出，朱唇一点点咧开到脸颊两侧，獠牙从血盆大口里露出来。

那是似人又似狐的狰狞模样。她的背后是暴雨中的深山老林，一片漆黑。

宋公子差点双膝跪地。

老仆却猛然向那半人半狐的怪物扑了上去，大喊："公子，快跑！"

下一秒，狐女身后的那条巨尾疾击而出，扇飞了老仆。

老仆的后脑勺咚的一声撞上地板，撞得眼冒金星，当即昏死过去。

狐女在破败的小庙内涨大，火焰被压制得几乎熄灭，随着阴风摇曳。

狐尾在梁上扫过，扫得灰尘如雨下，烟尘之中，狐女扑倒了宋公子，像一块大石一样压在他身上，让他动弹不得。

狐女俯视着他，在笑，两侧露出利齿，眼冒绿光，两个大灯笼……兽态毕现："奴家本来只是想要一点精气……可是公子的火烧得奴家好痛……"

狐女尖尖的指甲轻轻地一划，就划开了他的衣衫，沿着宋公子光滑的胸膛不疾不徐地滑下去："听说书生的心最补，不知道公子的心，是否够让奴家的尾巴长回来呢？说起来，如果不是公子主动开了门，奴家还不能进这神庙……"

宋公子的胸口感到一阵凉意，杀猪一般号叫起来，拼命挣扎着。狐女却稳稳地压着他，吃吃地笑着，狐狸的鼻子晃动，显得又可怕又滑稽。

宋公子泪珠逬溅，号叫的声音更高了，身下冒出一摊腥臭的液体："神仙，老天爷，救命，救命救——"

狐女微微嫌弃地皱着眉头，但指甲仍然不断地摸索着胸膛下心脏的位置。

宋公子绝望地闭上眼睛。老仆已经昏了过去，深山老林，荒郊野庙，暴雨倾盆，谁来救他？

狐女的指甲刺破公子的肌肤，一颗颗血珠冒出来。

庙宇中，那暗淡的神像忽然金光闪耀，由内而外，覆上一层水波似的光晕。

光晕从眼中闪过，转瞬流转至手臂，仿佛有生命一般蕴在指尖，左手的拇指一动，佛珠咔嚓一声转动了一下，说时迟那时快，玉净瓶内冲出一道光，如游龙摆尾，瞬间袭来！

狐女眼前出现一片灿烂的金光，躲闪不及，炙热的气浪迎面冲来，把她掀得向后飞去，狠狠地撞在墙上，被拍成了一张狐狸饼。

宋公子张口结舌，看着满室游鱼似的金光，气力大增，连滚带爬地跑到供桌下躲藏。

狐女从墙上倒栽到地上，猛然咳出一大口血，但金光却还没停止。

神像闭着眼，脸上一派慈悲的表情，却又有数道金光像箭雨一样从玉净瓶里飞出来，变成碗口那么粗的巨龙。

狐女龇着牙，情急之下化为原形——一只最普通的山野间的赤狐，四肢着地，疾如闪电地向庙外逃去。但是那道金光比她更快。狐女没逃几步觉得脖子陡然一紧。金光游龙一般凝作金刚手臂，一把攥住她细细的脖颈，仿佛带着碎骨断筋的力道。

要死了。

狐女的脖子转不动了，能转动的只有眼珠子，喉咙里溢出细碎的声音："我才修行三百年……就要这般死了吗？"

下一刻，脖子上的桎梏却松开了，一大口空气涌进鼻腔。

咦？

不等她反应过来，气浪推着她，轰隆一下子，她被金光化作的手臂丢出了庙门，脸着地，咣当一声砸在湿冷的水洼里。

咳咳……赤红色的狐狸从泥水里爬起来，泥水沾湿了它的一身皮毛，水泊中倒映出绿幽幽的两只眼睛，摇晃在圈圈涟漪里。它怨毒地望向那座山神庙。

一片漆黑的山中，只有那座神庙发着金光，映得端坐其中的神像宝相庄严，不能直视。

神主木牌上的一行字闪烁着金光，一笔勾勒下来：灵山府君。

"呸！晦气！什么早该烂了的草头神，也敢管我的闲事！"狐狸骂骂咧咧地口吐人言，却到底不敢再靠近那座破败的神庙，只得灰溜溜地夹着被烧掉了大半的尾巴，在漆黑的夜雨里钻进了草丛。而等它钻入草丛，进了山林深处，再也看不见后，神庙中的光才渐渐熄灭。神像仍然如此暗淡、败落，封唇闭目，端正慈悲。

宋公子捂着脑袋躲藏了半天，见一切真的归于平静才爬出来，敬畏地向那尊仍旧落满灰尘的神像结结实实地磕了几个头，然后摇起他那忠心的老仆："张伯，张伯，醒醒，我们得救了……"

山里的暴雨也慢慢停止。


山林深处，某处洞窟。

一群比同类体型更大的禽兽之属聚在一起。

一只五彩斑斓的野鸡口吐人言："奈奈怎么还不回来？"

另一只灰毛山猫舔了舔胡须，吃吃地笑道："这是奈奈头一次采补，自然要玩得尽兴。说不定它尝个新鲜，要慢慢折磨那个书生。我瞧见……那个书生酸腐不足，俊俏得很呢。"

盘踞在大石头上的一条雌性白色蟒蛇昂着头，吐着鲜红的蛇芯："咦？我布的雨怎么也停了？"

它们七嘴八舌地说着，却见洞窟里灰溜溜地蹿进一只脏兮兮的红毛狐狸，尾巴拖在地上，烧焦了大半。

野鸡惊讶地问道："奈奈，你……"

灰毛山猫上下打量它，嘲笑道："出洞时好大的阵仗，雄赳赳、气昂昂的，结果连个凡人书生都没采补到？枉费了咱姐妹们好一通布置。"

红毛狐狸心疼地舔着自己那条烧焦的尾巴，没好气地道："及早闭嘴吧！本来就要得手，可恨我不走运，那座破庙里的什么草头神突发失心疯，竟然显灵了，就为了搭救那个臭男人！"

它非常气恼。想不到这根烧焦的尾巴竟然是一只狐妖成年化形后，大干一场的唯一收获！

蟒蛇吐着芯子，发出咝咝的声音，游下大石头，它是这里修为最高的，也是公认的大姐，便摆出安慰的姿态："在庙里动手，确实是有点风险……"

红毛狐狸奈奈怒道："那你们还把我往庙里引？"

"我挑选了许久的男子，谁知他今日进庙。生辰礼物，自然是当天送才好，又不好早一天或者晚一天。"蟒蛇迟疑着道，"而且，灵山府君明明看起来不在神位……"

蟒蛇说完也沉默了许久。它实在想不通，这狐狸妹妹，怎的就恰好能碰到这千不可能，万不应该的倒霉事。

山猫讥笑道："狐狸，你也认命了吧。你连化形都能失败两次，什么时候运道好过？"

这一群山野小妖里，赤狐苏奈一向是运道最差的那个。

偶遇仙草、灵药这种好事从来轮不到她，反而是万里挑一的倒霉事次次准落在她脑袋上。

山猫的话音刚落，狐狸跳起来，狠狠地拍了山猫一巴掌，拍得山猫连忙躲向一边，摇身一变，变作一位妩媚灵动的灰衣美人，怒道："你再取闹，我可不客气了！"

奈奈不依不饶。她和山猫素有恩怨，她头次化形，从坟墓里千辛万苦地扒出来的人头盖骨，那是她想方设法整来的"快捷化形"的术法引子，刚准备自己享用，就被山猫弄丢了去，既然弄丢了，她也没办法，只好不再计较。可是没几天，也差点火候的山猫就自己化形了，还化得和奈奈丢了的那个"人骨头"颇为类似。

第二次化形，奈奈盯上个在山道上躲雨的俏丽少女，跟了她许久，想拿她作模子，一个没看住，又叫山猫抢先了，变作如今这个样子。

奈奈又拖延了几十年，没遇到一个合适的人，拖得她纯靠自己修炼化了形。妖做到这份上，算是窝囊至极。

"好了，好了，别打了。"近乎惨白的手臂拎起了狐狸的后颈。上半身是赤着的女身，下身却是长长的蛇尾，容貌清丽而略带阴森的白色蟒蛇也化作了半人身，阻止又要发生的猫狐大战，"不过是个凡人书生，算不得什么。过几天，姐姐带你到人间去选个更好的就是了。"

野鸡见此，也化了人形，是个美丽的贵气女子，身着闪亮的五彩锦衣，伸出一只手笑道："大姐姐说得是，这次不行，我们下一次陪你再去弄一个来。"

狐狸哼了一声，收起了爪子，挣扎一下，从蟒蛇手里跳下来，又化形成了那个婀娜多姿的美人："那就指望大姐姐给妹妹做主了。"

苏奈拿腔拿调地一抬下巴，蟒蛇意外地哟了一声，指着她的脖子笑道："这是什么？"

几个人凑过来，只见脖颈上面有枚金色的指印。

山猫掩唇后仰："原来差点断了的不只是尾巴呀。"

奈奈摸着脖子，回忆起那时被掐住的感觉，后怕得很，一只手欲拍向水镜，手让野鸡精按住："好了好了。金灿灿的也蛮好看的嘛，明日找支金墨笔来，画成四个花瓣，好别致。"

蟒蛇取出一颗夜明珠来，颔首笑道："先让姐姐催动法力，为你疗伤。"

一时之间，深山的洞窟深处，阴风阵阵，夜明珠照亮带着妖冶之气的美人，照得满室生辉。可是细细看去，那些美人的影子晃动，却都是些兽类之属。

晨曦初现，山间朝露深重，凝成一片薄雾。

雾中的山道模模糊糊的。石头路上有一村夫，背着笋筐快步走，因为低头赶路，没注意，和人迎头撞上。

"哎哟——"来人娇声痛呼。

村夫吓了一跳，定睛一看，才发现被他撞倒的是个年轻漂亮的女子。女子跌倒在地上，穿着一身红衣裳，抬起一双含泪的丹凤眼，蔻丹在饱满的胸口揉了揉："你撞得奴家好痛。哎哟，奴家起不来了……"

那一对儿雪脯微晃，晃得村夫眨了眨眼睛，黑脸上浮起红晕，咽下一口唾沫："对不住……大姐，可要紧？"

顾不得思考深山老林里怎么会多出个绝色女子，村夫忙放下笋筐去搀扶。

跌倒的红衣女子正要软绵绵地用胸脯蹭着他的手臂攀起来，忽然触电一般，竟然从地上弹了起来，这回这声"哎哟"可要真心实意许多。

村夫以为她是嫌弃自己的手脏，忙往后缩了缩手，在衣服上擦了擦，再次赔礼："对不住，对不住……我急着赶路，一时没看到前面有人……"

红衣女子死死地盯着他看了片刻，盯得村夫都快怀疑自己的脸上哪有问题时，她才恢复了此前的娇羞："奴家不碍事。只是不知这位大哥急匆匆的，往哪儿去呀？"

村夫道："如果搁在平时，我肯定好好给大姐赔礼。只是我今日实在有急事，家人生病，我下山找大夫去……"

红衣女子的眼珠一转："好生凑巧，奴家懂一点医术。"

"啊？"村夫愣住了，他不可置信，深山里偶遇一个小娘子，恰好这个小娘子就会医术，刚好能解他所急？

"你不信吗？奴家家学渊源，医术是祖传的。今日上山，本就是为了采药，谁知采药时，被你撞倒了。"说着，红衣女子将手向后一指，"你不信呀？你瞧，那就是奴家的药筐。"

村夫顺着她指的方向看去，果然看到在红衣女子斜后方的灌木丛里掉着个竹筐，散了一地的草药。地上有些草药，如地黄、荷麻，常年在山上来去的村夫自然认得。

村夫登时信了七分——剩下的三分疑惑则是：奇怪，刚才撞倒这个红衣女子的时候，也没看到那儿有个药筐啊？

但病急乱投医，他很快就忘了这三分疑惑，大喜过望，一连作了两个揖："太好了，真是太好了！我还以为要下山才能找到大夫，今日幸逢大姐救命，我的妻子可算有救了！"

红衣女子笑道："你快带路吧。这天色已晚，别耽搁了你妻子的病情。"

"是是是。"村夫忙背上箩筐，连红衣女子的药筐一并提过来，"大姐你跟我来，这里有石块，脚下小心。"

路上闲聊，村夫自称郑大，家住山背处，世代以砍柴、打猎为生。他新娶了个妻子，偏偏身体弱得很，三天两头得病。一病，便要下山找大夫去。郑大爱妻如命，靠砍柴、打猎赚来的钱，倒有大半花费在了妻子身上。

红衣女子则自称姓苏，是山下的医女，今日上山采药，也不妨做回好人。

"苏医女，您请，您请。"郑大毕恭毕敬地，一直将苏医女引到了山脚。

形单影只的一座木头村舍，要隔着山头才能瞧见另一缕炊烟。绿树的浓荫下，鸡犬交闻，院子里堆着劈了一半的柴，栏杆上挂着几件浆洗得发硬的衣裳，除此之外，别无他物。

只是门扉紧扣，柴门外竖着尖利的刺锥，大约是防野兽用的。

倒也奇怪，为什么院子里都设下陷阱呢？不怕自家人误踩吗？

"医女，您在这儿等一等，我这就去知会我的妻子一声。她见不得生人，容易受惊。"说着，郑大推门进去了，门里果然传来一阵咳嗽声。

苏医女百无聊赖地在门口等着，耳边传来一个女人的声音："咦？这家为什么有股让我怪难受的感觉？红毛狐狸，你不会这么倒霉，又撞到什么怪事了吧？"

苏医女翻了个白眼，懒得理会这个女人，却暗暗警醒了些，她好歹是成了精的狐狸，不怕普通猎人。只是这郑大身上确实有古怪，方才她伸手拉他，竟被郑大身上的某种东西刺了一下。不算疼，就是麻，有些难受，像被电到一样，而且越靠近他家，这股麻麻的感觉越重。

只是她一个山野小妖，在这深山里好不容易寻到一个猎物，实在不甘心放弃，怎么也要先试试看。万一，她这次没那么倒霉呢？

这时候，门推开了，郑大走了出来，奇怪地道："咦？我怎么听到附近有猫叫声？"

苏医女笑道："这山里多野兽，大概是该死的山猫在叫。"

话音刚落，腰就让人拧了一把，苏医女不动声色。

郑大笑道："您要是能看好我浑家的病，我保证猎十张山猫皮给您送去。山猫皮子还挺漂亮的。"

苏医女十分满意地道："这倒也不必，五张就够了。"说完，便随郑大朝门里走去。

眼前的门开了，从敞开的门口射进去一道光，照亮飞絮飘尘。

石桌上，缺口的大碗倒扣在暗处，滚落两根筷子。因为寂静，弥漫着一股难以言说的苦意。

屋里比那妖精洞还窄小，大屋连着一个小屋，小屋拿门帘挡着，里头更暗，有一股浓重的人味。

大屋靠墙有炕，炕上散落着一些衣物，而那间小屋里，却有张占了大半空间的拔步大床，外面围了帘子遮挡。

这帘子不是轻纱帐幔，是缝起来的粗布片片，从床上的木架垂至地面，把里面遮得严严实实的，密不透光。

真有人愿意睡在这么闷的床上？

苏医女想伸手去掀帘子，郑大却往前一挡，挡住了她："苏医女，我浑家生得丑陋，怕吓着你。您可以隔着帘子诊断吗？"

苏医女的眼珠一转，斜睨那帘子，帘子里面分明有活物的呼吸声，很轻微，有些颤抖："大夫诊病，望、闻、问、切都少不了。看都不叫看，叫我如何判断？"

郑大还是执拗地摇了摇头。

苏医女笑道："再说了，做大夫的，什么病人没见过，还能被长相吓着？"

是生了鳞，长了疮？他不知道自己对面站着的这个人的裙子底下还藏着尾巴呢。真没见识。

郑大比不得她口齿伶俐，只一味地坚持，铁塔一般的身躯挡在帘子前："不成，你还是隔着帘子诊脉。"说着，探进围布内牵出一只苍白的手来，向上一翻，露出枯瘦的手腕，"就这样。"

这只露在外面的手，十指细长，皮肤看着又细又滑，白似羊脂玉，一点也不像个村妇的手。

苏医女动了动郑大看不到的头顶的耳朵，听到帘子后有怪异的细微声响。

人类不一定听得到，对于狐狸来说却清晰可闻。

咦，她不过是想采点阳气，怎么就碰上了这倒霉事？

她微微眯着眼，顺着郑大的意思，耐心地将手指搭上这细瘦的手腕。

刚刚搭上的那一霎，好似有一股电流顺着那手腕电了她一下，比之前碰到郑大的感觉还强烈。

苏医女被电得周身毛发微飘，险些弹出了尾巴。她一把甩开那手腕，从床边跳了起来。

郑大被她的动作吓了一跳："苏、苏医女，这是怎么了？"却暗暗捏紧了拳头。

苏医女受惊一般看了看帘子："这脉象……"

郑大屏息。

"甚是平稳。"

郑大的眼神一愕，松开了拳头："可是，我浑家早上一直喊腹痛，浑身无力，饭也吃不下去，疼得在床上打滚……"

"或许是夜里受了凉，坏了肚子而已。"

"可是……"

苏医女道："开两副药吃吃就好。恰好这几味药，我身上带着。不过，需得借大哥家中的灶一用，好叫我们煎药。"

郑大闻言，眉头一松，无视这双卖乖的眼睛，往门外跑去："我这就去生火。"

郑大跑出门的一瞬间，苏医女猛然往后退了好几步，如临大敌地瞪着那只苍白的手。

但仅仅是碰到就险些把她电得打回原形的这截苍白的手腕，却安静而怯生生地缩回帐中，帘后的人好似从未察觉这位苏医女的来历。

灶膛里飘出两颗火星。

铁锅里沸腾着褐色的汁液，一根木棍慢慢地搅拌。一些枝条、枯叶漂浮起来，又沉下去。

郑大又回去看他的妻子了。

苏奈面无表情地搅动木棍，准备随便煮点东西喂给帘子后的人喝，姿态做足，好哄一哄那郑大。趁郑大戒心小一点的时候，再把他引到屋外，趁其不备使出媚术，再在交合中吸走他的阳气——这种凡人猎手，如果不是他自己降低戒备，媚术是有一定概率失败的，说不定还能在她的尾巴上砍一刀……毕竟猎人克狐狸。

苏奈耳边传来一个百无聊赖的女人的声音："我呸。若不是大姐蜕皮，二姐忙着和她那老丈夫的新小妾周旋，我才不来陪你做这样的蠢事。不过，那个帐子里的凡人到底有什么病？"

"谁知道有什么病……反正不是要命的病。"苏奈从尾巴上摘下几根狐狸毛，吹进那口煮着树叶的锅内，转瞬间便有异香扑鼻，渐渐地，在沸腾中化为药香。

凡人若是濒死，动物类精怪能闻其腐味。可那帐子中没有。

"而且，帐子后的是不是凡人还不一定呢……"

因为屋里有股让妖难受的感觉，山猫没跟进屋。桃树上的灰色大猫摇着尾巴，发出疑惑的声音："不是凡人，那是什么？"

"我怎么知道？"苏奈很快调好了这锅汤水，"不过总归不太厉害。"

那帘子后面的东西显然不是凡物，却没驱赶她，分明是默许她采补。而且这东西大约十分虚弱，就算出手，也奈何不了苏奈。既然如此，苏奈吸了阳气就跑，管她是谁。

香味一出，引来无数生灵，蚯蚓从土地内钻出，被苏奈整条拎起，顺手丢进锅里："树枝一味，蚯蚓一味。"她一拍手，"成了！"

窸窸窣窣，桃枝摇晃，山猫上方的树枝落下一只鸟。

白毛红喙，身短尾长，像一团雪绒，随桃枝轻摇。它回过身，不疾不徐地梳理羽毛。

"快看，鸟。"山猫指给苏奈瞧。

奈奈钟爱鸟类，像山猫对耗子一样的钟爱。

从前她见了长翅膀的玩意儿，一定会抓下来吃了，自从认了五色野鸡精做二姐，为了表示对姐姐的尊重，便收敛了，只吃家养的鸡，而且不当着二姐的面吃。

像这种还不够塞牙缝的鸟，自然是抓来玩一玩解闷。

她手上拎着一条蚯蚓，挂在枝头，眼睛一眯，带着恶意地笑道："吃呀。"

白鸟视而不见，将喙埋进粉红色的桃花中，优雅地吸取花蜜。

在鸟的视角里，巨大的花瓣之后有一双黑白分明的眼睛，每一根睫毛都放大数倍，由于上下睫毛密密匝匝的，反而显得十分可怕，好像眼睛周围满是长毛的蠕虫。

它平静地看着。

桃花转瞬被人摘去，鸟的红喙只勾下一根打卷的花蕊。奈奈轻轻嗅着桃花，用手指将那条软塌塌的肉虫一推："花怎么吃得饱？来，姐姐喂你吃肉。"

白鸟的眼神里带着轻蔑，展翅而飞。

山猫晃了晃胡须，舔了舔前脚："对着一只鸟发什么骚？你该卖弄的人来了。"

苏奈回头，原来是郑大在屋内等得焦灼，过来添柴，火光在他的脸庞上闪烁着："医女辛苦，需要我帮忙吗？"

"大哥来得正好。"苏奈将木棍塞进他的怀里，伸出手指给他瞧，"麻烦你帮我搅一搅这药材，这木棍甚是沉重，将人家的手都划伤了。"

山猫在树上翻了个猫式白眼。

郑大淳朴地一笑，咬肌鼓起，将苏奈手上木棍接过来，在锅里搅起来："请去屋里休息吧，这种粗活，我来就好。"

搅动大锅需要力气，他干得分外专注，待反应过来时，冰凉的袖子贴在了脸上，药香之中，还有另一种极柔的香。

袖子顺着下颌，极慢地移动到鬓角，袖子的主人道："出汗了呢。"

热气之中，凉意明显，仿若冰火两重天，郑大打了个冷战。

苏奈立在雾中，带着暧昧，轻柔地擦去他额头的汗珠："一个人砍柴，一个人做饭，深山之中，没有旁人，想必寂寞。"

木棍歪了一下，溅出药汁，郑大笑道："如何说没有旁人？我有浑家，两个人相伴。"

苏奈拿手指勾过他的脸："病成那般模样，连句话也答不了，如何伺候大哥穿衣吃饭？"

"我不用人伺候。"郑大说，"我浑家虽然身体弱了些，可是很贤惠，待我也好……"

絮絮叨叨地，竟说起那个女人的好来。

苏奈娇滴滴地打断："好是好，可是离不了人照顾，大哥，你劳累一天回家，吃得上一顿热乎的饭菜？夜里干渴，有人给你倒上一杯热水？更别说，这夜里……"眼神一转，"我看大哥魁梧、勤劳，是男人中的男人，唉，只可惜，配了那样一个女子……"

要说郑大方才情急之下未曾留心，此时此刻，便也明白了她的意思。他惊愕之间，羞赧地将脸别开："我，我脸上尽是尘灰，苏医女仔细衣袖。"

过了一会儿，郑大越想越心慌，干脆三两步躲回屋内，哐当一声关上门："浑家好像在叫我。"

苏奈的脸色黑如锅底："窝囊男人。"

滚烫的药汁终于盛在了小碗里。

郑大端着药碗，半个身子探进帘内。不久后，他端着只剩药渣的碗出来。

他脸上的表情稍显失望。

大约是这一碗"狐毛蚯蚓汤"下去，他妻子的病没什么好转。

这正合苏奈的心意，她拿片叶子慢慢打扇："药过喉管入胃肠，曲曲折折，哪能即刻见效？至少得服用一个疗程，方有好转。"

郑大虽然觉得失望，还是依言点头。

如此，苏奈光明正大地留在农家，蹭起了吃喝，准备另寻个机会勾引郑大。

郑大却不知道苏奈的心思，见她费心医治他的妻子，虽然行事有些轻浮，但仍然十分感激，可谓好吃好喝地供着，还抓了只鸡炖上给苏医女吃。

鸡烧熟了，飘香四处，却不能立刻开始吃。头一碗鸡腿肉被他捞出来，满满的一碗，先一步递进帐中，轻声哄劝，一筷一筷地喂给他的浑家。

苏奈吮着鸡骨，对蹲在窗台上的山猫道："他对妻子如此有情有义，可惜他的妻子居然坐视我采补。可怜。"

郑大端着空碗出来时，脸上洋溢着幸福的笑容："您的药果真有奇效，我浑家的胃口好了不少。"

苏奈道："大哥，你和夫人的感情真好，令人羡慕，你们是青梅竹马？"

郑大一怔，憨憨地一笑："不是。"

也是，此处只有独户，哪有邻居。

"那，是父母之命？"

"也不是。"郑大道，"我的爹娘死得早。那时我还是个娃娃，为了活命，便学着在山里打猎，这些年来，一直是自己照顾自己。有一日，我提着两只野兔路过沼泽，见一个小娘子陷在里面，奋力挣扎，便费了九牛二虎之力将她拉了上来。"他又笑起来，"与小娘子同来的有几个姐妹，一时贪玩，都葬身在沼泽里，只她一人独活，想也无处可去，她心中感激，便以身相许，就做了我的浑家。"

帐中一片安静。

"倒是奇缘。"苏奈打破沉默，"大哥，明日一早还要熬药，你记得备好柴火。"

"好。"

夜晚，村夫宿在妻子帐中，苏奈睡在外间炕上。

白霜似的月光照进屋内时，她蹑手蹑脚地化为原形，跃出窗户。

山猫已经蹲在桐树枝头等她。

两只妖毛茸茸的尾巴垂下来，摆来摆去的。

"这男人油盐不进，一心只惦记着他那个浑家，真是麻烦。"

山猫道："我想到一个办法。"

"哦？"

"明日你先将郑大支开，再将那个妇人弄晕藏到床下。接着，你变成她的样子躺在床上，拉上帘子，施展微末迷幻法术，叫他认不出来。待天黑，引他过来，进了这帐中……"

翌日天不亮，郑大便披衣起身。

外间炕上，绝色美人头发散开，抵掌而卧，睡得正香。

展开的衣裙层层覆在身上，上露肩膀，下露玉足，在朦胧如纱的晨间，画面香艳。

他驻足片刻，神色莫名地瞥过她，小心地掩上了门。

院子里放着几捆柴。昨夜似乎下了雨，伸手一摸，柴的表面一层水。

郑大皱起眉，急忙将其摊开晾晒，可也解不了燃眉之急。

他想了想，拎起柴刀，肩上搭上扁担，决定去更远的地方砍些不湿的柴。

郑大踏上泥泞的山路时，屋内睡着的美人忽然睁眼。她在床上一滚，衣裙裹身。

此时，方有第一缕晨曦射入了小屋内，照亮那粗布床帘上粗疏的缝线。

帐中时不时响起一两声微弱的呻吟。

苏奈叫了一声："喂，你可醒着？我有件事找你商量……"

她一把掀开帘子。掀开帐子的一瞬间，苏奈吓得倒退两步，以手掩口，双目瞪圆。

晨光照进帐中，帐中赫然躺着一个裸身女子。

她身量纤细，脸色苍白，神态麻木，嘴里塞着布团，四条从墙上伸出的粗锁链将她紧紧地捆在床上，她只能双手缚在胸前，双腿屈起，呈蜷缩之态。更可怕的是，这女子从肚腹往下，下半边身子高度腐烂，双腿更是烂得几乎只剩森森白骨。

帘子掀开时，那个女子僵硬地转了转眼珠，似乎被光线刺激到了，将脸转向苏奈。

她的眼珠是凡人里罕见的烟青色，脸生得非常美丽。她整个人看上去像是由无瑕的白玉雕琢而成，精美绝伦得世间难寻，有种剔透的质感，仿佛在微微发光一般，看上去根本不像是山野间的村姑、村妇。只是这种超过凡俗的美丽与她身上的铁索、糜烂的下半边身子形成了极端诡异的对比。

苏奈瞠目而视："你、你是什么妖精？"

她只见过这样捆妖捆兽，未曾见过这样捆人。何况她从没见过有凡人烂成这样，还能活着的！可是，妖精怎么会被捆在这里？

苏奈左看右看，也没看出她的原形。

女子不答。

苏奈醒悟过来：这个女人嘴里塞着布条呢，怎么说话？

苏奈上前一步，将女子嘴里的布团取出，又问了一遍："喂，你是什么妖精？是谁把你捆在这里的？啊，是不是郑大？"

苏奈忽然想起之前听到的那个声音，分明是锁链微动的声音，原来郑大进屋时把锁链加固了。

女子麻木的神情微微一动，烟青色的眸子渐渐看向苏奈美艳的脸，在她问到第三遍的时候，女子生涩得如同久未开口的声音响起："我不是……妖精……是、是……他捆的……"她凝视着苏奈，似乎看穿了苏奈的真身，"狐妖……狐妖……帮我……我会、报答你……"女子的视线移向粗锁链，"把、把它扯开……"

"别叫我狐妖，人家有名字的。"苏奈哼了一声道，"我帮你？你是什么东西，我为什么要帮你？"

她带着恶意凑近女子，一咧开嘴，露出嘴里犬牙："你既然知道我是狐妖，也该知道我是来干什么的吧？"

女子的脸上露出一个略带恍然的僵硬笑容，似乎是脸上的肌肉常年没有运用，以至于绷紧了，眼神却是通透的："我知道，你想吸阳气……"她笑着说，"我……帮你……骗他。你帮我……解开。"

如果这个女子主动帮她骗郑大，那郑大上钩的可能性确实更大。

苏奈考虑了一阵，斜眼打量女子，见她下半身烂成那边，没有了筋肉，几乎都是白骨了。

苏奈以自己的本事估量，就算是妖精，伤成这样，那是想来也逃不了的。

"你如果骗我，我先吃了郑大，再吃了你！"苏奈恐吓女子一下，便亮出爪子上的指甲，横手一劈，碎金断玉，锁链哗啦啦地碎成了几段。

女子没了锁链的束缚与支撑，整个人一跌，从帐中滚下了床。

没了帐子和被褥的遮挡，可见女子的小腹鼓起，竟有四五个月身孕。

咦？还是个孕妇？真是麻烦。

苏奈和姐姐们在山里横行霸道，但是她们这伙女妖也有自己的规矩，便是不杀食孕母与幼子。不管对方是兽类、妖精还是人类。

见女子滚下床后，身量沉重，竟然在地上趴着起不来。苏奈随手将女子一揪，把女子翻过身来，让她得以坐直。

嗞嗞嗞——苏奈险些被电焦。呸，她忘了这个奇怪的女子身上有电！

苏奈连忙甩了甩手，装作风轻云淡地说："自己滚进床下去藏好。还有，跟之前那样呻吟，装得像一点，要是被郑大发现不对，我先吃了他，然后再吃了你！"

女子拉住苏奈的衣摆，仰起脸，烟青色的眸子里倒映着苏奈的身影："谢谢！你是……好狐妖……"她的声音细细的，像只鸟。

苏奈莫名觉得脸上一热，觉得颇不自在，正要抽回衣摆，却听那个女子道："你能帮我……找找我的衣裳吗？"

这有什么难的？苏奈以为她是觉得赤身裸体的害羞，便伸手一勾，把原本放在外间榻上的几件粗布汗衫勾来，丢在她的身上："喏，衣裳。"

女子摇了摇头："不，不是这个。我要我的衣裳，我的箱子，箱子里的……"

苏奈龇着牙："给你衣裳你不穿，金衣裳还是银衣裳，不都是遮身子的？郑大马上就回来了，你再耽误我的事，小心我吃了你。"

见苏奈变得暴躁起来，女子垂下眼帘，松开了她的衣角："我、我知道了。"女子低头看着自己腐烂得无法行动的下半身，也不言语，看起来可怜兮兮的，连睫毛都垂下去了。

"好好配合我办完事，我陪你去拿。"苏奈见女子又目露惊喜，便抬起下巴哼了一声，"我可不是好心。只是交换。你如果配合不好，我还是要吃了你的。"

话音刚落，苏奈头顶的狐狸耳朵已经听到了细微的脚步声——郑大回来了。

她连忙将女子推到床下——郑大为了安置女子，特意买了张十分值钱的拔步大床，也不知道他一个穷猎户，钱从哪里来的。

然后她自己摇身一变，变作了女子半身美丽，半身腐烂的模样，掀开布帘钻进去，缩到了床上，施展了个迷幻术，装作铁链完好无损的样子，还摆好一个娇媚的姿势，等着郑大回来。

太阳炙烤着脊背。

锋利的柴刀扫过一片枯枝。村夫神色平静，他专注的时候，一双眼睛便显得格外黑。

不知怎么回事，今日出门起，他的右眼皮便一直跳个不停。

他将柴捆好，抬袖擦汗，无意间抬头，看见对面晃动的枝头上有一抹白影。

红喙红足，长尾翘起，如一团雪绒立于枝头。黑豆般的眼睛，静静地注视着他。

一只白鸟。

村夫的呼吸却猛然急促起来，死死地盯着它。

白鸟仰头，朝向天空，发出婉转清脆的一声长鸣。

村夫两只手颤抖，立即捆扎柴火，手忙脚乱间，竟然弄掉了柴刀，待他捡起来，再抬头看，枝头上的白鸟已经不见了。

他挑起扁担，疾步折返。这还不够，又拔腿奔跑起来，冲进了家门。

幸好，帘子后的女人口中依旧塞着麻布，手上拴着锁链，神态麻木地蜷缩在那儿。

他将手覆在她鼓起的小腹上。她的四肢极为纤细，下半身腐烂了大半，这里却安稳地孕育着一个生命。他轻轻地抚摸着，心绪渐平，又十分可惜地看了一眼妻子美丽的面容和烂到已白骨森森的下半身。

不能用了……不过，不要紧，很快就有新的了。

郑大想起睡在外间的那个娇媚绝伦的苏医女，露出了一个有些扭曲的笑，对床上的妻子说："你不是一直想解脱吗？你很快就能解脱了……"说着，竟然放下帘子站了起来，出去了。

出去了……喂，你跑哪儿去啊？

苏奈都来不及勾引他和表现一下自己，郑大就跑了。

她正觉得无语时，动了动耳朵：咦？这郑大为什么往"苏医女"住的地方去了？

不会露馅了吧？

那只臭猫顶替了"苏医女"，正在那儿装着，应该不会露馅吧？

要是露馅了，那一百只山耗子最多就给臭猫二十只！


山猫苗珊珊，被苏奈贿赂了一百只山耗子，于是化作苏医女的模样装模作样地捣药，以降低郑大的戒心。

苗珊珊百无聊赖地捣一下打一个哈欠——对一只猫来说，白天正是该补觉的时候。

真是的，狐狸行不行啊？怎么主卧那边还没有传来颠鸾倒凤的暧昧声响？

要是本猫都这样帮她了，她还不成功，那真是狐狸精之耻。

闲极无聊，苗珊珊便在这小农舍内随意地打量着。

大屋只有一个炕，一张缺角的桌，倒扣着一只碗……炕下有两孔洞，一只孔洞内添柴火；另一孔洞内……咦，好像有个黑影。

猫是一种好奇心极度旺盛的生物，尤其喜欢黑洞洞的窟窿。山猫也不例外。

苗珊珊好奇心大起，蹲下来，朝孔洞里伸手一捞，摸到一个坚硬的方形物什，带着残灰败絮一并拖出。

是一个上锁的木箱，怕是这房子里最精致的东西了，竟然还有雕花和漆面，就是边角发黑，像是有些年头。

箱子上挂着把生锈的锁。

猫的本能，让她好奇地拨弄起这把锁。

嗞啦——咝，好疼。隔着箱子就能伤到有三百多年道行的妖精，这个箱子里有什么？

她专心致志地正要解开这把锁时，手忽然被死死地攥住了，整个人被人兜头锁在怀里。

"别动。"郑大的声音响在耳边，带着气喘，听起来显得有些阴冷。

苗珊珊被抓了个现行。

她很镇定，比苏奈镇定多了，一个媚眼抛过去，一只手反握住郑大的手，另一只手攀上他的胸膛，吃吃地一笑："昨天大哥匆匆躲开奴家，还以为大哥当真是铁石心肠……"

郑大的脸色变了，变得十分尴尬。他将箱子和她一同推开，顿了顿，语气也恢复正常："苏医女想找什么？"

"奴家只是看到了一只耗子钻进洞里去，奴家以为里面有耗子窝……结果低头一看，发现一个箱子。"苗珊珊顺势装作只是好奇，"那箱子好生精致，难道是你家有什么见不得人的宝贝？呀，那奴家真是孟浪了……"

"不是什么宝贝，只是一些打猎用的弹丸、箭镞。"郑大谨慎地道，"也不是不能给人看。实在是这些东西尖锐、危险，怕你们女子娇嫩的皮肤不慎划伤了，磕碰了。"

苗珊珊道："大哥，我看这个箱子像传家宝，放一些弹丸、箭镞之类的，岂不浪费？"

郑大道："我九岁时便自己打猎，我爹留下的这些东西，能让我活命，自然是传家宝。"说罢，抱起那个箱子出去了，"时候差不多了，苏医女准备吃饭吧。"

苗珊珊也不在意，等臭狐狸吃了这男的，什么宝贝箱子，再搜出来看看也不迟。

午饭端上了桌。

郑大今日又烧了鸡，满满一碗鸡腿肉，香味飘得满屋子都是。

奇怪的是，往日先顾着妻子的郑大，今天却把肉食全摆在了"苏医女"跟前，似乎忘了屋里还有个老婆。

苗珊珊顶着"苏医女"的模样，美滋滋地大快朵颐，一边吃一边给那个躺在屋里不敢动弹的狐狸传信嘲笑，就着苏奈气急败坏的样子下饭。

快要吃完饭时，郑大从柜中取碗，倒了两碗黄酒。

苗珊珊好奇地问道："今日还有酒？"

郑大端起碗来："今日的凉菜多，喝酒能暖暖身子，专程下山打了酒。不知苏医女能不能饮，想敬你一回。若不是你，我浑家不知何时能好。"

妖精都喜欢刺激，又不怕毒，故而肆意，苗珊珊笑嘻嘻地和他一碰碗，喝尽三碗。

郑大拿袖子抹了抹嘴，奇怪地看了她一眼："想不到苏医女竟是海量。"

两个人在这儿吃肉喝酒，十分爽快。肉香混着酒香从屋子外飘进里屋，偏偏最喜欢吃鸡的狐狸却吃不着。

苏奈馋得流着口水，简直要气坏了，连连传音催促苗珊珊："臭猫，快把郑大引进来！你的耗子还想不想要了？"

"急什么？"苗珊珊暗暗地翻了个白眼，便娇滴滴地对郑大道，"大哥，尊夫人好像还没用饭呢？"

"哦，我忘了。苏医女先用，我去看看她。"郑大舀起一碗饭菜，端进了屋子里。

苗珊珊看他进屋，便自在地继续喝酒吃肉。

说起来挺怪，郑大只是个山野村夫，居于山野，没想到在他家住的这几天，虽然家里破败了一点，竟然是酒肉饭食管够。

她喝得上头，连尾巴都悄悄伸了出来，伸手再去拿鸡腿的时候，眼前的事物忽然变得扭曲起来。

糟糕！

柱子，一根变作两根。苗珊珊晃了晃脑袋，迈着猫步，摇摇晃晃地向外面走。只是没走几步，她忽然觉得腿脚一软，向前哗啦一声扑倒了板凳。

苏奈在里屋，听到郑大原本是往拔步床这里来的，却往柴房的方向绕了道，拿了个什么东西，又停了一会儿，在院子里传来声响后，郑大的脚步调转了个方向，又往院子里去了。

不对，出什么事了？臭猫怎么不说话了？

苏奈猛地坐起，看向郑大的方向。

长长的砍刀，磨了又磨，拉出白丝，刀刃锋利。

他从柴房里取了刀细细地欣赏。忽然，门外传来摔倒声，然后又重新归于寂静。

时候到了。他牵动嘴角，露出一个浅浅的笑容，拎着刀跨过门槛。

板凳已经翻倒，一个红衣美人脸朝下倒在地上。

掺了黑狗血的酒，果真能伏妖。

郑大持刀慢慢靠近苗珊珊。他当然知道这个"苏医女"不正常。

深山老林，连他这个猎人都不敢轻易往来，何况是这样一个娇滴滴的大美人？还自称医女，那双手上一点老茧都没有，摸上他的身体，撩得他心火直冲。

何况这山里一直传说有妖。

不过，妖精又怎么样？他现在那浑家也不是正常人。

郑大满意地打量着"苏医女"。换这个新的，高挑丰盈，一定比现在这个更好生养，更耐用。

他慢慢地，慢慢地靠近，"苏医女"露了一双脚踝，他将冰冷的刀锋贴在踝骨上比画着，又向上移到小腿，在思量是砍这里，还是砍那里？

现在这个太不安分。任他如何讨好，都不肯给他半句温存的话，即便是用那链子锁住了，也还想着往外边跑。何况，她已经不能用了。

这个虽说是投怀送抱，自己送上门来的，也难保日后不会变心逃跑，应该一劳永逸，砍断了方才安心。

郑大的右手高高地举起砍刀，抓住"苏医女"的脚踝，猛地落下。

刀刃破风。

郑大狞笑着，全副心神集中于身下人。

苏奈刚蹿出来，便看到这惊心动魄的一幕。她跳起来，向郑大的脖子猛然一击。

她是野兽，常年在山野里厮杀，对包括人类在内的生灵肉身薄弱处颇有心得。

郑大虽然是精明的猎人，却根本不知道屋内其实有"第三个人"。兼之色欲熏心，专心对付"苏医女"，便没有察觉身后袭来的危险。

嘭——苏奈一击得手。

悬在空中的刀陡然失了力道，哐当一声砸在地上。

郑大的脸砸在了苗珊珊的身旁。他晕过去了。

苏奈收回爪子，踢了郑大一脚，恨声道："什么臭男人，早备好了黑狗血？连妖精的主意都打，看我不把你吸干！"

　　她单手拖着郑大这样一个高大壮实的成年男人往屋子里去了。等进了屋，把郑大往床上一甩，

　　她嫌弃地看了看他身上的血污、灰尘——郑大砸在地上的时候，额头磕在石头上，磕破了。

　　对着这样灰头土脸的人，喜好干净的苏奈实在下不了手。

　　但她也不想浪费自己的法力清理郑大——拜托，她修炼出这点儿法力容易吗？干吗要浪费在一个人渣身上。

　　于是她把床底下的那个女人拉了出来，使唤道："喂，你把他弄干净点。"

　　女人被拉出来的时候还略有迷糊，待看到昏迷在床上的郑大时，烟青色的眸子一凝，美丽的面庞露出一点儿微妙的笑意，攥紧拳头，点了点头。

　　"你弄好我再过来。"苗珊珊还在院子里躺着，苏奈放不下心，叮嘱了女人几句，就跑去院子里看苗珊珊去了。

　　苗珊珊躺在院子里一动不动，瘫软得像只死猫。

　　苏奈把她扶起来，渡了点法力过去："整天吹嘘自己精明厉害，吹嘘法力比我高。呵呵，臭猫，还不是中招了？"

　　黑狗血的功效慢慢减弱，苗珊珊清醒了一些，但双腿仍然软得像面团，不停地打酒嗝，还坚持反驳："要不是为了帮你，我才不会……嗝，才不会中招呢，你、你就是个倒……嗝、倒霉蛋……连累我一起倒霉……"

　　"你明明是为了一百只山耗子。"苏奈鄙夷地睨她，"结果还不是靠我来收拾残局！"

　　苗珊珊打了一个嗝："呵……倒、倒霉狐狸……你、你别吹……听、听……"

　　听什么？苏奈动了动耳朵，却听到屋里传来响声。

　　嘭！嘭！嘭！

　　刀砍入肉声，一声接着一声。

　　苏奈霎时闻到了浓重的血腥味。

　　糟了！不会是郑大醒了吧？里面还有个手无缚鸡之力的孕妇……

　　苏奈一把丢下已经没有大碍的山猫，往屋里跑去。她还没踏进屋，一

个圆滚滚、血肉模糊的东西就咕噜噜地滚到了她的脚边。

苏奈定睛一看，竟然是一颗面目狰狞、带血的男人的头！郑大的！

他的嘴角还含着尚未退去的邪笑，眼白里炸开血丝，不可置信地瞪着眼睛。

而郑大的身子则躺在那儿一动不动，地上流淌着猩红的血液。

握刀的女人气喘吁吁的，艰难地挥舞着手臂，血花溅在她美丽的面容上。

人的脖子的骨头多么坚硬，竟然被一个看起来柔弱的孕妇活生生地砍断了……

苏奈愣住了，难以置信地看着眼前这幅景象："你……哪儿弄来的刀，怎么——"我叫你清理，没叫你杀人啊！

她一把将女人推开，夺过郑大的无头尸身，从脊背上心疼地抚摸下去，心脏果然已经凉……咦？苏奈怔了怔，摸了又摸，反复确认着，心脏竟然还在微微跳动，只是十分虚弱。

凡人没了头还能活吗？

"呵呵……放心，他……不会死的……"女人的脸上溅了些血液，却微微笑着，美丽得近乎超脱，"他吃了我的血肉……拿了，拿了我的衣服，没有那么容易……死。"

她烟青色的眼睛凝视着那颗滚落在地的男人的头颅："别再装了。"

苏奈怔了怔，却见郑大那颗滚在地上的头颅竟然睁开了眼睛。

面色青紫，宽宽的眼皮拉出褶痕，两眼含泪。他失去了喉咙，苍白的嘴唇竟然还能发出声音："我……这么爱你，有一口粮，喂你一口饭，有一张席，分你半边铺，你为什么还是不满足？你这么善良，我吃了你的肉是为了活下来。你为什么不肯原谅我？"

女子笑道："不原谅。"

郑大道："故事里明明讲过，田中绒鸟都是最善良、美貌的，只要留下她们的羽衣，让她们怀上孩子，她们就会自愿与凡人结为夫妻，幸福一生……虽然，你不是自愿的，但是，你应该原谅我的，你的肚子里还有我的孩子……"

女子笑道："不原谅。"

郑大的目光渐渐变得黯淡。

郑大说了最后一句话："那么你陪我一起去死吧！"

地上那具无头身体骤然跃起，夺过染血的柴刀，要劈向行动不便的女子。

刀风未到。

扑通一声，无头身体倒下。他的胸口出现了一个空空的血洞。

苏奈蹙起柳叶眉："为什么会这么臭！"

呵呵……呵呵，呵呵……地上的女子怔了怔，忽然古怪地大笑了起来。

"你笑什么？"苏奈柳眉倒竖。

女子柔声道："好狐妖，不，苏奈，你是叫这个名字吗？我有好宝贝给你。"

苏奈嫌弃地道："什么宝贝？你？你一个不知道是什么的东西，被一个古怪的凡人给囚禁起来的废物，能有什么好宝贝？"

女子笑道："郑大囚禁了我之后，藏起了我的宝物。宝物被他锁在箱子里，你去取来，我打开给你看。你要是见了喜欢，我便送给你。"

苗珊珊这时候恢复得差不多了，从屋外蹿进来，闻言好奇地问道："是不是一个箱子，锁着，一碰箱子身体就麻麻的？"

女子点点头："就是它。不过，你们是妖，碰不得。尤其是这只小猫，你是吃过无辜之人的妖，你要是擅自打开箱子，碰了箱中物，只怕会即刻化作灰烬。"

苗珊珊登时想起自己光是碰到那箱子外壳时就被麻到，整个猫身僵硬的感觉，登时起了一身鸡皮疙瘩，信了女子几分。

苏奈道："那里面是什么？"

"不能告诉你。你们带我去找，我亲自打开给你们看，你们就知道了。"

这女子明显有些古怪，但又不是妖精，也不是凡人。

如果在这里的是修为相对高深，见多识广的蟒蛇，面对这样刻意的引诱，她会选择谨慎为上避开。但是，来的偏偏是一猫一狐，这两个在女妖团里的年纪最小，眼皮最浅，最没见识，自以为在山野里横行霸道，玩心、好奇心也是最重的。

苏奈跟苗珊珊对视了一眼，按捺不住："行，我们带你去找那个箱子！要是你坑害我们，我就吃了你。"

苏奈张牙舞爪地威胁女子一番，完全不管到时候如果真的出了事，自己能不能威胁到女子。

猫和狐的嗅觉都十分灵敏，两只妖用鼻子嗅着，没过一会儿就找到了郑大藏箱子之地。

苏奈从柴房旁边的猪圈里把那个上锁的箱子刨了出来。

"呕——臭男人，要死啊，把东西藏这里！"苏奈感到要吐了。

女子倒不以为意："污秽之物可以掩盖宝物的气息。"

宝箱被刨出来的那一刻，天边忽然响起风雷之声。

女子的呼吸微微变得急促，她道："苏奈，你没有吃过人，也没有杀过无辜之人。你来打开箱子的锁。"

苏奈恼羞地道："你能不能别胡说八道？谁没吃过人啦？我告诉你，我吃过好多人，也杀过好多人！"

这个说法在妖精堆里，简直是个耻辱。苏奈的面皮一时挂不住。

但苗珊珊早已躲得远远的——苗珊珊虽然只比苏奈多了几十年修为，但她吃过不少妖，此刻看起来，确实比苏奈要难受得多。

苏奈碰到箱子，只是觉得身体麻麻的，但是苗珊珊整只猫都快参毛了。

天边的风雷之声更急了。一只雪团样的白鸟停在院子里的大树上，看着她们的动作。

女子催促道："苏奈，快一些。"

"别催，催什么。"苏奈还是压不住好奇，她忍着酥麻感，捡起箱子晃了晃，里面几乎没有声响。

空的？

她嗖地一下亮出能碎金断玉的狐爪，劈碎了锁。

箱子打开了。红木宝箱里，既没有弹弓，也没有什么金银，只铺着一层薄薄的白色羽毛。

苏奈伸出指尖欲碰，箱底的白色羽毛似乎受到了感应，猛然间腾空而起，形成一阵羽毛的龙卷风，将苏奈身边的女子包裹起来。

女子闭上眼睛，白玉雕成一般的肌肤逐渐变得透明，而那些羽毛变成了一身洁白无瑕，光华流转的羽衣，披在了她身上。女子美丽至极的面容一寸寸染上了灵光。

苏奈和苗珊珊瞪大眼睛，看到她原本腐烂得几乎只剩森森白骨的下半身，竟然在灵光中血肉新生。

等她们再次睁开眼睛的时候，站在她们面前的女子完全变了个样。她一头乌发，烟青色的眸子显得淡漠高邈，美丽至极的面容带着不可直视的灵光，洁白无瑕的羽衣垂下，遮住了她剔透的躯体。

更叫人惊讶的是，她的双脚竟然不是人的脚，而是一双带着电光的猛禽之脚。

女子烟青色的眸子扫过来时，不知天高地厚的苏奈、苗珊珊竟情不自禁地感到了本能的极度畏惧，牙齿打战，似乎面对天敌一般，但是连逃跑的勇气都没有，只想伏地求饶。

天阴了下来。

女子终于开口了，她望着那不知何时满天乌云，风雷穿梭的天空，叹息着道："啊！真好。法力回来了，我又能飞了。"

郑大十八岁那年，在山上打猎时遭遇了猛虎。他与猛虎搏斗，最后身受重创，胸口破了一个大洞。他一身是血，倒在了山泉边，眼看活不得了。

四面无人，微风停滞。

山泉边隐约传来女子的嬉笑声。她们的皮肤白皙剔透，体态轻盈，美貌的少女们正在泉水里戏水，听到响动，好奇地望过来。

"这里有个凡人……哇，他伤得好重。真可怜。"

其中年纪最小的那个少女道："我们救救他吧。"

"宝珠，不要擅自管人间的事。"其他女子道。

"可是，他真的很可怜呢。"

最终，宝珠还是救下了他。她心地善良，竟然忍着痛，割下一小片蕴含法力的血肉，让郑大活了过来。

郑大感激涕零，从此之后，竟然在她们洗漱的泉水边送来礼物。

宝珠捡起来来自人间的礼物，向她的姐姐们显摆着凡人的重恩。

但摸清了她们下凡洗漱的规律后，某一天，郑大趴在地上，悄悄地爬了进去，从泉边偷了一件羽衣藏了起来——正是宝珠的那一件。

姐妹们遍寻不到宝珠的羽衣，但时候已到，她们必须回去了，否则她们也回不去了。

眼看着姐妹们一个接一个拍翅而飞，在空中化作白毛红喙的鸟，转瞬不见。

宝珠独自在山泉里哭泣时，听见了从树林里传来的响动声。

她惶然时，看见是郑大，顿时放松了许多："啊！是你啊。"

郑大笑道："是我啊，恩人，你怎么一个人在这里？"

"我的衣服不见了，飞不回天上。"宝珠轻易地吐出了秘密。

她此时看起来只是个过分美丽，却普普通通的少女。

郑大想起被他藏在家里的羽衣，装作若无其事地笑道："你不冷吗？恩人，我想先带你去我家吃些东西。"

宝珠感激地道："谢谢你！你真是个好人。"

但迎接她的却是一条锁链，剐肉的钢刀，以及摸在她身上的黑手。

…………

女子抬起头来，天上风雷大动。

女子——宝珠知道自己该走了。

她振动羽衣化作的翅膀，从地上浮了起来，还没离地太远，忽然觉得脚下一沉，低头一看，苏奈正扒着她的脚部，被电得脸歪嘴斜，还愤愤不平地道："你、你是个什么东西？鸟妖？喂，你、你不是说要送我礼物吗？你骗我！"

苏奈见识浅短，她长在山野，最多混过人间市井，根本不知道女子的来历，只看女子一双鸟脚，认定这是个骗人的鸟妖。

宝珠笑着道："凡间的小狐狸，苏奈，你呀，你真是个傻孩子。"

这时，天空中飞舞的闪电里，飞出了六只白鸟，在风雷里叫道："宝珠儿，宝珠儿，你快回来呀！你跟那几个小妖耽搁什么？"

她的姐妹们来了。

宝珠轻易就挣脱了本就被电得酥麻的狐妖，雪白的身影在乌黑的天色里迎着漫天风雷，奋翅而飞。

苏奈跌在地上，眼睁睁地看着那个骗人的"鸟妖"越飞越高，越飞越高，化作了乌云里一个小小的光点。

正在这时，天空忽然落下一根白色的羽毛。长长的，从羽衣上脱落下来，飘啊飘，正好落在苏奈的鼻尖上。

天空中传来遥远的女声，逐渐隐没在风雷中："礼物。"

阿嚏！苏奈打了个喷嚏，伸手捏住这根羽毛，恨恨地道："呸！玩我啊，就一根羽毛而……"

而已的"已"字还没说出口，那漫天乌云里酝酿的雷电噼里啪啦地响起，以毁天灭地之势，全都劈向这农舍所在的山谷。

妖类最怕闪电和天雷。

山猫那个忘恩负义的，离得远，见势不妙，撇了苏奈，早飞奔着逃走了，险险地逃出了山谷的范围。

苏奈化作原形，叼起羽毛四蹄飞奔，但是她哪里快得过闪电？

轰隆隆——雷光带着怒气，抹平了这座山谷——连带其中的农舍。

农舍中，正在装死——因为多次服用仙人肉即使被挖心断头也还活着的郑大惨叫着，彻底灰飞烟灭。

苏奈只觉得闪电从她的头顶打下来，浑身酥酥麻麻的。

咦？死东西会有感觉吗？

苏奈动了动鼻子，耳边土地被劈焦的焦味传入鼻中，她小心地睁开眼睛，环顾四周，山谷被夷为平地，掘地三尺，尽化焦土，变成了一个超极大的黑色大坑。

她变回了原形——红毛狐狸躺在焦土上，却连一根狐狸毛都没烧焦，仿佛闪电完美地避开了她一样。

但是苏奈明明记得，刚才自己身上也有酥酥麻麻的感觉？

"喵！"大坑上方传来苗珊珊犹存惊悸的声音，"红毛狐狸，你还活着不？"

"你这只知道自己逃命的臭猫！我要跟大姐姐告你的状！"苏奈一跃而起，冲上面愤怒地嗷了一声。

山猫跳入大坑，小心翼翼地迈着猫步观察了一下，见除了焦土之外，再没有别的危险，才讪讪地笑道："这不是逃命的本能吗？那可是天雷啊。我就是想救你，也快不过闪电啊。"

"那是什么东西啊？这是怎么一回事？"苗珊珊指了指天空。

此时，劈完闪电，乌云已经散了，天又亮了。

"我怎么知道那只鸟妖是哪里来的。"苏奈十分气愤，颇觉遭遇了无妄之灾。

"珊珊——奈奈——"山野间响起了她们二姐、大姐的呼唤声。

她们也看到了电闪雷鸣，担心两个道行浅还自以为是的傻妹妹，就寻了出来。

看到苏奈和苗珊珊站在一个一看就是被天人之力劈出来的大坑里，都吓坏了，连忙一人拎着一个，把她们拎了出来。

大姐白素有千年修为，曾拜师修行，是最有见识的一个，听完事情的经过，气得啧啧地吐着舌头，指尖差点把猫、狐的两个毛脑袋戳破，叹息着道："傻子！傻子！两个傻子！你们知道自己差点搅进什么事里去了吗？"

苏奈梗着脖子："就是个被人类关起来的鸟妖。"

"呸！"白素差点啐她一脸，"那是鸟妖？那是天女！传说中的羽衣天女宝珠，跟她的六个姐妹一起荡天雷而飞，掌雷电之力！你也配叫她鸟妖？"

山猫一看把大姐气坏了，早就开溜了。

徒留苏奈一时失言，在那儿经历口水的洗礼。连野鸡二姐都阴沉着脸，不帮苏奈说话。

等白素训完，苏奈已经蔫了，才被两个姐姐放过，要她以后多听几堂三十六洞天，七十二福地流出来的一些仙家常识。

用白素的原话说就是："我等微末小妖，如果不长一些见识，瞎掺和进仙家的劫数里去，怎么死的都不知道。何况你这种倒霉孩子。"

苏奈听得左耳进，右耳出，正打算溜走时，又被白素叫住："咦，你的尾巴上怎么多了一束白毛？"

苏奈晃了晃尾巴，果然发现自己那条本来毛色纯红的大尾巴上竟然掺进了一束白毛。她伸爪去拔，噫，好疼，有电！

白毛不但拔不下来，还流转着一丝青色的电光。跟……跟那根羽毛好像，对了，那根羽毛去哪儿了？

白素听了，当即掐指一算，略带羡慕，叹息着道："好好留着吧。傻妖有傻福啊。"

"大姐，我不傻。"苏奈自认为是个从长相到性格都符合妖艳狡黠四个字的合格的狐狸精。

"呵呵，"白素冷笑一声道，"成，你不傻。不过，姐姐有个建议，你要不然走正道修行吧？或许是姐妹们的这条路不适合你。"

"不。"苏奈倔强地拒绝了，"我是个狐狸精。采补才是狐狸精的正道。"说着，摆着毛色不纯了的大尾巴，嫌弃地看了一眼那束寻常修行者求之不得的"白毛"，"我去物色下一个男人了。"她一定、一定要采补到男子。否则，一个狐狸精还是个雏儿，这不得笑掉同行的大牙？

红毛狐狸跳出山洞，甩着大尾巴跑了，却惊动了洞口垂着的藤萝。

藤萝上飞起了一只雪绒般的鸟儿。

山里下过雨，雾蒙蒙的一片，长草中隐约可见肥胖的野兔，耸动着鼻子嚼草，忽然警觉地一顿。

风声一动，野兔反身撒腿便跑，几乎在空中腾跃起来，但早有道赤红色的影子嗖地一下飞了过来，将其扑倒在地。

红白两色抱成一团打了几个滚。兔子的后腿抽搐着、挣扎着，一会儿便不动了。

狐狸火红的大尾巴却扬了起来，叼着断了脖子的野兔，轻快地小跑回洞窟，在铺展在地的白色裙摆上肆意地撒欢打滚，啃食野兔。

狐狸的眼睛眯着，声音哼哼唧唧的，仿佛小儿撒娇。

那人首蛇身的面色苍白的蛇女正盘在一块大石上打坐，先睁开一只眼睛，又睁开另一只眼睛，猛地俯下身来，尖尖的手指往那仰躺着露出来的毛茸茸的肚皮上一戳，狐狸嗷地叫了一声，化作妖媚的女子滚到了一边。

这个妖媚的女子脸上带着无辜的表情抬头，如果是男人看了魂儿都要被勾走，偏偏她的樱桃小口上带着黑血，正生嚼着血肉。

真是茹毛饮血。

白素微微敛眉，裙下蛇尾一卷，就把苏奈手上的动物尸首卷走了，丢在一边："你呀你，好不容易修得了人身，却没有修出礼节来，吃也没个吃相。"

苏奈不敢顶嘴，只得仰躺在姐姐脚边，闷闷不乐地打了几个滚。

白素不理她，只顾自己端坐修行。

苏奈躺在地上看着大姐姐，逆光勾勒出蛇女苍白、赤裸的肩臂线条。蛇女的双眼里虽然是竖瞳，神色却平静和善，一点也看不出凶相，端庄而坐，俨然一副有了高深修为的模样，再用这条白裙子盖住蛇尾，可以去寺庙里做冒牌的神女，完全想不出早年是个犯了大恶的凶兽。

"姐姐，这时节，人越来越少了，一时半刻又找不到男人，真的要活生生憋死我了。"

白素这才低头看她一眼："既然寻不到男子，想来是上天教你改修正道。上次跟你说修正道的事——"

苏奈的耳朵一动，腾地一下便没影了："外面有鸡，叫我抓来。"

白素摇着头微笑，从打坐的石头上游下来，往洞穴深处蜿蜒游去。

里面这处，中间有个浅水潭，山洞顶上的石头尖上，还在往下滴水。滴答，滴答，涟漪一圈一圈地荡开，又湿又冷。此处不见光，黑黢黢的一片，却是蛇妖的好居所。

天一凉，白素时常犯懒，便一圈一圈盘在水边，打个哈欠，舒服地睡在了暗处。

山里却是另一番热闹的景象。山中的鸟雀叽叽喳喳的聒噪得很，又哗啦一下疯逃起来，弓箭似的红影追在后面，不一会儿鸟群惊恐地拐个弯，红影紧追其后……

苏奈呼哧呼哧地坐在草地上，又啃了几只小动物，接着把自己的毛抖干，看着山峦上挂着一轮橘黄色的太阳。

臭猫不在，野鸡也不曾回来，没人陪她玩耍。大姐姐毕竟是混过正道的，举止都和山野小妖大有不同，就连采补都是将那吓昏的行人吸一口就放回去，时常还劝苏奈修行正道……唉！一个人在山野中，实在有些无聊。

刚想到这儿，便听到一声唤。

"臭狐狸，我回来了！"山猫苗珊珊娉娉婷婷地从山道上走来，身上的行头都换了一遍。

走近了看，她神态餍足，可见收获满满。

苏奈好奇地勾着她身上带着碎花的真丝半臂，苗珊珊炫耀地转了一圈："这次是个妇人，带着一个少年，正躲在大榕树下打盹儿。我从树上猛地跃下去，那妇人被吓得一直叫唤，就这，还想推搡她的儿子跑，哪儿快得过我……"

苏奈猛然打断她绘声绘色的描述："等一下！你见到了，男、人？"

苗珊珊一怔，化形后转身便溜，低下猫头，闪过了身后袭来的一爪子，讪笑着道："不是我不够仗义！若是我回来叫你一趟，这两个人趁机跑了怎么办？"

一狐一猫在草丛里撕咬追赶，累得气喘吁吁，双双滚到一个天坑里，摔得七荤八素，方才化成人形。此处原本是片花田，现在烧得土地龟裂，寸草不生，变成个大天坑。

苏奈吃进一嘴的烟味，看着湛蓝的天空，抱怨道："那鸟精飞天时动一动爪子，就把咱们这里轰出了这么几个大坑，这么厉害，她那几个姐妹，怎么光在天上摇旗呐喊，不下来救一救她？将那郑大早点劈成灰不就完了，反正他的一颗心都臭了，活着也没有什么意思。"

山猫不屑道："人家神仙渡劫之事，岂是我们这等山野小妖可以揣测的？那什么宝珠回天上去，成了更厉害的鸟精，说不定她那几个姐妹正拍手叫好呢。再说了……天上一日，地下一年，那几个鸟精喝口茶的工夫，宝珠的孩子都差点生出来了——你看。"

苏奈叫她吸引过去。

山猫拿了朵花新奇地戴在头上，在水潭里照着看，末了，小心地挑出两朵分给苏奈，其余的全拢进了自己怀里。

见苏奈还伸着手，打了一下她的手心："干吗？"

苏奈道："当然是给大姐姐和二姐姐分一些。"

山猫略有些不情愿地道："你什么时候见过大姐姐戴花？给她，她也不会用的。至于二姐姐——二姐姐这个月还没有回来过？"

"没有。她的老丈夫不是娶了个新小妾吗？这个人很是厉害，"苏奈道，"我活了这么多年，二姐姐从来都是享受独宠，没见到她输给过哪个人类……"

苗珊珊听得无精打采："都当了那么多年的小妾，还是当不够啊。"她说着扳着手指头数起来，"死了的那个老王爷的锦侧妃，前朝老皇帝的锦才人，前前朝的锦美人，前前前朝的锦贵妃……"

苏奈拽着花瓣，从山猫怀里硬生生地又扯出来一朵花："二姐姐就喜欢在人间当小妾。二姐姐说，当小妾最是惬意，既不必担责任，又可以享受荣华富贵。"

山猫又在衣服里掏起来，掏出来几张皱巴巴的便签，两妖抵着头看，一个字也不认识，自然是卷成团随手扔掉，还有一个缝制的布袋子，里面沉甸甸的，铮铮作响。

"钱，是钱！"苏奈拨了拨，兴致勃勃地道，"二姐姐带回来过。"

山猫无语地看着手心里的这些铜板："这有什么用？不能吃，又不能穿。"

"如何没用了？改日我们到人间去玩耍，顺便花了去。"苏奈道，"自从我们山被鸟精给劈了那么两下，吓得行人都绕道，胡说八道什么'天谴'，搞得猎户也不敢上山，过路的男人越来越少，再这样等下去，我非得熬成狐狸干不可！哼，人不就我，我去就人！山里没有人，二姐姐住的人间到处都是人啊。"

山猫一想到苏奈竟然到现在还未尝过采补的滋味，不由得幸灾乐祸，拉过她的手，将铜板全倒给苏奈："好好好，你快投奔二姐姐去，还能在人间骗吃骗喝混个两日。红毛狐狸，你一向倒霉，没个三两次，怕是成不了事。"

"呸呸呸，你少咒我！"

…………


山脚的几个洞窟连在一起，被荒草覆盖，不远处是一个个废弃的坟堆。夜色笼罩时，影影绰绰的，不见一丝光亮，风声簌簌，飘来若有若无的一阵令人头皮发麻的低语。

黑暗之中，两道绿莹莹的亮光，是红毛狐狸的眼睛。

苏奈衔了花回去，打算分给两位姐姐。

"大姐姐……"苏奈叼着花走进蛇洞。

白素卧在自己的尾巴上，睡得正沉，乌黑的长发散在肩胛和手臂上，随着呼吸起伏。

狐狸绕着她左看右看，尖嘴一松，把花环轻轻地放在她的脑袋上，轻手轻脚地倒退，不想脑袋撞在石棱上，痛得眼泪都出来了。她骂了一句，拖着尾巴含泪跑了出去。

蛇洞就是这般，里面七弯八拐，又潮又冷，除了大姐姐谁也不喜欢。入口又窄小，狐狸后爪先退出来，才能把脑袋拔出来，抖去身上的泥土，拿爪子把打掩护的草叶摆好。

野鸡的洞穴藏在一棵树下，里面铺满了稻草，踩上去软绵绵的，只是因为没有野鸡在，里面凉飕飕的，胡乱扔着几件衣服，苏奈顺手把衣裳理在一堆，把簪花摆在石台上，又留下一把钱币。二姐姐的屋里有一股香味。

喵嗷——山猫刚从洞穴出来，睁着一双幽绿的眼睛，回头一看。

山猫两足交错，立在自己的洞口，挑衅地笑着："狐狸，来玩吗？"

苏奈从来不去这只臭猫的窝里，黑洞洞的，又小又挤，地上还有没啃完的死老鼠！

据说苗珊珊曾经偷过大妖的妖丹，方能修为大进，这种事情，放在野蛮的臭猫身上完全说得过去。

苏奈哼了一声，风一样地掠过她。苏奈钻进了一处墓穴，这是她的住处。

从窄小的洞口滚进来，这处墓穴叫她改造得十分洁净，里面四四方方的，都是石砌的，铺着草叶的地方是她的窝。她跑到角落，宝贝似的挨个擦擦堆成山的头骨，把那些狰狞的头骨擦得十分光亮，然后完美地摆成一排。

这个头骨是个老头的。这个头骨是个村姑的，可惜村姑生前长得不大好看。这个头骨是个盛年男人的，不知道为什么被人一箭射死了。真可惜，要是活着被她遇到就好了，能好好吸一口。

这些头骨都是她从坟墓里扒拉出来的。

戴上一个头盖骨就可以变一个人样。

她这样的小妖，想要玩弄变化之术，只能靠这些外力。而且这些宝贝不但能用来变化人样，上面还可以放灯。灯也是她从陪葬品里挑拣出来的。

苏奈耐心地点上灯，创造了一个灯光星星点点的氛围，仔细地将花环戴在头上，又挂上一串指骨串的项链，戴上青桐毛球果做的耳环，转了个圈圈，拿着一面破碎的古镜左看右看，十分满意。

这才像个狐狸精嘛！

虽然她也没见过很多狐狸精，不过，人间的话本子里，以及偶尔会来拜访白素的那些大妖怪里，那些狐妖就是这样子的，千娇百媚，食人采补，个个倾国倾城。

只可惜……她失望地想，自己到现在连个男人都还没采补到。

苏奈玩了一会儿累了，盘在洞里，盘算着明天趁早下山去投奔二姐姐。她盘成一团毛茸茸的球，把脑袋埋在大尾巴里睡着了。

然后做了个梦。

狐狸是很少做梦的。这一次，苏奈却做了一个很长很长的梦。她梦到了三百年来的往事。

苏奈的身世就跟她的毛色一样平凡。

山中的母狐诞下了一窝小狐，都是红毛，她和兄弟姐妹一同捕猎、嬉闹、打架。小的时候，也没觉察出自己有什么与众不同，可是后来，母亲和兄弟姐妹相继老死，只有她莫名其妙地一直活到了今日，活了不知道多久，连她的兄弟姐妹的孙辈的孙辈都死光了，她还在山里晃荡。然后她就被大姐姐捡到了，从大姐姐嘴里，她才知道，原来她这叫"成精"了。

只可惜，后来她熬了三百年化了人形后，还试图去找过，看看她那一窝狐狸兄弟姐妹们的后代中，有没有别的成精的狐狸。

没有，只她一个。

她那时有点难过。

山猫嘲笑她都成妖了，还惦记几百年前作为普通野兽的兄弟姐妹。

大姐姐却没有笑，只是叹道："天行有常，春秋有数，生死有命。概因如此，我们才要修行，以跳出这生老病死。"

大姐姐真奇怪，总是学人类说话，文绉绉的，说一些苏奈不懂的话。想必是早年学正道学得太像人了。

梦里的苏奈这样想着。她打了个哈欠，在梦里也睡着了。

洞窟里十分安静，只听得狐狸细微的呼吸声。

一只白鸟从这样平凡的梦中飞了出来，读完苏奈的山中修行，乏味无聊的三百年，飞到现实，打量了一圈洞内的装饰，又低头看了看正在沉眠的野狐。

寻常小妖。

这一次，应该只是意外。

它不再关注苏奈，再也不回头，扇动着翅膀，向山中飞去，化作一道流光，汇入了破败已久的灵山府君庙。

溪边的大道上，一列负重的马队慢悠悠地向前行进。扛货的毛驴忽然变得躁动起来。拿驴脸使劲地往前面的行人身上蹭。那个挽着篮子的素衣村姑回头看了一眼，加快了脚步。

驴咧开嘴，鼻子里腾出热气，又哑哑地嘶吼一声，向前拱去，叫马夫一把勒住，忍不住道："喂，大姐，快快走过去，省得这牲畜冲撞了你，弄脏你的衣衫。"

村姑回头，竟是一张年轻含笑的俏脸。她道了声谢，挎着篮子快步走到了前头去，后脚跟一抬，淹没在来来往往的人群里。

年轻的马夫道："怎么会有女人扭腰扭成了这样？"

老马夫嗤笑道："骚呗。不正经的。"

村姑手臂挎着篮子，扭着腰，也不避人，边走边左右顾盼，很是好奇的模样，顺着人群过了小桥。

树蔸上拴着的小舟，在水草丛中沙沙作响，远处的打麦场金黄一片，农夫给田里洒水，老牛反刍，羊圈里的羊挤成雪团咩咩地叫，行人的闲聊，摊贩的吆喝，小儿清脆的笑声。各种声音叠在一起，嘈杂、混乱。

码头前有一排烟柳，一二十个伙计，远看有蚂蚁般大小，弯腰扛着麻袋，喊着整齐的号子，从船上卸货。

"走不走啊？"肩膀叫人推了一下，村姑加快脚步。

大道两旁，酒馆撑起了旗，小二站在门口招徕客人，零零星星的几家店铺，门都敞开着，她随便找一家进去。

掌柜的站在柜台后面，把放在桌上的铜板抹开一看，哈哈直笑。再看这村姑一脸期待的表情，猜她是初次进城，什么也不懂，偏又生得俊俏，便开玩笑道："这些钱可以打一斤酱油，你拿瓶子来，当你是熟客，给你灌满。"

村姑听了，似乎不信，旁观了另一个人来买醋，大为失望，将钱一抓便走："不买。"

村姑出了店门，在小摊上买了一串糖葫芦，拿手把着，正啃反啃咬下来一个，嚼了一下就毛发竖立，挑着啃掉了糖衣，剩下的全部丢进草丛。她又买了几个饼子，闷闷不乐地啃了一个，才吃了一半，便面露嫌弃之色，放在篮子里，身子一矮，钻进路边的茶棚。

茶棚下，嘈嘈切切的，全是呼噜噜的喝水声和细碎的人声。

村姑付了两文钱，坐在一隅，抓起桌上破烂的蒲扇一通扇，把鬓边汗湿的发丝扇得飞舞起来。她拿袖子擦了擦脸，又将豁口的大碗端了起来，水面上倒映出一双低垂的丹凤眼，眨巴眨巴。

此时稍稍安静下来，便听见背后有一对夫妇闲聊。

男人道："先帝大丧，民间禁嫁娶一个月，爹娘愁得不行，还想着就算解了禁，谁也不敢当这第一个挂红挂彩的，弟弟的婚事不知道得拖到什么时候去。你猜怎么着？解禁的第二天一大早，孙员外娶了个小妾，他敢开这个头，弟弟转天就把新娘子娶进门。到底是咱们钱塘的首富，就是有底气！"

他的妻子啐了一口道："孙六月？他有什么了不起？也就是有钱，也不想他的钱是打哪儿来的。当年镇上发大水，死了多少人，要不是他囤粮倒卖，饿死的人原本不会这么多咧！他能那么几年就发家，还不是靠吃人血馒头！奸商！"说得嗓子眼冒烟，喝口茶润润喉咙，又道，"孙六月一把年纪了，女人越娶越多，越娶越小，他解禁时娶的小妾是花楼里的吧？把下九流都往家里摆，真不害臊。"

男人叹息着道："那方如意虽然是贱籍，但也是苦命人！她原来是咱们钱塘水官家的千金，要不是发大水，灾民闹民变，朝廷砍了她爹的脑袋，她至于走投无路卖身？方如意是不是与龙神犯冲呀？这辈子真叫大水害苦了。家破人亡就算了，到头来给一个因为水灾发家的奸商当小妾。"

他的妻子酸溜溜地道："哟，你知道得真多。你是不是可惜那个女人没嫁给你呀？听说孙员外花心，每隔半年就娶一房小妾，要么怎么叫孙六月呢？他为人又傲慢，他不要的姨娘也是他的物件，看管得严着呢。你就别惦记了，方如意就是摘下来的果子一样烂在孙家的院子里，你这个外人也见不着。"

男人失笑："我说什么了？你呀，好大的醋劲……"

"请问，那孙员外的家在何处呀？"

忽然，一个娇滴滴的声音插入了对话，二人俱是一怔，回头一看，是个打扮朴素的村姑，手上端个茶碗，正兴致勃勃地听着。二人一想到方才私密的对话都叫人听了去，不免有些尴尬。

再看清这张妖媚的俏脸，女人顿时目光变冷，往自己男人的身旁坐了坐，抓住了他的手，瓮声瓮气地道："就在那前面的城镇里，大门最气派，门口有两个石狮子的就是。"说罢，急忙看向自己的男人，留意他的神情，"你说是不？"

"嗯哪，是。"男人方才回过神来，局促地笑了笑，眼角的余光稍微瞥一下这村姑，便赶紧挪开视线，"大姐年纪轻轻，去那里做什……"

"人家去哪儿，关你什么事。"女人着急，掐了他一把。

村姑一点儿也不生气，还是那副笑吟吟的样子，手指绕着头发丝，一脸无辜地道："奴家去孙府探亲。"

女人打量她两眼，转过去道："哎，那孙员外好色、阴狠，不是什么正经人。"

"多谢了。"村姑妖娆地一笑，挽起篮子走了，扭着腰，兴致勃勃地走上大道。

路两旁都是琳琅满目的铺子，肩膀让人撞着，脚让人踩着，轿子、马车和人全混在一处，到处都是人。一时间见着这么多人，村姑心里很兴奋。不过，离了老窝，又有点畏惧。

孙府的门让人叩了三下。

有人来开门，一个挎着篮子的小妇人站在门外，低头道："我找锦姨娘。"

片刻后，一个明艳的女子笑吟吟地迎上来，一把握住她的双手，张口便喊"妹妹"，摇晃的金耳坠十分耀眼。不多时，孙府上下，都知道锦姨娘的妹子来府里探亲。

锦姨娘的房间里，五色锦鸡明锦一样一样地把篮子里乱七八糟的东西掏出来："你带着饼子干吗？"

"路上买的。"苏奈坐在床上，揉着脚腕，"那只臭猫得了些钱，还以为有多少呢！呸，没想到只能买点吃食。"又卡住脖子揉一揉，"咽不下去，噎得我嗓子直冒烟。"

明锦扑哧一笑："人间的食物，想必你吃不惯。不过我们以后可以慢慢培养嘛。"

"姐姐，我在路上见到了人，好多的人呀！"苏奈环顾四周，这屋里亮堂堂的，有好几个洞窟那么大，她化了原形在拔步大床上滚来滚去，咬着帘子荡过来，又将狐狸脸枕在雕花的梳妆台上，把桌上成堆的金银首饰拨弄得铮铮作响，"这里也太宽敞了。"

正说着，脑袋猛地叫人一按："老爷？"

苏奈借着二姐的遮挡，迅速化成人。

明锦几步迎到门口，将一个身着绸缎、高大微胖的老头拉了进来，弯起眼道："妹妹，快见过孙老爷。"

"见过孙老爷。"苏奈低眉顺眼地叫了一声。

孙员外定睛一看，那个村姑只露给他一个羞答答的侧脸，鼻梁挺翘，肤如凝脂，掩不住的风韵身段，被朴素的衣服里勾勒出来。

苏奈低头绞着衣角，嗔道："老爷看着人家做什么，难道奴家脸上有东西？"

明锦忙道："我这妹子自小长在山野，不懂规矩，老爷勿怪。"

"无妨，无妨。"孙员外对明锦说话，眼神却在苏奈的身上打量，"听闻锦姨娘有客，来看一眼。你这妹子，是来看望你的？"

明锦往苏奈的身前一挡，笑道："我们姐妹二人有好多体己话要说。"

"嗯，你们说。"孙员外嗯了一声，收回目光，临到门口，又忍不住回头瞧了一眼。

锦姨娘笑着目送他。她的肩膀后面，苏奈眼睛一抬，远远地朝他嫣然一笑。

孙员外心里一惊：锦姨娘已经是十足美貌，没想到她的妹子更是美艳妖娆。

啧啧，可惜，他这么多房小妾里，比她丰满的，没她美貌；比她美貌的，又没她有风情……

孙员外来来回回地惦记着这道身影，心痒难耐，就在吃饭时，趁着锦姨娘给他布菜的工夫，清了清嗓子，问道："锦姨娘，你的妹子怎么不来吃饭？"

锦姨娘道："哦，她赶路太累，在我的房间睡下了，恐怕要睡到下午才起。"

孙员外点了点头，夹菜："你这妹子生得挺漂亮，许了人家没有？"

锦姨娘一顿，目光如炬地看他一眼，弯唇："还没有许人家，可惜长得太漂亮，乡里容不下，迟早惹出祸端。"锦姨娘从容地道，"何况她呀，一心只想往那高枝上飞，想嫁个有钱人，享受富贵，我们那处穷乡僻壤的，哪个能入得了她的眼。"

孙员外的眼睛瞥着餐盘，露出若有所思的表情。

饭后，他背着手，踱着踱着，到了锦姨娘的房门口。他藏在院里一棵老树背后，转着手上的扳指，仰头看月亮。

过了一会儿，一个窈窕的影子关上门，扭着腰从房间里出来，走到了老树旁。

孙员外咳了一声，从树后出来，那个女人果然吃了一惊："孙老爷？"

孙员外打量她一眼，和善地笑道："嗯，原来是锦姨娘的妹子，在家中住得还习惯？"

苏奈掩唇，只拿眼瞟他："家里房子这样大，老爷人又这样好，奴家欢喜得很。"

两人正巧走到了回廊里，四周影影绰绰的，这美貌村妇的影子不经意地挨到了孙员外的衣角。

孙员外柔声道："你若有什么困难，大可说出来，姐夫会尽力帮衬。"

苏奈的肩膀无意地蹭着孙员外，抽抽搭搭的，竟然抹起泪来："孙老爷，您不知道。奴家探望姐姐是假，走投无路，投奔姐姐才是真。家中兄嫂，嫌奴家是个累赘，将我扫地出门，我也不好不走……"

孙员外忙拿手把泪珠子捧住，悄悄地摸了一下美人的脸，果然如豆腐似的，刮掉了一指香粉："那便在家里多住上几日呀，缺什么，只管开口就是。"

苏奈仰头，月光照着泪眼，这双丹凤眼将人一看，竟叫人生出欲念来。那红润的檀口张合，也不知亲上去是什么滋味。

"可是，奴家除了姐姐，无依无靠，离开这里，又不知道要去哪里才好……"

孙员外已经忘记控制表情，咽了口唾沫："那，跟你姐姐留在这里，好不好？"

苏奈拿眼睛直勾勾地睨着孙员外，风情万种地一笑："哦？留多久呢？"

孙员外已经将这妖精一把扯进怀里："心肝儿，留在我身边一辈子自然更好……"

苏奈娇呼一声，眼看天雷勾了地火，回廊上噔噔地跑来一个黑影子，离得近了，凄厉地大喝一声："老爷！"

孙员外只觉得耳膜震颤，又让一盏灯笼晃花了眼，顿时三魂丢了七魄。

两个人吓得赶紧分开，只看见灯笼的光照着来人头上的珠翠，金灿灿的耳坠摇晃着，锦姨娘浑身颤抖，脸上已是梨花带雨："老爷，我妹子还未嫁人，你怎能坏了她的贞洁？我这个做姐姐的，我……这可怎么好啊！"哭了两声，又一把拽住苏奈的胳膊拖过来，"还有你！我说怎么找不见你，原来跑到这里勾引我的夫婿，你，你不要脸！"说罢，作势要往苏奈的脸上抽。

苏奈只得往孙员外的身后躲，喊着"老爷救命"。

孙员外赶紧架住锦姨娘的腕子，讪笑着道："锦姨娘消消气，消消气！都是一家人，何苦如此！你要打，要打，还是打我的脸吧！"

锦姨娘咬牙切齿，猛地一挣，将他推开，提着灯笼，抽泣着道："借我两个胆，我也不敢打您呀。老天爷，我命苦，我的妹子上午才来……下午……"她猛地颤抖一下，"下午，就搞上了她姐夫，我……"喉咙里发出一声长鸣，"我不活了——"

锦姨娘一丢灯笼，爬上那回廊的石座，就要往水池子里跳，吓得孙员外连滚带爬，一把从背后抱住她："哎呀，不要！"

拉住了因为他寻死觅活的锦姨娘，孙员外心中受用，嘴上却呵斥道："锦姨娘，你真是胡闹！我怜惜你妹妹，也没有少爱你半分。你要是死了，我可怎么活呀？"

苏奈也抓着锦姨娘的袖口，跪在她的身边哭哭啼啼："姐姐，我也不是故意气你。可是我也不知怎么的，一见老爷就中意。你也知道，我自小就羡慕你嫁给孙老爷，回家都是穿金戴银，扬眉吐气，我却是挨打挨骂，无家可归，姐姐，我也想嫁个好人家呀！你就如了我的意吧！"

锦姨娘目视虚空，歪在那石座上抽泣着，两只眼睛肿得像核桃，孙员外连忙给她顺气。

过了半晌，锦姨娘抬起眼来，定定地看着孙员外："老爷，我也不是那心窄的人。既然，妹妹的名节已经给坏了，"她攥住孙员外的手，"老爷，你便要负责呀。"

"负责，我定会负责。"见此事峰回路转，孙员外大喜过望，一口答应下来。

锦姨娘道："老爷若是愿意纳了妹妹，那我们姐妹二人便可以一起伺候老爷，后半生相依相守，也算是全了姐妹情谊。苏奈，你说呢？"

苏奈低着头，红着脸："全凭姐姐做主。"

"下个月初怎么样？"

孙员外正要点头，却猛然想到一件事，有些为难。他娶上一任姜室方如意，仅仅不到三个月。

孙员外人称"孙六月"，虽然喜新厌旧，但在这短短的几个月里头，还是相当专一。如此一来，倒是要破了多年的规矩。方如意曾经是他最宠爱的一房姜室，是姜室里唯一的才女，他现在对她暂时还没有失去兴趣……不过，如意近些日子极其嗜睡，人变得有些惫懒，让他不满了好几日了，倒不如锦姨娘的妹妹鲜活可人……孙员外看了一眼苏奈，方如意固然不错，但此等尤物，也该早点娶进门来，惦记着心痒，便拍板道："下个月就下个月。"

锦姨娘和苏奈听了，都满意地点点头："太好了。"

孙员外更是觉得春风得意，一手搀一个起了身。

只是在他看不到的夜色里，两妖目光相触，无声地会心一笑。

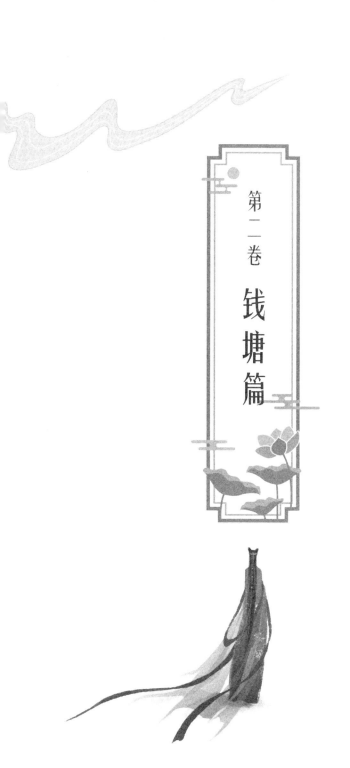

第二卷

# 钱塘篇

嘣的一声，鞭炮炸响。

一顶小轿，在烟雾里摇摇晃晃地抬进丝绸大户孙员外的府邸。

街上兴高采烈地看热闹的人实在太多，簇拥着轿子，小轿走走停停，行进得极为困难。

"这是孙六月娶第九个小妾了吧？"

"没错，是第九个。"

"我记着上一个才纳了没多久啊，怎么，孙六月要改名叫孙四月了？"

"我猜是因为上次纳的那个如意心高气傲，触怒了孙老爷，遭了厌弃。"

"呸！我听说是因为这次的新娘貌若天仙，将这孙老爷闹得五迷三道，再看其他妾室，全都味同嚼蜡……"

嗡嗡的议论声，混杂成混乱的背景音。

轿子里十分昏暗，新娘子支肘托腮，被摇得晃晃悠悠的，想将侧帘卷起来，听个清楚，一只麻秆样的手臂猛地捂住帘子："您，您就不能老实点？"

陪坐在轿中的小丫鬟气鼓鼓地坐了回去，埋怨道："上一个从花楼里带出来的姨娘还知道不能把脑袋伸出去给人看见，您连这也不知道？"

盖头底下，传来一个娇滴滴的声音："奴家是小家女，没人教这些。"

丫鬟嘟囔着道："你们家得是多小的家呀？就连嫁娶的规矩也不知道吗？"

新娘的语气幽幽的，莫名带出了诡异的气氛："很小，很小，在荒山里面只我们一户，外面都是成排的坟包……"

丫鬟身上起了鸡皮疙瘩，连忙打断道："锦姨娘不是您的姐姐吗？她一向礼仪得当，您怎么不向她学一学？"

"哦，姐姐老早就嫁了过来，那时你又不在，哪里知道她一开始是不是也这样没规矩呢？"

丫鬟叫她一噎，无言以对。

新娘消停了一会儿，又道："你能不能告诉奴家，家里有什么人呀？我才住了几天，只认得姐姐和老爷……见了面，我怕又失了规矩。"

才住了几天，就从小姨子混成第九房姨娘……呸，还提"规矩"呢！

小丫鬟心里鄙夷，嘴上只道："陈姨娘是最早嫁过来的，还有徐姨娘。锦姨娘，便是你姐姐，是第三个……方姨娘是最新来的八姨娘，她是老爷逛花楼的时候带出来的，最得老爷的宠爱……"

那小嘴一张一合，说出来的全是"姨娘"。

新娘伸手打断："哦，这些奴家都知道。"

"那您想听什么？"

"还不知道家里有什么男丁，以后见面都不认识，要是叫错了，那得多尴尬。"

"男丁？咱们家里哪有多少男丁啊？"丫鬟说，"不就一个茂哥儿吗？"说到此处，嘴角不禁翘起来，声音也变得轻柔了，"宝贝疙瘩，顶顶好的谪仙公子……"

新娘道："哦？他有多大了？为什么叫他'谪仙'，可是生得美貌？"

这丫鬟却忽然变得警觉起来，上下打量着新娘，悄声道："苏姨娘，您都要嫁给老爷了，问那么多做什么？老爷最恨女人不守妇道，您进了家里，说话千万小心些。"

新娘噤声，点了点头。

正说着，轿子已经进了侧门。

两个丫鬟熟练地撩开帘子，一左一右地把轿中人搀扶出来，迈着细步，就要送到孙老爷屋里。

新娘的鼻子微动，嗅到熟悉的气味，一按丫鬟的手："等等。"

果然，听见佩环叮当，两个丫鬟行礼："锦姨娘。"

锦姨娘笑着走过来，一把挽住新娘："我将妹妹送到老爷那里去吧。"

知道新来的苏姨娘是锦姨娘的妹子，丫鬟们便退了下去。

两个人手挽手在廊下行走，看四下无人，明锦小声道："奈奈，你不要紧张，这人间和山里一样，无非就是人多一些。而且，一个四四方方的院子，把一二十个家丁伙计围住，很是集中，你只要有个身份待住了，早晚能找到机会采补，也不枉大姐姐的千叮咛万嘱咐。"

好家伙！一二十个家丁伙计！这么多精壮男子！

人间真是个好地方……

盖头下的苏奈听得心潮澎湃，一把抓住明锦的手："还是姐姐你好！不像那只臭猫。跟着我净帮倒忙，还说以后再也不跟我出门了，说我的倒霉会传染。"

明锦宽慰道："万事开头难，谁也不是第一次就能采补成功的嘛。"

"不过，你初来人间，还得低调行事，以免惹人怀疑。这附近有一座道观，这里的人，对那些臭道士很是迷信，动不动就请来驱邪除秽，吓死人了。"明锦抚着胸口，想了一想，又道，"你要是等不及，老爷也可以给你睡，只是别把他吸干，给我留条命就好！"

言语之间，袖中几个细细的金镯子相碰在一起。

这野鸡精最爱当人小妾，享受人间富贵，不过也不是代代都能找到什么王爷大官的。太平时期，这些人前呼后拥，求仙问道，身前身后都拥着一些高人道长。想混进这些人的后宅，还真是没门路。

倒不如找个合适的富商。只是找个合适的富商，还要那种后宅清净好对付的，也很不容易。

有些人家的后宅黑漆漆的，连蛊术都用上了，那种野鸡精碰都不想碰——嫌麻烦。

找到这户人家，费了她好些年的工夫。

苏奈闻言感动得鼻头发酸："姐姐放心！我不会碰孙老爷。等过一段日子我再动手，好叫人怀疑不到我们头上，不叫姐姐断了财路。"

明锦欣慰地整理了一下小妹的喜袍："时候差不多了，快进去吧！"

房门开着，苏奈摸索着桌角行进，找到了床。尾巴一抬，把裙摆向后铺成一个完美的花型。

等了许久也不见孙老爷人影，苏奈裙摆下的尾巴摆来摆去，很是疑惑。且说这孙员外，美妾进门的日子，却足足迟了半个时辰才顾得上回屋。进来的时候，脸上还满是怒色。

新娘扭过头来，过了半响，幽幽地道："老爷，你可算来了。再不来，奴家都要等成望夫石了……"

孙员外叫这个声音酥了半边骨头，哪还有半分不快，上下打量一下这大红喜服包裹着的婀娜身段，甚是惊艳："是我的错，都叫美人等急了。"说罢，就要掀开盖头。

　　苏奈朝床里一滚，他没看清怎么回事，手上就摸了个空。再看，新娘子坐在床角，埋怨道："老爷丢下了奴家，去哪个狐狸精那里鬼混，不说清楚就想和奴家亲热，我可不依！"

　　孙员外在床上膝行，扳过新娘的肩膀，耐心地哄道："刚才的确是去了方姨娘那里，不过，我是想警告她，新人进了门，她也算是个老姨娘了，往后不要不知道天高地厚！谁知道我都进了屋，她还是对着墙睡觉，真是不识抬举，我这不就丢下她，火急火燎地看你来了吗？"

　　苏奈冷笑着道："老爷看人睡觉，看了半个时辰？"

　　孙员外心虚地笑着。

　　方才，他见方如意睡得两颊晕红，异常娇艳，的确动了些心思，可才一碰她，方如意便吓得弹开去，躲到了墙角，还把被子拉到了胸口。那惊恐、嫌恶的眼神，极大地刺伤了孙员外的自尊心，气得他拂袖而去。

　　"不识好歹，不过是骂了她两句！"孙员外板起脸道，捉住了新娘一只滑嫩的手，眉眼又露了笑意，把自己的扳指捋下来，套在她的指头上，"这个赏你，别再闹了。"

　　美人捏住扳指，咯咯一笑。

　　孙员外再也忍不住了，一把抱住这个风骚的新娘，放下了床帐。

　　片刻后，赤红色的狐狸嗖地一下从窗户跳进锦姨娘的屋子。

　　野鸡精正平躺在床上，两根小指翘起，准备拿些黄褐色的东西敷脸。

　　"姐姐，你看！"一只狐狸爪伸到眼前，指甲上钩着一枚翠绿的扳指。

　　明锦急忙坐起来："老爷送你的？"

　　"是啊。"狐狸化了人形，喜滋滋地套在拇指上，就是有些大，总往下掉。

　　"这也太不伦不类了，还是取下来吧，姐姐的梳妆台上有好多漂亮的首饰，你自己挑着戴……"明锦说着就要给她捋下来。

　　谁知苏奈弓着身子，将手藏在怀里，龇牙咧嘴的，死活不肯交出来："不要，不要，好容易得到的，我就要戴着！"

　　明锦戳着她的脑门："你呀，修了这么好的一副皮囊，不知哪里学来的品味！瞧瞧你初来那天穿的衣裳，八十岁的老村妇都不敢那么穿，明日见了，好好学学人家方如意的打扮吧。"

苏奈不服气地指着明锦手腕上的镯子："可是，姐姐，你不是也挂这个、挂那个的吗？"

"那是我生得明艳，金饰添彩更显得华贵。你生得妖娆，就该突出本身的特点来吸引人的目光，满身金彩，反而把你衬得俗了。"明锦叹了口气，"这珠宝首饰啊，不在于戴得多，在于选得巧，符合自己的气质，打扮在男人的心坎上。"她在苏奈的心口戳了三下，颓然躺下敷脸，"算了，说了你也不懂。"

苏奈确实不懂，趴在床头，好奇地挖了一块浆液，被熏得当即打了个喷嚏："姐姐，你这是在脸上捯饬什么？"

明锦闭着眼睛道："花浆捣碎了，滋补人体，可以使皮肤变得滑嫩。妹妹，长江后浪推前浪，以色事人，要时刻保持竞争力才好。"

"对付男人，使个术法不就行了吗？"

"傻狐狸，哪有那么简单？"明锦叹息着道，"术法也有不灵的时候。姐姐天天给老爷吹气，他还不是迷恋上了方如意？方如意出口成章，会弹琴作诗，还有那叫什么——气质，姐姐又不似你们狐狸能使媚术，要伪装出气质什么的，实在力不从心，只好在这张面皮上下功夫了。"

"有这么厉害？"苏奈怀疑地道，"我看老爷也没有多喜欢方如意。"

"那是你来了之后吧？先前老爷对她实在是迷恋，我们对待老爷，都得低声下气地捧着，方如意却能站着……总之，若非如此，我也不会急着叫你过来。"

苏奈想了一想，道："何必要这么麻烦，姐姐将她吃了不就好了？"

"唉，那还是算了！"

苏奈心想，这五彩野鸡二姐姐的年岁大，修为也不浅，仅次于大姐姐白素。

大姐姐藏在深山，什么"礼法道法，天道人伦"，一套一套的，端坐如神女。

二姐姐却痴迷于人间，整天学得像人一样，享受什么荣华富贵，前呼后拥，过懒懒散散的日子，就连与人争斗，都惯于用人的方式。胆小怕事，这也难怪。

"不过……"明锦边拍脸边沉吟着道,"最近她是很奇怪,中邪了一样,没等我们出手,倒自己作死了……"

一回头,这狐狸崽子竟然已经趴在她的床上,呼噜呼噜地睡熟了。


第二天,苏奈还没睡醒,就被明锦拖了起来梳妆打扮。

到大花厅时,桌上窃窃私语的五六个女子全部停下来,同时看向苏奈。这里面有老的、少的、胖的、瘦的,但都满脸堆笑地看着她,片刻,爆发出一阵夸张的夸赞。

"妹妹的皮肤真是细腻,宛如剥壳的鸡蛋一般。"

"没错,身段也好,与锦姐姐当真是各有千秋。"

"哟,这手上戴的是老爷的扳指呀!看来妹妹才来一天就讨了老爷的欢心,实在是个妙人啊。"

锦姨娘热情大方,人缘一向很好,这些姜室们对自己妹子的恭维完全在意料之中,她拿帕子掩口,满意地笑着。

苏奈则环视了一圈,没见着有特别亮眼的长相,传音道:"姐姐,这里头哪一个是方如意?"

"咳,她还没有来。近些日子,她每天都睡到日上三竿才起。"

忽然,闲聊的人猛然噤声,齐刷刷地向苏奈身后看去,神秘地交换眼神,眼里闪动看热闹的喜色。

苏奈扭过头,便终于看到了姗姗来迟的方如意。

来人约莫十七八岁,生得纤瘦秀气,脊背笔挺,犹如一枝寒梅。她低而松的发髻上,只有一根素雅的银莲钗,花心微闪,映衬着一双安静清冷的眼睛:"对不住,各位姐姐,我又来迟了。"

明锦斜睨着她头上的钗子。这根钗子别致,不用多华贵,就将她那股清冷高雅的气质,衬托得刚好。这个道理,那只傻狐狸就学不会……

苏奈也眨巴着眼睛,认真地盯着她看。看起来,也就是普通的人类嘛。更何况,她眼底青黑,整张脸上好像笼罩着一层黑黑的霉气。

苏奈不由得嫌弃地离她远了一些。

方如意在众人看热闹的眼神中落了座,眼神飘在苏奈手上翠绿的扳指上,微微一黯。

照理说,她应是愤恨的。进门才不到半年就遭厌弃,新来的还是这样一个美艳的女子。

可是此刻，她的心思飘忽，整个人昏昏沉沉的，又愤恨不起来。

这难以启齿的经历要从一个月前说起。

一天晚上，她做了个怪梦，莫名地在梦中与一个素不相识的年轻男人颠鸾倒凤。醒来之后，心仍然怦怦直跳。平时做梦，醒来后大都记不清楚梦境，可是这次，那个人的眉眼，胸口的小痣，乃至于鼻尖上的汗水，她闭上眼睛，全都记得清清楚楚。

梦里是一个风流温柔的郎君帮她脱鞋。方如意臊得满脸通红，挣扎起来，只记得梦里的自己被吓得往床角缩："你是谁呀？快些出去，我是许了人家的，我已经是人家的妾！"

那郎君将她的脚握在掌心，冲着她笑道："娘子，我是你相公呀。"

"相公？"

"嗯，是你许愿得来的相公。"郎君玩笑道，"好了，别闹了。脱了鞋，快安寝了。"

拉锯之间，郎君浓情蜜意，方如意倒也叫这话弄迷糊了，真真假假的分不清楚，只觉得美满甜蜜，想到那张脸，心里便忍不住地感到一阵悸动。

再一翻身，看到枕边熟睡的孙员外，满脸皱纹、胡须翘起的脸近在咫尺，吓得她差点尖叫起来，蓦然从梦中跌出，完全清醒过来，只觉得一阵怅然。

她责骂自己不知廉耻，赶忙调整好心态。

可是第二天夜里，又梦见床边坐着同一个郎君。

"把你的脊背挺起来，坐有坐相。"

苏奈突然听到二姐姐传音提醒，马上由慵懒地趴着变成端坐着。

"爪子收一收。"

苏奈托着腮，无聊地敲打脸颊的五根手指一顿，瞟着其他的妾室，学着她们的模样，将手放在膝上。

"嗯，现在看看你对面的方如意，看看她的打扮，看出什么不同了没有？"

苏奈看了半天，只看到她的鼻梁上氤氲的一团墨绿色的霉气，老实地道："没有呀。"

野鸡精无奈地道："哎！你看她身材偏瘦，就不穿褙子，不然显得矮小；她的五官秀气，气质偏冷，所以她懂得穿烟青、湖绿色的衣裳，突出自己的清爽。你再看她的头上——"

苏奈道："头发乱得快散开了。"

"呸，这叫堕马髻，显得她乌发如云！那根钗子，设计得甚是别致，花瓣是一根一根攒出形状的银丝，花心我摸不准，好像是镂刻的水晶。"

野鸡说到这里，不由得酸酸地道："可恨老爷先前偏心，什么好东西都是她独一份的，我都没见过这样的钗子。"

正巧方如意喝茶，袖管里透出一截苍白的手腕。头上绽开的银莲花钗反射了光芒，熠熠生辉。狐狸的眼珠子，马上叫这亮晶晶的东西吸引，顿悟了："姐姐，你是说她的钗子戴得好。"

"没错……"明锦大为欣慰。

"我明白了。"

明锦心道：你明白什么了？

苏奈已经将手指头向前一伸，对方如意千娇百媚地笑道："方姐姐，你方才一直瞧我这枚扳指，可是见了喜欢？"

方如意心中一沉。刚才新姨娘上上下下打量她的目光，已经看得她无地自容，这冷嘲热讽的炫耀，到底躲不过。

"我是见了眼熟，所以多看两眼，发现是老爷常戴的。"固然知道孙员外薄情，不过他转头又娶了一房，还是让她有些不知所措，"……很好看。"

谁知苏奈听了，当即把扳指摘下来，推给她："姐姐既然喜欢，那就送给你做见面礼吧。"

方如意一惊，有些尴尬地挡住她的手："妹妹与我开玩笑吧？"

旁边看热闹的小妾们，也急忙跳出来阻拦："苏姨娘，如此意义非凡的东西，随随便便给了人，这可使不得呀。"

苏奈眨巴着眼睛道："姐姐莫怪妹妹唐突，其实，是奴家看见姐姐生得好看，头上戴的这根钗子更好看。奴家长在山野里，从没见过这等宝物，也没有戴过钗子，不禁看得呆住了。可是初次见面，怎么有脸叫姐姐割爱？便想着跟姐姐交个朋友，可奴家初来乍到，身上什么值钱的东西都没有，就只有老爷赏的这枚扳指……"

方如意听明白了，摸着钗子，脖子都泛了红："妹妹得老爷喜欢，日后肯定少不了珠宝绸缎。这——这不是什么好东西，是我从前从花楼里带出来的旧物……"

若是别的东西，送给她无妨。可这是二姐留下的唯一的遗物……

明锦责备苏奈道："你怎能随随便便讨要别人的东西？实在没礼数。"

"姐姐，我不是讨要呀，"苏奈委屈地看了她一眼，竟然抽抽搭搭地抹起眼泪来，"我是跟方姐姐交换礼物，这枚扳指不是很贵重吗？为何方姐姐还要生气，难道是方姐姐不喜欢我？"

明锦瞪了她一眼，扭身，对方如意甜腻腻地赔笑道："方妹妹，你看我这妹子出身乡野，粗野得很，同谁都这么热情，也不管人家乐不乐意，你别跟她一般见识。"

旁边的小妾们，马上不忿起来，从前不敢说的不满，现在眼见方如意失宠，也敢发泄出来："方姨娘，人家都愿意将老爷的赏赐给你，你那什么金贵物件，卖破烂都没人要，还护在怀里，拿腔拿调的，看不起谁？不知清高什么。"

方如意叫人赶鸭子上了架，脸涨得通红，只好从头上摸下那支从家带来的银莲花钗，咬牙含泪道："我没那个意思。这东西不值什么钱，却是我珍爱之物，既然妹妹想要，我愿意送给你。"

苏奈正哭着，刹那间破涕为笑："那这枚扳指送给姐姐。"

方如意摇摇头："老爷送的礼物，怎么好轻易转送别人。就算是你送，我哪里敢要。"

"方妹妹果然大方又明事理！"明锦笑着称赞她一番，一推苏奈的肩膀，催促道，"奈奈，还不快谢谢方姨娘？"

方如意看着这姐妹二人一唱一和，一副占了便宜的模样，也没什么话好接，低下了头。身子骨疲倦得很，倒不如回去睡一觉，躲开这不如意的现实。

"姐姐，你看，我给你抢过来了。"苏奈拿着钗子传音。

明锦气得翻了个白眼："我教你学着人家怎么打扮，谁叫你……自己戴，我不要！"

"我戴就我戴。"苏奈不生气，喜滋滋地拿起这钗子插在自己的发髻上，左右转着，叫其他妾室吹捧。

咦，怎么回事？

苏奈的眼角瞟到，方如意起身时，脸上那股黑气好像被风吹散了似的，一下子淡去不少。

回去以后，苏奈在镜子前看了又看，很是满意。有了这亮晶晶的银莲花钗，她就能将从前在坟里扒拉出来的半截玉箸换下来了。

睡觉之前，她小心翼翼地将得来的绢花、钗子和扳指拢在一起，放在枕下，尾巴团成一个团，在宽敞的大床上安稳地入睡。

夜色深沉，野鸡精和狐狸精的呼吸声此起彼伏。

苏奈的枕头却缓慢地翘起一个细微的角度。一根钗子平躺于枕下。

初始不动，片刻后，其中一片银色的花瓣，竟然渐渐鼓胀起来，似乎有什么东西，正在里面艰难地蠕动，发出窸窸窣窣的声音。

那片花瓣越涨越大，开了个口子，仿佛有东西分娩了出来，一只长如锥针的透明触角，小心翼翼地探了出来，上下摇摆，不一会儿，又生出一只触角，娴熟地顺着枕边攀缘，只是猛地触碰到了一片绒毛，触角顿时停止动作。

尖尖的狐耳有点痒，苏奈颤抖了一下。那只触角瞬间恐惧地缩了回去。花瓣泄了气似的干瘪下去，枕头渐渐变平。


和天下所有的鸡一样，每日天不亮，野鸡精就要窸窸窣窣地穿衣，起来走动，在窗前吊嗓子。

苏奈在微弱的薄光中翻个身，拿尾巴将狐耳掩住。

明锦笑着道歉："对不起，吵醒你了？"

苏奈抖了抖耳朵，不知怎么，总感觉痒痒的。她俯卧床上，懒懒地打了个哈欠道："没事儿，二姐。都怪老爷烦人，整天占我的大床！他晚上还打呼噜，像打雷一样，吵死我了。我情愿每天和姐姐挤一挤。"说着，翻身化成人，一摸，手底下绒绒的一层，"不好，姐姐，我掉了好多毛在你的床上。"

"没什么，我原来也时常掉一些。"锦鸡对着镜子挨个儿佩戴金饰，整张脸都显得珠光宝气，"以后化成人形睡觉。"

"不要！"

白天套在躯壳里捏着嗓子扮人已经够累了，怎么夜晚也不叫人清净？

锦鸡叹了口气:"你年岁尚小,总觉得兽态自在。等你修到了姐姐这个地步,就懂得做人的好了,以人身行人世,要比当一只动物自在百倍。"

苏奈捂住耳朵。

二姐姐和大姐姐一样,脑子里都是人人人。

明锦打扮完毕,又拿着金笔,把苏奈翻过来,在她的脖子上画四瓣花。明锦戳了一下那金指印:"痛吗?"

"不痛。"

"奇也怪哉,不就是被神仙掐了下脖子,手印居然这么久也消不掉。"野鸡精替她添上三瓣,语气竟然有些羡慕,"区区一个灵山府君,有这么大的能耐,怪不得那么多精怪,前赴后继地想要修仙……"

苏奈气得锤床:"二姐,你不许夸他好!那破烂草头神,下次让我见到,看老娘不将他那破神像砸得稀巴烂!"

明锦笑得前仰后合,二人起身喝茶。

自从孙员外纳了苏奈,这姐妹二人共侍一夫,姐姐明艳,妹妹风骚,把孙老爷完完全全地把持住了。

明锦的日子再度春风得意,路上便感叹:"听方如意的丫鬟说,自打见了你那次,她回去就病了。"

苏奈忙辩解:"我没对她做什么!"

"知道你没有。"明锦笑道,"这是心病,是'兵败如山倒'。"

"说来,方如意也是个苦命人。对人来说,做娼妓好像是一件很耻辱的事。她嫁给孙员外,虽然免于被羞辱,但毕竟还是有些意难平……"

苏奈的目光,眼馋地黏着廊上擦肩而过的家丁,只觉得爪子在发痒,恨不得能立刻动手:"我不懂,有男人,有这么多的男人,她竟然还不满意。"

"老爷的年纪都能当她爹了,为人又爱面子,家里的姨娘只能变着花样捧着,不敢忤逆了他。有时候我都觉得压抑得慌,何况凡人了!"野鸡精嘟囔着道,"又不像茂哥儿一样,看着还能养养眼。"

正说着话,突然从背后蹿出一条黄毛大犬,汪的一声叫,将苏奈吓得瞬间跳到了明锦身后:"姐姐,有狗!"

"没事儿,没事儿!"明锦心知狐狸怕狗,将她一挡,"不怕,这是徐姨娘养的狗。徐姨娘喜欢动物,养了许多,一会儿你就知道了。"

给黄狗让出道，那条狗便吐舌哈气，轻快地向前跑去。

苏奈战战兢兢地看着它一路跑出了回廊，汪汪地吠叫起来，前爪一扑，撒着欢扑到了一位白衣公子的膝上。

"好家伙。"这位公子含笑，也不顾衣裳被狗爪印出数道黑印，蹲下身来揉它的脑袋，同它嬉戏，随手将帽子上两根绸带勾到背后，侧脸如白玉。

苏奈皱起的眉头慢慢地放平。

"公子，公子。"追着狗跑过去的丫鬟立在眼前，却不急着说正事，而是红着脸，笑着搭话，"您可算游学回来了呀，我们大家可惦念着您呢！"

"是你呀，采红。"公子抚摸着犬背，温柔地一笑，"爹爹和姨娘们的身体好吗？"

"都好得很。"丫鬟见自己被主子记得，抿着嘴，也抿不住那羞涩的喜气，"对了！您不在的这段时间，老爷又娶了八姨娘和九姨娘，正叫您去大花厅拜见。"

公子听闻，并没有太多讶异，只是无奈地一笑，掸了掸衣袍，平和地道："不急，等我换件衣服就去。"

"姐姐，听说孙员外有一个儿子，是他不是？"等那个身影消失，苏奈激动地摇晃明锦的衣袖。

谁说采补不看脸了？

这是她这段时间以来见过的最顺眼的男人，又年轻，又俊俏，还在这院落圈出来的人圈里，伸手一捞就能摸到，这怎么能轻易放过！

明锦道："正是茂哥儿。老爷就这一根独苗，十分溺爱，专门请先生费心教导茂哥儿。他一年四季总在外头游学，今天却回来了。"她顿了顿，见苏奈两眼放光，心下了然。不过，她自己是吃过"没气质"的亏的，评估一下难度，劝道，"茂哥儿倒也可以，不过，他是个拘礼的读书人，恐怕不像凡俗男人那般容易得手……以后你就知道了。"

进了花厅，苏奈和八姨娘方如意并排坐在了椅子上，等着茂哥儿来敬茶。

方如意拖着病体，面色如雪，时不时地咳嗽一声，二人对视一眼，俱是一愣。

方如意见自己的旧物戴在苏奈的头上，点缀得那新人艳如春花，未尝不是一个新的好去处。她半是欣慰，半是悲伤地别过头去。

苏奈发觉她虽然形容枯槁，可上次那一大团霉气淡得几乎没有了，也不知被哪个倒霉蛋给带走了。

"公子，这边来。"

听见了远远传来的脚步声，苏奈急忙正色，摆好一个妩媚动人的坐姿。

孙茂今年十八岁，挑了帘子一进来，就令人眼前一亮。他一身锦袍，风度翩翩，是个带着书卷气的玉面郎君，遵循礼数，弯腰低头，拱手行礼。

孙茂虽然对父亲频繁地纳妾颇不赞成，可他的性子温柔宽厚，心思纯净，既然已经娶了，对待两个和他年纪相仿的姨娘还是恭恭敬敬的，便先将茶盏奉给了八姨娘方如意。

方如意一直垂着脑袋，不曾看来人一眼，此时接了茶盏，不经意地扫过孙茂的脸，忽然脸色大变。她满脸惊慌之色，又看了他一眼，似乎是在确认，随后手剧烈地颤抖起来，茶泼出来大半，全泼在孙茂的衣袖上。

茶水滚烫，烫得孙茂猛地抽手。

眼看茶盏就要滚落，一只白皙的手在半空中敏捷地接住了。

娇滴滴的声音响起。

"呀，公子小心！烫着没有？"随着话音，一块粉红带香的帕子按在他的手背上。

孙茂惊慌间疑惑地抬头，见接住茶杯的苏姨娘，一双眼睛亮亮的，正目不转睛地盯着他，显得极为可怜。不是凄惨的那种可怜，而是引人疼爱、惹人逗弄的那种可怜。

他忙收回眼神，捏住帕子胡乱擦拭，不敢再看："多谢九姨娘。方才我没拿稳，再、再去倒一杯。"

方如意说不出话来，冷汗顺着额角向下淌。她还沉浸在巨大的震惊中：怎么会这样？这几日无论怎么睡，还是夜夜无梦，她很愁闷，以为再也梦不到那个人，便害了心病……

谁知，她从未见过的继子和梦里与她缠绵百次的公子，长了一张一模一样的脸？

孙茂回了房间，捋开袖子，手上有一小块浅浅的烫痕，在下人们的惊呼声中，他拿帕子按着手沉思。手上一痛，就想起帕子的主人苏姨娘，还有……古怪的方姨娘。

如果说苏奈是朵琼花，那方如意就是淡墨勾勒的雪梅，看起来十分文静，怎么一见到他，却用那种震惊、害怕的眼神看着他？还将茶水泼到他身上……难道是他无意间得罪了这位新姨娘不成？

想到这儿，他忙叫下人来，问起方如意，原来她就是那个进门四个月便被新姨娘横插一脚的姨娘，待听到方如意的身世坎坷，如今又病着，孙茂唏嘘不已。

家里原本只有他一个人读书，苦闷于跟人无话说，知道了家里有个人同样读过书，顿生亲近之感："她很可怜。阿文，我回来时不是带回来了一根人参嘛，我用不上，给方姨娘送过去吧。"

阿文推三阻四："这么好的东西，送给八姨娘怕不合适，还是孝敬给老爷吧。"

"爹又不缺补身子的食材。"孙茂道，"我还有别的东西给爹爹。别学人家爬高踩低的，快送去吧。"又长叹一声，"都是可怜女子，到了家里还要相互欺负。"

下人们知道这位公子是菩萨心肠，心软得过分，拗不过他，只好包了人参，去敲方如意的门。

方如意关上门，那苍白的脸色把屋里的丫鬟都吓了一跳："八姨娘，您没事吧？"

"没事……"她摇头道，"我睡一下，别来打扰我。"

丫鬟担忧地走过去，她已经爬上床，拉上了帘子。唉！这一阵子好不容易觉少了，怎么又睡了？

帘子里，方如意抱膝坐在床上，感到有些害怕。她本就心存惊疑，刚才孙茂屋里又派人送来一根人参，一打听，其他人都没有，连老爷都没有，唯独给她，不免引得她胡思乱想。

世上有这么巧的事吗？就连那脸上的细节，说话的声音，都一模一样。

明明没有做违背伦常的事，她心里却极其煎熬而且硌硬，双手合十，在心里对梦里的郎君祈祷：求求你，假如你和我那继子不是同一个人，千万来梦里见我一面，别害我犯了错！

说罢，她拉起被子，蒙头就睡。

方如意已经失眠了好几天，眉头紧锁，焦灼得出了一身热汗，真的在混沌中睡着了。

可惜，还是没能梦见想见的人，净做些乱七八糟的怪梦。

时而是自己和娘坐在地上哭，那时大水刚退下，家里的篱笆都横栽进污泥里，一片狼藉。许多官兵在宅子里翻箱倒柜，东西扔得到处都是。

时而又是天寒地冻，母亲瞪着眼睛，奄奄一息地倒着气。窗外的雪，冷不丁地变成了丧幡，她扶着棺材，扯着嗓子用力地哭，却怎么也哭不出声音。

一会儿又梦见自己在庙里走，罗裙拂过门槛，盘绕的檀香烟气升起，背后是一尊雪白的龙身塑像，昂首摆尾。

十数年前，龙神玩忽职守，叫一尾凶煞的鲤鱼精在浪涛中兴风作浪，引得钱塘大水，冲得无数民居垮塌。在百姓的哭号中，一个身穿白衣的美貌童子提着花篮从天上落下来，在水里用花篮一捞，把那尾巨大的鲤鱼精装在花篮里，收走了，荡起的一连串水珠儿落地成树，又开了花。

因此龙神右侧立着个提着花篮的美貌童子，面白唇红，仪态端方，据说是龙神的从神。

花楼里的姐妹，跪在蒲团上念念有词，求平安康健，求来年富贵。

可是她盯着龙神心道：神耶，我们家世代是水官，从我祖父开始就供奉龙神。可是当年鲤鱼精兴风作浪，你吃了多少供奉香火，为什么不早点出来降服妖孽？

终于轮到她跪拜时，她还怔怔地盯着龙神，不知道在想什么。

大家便笑着推她，笑嘻嘻地说："如意，下个月挂牌接客了，赶快求一个恩客盈满！"

她依言跪在童子和龙神前……恩客，二姐前些日子就被恩客玩死了，死的时候，身无寸缕，浑身没一块好肉。昔年在闺中，二姐温柔沉默，虔诚守礼，打扫神前的香炉最殷勤。

方如意想到惨死的二姐，一向柔弱的她忽然一把折断了本要插入香炉的香火，在同伴的惊呼声里，将香火一把投掷在地。

一会儿，她又梦见儿时，家中尚是富贵人家，炭火充足，梦里无忧。半夜，忽然有人举着火把冲破了门。

争吵声中，父亲让人戴上枷锁带走。几个姐妹哭着追出门去，齐膝的水上漂着木屋的残骸撞在膝盖上，人人都在咒骂父亲治水不力，问斩……

一股热流扑哧喷了她一脸，她尖叫起来，滚到脚边的是父亲死不瞑目的人头。

方如意高喊一声，猛然惊醒，屋里的丫鬟连忙将她扶起来，她坐在那里，浑身打战，泪流不止。

丫鬟们劝了好半天，她才平静下来，想明白自己已经是方姨娘，住在了孙员外的大院子里，抽抽噎噎地坐在梳妆台前，梳着头发。不一会儿，桌上掉下来一大团秀发。

这一刀，把什么旖旎情思全都斩没了，方如意好像又变作了那个沉默的她，看着自己苍白的脸，心想：家中死了那么多人，二姐替她赴死，不就是为了让她苟活于世吗？

能平安地活在这个大宅子里是她的福分，更是她的责任。她怎能再去幻想那些她不配拥有的旖旎情思？

方如意问丫鬟："午饭用了吗？"

"应该才开不久，姨娘要去花厅和老爷一起用吗？"

方如意点了点头，去了花厅。


花厅里十分热闹。

苏奈依偎在孙员外怀里，仰头看着脑袋顶上的鹦鹉架子晃来晃去，一只虎皮鹦鹉正嘎嘎地叫："老爷好！老爷好！"

孙员外停下玉箸，满意地道："这鹦鹉养得真好，徐姨娘有心了！刚好得了两匹布，给你拿去做衣裳。"

"多谢老爷！"徐姨娘含笑道谢，脚边卧着那只吐着舌头的黄犬。

苏奈以孙员外为墙，躲得离狗远远的："二姐，这徐姨娘胖得像个面团，怎么也能被娶进门？"

明锦坐在孙员外右边，剥着果子皮："她上了年纪，以色事人肯定没门，只好用这些小玩意儿讨老爷的欢心，不然在这家里，连两匹布也得不到。妹妹，你学着点儿！"

"老爷，这是我亲手做的荷叶海带汤，请您赏脸尝尝……"

"老爷，还有这西域的葡萄……"

在一片轻柔的莺声燕语中，苏奈心道：难怪二姐要在这里扎根，只要像个猫儿狗儿一样讨好孙员外，就能得到恩宠——这对野兽来说，打滚蹭一蹭人，简直太简单了！不一会儿，苏奈的爪子上就挂满了赏赐，她都收着，嗯，不嫌多。

二姐也是收获颇丰，冲她晃了晃手腕，笑得眼睛都没了。

苏奈握了握爪子，指甲有些痒，她有些惆怅地想，但愿这府里的男人，都像孙员外一样好对付。

说笑间，明锦道："对了，下个月就是老爷的寿辰了！我以为阖府上下，应该从现在开始准备起来，妹妹，你说呢？"

苏奈娇滴滴地把酒杯喂到孙员外嘴边："正是。不知老爷想怎么过呢？"

孙员外一算，果然是寿辰将至，十分受用，笑着道："还是你们心里有我，连我的生辰都记得这么清楚。首先要表演一支舞吧！"

女子们热热闹闹地讨论起跳什么样的舞，孙员外不禁想起，众多妾室里面，方如意最擅长跳舞，不过也好长时间不曾看过了。想起来她，便在桌边找，果然看到坐在角落里的方如意正低头用饭，看起来清减许多。

孙员外清了清嗓子道："如意，听说你病了，最近好些没有？"

方如意抬起头，想要回应，可是想起几日前孙员外不满她的表现，对她的责骂和呵斥，又有些战战兢兢的，嘴张开半天，声音卡住了："嗯……好些了。"

见她神色勉强，孙员外有些不悦。明锦生怕孙员外对方如意的宠爱死灰复燃，一把将他的脸扳了回来，灿烂地笑道："老爷，你可知道，妹妹也很会跳舞呢！"

孙员外被吸引了注意力："真的？"

…………

方如意提前离席，从心底对自己的表现有些惴惴不安。

初嫁来时，孙员外待她还不错。她以为这是个好人，心存感激，后来才发觉，府上的姨娘都不过是他花钱买来的玩物，对于玩物，新鲜时逗弄一下，若是不顺心，他也是会骂人打人的，想要他顺心，一定要像锦姨娘和苏姨娘那样才好。

学学她们，学学她们。她在心里焦灼地劝告自己，沿着回廊缓步而行。忽然，她驻足在池塘边。不知何时，满池荷花已经盛开，颜色夺目。

这么多的花，一下子将她的眼睛都点亮了。方如意对着荷花，显出了久违的笑意。

不一会儿，廊上又走来一个翩翩的白色身影。

孙茂下学归来，也路过此处，被荷花吸引，走来凭栏观赏，却发现已经有个女人站在池边。风吹衫裙，冰肌玉骨。

他凑近一看，竟是方如意，忙避开两步，忍不住，又看看她的脸色，已经比早上好了很多。而且她笑了，舒展灿烂，正如这个年纪的女孩，如风吹散了乌云。

那么初见的时候失态，想必是有烦心事。

孙茂关切地道："方姨娘好。听说送您的人参让您退了回来？姨娘不必客气，那个对身体很好。"

方如意的心猛地跳起来，笑容顿时一收。

和孙茂站在一起，看到这张脸，闻到他身上的气味，瞬间让她想起梦中的情景，浑身都觉得不自在，慌乱之下，走到了远处，对着池塘冷着脸："茂哥儿，多谢你的孝心。不过我不好受你这份大礼，别的姨娘都没有，我独拿了，别人要说我没有眼色。"

孙茂听出她在府中的艰难处境，抱歉地笑道："听闻姨娘得了急病，没想那么多，是我不周到。那不是什么值钱物件，原想帮您一些，也是好的。"

那语气温柔、真诚。孙茂心慈，怪不得整个府上的女眷都喜欢他。可是他不知道，自己为何一定要抵触他，也无法解释了。方如意感到有些愧疚，越发觉得心慌，不敢再接话。

"姨娘若是觉得心里闷，可以时常出来散步，春天到了，院子里很是漂亮。"

孙茂一想到自己能四处游学、交友，这些和他年纪相仿的小娘子却因为他多只能困死在这小院子里，好像被掐掉的花一般，就感到一阵难过。他指着荷花道："昨日我经过的时候，这些还只是一些花苞，今天全开了，姨娘这两日可要抓紧看，不然过一段时间该长莲蓬了。"

风吹动荷花，清香沁人心脾。方如意回头，恰好能看见公子柔和的下颌线，帽上的绸带在风中飘动，他的唇角微弯，一双眼睛十分清澈，没有孙员外身上那股酒臭浊气。

方如意心想：假如未逢家变，她清清白白的，嫁与这样一个年纪相当的郎君，就是另一种人生了。

不过，她不敢让自己沉在这伤神里，很快抽离出来："茂哥儿，早上我病糊涂了……烫伤了你，对不住。"

孙茂见她神色凄惶，忙道："没事儿，姨娘，您看，我的手已经好了。"

孙茂一伸手，方如意吓得退了一步。

她怕自己的心跳加速声被发现。尽管孙茂听不见，她也怕自己的反应出卖自己。她已经嫁了人，没有回头路了。做那出格的梦，完全是痴心妄想，既然已经不再做，以后便断了念头，更不能牵连无辜的继子。她瞬间冷了脸，离开了此处。

花叶摇动，池边只剩孙茂手足无措地看着这个女子的背影。

"公子。"背后，一个妖娆的女声传来。

孙茂诧异地回头："苏姨娘？"

见那丰腴美貌的小妇人扭着腰走来，好像以她为中心，脚底刮过了一阵香风，沙沙地作响。

孙茂也不知道为什么会有这种奇怪的感觉，低下头，忙从怀里摸出了帕子："对了，多谢苏姨娘的手帕，我已经让丫鬟洗干净，还给姨娘。"

苏姨娘伸出细长的指，绞住了帕子一头，一双丹凤眼却含笑看他，看得他别过头去，才将帕子一收："公子的手怎么样？给我看看？"

"已经没事了。"孙茂刚挽起袖子，苏姨娘冰凉的指尖就摸了上去，手腕也叫她圈住。他屏住呼吸。苏姨娘浓密的睫毛忽闪忽闪的，红润的嘴唇嘟着，小口地吹气道："还是很红呢。"

又凉又痒的，孙茂打了一个激灵，忍不住将手抽回去，又怕苏姨娘伤心，马上笑着指向池塘："苏姨娘，您看荷花开得正好。"

苏姨娘的眼一弯，娇滴滴地道："奴家从未见过这么好看的花，若是能插在屋里就好了，公子能摘一朵给我吗？"刚才，苏奈透过花厅的窗格看见了孙茂经过的影子，眼睛都发了绿光。孙茂平日里读书忙碌，总是见不到面。好不容易撞见他落单，万万不能错过这个机会。

恰好孙员外和其他妾室们正吃得专注，她将孙员外赏的一堆玑瑁、钗子、玉镯子，一口气藏在衣服里，寻了个借口，急急忙忙地跑了出来。

孙茂一向好脾气，闻言挽了挽袖子，但他够不着那片荷叶，微微发窘，说道："荷花太大，插在屋里不好看，姨娘在这里看更好。"

"可是，奴家真的很想要呢。"一回头，便见苏姨娘扶着栏杆倾身去捞，拽住了一朵。

脂膏般的皮肤从领子里滑出，孙茂看得怔住了。不过，眼看她半个身子倾在水面上，孙茂吓得一把扶住了她："姨娘小心！"

苏奈向后一跌，顺势靠在他的胸口，带着露水的大花瓣后面是她亮亮的眼睛："多谢公子拉住奴家，不然就跌下去了。"

孙茂不太自在地蹙了一下眉。

这位苏姨娘的手似乎总是无处安放。

苏奈的唇就在他颊边，眼波流转，将荷花凑在他的下颔上，扫来扫去："公子闻闻，这个味道好香。"

荷香混着她发间的异香，孙茂的脸色涨红，正试图推开她，忽然传来汪的一声，孙茂低头一看，徐姨娘的那只大黄狗摇晃着尾巴，兴高采烈地撕扯着他的裤脚。

再一回头，他忍不住诧异。这位苏姨娘方才靠在他的怀里，高挑饱满，绝对算不上轻，也不知怎么能这样敏捷地蹿到了足有半人高的栏杆上？

苏奈坐在栏杆上，脸色发白，牙齿打战。

"苏姨娘……"

苏奈指着他身后道："公子，你、你快把它打走！"

孙茂揉着黄狗的脑袋，忍不住笑道："苏姨娘，原来您怕狗呀。"

"奴家小时候被狗咬过，好可怕呢。"苏奈抚着胸口抹眼泪，催促着道，"哎呀，吓死我了，公子……"

孙茂见她吓成那样，连忙挥了挥手，赶黄狗到远处的亭子里去："姨娘，快下来，坐在上面危险。"

苏姨娘睨着他，眼角还挂着一滴泪："我情急之下上来得太快，没注意这里这么高。我不敢下去，公子能拉我一把吗？"

孙茂伸手，拉住了苏姨娘。可是这位苏姨娘右手抓着栏杆，牛皮糖似的粘在栏杆上，拽不下来："我这样跳下来，一定会扭了脚，公子在下面接我一下。"

孙茂只得站到她跟前："姨娘，别怕，只管下来，我扶着您。"

美艳的苏姨娘，蹙着眉，为难地点点头，拉着他向下一倒。

孙茂一下给香风扑了个满怀，一只手给她握着，脖子也给她圈着，怎么挣都挣不开，不由得有些慌乱："苏姨娘，快放开我，我……我，时辰到了，该上学了！"

廊上远观的人影动了动，欲言又止，有些失落地走了。

方如意方才告别，心里却放不下，便伫立在花叶背后，悄悄地看着孙茂的背影，谁知道看见孙茂与苏姨娘纠缠。她不欲多事，只是心里有些别扭，心道：看来孙茂是孙茂，到底不是梦里那个对她柔情似水的郎君呀……

这边，孙茂一说要走，苏姨娘的眼珠子一转，下一秒娇呼一声，向后一仰，直挺挺地栽进了池子里。

"苏姨娘！"孙茂吃了一惊，翻过栏杆便要救人。他伸手一捞，环着她的腰一抱，把人从水里捞了出来，跨过栏杆放在了地上。

苏奈鬓发散乱，身上湿淋淋的都是水，在地上扭了两下，现出妖娆的身姿，一把环住他的脖颈娇声道："吓死我了，公子！"

此处叫拐角和栏杆挡着，十分隐蔽。孙茂伏在地上，心在怦怦地跳，还有些心悸，叫她紧紧地贴着，一时忘记了挣开。

孙茂未经人事，在外面遇到的姑娘都娇羞、矜持，头一次接触这样美艳的妇人，好像藤蔓一般往他的身上缠，柔软的身子挤着他的胸口，一下子让他领略了女子的身子、香气和声调。原来是这般模样，他觉得有些恍惚。

苏奈见孙茂红着脸盯着她看，神色渐渐迷离，膨胀到了极点，指甲已经忍不住按在孙茂的胸口，激动地感知男人有力的心跳。

要成功了？

她要采补成功了，从今往后，她就要成为一只合格的狐狸精了！

苏奈双眼发绿，见势正好，仰起下巴，樱桃小口中吐出一小团看不见的烟气。

孙茂中了媚术，喉结滚动，扯过苏姨娘的衣领，急不可耐地吻了下去。

苏奈铮亮的指甲刺出来，激动得哆哆嗦嗦地钩破了孙茂的衣裳。

"公子。"一声呼唤蓦然闯进孙茂的脑海。

仿佛有钟声荡开，久久不散，瞬间将他从幻境中撞出。

孙茂的视野明晰，看清自己压着苏姨娘，吓得慌乱地抽手。可怜苏奈的笑容还挂在嘴角，后脑勺撞在了地板上，磕得眼冒金星，一把扯住了孙茂的衣服："哎呀，茂哥儿，摔得人家好疼……"

怎么会有人中了媚术还能被喊醒？

她怨毒地扭头。桥上站立的是一个十几岁的白衫童子,隔着湖喊道:"公子在那边吗?先生有请。"

孙茂挣开苏姨娘的手,捡起帽子,脸红如血,羞愤欲死,爬起来就走:"抱歉,苏姨娘,我得……"

"茂哥儿,茂哥儿,"苏奈的眼睛都绿了,"奴家身上都湿了,你怎的也不……管……"她龇着牙,指甲将地板挠得滋滋作响。

孙茂逃得已经不见身影了。

那个童子立在桥上,梳着双髻,风动衣衫,神色平静地看着他跑来。

孙茂离得近了,可见童子面如满月,额心点红,手里提了个花篮,上面盖着错落的花枝,看不清下面装的什么。

孙茂略微一打量,内心觉得惊诧,这童子生得出尘的美貌,他未曾见过,也不知道是不是老师身边的人,如此不同凡俗?

苏奈湿淋淋地爬起来,抚了抚发髻,扭着腰赶了两步,不知怎的,猛然脚下一绊,眼看要在廊中摔个马趴。幸而野兽的平衡能力极好,着地的瞬间,她打了个滚儿坐起来,龇着牙,死死地瞪着那个童子。

童子也伫遥望,盯着她脖颈上的金花看了片刻,随后才扫过她的脸。他的一双眼睛,澄清如琉璃。

片刻后,孙茂俯身毕恭毕敬地搭话,童子收回目光,转身领路。

汪汪——

孙茂阔步疾走,黄犬从亭子中追出来,兴奋地追到白衣童子的脚边,一口叼住他的灯笼裤脚。

童子低着头,温柔地一笑,浓密的睫毛垂下来,眉骨深邃,显得极为漂亮。

黄犬却陡然安静下来,鼻子里发出一声哼唧,温顺地俯卧于地,将下巴紧紧地贴到地面,好像要把头钻进地底似的。

人走了许久,狗仍然乖乖地贴地,鼻尖朝着二人远去的方向,一动不动。


"二姐,我差一点就采补成了,就差一点儿!"

夜晚,屋里晾晒着湿淋淋的衣裳,红毛狐狸的毛发竖起,将床帐挠成了破布条。

"要不是那个小崽子横插一脚，我就已经得手了。"苏奈发完疯，又拿爪子抖了抖湿衣服，龇着牙，"害得我跳了水，湿了毛，丢了老爷赏的宝贝……"打了个滚，滚到野鸡精的身边，"等我再见到他，非得咬断他的脖子，叫他喊不出'公子'！"

明锦一边卸妆一边叹着气道："唉！我早跟你说过，茂哥儿是个讲礼的读书人，要勾引他，难度太高。听姐姐的，放弃了他，去找些心志不坚的男人来。"

"我不！"苏奈哼了一声道，"心志不坚的我要找，心志坚定的我也要找。从今以后，我要撒大网，捞大鱼！"

明锦躺在床上："你还是先养精蓄锐，早点睡吧。过两日跟姐姐去后厨逛逛，挑一个适合你的男人。"

灯熄了，苏奈甩了甩尾巴，不服气地蜷缩起来。

二姐当了这么多年小妾，看人一定是准的。她都说难度高的男人，那一定是不好对付的。可这样的人，还不是差点儿让她采补成功了，这么看来，她的蛊惑大法比在山里时有了很多长进。再采补一个心志不坚的男人，岂不是很快就能得手？

这样想着，心火熄了，美滋滋地构想了一下那幅画面，不禁对未来充满了希望，呼吸变得舒展绵长，阖上眼皮，睡了。

半夜，月光洒进屋里。

苏奈的枕头角慢慢膨起，枕头下攒在一处的银饰轻轻相撞。

一只长长的触角探了出来，碰到了狐狸脸上的一小撮绒毛，停顿片刻，又探出另一只触角。过了半晌，两只触角试探着向前送了一截，拉出半个竹节般的虫身，发出窸窸窣窣的声响，像波浪一般，极慢地向上蠕动。

此时，苏奈的狐耳一抖，在睡梦中啪的一爪子拍到了自己的脸上。

长而尖利的指甲就横亘在身侧，那透明的虫子被肉垫按住，动弹不得，拼命地甩动身子，惊恐地挣扎起来，触角上下拍动，发出了细微的尖利的声响，似乎是在求救。片刻，窗外晃过一个梳着双螺髻的纤细人影。人影趴在窗口，左探右看，抓耳挠腮的，好像想进屋来。又过了片刻，生锈的窗户被人从外面推开，嘎吱一声，人影吓得瑟缩一下。

明锦陡然警醒，一骨碌爬起来，点上了蜡烛："奈奈？"

外面的人影瞬间消失。

灯火通明，苏奈睡眼蒙眬地坐在床上。

她左边的爪子捏着方如意的钗子，右爪掐着一条不断挣扎的透明的虫子，触角耷拉下来，细长如棉线："姐姐，这是什么玩意儿？竟然敢往我的脸上爬！"

明锦左右看看，笃定地道："这是只海虫，我未化形前吃过不少。海虫原本是瞎子，这是成精的海虫，能长出两根须来，代替视物。"说着，一把夺过苏奈手上的银莲花钗，莲花的一朵花瓣还未合拢，像是个破了的蚕茧。

明锦看看它，恍然大悟道："难怪方如意前段时间总是无精打采的，原来是因为让这个小妖附在她身上，被吸了精气。唉！你把它硬抢过来，却是抢错了……"

苏奈气得脑袋发晕："我说方如意脸上的'乌云'怎么不见了，呸，原来是被我吸走了！一定是因为我倒了霉，昨日才采补不成。"想到这里，她不由得攥紧了海虫，龇着牙递给野鸡精，"姐姐，快吃了它！"

明锦拿袖子捂着鼻子，嫌弃地闪开数尺远："快丢了，我可不要！奈奈，你都修得人形，可得文雅一些，我早几百年前就不吃虫子了。"

苏奈恨恨地看向那条扭动、挣扎的海虫，一只虫子都可以轻轻松松地吸了人的精气，想她堂堂一只狐狸精，却至今没有采补成功过！她气恼地一收指甲，想把这只小妖捏得汁水四溅，屋里却突然多出一个苍老的声音："不要啊！"

两妖吃了一惊，异口同声地道："你会说话！"

"不要啊……"海虫的触角抖动，终于忍不住道，"小的也是受差遣办事，有……有命在身，看在咱们同是山野小妖的分上，二位就饶了我一命吧！"

苏奈啐了它一脸："就你也敢说我们是山野小妖！"

海虫挥舞着触角："是，是……饶命，饶命……"

明锦道一声"慢"，继续道："你会说话，看来是开了灵智，不只是附着人身骗些精气。我还从没见过开了灵智的海虫，你是跟着谁修炼的？你方才说，是有命在身，是谁派你来的？"

野鸡精好不容易才找到一个后宅融洽的富商之家，舒舒服服地窝着，好日子才过了五年，生怕有什么厉害的妖物派出个探子，打算来抢她这份机缘，故而十分警惕。

海虫沉默了一下，转移话题道："小的不是什么海虫，是由那白龙庙里长年累月的贪嗔痴怨化成的精怪。龙神不在正位，全叫我们这些小妖分食了香火，开了灵智，胃口一日日地大了起来，专门寄托于有执念的人身上……这个女子曾经在龙神前许愿得个如意郎君，小的就趴在她的发钗上走了。无奈现实不尽如人意，小的便帮她在梦里实现愿望，顺便……顺便要一点点精气。"

苏奈觉得好奇，把狐狸嘴凑近："你怎么实现她的愿望的？"

海虫忙道："低下头来，叫小的爬进你的耳中，片刻就可给你一场好梦！"

还未说完，一巴掌拍得它前后震颤，头晕目眩。

红毛狐狸的耳朵用力抖了抖，好似十分嫌弃，要把脏污一口气都抖掉："你还敢进我的耳朵里！"

话音刚落，一股烟雾从"海虫"身上冒起来，弯弯绕绕的，在空中勾勒，不多时，形成一幅模模糊糊的图景，隐约是线条绵软的廊柱，门窗，床榻，有两个歪歪扭扭的人形，一动一动的。

"小的……小的不进耳朵，也……只能这样尝试，求你不要嫌弃。"

苏奈没有理它，只歪头盯着看："这是什么玩意儿？"

明锦一瞧，便捂着嘴笑得前仰后合："妹妹，你是傻的吗？这就是'采补'呀！"

苏奈吃了一惊，两眼放光，凑近了仔仔细细地看："原来这就是采补，采补成功是这种模样！"

明锦心道：啧啧啧，想不到这方如意外表看着文文弱弱的，内心却是欲求不满，竟然有这样的执念。可恨傻狐狸把钗子抢走，阴差阳错地帮了她一把，她可千万不要醒悟过来，又来抢老爷呀！以后，千万要防着一些。

这一会儿工夫，苏奈又认真地看了几遍，爪子一抓，把那条"海虫"捏成一团，塞回钗子里去。

明锦惊讶地道："妹妹，你不把它捏死，还留着做什么？你不怕它带来霉运了？"

苏奈正色道："姐姐，我要戴在身上，随时拿出来学习。"说罢，低着头，狐狸嘴咧开，露出白森森的獠牙，两眼闪动着绿光，"若是敢影响我的运道，我就捏得你当场开花……"

闪着银光的莲花钗里传出战战兢兢的声音："知道，知道了……"

琵琶和琴被人弹奏，发出悦耳的乐曲。

台上正中间的美人脚腕上的金铃铮铮作响，橘红色的裙摆绽开，层层叠叠的，笑靥如花。比起身后的舞女，美人的动作其实并不规范，可是身段实在惹眼。

美人抖开扇子，往那芙蓉面上一遮，只露出一双上挑的眼，一道含嗔含怨的眼波送来，看得孙员外浑身好似过了电，酥麻麻的。

"老爷，您看，我说妹妹也会跳舞，这没错儿吧？"打扮华贵的女子给孙员外轻轻捶着肩膀。

桌上摆满珍馐，孙府的姨娘们都簇拥着孙员外看表演，但并非每个人都沉浸其中。孙员外左侧坐着的明锦正笑着，可右手边叫父亲强留住的孙茂欲走不能走，用袖子擦着白净的脸，眼神里透着紧张。

"老爷，你怎的只顾着与姐姐说话，不看人家？"苏姨娘抛下舞娘，走到台前，视线在孙茂低着的发顶上停了停，滑了过去，看向孙员外。

音乐一换，换成了错落的鼓点，她灵巧地向后一仰，躲开他谄笑着伸出的手臂，倒退到台上："老爷，奴家是狐狸变的，你信不信？"

孙员外只当是苏奈与他开玩笑，眯着眼睛道："我不信！狐狸是有尾巴的，美人儿，你有尾巴吗？"

"奴家当然有尾巴呀。"苏奈嘻嘻一笑，话音刚落，一条红色的毛茸茸的尾巴从裙摆内猛地翘起来。

众人惊呼一声，徐姨娘摔碎了盘子，刘姨娘一口气吸得差点撑破了肺管子，孙茂一双黑黝黝的眼睛也睁得老大，目不转睛地瞪着她。

苏奈的尾巴摇摆着，蓬松的绒毛聚拢又散开，是锈色的红，仿佛是胭脂浮上去一般。

她四肢着地，在台上作兽步，腰肢款摆，那拖在地上的大尾巴一动一动的，偏又是一张妖媚的美人面，转过脸来一笑，让人有种头晕目眩的感觉。

苏奈见所有人目瞪口呆，都像静止了一般，得意地一笑，扬起下巴，吐了一串看不见的烟圈，全往孙茂的脸上扑去。

她用眼角的余光瞥见台下的明锦边摇头边吃葡萄，传音道："姐姐，你看着，这次一定成。叫他躲，躲得过初一，躲不过十五！中了我的媚术，更方便采补，这次可没有那么好的运气，能叫谁搭救了他。"

眼看着这些烟圈扑在孙茂的眉眼上，又从他的鼻梁上散去，孙茂闭了一下眼睛，再睁开，却仍然十分迷茫。

苏奈的笑容一僵。

孙茂仍旧隔空与她对视，眼里有些质疑的神色，过了半晌，眉头慢慢拧成了川字。

苏奈又慌张地吐了两个烟圈，这次还没撞到他的脸上，在空中便消散了。

嗯？怎么回事？上一次不是还有用吗？孙茂怎么好像对媚术没反应了？

正想着，琵琶声铮然收梢，明锦的一句话打醒了她："快，起来了！"

苏奈在心里骂了一声，一骨碌爬起来，向裙底一抓，抓出尾巴来拿在手上甩了甩。台下的小妾和丫鬟们瞪眼一瞧，看清那是一条大红毛掸子，全都长吐一口浊气，东倒西歪地抚着胸脯，喧哗起来："老天爷呀，苏姨娘，您可吓死我们了！"

苏奈拿着扇子遮面，娇羞地笑道："奴家变个戏法，看把老爷给吓的。"

孙员外早已被勾了魂魄，一把揽走下来的苏奈，心悦神怡，照着那张粉颊捏了又捏："怎么学得那么像呀，真是狐狸托的生……"

苏奈娇笑着闪躲，眼角的余光瞥过孙茂，他正在擦额头上的冷汗，脸上非但没有半分迷恋之色，反倒有些被愚弄的恼怒。

苏奈埋在孙员外的怀里，龇了龇尖牙。

孙茂坐着，心里想：虽然他爱怜女子，不过这位苏姨娘行事也太过轻浮。大白天变这样的戏法，都不顾继子在场，未免荒唐放荡，父亲宠爱这样的姨娘，会不会使得家风有损呢？

说来也奇怪，明明不喜欢这种女子，那日自己怎么失了态，竟然差点轻薄了苏姨娘。自打那日离了她，人变得清醒，再也没有那种糊里糊涂的感觉了。

好奇怪，真是百思不得其解……

孙茂心里烦闷，便从酒气熏人的席间走到外间，让穿堂风一吹，浑身舒爽，再一看，前面慢慢走着一个纤细的背影，他几步追上去："方姨娘。"

方如意惊讶地回过头来："公子？"

孙茂关心道："方姨娘怎么提前离席，可是身体不适？"

方如意和他离远了一些，委婉地道："哦，我是觉得有些胸闷。"

其实，是因为苏奈的表演把她吓走了。方如意也擅长跳舞，儿时这是她茶余饭后的爱好，后来却成了讨好男人的技能。即使如此，想不到竟然会有女子为了讨好男人，给自己安了条尾巴，扮成动物的模样，在台上爬行，还、还学得那么像……

她看得面红耳赤，狼狈而走："歌舞吵闹，酒气熏人……我就出来透透气。"

孙茂看面前的人清澈的眼神，意会，嬉笑道："方姨娘平日所喜必是高雅之物，此等表演，入不了姨娘的眼吧。"

方如意连忙摇头，左右看看，生怕给人听了去："公子说笑了，苏姨娘的戏法新颖，我真是因为想透气才出来的！"觉察到自己涨红了脸，连忙向前走去，"再说这家里面，我最不配高雅，公子莫要拿我玩笑了。"

孙茂一怔，联想到她是官女出身，却沦为了贱籍，处在这清高和低贱之间，想要守住本心，必是煎熬的、痛苦的。他忙追了上去："姨娘别生气，我是开玩笑的。"

"我没有生气。"方如意背对他，睫毛颤抖着，"茂哥儿，虽为庶母，我也要劝你一句。读书而后懂礼，君子之道，礼义廉耻，都是严己宽人；没读书的，是不知者无罪。旁人不懂，心是好的，不好随便玩笑。"

风将她的发香送来，孙茂怔住，过了半晌，羞愧地道："方姨娘，我知道了。"

这样清高的女子，父亲把她纳进门，却不懂她，好比摘下花来，却任凭她枯萎……

方如意说罢就要走开。孙茂跟上去，劝慰道："方姨娘要是觉得不快活，便多出来踏春。咱们府里庸俗之物的确不少，风景却是真好，草叶都是灵物，对您的身体好。"

方如意心里一颤，道："多谢。"

"除了这个，我那里有许多字画字帖，借给您闲暇时赏玩临摹，好打发时间。您若有想看的，知道我住在哪里，随时可来找我要。"

方如意转过来，眼睛一亮，却忙垂下眼："茂哥儿，这不好吧……"

"没什么的，我爱玩，放在我那里也是浪费。"孙茂笑着招呼她，"走吧，姨娘跟我来看看！"

见过孙茂以后，方如意看着桌子上不属于她的字画、诗集、镇纸，闻着上面淡淡的墨香，嘴角忍不住地勾起。丫鬟们见她的脸上带笑，都啧啧称奇。

那墨香和孙茂身上的气味相仿，干净温雅，闻着就好像可以忘记自己的身份，回到待字闺中，无忧无虑的时候。她闭上眼，脑海里浮现出回廊里和孙茂交谈的场景。进入孙府以来，她好久没和旁人说那么多话了，说得嗓子发干，还不肯停下来。

方如意摸着字帖，心里的荒芜之地仿佛生出了鲜活的植物，能在孙府里自由地呼吸。

讨好孙员外的心委顿下来，她又缩在屋里安静地过了十几日。

直到一天，方如意两指将胭脂盒子倒扣，在梳妆台上磕了磕，一点儿也磕不出来，才发现最后一点胭脂已经刮尽了。

姨娘的吃穿用度是最老的徐姨娘管的。可是徐姨娘很糊涂，光管好她那一屋子的猫狗兔鸟就费了很大的功夫。这种事情，月月都是一笔糊涂账。下人们分配物资，变得很有门道，得宠的姨娘那里物资是最多的，不得宠的姨娘只留得一点儿，甚至被完全遗忘。

自从苏姨娘进门，孙员外已经许久没来她这里了，几个月下来，她成了被遗忘的那个。自己屋里，就连日需品也捉襟见肘。

方如意无法，只得穿衣起身，觍着脸去要。

姨娘们一般在大花厅里用午饭，孙员外参与时，大家都好似打了鸡血一般抢着讨好他。要是得了消息，知道他去看铺子，或者有事不来，来者则寥寥无几。此时都过了中午，大伙还猫在屋里睡懒觉，桌边一个人也没有。

一堆新的胭脂水粉、钗环首饰之类的堆在桌上。想必是下人买回来等待分发的，徐姨娘在房里逗狗，便没顾得上分发。

方如意总是遭姨娘们玩笑，不擅长和她们交际，如此正好省了口舌，便仔细地挑了一盒常用的颜色，又挑出两根钗握在手里，转身要走，却被迎面来的丫鬟挡住。

"方姨娘。"丫鬟为难地看了看她的手，"这，这都是锦姨娘托人买的，如果不同锦姨娘说一声，小的也无法做主。"

方如意一听，想必是让人误会她趁人不在拿别人的东西。她看看手上，臊得满脸通红："我以为……"

话语间，苏奈和明锦手挽手姗姗来迟，看到这一幕。

明锦用眼睛一扫，便明白七八分。再看方如意手上拿的，心在滴血，果然这女人有眼光，将最别致的两根钗子挑走了！然而，她面上却大方地笑着道："小翠，我要骂你了。都是一家人，分什么你的我的，方妹妹看上了，随便拿去就是。"

锦姨娘一身珠光宝气，笑得和蔼可亲。旁边的苏奈却噘着嘴："这可不成。姐姐的东西又不是老爷赏的，是花自己的银两买的，都是定制的新样式，每一个都不一样，姐姐拉着我兴冲冲地过来，这还没看呢，怎么就叫人拿走了？"

明锦责备苏奈道："瞧你这小心眼的样儿。方姨娘又不是故意去拿的，指不定只是看了好奇，拿在手里赏玩呢。"

方如意脸色涨得更红："我……"

苏奈不给她说话的机会："姐姐，你也太大方了。放在这里让别人你一根，我一根地赏玩，今日幸亏让我们看见了，要是没看到，还不知道是怎么莫名其妙地'赏玩'少了几根？"

"方妹妹，我这妹子出身山野，目光当真短浅得很。"明锦下一刻就弹了苏奈一指头："好妹妹，你可别再说了，这几样东西，就当是姐姐送给方姨娘的好了。"

苏奈却撒起泼来："姐姐，路上我问你要，你都不肯给，如今这么大方地送给别人，我是不是你妹子，你待我还不如一个平日里不来走动的人！"

这姐妹俩旁若无人地一唱一和，就差打方如意的脸了，方如意心酸得难受，将东西一放，有些羞恼："别再说了！我只是拿错了，本不稀罕，东西还给你们，我向你们道歉，可以了吗？"

苏奈和明锦对视一眼，扭头盯着方如意打量，嬉笑着道："那怎么行？若是不稀罕，方姐姐方才还挑了那么半天，挑得可仔细了，好像自己的东西一般。要是我们不来，你就拿走了。"

方如意当场红了眼眶，扭身离开，走了两步，却又回头，叹道："锦姨娘，自我来时，你就有意针对于我。这我知道，一直处处忍让。如今你妹子也来了，得了恩宠，何苦还作践于我？二位姨娘，以色事人，色衰而爱弛。谁都有变了旧人的一天，大家都是可怜女子，同在一个屋檐下，得饶人处且饶人。"

锦姨娘道："啊？方妹妹，你在说什么，我怎么听不懂？"

苏奈一想起银莲钗有海虫，则咬牙切齿，新仇旧恨加在一起，啐道："只有方姐姐你可怜，我们才不可怜好不好？大家都是妾，以色事人当是我们的本事，姐姐又没本事，还讲大道理，是想叫我们虚心学习你这副要死不活的样子吗？"

要死不活，很好。

字字句句戳在方如意的心上。方如意含泪离开，小翠却追上去，将那盒胭脂强塞进她袖中："锦姨娘说了，这些胭脂就送给方姨娘，就当是苏姨娘冒犯的赔礼了。"

方如意坐在梳妆台前，镜子映出她脸上的冷冷的泪。

她的心跌进了谷底。

桌上摆着的胭脂是她拿自己的尊严换来的，她竟也只能收下。如果她拒绝，她就没有胭脂用了。难道从今以后以素颜示人？

好像有一团火，将心里那片净土火烧成灰烬。

她五岁学诗，七岁学舞，受的是君子教育，现在却要将廉耻踩在脚下。她不肯，还死守着心里那一隅，不愿匍匐于地，不愿谄媚讨好，可是她的魂早就该死了。

在她家破人亡的那一日，在她沦为娼妓的那一日，在她被孙员外赎买的那一日。孙员外，就是她的天，是她需要依附的大树，如今她不过是个仰人鼻息的贱籍，若不学着以色事人，不学着在该笑的时候笑，只有死路一条。

窗外传来吵闹的声响，原来是孙府里的下人正站在凳子上挂灯笼，几个家丁正在争论高了低了。下个月就是孙员外的生辰，按照明锦的要求，孙府上下提早开始布置，要过得热热闹闹的。

方如意掰开那盒胭脂，缓慢地抹在脸上，随着那绯红铺开，一张脸又鲜活灵动起来，含着泪的眼睛极亮，好似在燃烧。

鼓乐声响，大幕拉开。

孙府里人声鼎沸，孙员外六十大寿，大鱼大肉端上桌。临时搭的戏台上，有人正在咿咿呀呀地唱着。孙员外让苏奈姐妹一左一右地簇拥着，一杯接一杯，喝得红光满面。

"祝老爷福如东海，寿比南山。"

孙员外满意地一笑："哎。"

"这一杯，奴家就祝老爷身体康健吧……"

"多谢多谢！"

孙员外面前有两只小狗表演顶绣球，狗熊钻火圈，鹦鹉上贺词，已经让他搜肠刮肚也夸不出什么了，只剩下口齿不清的"好"。

今日那好吃的、好看的、好玩的，多到令人眼花缭乱。

此时，鼓乐猛然一停，陡然显出空旷的寂静。孙员外疑惑地往台上看，只见戏子敛袖行礼，退至幕后。

随即，一连串咚咚的鼓声响起，节拍激荡，由小及大，越来越快，众人都惊呼一声。苏奈端着酒樽，好奇地向里看去。

戏台后，闪出一个戴着绯红面纱的女子，身着无袖衫，灯笼裤，大胆地袒露一双雪白的手臂，手腕上两串金铃不断地发出脆响，鼓一抛，咚的一声巨响。

她赤足从一只鼓上轻盈踏到另一只鼓上，胡乐猛起，配合足尖落在鼓面上的咚咚鼓点，热情喧闹，一时间将在场所有人的目光都吸引了过去。

似乎是觉察到众人的目光，那个女子有些羞涩地弯起眼，动作添了一份柔媚，腰一弯，竟然在鼓与鼓之间翻起跟头，那动作格外利落，显然是童子功，赢得阵阵喝彩。

许久未见如此别致的表演，孙员外看得呆住了，酒樽中的酒泼了一裤子都未曾察觉。他伸手欲捞，想要拉住丽人的衣袖，可是每次要捞到的时候，那个女人又笑着扭身，真似一尾抓不住的鱼一般，看得心痒。待到一曲终了，那抹旋转的火红的人影，气喘吁吁地跪在大鼓上。

这时，女子总算抬起头来，让人看清。

面纱上只露出一双盈盈的眼睛，冲着孙员外，略带羞涩地一笑。

明锦的脸气得发绿，将酒杯往桌上一磕："有没有搞错？"

"什么搞错？姐姐，那是谁呀？"苏奈扶住明锦。

孙员外终于认出了女子，略显惊讶地站了起来。

"这步棋走错了。早该知道她不是个软柿子，好好的总捏她做什么。"明锦恨恨地道，"现在倒好，逼得狗急跳墙，给我找麻烦！"

面纱滑落，果然露出方如意的一张脸。

那个从前冷清的人满脸是汗，从前冷清的眼含了绵绵情意，果真是柔媚动人。

"如意？"孙员外又惊又喜，伸手向方如意脸颊抚去。

方如意柔顺地垂着眼，等待着孙员外的垂怜，心如死灰：就这样吧。从今往后，过去的方如意死了。以后的她，安安心心地做个宠妾……

孙员外见方如意终于肯放下身段，喜不自胜，刚摸上她的脸，只听到一声急急的女声道："老爷，不好了！"

怎么，偏偏在这个时候出事？

方如意的眉头一蹙，心中十分不安。

一个梳着双螺髻的黄衫丫鬟慌慌张张地跑到跟前，一个急刹："公子，公子赶着来给老爷贺寿，不小心绊了脚，滚下桥去磕着了，流了好些血，现在人已经晕过去了！"

湖上的石桥是高了一些，不过石阶平缓，孙茂平时十分稳重，不是那种慌里慌张的人，谁也想不到他能在自家的宅子里跌倒。可他偏偏就跌倒了，还滚到了假山下的草沟里，摔得很重。

孙员外领着一大帮下人经过这处石桥时，看到石阶上的一片血迹，胆小些的，当即闭上了眼睛。

孙茂已经被下人抬回了屋里，又请了大夫，悄无声息地躺在内间。一群人涌到孙茂房里的外隔间等待，神色十分焦灼。

孙员外瘫坐在了椅子上："茂哥儿这么大的人了，走路还那么不小心，我就这么一根独苗啊。他要是有个三长两短，叫我怎么活？"

苏奈动了动鼻子，没闻见腐味，便松了口气，抚着孙员外的胸口道："老爷，没事儿的，公子一定只是小伤。"

孙员外抓住她的手："但愿……"

方如意交握双手，脑中一片空白。这么好的一个人，这座宅子里唯一怜她敬她，说得上话的人，假如他没了……她一个激灵醒过来，出了一头的冷汗。

不一会儿，孙茂好像醒了，呻吟不止。孙员外大大地松了口气，连忙进去探视。

大夫行了一礼，道："老爷，公子没什么大碍，只是右胳膊断了，另外有些皮外伤。已给擦了药，正了骨，短期内需要休养，莫要再磕着碰着了。"

孙员外忙道谢，拉开帐子，对着自己这一根独苗严厉地责备了一番。

帐子里面，孙茂虚弱地睁开眼睛，脸上流着一道一道的冷汗，汗湿发鬓，睫毛都叫汗黏在了一起，可见是忍受着极大的痛苦。他看了看弯在胸口的右胳膊，勉强笑道："爹，我没事，只是胳膊伤了。别的倒没什么，就是握不了笔，这课业……"

孙员外的脸色一沉："你都这样了，还写什么字呀？给我在家里好好躺着，一日三顿喝鸡汤，不要上学了。"

孙茂恳求道："爹，季先生要求严格，儿子用心读书都已经跟不上了，不愿因为自己伤了胳膊就落下了功课。"

孙员外一愣，他这官是拿钱买的，他费了很大的力气，却混不进当官的圈子里，他的儿子也入不了官宦子弟的学堂。幸好家里有钱，从外面请了先生，孙茂好歹是有了学上，只盼着日后能飞黄腾达，能给他的脸上增光。

最新找来的这个季先生一口字正腔圆的京都口音，学问很好，孙茂很尊敬他。但他的脾气古怪，沉默寡言，总是板着脸，对学生十分严厉，孙茂极为怕他，生怕他嫌自己蠢笨，一气之下不教了，故而不敢怠慢。

孙员外拗不过他，只好道："那你自己千万不要劳动了，想写什么，另外找人代你写！"

说着，指向床边的黄衫丫鬟，还没张口，那个丫鬟已经瞪着眼睛，把头摇得像拨浪鼓，再看身后那一群或站着或坐着的妾室，也都一脸羞愧地看着他。

钱塘偏远，这里的人大都是渔民、樵夫，别说她们不识字了，就连孙员外自己都不会写自己的名字，在外做生意写契书，回回给人按手指印，想到这儿，他不由得烦闷地紧皱眉头。

这时，角落里传来一道女声："我来。"

孙员外循声望去，心头一松。对，方如意是个读过书的！刚入府的时候，她写得一手好字，会弹琴，会作诗，是个才女，当时觉得没有任何作用，只是看个稀罕。现在不就派上了用场？但愿她能帮上孙茂。

方如意道："公子的课业不能耽搁，若有需要，随时叫我就是。"

孙员外托住她的胳膊，仿佛托住一只珍贵的琉璃瓶："茂哥儿这事可会给你添麻烦，如意？"

众人都看向方如意，孙茂也拿胳膊肘艰难地撑起身来，从床帘里惊喜又意外地看着她。

方如意的目光飞快地掠过了他，神色极为决断："不麻烦。我在这府里还能有什么用？能帮上公子一点忙，我心里很高兴。公子念什么，我写什么，就当是还了公子的情！"

孙茂的手一松，帘子遮住了她的身影。他蓦然躺倒，看着帐顶，连疼都忘记了，只觉得心怦怦直跳。

孙员外最喜欢她的柔顺，称赞一番，吩咐方如意搬到孙茂院子旁边的宅院里，好专心帮他代写。

苏奈旁观了整场戏，心道：这方如意实在是傻。辛辛苦苦跳了一场舞，这勾到手的孙员外，她说放弃就放弃了，害得二姐白担心一场。偏偏自己不会写字，凑不了这个热闹，可恨！

她摆着尾巴，妒忌了一会儿，想起半晌没听见明锦的声音，一回头，见野鸡精两眼定定的，正盯着那个黄衫丫鬟的一对双螺髻看。

"姐姐，你在看什么呀？"苏奈拿胳膊肘撞她一下，却撞了个空。

明锦正转过身去，用帕子挡嘴，悄悄问在她右边的徐姨娘："这个丫鬟是谁呀？"

"那不是阿离吗？"徐姨娘奇怪地笑道，"怎么回事？不认识了？"刘姨娘也凑过脑袋来，确认道，"是一直跟在茂哥儿身边的阿离呀。"

明锦蹙了眉，扭过身来，苏奈也跟着她看，这个丫鬟大概十四五岁年纪，一身黄裙，白袜布鞋，正拿脚尖在地上无趣地画圈。一双眼睛圆溜溜的，转来转去，转得正对上苏奈的视线，吃了一惊，低头避过她的打量。

"姐姐，她是谁呀？我怎么以前没见过她？"

明锦的嘴角勾起，古怪地笑道："别说是你，我嫁到孙府五年了，我也从没见过她。"

苏奈的狐毛竖起，浑身冷飕飕的，立马抱住明锦的胳膊蹭了好几下。

除了她们两个，好像所有人都认为这个叫阿离的丫鬟是一直伺候孙茂的。

明锦抚着苏奈的背，沉吟着道："难不成是妖？"

"不可能。"苏奈道，"是妖的话，我一丈以外就能闻到妖气。"

两个人对着闻了一会儿，在屋里面，还是只有狐狸精和野鸡精的味道。

"姐姐，不会是神仙……"

"不会的。"明锦道，"人和妖一股脑地想要成仙，却大多千百年苦苦修仙不得。你以为世人这么容易就能碰到神仙？天仙降世，必应劫数，没这么容易遇到。你还记得宝珠仙子吗？"

"宝珠？"谁呀？

明锦无奈地道："就是那个'鸟精'。"

苏奈忙道："记得！拔了一根毛糊弄我的那只鸟精！"

明锦抚额："你碰她一下，不是差点儿被电到了？我们这些小妖等级低，一靠近仙家，那仙力将折煞我们了。你遇到宝珠天女，是稀里糊涂地撞进了仙家劫数，保下一命已是难得，还巴望再见那些神仙呀？"

"莫非，她就是人？"

莫名其妙地，多出了一个不认识的人？

苏奈想不明白，忍不住抱怨道："姐姐，你这府里不仅人多，怪事怎么也这么多！今日又跳舞又陪酒，困死我了。明日起来，再看看她到底是个什么东西。"

第二天，苏奈睡到近黄昏时，去扒拉孙茂的菱形格窗子。

还没靠近，屋里便隐约传来男人的说话声，那声音不同于孙茂的柔和，低沉有力，掷地有声，抑扬顿挫的，哦，大约是在念诗。

红毛狐狸嗖地一下跃到了窗外一棵桃花树上，托着腮，懒洋洋地摆着尾巴旁听。

因为茂哥儿受伤卧床，季先生迁就他，于是上屋里教学。

苏奈扒开窗缝往里探看，小小的一间屋子热闹得很，坐了四个人。

坐在外间茶座上的男人身着布褙长衫，卧蚕眉，一双寒凛的凤眼，蓄髯须，一手撑着脑袋，面色冷淡地看着手上的书卷。另有一张小桌，摆着纸墨，方如意正悬腕等待，面色凝重。

苏奈再探头往里瞧，站在床榻边的正是那个穿黄衫的"阿离"。

也许是孙老爷为了他们避嫌，才叫方如意坐在外头，孙茂睡在里头，阿离当这两个人的传话筒。茂哥儿提问,阿离将脑袋凑近了床帐,听一句,跑出来学舌一句,先生应答,方如意忙不迭地在纸上记着笔记,笔尖都在抖,看得出她有些紧张。

阿离站在方如意背后,看着她写字,神色却不似昨日那般天真,眉宇间有一股冷冷的怨气。尤其是那一双圆圆的眼睛,瞪着方如意的皓腕不放,含怒含恨,眼眶里蓄满了眼泪,紧抿着的嘴唇都在颤抖,好似忍下了天大的委屈一般。

可是方如意一回身,阿离赶忙擦掉了眼泪,低头接过了纸张,背过身去的刹那,又看着手上的宣纸蓄了泪。可是待她把帘子掀开,拿着给孙茂过目时,她低眉敛目,又没了那苦大仇深的表情,孙茂也没有注意到她。

这个人,好生奇怪。

苏奈换个姿势,却没想到课讲完了,季先生的凤眸冷冷地一瞥,提了书箱就走,一站起来,身高足有九尺,大步流星,带过一阵冷风,难怪孙茂畏惧他,她都差点儿从树上给刮下来!她忙扒拉着树杈跃到了高处,只听孙茂嘱咐道:"阿离,我的手不方便,你送一送季先生。"

阿离点点头,嗒嗒地跑了出来,没赶上季先生,却迎面撞上一个娇滴滴的美艳女子。

阿离一惊,想后退已经晚了,让这美艳的女子擒住了袖子。

美人侧眼打量她一眼,笑道:"阿离,你来帮我。"

"这……这不好吧,苏姨娘。"阿离看着她,嗫嚅着道,"我、我是公子的丫鬟,您有什么事,怎么不找自己的丫鬟?"说罢,猛地抽了一下袖子,没抽出来。

苏姨娘攥着她的衣裳不放,可怜巴巴地道:"奴家是个村姑出身,没有丫鬟。都是一家人,看你伶俐,叫你帮帮我,怎么都不愿意?"

阿离的衣服快让苏姨娘扯掉了,被她拉着拖着,一步三回头地强拽到了苏姨娘的房间。

苏奈闩上门,丹凤眼微挑,回头一瞥。

阿离不安地站在屋里,紧张地看着四周。她身上穿的仍然是昨天那件黄裙,袖口如喇叭花一般皱起,裙摆也层层叠叠的,小小的脚踩着黑色布鞋。

苏奈又将她从脚打量到头,圆圆的眼睛,小小的嘴巴,一对双螺髻,发髻上点缀着亮晶晶的几片珠贝，倒是很别致。

正看着，阿离猛然抬眼："苏姨娘，我还要去给公子递话呢，耽搁了公子的功课可不好！"

"不急。"苏奈一把拽住要往门口跑的阿离，将她拽了回来，笑着道，"公子受伤了，就要多休养才能好，都下课了，还要做功课干什么？你也不怕累着公子。"

阿离咬了咬牙，无可奈何地叹了口气："苏姨娘，您叫我帮什么忙？便开口吧。我做完了，尽早回去。"

"也不是什么大忙。"苏姨娘笑得妖娆，掀开帘子，卧躺在了床上，"为了在寿宴上跳舞，奴家练了好几日，练得腰酸背痛。自己按不到，也没有贴身丫鬟伺候。你来给我按按背。"

阿离面露难色地看着她。

这位风骚的苏姨娘不知何时褪了半边衣裳，抖出白花花的脊背，手背撑着脑袋，还笑着眨眼睛："茂哥儿常年伏案，你做了这么多年的贴身丫鬟，一定时常给茂哥儿按肩膀的。快来呀。"

阿离只得硬着头皮爬上床，挽起袖子，低头一瞥，不由得怔住。

苏奈发髻上那根银莲钗在她的眼皮底下。

那花瓣里不知何时，钻出了一只长条的、透明的虫子，长长的触角和足一起疯狂地朝她摇晃着，似乎在无声地控诉什么。

阿离的食指竖在唇前，侧眼观察着苏奈的反应。慢慢地，她悄悄地伸出手掌，海虫身子一拱起来，就要往她的手心里钻，眼看就要碰到了——苏奈反手一抓，便将那根钗子摘了去，海虫嗖地一下钻回了钗子里。

阿离无声地崩溃了。

苏奈摘掉所有的首饰拢在枕下，将散下来的浓密的黑发捞到了肩膀前面，这才舒舒服服地摊在了圆枕上，打了个哈欠："用些力气。"

纤纤十指握紧了又松，在眼前化作了带着指甲的狐狸爪。过会儿，等这个小丫鬟给她按完肩膀，就一爪子拍昏她，看看她的原形是个什么东西。

正美滋滋地想着，猝不及防，感觉背上  痛，好似被人烫了个洞。苏奈哎哟一声，身子一缩，下意识地翻身猛地打滚。待意识到床上没火，坐了起来，使劲地用手去摸背后，指尖抚过的地方光滑，并没有什么伤痕。

狐狸骂骂咧咧了一会儿，摆着尾巴回头，床上已经没了人。

阿离不见了，窗户大敞着，露出半个月亮。

苏奈就地一滚，衣裙着身，怒气冲冲地破门而出，左看右看，院子里没有阿离的影子，甚至连个脚步声也听不到。只剩下虫鸣阵阵，竹丛正摇晃的簌簌声。

苏奈头顶的灰瓦屋檐上，一抹白色的衣角随风飘摇。

月光之下，一名美貌的童子坐在屋脊上，轻薄的灯笼裤被风吹得鼓起。他的额心有一点朱砂痣，神色庄重，垂着眼睛往下望，身旁的花篮里翻腾着一尾跳来跳去的金色鲤鱼。

孙茂屋里，方如意左等右等，不见阿离回来。

屋里安静了一会儿，帐子里传来了孙茂的低语。没了传话筒，方如意竖着耳朵，还是听不清，便扬声道："公子说了什么？"

屋子里面沉默了片刻，也传来扬声应答："姨娘，我适才猛然有了思路，想到这篇文章应该怎么写……"

后面又说了一连串，含糊难辨，记不下来。方如意急出了一身汗，将笔在砚台里用力蘸了一下，抓起一张纸，涨红了脸道："公子稍待片刻。"

孙茂等了一会儿，听到了一串由远及近的脚步声，掀起帘子一看，正看到方如意拖着把椅子，坐在了他的床边，将纸平平地垫在膝上。

四目相对，孙茂慌忙将帘子放下："……有劳姨娘，实在是若不当时记下来，一会儿该忘了。"

"没事儿，你说吧。"头一次进其他男子的内屋，方如意的脸上有点烧，似乎在对自己解释，"我坐近些，好听得清。"

孙茂道："嗯。"

方如意屏息不语，只有笔尖扫过纸面，墨汁渗进了纸张的纹理里去，沙沙的闷响游动在静谧的空气里。

屋里门窗紧闭，有些闷热，她的额头上渗出好些汗珠，挟着腮上脂粉滚下去，落进衣领里，香味逸散出来，从帘子的缝隙钻进去。

孙茂沐浴在这幽香中，鬼使神差地将帘子悄悄拉开一些，黄昏里，看到女子明亮的眼珠，还有凝着光的睫毛。

这双眼，柔婉而冷清，甚是美丽。

方如意写完，抬起头看他。

孙茂反应过来，懊恼地道："抱歉！姨娘！我，我的思路断了……前面的都揉了吧。"

方如意有些着恼，可是孙茂的语气无辜，又受了伤，她不好发作。她叹了一声，笔在纸上转了一圈，又打了个大叉。

孙茂从帘子缝偷偷瞧她，看见方如意给圈加了四条腿，顺手画成个王八，看着有趣，不由得扑哧一下笑出了声，牵动了伤口，哎呀一声大叫，吓得方如意一把撩开帘子，赶紧察看他的手臂："公子别乱动，小心胳膊……"

"没事儿……不小心碰到了。"孙茂痛得龇牙咧嘴，对上她蹙起的眉，忍不住又笑了一下。方如意一顿，赶紧松开手，低头替他掖被角。

她袖间馥郁的香气拂过鼻尖，孙茂抬眼看她，表情柔和："你待我真好。我娘走得早，许多年不曾有人这般照顾过我……"

方如意的心里猛然涌起一股怜惜，酸涩感直往上冲："我是你姨娘，自然要照顾你了。"

太阳落到了底，屋里片刻后便黑得难以视物，只剩下孙茂的眼睛是亮的。

方如意脸上发烫，收回目光，替他一盏一盏地点了灯，柔声道："天晚了，我得回了。公子好好休养，我明日再来。"

孙茂答应："嗯！姨娘路上小心。"

明月夜，虫吟阵阵。

苏奈却站在门口，两眼泛着绿光，警惕地转着头，向四面逡巡，猛地拨开茂密的竹丛。

没有。

从屋里跑出去的阿离真的凭空消失了，这个莫名其妙就出现在孙府的到底是个什么东西？

她松了手，腰上忽然一沉，苏奈眼里绿火一晃，猛地转头，看见一张笑着的脸，胡须间一颗瘊子十分明显。

孙员外搂着她便在后脑勺的头发丝上亲了又亲，亲得苏奈直点头："早看见你站在门口看来看去，张望什么呢？"

苏奈歪了歪嘴角，呵呵一笑："当然是在张望老爷有没有来看奴家了……"

孙员外听得心花怒放，用力一抱："这不就来找我的心肝了吗？"

苏奈拿胳膊肘半推半就地一挡，狐狸爪子迅速收起，扭扭捏捏地让他搂住，一同进了屋。

片刻后，屋内的灯火熄灭。

风动，细密的竹叶轻轻颤抖。那个美貌的童子落下屋檐，衣衫随风鼓起，脚尖一点，无声无息地立在窗前。

淡淡的金光染上窗棂，整扇窗户如一轴画卷，从左向右展开，如水中倒影，现出室内的床帐。

美艳、风骚的女子半俯于床，背对画面，黑发半数披散背后，半数散在身前，衣衫整齐，只是从裙下慢慢地翘起一条巨大的狐尾，在空中摆了两摆，她反手在尾把上一捋，放在嘴边一吹。

床边一根小蜡烛的烛光摇摆，只见孙员外在这摇晃的光线里眯着双眼，两手环抱空气哼哼唧唧起来。

这女子任凭他哼哼着，转头退出床帐，眉间写满怨气，嘴里骂骂咧咧地道："整日来，整日来，老娘尾巴上的毛都快薅秃了！能采也就罢了，又没有用，还耽搁我找男人！"

狐女一扭腰，坐在梳妆台前，打开胭脂盒。她有双上挑的丹凤眼，睁开眼睛，睫毛如同蝴蝶展翅一般，向上伸，朝下够，显得迷离、美艳。眼珠子转来转去，带着股伶俐的感觉。

她捡起一张红纸，把嘴唇反复抿得红红的，又拿起眉笔，把眉毛画得黑黑的，再在脸上拍上粉，直到看上去宛如那扎出来的纸人，对着镜子看了看，很是满意。

推开桌上的首饰，将一根莲花钗搁在空处，狐狸爪上弯起的指甲，在桌上敲了敲："出来。"

窸窸窣窣地，海虫探了出一只触角："什么事呀？"

"给我再看一遍。"

"看，看啥？"

"采补。"狐狸歪头梳着头发，冷眼睨着海虫，"快，我要再复习一遍，这便去采补了！"

一缕烟气颤颤巍巍地飘在了空气中，勾勒出一幅香艳图景。

不过，海虫的触角一转，隐约看到窗户上印着个少年的影子，立刻颤抖起来，一头钻进钗子里。

轻烟勾出的人影才动两下，便消散在空气中，狐狸抓着钗子一通猛磕："怎么回事？"

海虫却打死不出来了，倒磕破了莲花钗花心的水晶珠子，蹦得到处都是。狐狸吓了一跳，气呼呼地将发钗插进发间，出门去了。

窗上的金光消散。

苏奈见四下无人，化作红毛狐狸。

在孙府待了这么久，整天做人，拿两只脚扭着腰走路，捏着嗓子说话，都要憋死她了！

做回了狐狸，便环绕着孙府撒欢狂奔了一阵，在树丛和树丛之间钻来钻去，最后在草地上一连打了十几个滚，皮毛上蹭满落叶，歪头咬住一朵月季花，脖子后仰，将花拽了下来，嚼了嚼，落了一地的红色花瓣。

苏奈抖了抖身上的毛，将草叶抖掉。

如此静谧的夜里，对着一轮月亮，她忽然有些想念山里了……

想念她拿墓穴做的狐狸洞，洞里堆满的头骨。还想念整日修炼的大姐姐的唠叨……还有，还有那只臭猫……

苏奈的神色由伤感转为气恼，那只臭猫说得还真没错，嫁到孙府已经两个月了，果然还没尝到采补的滋味。

难道她真的就天生注定倒霉？

想着想着，身子矮下去，在月亮下惆怅地摊成了一张饼。

难道，她真的如大姐姐所说，适合修正——不不不，不可能。

天下的路都断绝了，一只狐狸精也不可能去修正道！

还是二姐姐说得没错，万事开头难，只要有了第一个，破开这层障碍，熟了手，马上就会像糖葫芦串似的采到第二个、第三个……起步晚不是什么问题，只要她后来采得够快，很快就能赶上那些狐狸精前辈的脚步。

此时，廊上隐约晃过一道人影——男人？

苏奈的眼睛倏地一亮，从地上一跃而起，冲了过去。

这廊上走来的是个十五六岁的厨房帮工。

他忙到夜里才回住处，走在廊上，拿搭在脖子上的汗巾擦脸，有些昏昏欲睡。行到暗处，只听得草叶哗哗作响，猛地从树丛里站起一个衣冠不整的女子。

月光一照，她的脸上发丝微乱，却面若桃花，在冲他笑。

小帮工一脸茫然，还以为自己在做梦。

那个女子却笑着，欺近一步，吓得他倒退了一步。女子猛地抬手，把胳膊架在了他的肩膀上。她身子的重量压上来，将他压得踉跄数步，后背撞在了廊柱上。

被压在廊柱上的帮工睁开了一只眼睛，嗅到一股异样的香风，压在他身上的身子温热柔软。他捏了一下她胳膊上的软肉，吃了一惊，口齿不清地道："真……真的呀？"

苏奈却顿了一下，屏住呼吸。

作为一只爱干净的狐狸精，帮工在厨房熏了一身油烟，还有汗味，这让她有点受不了……不过，为了采补，顾不上那么多！

她捏着鼻子，娇声道："官人，我美吗？"

小帮工裤子里的双腿直打战。

他平时见过的女人大多是又矮又胖的烧火婆子，突然，一个如此妖媚的女子和他脸贴着脸，让他有些晕了，就连她的手像剥粽子皮一样扒拉开他的衣裳，他也全无反应。

苏奈十分紧张，又急不可耐，不会解这人的腰带，越缠越紧，最后她伸出爪子，一下将腰带撕成了两截。小帮工觉得身上一凉，总算有了一点反应："你……你……"

"是谁……呀！"话还没说完，他被扑倒在地。

那个女子压在他身上，把他的骨头都快压碎了。她一手按在他的心口，指甲掐得他呼痛，那张芙蓉面，贴着他的脸喷笑："我是你未来的浑家，特地来与你欢好……"

浑家。这个词他听懂了，脸涨红了，不知如何是好，攥着她冰凉的手往上抬了抬："你，你戳得我疼……"

"不疼，马上就不疼了……"苏奈感慨地看着这个男人，他的年纪比她之前打算采补的那些都要小，虽然臭臭的，但很听话，便勾起他稚嫩的脸，幽幽的绿眼盯着他，笑着道，"你是奴家的第一个男人，奴家会记得你的……"

一片绿叶飘落到了苏奈的脑袋上。

一粒石头咕噜噜地滚过来，打到了帮工的小腿，随即有什么东西呼哧呼哧地追了过来，他的腿被毛蹭了蹭，又被热乎乎的东西舔了两下。

四周似乎猛地安静下来。

压在他身上的女子瞬间化成了一只毛发耸立的大型动物，后爪在他的肚子上一借力，踩着他的脸蹿了出去，嗖的一声，影子消失在树丛里。

他刚要起身，狗从他的脸上踩了过去，四脚狂奔，急追而去。

小帮工眼冒金星，躺在地上昏过去了。他再睁开眼睛时，四面满是灯火，几个老帮工提着灯笼，围着他大声说话。有人将他扶了起来，着急地问："哎呀，你怎么躺在这里？"

"你身上的衣裳怎么都叫人撕破了？"

小帮工低头一看，断裂的腰带耷拉在地上，裤子几乎被野兽撕成了碎片，腿上还有几道血痕。他瞬间羞耻地夹紧了双腿。回忆起晕倒前的景象，惊恐地道："我，我，看见了狗！两只，两只狗，逃到那边去了！"

"什么狗？"老帮工们皱着眉，听不懂他的胡言乱语，几个人凑近了，提起灯笼，往他的脸上一照，不由得大惊，"头发，你的头发呢？"

小帮工往后脑勺一摸，梳在脑后的发髻不见了，头发只剩下短短的一截，发丝乱七八糟地耷拉在耳上。他越摸越震惊，哇的一声哭了出来。

几个老帮工对视一眼，七手八脚地将他扶起来："唉！什么狗，你遇到的应该是狐狸！"

"狐……狐狸？"小帮工仰起头，脸上泪痕斑驳。

老帮工摸着自己的后脑勺道："传说中，男人的阳气藏在头发拘起来的这截发髻里。狐狸截发，是要收集人的阳气呀……"

而远处，红毛狐狸被狗追着撵，最后迫不得已，跳到了墙上。

孙家的后院栽种着许多花树，这堵墙就在梨花树边。

苏奈蹲在墙上，弓着脊背，狐毛竖起，隔着几棵梨树，与墙下的黄犬对峙。

黄犬吐着赤红的舌头狂吠，狐狸爪子里握着一截完整的发髻。

从发髻里飘出热腾腾的一股白气，盘旋着钻进狐狸湿润的鼻头里，黑亮的发髻随即枯萎、变细，像凋零的松针一般，从狐狸爪子中层层漏下去，成了泥土上的一层粉末。

虽然没采补成功，但是她好歹吸了一点阳气，暖烘烘的，感觉浑身充满了力气。她摆了摆大尾巴，看见尾巴上被狗咬秃的毛竟然长回来了几束。

"臭狗，你几次坏我采补，我今天差点成功，又叫你毁了……"苏奈蹲在墙头，决定不再容忍这条差点咬下她半截尾巴的臭狗。

"我今天一定要给你一点教训！"

她好歹是妖，结果因为没有准备，屡次被一条凡狗撵得四处奔逃。不能再这样下去了！

当下亮出能断金碎玉的狐狸爪，狐狸的尖牙利齿龇出来，凶相毕露，便准备调动法力，要拍得它脑浆四溅。

那条黄狗不知死期将至，还在墙下，对着墙头蹲着的狐狸狂吠，徘徊着试图往墙上爬。它的前爪竖立起来，竟然现出毛下瘦弱的肋骨，一整排的乳和圆滚滚鼓起来的粉红色肚皮。

一条怀孕的母狗？苏奈气愤地抬起爪子，又落下，终究没有下手，爪子猛地一拐弯，法力没落到黄狗身上，而是向旁边轰去。

气波带动落叶直蹿出去，廊上正在往回走的老帮工、小帮工，被一股邪风刮得摔倒在地。

黄犬无知，仍然在墙下对着"猎物"狐狸吠叫，不知自己逃过一劫。

杀又杀不得，赶嘛，这条凡狗又听不懂。

明明她已经摆脱了寻常畜生的身，成了妖精，为什么还被一条狗堵在墙上？

苏奈蹲在墙头，连尾巴都郁闷得不甩了，陷入了"狐生"少见的思考。

此时，明净的月光洒落人间，照着千门万户，也照着这个后院。

荷叶上的青蛙跃进池塘，青草叶下的小虫鸣叫。黄犬在墙下徘徊。满院梨花树，仿佛洁白的雪花，微风一吹，摇曳起来，花瓣纷纷落下，香风阵阵。

明月香风里，狐狸趴在院子墙头，细细的爪子捧着脸，皱着眉头，像个人类少女在苦思冥想，连大尾巴上被风吹落了许多洁白的梨花都不知道。慢慢地，大概是被清爽的香风吹得太舒服，原本烦恼地思考着的狐狸，头慢慢地一点一点起来，竟然埋头睡去了。

墙下的黄犬渐渐叫累了，也趴在墙根睡着了。

孱弱的凡俗生命，逐渐脱离了轮回的有法力的生灵，一起在明月夜中享受一院香风。

人间妖亦有道。

当苏奈收回轰杀黄犬的法力时，一直站在梨花树下的白衫童子失笑，低头拈起一朵即将飘落尘埃的梨花轻轻一吹。

那朵分外洁白、漂亮的梨花飘啊飘，飘到了狐狸的毛耳朵上落下，像被一只轻柔的手温柔地簪上。

狐狸抖了抖耳朵上的毛，觉得有些痒，又觉得仿佛周身的毛发被人拂着，睡得更加香甜。

第二天，苏姨娘大半夜爬到墙头睡觉的消息瞬间传遍了孙府。

天气渐渐热了起来，为了能在孙府大花厅里享受冰块和瓜果，妾室们反倒比以前聚集得勤了。

妾室们人人手持一把小圆扇，边吃瓜果边打扇闲聊起这等奇事。

柳姨娘擦了擦嘴，抱怨道："最近老爷怎么这么忙，都顾不得和咱们一块吃饭了。"

"就是呀，早上出门，晚上很晚才回来，一回来就去找锦妹妹和苏妹妹，我们这些人老珠黄的，倒连老爷的面都见不着了。"刘姨娘半是玩笑半是牢骚地抱怨。

"嘿嘿，说起苏姨娘，你们听说了没？一大早起来，仆役们发现苏姨娘竟然睡在后院的墙上……"

"果然是乡野村姑，没有半点教养。"

姨娘们一听到风头最劲的苏姨娘出丑，来了劲头，开始七嘴八舌地讲起这苏姨娘进府以来种种低俗、粗野的举止，离厅堂大老远的都能闻到一股酸味。

明锦听到议论，气得还没进花厅，就对着苏奈的耳朵拧了一圈："你都化成人身了，还和一条狗计较？还睡在墙上？再有下次，我肯定不饶你！你也别来我的床上蹭枕头！我不和睡墙头的狐狸精一块睡！"

苏奈嘀咕了一句："我这不是没杀那条狗，何况确实挺舒服的，就睡着了……"

"你还嘀咕什么？"

见二姐眉头倒竖，苏奈自知理亏，赶紧又闭了嘴，耷拉着耳朵，任由明锦数落。

进了花厅，明锦急忙收敛了怒容，变出张微笑的脸来："诸位姐妹在议论什么呢？"

一见苏家姐妹来了，姨娘们纷纷转移话题——私下议论是私下议论，明面上，谁也不想去触这对正受宠爱的姐妹霉头，只纷纷道："唉！还不是最近老爷来得少了，说是什么生意要紧，也不知道是出了什么事。"

她们见好就收，明锦也不去刨根究底，只道："最近丝绸铺子的生意不好，老爷忧心销量，这才到店里守着。忙，也不是冷落了各位姐姐，反倒是为各位姐姐赚胭脂钱呢！等到一切正常了，老爷自然会回来吃饭的。"

听闻这话，大伙也不再拈酸吃醋，反倒一起担心起孙员外的生意来："咱们的丝绸铺子为什么生意不好呀？是天太热了，人们不愿意出来？还是叫别的丝绸铺抢了生意去？"

"这倒没有。"徐姨娘抚摸着吐着舌头的大狗道，"天热是一方面，不过我听说是因为最近外面来了好些官兵，就在大街上巡查，进了丝绸铺子也不避女眷。你们想，姑娘们正在里面量身裁衣裳，忽然闯进来一伙儿官爷，还是带兵带刀的，女客还不吓得都往外跑，这段日子不敢来了，生意自然就差了。"

有人担心地道："啊？官爷？是咱们的铺子出了什么事……"

明锦剥着葡萄，笑着道："不是，这些人呀，铠甲上都有个金叶子的标志，有这个叶子，就是京都的官爷。他们进丝绸铺转了一圈，也就出去了，还去了别的店铺和宅子，好像是在找人。"

锦姨娘的眼界一向开阔，懂得很多，姨娘们啧啧叹息着道："这人是犯了什么罪过呀？大老远的，还要挨家挨户去搜。"

既然对孙家并没有多少影响，话题便转移了去，有位姨娘道："对了，听说茂哥儿的胳膊恢复得很好，已经可以活动了！"

"茂哥儿一天要写多少字，真是辛苦方妹妹了，我们在这里吃瓜乘凉，有人从早忙碌到晚。"有人幸灾乐祸地道，"幸好我不识字，不用这样劳碌。"

明锦趁机说："这蜜瓜不错，叫阿离来，给茂哥儿送一份吧。"

话音落下，大伙儿都满脸茫然地看着她："谁？你说谁呀？"

明锦和苏奈对视一眼："阿离呀，就是那个一直在茂哥儿身边的阿离……"

"阿离……"刘姨娘念叨着这个名字。

徐姨娘笑眯眯地道："锦妹妹，你糊涂了吧？茂哥儿的身边哪有丫鬟跟着。他一个半大小伙，弄一个贴身丫鬟，日日共处一室，这像话吗？他是由下人轮流伺候的。"

苏奈无言以对，上一次，言之凿凿地说阿离是茂哥儿贴身丫鬟的，不也是你吗？

"姐姐，不用问了。自从那家伙从我屋里跑出去不见了，大家都不记得阿离了。"

明锦有些担忧地道："好生古怪，什么妖精会有这么大的本事，能叫这么多人类同时相信有这么一个阿离，隔天又通通没了记忆。这个阿离——总不会是鬼吧？"

"不可能。"苏奈咬牙切齿地道，"鬼的手是冰凉的，这个阿离那天碰我一下，险些把我烫死！"

话刚说完，她一下子捂住了嘴。

果然，明锦听苏奈讲完经过，脸都黑了："什么？你还干了这种事？我一个没看住，你就要翻天了？爬墙上树，招妖逗鬼的，你怎么那么能耐呢？还将后背暴露给生人？你记得苗珊珊是如何法力大涨的？她就是从背后偷袭，将大妖的妖丹挖去自己吃了，这才化了形！你是有很多颗妖丹，不怕被人挖是吧？你、你还是只狐狸吗？我看后山的熊瞎子都比你谨慎多疑！"

苏奈被她说得脸上挂不住，讪讪地道："谁会像那只臭猫一样不要脸——何况，那熊瞎子也就骗了我一回蜂蜜，第二回就没骗到我了。"

苏奈作为一只狐狸，曾经被后山的熊瞎子骗去偷蜂蜜，然后被蜇得满头包。

最后蜂蜜还一口没分到。

这种事还有脸提起！

明锦气得捂住胸口，一眼瞪过来。

苏奈连忙转移话题："对了，这个阿离到底什么目的呀？她来这里也没干什么，只不过是打断了方如意的舞蹈，然后帮方如意和孙茂递了几次纸……这对她能有什么好处呢？"

明锦没好气地道："我怎么知道？不过，她既没有妖气，也不是神仙，不是鬼，却能烫着你……这让我想到了一种人。"

苏奈好奇地问道："什么人？"

"传说犯了滔天大罪的妖，倘若侥幸未死，被神仙收服，就会被消去妖力，烙下印记。没别的人敢靠近它们，否则它们身上的烙印会把人灼伤。这些罪妖被烙下痕迹后，全凭收服它们的神仙差遣，辛苦地在各处积累功德，直到，能将功赎罪……"

"这阿离，恐怕就是犯过什么大罪的罪妖。"

明锦的脸色略微凝重："如果真是这样，这件事恐怕有些复杂，怕是有仙家插手。"

姐妹俩暗中用法力传音，聊着孙茂身边出现的异常。

明面上，姨娘们也在聊着孙茂的事。

柳姨娘神神秘秘地道："你们知道不？我听一个孙家的老人说，茂哥儿都已经加冠了，却一直没有定亲，是因为他有桃花劫！"

此话一出，姨娘们纷纷凑过来："桃花劫，这怎么说？"

柳姨娘压低声道："附近不是有一处道观？茂哥儿小的时候，曾经有个道士给他算过命，说他此生命中注定的姻缘不止一段。"

徐姨娘捂嘴笑道："呀，怪不得我们茂哥儿这么招女人喜欢。"

"听我说完！若是如此，怎么能叫劫数呢？"柳姨娘道，"虽有多段姻缘，不过，全是不幸的姻缘，道士说他是'种错种，结恶果'，不仅无疾而终，还要千夫所指，万人唾骂，落得个潦倒一生！这才是桃花劫数。"

姨娘们都倒吸了一口气："呸，真不吉利，就没一句好词儿！这道士有没有说，能如何化解？"

柳姨娘道："说了，那就是把茂哥儿送进道观里去求仙问道，一辈子不出山，不碰女人，此劫自然便破了。"

"那怎么可能！"

"就是，老爷就咱们茂哥儿这一根独苗，指望他早点传宗接代，好继承家产呢。跟着他们去当个穷道士，呸，做他的青天白日梦！"

柳姨娘笑道："就是说，老爷气得破口大骂，扯着茂哥儿就走，但那话说得实在难听，老爷回家来，还是有些忌讳，便没给他定亲，也没给他配贴身丫鬟。不过，这么多年，茂哥儿从没逾越雷池半步，更别说那善良守礼的性子，能搞出什么千夫所指的事来？可见那些道士说的都是鬼话！"

徐姨娘接话道："骗了钱不算，还缺德呀！茂哥儿都这么大了，也该娶妻了，不然像这样受了伤，一个人在外时谁给他喂饭擦身？别叫那道士耽搁了婚事。"

刘姨娘道："哎，我有一个远房亲戚家的二女儿，跟茂哥儿相配，生得娇艳如花。最关键的，她也是个知书达理的。到时候，就不至于叫一个姨娘整天帮着抄书……"

苏奈的耳朵一动，十足的气愤。

明锦闻言，却拍手附和道："这个好，等老爷回来，合该给他提一提。"

"姐姐！"苏奈语气颇酸地传音道，"你整日劝我不要采补这个男人，别人要嫁给他，你怎么如此积极？"

"傻妹妹，我为了谁？"明锦气得叹了口气，"茂哥儿娶妻，对你有百利而无一害！你想想，你刚进门不久，府里的人都盯着你不放。待新人进了门，人人又盯着新人，你在孙府采补，怀疑不就少落在你头上几分？再说了，公子某日夜里回来，被窝里躺着个女子，也不会太惊讶是不是？你动起手来，岂不容易？"

苏奈歪头一想，好像真是这样！

而且，等孙员外娶第十房小妾，要等半年，但是孙茂娶妻，就可以大大提前……

苏姨娘拍了一下桌子，在众人的目光中附和道："今晚老爷回来，奴家就跟老爷说。"

姨娘们一直待到下午才散去。野鸡精容易脱水，把扇子盖在脸上，无精打采地道："一日比一日热，晒死我了，我要回到屋里去，敷个面。"

回头一看，这野狐狸却是两眼放光，精神百倍，就差摇尾巴了："你又干什么呀？"

苏奈掩不住喜色："姐姐，我溜达溜达，顺便挑挑男人！"

这模样，好像孙茂娶了新人，她就成功了一半。

明锦不忍心打击她的积极性："去吧，我先回屋等……"

手还没放下，苏奈已经扭着腰走出了很远。

后厨附近的小径，掩映在松柏之下。

几个烧火的帮工嘻嘻哈哈地出来，迎面碰到妖娆地笑着的苏姨娘，连忙低头退到一边。

小帮工的眼睛，忍不住往那妇人的背后瞟去。目光在她的腰臀处流连，叫老帮工一巴掌拍在了脑袋上："看什么看。"

小帮工委屈地道："她先冲咱们笑的。"

老帮工打量着那妖娆的背影，鼻子里哼了一声："这苏姨娘回回有大路不走，偏往我们这小路上钻，是个不安分的。但她骚归她骚，这是老爷的姨娘，咱们只是下人，不想死，管好你的眼睛。"

小帮工捂着脑袋："她勾三搭四的，也没有人跟老爷说吗？"说完，他又挨了一下。

"说什么说，没有眼力见。你不怕挨打，就去试试！"

小帮工愤懑地瞪了那个女子背影一眼，低头跟着老帮工走了。

蝉鸣阵阵，苏奈已经蹿到了那棵树上，尾巴耷拉下来，扫去了几只叫得最凶的蝉，又将孙茂房间的窗户勾开一点，往里面看。

孙茂已经能搬把椅子，坐着上课，托着右臂。只是蝉声嗡嗡，大约吵得他也有些心不在焉。

季先生却一如往昔地端坐，正讲到前朝皇帝贪恋女色，为了锦贵妃弃了江山，到了山上要做道士，那美人却弃他而去……

苏奈竖起耳朵，这件事她有印象！大概是一百来年前，二姐姐拎着个包裹，满脸灰扑扑地连夜跑回来，啐了一大口："亏我辛辛苦苦争宠那么多年，好不容易成了皇帝专宠的锦贵妃，本以为后半生的荣华富贵在等着我，这皇帝却发了瘟，竟然要拉着我去山里做一生一世的寻常夫妻。我呸！都没钱了，我还不跑？"

苏奈一想起那情景，笑得差点儿从树上掉下来。

不过，在这冷漠、严厉的季先生口中，锦贵妃是红颜祸水，不知廉耻。皇帝是玩物丧志，色令智昏，更不要脸！

孙茂回过神，有些苦恼地问："老师，锦贵妃嫌贫爱富固然有错，不过仁宗并不荒淫，他有什么错呢？他只是想和心爱的女子厮守一生罢了。难道身为帝王，就不能有普通的情爱了吗？"

季先生闻言大怒，把牙齿咬得咯咯作响："情爱？他若是一介草民，随他爱去，可是他是一国之君，动一动手指，大浪滔天，却为了自己的情爱，置多少百姓于不顾！我教给你的大仁大义，你都白学了不成？"

他一通训斥，把方如意吓得脸色发白，不敢落笔。孙茂也低下头，忙羞愧地道："老师息怒，学生说错了！"

季先生叹了口气，蹙起眉，脸上的表情极其忧虑："茂哥儿，你善良多情，这不是错。可男儿要有大志向，太过多情，便是滥情，毁人毁己。"

"先帝，便是类似你的性情，以至于为妖所迷，伤了身子不说，还偏听偏信，最后叫妖把持政权，还追奸正统。唉！迟早天下大乱呀……"季先生说着，神情怆然，嘴唇泛白。

孙茂却有些茫然地道："老师，府上的下人说见到了狐妖，我还不信，这世上真的有狐妖？"

季先生的神色猛地一凛，不再吐露一个字，冷冷地道："不知道，我也是听说而已。"

双方都沉默了一会儿。

季先生开始收拾箱子："对了，茂哥儿。"他继续道，"这是我最后一次在孙府讲课，我以后都不来了。"

孙茂大吃一惊，连忙挽留，季先生坚决不留。孙茂慌忙问道："是学生犯了什么错？又或者，外面出什么……"

"家中有事，不得不走。"季先生冷淡地打断。

咦？他的箱中露出个红通通的东西，狐狸的视力极好，眯眼望去，看出那好似是一个……虎头布偶？季先生已经将箱子封起来。

屋里的孙茂看见这个玩具也暗自诧异，原来季先生已经有了妻儿。也不知道他的妻子是什么样的人，他的孩子是不是也经常挨他的骂呢？

季先生已经走到门口，看了孙茂一眼，在血色的残阳中，回头嘱咐道："茂哥儿，希望你做个有大仁大爱的人。"

可惜孙茂的一颗心都让分别的惆怅占据，不舍地看着季先生，未听出这话的分量："学生谨记。"

季先生走后，孙茂坐在椅子上，心里空落落的。

季先生不教了，一时半刻找不到别的先生，他是不必再学了。

比起读书，他也更爱玩，可是这次不能念书，为什么心里这么难受呢？

眼睛向上看，方如意背对着他，正极慢地收拾着稿纸，动作也带着一点迟疑，过了好半天，她动了一下那雪白的脖子，故作轻快地笑着："那……我走了。"

原来是这样。从今往后，她也不必来了。

"茂哥儿，刚好这段日子歇一歇，好生休养。"方如意柔声道，"天暗了就别再看书，书是看不完的。鸡汤喝着，再腻也别倒在花盆里了，你把花都浇死了……"

听出那一点极细的哽咽，孙茂的心里猛然抽痛一下，忍不住道："方姨娘！"

方如意却逃也似的跨出门槛，掀开帘子跑了出去。

苏奈看着她跑出去，跳下树跑回了屋里，跃上床，挤着野鸡精的肩头，跟二姐姐说这一路的见闻。

"姐姐，读书一定很可怕的吧？季先生前脚刚走，方如意就逃出来了。"

"不知道，没读过。按你这样说，那的确是很可怕。"

"什么，你说回廊挂上了好几块木牌？"这次明锦直接坐了起来，"那是驱除妖邪的物件……"一指头戳向狐狸的脑袋，"傻子，你又背着我干什么了？"

"我就截了一个发髻！"红毛狐狸仰着脑袋，嗷嗷叫道，"姐姐，本来我想要剜他的心的，可惜叫那只臭狗打断……"

"难怪最近总听人说狐狸狐狸的，原来不是瞎说。"明锦道，"你是不知道士的符咒与剑多可怕，要是戳一下在身上，那可不是闹着玩的！采补固然重要，咱们的小命更重要，最近别再动手了，早点将茂哥儿的妻子抬进来才是正事……"

不多时，孙府上下都知道季先生走了，茂哥儿因为不能上学，整日藏在屋子里，郁郁寡欢。

孙员外嫌他久不露面，便叫他出来和一大家子人一起吃饭。

茂哥儿端着手臂坐在饭桌边，安静无声，神色不像先前那么无忧无虑的。

孙员外清了清嗓子道："茂哥儿，今天叫你来，是有个好消息告诉你。"

孙茂看着孙员外，想听听是什么好消息。

"你也大了，有件事情一直未曾考虑。刘姨娘介绍了个美人，家是钱塘的，爹见过了，生得如花似玉，知书达理。你一定喜欢，你要是同意，爹就去给你下聘。"

姨娘们都笑吟吟地看着孙茂，却没有等到他的喜色，相反，孙茂的脸色带着些为难："爹……"

孙员外没留意他的神色，仍然继续说着。

锦姨娘笑道:"茂哥儿,你就别害羞了,娶妻生子,这是再正常不过的事情了!"

孙茂道:"爹,我,我还不想娶妻……"

"公子还没见过面呢,怎么就说不想?"苏姨娘攀着孙员外的胳膊,娇滴滴地道,"老爷,您要带公子见那个美人一面,说不定他一见面就挪不开眼,像老爷见了奴家一样。"

孙员外摸着她的脸蛋道:"苏姨娘说得在理,爹明日就带你去见见她。"

孙茂眉头紧蹙,表情苦闷:"爹,这事情能不能缓缓再说,我,我真的还没做好成家的准备呀。"

"茂哥儿,这是件好事。"柔婉的女声响起。

孙茂似乎难以置信,回头看去。过了半晌,他的语气有些发涩:"方姨娘也觉得是?"

"嗯。"方如意点点头,始终垂着眼,过了半天,才笑着道,"早该有人在公子的身边照顾,那陈家是书香门第,我从前也有所耳闻。养出来的女子一定是很好的,一定配得上公子。"

岂料孙茂噌地一下站起来,面前的两个盘子滚落下去,吓得众人都看向他。不仅如此,他还对着孙员外道:"爹,我真的不想娶妻。孩儿的婚事,还是不劳您费心了。"说罢,行了一礼,转身走出屋去。

孙员外气得脸都青了,丢了一个茶杯,砸在地上:"真是放肆!"

席上的人你看看我,我看看你,噤若寒蝉。

别说出言顶撞了,茂哥儿平日里那温吞如水的性子,今日是中了邪吗?敢顶撞孙员外!

明锦忙笑着圆场:"当着这么多人的面提这件事,茂哥儿一定是害羞才这样的。您私下再找他说一说。"

孙员外满脸扫兴道:"爱娶不娶!有这点时间给他下聘,我不若去看看铺子。"让人忤逆,到底咽不下这口气,道,"我看茂哥儿的胳膊好了,也别读书了,跟我看铺子去!一日日地念那些闲书,就学会了没大没小。"

方如意急忙忙道:"不,老爷,书是要念的……"

孙员外瞪了她一眼,方如意收声,意识到自己多嘴了,心脏怦怦直跳,低下了头。

茂哥儿发了一通无名火,孙员外也觉得扫兴。给孙茂娶亲的事情,没敢有人再提，就这么不了了之。

苏奈闷闷不乐地坐在床沿上。明锦拉她一块儿敷脸，苏奈没躺一会儿，就把脸上的花扒拉了干净，滚到了野鸡精旁边，对着她的耳朵长吁短叹："姐姐，孙茂怎么不乐意娶亲呢？这可怎么办？这几日又不能动手，一日日的，多浪费时间。"

"浪费，浪费。"明锦斜睨她一眼，把她爪子上的花汁刮了个干净，"我看你浪费了我辛苦钻研的驻颜术。"

苏奈托着下巴，苦思冥想道："凡人娶妻，不应该很高兴吗？公子还瞪了我好几眼。至于吗？难道他不喜欢女人？"

"瞎想。如果不喜欢，又怎么能中了你的媚术？"

明锦顿了顿，也觉得有些奇怪："茂哥儿从前的性子温柔，无忧无虑的，如今却变得有些忧愁起来。可见无欲无求的白玉菩萨，要是有了心事，就成了泥菩萨。他是遇到了什么烦心事呢？"

苏奈一点儿都不好奇："泥菩萨也不要紧，泥菩萨的心也大补。自从上次扑倒那个小帮工，这帮下人的房门口都贴着符，一帮孬货！害得老娘只能采公子，恰好他现在胳膊伤着，姐姐，你说我若是按住他的伤处，叫他反抗不得，强采了他，如何？"

明锦来来回回听着野狐狸念叨，被她搞烦了，翻个身，哼了一声道："你若真的想采，我倒是有个办法。"

苏奈忙问："什么办法？"

明锦道："半夜去他的房间里，采了他。然后你拿走他的地契和金银财宝，幻化成他的样子离家出走，让下人们都看着。刚好府里上下都知道老爷和公子吵架，这下人证物证都有了，就是公子没了，也怀疑不到我们身上。"

苏奈两眼发亮地听着，待听完了全部，无比佩服地道："二姐，还以为你胆小，没想到你竟然这么厉害！"

明锦勾了勾唇，拍着脸道："我野鸡精到底也是个妖的出身。我茹毛饮血的时候，你这小崽子还没出生呢。只是现在年纪大了，修到这个地步，知道了做人的好，就不做那杀人放火的勾当了，做个富贵闲散人岂不快哉？不过我也劝你，邪门歪道虽然快，但不要多走，省得你日后后悔。"

"二姐，你怎么跟大姐姐一样唠叨？"苏奈捂住耳朵，"我是一只狐狸精，歪门邪道就是我的道！"

明锦白眼一翻："成。今夜乌云蔽日，后半夜下雨。狐狸精，还不抓紧时间？"

苏奈顿时一笑，嗖地一下蹿回了自己的房里。

以往都是引男人上钩，强行采补还是第一回，苏奈有些紧张。

若是成了，这也是她采补生涯的第一回。因此，她坐在梳妆台前，描眉画眼，好好地打扮了一下，在鬓间端端正正地簪上了钗子，这才深吸一口气准备出门。只是她才推开门，就叫一个人挡了回来。

苏奈假笑着看着面前的孙员外："……老爷，您怎么来了？"

孙员外扶着门框，并未作答，而是将她从头到脚看了一遍："美人儿，打扮得好生漂亮。"

苏奈迅猛地拿手掌挡住了他凑近的一张脸，娇滴滴地拉着他道："来，老爷快来呀，进屋说。"

苏奈让孙员外搂着，转过脸时，满脸的愤懑之色，习惯性地想往尾巴上摸，摸到个豁口，心里一痛，原本毛蓬蓬的一条尾巴，已经让那只臭狗咬秃了一块。再这样拔下去，可真的就没毛了！

这老货日日都来，也不是个办法，苏奈眼珠一转，哎呀一声，把爬上床的孙员外又给拽了下来。

"老爷，真不凑巧，奴家才想起来这个月的月事来了，伺候不了老爷。"苏奈低着眉眼，害羞地道，"老爷还是去锦姐姐那里，或者……方姐姐那里也好。"

孙员外觉得扫兴，沉下脸，抱着苏奈不肯撒手："是真是假呀？不会是诓我的吧？"

"老爷问得真不像话，给你看看不成？"苏奈羞臊地嬉笑着，用蛮力将他一把推出了门去，咣当一声关门，"老爷走吧，奴家今日要早点睡了。"

苏奈的尾巴尖一扫，屋里的灯也顺便灭了。

她在黑暗里屏住呼吸等待了一会儿，听见门外的脚步声已经远去，这才飞快地整理好仪容，蹑手蹑脚地出门，拔脚便往孙茂屋里去。

走过芭蕉园，从树丛背后跟上了一个黑影。

孙员外盯着前面那扭着腰的身影，脸上隐隐带着怒气，连胡子旁边的一颗痘子都在月色下颤抖着。

下午听帮工报告，说这苏姨娘在外头不检点，到处勾三搭四。他二话没说，赏给那个小帮工一个巴掌。不过，这也不代表他不相信。早知道苏姨娘不安分，若是安分，还能在来府上的第一天就搭上他这个做姐夫的？

就是知道她是个水性杨花的性子，孙员外听了风言风语，才更加愤恨。如今亲眼看见苏姨娘前脚刚推拒了他，后脚就打扮得花枝招展地出了门，连一盏灯笼都不打，摆明了就是去做贼，心里更是恼怒。

孙员外拎着裤脚，一路跟着她，直到绕过荷花池的回廊，穿过了层层的院落，轻车熟路地到了茂哥儿的房里。一股热血涌到了孙员外脑子里。

怪道茂哥儿一说婆亲，就一张黑脸对着他！茂哥儿才几斤几两，那点心思都露在一张面皮上。原来是这个不安分的骚狐狸勾引了孙茂。孙员外恨得咬牙切齿，加快了脚步，一定要去亲眼看个究竟，若让他抓着了，看他不当场揭了这贱人的皮！

月亮被乌云遮蔽，这是个很黑的夜。孙员外有几次差点儿被路上的石块绊了脚，又看前面的苏姨娘扭着腰，脚步却格外轻盈，追得他十分费力。

好不容易到了门口，只见苏姨娘从门缝往里一瞄，也不敲门，轻轻一推，门虚掩着，嘎吱一声开了。

已经猖狂到这地步了吗？幽会时连门也不锁，茂哥儿专门给她留着？看这模样，也不是一次两次了。

门开了，苏姨娘跳开半步，似乎在谨慎地观察，停了一会儿，这才猛地推门闪进去。

孙员外累得气喘吁吁，汗流浃背，怒不可遏，转个方向，扑到了窗口去看。

屋里一根小蜡烛一晃，只见苏姨娘已经撩开帐子，滚到了床上。

孙员外怒气冲头，好，好，好，你个不要脸的东西！刚要大喝一声闯进去，喊声却压在了嗓子里。

因为苏姨娘又从空荡荡的床上滚了下来，摘下了烛台上的蜡烛，站在屋里东瞅西看，一脸狐疑的表情。

"公子？"她走到榻边，娇滴滴地叫了一声。

"公子？"走到外间，又是一声。

无人应声。原来孙茂不在屋里。

苏姨娘消停了半刻，嘴里咕哝着骂了一句，不再找人了。孙员外眼看着她翻箱倒柜，将柜子里的银票、钱币哗啦啦地倒在一个包裹里，连公子的衣裳都不放过，扒拉出来一股脑地塞了进去，直塞到塞不下了，才给包裹打了个结，累得擦了擦汗，许久不见动静。

孙员外一脸疑惑的表情。

怎么？这大晚上的，苏姨娘摸黑穿过庭院，来公子屋里盗窃？

苏奈将包裹打好，放在门边，坐在包裹上等了一会儿。

万事俱备，只差了孙茂。一个扭伤了胳膊的人大半夜的能乱跑到哪儿去？也不怕路上再跌一跤，彻底摔成残废！

但骂骂咧咧也不顶用，她将包裹埋在院子里的大树下，决定去周边走走，碰碰运气。

公子的门都没闩，可见没走远。如果孙茂夜里睡不着，去院子里散散心，那是很有可能的，她也走走，"偶遇"了他，把他骗回屋里再采补！

这么想着，狐狸眼中绿光一闪。

孙茂喜静，他住的地方雅致幽静，松柏环抱着他居住的小屋，四周尽是鸟语蝉鸣。

一阵风过，树叶摇动。苏奈走在石子路上，狐狸耳朵动了动，听见了风声中极其细微的人声。

循着这声一转，看到两个人影。

大榕树下横着一截被雷劈倒的死木，状若木舟，又如板凳。两端坐了一男一女，隔得稍远，正在月色下说话。

男人道："是我暂时不想成家，与旁人无关。"

女人沉默了一会儿，叹息着道："茂哥儿，人总要娶妻，以后也躲不开。再说，这未必是一件坏事，两个人相携而行，彼此支撑，平素也有个说话的人，不至于孤独寂寞。"

男人的声音有些僵硬地道："我的事情就不劳姨娘操心。"顿了顿，缓缓地道，"倒是您要注意自己的身体，凡事看开一些。"

男人扭头看她，让苏奈看清了孙茂的侧脸。

再看他旁边的女人，苏奈收回了狐狸爪，脸上露出咬牙切齿的表情。

孙茂不在房里睡觉，却跑出来和人见面，叫她如何动手？正气愤时，耳朵一动，觉察到身后有人尾随，野兽的警惕让她往那草丛中一矮身，瞬间化作狐狸敏捷地蹿到了草叶后面。

跟在苏奈身后的孙员外，只看见前面的人影在树后一晃，竟然不见了。他吃了一惊，提着裤脚，蹑手蹑脚地快走几步，在黑暗中找人，没看见苏姨娘，却一眼望见前面坐着的男女，身影格外熟悉。

那女声传来："茂哥儿，我的一辈子也就这样了。这是我的命，我自会好好过的。倒是你，毕竟老爷供你上学，你心里有气，也忍一忍，不要顶撞你爹。你知道吗？你差点儿就读不了书了！"

孙员外一听这柔婉的声音如遭雷劈，瞪着眼睛看着前方的两个人。

茂哥儿和方如意？

孙茂和方如意坐在月下，各自坐在一棵死树的两头，双手也老老实实地放着。

孙茂长身鹤立，方如意风流婉转。两个人的年纪差不多，一般青春模样，都有诗书气。

月光下，不像庶母与继子，竟似一对少年夫妻。

孙员外怒不可遏，走过去一把抓住了方如意的领子，方如意毫无防备，叫他拖得甩在地上，待看清是谁，脸色一白："老爷……"

孙员外喝道："你们在干什么？"

孙茂迅速站了起来，手足无措地道："爹爹，您怎么来了？"

那慌乱的神色加重了孙员外的怒气，鼻子里重重地哼了一声："我怎么来了？我若不来，能看到你们孤男寡女地在此处私会？"

话未说完，两个人都忙解释。

"老爷误会了，事情并非如此。"

"爹爹，孩儿与方姨娘是清白的，我们不过是偶然碰见，说了几句话……"

"偶然碰见？"孙员外的脸色发青，一把甩掉孙茂攀上来的袖子，将他甩得踉跄几步。

方如意想去扶孙茂，又顾虑地缩回手，正一脸恐惧地望着孙老爷。

她站在同样神色慌乱的孙茂旁边，两张脸，一样的青春红润，一样的年轻，肌肤光滑。

孙员外也看到了自己的皮肤——已经发皱的、苍老的。他的肚腩腴

108

起，松松垮垮的，整个人像一个泄了气的球儿。

月光照在三个人的身上，孙员外看到那两道影子分明秾纤合度，宛如依偎。

儿子的身影那么修长，那么健康年轻，是一个对女子有吸引力的影子。

而他，他一个人站在时光的那一头，早已像一团烂泥。失去了男子对女子的掌控。

而此时，占据着吸引力上方的年轻男子还在喋喋不休。

清白，意外——废话！废话！

那婀娜的、同样年轻的女子的影子则与他的影子交叠。

孙员外在这一刻已经忘了这是他的儿子。他只像苍老的、被冒犯的、面临挑战、被抢夺了资源的野兽，毛发怒耸，听不进任何解释的话语。

他喘着粗气，指着他们厉声道："来人！来捆这对奸夫淫妇！"

一声大吼，把远远看热闹的婆子们都喊了来，被唬住的孙茂惊醒过来，慌乱地跪在了孙员外面前，含泪道："爹，您消消火。孩儿与方姨娘私下里说话是有错，不过，却当真什么也没有啊……"

帮工拿着火把都聚集在这处庭院里，火光中，每个人的脸色都十分凝重。孙茂还在连声哀求。

孙员外胡须下的瘊子颤抖着，被火光照得恢复了一点理智。

儿子……哦，这可是他的儿子。更可憎！不……儿子、独子，传宗接代……

"老爷，这？"管家到了跟前，看见公子和姨娘一起跪着，老爷喘着粗气，见多识广的管家不由得心里咯噔一下，豪门丑事，这可不好处置啊。

孙员外喘了好几口粗气，才终于找回了一丝理智："把公子关起来，等候处罚。方姨娘不守妇道，明日就按家法沉塘！"

家丁们震惊了一下，管家朝他们使了眼色，众人这才一哄而上，扭着两个人去了。

方如意鬓发散乱，一路哭叫着喊冤，叫人捂了嘴，拖到了远处。

这边，孙茂被人架着也在奋力蹬着腿："爹，不是这样的……爹，您听我说呀！"

这家里的规矩早就该立一立了。孙员外对着儿子的喊叫，理也不理，拂袖而去。

方如意被拉到了柴房里，口不能言，眼睛都哭肿了，还在挣扎。

"都是要死的人了，还不老实。"帮工扇了她两耳光，反剪双手，丢在了闷热、黑暗的柴房里。

嘭的一声，门关上了。

"开门，放我出去呀！"孙茂被押回了屋里，用力拍打着门。

守门的婆子拿身子压住门板："茂哥儿，您就别惹老爷了！您是老爷亲生的，不会有事。是方姨娘勾引的您，父子血亲，哪有隔夜仇，好好睡一觉，明日给老爷跪下赔个不是，老爷会原谅您的。"

孙茂背对着门，过了半晌，眼泪滚下来，哑然道："原谅？婆婆，我和方姨娘当真是清白的呀。都怪我，自以为和方姨娘有几分交情，见了她总忍不住想要亲近，硬要她坐下说几句话，却不想害得她快丢了性命。婆婆，你也是有女儿的，您怎么忍心看她蒙冤而死？"

那婆子听了也觉得酸楚不已，叹了一口气道："茂哥儿，不是小的心狠。方姨娘要是完全没有心思就该避嫌才是。妾通买卖，姨娘是主子花钱买来的财物，财物就得一心向着主子。就算是什么也没做，哪怕是在心里想一下，那也是对主子不忠。老爷若不准许，可以想打就打，想罚就罚。这就是姨娘啊，茂哥儿！"说完这番话，隐约听到几声压抑的啜泣，再无回声。

婆子以为茂哥儿想通了，长舒了一口气，坐在地上扇风。守到了后半夜，婆子的脑袋垂下来，打起盹来。

孙茂将耳朵贴在门板上，听见外头传来的鼾声。他将柜子挪过来，拿脚踩着，笨拙地从窗户翻了出去。

孙茂只有一只手能用，第一回翻窗，身子笨重得不像自己的，脚下一滑，一下子摔下去，压在了一个毛茸茸、热乎乎的动物身上，压得它发出一声哼唧。

孙茂咬了一嘴毛，顾不上吐，只抱着压到的伤臂，痛得眼泪直流。过了好半天，才在泪眼蒙眬中看清楚了这只大狗一般的动物，毛蓬蓬的尾巴在空中摇摆着，一双眼睛发着幽幽绿光，正恨恨地看着他……

孙茂吃了一惊，悚然向旁边一滚，狐狸一爪子挠来，险险叫他避开。

"姨娘，方姨娘……"无论如何，不能让爹错杀一个无辜女子……

心里惦记着更重要的事，他顾不上恐惧，一向文弱的孙茂不知道哪里来的力气，脚一蹬，从地上踉跄着爬了起来，拖着一条伤臂朝柴房一路狂奔而去。

狐狸龇着牙，叼着撕扯下来的一截衣袖，见他跑远，呸地一吐，转身往相反的地方跑去。

孙茂一身是汗，拿身子撞开门。

黑屋子里泼进月光，靠在柴堆上的人一惊，握紧手上的钗子，拼命向后缩着。待看清是谁，方如意的眼泪一下流了下来，拿脚作势蹬他，不让他靠近。但见孙茂捂着伤臂，痛得咬牙，她又立刻收回脚来。

"姨娘，你听我说。"孙茂借机靠近，拔掉她口中的绢布，用一只手和牙齿艰难地割着她手腕上的绳索，"我有大门的钥匙，我这便带姨娘出去，离开孙府。"

方如意原本昏昏沉沉的，闻言又感动，又悲伤："茂哥儿，你怎么做这种傻事？现在已经叫人误会了，你还管我做什么？人家会当你一个读书人，竟然做出带父亲小妾私奔的事！圣人以孝治天下，那你的前途可全毁了。我怎么能继续拖累你？你快回去吧！"

孙茂道："姨娘放心，待安顿好姨娘，我会回来向爹爹请罪。这件事本就是我做得不妥，到时候爹爹想如何责罚我，我都认了。姨娘未曾越线，若要我看着你这样枉死，我做不出这种事情！"

绳索落了地，方如意被捆得太久，跌倒在地上，二人相携站起，门却被人哐当一声撞开。

"孽子，你竟然还敢来！"凉风吹来，冲进来的孙员外见二人拉拉扯扯，勃然大怒，抄起柴火棍打得孙茂跪倒在地上，"我打断你的腿！"

孙茂碰到了受伤的手臂，咬着牙在地上翻滚，碰到一角裙摆，只见跟来的苏姨娘妖妖娆娆地立着，似乎头一次见人间闹剧，满眼好奇，还笑嘻嘻地拱火："老爷。你看，我说得没错吧，茂哥儿果然来方姨娘这里了。"

原来苏姨娘一直关注着他们。

"你——"孙茂痛苦地道，"苏姨娘，为什么这样做？"

苏奈瞥了他一眼，见公子的脸上沾了泥污，有些嫌弃地退了一步。什么为什么？

你断的是腿，又不是重要的地方，腿断了也不影响采补，躺在一个地方不动，岂不便于我采补？至于方如意嘛……

苏奈向远处一看，孙老爷正暴怒地一把抓起方如意的领子："没人要的婊子，从那烂地方出来，你就是给我舔鞋都不配！你还敢乱勾搭，你竟敢……"

没了方如意，省得她碍了姐姐的事，也省得她再出来碍自己的事。苏奈得意地想，原来这就是二姐说的，以人类的办法解决人类的事，果然十分有用，她已经学会了！

正想着，孙员外一回头，怒气冲冲地冲她喊道："给我叫人来，现在就把这个贱人沉塘。"

苏奈将裙摆从孙茂身下抽出来，兴冲冲地扭身出门。

黑暗中，孙老爷正发泄愤怒。

孙茂抱着他的腿，恳求父亲放过无辜的方姨娘。

方如意被孙老爷掐住脖子，脑袋往墙上磕了好几下，觉得头剧痛，鲜血顺着额头流下来，眼冒金星。

耳畔回荡着孙员外的咒骂，孙茂的苦苦哀求，自己脑中嗡嗡作响，仿佛空气变得越来越稀薄。

她的视线渐渐模糊了，一时间，望见昔日在闺阁里，父亲疼爱，母亲温柔，兄弟姐妹一起学习诗书，看到昔日的千金小姐方如意。她被婢女扶出香闺，跪在神前，羞涩地向神灵恳求，但愿天赐个如意郎君。

一时看到洪水泛滥，坚固的堤坝被非人的力量毁掉，一尾巨大的鲤鱼在水中兴风作浪，无数生灵淹死在洪水中。而随洪水而来的，还有奸商囤积居奇，导致灾民饿死更多，起了义军。

她那一向两袖清风，忠于职守，日日操劳治水的父亲却反而因天降的洪水横祸，被以"渎职""导致民变"的罪过按在断头台上。

一时，看到了被充作官妓的姐妹们……她的大姐在被押送时找到机会，用一根白绫了却残生；她的二姐，为了保护她，首先自愿接客，却在青楼被黑心的恩客玩弄致死。

一时看到了被迫也挂上牌子，却在接客之前被一顶小轿子接到孙家的自己。

那个为公子动心，却始终不敢真正越矩一步的自己。阴差阳错，如意郎偏逢薄命女，缘分浅薄。那个只想安心待在后宅，终老便好的小妾方如意……

天耶！地耶！神耶！信女方如意，一生不曾为恶，举家都是善人。为什么，要落得如此家破人亡，身败名裂的境地。

天耶！地耶！神耶！信女方如意，一生只是个闺阁弱女，蒲柳一般，生生死死，全系他人之身，命运半点不由我。

昔年求个如意郎，你不许我。昔年我求阖家平安，你不许我。

今日信女再求您，我想活着……我不想就这么被掐死在柴房里，我只是想活着……

方如意终于要窒息了，她的视线渐渐黑了下去，濒死之境，宛如砧板上的鱼。

奋力挣扎扑打的胳膊和腿逐渐垂下，本该无力的手上钗子忽然奇迹般地用力扎进了孙员外的胸膛，扎得渗出血丝。但她的力气小，只扎破了一点表皮。

这时，孙茂看到方如意快被孙员外掐死，不顾读书人的体面也扑了过来，死死地抱住孙员外的大腿："爹，不能再打了，你松手，方姨娘要被你掐死了，求求你……"

孙员外吃痛，勃然大怒，正想教训方如意，却被儿子死死抱住。

他想甩开抱住自己大腿的儿子，皱着眉头后退几步，用力踹了孙茂几脚，好不容易甩开了儿子，却因为脚下用力过猛，身子后仰，脚踩到柴火棍，失去了平衡，仰面向后栽倒，重重地跌在了地上。

苏奈前脚踏出门槛，就听见身后一声巨响，接着是一声尖叫，连忙跑了回去，就见到了惊悚的一幕。

狭小的柴房里，月光惨白。方如意缩在角落里，双手捂着嘴，瑟瑟发抖。

孙茂跪在地上，张着嘴，半是痛苦，半是茫然，仿佛还不明白发生了什么。

他们目光汇集之处，孙员外歪着脑袋躺在地上，双目瞪圆，一根尖锐的木柴从他的后脑刺入，从前脖子刺出，一摊血正汩汩地从他脑袋下的一小块地方蔓延开来。

"老爷！"苏奈大吃一惊，朝孙员外扑了过去，搂着他哭道，"老爷呀，你这是怎么了？"

苏奈一边假装抹着眼泪，一边低下头来，用手摸来摸去。哇，真的死透了，按着的这颗心一点儿也不跳了。

苏奈登时浑身冒汗，搂着没了气的孙员外，眼睛滴溜溜地转，很是心虚。

完了，完了。二姐姐好不容易才找到一个后宅比较清净的富商，这五年都好好的，怎么她一来，老爷就给她"霉"死了……

若是让二姐姐知道了，还不得气得变回原形追着她啄，把她的狐狸毛全部啄秃。

苏奈一想到二姐的原形，那利嘴啄毛的痛，打了一个寒战，赶紧低下头去，搂着孙员外的脑袋，飞快地朝他嘴里渡了口气。

孙员外的嘴唇颤抖了一下，虽然仍是一副双目瞪圆、死不瞑目的样子，脸色却由青转红，头上的血也不再流了。

孙茂看着自己的手，想到方才父亲的腿从他的手中挣脱，随后绊倒，这手就好像被火焚烧过一般，半边身子都麻了，动都动不得。他不敢去看那具尸体，冷汗浸透脊背，泣不成声。

方如意缩在墙角，两眼无神，愣愣地盯着那具尸体。她的鼻孔和耳朵都流着血，眼眶是青紫色的，嘴唇也泛紫，脖子上留着掐痕——被孙老爷掐的。

死了？死了……

他曾经，把她一顶小轿从青楼抬了出来。

他肥胖发皱的皮肉强行压在她身上。

他曾经宠爱过她。

他从没看得起她。很快就薄情地爱上了其他人。

他曾经……

脑海里混沌一片，耳朵里都是被揍后的嗡嗡声。

好。她心想，你不能送我去沉塘了！

但我害死了你，我害死了你——好心的茂哥儿的父亲。

我害死了你，你曾经把我从青楼里带了出来。

我明天就去投官，我赔命给你……我赔命……就不欠你……

不欠你，干干净净地走，干干净净地去见……见我的爹娘和姐妹。

她自从晚上被关到柴房，滴水未进，情绪又大起大落，这一想，竟虚脱地冒了一身虚汗，倒在柴堆里昏了过去。而一边的孙茂正哭得头昏脑胀，忽然叫什么毛茸茸的东西暴躁地抽偏了头。

"吵死了！影响我救人。"

孙茂一愣，脸上火辣辣地痛，却没看清那是什么，惊愕地抬眼，反应过来苏姨娘的话，救人？他急忙扑了过去："爹爹还有救？"

可是将手凑近孙员外的口鼻前，一颗心瞬间跌入谷底。父亲的身子虽然没有僵硬，可是显然已经没了气息。他瘫坐在地上。

难道，苏姨娘悲伤过度，出现了幻觉？他抬眼，看向哭得梨花带雨的苏姨娘，悲从中来："苏姨——"

声音戛然而止——眼前哪有苏姨娘，只有一只蹲在孙老爷跟前的红毛狐狸。

他惊恐地睁大眼睛时，狐狸一跃而起，一爪子拍在了他的脑门上！瞬间把他拍晕。

总算安静了。

狐狸抓着孙茂的脚踝，气冲冲地将他拖到一旁，踢进了稻草里，跟昏过去的方如意丢作一堆。

苏奈着急地擦了擦脸上的汗水，满心只想着，得赶在二姐姐知道之前，把老爷救活才行。不过，老爷实在是死得太透了，刚才渡给老爷的一口气，只能吊着他尸身不腐，好像没那种使人返阳的功效。

作为一只山野小妖，每天想的都是如何害人，谁知道怎么救人！

红毛狐狸围着孙员外，急得团团乱转。

她拿爪子拍了拍孙老爷的肚子，拍得尸身吐出几个血泡泡，吓得赶紧缩回爪子，又绕到前面，拍了两下孙员外的脸，不慎挠出了两道血痕。她俯身，扒开孙员外的眼皮看了半天。过了一会儿，甚至对着他的脸娇媚地吐了几个烟圈："老爷。"

连媚术都用上了，只盼孙员外能和往日一样色狼附体，一个鲤鱼打挺坐起来，追着她春风一度。但孙员外还是瞪着眼睛，死不瞑目地瞧着她。

"求求您缓一缓，小的要吐了！"脑袋上忽然传来一个苍老的声音，苏奈一怔。

苏奈虽然是山野小妖，可是毕竟已经修得人身，比起还未化形的海虫强了不少。她在小小的一间柴房里，用尽了自己会的法术，妖力的威压，就如同弹子似的把海虫打了个千疮百孔，不得已探出半个身子来，挥舞着触角。

还没喘口气，就叫人从钗子里一把拽了出来，掐在两片尖尖的狐狸指甲里，瞬间，求生欲占领了大部分意识，它扭动着身子："饶……饶命……"

猛然放大的狐狸眼睛，好似一对绿幽幽的大灯笼，吓得海虫的触角一缩。苏奈道："你在神仙庙里待了这么久，可知道神仙有什么救人的办法？"

"救……救人？"海虫透明的触角缩进去，哭丧着脸道，"小的只是在泥做的塑像身旁，又不是在真神仙——"

"想起来了！"觉察到掐在身上的指甲用力，海虫的触角都在战栗，"小的想起一个招魂法阵可以把离体的魂魄召回来！但、但是……"

苏奈问道："但是什么？"

海虫哆哆嗦嗦地嗫嚅着道："但需要尸身完好，至少，脑、脑子要完好。"

苏奈顺着他的触角，低头一瞧，孙院外脖子上突出来的那一截柴，是从后脑勺贯穿进去的，血流了一地，想必脑子已经被戳得稀碎了。

海虫暗自松了一口气。它也算是投诚过了，怪只怪这个凡人倒霉，不符合条件。

再说，这个法子也不是什么神仙所赐，乃是听了进庙百姓的只言片语，胡编乱造，信口胡诌，蒙过这只狐狸就好，幸好实现不了。

正想着，却猛然被狐狸按在脑袋上，触角刚抓紧狐狸毛，就传来一阵天旋地转的感觉。

风声过耳，狐狸已经破窗而出，无数草叶迎面打在海虫的脸上，在它的号叫声中，狐狸飞越过院墙，跳进黑暗中。

狐狸一路狂奔，海虫上下颠簸，一路上飞溅起的露水砸在脸上，打得它浑身湿透，一股土腥味扑面而来。

不知道过了多久，海虫探出长长的触角，张开触角上的眼睛，这才看清停下来的地方，荒无人烟，尽是野草。一股呛人的烟气正在夜空中盘旋。红毛狐狸把脸贴在地上，正在草丛中嗅来嗅去，在一个地方停下来，拿爪子刨刨，灰尘、土块如雨点般飞溅出来，海虫连忙抱头躲避。

一小片未烧尽的黄纸在空里缓缓地飘荡，蒙在了它的脸上，扭着身子甩了半天才甩开，身上都染上了烟味。

慢着……它再次探出触角，仔细一看，满地都是这样的黄纸燃烧过后的灰烬，面前歪倒着一个木牌位，还有一座鼓起的小坟包。

四面黑漆漆的，夜风呼啸，黑鸦偶鸣。

海虫瞬间埋在了毛茸茸的狐耳背后："干吗挖坟呀？"

苏奈熟练地拿爪子扒土，已经刨出了一个大坑，自己跳进坑里继续刨土。

她挖坟的经验很多，山上的狐狸窝就是墓穴改造的，那已经是她换过的第四个狐狸窝。她只要闻一闻，就能判断出哪里有新鲜的死人，是男是女，是胖是瘦，好扒拉出不一样的头骨，叼回窝里做装饰。

"当然是给老爷换一个脑子！"

"什么……呀！"海虫缩回触角，只见苏奈的爪子上托着一大颗死人头。

"这个脑子换给老爷怎么样？"狐狸托着人头，好似托着什么需要鉴赏的瓷瓶，仔细地端详着。上下看了一会儿，自言自语道，"好像有点大了。"

不过这是距离孙府最近的死人了，而且是刚死的，脑子还能用。要是跑太远了，老爷的魂飘得太远了，就救不回来了。狐狸放下人头："就选它了。"

海虫战战兢兢地睁开眼睛，地上这颗头，像饼一样大的一张脸，满脸横肉，涂脂抹粉，满头钗环。

"可是，这，这是个女……"

话音刚落，狐狸已经铺开路上顺手拔下来的一张荷叶，包粽子似的把这个脑袋包起来，指甲一勾，打结，叼起来，转身奔进了草丛里。

回到柴房里，苏奈单手将孙员外翻了个儿，露出脑袋上那一截可怕的木柴。

她拿手抓着，把他后脑勺插着的木柴猛地拔了出来。

海虫浑身瘫软，闭着眼睛不敢再看，耳边传来各种动静，它瑟瑟发抖地缩成一团。

过了一会儿，没再听见声音，睁开眼睛，苏奈两只爪子搂着孙员外的头，爪子噙着法力一抹，已经把他的脑壳完好无损地合上了。

孙员外躺在地上，眼睛也闭上了，仿佛知道自己的脑子完整了，表情不再像方才那么狰狞。

大功告成，苏奈拍了拍他的脑袋，十分兴奋把海虫捏到了眼前："快说，那个法阵要怎么做？"

海虫看着那绿幽幽的一双眼睛，愣了一下。

它活了这么久，不知道人的脑子还能换的，何况换了个女尸的脑子……这……还顶用吗？

虫鸣阵阵。

孙府后院的草地上摆着一圈筛子，上置茶、酒、饭团和剥壳的熟鸡蛋。

草地上铺了一层薄薄的木屑，一只皮毛赤红的狐狸，脖子上戴着一串从厨房里偷来的辣椒串，后足立在木屑上，跳来跳去，发出嚓嚓的声音。

四更天，两个早起的帮工打着哈欠，从屋里经过回廊，摸黑上工。

听见细碎的声音，偏了偏头，循声望去，便见到这个惊悚的场景。树丛背后，一只比犬略小一些的野兽，竟然像人一般站起身来，走来走去，双爪合十，念念有词，似乎在祈祷。它的爪子勾着一件男人的外衣，作招魂幡的模样，在月色下来回挥舞。

他揉了揉眼睛，吓得后退了几步，踩在另一个人脚上，立即招来抱怨："哎呀，会不会走路呀！"

"我的老天爷，你瞧！"顾不上道歉，他猛戳那人，"那是狐狸还是人？"

另一个帮工顺着他的手指一看，那夜色下的动物诡异的动作，顿时后背发凉，张大了嘴。

这时，他们的耳边传来啊的一声惊呼，吓得两个人险些跳起来。

一回头，一盏灯笼照着女子明艳、惊愕的脸，她的目光也死死地盯着院中的狐狸，一手掩口，一定是被狐狸吓着了。

"锦姨娘？"两个帮工对视一眼，心脏扑通扑通直跳，鼓起勇气挡在她面前，"锦姨娘，您别怕，而且跟在我们后面走，我们这就去喊人来抓它！"

锦姨娘一把拽住他们的衣服角："别别……"

"啊？"

"你们看它，它不是普通的狐狸。"锦姨娘指着远处，脸上的惊愕强行化成了可亲的笑容。

"没错儿，"两个帮工点头附和着，"狐狸哪有这么像人的，还会跳舞？这是成了精的狐狸！"

锦姨娘笑了一会儿，艰难地道："我的意思是，它不伤人的，这不是凡俗狐狸，这是五显财神。"

"五显财神？"两个帮工对视一眼，颇觉惊讶。

"嗯。我们山里都有五显财神的说法。财神降临人间，时常化成什么蛇呀，黄皮子呀，狐狸之类的动物，只在满月夜出现在人家里，脖子上戴一串辣椒，对月祭拜，是为了福泽家宅，红红火火……"锦姨娘笑了笑，"它夜里这样跳一跳就走，不碍事的。倘若惊扰了它，就会干扰家里的财运。"

两个帮工听了，联想到近日孙员外因为铺子生意不好，脾气也日渐暴躁，孙府里的财运万万不可被影响了，于是连大气都不敢喘，跟着锦姨娘的灯笼，蹑手蹑脚地走出了回廊。


苏奈正挥舞招魂幡，面前落下一道影子，抬眼就看到二姐姐怒气冲冲瞪着她，狐狸脚下一空，打了个滚坐起来，脖子上的辣椒串已经让野鸡精揪住，将整只狐狸拖到眼前："这是什么玩意？你半夜不睡觉，跑这儿干什么？"

二姐还不知道她的老爷已经死了的事情。

海虫瑟瑟发抖地躲在苏奈的脖子下面。苏奈仰着尖尖的狐狸嘴，心虚地蹭了蹭她的手："二姐姐，你怎么来了？"

明锦掐住狐狸嘴，拿灯笼柄用力敲了一下狐狸背，打得她叫了一声："我怎么来了？你夜里出门，整宿不见回来，我来看看你是不是被道士抓走了——你到底采补到了吗？"

这个夜里发生了太多的事，险些把这茬忘记了。苏奈被捏着嘴，含糊地道："没有，二姐姐，公子他不在屋里。"

明锦怒色不减："那你不回来睡觉，还在外面晃什么？"

"我在此处……打坐修炼。"苏奈说着，顺势像模像样地一坐，前爪搁在后爪上，蓬松的尾巴心虚地甩来甩去，"二姐，此处很适合打坐。"

"你？打坐？"明锦讽刺地捂着额头，"我看你是采补失利太多次，精神不大正常了。"

小妹已经成了这样，够可怜了，明锦也不愿再刺激她，叹了口气，转而道："我来时路过你的屋子，里面怎么没有人？老爷不在吗？"

苏奈心头一慌，忙道："我叫他去方如意那儿了！"

"啊？"明锦顿时被踩了尾巴，"你是怎么想的？"

一条秃了一块的狐狸尾巴瞬间拱到了眼前，苏奈的心怦怦直跳，可怜巴巴地道："二姐姐，我本来也想留下老爷，但你看我的尾巴，上次叫那只臭狗啃秃了，若是再拔……"

明锦的语气缓和下来，叹息着道："你也真是糊涂。你不行，可以叫他来姐姐这里呀！何必便宜了外人。"

见倒霉小妹的尾巴实在秃得厉害，明锦有些不忍，安慰道："大不了再截几个发髻，修补回来就是。"

苏奈摆着尾巴，小声问："姐姐，假如离开孙府，你想好下一步去哪儿了吗？"

"好好的，我为什么要离开孙府？"明锦借着灯笼的光，美滋滋地看着自己腕上新得的两个金手钏，看到得意处，拿牙咬一咬，留下一个小齿印，"奈奈，我算了算，我们姐妹二人至少还能在此处过二十年的好日子！等老爷老得厉害了，我们再一起去找个下家，到时候一起搬过去，如何？"

"二十年是怎么算的……"见明锦的表情如此期待，苏奈心怀愧疚，眨巴着眼睛，嘟囔着道，"万一老爷中途不小心死了……"

"呸呸呸！"明锦急了眼，"谁敢动我的老爷，我非得啄死那个贱人！"

狐狸打了个哆嗦，吓得屁股一抖，跌坐在地上："二、二姐，你先回去吧……天太热了，我，我，我散散再回去。"

"好吧。"明锦摇了摇头，打起灯笼走了，"四脚小妖的精力果真旺盛……"

待明锦一走，苏奈化为人形，拔腿往柴房跑去，颠得海虫差点飞出去。

得快点儿把老爷的尸首挪到一个不容易被人看见的地方，再摆招魂阵。

咣当一声，门被推开，苏奈却傻了眼。

地上没了尸体的影子，只剩下了一摊血迹。

她冲进柴房，到处寻找，方如意蜷缩着，靠墙昏倒。地上木柴散落，中间有几个血脚印。

被她丢在一边的孙茂也不知所终，只剩下一个人形凹陷。

完了，完了……苏奈想，一定是孙茂中途醒来，把老爷的尸首抱出去，准备后事了。

再过一会儿，全府上下都要知道老爷死了的消息。二姐姐那里瞒不住了，呸！白费她辛辛苦苦换的脑子，还有她从厨房偷的蛋和饭团。

狐狸的毛发耸立，龇牙咧嘴把方如意捆好，堵好嘴，扒拉回原位。算了，反正老爷的死和她无关。她迅速逃出了柴房，跃上了墙头。


天色微微亮，院子里果然传来了一阵嘈杂的脚步声和说话声。

一群帮工，有人扛着棍子，有人拖着绳索，吵吵闹闹地往这边来了。为首的是个在昏暗的晨曦中打着灯笼的婆子，边走边回头道："公子的胳膊上还有伤，平素柔柔弱弱的，我哪能想到他能从那么高的窗户翻出去呢？"

帮工们道："外面找了没有，也没人出大门。"

婆子道："我寻思他一定是往柴房来了！说不定现在就在里面，唉！这个孩子，不让干什么偏要干什么！真是要活生生地气死老爷。"

有人道："先进去再说！左右老爷也要我们沉了方姨娘。"

婆子叹息着，走到门边，抓住门闩用力一扭，准备把柴房的门打开。

还没弄开，那个婆子只感觉一道高大的身影笼了她，一抬头，吓了个半死，差点跌倒："老爷？"

只见孙员外不知何时从柴房旁边的树丛边钻了出来，头上还挂着两片叶子，静静地立在她身旁，正歪头盯着她看，眉头微蹙，嘴角挂着一丝奇异的微笑，似嗔非嗔，似怨非怨，表情颇为诡异。

婆子靠着门，拍着胸口，用力喘着气，脑子一转，嘴唇打着哆嗦道："老爷，可是公子偷跑进这间柴房里了？您已经见过他了？"

孙员外仍然看着她不说话，从背后一拽，拽出了一个头发散乱、满脸茫然的年轻人，正是孙茂。

孙茂的身上还粘着许多草屑，脸上有一道一道的灰尘，都是刚才追孙员外的过程中在地上摔的。

孙员外扭过头，冲着孙茂粲然一笑。

笑得孙茂又喜又惊，握紧了孙员外的手："爹，您的身子好些……"

他隐约记得，昨夜他爹进入柴房，却意外身亡。他痛苦地自责不已，可是醒来之后，就看见孙员外起身往门外走，他一路穷追不舍，才拉住了爹爹。幸好拉住的不是个幻影，而是一个活生生的父亲，昨夜的一切是一场噩梦。

孙员外的手摸上了孙茂的脸，看着他温和地笑。孙茂初始时也看着他爹笑，笑得热泪盈眶，只是看着看着，越发觉得有些不对。

他爹一面看着他笑，一面拿粗糙的手掌反复摩挲他的脸蛋，很是爱怜的模样，眼睛却看向别处，窃笑着，不大自然。这个表情……孙茂想，这个表情怎么不像他爹，倒有点像姨娘们……

他的笑容褪去一些。

这时，身旁的帮工们已经七手八脚地冲进柴房，把方如意拽了出来。

方如意的脸和嘴唇都毫无血色，勉强睁开了眼睛，看到孙员外立在面前，吓得瘫坐在地，瞪大眼睛，只盯着孙员外的脸端详。

"老爷……"带头的帮工连忙向前一步，孙员外却向后一步，面露惊恐之色。

这一躲，躲得那个帮工万分尴尬，也停住脚步，只感觉眼前的老爷和昨晚盛怒的老爷不像是同一个人。人命关天，他看看可怜的方姨娘，又看看孙员外，挠了挠头道："老爷，方姨娘这塘……还、还沉吗？"

话音落下，四周传来窃窃私语。

孙员外仿佛这才想起来这回事一般，沉下脸，一步步逼近方如意。孙茂见状，不敢再去拉扯父亲，扑通一声跪了下来，急道："爹，方姨娘是清白的，求您听儿子一句解释！"

孙员外一把拽住方如意的手，向上一拖，众人惊叫了一声，方如意的脸色惨白，浑身抖如筛糠，瞬间闭上了眼睛。

会挨打吗？

这双手此前抽过她的巴掌，掐过她的脖子，把她当作破布口袋一样撞在墙上、砸在地上。倘若老爷真的施与暴力，她是完全抵抗不了的，她惊恐地绷紧身体，准备应对疼痛，魂魄慢慢地游离了身体。冷汗流了一背，她恢复了一点知觉，感到一双宽大、粗糙的手反复地摸索着她的指尖和手背。

方如意愕然地睁开眼睛，发觉围观的所有人也都一起看过来。孙员外

122

抓着她的手，把十指掰开又合拢，翻来覆去地看，好像在挑剔地拣选什么。

孙员外略带嫌弃地看了一会儿她的手，冲她扬了扬下巴："你会缝补吗？"

方如意愣了："会……什么？"

话音刚落，孙老爷将她猛地一拽，大步流星地就往前走。

方如意就像断线的风筝一般让他拖着，方才愕然的人群瞬间炸开了锅，以孙茂为首，呼啦啦地拔腿追赶："爹，您不能将方姨娘沉塘啊……"

追到了方如意的房间门口，门嘭的一声在他的面前关闭，方如意夹在门口的裙角也被拽了进去，留下一声短促的尖叫。

孙茂晚了一步，拍着门板苦苦哀求："爹，爹……"

管家和婆子们一起拉扯孙茂，孙茂两只手扒在门上，奋力挣扎："你们不知道！爹会掐死方姨娘的，爹会掐死方姨娘的！快救人啊！"

"公子，您冷静些，这里头没什么声儿。"婆子把耳朵贴在门上听了片刻，直接挥手、使眼色，示意帮工们将孙茂拉开，"哎，茂哥儿！方姨娘毕竟是老爷的妾室，是老爷的女人，您——"

孙茂猛然反应过来，两只手一松，顺着门板坐了下来。

对了，姨娘，方如意是爹的妾。

爹绕开了池塘，却进了屋，也许不杀她了。其他的，爹无论对她做什么，都是理所应当的。他在这里喧哗吵闹，才是乱了规矩。

帮工们见公子前一刻才如惊弓之鸟，后一刻又瞬间沉默，瘫坐在门口，将脸贴在臂弯上，半天没有动弹，便担心地晃了晃他："公子，您这是怎么了？"

孙茂坐在台阶上，抬起一张表情失落的脸，轻轻地道："没怎么，我没怎么。"

他站起身来，风卷着落下来的杏花乱飞，落了他满头。风将他的眼睛吹得发涩，站起来的一刻，胸口酸涩得难受。

当初给方姨娘赎身的不是他，他在不甘什么呢？难受什么呢？

"呀，茂哥儿要紧吗？"婆子吃惊地叫道，"您的胳膊！"

孙茂这才觉察自己受伤的手臂渗出血来，这一刻心在谷底，竟然也没感觉到痛，只觉得浑身难受："方姨娘没事儿就好了，咱们回去吧。"

这时，门却嘎吱一声开了。不知道看见什么，身后猛然骚动起来，随即鸦雀无声，婆子一把抓住孙茂肩膀："公子，快看老爷……"

孙茂心里一阵难受，不肯回头，甩掉她快步往前走："我不看，我先回去了。"

"公子，公子，快看，老爷这是……"无数急切的私语在耳边嗡嗡作响，刚才他要进去，这些人拦着不让他敲门；现在他要走，这些人又拦着不让他走，孙茂有些着恼，怒气上头，猛一回头，却怔住了。

枝叶摇晃着，蹲在桐树上的红毛狐狸也慢慢地张开了嘴。

只见屋里，孙员外和方如意并排坐在床边，一人手里拿一个鞋垫，一针一针地在纳。

方如意的脸色惊愕，扎得满手都是针孔，一边笨拙地纳，一边紧张地模仿孙员外的动作。

孙员外侧着头，拿起一把大剪刀，咔嚓咔嚓地几下剪出了一个鞋样，左手拿鞋垫，右手持锥，动作娴熟，最后送到嘴边，咬断线头，斜着眼瞄一眼方如意，哼了一声道："蠢笨。"说罢，把自己那份塞进鞋里，脚一蹬，小指头在后脚跟灵巧地一勾，扭腰出了门。

方如意看着他的背影，手里的鞋垫掉在了地上。

苏奈也差点儿从树上掉下去，扒拉紧了枝叶。

孙员外走到门口，见所有的帮工、婆子，还有被人扭着的孙茂都盯着他看，四周一片死寂。

他斜眼看着这些，把离得最近的、目瞪口呆的管家推了个趔趄，右手别了别鬓边的头发："看什么看？别挡着路呀。"


孙员外病了。不是身体上的病，孙府里请来了不知多少个大夫，谁都瞧不出任何毛病。但是一夜之间，孙员外骤然转了性，忽然变得慈眉善目，待人轻声细语，谁也无法解释这种变化。

就连人老珠黄的徐姨娘见他，还没叫出犬只和鹦鹉讨好，就让他一把亲热地拉住了手，双双坐在床边叙话。

徐姨娘受宠若惊，眼泪哗啦啦地往下流："老爷……"

苏奈从廊上走过时，听见孙府的帮工、伙夫窃窃私语："方才我撞到了老爷，老爷竟然冲我笑！他那个……"他们做了一个五指开花的动作，形容孙员外那张脸上露出的笑容，"搁往常，还不是一个大嘴巴子就上来了？老爷这么一笑，笑得我身上凉飕飕的……"

"我倒觉得老爷现在好极了。以往柴少一些，工钱要克扣；饭菜放多了盐，工钱要克扣；抠抠搜搜的，怎么都能扣掉一半，现在能发全了！"

众人纷纷附和："对对对！"

苏奈叹了口气，心虚地加快脚步，往明锦的屋里去。

孙员外自从病后，变得极其喜欢孙茂。以往他对这个儿子，无非是偶尔关心一下学业，平日里更喜欢和姨娘们颠鸾倒凤。现在，他一天要召见孙茂三次，孙茂无法，连课桌都搬到了孙老爷的大屋里，以便时刻侍奉他。

孙茂正看着书，让孙员外爱怜地摸上脸蛋，抬了头，见到父亲凑近的一张慈爱的脸，浑身一激灵，毛骨悚然地站起来，捂着脸向后退了几步："爹……"

"啐。"

孙茂回头看去，原来是方如意坐在孙员外的床上吸气，自从孙员外转性以来，最喜欢方如意，每每将她留在身边，强行令她叠衣服、洗衣、缝衣，现在她身边歪歪斜斜地摞着一堆鞋垫，正缝补衣裳，还是扎得满手血痕。

孙员外走过去，生气地把衣裳从方如意手里抽出来，接着缝，责骂道："你这个妮子，长得白白净净，看着挺灵光的，却连个针线活都做不好！"

方如意连忙低头，随他责骂。孙员外咬断线头，戳着她的额头道："饭也不会做，衣裳也不会缝。就你这样蠢笨，真不知道我儿怎么看上了你！以后嫁给我儿子，还不知道要他遭多少罪！"

窗边的孙茂扑哧一下喷出了一口茶水。方如意抬头，脸都青了。

外面传来一阵敲门声。

孙员外一边指指戳戳地骂着，一边去开门："谁呀？"

门一开，一阵香风涌进来。

一个风骚女子扭着腰进来，哭着撞进了孙员外的怀里："老爷，是我啊！您的身子怎么样，这几日，奴家担心死你了……"话还未说完，胳膊就让孙员外从身上扯下来，抡到了一边。

孙员外向后退了两步，闻了闻自己的肩膀，抬起脸，横眉冷对："离我远点，一股骚味！"

苏姨娘樱桃小口微张，面带震惊之色，后面的哭声全卡壳在了嗓子里，看不见的毛都气得炸起来了："您说什么？奴家身上哪有味道！"

她抬起袖子闻了闻自己，是勾魂夺魄的香味没错。这个不解风情的老东西，居然敢说她有骚味！

苏奈龇牙，一脚踏过了门槛，朝着孙员外伸出手臂："老爷不是最喜欢奴家身上……"

孙员外却向后直躲，躲到了孙茂背后，摇晃着他的手臂，伸出指头咒骂道："呸！骚狐狸！最讨厌你这种不要脸勾引男人的，儿子，叫她离我远点。"

"老爷。"明锦见状不好，急忙迈过了门槛，"您这是怎么了呀？这是您从前最宠爱的苏姨娘呀，您不记得了吗？"

孙员外还是骂骂咧咧地往孙茂身后躲。

野鸡精急了，推开苏奈，走进去，一把扶住了孙员外的手臂，温柔地捧住了孙员外的脸："老爷，别生气。您看看我，我是锦姨娘呀，您总认得我吧？"

孙员外慢慢地冷静下来，上下打量她。

眼前的女子身上全是首饰，耳朵上一对金耳坠摇摇晃晃的，衬得她的脸明艳万分。

"锦姨娘？"

"哎。"明锦感动地道，"我是服侍了您五年的锦姨娘呀，老爷待我最是长情，定然记得我。"

孙员外的眼睛落在她的身上，露出若有所思的表情，看得渐渐入迷。

野鸡精心里正高兴，耳朵上骤然一痛，她的笑容僵住，难以置信地看着孙员外手上捏着的金耳坠。

"老爷，您，您抢我的耳坠干什么……"

她抬手去夺，谁知孙员外一把抓住她的袖子，咬着牙，把她手腕上那两个金手钏也给强捋了下来。明锦挣扎着不给褪："呀，老爷！这是金的，您赏我的，还给我呀，老爷！"

孙员外把金手钏捋下来戴在自己的腕子上，又去扯她的头发，野鸡精抢不过，仰头崩溃地大叫："老爷疯了啊！奈奈！"

一刻钟后，如花似玉的两个姨娘衣衫褴褛地从屋里逃了出来。

明锦的头发蓬乱，连头上的珠玉发梳都给人抢了去，边走边抽泣着道："这是怎么回事？老爷为什么会那样？"

她白皙的脸上有两道血痕。谁能想到，孙员外会动手挠她的脸，要不是孙茂死死地抱住孙员外，苏奈拉着她就逃，她野鸡精娇贵的人脸就让富商挠烂了！

苏奈悄悄瞥了二姐两眼，大尾巴在裙下摇摆着，不敢吱声。

她冥思苦想了一晚上，想到可能是她换的那个脑子出了问题。

不过，现在要是让二姐知道她在里面掺和了一脚，二姐不但要啄秃她的尾巴，还得拿锅把她拍成饼。苏奈打了个激灵，心虚地低下了头，眼珠子滴溜溜地转，瞥着池子里的游鱼。

大树下蝉鸣阵阵，几个婆子正蹲在一起喂鱼："你记不记得，茂哥儿小时候也有这样的情况。"

"我记得，发大水那一年！我就是那一年来的。"

"田被淹坏了，孙老爷跟着那批粮商低价囤粮，非高价不卖，把咱们钱塘的粮价炒得那叫一个高啊！外面到处都是买不起粮的灾民，为一口饭能把孩子卖了。我跟我弟媳抢来孙府帮工，我把她的脸挖烂了，趁她躺在地上，从墙外翻进来，一份工钱不要，给口饭吃就好……唉！现在想想，真是造孽啊！"

另一个婆子伤怀道："那年咱们这座府邸还没盖起来，是在城东头的小宅子里。我那时站在院子里面伺候茂哥儿吃饭，茂哥儿小，才十二岁，吃的什么呀？吃的是一大桌子的香大米、鲈鱼、五花肉，茂哥儿吃不下了，就顺手喂给徐姨娘的狗。狗都不敢出门，为什么？一出门，院墙外面的灾民全扑上来，从狗嘴里抢食。"

两个人都道"造孽"，压低声音道："要是普通的乱世，这贱买高卖的作为够下狱了，但那次妖物作祟，朝廷慌了手脚，没人追究到钱塘来。那天茂哥儿吃着枣，吃得好好的，突然掐着自个儿的脖子，不一会儿脸就紫了，倒在地上不动了。我们吓得要死，想着这一下怕不是要死！当时就有人悄悄说，这是天谴来了！不过，大夫还没叫来，茂哥儿忽然抽了一下，嘴里咳出了一个枣核，脸色恢复了，睁开眼睛，不哭不闹，好像什么事也没发生一样，爬起来进屋去了。说来也奇，就从那天开始，茂哥儿就像换了个人一般。从前茂哥儿是顶不爱读书的，就爱上蹿下跳，要人拿扫帚打着赶着才肯安分。那次过后，他忽然转了性，手不释卷，人也变得聪慧了，你瞧瞧他那样子吧，越长越标致，越长越俊俏，就像那庙里供奉的仙童一般，跟老爷是一点儿也不像了。"

另一个婆子忙道："这话不能乱说。兴许是长大了，转性了呢？"

婆子嘀咕着道："我是想，看老爷最近的样子，这父子俩兴许是同一个毛病呢，突然就变了。"

几个人哄笑起来："茂哥儿是长大转性，老爷还能越长越回去了？"

喧闹中，有人道："我看老爷不是病，像是中邪。听说这附近有个龙神庙，很是灵验，要不让茂哥儿去拜一拜。"

过了桥，野鸡精已经拿手指梳好头发，抓着头发痛苦地道："可怜我好不容易找到一个舒服的后宅，如今老爷倒是没死，也没穷，但他就是不喜欢女人了。这，这可如何是好……"

"二姐，你别急。"苏奈道，"说不定老爷只是受了刺激，过段时间就好了！"

明锦扭过头："真的？"

苏奈猛然点头："再等等看，说不定明天就好了呢？"

半夜，一只红毛狐狸谨慎地左看右看，从孙府的院墙上跃了出去。在夜色中，往龙神庙的方向狂奔而去。

清月照着树丛，藏于深山的庙宇，隐没在黑暗中，只露出一角飞檐。

一个丰满妖娆的女子，撑着门框，往黑洞洞的庙里看去。

几只黑点状的鸟从月亮前掠过，发出咕咕的声响。她缩回门边，面露难色。

作为一只妖，尤其是走歪门邪道的狐狸精，想要大摇大摆地进入神仙的地盘，总觉得有点心虚。

尤其是她生辰那天，在神庙里差点儿被扭断脖子，虽然那草头神撒野，她半点不怕！但毕竟给她留下了一点点阴影，进了这黑洞洞的庙里，总觉得会凭空闪出金光来。

苏奈拿爪子摸了摸脖子，又发愁地想，她从山上下来，多亏二姐好心收留，她却害得二姐姐断了财路，实在有些愧疚，若是真能补救一下，拜就拜，也不会少块肉。再说，这次她不是进庙采补，是诚心诚意地做好事来了。白蛇大姐总说，神仙普度众生，孙员外是凡人，既然是救人，这些神仙应该不会在乎报信的是人是妖了吧?

何况,虽然很羞耻,但她确实到现在为止还没有伤害过任何人,之前那个草头神都放了她一马。

那个郑大不算,他都被砍头了还活着,早已入魔,不算人了。

苏奈理了理鬓发,扭着腰进了庙。

里面暗沉沉的,借着幽暗的月光,隐约看见香案上供奉的梨、桃,还有塑像的一片衣角。

她小心翼翼地走进去,用眼角的余光偷偷瞟着,塑像头顶隐约盘着一条龙,旁边仿佛还立着一个人。她不敢多看,从香案上抓了一把香,呼地一吹。

火星一闪,烟气飘出。

苏奈持着香,退到了蒲团上,拿衣袖遮脸,抽抽搭搭地道:"神啊,奴家是钱塘镇上孙员外家的九姨娘。我家老爷七日前中了邪,仿佛是一个女鬼附在了身上,奴家担心不已。我们老爷的魂若是飘在外间,请您快些送他回来,救老爷一命吧!"

苏奈拜了三拜,放下袖子,拿眼睛偷瞄,黑暗中一片死寂,连股风都没有。

直到将香插在香炉里,她心里还直犯嘀咕:这……就完了?连大姐姐这种等级的妖物都能兴风布雨,这破塑像却连衣服角都不动一下,怎么也不像是听见的样子。

"没用……"海虫的声音骤然在脑袋上响起。

苏奈还以为神仙听见腹诽,吓得差点把香捏断:"什么没用?"

"求神啊。"海虫摇晃着触角道,"这里的龙神早在十几年前就离了正位,你眼前的不过是一个泥巴做的塑像罢了。"

苏奈骂道:"孙府里的婆子都说龙神庙许愿灵验!龙神不在,谁替他们灵验?"

"唉!您忘了?小的在此庙待了百年,还能不清楚?都是我们这等贪嗔痴怨化成的小妖在迷惑凡人罢了。"

捏碎成粉末的香灰从狐狸爪间漏了一地:"什么?你不早说?害得我白跑一趟……"

"早点儿?我也不知道您往哪里去呀!"海虫早吓得瞬间钻进钗子里,

129

瑟瑟发抖，身子忽然一坠，原来苏奈化了红毛狐狸，踩着供桌跳了上去，盘子丁零当啷一阵响，险些掉在地上，海虫大惊："这是干什么？"

"害得我白拜一场，"苏奈哼了一声道，"我要用爪子在它的头顶刻字！"

听闻庙中无神，苏奈登时也不装那副信女的样了，登时撒野起来。

这些破烂神仙，不该在的时候，净出来坏人好事；需要他们的时候，又偏偏不在神位！

嘻嘻，白白受我一拜，看我在你的头顶刻字，再留下点"痕迹"！

野兽圈地盘用的液体"痕迹"！

这条白龙塑像巨大，片片龙鳞有瓦片大小，昂首摆尾，龙嘴张开，触须直冲房顶。龙脚下还立着一个纤细的从神像，正是个好桩子。苏奈扒拉着这个从神的手臂一跃，踩上了神像肩头。

眼看要跳上他的脑袋，狐狸伸出爪子，脚下突然呲溜一滑，侧身一倒，猛地掉了下去。小狐狸却落进个大花篮里。

身子底下有些硌，狐狸伸出爪子一摸，花篮里全是枯树枝，树枝下面露出半条金灿灿的鲤鱼。竟然有供食放在此处，竟然也不会坏吗？

苏奈咬了一口鲤鱼，险些硌掉牙齿，吐了出来，呸呸呸，原来是木头做的，做得这么逼真干吗？难怪咬不动！还咬了她一嘴金漆。

她仰头一看，眼前有一片放大的垂下的衣袖，一只拎着花篮的木头刻的手，雕刻得纤长秀美。

狐狸抽了抽湿润的鼻头，心想，那木头不知道是什么木头，闻起来，是那院落中香梨和月季随风浮动的味道。

原来她掉在了从神提着的花篮里。

不知道为什么，狐狸有点喜欢这味道，情不自禁地摆起尾巴，顺着那只手往上看——这个提花篮、垂白衣的从神像，面貌却是个十六七的童子，面白唇红，额心一点朱砂，低眉合眼，垂下的睫毛弯弯，端庄美丽。

嗯？狐狸嘴凑近了这张脸，瞅了瞅。

等等，这个神有点面熟。

等等，这不是那一天，在桥上喊走了茂哥儿的那个童子，还坏了她的采补？

不会吧？这个从神还在位上？那她刚刚撒泼的那一幕全被他看到了？

苏奈悚然，爪子一松，顺着塑像的身子慢慢滑落下来，迅速跳下了神座。

"这个站着的人是谁呀？"苏奈跳到了地上，心虚地道，"虫子，你出来！"

头上的海虫却噤声，好像完全不存在一般，任她如何敲打钗子都不吱声。

山中的风声呼呼作响，显得十分诡异。

苏奈退了几步，就要往庙外逃跑。

自从被那草头神丢出了灵山府君庙，又挨了那宝珠女一顿天打五雷轰，苏奈可怕了这些神仙了。慌乱之下，将花篮里那一尾木头金漆鲤鱼打落在了地上。

谁知木头鲤鱼一落地，忽然摆起尾巴，活了过来，鳞片发出金色的亮光。

狐狸回头一看，心里觉得诧异：这篮里的鲤鱼都有此灵异之像，这少年童子模样的从神不会当真在位吧？

她心里害怕神祇报复，顿时跑得更快了。

谁知刚迈出门槛的瞬间，被她别在毛发间的钗子也发出一抹亮光，两道光相遇，豁然扩大，猛地将庙里照得白亮。

苏奈刚一跨出门槛，就觉得脚下一空，噭的一声跌了下去。

狐狸的皮毛被吹得向上炸着，一连翻了好几个跟斗都到不了底。也不知掉了多久，狐狸脑袋朝下，砸在了地上，钗子随之掉在旁边的地上。

耳边潮汐声阵阵。

苏奈用力把脑袋从沙坑里拔出来，抖了抖毛，一瘸一拐地向四周跑去。

咦？这里很大，不是龙神庙了。

四面黑漆漆的，看不清环境，但能感觉到空间广阔，漫无边际。耳边有哗啦啦的水声。

这时，极远处射来一线亮光。

在那幽微的白光下，苏奈看到眼前有一条巨大粗长的东西，盘踞在地上一动不动，仿佛山岳般绵延起伏。

红毛狐狸见到那庞然大物，浑身的毛都本能地耸立了起来，惊叹地叫了一声。

这比她大姐的盘起来的原形还要大上好几倍，大姐修行千年，眼前这个……不知道是修了多少年的妖怪！

凉气顺着尾巴往上蹿，本能在警告她远离这个庞然大物。

这时，那光线逐渐扩大，水声逐渐明晰，苏奈这才看清了，这附近似乎是一片大水域。

潮水涌来，白浪没过那巨物的身子，如撞到礁石般溅起高高的水花，又哗啦一声退去。

任凭海潮冲刷，它瘫在那里一动不动，尾巴尖上的须子被水上下推动，闪过银亮的光。

咦？好像是个死的。

本能虽然在警告，但是死的东西有什么可怕的？

苏奈压抑不住好奇心，一点一点小心翼翼地靠近它，看清了那庞然大物的模样。

一片一片的，是鳞，暗淡无光，沾满血污，仿佛生锈的银子。

银色的鬃须漂浮在猩红的水里，面前有一丛大树，不不，不是树，那是它头上的角，它巨大的脑袋扎在水里，血舌蜿蜒，眼睛紧闭，一根睫毛都有一棵草那么粗。

苏奈拿尾巴尖试探着碰上了它银纹遍布的眼皮，又立刻收了回来。

它一动不动。

"这、这这这……"海虫的声音忽然从钗子里响起，扭动着身子，一个字重复了许多遍。

"这什么？快说！"

"这……这是龙神的肉身……"海虫的声音听起来害怕得快哭了。

苏奈大吃一惊，龙神？

龙为百族之长，难怪她一见这个怪东西就觉得毛发都竖立起来了。

这条龙应该就是这座庙里的龙神。可是，它怎么会死在这荒郊野地的水域里？

一方正神，本该不死不灭，却徒留肉身在此。

要是见多识广、有千年道行的白素或者有八百年道行的明锦在这里，只怕会吓得不行，要想方设法逃离这里，以免被卷进什么"神仙大事"里去，被殃及池鱼。

可惜在这里的是不知天高地厚，又不学无术的野狐狸苏奈。

明锦常说苏奈比极北之地的两条黑眼圈的白狗还要好奇成性，东挠西咬。

狐狸成日在山野里作死的好奇心彻底压过了本能的害怕。

苏奈跳到了龙脖子上，上面的鳞片硬邦邦的，随着她小心翼翼的步伐，发出咔嗒咔嗒的声音，她站在龙脖子上，打量着浸泡在水里的那颗狰狞的龙头。

跳到龙脖子上之后，她方才看清楚龙身上有什么东西。

那是捆缚的无数道若有似无的金线，如血管般蔓延在周身，勒进皮肉，几乎把这条龙缚成了个蚯蚓的模样。

这条龙毫无反应，这些细细的金线绕了几圈之后，却在空中摇动交织，仿佛有生命一般。仔细看去，上面还走动着小小的金色人影，人影穿着长裙，有的束发，有的垂髻，仿佛都是女子。

一个又一个不同女子的虚影，走钢丝一般走过每一条金线，线与线交织，影与影交错，丝毫不乱，宛如无声地运转着的复杂的世界。

哇！这些金线是什么玩意儿？

人间的皮影戏都没它逼真有趣！她们还会走动呢！

苏奈看得惊呆了，颇觉好玩地伸出爪子，随便勾住了一道，想扯到眼前看看。

谁知，下一刻，一股大浪从天而降，苏奈来不及反应，就被大浪打翻，眼前一黑。

巨浪将苏奈拍进水底。冰凉的海水灌入口鼻，红毛狐狸紧闭眼睛，在漩涡中用力挥舞着四只爪子，还是如一片落叶一样被浪瞬间压下，嘴里漏出一连串的气泡。

还没有采补成功，她要交代在这里了？

"咕噜咕噜——大姐，二姐，救命……咕噜咕噜——呀！"

苏奈被一双手从水中抱了出来，哗啦一声，脱离了海水。

一大口湿润的空气进入肺腑，她活了过来，耳鼻里都往外流海水。她正想大口大口地喘气，睁开眼睛的瞬间，却吃了一惊。

苍穹乌云密布，遮得四周黑漆漆的一片。

一轮白色漩涡如诡异的巨眼一般镶嵌在天上，正在缓慢地旋转，拧开裂痕。

天地通明的瞬间，白光中浮现出一条足有鲸鱼那么大的赤红色鱼身，挤占了整个天幕。它挪动身躯，扭头，赤红色凸出的眼睛，凸凹不平的鳞片，张开口，露出一口尖利的獠牙。

狂风猛然将树杈齐齐折断。闪电惊雷，尖叫号哭。

这是什么玩意儿？

好像鲤鱼，但是比鲤鱼更难看！

苏奈吓得直往后缩，险些被狂风吹飞，只好紧紧地扒拉着将她从水底捞出来的那条胳膊，想要嗷呜一声，胸腔里憋住的一大口气猛地吐出来，却成了一声清脆的啼哭。

"哇！"婴儿的哭声响彻。

随即她被猛地压在一个温热的胸口，湿而咸腥，混杂着汗水、乳香和箆头油的味道，抱着她的人紧张地喘息着，发出细细的抽泣声，随即颠簸、移动起来。

一只手按着她的后脑勺，紧紧地抱着她的女人哭道："不怕，不怕，快跑……"

苏奈费了好大的力气，才从女人的怀里探出脑袋，伸出爪子一看……不，没有爪子了，眼前是一只肉嘟嘟的小手。

"我变成人了？"苏奈大惊失色。

喊出口的是一阵撕心裂肺的哭声，掩盖在四面的呐喊和哭声里。

苏奈转头，这里好像是人类的村镇。

她们的身后，无数凡人化作黑点，跟她们一样正在惊慌失措地奔逃："妖怪来了！"

"水，水来了！"

天上那尾巨大的鱼的幻影，鱼鳍浮动，用血红色的眼睛阴森森地注视着大地。

那天上的漩涡仿佛是天幕破开的一个大洞，从九天上浇下一股细细的水流，落了地，却顿时使海面寸寸升高。

狂风席卷，大海翻腾着巨浪，裹挟着无数断裂的木头、掀下的屋顶，轰隆隆的，重重地拍击在泥堆成的大堤上。浪花涌起，翻滚得一次比一次高。

许多人摔倒，有人在水里徒劳地捞着，哭喊一个名字，又马上被水没顶。

举目是茫茫一片洪水，昔日的县城变作水国。一具具惨白发胀的尸首如同漂在浪上的落叶。

这个不知名的女人奋力地在洪水中举着婴儿向前游去。苏奈在她的怀里喝了一大口脏水，呛得险些背过气去。正在女人奋力潜游的时候，远处却有一条银线奔来。

苏奈一见，瞳孔缩小。作为野兽，对天象异常有着本能的预感，她抱紧了女人的手臂，一阵猛挠。

快站起来！那是浪，浪来了！

那个女人仰着脑袋，只剩下口鼻露在外面，苏奈困在她的一只手上，急得团团乱转，这条手臂还在拼命地向上托举她。女人的嘴唇动了动，似乎想说什么，海浪已经没顶。

水面离苏奈越来越近，完了……

那只露在水面上的手却如同一张弓，将她用力地抛了出去。

弹射出去的瞬间，她的灵魂从婴儿身上出窍，恢复了狐身，只是身子变成半透明状，好像变得格外轻盈。

苏奈四只爪子并用，在空中缓慢地打了几个滚，抱住椽子，连滚带爬地爬到房檐上。她在一个个屋顶上穿梭、跳跃、飞奔，往更高的屋檐跳去，直爬到了最高的一个屋脊上，才喘了口气，瘫软下来。

她回头，想看看那个婴儿和那个妇人在何方，但水面上只剩下一些碎屑，已经没有了任何人的身影。

狐狸趴在屋檐上，呆呆地看着妇人消失的地方，看着海水淹没的人间：一片水乡泽国，尸横遍野，余下的人颠沛流离。

此处是偏靠内陆，相对安全的地方。近海居民的哭喊声远远的，几乎听不到了，身后的院落里却传来了急切的交谈声。

这座房子的院落里有四个身着绸缎的男人，正聚在一起说话。其中一个道："靠海的整片田地被淹，今年收获的粮食至少折半，正是咱们屯粮的好时机。"

"到时候这钱塘的米面全压在你我手上，不出七天，能涨到这个数。"他伸出戴着玉扳指的一只手，苏奈觉得这个扳指眼熟，再一瞧，正说话的那个人，个高微胖，胡须里有一颗瘊子，很是眼熟，他双眼放着精光，摇了摇手，"此时不发财，更待何时啊？"

"孙兄说得对。"另一个人愁眉苦脸地道，"可是这是天灾，是要死人的事，此时屯粮，是不是有些……"

"哎呀，许兄！"商人劝道，"该活着，该死的，生死有命，都是天意，怪不得我们。我们又不是不卖粮，不过是价格比平日高些，若是真的饿急了，总还是拿得出这些银两。水官已经在修补大坝，等过了这个村可就没那个店了。"

其他几个粮商仍然迟疑着："孙兄，囤积居奇，若是让朝廷抓着，怪罪下来……"

"他们管不到了。"戴扳指的商人指着乌云密布的天空道，"看见没有？这是妖怪作祟，你们先前可见过这个？捉妖都捉不过来，哪还有心思管我们这些做生意的呢？"

几个人看见了远处天边的那道红色的幻影，都有些胆寒。

商人也看了一眼："唉！这世道太乱了！谁知道哪天就莫名其妙地死了？趁人活着，就该多享受些。到了这节骨眼上就不必在乎别人了。你替旁人着想，仁义能让你晚死一些？要我说，哪有比银子更实在的东西。"

几个商人对视一眼，咬牙道："卖。叫人推了车，今晚就来运粮！"

这时，宅子里的门开了，从屋里冲出来一个嘻嘻哈哈的胖嘟嘟的小儿，手里拿了张纸："爹，爹，瞧我画的乌龟。"

似乎觉察到天色有些暗，他仰头看了看，露出迷茫的神色："爹，天怎么黑了？"待看到远处那道红色幻影，吓得一下子扑到了父亲的怀里，"爹，天上飞的那是什么呀？"

商人哈哈大笑道："莫怕，莫怕，那是爹的送财童子。"

"送财童子……"

几个人也笑着，指着半信半疑的小儿道："孙兄好福气呀，茂哥儿有多大了？"

"哈哈，十二岁了。只盼我新纳的徐姨娘肚子争气些，给我多添几个胖小子，帮我打理生意……"

茂，茂哥儿？徐姨娘？

这是做了个梦吗？能看见熟人？

几个人出门，大门嘭的一声地被关上，截断了声音。

苏奈的魂灵实在太轻，努力地挥舞着四只爪子，还是被震得飘出来，像蒲公英似的顺着风飘荡。

湿润的海风扑面而来，丝丝细雨打在脸上。

"一、二，一、二——"震天动地的号子声。

"这边搬过来，快点快点……"

"快，快，来不及了……"

身着帮工衣服的男人们扛着一袋袋土，堆在堤坝上，后头来的人要踩上前面的麻袋，奋力地将麻袋堆在高处，爬上爬下，汗水湿透了布衣。

"方大人。"有人在这阴雨中跪下，"我们撤吧……"

"上啊！"带头的是个干瘦的白发老头，肩上扛着一麻袋土，裤脚挽在膝盖处，一身官服已经被泥水糊得看不出原本的面目，他回过身，在雨帘中大声招呼道，"别停下，上啊！"

"这是妖怪作祟，我们凡人的血肉之躯，哪里抵挡得过？"跪着的那个人喊道，"方大人，妖怪若要灭钱塘，我们……我们是白白送死！"

头发花白的水官却丝毫不理睬跪着的人，扛着一袋泥土堆在大堤上，湿淋淋的白发贴在脸上，招着手，对其他人嘶声呐喊："水不能过海堤，必须堵住，后面就是钱塘的父老乡亲，是你我的妻女，是……堵住！"

水面上零落地漂来两个木碗，一只孤零零的小鞋子。

方姓水官拾起这只鞋子，小小的虎头鞋不足巴掌大，绣线是崭新的，里面掉出被泡烂的柔软棉絮。

他钱塘的孩子，他的百姓。

他的泪水混着汗水往下流，分不清脸上溅上的是什么，径直往最危险的决堤处奔去，回头吼道："跟我去堵！跟我来！"

跑掉的人们看到治水的长官身先士卒，有些人本来想跑，却身子一颤，犹豫着返了回来。

一个、两个、三个，返回去拿身子堵住水口的人越来越多。

可苏奈又看见天海相接处，银白色的一线以极快的速度朝这边冲过来。

浪又来了！

血红色的鲤鱼，漠然地在空中摆动尾鳍。

苏奈的心脏差点停摆，一路狂奔，边跑边回头，走不了了，这些人……

呼哧呼哧……这么多青壮，为什么不逃开？淹死多可惜，倒不如给她采补……

水越逼越近，苏奈也顾不得想什么采补了，保命重要，然而她的动作再快，也快不过那排山倒海、瞬间拔成接天玉墙的大浪。

"抵住啊——"

轰——


碧波之下，龙宫深处，珠帘漫卷，水府幽深。

龙盘踞在宫殿深处，合着眸，安然地听着波浪之声。

波浪声自人间传来，带来万家低语，人间欢乐，小儿女们的窃窃私语……

真好。愿子民安居乐业。岁岁有今朝。

多情的龙，在这人间的欢乐里微微醺然，又在水国独处，略微觉得寂寞。

一道细碎的破浪声入耳。龙神微微一笑，却作假寐状。

果然，那道调皮的水波围着他转来转去，最后却悄悄地缀上他的龙角，在狰狞的龙角上落下一吻。

龙角是轻易不许其他生灵触碰的。

龙却突然转身，庞大的龙身化作翩翩公子，将来人接了满怀："阿离，你又来调皮。"

美人漆黑的长发如海藻般垂下来，在他的怀里仰起脸来。她有一双圆溜溜的眼睛，天真灵动，小小的嘴唇却红得如同渗血。

龙神拿手抹去她唇上这种水族特制的胭脂，笑道："你又在我的角上落胭脂印了。"

阿离亲了他一下，把唇印留在他的指尖："云蛟君的角上有胭脂印，他们就都知道你是我的了。"

云蛟君的目光变得温柔起来，揽住阿离，掀开了珠帘，打横抱起了她。

帐幔卷起，牵得那作床架的龙骨都徐徐响动。

一双小巧、洁白的手扯着龙骨，帐中的女声断断续续，却仍然固执地

138

问："云蛟君喜欢我这样吗？"

"你生得可爱……当然喜欢。"

云消雨霁，一切都变得慵懒起来。云蛟君吻着她，懒懒地应答，却想着阿离的性子倒与这外貌截然相反，有些偏执，而且邪性未消，时常会造些小的杀孽。

这些小小的邪性在他看来，不过是众生脾性不同而已。阿离身上那股人间的偏执多情之气，烟火气，旁人不能理解，他最能明白此中可爱之处。

只是阿离一心痴迷他，得他庇佑、纵容，时间越久，越是偏执，对他的占有欲越重，身上的邪性也越发大。

他将她的手握住："但你的脾气要改一改。听闻你又去龙女那里打闹，她毕竟是神，你是妖……"

阿离听他道自己可爱，原本欢喜，此时脸色却忽然冷了下来："您忘了吗？当年，龙女把我从池里捞出来，要给她父亲做宴，差一点儿我就死了。若不是您见我生得好看，将我藏在袖中带回来，今日就没有我了。夜里我想起此事，总是觉得害怕，心里咽不下这口气。"

龙神云蛟君和缓地笑道："多久以前的事，你还记仇？那时她捞出来的不过是一尾普通的金鲤，哪料想到你开了灵智。阿离，龙女纯善孝顺，你不能只记得她做的某一件事，要看她是什么样的人。"

阿离没有回答，继续道："我第一次住在这样宽敞的宫殿，见到这样排场的兵将，您将我带在身边，同吃同行，对其他任何人都未曾这样，我幸福得发抖，只想长长久久地和您在一起。你看这宫殿里的鲛帐，每一床都是我编织的；宴席上的点心，每一样都是我制作的。阿离替您更衣穿靴，为您洗刷清洁，夜里服侍您。"她猛地将脸贴在他的背鳍上，"阿离愿意把自己的身体、骨血，每一寸都奉献给您。"

云蛟君眉眼含笑，英俊中有种不羁的浪荡，亲了亲她的脸。

"就是这样的笑容。"她捧着他的脸，手劲有些大，指甲都嵌入他的脸颊，她的眼里微微带着恨意，"可以给我，也可以给旁人。我都做到了这一步，为什么您还是不能只看着我？难道您爱的不是我吗？"

云蛟君笑出声："我当然爱你。"

"您也爱旁人。"阿离瞪圆眼睛看着他，"龙女也曾与你相好过。您还庇佑过许多凡人，带回过许多新的精怪。我今日才知道，从池里捞一尾鱼，从洞里抓一条蛇，我不是第一个，也不是最后一个，这多可怕？源源不断地，源源不断地，有新的人住在这座宫殿里，今日我被揣在袖中，明天有人就骑坐在您的龙角上。就算我独占了此处，在龙宫，人间，天上地下各处，您总会源源不断地垂怜新人！您让我很害怕。"

"怕什么？"

"云蛟君，我很好奇，假如所有的我们均分您的爱，我到底能分到多少？您不能只看我一个吗？"她的鲜红的手指用力地掐住他的胸口。

"阿离，我爱你们，是不同的爱法。"龙神抓住她的手，坦诚地道，"我爱你，也爱很多人。我不可能只看着你一个人。但我都是真心实意的。"

"你不能只属于我一个人？"

"阿离，我是真心喜欢你……"

阿离不再言语，低头时，眼中闪过一抹妖冶之色。

红罗帐中，肌肤如雪浪，口唇相就，他讨好，她闪躲，云雨重翻。

不知过了多久后，龙神搂着美人，怀着人间欢乐，沉沉地睡去之后，原本应该也安睡的阿离忽然睁开眼睛。她盯着龙神看了很久很久，最后张开口，轻转法力，小舌从毫不设防的多情龙神的口中缓缓地勾出一颗龙珠。

阿离神色阴骘。


龙神惊醒时，大汗淋漓。

垂挂的床帐由彩云做成，泛着冷而炫目的光。

他从大床上起来，身子软绵绵的，没有力气。想要伸手更衣，手——竟然腾不出手来，他觉得头昏脑胀，身子在柔软的床上扭来扭去，一头栽倒在地上。向前游了两下，尾巴也吧嗒一声落下。

他在富丽的水晶镜里看到了自己的样子。

头上的角如珊瑚枝杈，鳞片细而密，很薄，苍白得可以看见体内的血管在一下一下地跳动。

银色的小蛇愕然抬头，被自己孱弱的样子吓了一跳。

怎么变成了这样？

他闭眼感应了一下，只觉得龙珠已然离体。

他成龙已久，这座宫中只有受他恩泽最深的鲤鱼阿离，因为与他气息相近，才有此引龙珠暂时离体的能耐。

"阿离，"他莞尔，发出低沉的男声，"你又在闹什么花样？快将本尊变回来。"

这座宫殿里，每一片洁白的珠贝随着他柔和低沉的声音颤动，银色的鲛纱帐飘荡着，轻柔地拂过他的脸，小蛇慢慢地游走在宫殿中，笑道："快出来，擅自拿走龙珠是触犯戒律的。还回来，我们去吃早茶。"

成排的蟹兵低吟道："阿离不在，出去了……"

"出去了？她做什么去了？何时回来？"龙神问蟹兵。

龙珠离体过久，他不仅化不了人，连五感也受限，眼前一片朦胧，耳边嗡嗡作响。

"阿离说，她不回来了……"龙神猛地一怔。

此时，幽深的水国深处，水面的震荡一直传到了水底，无数惨叫声顺着水传来。

龙神颇觉不妙，离开水国，便游向人间。

云头乱飞，水汽涌动。

越靠近外面，那巨大的失控的力量搅成了漩涡，一波一波地冲击着他的身子，他的心里闪过不祥的预感。

不好——

他飞扑出去。

入睡之前，他曾往人间看过一眼，钱塘子民在生境中好好地穿梭，安居乐业。

待看到那个场景——海水泛滥成灾，无数树木和浮尸漂浮的场景，他的眼前一黑，滑坐在地。


电闪雷鸣。前方妖化的鲤鱼体型庞大了数倍，因为龙珠在身，鳞片脱了又生，金色的鱼身上生了大块大块红色的异斑，形同可怖的肉瘤。

"阿离！"

鲤鱼精回过头来，赤红色的眼睛被挤压得向两边凸出，张开嘴，露出尖利的上下獠牙，似鱼非鱼，似怪非怪。

"你……"龙神虽然多情，却并不愚蠢，作为一方正神已久，见她如此模样，知道她已经疯狂，被魔障迷了心智，叹息着道，"你惹下了滔天大祸。迅速归还龙珠，让我将天漏堵上。"他温和地道，"如此，我或许可以在律法前，留你一线生机。"

"就这样？你怎么还不生气？"红色鲤鱼的尾鳍摇摆着，看上去显得有些失望，"云蛟君总是笑着，没对别人发过火，我想当这第一个。"

龙神颤抖了一下："你疯了。"

巨大的鱼嘴咧开："是啊，我疯了，我疯了。"

阿离道："您总是喜欢人间，你爱我，爱龙女，也爱很多很多人。天上人间，你为什么不能只爱我呢？"

龙神道："所以，你以为这般是报复了我？祸不及百姓，下界生灵何其无辜！"

"与我何干。"阿离漠然地道，"我是精怪，又不是人。凡人也没少食用我的同族，我杀了几个人，又怎么了？能毁去你云蛟君守护之物，毁去你千年基业，叫你着急上火，我就觉得高兴。"

"你以为这是开玩笑？"龙神心里十分悔恨，早知她的脾性危险，就该狠了心早点约束，不……甚至从一开始就不该心动、相救，否则，何至于到今天这个地步？

他继续道："你犯下如此滔天大错，滥杀无辜，可曾想到过后果？你非得锉骨扬灰，灰飞烟灭不可！"

阿离双目赤红地笑道："你说死吗？我又不怕。玩忽职守，你以为你脱得了干系吗？云蛟君不能与我相守而活，那就为我而死，我就是要拉你一起，陪我寂灭。"

说罢，天上云气凝成的漩涡猛然旋转起来。天上银河，云间水汽，慢慢向下倾去。

只要落下，整个王朝大半会变作水泽。

化作小蛇的龙神再顾不得阿离，他奋力向前游去，冲掉了好几片鳞，调动浑身的法力阻拦，却只能打出一个转瞬即逝的烟圈。

忽然，一道金光从上界来，直照龙神，他的身子猛然一暖，暴增三倍，有了雏龙之形，小小的白龙摆起尾巴，在云间穿梭，弹簧一般直冲那漏口而去。

龙神撕下一片云，堵住半个口子，身上被水冲掉了许多鳞片，血肉模糊，却仍然勉强用力堵着，直到再也无法支持，变回小蛇，砸在了云上。

俯瞰人间，碧波万顷，他如此眷恋的人间，已经惨不忍睹，成了千里泽国。

浮尸水上，一片苍凉。

无数人类挣扎其上，号叫着、挣扎着。无数人类缩在仅剩的没有被淹没的房屋里，绝望不已。

冲天的祈祷声传入耳中。

他听到了很多很多的声音，看到了很多很多的画面。

有一户的屋脊之上，有一条龙的雕塑。那是水官之家，世代供奉龙神，祈求风调雨顺。

云蛟君越过祥瑞香火，看到了自己的塑像。塑像之下，有两个十来岁的少女，额头已经磕得青紫。她们身着罗裙，跪在蒲团上，双手持香，手中的香烛明灭闪烁。

其中年幼些的女孩睁开了眼睛，拎起裙子就跑，跑到门口，被一个端着瓜果进门的妇人挡住："你去干吗？"

女孩嚅嗫着道："娘，我担心爹，我想去帮助他修建堤坝……"

"你能帮什么忙？"妇人放下托盘，搭上她的肩膀，"你才几岁，肩不能提，手不能扛，去了倒叫你爹分心，给他们添麻烦！"

外面一阵雷鸣，暴雨倾盆，女孩吓得脸色一白，妇人看了看窗外的天，推着她道："如意，快去，和你二姐一起求龙神，娘再去做些供食来！"

年幼的女孩乖巧地点了点头，提着裙摆，跪在了少女旁边："二姐，龙神是不是生气了？到现在还没有来捉妖怪。"

"不会的，如意。"额头通红的少女道，"听说，云蛟君性情温柔，很重情义。二姐每日晨起，第一件事就是打扫神龛，给龙神上供，我敢保证，世世代代的水官，没有谁比我们更虔诚。这些，他一定会记得，他会来救我们！"

"可是……可是他为什么还不出现？"如意搓着手上的檀香，茫然地看着龙神像，"二姐，我觉得我们做的事情好没用。"

少女吃惊地道："为什么没用？"

"爹带人加高水坝，多一个沙袋，大坝就坚固一分。可是我们只能等着，去求一个压根儿没露过面的云蛟君。龙神，他真的存在吗？"

少女急忙又磕了两次头："怎么可以这样说？我们世世代代都得到龙神的庇佑，他会来的。"

"我要是大人就好了，我可以帮爹去扛沙袋，可是我……"如意愁眉苦脸的，松开攥紧的拳头，伸出小小的手，手心有一排烫出的燎泡，"我连做个贡品都会烫伤自己。我做的饼子，龙神不会喜欢……"

"让我看看你的手。"少女抓起如意的手，苦笑着道，"你没做过饼，也是正常的，只要心诚，龙神不会……

哐当一声，门猛地砸在了墙上，一个浑身湿淋淋的帮工跪倒在地上："夫人，完了，完了……"

两个女孩，还有端着供食进来的妇人，急忙追问："怎么了？"

"大堤垮了。"那个人抬起头，泪流满面，"水冲进来了，也不知道死了多少人，只看见满地都是尸首。"

如意手中的香瞬间折断，散落一地，她的最后一声喃喃透过神像，传入龙神的耳中："可是，神呢？他在哪儿……"

钱塘的昔日繁华，几乎毁于一旦。

成为龙神后，他从来都是笑的，他从来没有生气过。

但这一刻，他倒在云中，身体血肉模糊，面对这一切，却无能为力。

从龙眼里落下了一滴一滴带血的眼泪。

眼泪落下就变成了无边的春雨，这些隐隐透着龙吟声的春雨一寸寸地洒遍人间，引导着肆虐的洪水好似生出灵智一般，一点点地退去。而龙神本就虚弱的身躯却一寸寸地变得透明。

阿离做到了她想要的"不同"。此刻，她却慌了，急忙从鲤鱼变成人身，捧起龙神的身体："您、您为什么要为凡人做到这种地步？为他们散去最后的法力，您、您就不能只看我吗？"

云蛟君却半合着眼睛，再也不看她，身体已经快要化为虚无。

阿离见事情无法挽回，变得更加癫狂："您执意要救他们，我就让他们都为您陪葬！"

她变回鲤鱼原身，怒号着，正要驱使龙珠的力量掀起更大的风浪。

堵住漩涡的半片云，被风吹开，银河疯狂地向下倾泻——坠下的一线银河，像被猛然冰冻住了似的，定在原地。随后，竟然奇迹般地倒流回去。

云蛟君忽然睁开了眼睛，望向了天上。

水流动的银光，星星点点，云开雾散，漩涡中现出灿烂的金光，迸溅四射的光织就在一起，照亮了他身上残破不全的银鳞。

从那光中落下一道身影，风动云衫，涉水而来，走在水上如履平地，足尖踏过之处，涟漪相碰，许久后才撞出一簇水花，却没有沾湿他的一片衣角。

下界的百姓不敢仰视，齐齐跪伏于地，只剩无数深色的脊背。

白衫童子分开云雾而降，相貌极美，面色庄重，额头上有一点红色朱砂，手上提着一个花篮。

他只弯腰轻轻一捞，天上那狰狞的巨大鱼影瞬间化作一道红光进入了篮中，溅起的水珠儿，落地成树，迅速抽枝长叶，绽开一树一树的白花。

天上的鱼怪不见了，众人松了一口气，瘫坐于地。

而童子的花篮里却翻腾着一尾身上带着血腥气的金色鲤鱼。

端庄的白衣童子轻声一叹，那灿烂的金光如烟雾一般消散于空中。

天上白色漩涡旋转闭合，乌云迅速向四面退去，拉开幕布般一寸寸露出极蓝的天幕，太阳刺得人遮住眼睛，与此同时，海浪骤然向后退去，露出了翻倒的堤坝、损毁的房屋、扯破的酒旗，大地上满目疮痍，传来阵阵哭声……

那悬挂在云头上的小蛇，头尾寸寸加长，身长如连绵的山脉，能搅动水波倒灌，他恢复了巨龙之身，却伏倒于云上，在那片白色的衣角前，慢慢流下一大颗泪水，晃动着，沉甸甸地托在云里。

"云蛟君，你可后悔？"白衫童子的声音如瑶琴一般。

"后悔。"白色巨龙的鼻子里发出沉闷、颤抖的声音。

"云蛟君，昔日你是钱塘王子。仁善爱民，因治理水患有功，修行得道，化作龙身。你成道前，曾向上天许下宏愿，永镇钱塘，保家国万世安康。只是当年你得道之时，却不愿意主动抹去凡人的感情。以至于留下情根，滥情成劫，酿成大祸，牵连无辜，你可知罪？"

白龙又流下一滴眼泪："知罪！我愿受罚……"

童子道："倘若再给你一次机会，你可愿意洗去凡心？"

那巨大的龙头，谦卑地向鼻子前一个小点儿的童子低下："愿意，我愿意！"

童子面色平和，抬手，云气消散，巨大的龙身就这样毫无预兆地掉落人间，他不再挣扎，整个身体狠狠地砸进海里。童子复伸出掌心，接住金

145

色鲤鱼嘴里飞出来的一颗闪亮的珠子，投入下界某一户的院落。

苏奈的身子一抽，惊醒过来。

眼前画面和声音全部消失，黑黑的，只有一线光。

什么水，什么龙，什么风声浪声，全变成了嗡嗡的耳鸣。

她记得她变成了人，一会儿又变成狐狸，一会儿又变成了龙……变来变去，头痛欲裂，到现在还晕晕乎乎的。她晃了晃脑袋，耳尖动了动，隐约听见有鸟在叫。

一道阳光从帘子的缝隙里照进来，照在她的鼻子上，将她的皮毛晒得热乎乎的。

"怎么回事？"她拿后爪挠了挠脸，一个翻身爬起来，从帘子里钻了出来。

外面金灿灿的阳光瞬间包裹了她，刺得她在原地打了个滚。

过了好半天，她才泪眼蒙眬地看清面前的环境，此处还是那座小小的龙神庙，蟠龙柱子，两个破旧的蒲团，香案上铺着黄色桌布，摆放着供食，龙神和那个从神的塑像立在暗处。

咦？她昨天夜里居然会跑到那香案下睡着，又冷又硬，连床被子也没有，也太会找地方了。

钗子里传出呼唤自己的声音。

苏奈一把抓起地上的钗子，猛然想了起来："虫子！你记不记得我们怎么跑也跑不出去，然后到了海边，看到了一条这么大的龙……"

"龙？什么龙啊！"海虫闷闷地道，"这座神庙方寸之地，门就大敞着，怎么跑不出去？你怕不是做了噩梦？"

红毛狐狸龇着牙道："什么噩梦！肯定是这个破地方半夜有鬼。"说着，转了两圈，后背感到有些发凉，再瞟一眼那笼罩在晨光中的白衣童子，越看越觉得诡异。

她跳到了桌案上，扒拉着篮子看。她记得，昨天夜里，她不小心把这个从神的鱼给踹翻了……

篮子里空空如也，果然没有了鱼。苏奈颓然地坐在了桌案上，完了，昨天她在庙里撒野，还把供食弄丢了，这个神该不会活过来，伺机报复她吧？

苏奈看着从神，心虚地把桌上的供食叼过来，一股脑地倒进了篮子里，给他装满，把空盘子藏在桌子的缝隙处，假装什么事情也没发生，倒退着跳下了桌子。

落地的瞬间，苏奈的身上发出咔嗒一声轻响，低头一看，猛然发现爪子上绕着一根金线。

金线！

对了，昨天，她是拉了一下那捆龙的金线才进入那个地方，遇到了一连串的怪事。

苏奈嫌弃地盯着"金线"，得出一个结论，一定是晚上光线不好，她眼花没看清，早知道扯下来的是灰扑扑的琴弦，她绝对不碰这倒霉玩意儿。

对了，她记得金线之上有好多皮影人！顺着那金线一拉，皮影人倒是没有，末端晃荡着一片带着血的龙鳞。

外面的鸟在叫着，脚步声和说话声响起。

糟糕，天亮了，拜神的人来了。

她夜不归宿，二姐姐一定提着灯笼到处找她，她打了个哆嗦。刚好拿这片龙鳞证明她遇见了龙，而且这片龙鳞闪亮亮的，二姐一定喜欢，拿回去送给她，也好叫她消气！

苏奈叼起龙鳞，从窗户跳了出去。


一夜之间，孙府里多了好些人。

这些人不论男女，皆穿白袜黑鞋、青黑色褂子，男的戴着帽子，女的将发髻盘在脑袋顶上，横着一根木簪。

苏奈蹲在墙上，不敢下去，迅速拽过树丛遮住自己，只从树枝间隙里悄悄往下看。

这些人聚在院子里低声说话，三三两两的在廊上转来转去，好像在检查什么。

怎么回事？她才离开一个晚上，怎么多了这么多道士！

听二姐说，道士手上拿的法器是专程对付她们这些小妖的，若是让他们捉住，必是没有好下场。这些人该不会是来捉她的吧？

耳朵动了动，墙根处传来婆子们的窃窃私语。

"不怪茂哥儿病急乱投医，老爷的病真是越来越重了！上次我给老爷送药，亲眼看见他把方姨娘的手拉起来送到茂哥儿手心里，一口一个'儿媳'，那两个人的脸都绿了。"

"呀，一个是姨娘，一个是公子……这样下去如何是好？只盼这些道士能赶紧给老爷驱了邪，可别闹出大事来。"

"话说回来，方姨娘和茂哥儿之间的那些传言，恐怕不是真的。倘若方姨娘和茂哥儿真有不伦，应该恨不得老爷永远这么糊涂下去才好。可你看茂哥儿和方姨娘那忧心的样子，倒是患难时才见良心。"

"是了，方姨娘也是好人。我时常见到她坐在池塘边看着荷花，拿手帕包着的馒头碴子喂鱼。她年纪轻轻的，在宅子里寂寞，就茂哥儿和她年纪相仿，说两句话又怎么了？说句难听的，老爷如今虽然糊涂，却比以前心善，讨人喜欢，老爷要是恢复原来那性子，想起这段时间自己的作为，迁怒起来，方姨娘就算是清白的，也得倒霉了……"

苏奈没听完，从墙上跳了下去，化作人身。

莲花观，就是柳姨娘说过的，给孙茂算过命的那个道观。

柳姨娘还说，这些道士使的都是假把式，专骗富人钱的。

她觉得也是，现在她跟在一个十六七岁的小道士身侧，走了这么半天，他还大步向前，一点儿都没发觉。她大着胆子伸手，揪住了小道士背后背着的木剑上的剑穗。

小道士转头，看见一个艳如桃李、身材丰满的女子，脸色瞬间涨红："善信先行……"

女子一笑，更令人目眩。

嘻嘻，果然是一群假道士，这么大一只狐狸走在身边，都认不出来！

苏奈悬着的心放下，跟上了他："奴家是孙老爷的九姨娘，早晨起来，发现院子里到处都是人，吓了一跳。小道长，这是往哪里去呀？"

"哦，我要去孙老爷屋里。师父和孙公子都在那里，正要给孙老爷作法。"

"奴家也要去看老爷，刚好跟小道长同路呢。"

小道士半是羞涩半是紧张地道："好。那善信随我来……"

苏奈跟在他的身后走，转着眼珠子打量，这些道士们背上不仅背着一把挂着红缨的木剑，腰带上还悬挂一小面铜镜。

看上去像模像样的，可惜，学艺不精……

正想着，她猛然被蹿出来的人影拽到了小道里。

还没反应过来，脑袋就被灯笼重重地敲了一下，脖子被按下去，背上噼里啪啦地挨了好几下捶打："臭狐狸，你还敢回来！"

苏奈心道不好，抱头鼠窜。二姐姐一向大方、和气，能把她气得失态，实属难得，吸着气，讷讷地道："痛，痛……二姐，二姐！我错了！"

野鸡精满面怒容地戳着她的额头："昨天晚上，你又去哪里了？"

苏奈见眼前的二姐姐鬓发散乱，神情憔悴，心中十分惭愧，糟了，不会是担心她担心的吧？红毛狐狸耷拉下脑袋："我昨日去孙府外散步。没想到……呃，路上，遇到一条巨龙。"

明锦狠狠地瞪了她一眼，整理一下发髻，骂道："你可知道，我担惊受怕整整一夜！今天早晨一睁眼，这么多道士，险些把老娘吓死，还以为你给人捉了去，剥皮做成了狐裘！"

好在这只傻狐狸没事，也好和大姐姐交代，她松了口气，这才又问道："巨龙？你以为神兽是这么好见的，编谎话不知道编圆一些。我活了八百多年，都没有见过龙，咱们这怎么可能有龙？你别是把蚯蚓精看成了龙。"

"真的是巨龙，山那么大的巨龙！"苏奈的嘴险些气歪，说着就要从怀里掏出那片龙鳞给她，"我与巨龙缠斗了整宿，累死我了，姐姐，你看，我还拔下它的一片鳞作纪念！"

"善信？"明锦急忙按住她的手，两个人一顿。

原来那个小道十见苏奈没跟上来，回头找了过来。

他看着眼前两个貌美的妇人，挠了挠头："你们还去不去呀？"

"去呀。"苏奈一笑。

明锦却警惕地使了个眼色，传音道："去那里干什么？赶快跟我回屋去，躲开这些道士。"

"姐姐，你不知道，他们身上的家伙都是假的。连我们的原形都看不出，还能拿我们怎么样？我们去凑凑热闹，看老爷能不能给这些人治好。"

明锦想了想，决定道："也好，我们去看看。如果老爷有好转的迹象，我们就留下。如果老爷好不了了，我看，咱们收拾收拾包裹，趁早找下家吧。"

苏奈点着头，心里却在滴血。她在孙府待了几个月，刚摸清楚了府里的男人都藏在哪里，就要慌里慌张地走了，也太可惜了。

神仙昨夜听了她的祈祷，今日就来了道士，说不定，是她的祈愿生效了，这一次孙员外就能恢复正常呢？

狐狸想着，双手合掌，裙摆下的尾巴摇摆：拜托，拜托了，我可不想离开孙家……

孙员外的屋里烟雾弥漫，檀香味呛人。

烟雾里头，孙员外的姨娘们坐在外间，想起如今的境况，有人悄悄地拿袖子拭泪。

方如意被孤立出来，独自坐在柜子旁边的一张小凳子上，拖下来的裙摆像绽开的木槿花。

她低垂眉眼，遭遇白眼，脸上没有委屈，只是有些疲倦。

在她身边，两个小道士端着大碗，正踮着脚化符水。

"苏姨娘，锦姨娘，你们来啦。"苏奈进门，姨娘们连忙招呼。柳姨娘搬来椅子给她们坐，又白了方如意一眼，压低声音道，"老爷和公子都在里头，莲花观的观主正在里面作法，不给人看。"

明锦随口道："柳妹妹不是说，这些道士都是骗人的吗？"

柳姨娘讪讪地道："咳，也不知道有没有用，如今没了法子，只好死马当活马医了……"

苏奈顺着她的目光看去，孙老爷所在的里间被道观带来的白色的帘子遮住门口。虽然封住了，但她隐约看到了金黄的光点闪烁。苏奈吃了一惊，不顾明锦的拉拽，向那边走去，将脸贴在帘子上往里瞅。

苏奈的丹凤眼眨一眨，透过纤维的缝隙，看见躺在床上的孙老爷半个身子，还有孙茂坐在床边的背影。他的身边还有一个人，被遮挡住了，只剩下头顶横插钗子的发髻晃来晃去，竟然是个道姑！

"道长，我爹到底为何会这样？"孙茂低声问道。

过了良久，那个道姑声音冷冷地回答："此人半个月前已死，魂魄离体。其他的孤魂野鬼入此躯壳，主宰了这副肉身才会有异常举动。"

哇，这个道姑虽然压着嗓子，但嗓音清甜，是个年轻女人。

苏奈的身后却传来一阵恐慌的骚动："什么？老爷死了半个月了，

那、那我们前几日见到的是什么？"

"老爷怎么死的？"

"是不是那一天……"有人朝方如意使个眼色，"老爷要把她沉塘，第二天又不沉了。会不会就是那一天，她叫老爷撞破，怀恨在心，把老爷给……"

"别说了！"胆子小的，吓得脸色惨白，捂住耳朵。

被众人如同避瘟神一般的方如意，一言不发，袖子里的手颤抖着。她仿佛又回到孙员外意外摔死的那一日，满地的血，她亲眼看着一个人死在她面前，虽然是无意的，但也积压在心里，成了心魔。

坐在里面的孙茂也好不了多少，双肩颤抖着："我爹真的死了，不是我在做梦。您说现在的我爹是另一个人？那他为何也叫我儿子？"

道姑道："此野鬼为西南郊外三十里一寡妇，想必生前也有一个你这么大的儿子，见了你觉得亲近。"

苏奈的背后一凉。

糟糕，这个道姑知道得还挺清楚，她该不会把她换脑子的事给说出来吧？

她连忙心虚地回头看二姐姐。野鸡精挤眉弄眼地冲她招手，示意她快点回来，别叫人发现了。

苏奈笑着摇头，咬牙听着。要是这个道姑说出什么不该说的，看她不给她一爪，叫她闭嘴。

好在孙茂着急地追问："道长可有办法叫我爹的魂魄归位？"

"有倒是有。"道姑停顿一下，"孙茂，你小时候贫道就给你算过命，你此生桃花劫缠身，若不破劫，必然招致大祸。"

"是。"

"当时你们不信。如今，你和你父亲的姨娘有染，害死你的父亲，便是桃花劫应验。我需要先替你清除业障。伸出手来。"

孙茂的胸口起伏一下，想反驳她的话，可是听到后面，又颓然放弃，伸出手："此事因我而起，我愿付出代价……"

帐子后，道姑挽起袖子，隐约露出洁白、纤细的手臂："待我为你清除业障后，你跟我上山入观，此后六根清净，断绝红尘，方姨娘也离了孙家去，方能破劫。你爹会慢慢恢复正常。"

不料此话一出，顿时如沸水入了油锅，孙茂还没开口，在帐子外的老管家先跳了起来："不行呀，道长！老爷还留下两条街面的铺子，手底下百十来号人，还有这一大家子的姨娘，公子要是去当了道士，我们指望谁来继承家业，管这个家呀？"

　　孙员外已经快六十岁了，说句不好听的，黄土埋了半截。管家坚信，孙员外宁愿就这么过去了，也不会想拿独子去换自己的半条命的。

　　"不成，这个不成，您能不能想想别的办法？"

　　道姑一怔："不行！这——"

　　刚起了个头，一道娇滴滴的声音气冲冲地直砸面门："什么道长呀，奴家看你像个骗子！"

　　道姑一哽，帘子后面的人影一晃，急忙问道："你又是哪个？"

　　"你不是能掐会算吗？连我是谁都算不出来？"

　　孙茂诧异地回头，只见一个美艳丰满的身影，嗔嗔着道："苏姨娘？"

　　"呸，好你个臭道士，撒谎叫奴家识破了吧？"苏奈隔着帘子骂道，"茂哥儿和方姨娘清清白白的，哪里来的有染，哪里来的桃花劫！"

　　说着，她转过身，对着呆若木鸡的姨娘们拍拍手："姐姐们，你们听听，这不要脸的道士胡言乱语，趁着老爷生病，想把公子弄上山，一定是惦记着我们家的家产！"

　　苏奈盯着那个发髻，眼睛都冒火了，心想：就你这个假道士，也想把男人从我的眼前骗走，没门！

　　那个道姑还没回过神，外面已经乱哄哄的。

　　孙茂神情一动，热血冲到了脖子上，心里惭愧不已。连一个姨娘敢于说出的事，他为何不敢承担，不敢争辩？连累方姨娘承受这么多日的议论和揣测，他今日就是要当着道长和所有姨娘的面说个清楚！

　　他对着那个道姑道："苏姨娘说得没错！您要我上山，我没意见。可是方姨娘是无辜的，她是平白被牵涉进来，未曾行逾矩之事，也不该是我的劫。方姨娘明知爹好了，便会重罚于她，可她为了我，为了这个家，为了自己的良心，还是要我请了您来，想把爹救回来。倘若我跟您去，便是扣死这个罪名，还叫她离了家去，遭众人指指戳戳，方姨娘一个弱女子，她怎么活？"

　　苏奈身边刮过一阵风，原来是方如意跪在身边，冲着帘里稽首："道长，令老爷意外身亡，我愿意赔命抵偿。可我不想蒙冤受屈，担一个乱伦的污名。"

她哽咽着道："道长，您既然能掐算命数，定然、定然也能算出如意这一生可曾对不起谁，有没有做过违心之事。"说罢，再也无法坚持，抽泣起来。

孙老爷屋里瞬间吵成了一锅粥。道姑的声音被淹没在嘈杂声里，那股威仪几乎瞬间成了笑话。

她坐立难安，气急败坏，将孙茂的手猛地一抓，喝道："好了好了，都安静！且叫贫道先替公子清除了业障，其他的事，稍后再议！"

喊了好半天，人们才安静下来。

只是被那双手握住的瞬间，孙茂只感觉手腕上如同烈火焚烧，针扎样刺痛，他忍不住大叫一声，本能地想甩掉，可道姑握得非常紧，枷锁一般，怎么也甩不开。

孙茂的惨叫声传出来，方如意吓得一把掀开帘子："公子？"

"我在作法，还不快出去！"道姑一慌，有些破音地吼道。

可是那白色的帘子随风荡起的瞬间，苏奈已经看见里面金光璀璨的光点。

只见屋里的孙茂，脖颈、肩膀、腰身、腿脚，缠绕着一圈一圈的金线，这些金线在空中飘浮，相互缠绕，金线之上走动着一个一个女子的虚影，好似皮影人一般，映得屋里光辉璀璨。

苏奈瞪大了眼睛，这、这个金线怎么跟那条死龙身上的长得一样？

更稀奇的是，这些金线闪亮了一下，便如烟花散去般慢慢变得暗淡，消失不见，只剩一根绕在孙茂脖子上的，越来越粗，越来越亮，亮得刺眼。

这条线牢牢地缠绕着孙茂，上面的皮影人正安静、缓慢地从线上走过去。

这个女皮影人身材纤细，脊背挺直，走路的姿势有些熟悉，她的发髻低垂，头顶露出一角发钗的尖尖。

苏奈盯着它看了一会儿，一把从头上摘下那根莲花钗子来，放在眼前，转了个角度。钗子的莲花瓣与那个尖尖完全重合。这条线上走着的是方如意的影子！

那个瞬间，帘子飘落下去，孙茂身上的金线消失不见。

下一刻，帘子便被苏奈一把扯了下来。

屋里的陈设清清楚楚地暴露在眼前，金线全部消失，那个道姑却抓着挣扎不休的孙茂，正从他的胸口吸出一团金灿灿的东西。

"你想对公子干什么？"苏奈大惊，立刻跳进屋里。

身穿青黑色衣裳的道姑满头是汗，一手攘着孙茂，一手做用力抓拢状，刚松了口气，还未来得及高兴，只闻一声断喝，手上一空。

那金灿灿的一团被苏奈一把抓去。

"你！"那个道姑的脸色骤然一变，气得破音，急忙踢开板凳，脚跺着地板吼道，"你，你，你快给我拿来！"

苏奈正嫌弃地盯着手上抢来的东西。是一枚圆滚滚、红彤彤的珠子，表面粉色的经脉遍布，凹凸不平，看起来有点恶心。

奇怪，为什么远远看着亮晶晶的东西到她的手里就不发光了？

苏奈刚想丢开，耳边有风声袭来，她反应迅猛，将珠子一捏，转瞬闪到窗台边，让道姑扑了个空。

狐女将手藏在背后，嘴咧开，笑嘻嘻地盯着眼前脸色阴沉沉地瞪着她的道姑，玉面粉腮，一双圆圆的眼睛，小巧的嘴鼓起，是一张熟悉的脸。

精致灵巧的美人面，慢慢化成天空中那条可怕的丑陋鲤鱼，鲤鱼的形象浮现在苏奈的脑海，她悚然："阿离？"

"阿离……"方才因为疼痛跌倒的孙茂骤闻此名，只觉得耳边有一遍一遍的回声。

阿离，阿离，阿离……他头痛欲裂，手上一松，又跌倒在地。

"死妖怪，"阿离慌乱地环视一周，方如意摇晃着昏过去的孙茂，帘子掉在地上，被扯得稀巴烂。

外头的凡人和道士个个目瞪口呆，盯着阿离的脸看，竟然是个无法挽回的乱局。

"又是你，又是你……"阿离的脑袋冒了青烟，恨得咬住牙，眼生戾气，在腰上一摸，把挂着的铜镜拽下来。这看似普通的铜镜，竟然射出一道灼热的金光，照着苏奈猛砍过来。

苏奈拔腿狂奔，躲闪不及，好似被滚烫的水泼了一下，嗷了一声，背上的衣裙烧出一个大洞，化成了烧焦的草叶掉在地上。

滋滋滋……好，好可怕……

苏奈的狐狸毛竖起。

一道金光已经到了脖子前，瞬间把她脖颈上的毛烧焦了一圈，眼看她的脑袋就要和身子分离！

糟了！傻狐狸逃不开了！

外间的明锦察觉到屋内迸发出强烈的力量波动，顾不得许多，将扇子一扔，足下一蹬，现出尖喙绿豆眼的嘴脸，身浮彩羽，飞身闯进屋内。

绿豆眼里现出了猩红的妖光，顾不得被灼伤羽毛，一把拍飞了那个"道姑"手里的铜镜。

叮咚一声，铜镜被明锦冒着受伤的风险拍落。

明锦咬牙回头，那道已经射出的金光，却已经来不及阻挡。

此时，苏奈的腰间突然迸发出一团银光，迅速涨大。一个形如元贝，大如屏障的白色虚影从地上翻立而起，恰好将她挡住。

铜镜里射来的光照在苏奈的身前，这雪缎般的屏障就如同照上一面镜子，瞬间反射到四周。

气波荡开，桌上的算盘、账本飞出一地，门框咔嚓一声折断，方如意撞在床柱上，那道姑也被掀翻出去。

这些几乎是眨眼之间发生的事情，虚影散去，光芒退去。苏奈还维持着瑟瑟发抖、双手护着脖子的姿势，没回过神，但是安然无恙。

外间，姨娘们还在说话："这会儿又不打了，没声了？还要继续作法？"

"苏姨娘她们还在里面呢，要不要进去看看？"

道士们察觉不对，自从锦姨娘闯进去后，里间和外间就被某种力量化成的壁障充当门帘给隔开了，里面的房间暂时被封闭了！

他们喊道姑："师姐，你在里面还好吗？"

但外间的喊声传不到内间。

内间，明锦松了口气，虽然不知道是什么东西替苏奈挡下了一击，但这只傻狐狸看起来确实没受伤。她褪去异类的嘴脸，变回人形，心疼地看了一眼身上被烧焦了半边的华服，喝道："傻狐狸！你还愣着干什么？你我姐妹联手，先料理了这个女冠！"

苏奈听到二姐的大喝声，回过神来，摸了摸脑门。幸好，脑袋还在脖子上，只是烧焦了一些毛。不过，烧黑了油光水滑的皮毛，也让她心疼不已。

苏奈赶紧趁道姑摔倒的时候，一把抓起掉在地上的破镜子丢到窗外，站到二姐身边，朝着那个和阿离长得一模一样的道姑龇牙咧嘴，亮出尖锐的狐爪。

哼，没了武器，看你拿什么打我！

下一刻，姐妹俩一起朝阿离扑了过去。

阿离跌坐在地，一动不动，冷眼看着她们扑来。

明锦伸出铁一样的鸡爪去钩她的血肉，却在碰到的瞬间就被灼伤，惨叫着退后。

苏奈也被烫得哇哇乱叫，身上冒起火来。苏奈疼得厉害，在地上滚了一圈，藏在袖子里的发光的粉红色珠子也滚了出来，在地上咕噜噜地滚了一大圈。

"嗤，凡间小妖，不知死活。"阿离冷笑着站了起来，"我虽然是罪妖，但下来执行公务，你们却也寻常碰不得我。"说完，便不管这姐妹俩，俯身去捡那颗满地乱滚的粉色珠子。

苏奈虽然疼得慌，但不想叫她得逞，偏要给阿离添堵，便咬牙伸脚一踢——那颗触手温热的粉色珠子就滚向了屋子的另一角。

此时，屋内经过一场恶斗，满地狼藉。

孙员外被吹得贴在墙上，他的床帐也不知被什么撕成了一条一条的，在风里飘荡。

方如意受了冲击，仰面倒在房间的另外一角，一动不动。

粉色珠子被苏奈一踢，咕噜噜地滚向了方如意所在的角落。它一碰到方如意的身体，便发出微弱的粉光，似乎在确认什么，然后便颤动起来，迅速渗入方如意的身体。

阿离见此面色大变，却顾不得虎视眈眈的两只妖，甚至也不在乎她们是否会从背后偷袭她，径直扑向方如意，揪住她的衣襟，低头在她的鼻翼间一吸，想要将珠子吸出来，但珠子没有被她吸出来。

龙珠丝毫没有响应阿离。

阿离徒劳地在方如意的口鼻间闻到了一股熟悉的气味后，忽然意识到了什么。

龙珠是云蛟君的化身，就像云蛟君当年对她丝毫不设防，所以她当年轻而易举地勾出了龙珠一样，龙珠也把方如意错认为了主人，方如意被孙茂爱慕，身上带着强烈的孙茂的气息。

阿离的脸色猛然变得苍白，犹如万箭穿心，她怔怔地松开了方如意的衣襟。过了好一会儿，她才看向已经缓过来，警惕地站在一边瞪着她的苏奈和明锦，她的鬓发散落，神色阴郁地道："小妖，你们过来帮我个忙。"

苏奈警惕地后退了半步，狐狸爪上的指甲亮出。

明锦的双臂化为彩羽，根根羽毛如铁铸一般锋利。

苏奈道："鱼头精！你想杀我们，还要我们帮忙？想得美！"

"谁稀罕杀你这等小妖。"阿离嗤笑着道，"我是罪妖，虽然你们碰不得我，但是我也身无法力。我就算驱使那聚阳镜，顶多就是把你打回原形。反倒是你们犯下大错，还不自知。我是来辅佐仙家度过劫数的，让龙神历劫归位的。但现在被你们胡搅蛮缠，龙珠被这个凡女给融合了！干扰公务，阻碍龙神归位之事，你们担得起责任吗？"

苏奈和明锦面面相觑。

明锦认出来了，眼前这个确实是罪妖。罪妖通常都会被仙家收去，供仙家驱使以赎罪，身负公务，倒是有可能，便道："你要我们办什么事？"

阿离看了方如意一眼，只见融合了龙珠的方如意的脸色渐渐变得红润，满头大汗，细眉蹙着，有梦魇之状，眼看就要醒来。

阿离盯着方如意，红唇微启："我现在为仙家所束，不可能伤人害命。你们替我剖开方如意的肚子，取出龙珠。那就算抵了这一错。"

这时，方如意的睫毛动了动，慢慢睁开眼睛。


人声喧嚣，十分吵闹。

不仅是人声。她听见了很多声音，床下的虫鸣，窗外的鸟叫，甚至是千尺之外锦鲤跳进池塘发出的扑通一声。

这是怎么回事？

她有些惊恐地晃了晃脑袋，那些细微的声音，雨点的滴落声，风声，蝴蝶扇动翅膀的声音，老鼠的窃笑声……交织成一张空灵的网。

耳膜受不了这般刺激，一鼓一鼓地抖动。她迅速地出了一身冷汗，眼睛也有些花了……

她努力睁开眼睛，眼前满是重影，世界都变得朦胧，仿佛撒了一层金粉。

朦胧的光晕中，她看见一只人立而起的、毛茸茸的红狐狸穿着风骚的苏姨娘的衣服，站在不远处。红狐狸旁边还站着一人高的巨大锦鸡，穿着女子华服，羽毛烧焦了一块。

而不远处俯瞰她的道姑，青黑色的道袍上面是一个巨大的、诡异的鱼头，鱼眼还在瞪着她。

方如意骇然猛吸了口气。

不料，身体里的某股力量随着她的醒来，猛然活动起来。那股力量太过庞大，她浑身好像都要被这股力量烧得熔化了，如溺水之人张开嘴，双手乱抓。然后，她的身体开始一寸寸地变化，肌肤龟裂，开始长出一片片银白色的龙鳞，鼻子变长，生成龙角。

属于云蛟君的气息一寸寸地加于方如意身上。

阿离看着这个变化，脸上的表情逐渐变得扭曲："小妖，还不快点！"

苏奈和明锦对视一眼，不知所措之时，风却忽然变得和缓下来，空中莫名飘起仙乐香风。自虚空之中响起一声轻叹："阿离，你又犯了嗔痴。阴差阳错，也是因果。因果既成，命数如此，不可再害人性命。"

这是谁的声音？这是什么意思？

苏奈还没反应过来，阿离却面色一变，垂下头："是，阿离知道了。"

然后，自虚空中首先露出了一个花篮。

一看那花篮，苏奈就知道是谁来了。想起刚才阿离威胁她们的话，苏奈的脸色大变，拉住明锦："二姐，是那个神来了，快跑！他、他是龙神的从神，一定是来找我们算账的！"

"什、什么从神？"明锦也感受到空气中的仙气逐渐浓郁，那激荡的法力根本不是寻常人能有的，就算不是神仙，来的也肯定是大人物。

她修炼了八百年，自然分得清轻重，当机立断，反手拉了苏奈，匆匆往屋外逃去。

她俩一个露着狐狸尾巴，一个顶着尖喙绿豆眼的鸡头，身上却穿女子的衣物，顿时吓得姨娘们纷纷尖叫起来："妖怪，妖怪！"

道士们也乱哄哄地大喊："是狐妖和鸡妖，李师姐说得没错，这里果然有妖！大家一起上！"

"大胆妖物，哪里逃！"他们纷纷举起聚阳镜，那道道金光交织，如大网一般。

苏奈前脚蹿上窗棂，后背的衣裙便绽开数道裂痕，全都变成烧焦的草叶滚落下来，衣不蔽体，慌忙捂住尾巴。

前面有尊神，后面有道士。不知该往何处逃！

混乱之中，苏奈的肩膀让人一提，破窗而出。

苏奈仰头一看，只见野鸡精二姐已经化作原形，两足抓着她的肩膀，正奋力扇动翅膀，歪歪斜斜地飞了出来，扇下了无数打着卷的羽毛。

"二姐姐，原来你会飞呀！"

野鸡一嘴啄在苏奈的脑袋上，痛得她嗷嗷直叫，又狂啄几下："化形！还不快给我化形！"

片刻后，硕大的野鸡抓着一只倒吊的红毛狐狸冲出了街巷，苏奈险些被甩飞出去。

那个瞬间，她只看见街上百姓们惊恐地仰起来的一张张脸，还有伸出来的手指。

"让开，让开！莲花观捉妖！"道士们拨开人群，在身后穷追不舍。

明锦一个猛拐扎进街巷，苏奈的脑袋险些叫屋檐上的瓦磨平。

"咦？好肥的鸟在天上飞！"两个在巷口的布衣小儿嘻嘻笑着，朝天拉起弹弓。

狐狸一爪子拍飞石块，将通红的爪子含在嘴里，含泪道："二姐，放我下来！"

片刻之后，一颗鸡脑袋，一颗狐脑袋，悄悄地从一户人家腌咸菜的大缸背后悄悄地钻了出来。

刚露出脑袋，背后响起一声断喝："妖精在那里！"

两妖毛发悚立，顾不上回头，拔腿就跑。

雨点般的脚步声又在身后响起。苏奈和明锦一路狂奔，渐渐远离了县城中心，奔向了山野的方向。

明锦心痛地远远看了一眼孙家的方向，捶胸顿足，痛哭流涕："我的金手钏，我的银锁子，还在孙家的枕头下面藏着呢。原本就没带多少，路上又掉下许多，呜呜呜——我心疼啊，我好不容易找到的富贵窝……"

苏奈呼哧呼哧地道："二姐，你说过的，还是保命重要！"

两只妖好不容易过了街，到了宽敞的地界，远看，农夫牵着牛过桥，郊外的炊烟飘散，山脚林木葱茏。

她们马上就要逃出人间，逃入熟悉的深山了！

苏奈指着影影绰绰的一片："姐姐，快，那里有片林子！"

一旦进了山林，地形对他们有利，明锦点点头。

山越来越近，却是在断崖的另一边，断崖上架着座独木桥，下面是潺潺的流水。

狐狸的眼力极好，远远看见一个白色身影坐在桥边，猛地一拽明锦："二姐，咱们、咱们不走这条路。"

明锦回头看了一眼黑压压的追兵，提起苏奈的领子就跑："来不及了！只能往这个方向跑。"

跑到了桥边，明锦看清了人影，也猛地一停。

粉紫色的云霞之下，一个白衣童子盘腿坐在桥边，身旁放着一个花篮。

他垂眸看着指间一朵小小的野花，紫色的花瓣在风中颤动，他的衣衫也被风鼓动，轻灵无垢。他身边的花篮里正躺着一条昏迷当中的银白色的"小蛇"。他的身后正站着身着道士宽袍，神色阴郁的阿离，她伸出手指来，嘴巴动了动，不知道在说些什么。

阿离说："尊上，阿离虽然犯了嗔痴，但破坏劫数，导致阴差阳错的确实就是这两个小妖，尤其是这只狐狸！"

"阿离，噤声。"童子的话音刚落，化作道姑的阿离被某种力量拍得身形一矮，又化作一尾金鲤，砸在地上。

鱼鳃张合，在地上跳来跳去，似乎还想说话，童子拿手轻轻抚过，再抬手时，那条金鲤已经成了拓在地上的一幅金漆画，还保持着鱼嘴大张的姿势。

看到他翻手覆手间，阿离便被制住，红狐狸、野鸡精惊骇万分地向后退，但刚退两步，又被后头道士们的脚步声和喊杀声逼了回来。

苏奈哭着道："二姐，我们今天看来是要送命了！那只臭猫真的没说错，我就是个倒霉蛋，还连累了你。"

她们自以为隐蔽的妖术传音对白衣童子来说却堪称是光天化日之下当面喊话的音量。

瞧着她们这惊恐的神色，听见苏奈的哭诉，他不禁莞尔："不必如此畏惧。世上虽有斩妖剑，剑下不斩无罪妖。"

红狐狸、野鸡精闻言一愣。

野鸡精修行八百年，也跟着大姐白素学过洞天福地的一些"常识"，她听这位神仙的言语，似乎并无怪罪她们之意？

正神修成正果，概不妄言，不随意杀生，也不随意许诺。

明锦试探性地开口："您、您的意思是，不追究我们意外破坏龙神历劫的罪责？"

童子道："不知者无罪。巧合也是天数因果的一种，兰因絮果，因果既成，恰是云蛟他天数难逃。"

明锦的修为高一些，也懂些真言道理，此刻得闻仙家箴言，竟然听得露出若有所思的表情。

苏奈半懂不懂，便直言道："你……咳，您是说，您放过我们了？那您在这儿挡着我们干吗？"

白衣童子道："我来取两件不属于你的东西。"他有些忍俊不禁，"只是你们跑得太快了些。"

苏奈听得脸一红，心里想：这不是没办法嘛，谁叫我之前受那臭海虫的骗，在庙里小小地"玩耍"了一阵。呸，都怪那臭海虫！

"那你要拿回什么？"苏奈大大方方地道。形势比人强，要什么就拿走什么呗，只要不取她的命，那好说！

童子便道："还不出来？"

他的话音刚落，被苏奈别在毛发上的钗子自行飞起，飞到了童子手中，从钗子里颤颤巍巍地爬出一只透明的虫子来。虫子趴在钗子上，触角贴在钗面，向尊神叩首。

童子道："嗔虫，此劫已结，你辅助仙家历劫有功，当可投胎为人，再世修行。随我去吧。"

海虫感激涕零地道："是！尊上！"

苏奈啊了一声："臭海虫，原来你也是辅助历劫的？"

虫子此刻却十分正经地抬起触须，做人类拱手的动作道："苏姑娘，咱其实不叫海虫，咱是人类的爱欲、嗔痴二念年深日久，依附神像而形成的神魂不全的精怪，叫作嗔虫。现在龙神的劫数告一段落，咱也功德圆满，神魂得以补齐，可以投胎做人，下一辈子正经修行了。实在不能陪你了。"

这只虫子正经起来，还、还怪不习惯的。

有些不舍得它每天放的"采补"画面。

161

苏奈懵懵懂懂地哦了一声，挠了挠脸："听、听起来像好事？投胎做人是好事吗？那你去吧。"

童子又伸手一指，狐狸尾巴自然形成的储物空间里的一个圆乎乎、白乎乎的大鳞片飞了出来。

"此物是龙神仙体上的一片鳞片，不能留在人间。"

咦？这不是之前替她挡了那阿离聚阳镜金光的鳞片吗？

苏奈连忙道："等、等等！"

童子的视线投来。苏奈道："我不是不想把这个还您啊！但是身后那些臭道士还追着我们喊打喊杀的，我还需要这个防身。您是神仙，那些道士也是供奉神仙的，您要收回这鳞片可以，能不能叫他们放过我们啊？或者您救救我们？"

明锦并不知道苏奈曾跟宝珠天女讨要报酬的经历，此刻听得心惊肉跳，连忙拉了一把苏奈：这傻狐狸！哪里有当面跟仙家讨价还价的！人家肯放过你，已经是很好了！

谁料，童子却微微颔首："我们并不干预凡间道士的作为。但生灵各有去处。四脚的当下水，两脚的当过桥。山有客行路，水有渡船人。"

两妖叫这一串话砸晕了，不干预凡间道士的作为？那四脚、两脚，这又是什么意思？

这是要她们下水过桥？

她们低头一看。断崖高深，下面的河水汹涌湍急，将河面上洒着的光轰轰地击成碎金。

可是为什么是四脚的下水，两脚的过桥？

苏奈看了一眼自己的四条狐狸腿，看了看二姐的两条鸡腿。

二姐是禽鸟，天生会凫水。四脚的狐狸，狐狸哪有会游泳的？平时她过河，都要紧紧地搂着自己的尾巴，生怕沾湿了皮毛。上次过河，她不小心一脚踏空，踩了半个腿在水里，都打了好几日的喷嚏，害得大姐姐嫌弃地把她从蛇洞里提溜了出来，把一片薄荷叶捂在她的嘴上，方止住了。

何况这座桥这么高，掉下去还不得摔死她？

苏奈只看了河水一眼，就头晕目眩地退了回来。

她哭丧着脸："姐姐，我就说他是来报复我们的，你还不信！明明此处有桥，跑两步就能过去，却叫我跳水，呸！唔唔……"

明锦用翅膀一把捂住苏奈的嘴。她已经修炼了八百年，不像这只小狐狸一般目光短浅。

世间万物，无不向往成仙。神仙又是不轻易现世的，如今不仅遇到，还得了一句指点，指点她们逃生之路，那叫仙缘！仙家是不打诳语的！你随意质疑人家，惹怒了仙家，可怎么是好？

但是明锦也确实有点踌躇。她毕竟不是大姐，没有慧根，万一理解错了意思怎么办？

身后道士们的喊打喊杀声又迅速逼近。

见二妖面面相觑，不知如何是好的样子，童子微微摇头，便将手中的野花花瓣轻轻一吹。

花瓣旋转的微风在瞬间放大，变成了一股旋风，一分为二，一道卷向狐狸，一道冲向野鸡。

苏奈嗷的一声惨叫，浑身的毛在空中被风吹得如刺猬般炸起，徒劳地挥舞爪子，扑通一声，掉进了河里，瞬间被河水冲得没了影子。

而明锦则被风鼓动了翅膀，被推着飞奔过桥。

下一刻，成群的小道士们追过来，站在桥边左右顾盼："狐妖和鸡妖呢？"

他们好似全然没看到桥上端坐的白衣童子，也没看到那桥下溅起的水花，没看见飞奔而去的野鸡，喧闹了一会儿，小道士们垂头丧气的，无功而返。

这群人走后，地上的金漆画慢慢地鼓了起来，又变成活蹦乱跳的金色鲤鱼。只是这条鲤鱼的身上多了一道一道可怕的切痕。

鲤鱼的尾巴一扫，变作跪伏于地的双螺髻少女，脸上、身上遍布着道道红色的伤痕，才动一下，便痛得倒在了地上，一阵阵抽搐。

阿离却丝毫不关心自己身上的伤痕，只抬起脸，急切地道："尊上，阿离的确有错，但那山野小妖一通乱搅，导致龙珠被方如意所吞，龙神的力量被这凡女窃走，阿离只是想把龙珠取出来，如果不取出龙珠，云蛟君就算这一世桃花劫度过，也再不能归位。"

"为何一定要云蛟君归位？"童子的眉眼唇鼻，如丹青一气勾勒，温柔庄重，略带悲怜地凝视着她。

阿离被问得一怔，咬住嘴唇："他、他是龙神，他那么爱子民，龙神

163

不归位，以后水族无君无主，水患、河道就会无人治理，海波泛滥。阿离作为水族，不忍见此……"

"那么，阿离，你究竟想要谁归位？是云蛟君，还是龙神？"

阿离掐住了手心："云蛟君就是龙神。龙神就是云蛟君。"她承认的龙神只有云蛟君！

"倘若，云蛟君不再是龙神，龙神不再是云蛟君呢？"

阿离冷笑着道："那我就去杀了那伪龙神，迎回云蛟君。"

"如果云蛟君自愿放弃龙神之位，修为道行，甘愿做回凡人呢？"

放弃龙神之位……做回凡人？阿离愣住了。

成龙多么好，为什么会有人愿意放弃龙神之位？它们鲤鱼一族世世代代拼命地去跃龙门，不都是想脱去妖身，化为龙身吗？

她……从她当年还是一尾池子里的金鲤时，就望见天边那穿云的一道银白巨龙，飞跃五湖四海，伴云随雨，水族之首，龙宫广阔。

多么壮丽，多么伟大！

她在池底仰望，将这道身影刻入眼帘、心底。暗暗发誓，有朝一日，她定要跟随他。

后来，她在奄奄一息之际，果然被龙神捧起来了，得偿昔日所愿，随侍水君。

云蛟君这样的存在，怎么能……怎么能跟那些软弱的，随她淹没、打杀的弱小凡人联系在一起……就算他也做过凡人，可是，那是不一样的，对，不一样的。

"如果云蛟君做回凡人，你愿意随云蛟君去凡间做凡人吗？"童子看了一眼某处道。不知何时，悄然立在一旁的虚影，替他又问阿离。

"不！不！"阿离没看到那道虚影，她只是下意识地脱口而出，拒绝了童子的提议。

哪怕是罪妖，也不是凡人能碰的，当凡人，那些可以被随意地打杀的软弱东西，她不可能去做这么软弱的东西！

下一刻，阿离却又呆住了，她刚刚说了什么？

童子身后的虚影，那位英俊不羁的男子凝视了阿离一眼，低声一叹，选择化作一点流光，朝着远处孙家的方向返回，重新没入了昏迷的孙茂体内。

阿离尚在混乱之时，童子却早已看透阿离的心思，他摇摇头："阿离，当年云蛟君未舍去凡人私情，却不曾真正倾心于你，你可有想过是为什么？云蛟君心里很清楚，你爱的是身在龙神之位，却存有私情，怜惜、喜爱于你的龙神云蛟君。而不是他那点来源于昔日凡间生涯的凡人情根。你贪求的是龙神之爱，而非云蛟君之情。阿离，你之所以犯下大错却得以存命赎罪，是云蛟君渡劫前以自己的劫数为求，希望给你一个机会。如果你能真正消除贪念，那劫数完成，他会揽下你的全部罪责，带着你一起，万万世向钱塘百姓赎罪。如果劫数不成，你却甘愿跟随云蛟君入凡世。那么，云蛟君愿意与你结永世姻缘，在凡间生生世世结为夫妇。"

　　但是，阿离一样都没有选。

　　"你身上这些伤痕，并非我的处罚。"童子平静地道，"助云蛟君渡劫成功，也不会致你减刑。你的枷锁全是你的心魔。心中的业障不消，则枷锁不除，嗔痴愈重，溃烂愈深。从此之后，你将永世受此溃烂之苦，直到业障消除，心魔散去之日。你可明白？"

　　这位尊神，虽然与云蛟君一般温柔含情，却如山巅剔透的冰雪，缥缈得难以接近。

　　他近乎无情地将一切嗔痴丑恶的心思全都剖白在人间。

　　脸上布满血痕的阿离愣住，过了半晌，颓然淌出了眼泪，伏在地上，哭泣了起来。

　　童子却已不再看她。他从花篮中取出小蛇，置于掌中，吹一口气。

　　小蛇逐渐醒转，落地变成了一个清丽的女子，正是方如意。她睁开眼睛，看到跟前的陌生环境和陌生童子，愣了一下，又害怕又慌乱，却听这个十六七岁的美貌少年道："方如意，毋须恐惧。好好想想，都能想起来。"

　　声音不大，却被风递到了方如意耳边，好似琴弦颤动，余音绕梁，又带着安抚人心的温暖力量。

　　方如意不自觉地镇定下来，龙珠中存着龙神的记忆，便顺着体内涌动的法力传来。

　　她霎时知道了自己是什么情况，也知道了眼前的人是谁，心情复杂到了极点，五内俱焚，各种感情纷乱地涌上心头。

　　原来，当年的水患是这样来的；原来，孙家就是当年水患后囤积居奇，激起民变，导致父亲被斩首的奸商之一；原来，公子他……他就是……而她，她却是他一生无数的桃花劫数中的一个。恨、懊恼、怨憎、爱意，万千情绪汇聚在一起，最后，从眼角落了一滴泪珠。她闭上眼睛，又重新睁开，她生涩地学着昔日云蛟君的样子，带着感激深深地低下头去："尊上。"

眼前的人，正是当时在鲤鱼为患时，降下凡尘相救钱塘的神祇。

作为凡人，方如意万分感激他对整个钱塘的救命之恩。

童子微微颔首："云蛟君自愿放弃归位。龙珠在巧合与因果的作用下归你所有。因果既成，便是天数。水族不可无君，钱塘不可无龙。你可愿暂代龙神之职？如果你不愿意，我可以取出龙珠，送你返回人世。只是，一旦成为龙神，你必须舍弃一切凡情。"

成为龙神？方如意沉默着，想起了很多很多事情。

世代供奉龙神的水官世家里，背书、跳舞、跟着二姐一起学着祭拜龙神的幼女如意；水患千里，浮尸遍野，人间变作泽国，在突如其来的大水中，跪在神前，无能为力的小姐如意；父亲冤死，女眷入贱籍，对惨死的二姐痛哭失声的小妹如意；沉默寡言的娼妓如意；在荷花池边喂鱼的小妾如意；被关进柴房，卡住脖子殴打的姨娘如意；被人指指戳戳，照顾着中了邪的孙老爷的荡妇如意……最后，停留在她为手臂受伤的继子抄书的那一幕。

一笔一画，她的鼻尖凝出汗珠，窗外的夕阳安详。孙茂揣着手，侧头，安静含笑地看着她。

孙茂温柔的脸终究还是散去。

最后定格在记忆里的是钱塘万户的屋顶，每一户屋顶的瓦片上都盖满了星星点点的碎石，有一座房子，屋脊上盘着一条金色的龙，那是水官的居所，是她曾经的家。房屋里正冒出炊烟。

是翻腾的海浪和一根灰色的线，这根蜿蜒的线是拿血肉筑成的大堤。她的父亲曾经在这里扛过沙袋，也是在这里被人斩下头颅。

云蛟君成道时，流连人间万般情思，不愿意抛弃情思。

"我愿意。"昔日只能随波逐流，生死由人的闺阁弱女却深深地低下头去，俯首神前，虔诚地道，"信女方如意，愿意抛下一切，断绝凡情，大公无私，从此永镇钱塘。"

我一生虽名如意，却从未如意。这一次，我终于能自己做出选择。

话音才落，方如意一头黑发脱落，皮肤变成银色，寸寸龙鳞生出。

这一刻，整个钱塘的百姓忽然都听到龙吟声。

有昔日经过水患的老人睁大眼睛，激动地对子孙说："你们听，龙吟！是龙神出现了！"

高亢的龙吟声中，一条银色的巨龙腾空而起。

风云从龙，大风起兮。

童子站在天幕下，望着天空，微微一笑。

骤起的风吹动了他雪白的衣衫。远处传来一声和风雷声混杂在一起的龙吟。


一年中的大潮来临，卷上岸的潮水扑向了高高垒起的大堤。落潮时，躲在大堤后瑟瑟发抖的渔民大胆地出来，大吃一惊。

沙滩上满是翻腾的鱼、虾、贝类，远远望去，银白色的一片。

有人无意间抬头，看到了云间模糊的龙影。

"是龙神，龙神回来了！"钱塘的渔民惊愕万分，无不叩拜，"龙神送来了东西……"

一条银白色的巨龙在云间御风而行，从钱塘的海面上空飞过，一直飞往人迹罕至的东山。

它在白雪皑皑的山顶落下，将长长的尾搭在起伏的峻岭中休憩。

龙宫中的蟹兵已经拾掇好水晶宫殿，将每一只海贝，每一颗珍珠擦拭得熠熠生辉，可它们排着队爬到东山，摇晃着钳子邀请龙神回宫时，龙神却双目紧闭，不应，每晚只独自睡在雪山中。

天不亮时，它又起身，钻入云中，俯瞰钱塘的大地。

龙女来找过它，追着白龙在云间跑："云蛟尊上，你终于回来了！听闻你渡劫回来，变得雷厉风行。"

白龙只向前飞着，硕大的龙眼微微转动，看向身下的云，一言不发。

"跑不动了，"龙女气喘吁吁地停下来，悲哀地道，"你为何再也不变成人身，也不同我们聊天喝茶了？你不再喜欢我们了吗？"

白龙没有回答她，加快速度钻入了云层，飞到了东山，盘在山下的冰面上。

冰面之下的海水，如银色明镜般倒映出整条龙的身形。

蜿蜒的身体、银色褶皱的鳍、铠甲般的银鳞、长长的龙角、纹路密布的眼皮和一双巨大的、黄色的竖瞳。

开始时，它也偶尔会被这样的自己吓到。它沉默地看着这副身体的倒影，倒影慢慢地变作一个瘦弱的少女模糊的影子，影子又消散在风中。

但这里比她所困的小院大，比花楼大，比孙府大，比整个钱塘大。

银色的巨龙，如同孩子一般在云雾间自由穿梭，守护这片土地，慢慢地将所有的哀怨、孤独和爱憎，都在风中慢慢地遗忘了。

下界水官之家，升起细细的香火。

龙神透过云层，看到新任水官之女跪在蒲团之上，小女儿抓着一根香，满脸愁苦地看着龙神的塑像："姐姐，世上真的有龙神吗？"

"自然有了！"水官的大女儿擦拭着供桌，"你不知道吗？大潮落下时，龙神送来满滩的见面礼，以补偿我们钱塘涨潮时的损失，听说这还是几百年来的第一次。龙神越发爱民了！"

说着，桌上的一颗花生滚落到桌子下面去。她弯腰去拾，却从桌缝里捡到了一张皱巴巴的饼子。

两个少女一起笑起来："噫，这饼硬得同石头一般，不知掉在这里有几百年了。前任水官家里，谁做的供食做得这么难看？"

潮水退去后的天气，风和日丽。许多小儿在大堤外玩耍嬉戏，丢沙袋的，相互追逐的，有的小儿挽起裤脚，跑进海浪中，喧闹不休。

层云尽染的天边飞过一条长长的白龙的身影，不一会儿，只剩一条龙尾，钻入云层中。

天空笼罩着一层阴云。

一名书生跋涉在赶考路上。忽然，惊雷一响，大雨倾盆，砸瘪了他的布帽。

他慌忙将箱笼卸下，抱在怀里，弓腰盖住笔墨书卷，雨水顺着他俊朗的脸颊滴落。

冰冷的雨水忽然一停，一点荫翳遮在眼睛上。

书生回头，见雨雾中静静地伫立着一个黄衫少女，她将一把大油纸伞倾向他的头顶。

这个少女梳双螺发髻，雪腮圆眼，小小的唇儿，娇俏的一张脸。她看着他，神情却很冷。

书生辨认再三，作了个揖，有些为难地笑道："多谢大姐。只是在下好似不认识您呀？"

雾大雨大，是不是认错了人？

黄衫少女又将伞倾过一些，动作急切。她走近，脸上仿佛有几丝细细的红线，仔细看去，竟是一道道可怖的伤痕，皮肉外翻。

书生叫这些伤痕吓得眉心一跳，压住惊骇，钻出伞底，道："大姐的好意在下心领了。只是我着急赶路，一把伞罩不住两个人，咱们最好分开……"

黄衫少女垂眸，指了指前路："下雨了。我送您走一段。"说罢，竟然不理会他的婉拒，坚持将伞罩在他的头顶。

书生只得道一声谢，与她同行。

一路上，两个人默默无语。风急雨大，他听不见她说话，更听不见她的呼吸，越想越觉得怪异。

下雨时，身后没听到脚步和人声，像是凭空出现了一个满脸伤痕的女子。

书生眼角的余光向身侧瞥去，发觉不仅是她的脸，就连她的脖子上也遍布红线一样诡异的切痕，似乎遍体鳞伤。联想到那狐鬼传说，他背后迅速渗出一层冷汗，只盼身旁走路的是个患病的可怜女子，别是什么不干净之物才好。

正巧，前面山中现了飞檐，是座山神庙，庙门敞开，书生松了一口气，抱起箱笼钻出伞底："前面有庙，可以避雨。大姐，你先走吧，多谢您送我到这里。"

一口气跨过了门槛，没听到追来的脚步声，书生回过头，黄衫女子还站在原地，一动不动，雨帘模糊了她的眉眼，她的脸色苍白，过了许久才叹息着道："您当真不再记得我了。"

书生感到有些愧疚："我本是钱塘人士，为考试途经此地，是头一次来这里。雨大雾大，您要找的人身量衣着应该和我相仿吧，所以认错了人。"说罢，赶紧将箱笼放下。

过了半晌，他又探出头来看，黄衫女子站在雨中，将伞靠在肩膀上，无声地垂泪。

书生心里叹道，这素昧平生的女子也许是个可怜人，不知有何难处。再抬头看，那黄衫女子却已经不见了。

只有那把伞仰天掉在地上，盛了半瓢雨水。

书生只觉得莫名其妙，却也不敢多管闲事。他缩回庙中，脱下湿衣，倒出鞋中水。幸运的是，庙中有未烧尽的柴，甚至有一两颗打火石，足够他过夜。书生将火点起，又借了火，给庙中供奉的几位金刚怒目的山神像恭恭敬敬地上香，以谢庇护。

夜晚，书生看书至困倦，掩卷睡下，咀嚼了一会儿书中的文字，又发愁家中琐事，深夜无人诉说，听着庙外淅淅沥沥的雨声，心中茫然，更觉得孤寂。只盼在这荒山中少停留些时日，不要耽搁他考试。早日得了功名，好缓解家中的困境。

半夜，柴火烧尽了。庙里陷入黑暗，书生的意识也渐渐变得混沌，半梦半醒中，听闻有几个男子的说话声，就在头顶，忽高忽低，时而有笑声，似乎相谈甚欢。

难道在他睡着之后，又有一伙人进来避雨了？

大约是赶路辛苦，他虽然意识还算清晰，身子却异常疲惫。别说睁眼看看这些人了，就是转一转眼珠也没有力气，只能一动不动地侧卧，听他们说话。

这几个人正相互恭维，好像是其中一个人即将到新地赴任："安山君要去钱塘了？唉！因为十几年前那场大水，多了许多冤魂哭诉，恐怕有你忙的。"

一个沙哑的声音笑呵呵地道："不怕，钱塘的百姓生前和顺，让这些冤魂登记想必也不难。不过我听说，里面有一个糟践人命的奸商尚未收回来，好像姓孙，他的寿数应该尽了吧？"

"去年的七月就尽了。"另一个人道，"冤魂太多，他的魂魄如今还在排队等候发落，已经被其他冤魂唾骂了几轮。如今在孙员外躯壳里的魂魄是城西南郊外的寡妇郭氏。当年阴差误拿了她，如今刚好还她五年的阳寿。"

另一个沙哑的声音传来："只是这郭氏意外地用孙员外的身体还阳，好像对孙家公子的命格造成了些影响呀。"

一个尖细的声音接着道："影响大了。"

沙哑的声音语气带着好奇："怎么说？"

"原本去年七月，孙员外的寿数已尽，倒地而亡。他的姨娘们吵吵嚷嚷，必要追究，便让姨娘方如意偿命。孙茂心中有愧，不愿让这个无辜的女子被害，便将这杀父的罪过一力认下，替她顶罪，进了大狱。"

书生听到此处，冷汗顿时滚滚而下，打湿眉毛。他姓孙，正是孙员外的儿子孙茂。

这几个人口中所说竟然都跟他前半生发生的事不差分毫。

后面的事还不曾发生过，他们怎么会知道得这样清楚？

他想睁开眼睛，身体却僵硬得好像变成了石块一样，连手指尖都动不了，只能维持着原来的姿势。

只听那个尖细的声音继续传来："孙茂入狱后，方如意也被赶出孙家。流浪到乡下，差点病死，幸好被一个卖油郎搭救，后来便嫁给他为妻，后半生倒是幸福安稳。此乃对桃花劫数中的女子的补偿。孙茂这才算过了方如意这头一劫。待仵作验明孙老爷的尸身，得知他乃是意外跌倒而死，不是蓄意谋杀，又把孙茂放了出来，却错过了当年的科举。此后他连试三年，皆是落第，孙公子一生落魄，这才开了个头啊……"

孙茂躺在地上，听得大汗淋漓。那个尖细的声音却兴致勃勃地继续道："孙茂屡屡受挫，无心读书，只好应姨娘好意，娶了一个商家女，次年便得一子。孙茂与那个善妒的商家女合不来，却偏生爱怜儿子的奶娘宋氏，使夫妻离心。"

粗哑的声音在笑："那奶娘可是二道劫？"

"正是。不过这二道劫原本是个短命鬼，因为在劫线上多补了两年阳寿，不久也就病死了。孙茂已和妻子生分，不相往来。孙家的铺子原本是给这个商家女打理，她撒手不管，孙茂又无经营之能，孙家日渐落魄，挥霍完了家产，最后只能搬出这座大宅子来，过贫苦日子。孙茂的儿子长大，娶一农家女，名叫如烟，勤劳本分、温柔贤惠。这个如烟便是第三道劫。她生得和年轻时的方如意有些神似，孙茂对这儿媳不免爱怜关照，叫他那身体羸弱的儿子日日误解猜忌，不久气闷而死。走完这三劫，孙茂才算是为滥情杀父灭子，闹得千金散尽、家破人亡，叫自己的子孙逐出家门，孤苦无依，形影相吊，直到在田间独自老死！"

有人道："如今除了方如意其他劫线全断了。本来劫线上的这些女子都是受水灾所误，家破人亡，现在龙神结下的孽，孙家欠下的债，该如何补偿？"

尖细的声音主人笑道："如今桃花劫是逃了过去，不过孙家公子未还清的，需得他后半生当牛作马辛苦一世，还于钱塘百姓。"

另一个声音却道："何谈是苦一世呢？都是自己的选择，舍不下一点风月情根的甘once为人，愿意舍生忘情的做神。合该是因果轮回。"

几个人大笑阵阵，飘摇而去。

惊雷滚过，轰隆一声巨响。

孙茂大叫一声，身子重重地一抽，终于能动了。

几乎是同时，他猛地撑起满是冷汗的眼皮，面前散落的笔墨，风将桌上的宣纸吹起，盖在他的脸上。

屋里烛火摇晃，窗外传来虫鸣。

孙茂坐起来，认出自己书桌上画了一半的方如意的画像，还有一盏小灯。原来，他刚才趴在桌上睡着了。

爹爹仍在中邪，方姨娘失踪，尽管出动了全府的人去找，现在还未找到人。此时离他科举应试还有小半年，还在辛劳苦读。

那黄衣女、雨天、惊雷、破庙，还有那几个声音，不过是南柯一梦。

孙茂喘着气，靠着椅背，身上已如掉进水缸一般被汗水浸透。

虽然是做梦，却又如此真实，就仿佛亲历一般。虽然头疼得厉害，只觉得醍醐灌顶，大彻大悟。

从前如雾隔着的一切似乎瞬间看得清晰。

孙茂将那半幅画像折了起来，整宿盯着烛火，脸上露出若有所思的表情。

自此，孙茂心性大变，闭门不出，用功奋发。

丫鬟们惦念从前那个风流多情的公子，也曾排着队送吃食，与他搭话，想惹他注意。

但孙茂似乎脱胎换骨，变了个人，他看这些美貌少女的眼神疏离冷淡，仿佛看红粉朽木一般，不再含半分柔情、痴迷。

半年后，孙茂赴京赶考，一路顺遂。时年科举，高中榜首，在京中做了大官。

家中的姨娘们喜极而泣，只是孙员外留下的两条街上的铺子实在无人看顾，慢慢地都卖掉换了银子，孙家没了生意，全靠茂哥儿的俸禄养着。

孙员外的一举一动，依然如妇人行事，每日垦地种菜，坐在床边替儿子缝衣服、纳鞋底，直到五年后在睡梦中病逝。

孙茂丁忧期满，奉旨赴京，金銮殿上谢恩，当下向朝廷请命，因家乡钱塘屡遭海难，愿意回到钱塘担任水官，治水、疏渠、建坝，散尽家财，护佑一方百姓。

皇帝恩准了。

孙茂领了恩旨，起身离开金銮殿时，却一个趔趄，仰头看见阴云密布的天空，忽然心中电光一闪，神思恍惚。电光石火间，一个雨夜伏案的梦在心中缓缓浮出。

原来是这样吗？

孙茂想起多年前梦境中的几个声音，终于恍然大悟，解了半生因缘。

他捏紧手中的水官印和圣旨，长长地吐出一口气，却微微笑了。


八月的钱塘，碧空万里。

阳光照着钱塘水官屋脊上盘踞的龙兽，将其照得闪闪发亮。

孙茂身着紫红色官服，两鬓已经斑白，认真地擦拭着供桌。

"爹爹！"一个五六岁的女孩扑进他的怀里。

孙茂笑着将女孩抱了起来，眼角的纹路绽开，女孩搂着他的脖子，噘着嘴道："爹爹不走了好不好？不走了好不好吗？"

"不行！"又有个十三四的女孩端着供食，追到了门口，跺着脚道，"小茹，别缠着爹爹，马上就是汛期了，爹爹有的忙，好不容易回家一趟，叫他好好休息。"

孙茂的小女儿只一手紧紧地搂着父亲的脖子，一只手好奇地去碰龙神塑像弯起的龙须。

大女儿对孙茂道："爹，您看，妹妹又在龙神面前没规矩了！"

孙茂轻轻将小女儿放下，弯腰摆好蒲团："来，爹爹教你们敬香，过几日爹带人去加固大坝，你们就和娘一块儿在家里做供食，拜龙神，祈祷我们钱塘新的一年风调雨顺，好不好？"

大女儿已经听话地跪到了蒲团上。小茹却噘着嘴道："为什么别人的爹爹都能在家，为什么我的爹爹整日不在家？为什么别的孩子都在海滩上踢毽子，我们家的孩子却要跪在这里？"

孙茂笑道："因为爹爹是水官，洪水来了，只有爹爹能去做第一道墙，将巨浪挡在外面，别人的爹爹都没有这般厉害。爹爹的女儿也比别的孩子厉害，你想一年四季在海滩上踢毽子、踏浪玩儿，便跟龙神悄悄地说。整个钱塘，龙神只能听见你和姐姐的话，还不算厉害吗？"

"好！"小女儿连忙点点头，似懂非懂地接过香，仰头看着这座巨大的白龙塑像，"我还可以替别的孩子许愿。"

又是一年，大潮来临前，孙茂带着一众手下将疏浚土装成沙袋，再一袋一袋地堆入那条钱塘留下的大堤上，防止大浪来临。

风搅动空中的乌云，飘落细细的雨丝。

"一、二、三！一、二、三！"

年迈的水官在帮工们号子声中扛着沙袋，逆风疾走，身上沾满泥水的官服沉重地鼓动。

他的腰背在日复一日的劳作下变得坚韧宽厚，肩上长满厚厚的老茧。他的皮肤变得暗沉粗糙，脸颊显出棱角，目光变得坚毅，汗珠顺着脸上的纹路流下去。

当年那风流公子的面目早已支离破碎，风化于空中。

只是，他弯腰捞起圈在堤坝内的一条小鱼，轻轻解开缠绕着它的水草，将其丢回海中，远远地看着海面微笑的神态，还带着一丝温柔。

孙茂毕竟上了年纪，搬了半个上午就有些吃不消了，浑身的骨头都在酸痛。他气喘吁吁地卸下沙袋，坐在大堤的凹陷处喘气。

过了半晌，他抬袖擦了一把快要流到眼睛里的汗，无意中抬眼，却见满天青色的乌云间，飞过一条银白色的巨龙的身影。

微风吹来，丝丝细雨拂面。

孙茂仰着头，嘴唇翕动，那白色的巨龙悬停在云中的那一刻，龙须飘摇，似乎在与他相望。

第三卷

江流镇篇

夜幕降临，红毛狐狸顶着一片大叶子，从水面露出脑袋，重重地打了个喷嚏。她的皮毛湿淋淋的，从上游被冲到了下游。下游的水势渐趋平缓，她伸出爪子，刨了两下水，自己向前游去，边游边向两边看，两岸不见人烟，好不荒凉。

可恨！她从孙府出来前只吃了一顿饭，漂了整整一天，现在饿得连骂人都骂不动了。

苏奈游水的动作停下来了，郁闷地顺水漂流。

咦？前面的月光下，好像有道细细窄窄的影子，在河对岸慢慢地移动。

对了，那个神仙把她打下水之前说什么来着？

狐狸耳朵抖了抖，好像是什么有路，什么船……大概意思就是山上有路，河里有船。是眼前那个不？

对岸隐约有一艘乌篷船的影子，有个撑篙人立在甲板上。不过离得太远，她伸长脖子也看不大真切。

苏奈翘首时，一股很香的食物的味道钻进鼻子。苏奈一阵猛嗅，身子已经顺着水流拐过弯，听到由远及近的嘈杂人声。只见河岸的空地上亮亮的一片。

苏奈慢慢地靠近，才看清那亮光是一堆一堆的篝火。火边围坐着不少身穿铠甲的男人，喝酒谈笑。背后是一个一个的营帐，门口悬着噼啪燃烧的火把。

苏奈一眼便看见了穿在架子上，烤得流油的鸡。

这里好像是个营地。发亮的篝火映在红毛狐狸的眼睛里。一群群晃动的男人仿佛化作了胸腔透明的黑影，叫她看到一颗颗鲜红跳跃的男人心。

苏奈咬着牙，转了半天，才将发绿的目光转到远方冷月里的船影上。

那艘船又远，又冷清，也不知道游多久才能靠近。

哼，那个烂从神还说不是报复！

将她打下桥，害得她喝了一肚子的河水，又冷又饿，分明近处有个营地，却说什么有船，哪条河里没有船？万一那艘船不是给她坐的，再被坑怎么办……

她才不上当呢！

苏奈警惕地左右看看，扒住岸边，拖着身子蹿上了岸。

红毛狐狸抖掉毛上的水，蹑手蹑脚地从草叶下面钻了出来。篝火发出明亮的光，两个健壮的男人背对着她说话，两肩和前后襟的银甲闪亮，地上放着挂红缨的毡帽。不一会儿，两个人相携起身打酒，只留火上的烤鸡。其他的帐篷离得远，人人都只顾吃酒，红毛狐狸瞅准时机，像箭一般飞蹿出去，想一爪将那架子上的鸡撕下来……马上就要靠近，脚下咔嚓一声踩断了什么，苏奈一惊，一阵挣扎，还是掉了下去。

该死的凡人真狡猾，竟然在此处布设陷阱……

"有东西掉进去了！"脚步声和嘈杂声迅速靠近。

苏奈砸在土坑里，啃了一嘴土，刚呸了两下，又叫人抓着尾巴倒提起来，身旁已经围拢了许多人，七嘴八舌地道："什么呀？"

"是只骚狐狸！"

有人忍不住伸手去摸那红色的皮毛："好大的一只狐狸。"

苏奈悬在空中，一爪挠向伸来的手，那个人立刻龇牙咧嘴地缩回手去："这畜生甚野，小心被它抓！"

苏奈被人捉住，倒也不慌不忙。她那可断金碎玉的狐狸爪，拍死儿个凡人不成问题，就是有点郁闷：这里人多势众，若是见她伤人，吓得像孙府的帮工那般拿着棍棒出来撵狐妖，她可得吃大亏。不如暂时先装成普通的狐狸，等他们放松警惕，再悄悄脱身。说不定，还能顺便采补几个男人，也不算全无收获……

苏奈揣起爪子，安心地倒悬着，忽然瞥见这些人穿戴的护心甲中间的圆圈里，都印着一片一模一样的金叶子。

咦？她昂起脑袋看了看那片叶子的形状。

二姐姐好像说过，铠甲上有叶子的，都是官爷，还是京都来的官爷。

就是这伙人，在她当苏姨娘的时候，在钱塘挨家挨户地搜查，不知道在找什么，还闯进孙家的丝绸铺子，吓跑了正在试衣裳的女眷，搞得孙员外的生意一落千丈，差点关门。

那几天，姨娘们怨声载道，二姐姐整天骂人，骂得她的耳朵都起茧子了。

苏奈对这些痞里痞气的官兵顿生怨气，只想一爪子将他们拍晕，何况他们此时还在围着她嬉闹，十分烦人。

一个人指着她道："孙达，你好大的胆子，竟敢捉宋大人的同族。我们这就进帐禀告了宋大人，看不夷平了你的九族！"

其他几个人哈哈哈地笑起来，却没人真的动作，眉眼间都闪过轻蔑的神色。

提着苏奈尾巴的孙达阴阳怪气地道："宋大人金尊玉贵，乃是天狐下凡，咱们不好得罪，这只野狐狸还收拾不了吗？"手上一翻，抓过苏奈看看，"剥了皮子，做个狐毛袄子，老子天天穿给姓宋的看。"

说罢，他拎着龇着牙的苏奈走到营帐前，抽下红腰带，将红毛狐狸捆了个结实。孙达身体健壮，满脸髯须，见那比犬略小些的动物，竟然不挣扎，奉上双爪给他捆，一副郁闷的样子，一双眼仁慵懒勾人，便勾着狐狸毛茸茸的下巴颔，还想逗一逗。

谁知那狐狸的眼里顿时绿光，毛发耸立如野兽，差点一口咬断他的手指。孙达跳起来，将狐狸扔在草垛上，骂骂咧咧地走开了。

这么一折腾的工夫，架子上的鸡也烤得更香了。几个官兵大剌剌地坐在篝火前，分食鸡肉。

有人挠了挠手臂："广杭，惠州，钱塘，咱们顺着这条河都找寻了个把月了，一点影子也没寻到。也不知宋大人还在磨蹭个什么劲儿！钱塘潮热得真受不了，我这身上直起疹子。"

孙达扭开酒囊，仰头灌了一大口，嘿嘿一笑："我看，宋大人的如意算盘要落空。找来找去，殿下说不定早就已经……毕竟，他这里又不好使……"他指了指脑袋，"没有官人伺候，跑到外边自生自灭，能活得了一个月吗？"

几个人一阵唏嘘。

一个年长一些的消瘦男人道："我看未必。宋大人非我族类，还是有些本事的，他坚持往这个地方掘地三尺，想必能感知到龙脉就在此地，还未断绝。"

"别忘了，寝殿里那条挖得那么长的地道，咱们可都看见了。是有人早有预谋带着殿下走的，此人能未雨绸缪，不好对付。"

几个人道："喝酒喝酒。"

烤鸡香飘万里。

苏奈眼睁睁地看着这些凡人将一只整鸡分了，连鸡骨头都吃得干干净净，肚子咕噜噜地直叫，心里把这些臭男人骂了个遍。

好不容易等到他们吃饱喝足，熄了篝火，陆续进帐歇下，有人提起被五花大绑的红毛狐狸朝着一个围栏里一丢："去。明日再料理你。"

苏奈落地，旁边的几只芦花鸡拍打着翅膀闪开，掉下来的羽毛让苏奈打了几个喷嚏。

她好像被关到了这伙军爷的鸡栏里。

这里头关着十几只活鸡，角落里还捆着几只皮毛带血、不知死活的动物，应该也是掉进了那个陷阱里的野兽。

嘻嘻，刚才还说没有吃的，如今食物就送到眼前。

似乎敏锐地觉察到杀气，黑暗中，活鸡登时上蹿下跳起来。

红毛狐狸已经挣断了绳子，如离弦的箭，扑过去抓住一只鸡，急不可耐地一口咬了上去。

苏奈迟疑一下，吐出半嘴毛来。红毛狐狸叼着鸡跳出鸡栏，借着月光，用爪子耐心地一片一片地把鸡毛拔掉。

奇怪，怎么比她想象中的味道难吃了许多。

这是怎么回事？她在山中几百年，捕猎早就习以为常，以前怎么不觉得难吃。

苏奈思来想去，定是在二姐姐那里待了太久，吃了好几个月人类的食物，把嘴养得刁了！不过，她是绝对不肯承认人类的食物好吃的。红毛狐狸警惕地左右看看，拖着拔好毛的鸡，点燃了一堆落叶，准备学着他们的样子，小小地烤一下。

片刻后，狐狸扒开焦黑的鸡皮，再一次猛地啃了上去，咀嚼两下，她掐着嗓子咳嗽起来。

为什么这味道这么苦，一点儿也不好吃！

狐狸恨恨地龇牙，看来，也只有那个办法了……

半夜，孙达一手掀开营帐，一手松着裤腰，走出来小解。

一片雾蒙蒙的，鸟鸣虫吟中，他突然听见一阵细微的女子的呻吟。

那声音婉转如莺啼，若有若无，撩人心魄，听得他汗毛都竖了起来，急忙拨开树丛。循声而去，只见河边坐着一个布衣女子，背对着他，长而黑的乌发湿透，披散在背后。

他的心跳剧烈，蹑手蹑脚地绕到前面，只见那个女子揞着脚踝，眉毛蹙着，低头咬着红唇，正在呼痛。

女子突然见了他，吓得惊叫出声，倒叫他看清了一张美貌的脸，丹凤眼含羞带怯，揞着胸口道："哎呀，吓死奴家了！请问官爷，此地是何处呀？"

这一揞更不得了，孙达看见这个美貌妇人浑身的衣裳都湿透了，勾勒出饱满的身形来，他随军至此地，数月不曾开荤，何况是见到如此妩媚的女子，咽了一口口水，眼睛黏在她的胸脯上，半晌收不回去。

他问："你是何人？怎么在这里？"

那个小妇人道："奴家家住上游的张村，本来正在河边的大石头上洗衣裳。想是天热，忽然就觉得头晕目眩，掉进了水里，醒来时，就被河水冲到此处。奴家的脚也伤了，回不去家，不知如何是好……"说罢，抽抽搭搭起来，"官爷，您可得帮帮我。"

孙达蹲下来，嗅着那小妇人身上的脂粉香，眼神在她的身上打量，像是看见进了狼群的羔羊，嘿嘿笑道："我们驻扎此处，明日就要往上游去。不然大姐先在营帐内对付一夜，明天随我们一起走，顺便将你送回家去，怎么样？"

"那好。"那小妇人听闻，也不哭了，瞧了他一眼，竟然粲然一笑，掩住口娇羞地道，"一看官爷便是好人。"

孙达见她流转的眼波，好像不是个安分的，一时间心潮澎湃，试探着道："我的营帐在那边，大姐跟我进去？"

"奴家的脚走不了路，如何去得了营帐……哎哟……"她的话没说完，又开始哼哼起来，只叫得这兵痞浑身燥热，热血直冲，忍不住一把将她搂在了怀里，那小妇人半推半就，竟然轻轻捶打着他的肩膀，如银铃般笑了起来。

孙达咬着她的耳朵哄道："好娘子，回什么夫家？不如跟了爷去，包你吃香的喝辣的，还用得着蹲在大石头上洗衣服？"

女子却将他用力一推。

孙达唯恐煮熟的鸭子飞了，忙道："怎么了？我说错话了？"

美貌的妇人以袖掩面，娇羞地道："官爷，不瞒您说，奴家早上只吃了一顿饭便被水冲走，现下饿得快要昏倒，您一说吃香的喝辣的，这身子便激动了。您若心疼奴家，便叫我吃饱了，好有力气伺候。"

孙达一听，哈哈大笑道："还以为是什么事呢，这有什么难的？"

便将妇人抱至篝火边，将随身携带的干粮一字排开，有馒头有饼："来来来，我的干粮，你随便吃去。"

"这不好吧？"小妇人蹙眉道，"我若吃了，官爷如何是好。"

"你吃，你吃！"孙达横眉，大声道，"我就不信了，你鸟大点胃口，我还能填不满了？"

妇人微微一笑，拿起了馒头，细嚼慢咽，好半天才咽下去一块，急得孙达的鼻尖上冒了汗，忍得脸上发青，小妇人才赧然笑道："官爷，这馒头有些干，奴家咽不下去……"

若是别人如此找事，孙达肯定一巴掌拍碎他的天灵盖。可换成这样一个妩媚的小妇人，尤其是还不曾尝过滋味的小妇人，孙达的脾气变得极好。

"你且说喜欢吃些什么？"他站起来道，"此处有的，爷都能给你弄来！"

小妇人惆怅地看着篝火道："这火烧得正旺，若能烤些什么禽鸟来吃，那就好了……"

一刻钟后。孙达有些错愕地看着对面啃着鸡腿的小妇人。

小妇人生得美貌，唇儿只有樱桃一般大，这吃相，却一点儿也不斯文……只见那纤纤素手掰开鸡骨，拿犬牙一撕一咬，掉下来的就只剩下骨头碎末了。

那妇人似乎见人一直盯着自己，羞涩地一笑："奴家也曾自己烤鸡来吃，但没什么味道，怎么都不如官爷烤得喷香。"

孙达大为受用，但心存一丝疑惑："你在家中难道不下厨？"说罢，从怀里摸出一个小纸包来打开给她瞧，苏奈见里面是些黄色的颗粒，孙达又道，"我们时常在外的，都会随身带些盐巴，若是捕获了什么野味，撒上一些，啧，盐为百味之首，哪怕是蘸着饼子都有味道。"

苏奈恍然大悟。原来那小纸包里面的东西才是关键。

孙达笑着，见这小妇人吃个没完，有些不耐烦。苏奈看他一眼，又话起家常："官爷们到此处是做什么差事呀？"

孙达只得应答："来寻人的，晦气，从京都一路向东走过来，遍寻不到，我的脚都快走断了。"

"什么金贵的人，要这么多人来找？"

孙达的嘴却很严实，只是笑道："你个妇道人家懂什么。"

"奴家不懂，但奴家好奇呀。"苏奈一边笑着吃，一边拿眼看他，只将这大汉撩得欲火焚身，都未曾注意一整只鸡轻轻松松地进了她的肚子，"别急，迟早能找到。"

孙达嘟囔着道："我倒希望找不到。"

"为什么呀？"

"真叫姓宋的找到了，咱们所有人都该倒霉喽……"

他眼巴巴地看着，待苏奈最后一口刚咽下去，便急不可耐地一把搂起她进了帐子。

"管他呢，今朝有酒今朝醉……"

苏奈吃饱喝足，转而将绿幽幽的眼睛看向孙达的胸口，在孙府没采补到，今天一定跑不了了！

孙达一见这眼神，只当这妇人也饥渴万分，见她主动来卸腰带，不由得大喜，搂住娇躯便亲。

亲了半天没亲到，两只手倒叫人捆在了一起，他挣扎得脸都红了，愣是挣不开，见怀里的小娘子吃吃地笑，他便停下来，奇怪地道："你还喜欢玩这种花样？"

苏奈拉着腰带的一头笑道："官爷别动，咱们玩个新鲜的。"

想不到这山村娘子还挺大胆，不仅如此，捆人的动作也娴熟。

他还没看清怎么回事，自己已经给捆得如粽子般结实，膀子上的肌肉咯咯作响，却不能动弹分毫。这大汉生了血性，只拿蛮力压住苏奈，低头便咬，身下却一空，他滚到了地上，吃了一嘴湿乎乎的泥巴，鼻尖腥臊万分，一阵猛呸："什么东西！"

美貌的妇人好端端地坐在一旁，嘻嘻笑道："这地方有不少野兽出没，说不定是野狐狸尿呢。"

钱袋和纸包在她的背后，用爪子掂了掂，收进袖中。

这个男人身上揣着的银两，还有盐巴，都归她了。

嘻嘻，叫你捆我！

孙达的脸色都变了，腰带绷得咯咯作响，还是腾不出手来擦一擦，气得一阵打滚："果然是那畜生乱撒尿，我非得把那些狐狸都乱棍打死！"

苏奈听了这话，笑容一凝："怎么，狐狸招惹你了？"

孙达气得直将脸往地上蹭，咬牙切齿地说："狐狸这种动物最是卑鄙狡猾，又贪婪得很。在山野间就整日偷鸡，成了精还敢窃国，狐媚惑君，自己的荣华富贵有了，却把人间搅和得乱七八糟……"他刚偏过头来，脖子上就挨了一爪子，不禁有了点火气，"你这小娘子，怎么乱抓人！哟，指甲还挺利。"

苏奈委屈地眨眨眼睛："官爷，人家是拿着手绢想给你擦一擦，谁知道你回头那么快……"

"行了，"孙达压住火气，又勉强笑笑，催促道，"耽搁这么久还吃不到嘴里，都急死了！我身上穿着甲，腋下有个暗扣，寻到了按一下就能解开，快快。"

苏奈将手伸到银甲底下，嘴都乐得合不拢了，落在孙达的眼睛里却是一副低头驯顺的模样。他拱着脑袋，想去亲她的嘴，脑袋却好像被什么勒住了，弯不下来。

过了半晌，听到身后一声轻嗤，孙达背后一凉，反应过来。

有人！他回过头，只见一个身着铠甲的少年弯着腰，两根手指正提着他的后衣领。

苏奈见着这道冷不丁地多出来的黑影，也吓了一跳，爪子迅速收了回去，变回驯顺的模样。

孙达看清那张笑脸，眼神一变，满脸晦气地坐了起来："宋……"

少年轻轻拍着他的肩膀，笑道："大半夜不睡觉，在这里行好事，可是藐视军纪呀。"

"不敢。"

说来奇怪，叫他一拍，刚才捆得结结实实的腰带突然松开来，孙达揉了揉胳膊。

少年又笑嘻嘻地拍拍他："去休息吧。"

孙达闷声不吭，脖子红着，爬起来便走。

"官爷……"苏奈一把拽住他，他居然咬咬牙，头也没回地甩开她走了。

臭男人！

苏奈的呼吸急促，捂住领口，转而借着月光打量新来的这个人。

少年约莫十七八岁的年纪，生得俊美，一双上挑的眼，眼下有一颗泪痣，也侧眼瞧着她。

过了半晌，他蹲下，凑近，露出温和的笑容，一点儿也不拿架子："大姐一直看着我干什么，可是见我眼熟？"

看你干吗？红毛狐狸躺在地上郁闷地想，自然是因为采补到一半换男人是头一遭。

不过管他呢。

比起刚才那个，这个男人年轻美貌，她一样采，采起来更有劲！

苏奈立刻坐起来，像藤蔓般爬到了他的胳膊上，仿佛捏到了冷硬的铠甲，冰冰凉凉的。她将脸蛋贴在胳膊上："是很面熟，仿佛在哪里见过。"

少年端详着她，点头笑道："嗯，我看你也面熟，像亲人般。"

"那我们合该是一家人……"苏奈扑进他的怀里，将人压倒，少年伸手托她一下，只闷哼一声。

苏奈的手伸到他的胳膊底下，咔嚓一声按动了机括："护心甲太硬，剥下来吧？"

这个少年一手撑着脑袋，任她摆弄，还配合地抬起手来，懒洋洋地道："你叫什么名儿？"

"奴家小名奈奈。官爷呢？"

少年那双上挑的眼微微阖着："宋玉。"

护心甲已经成功卸掉，苏奈的手指顺着他的胸口移动，呸，里衣不知是什么破烂料子，摸在手上总有种刺痛的感觉，打了一个激灵，狐狸毛都蓬起来了。

苏奈甩了甩尾巴，抖掉这种感觉。她一只手扣住他的心口，一只手像滑溜溜的鱼一般向下蜿蜒。

宋玉的身体纤细柔软，皮肤冰凉细腻，不似孙达那般硬邦邦的。苏奈笑嘻嘻地摸着，忽然，手背碰到什么毛刺刺的东西。

苏奈一怔，笑容僵在脸上，拿手一握，那毛茸茸的玩意儿热乎乎的，如同有生命般在她的手心蠕动。

苏奈觉得背心一凉，浑身的毛发都立了起来。她手里抓住的分明是一条毛刺刺的尾巴！

苏奈吓得手一松。奇怪，她怎么一点儿妖气也没闻到？

对了，她刚才掉进陷阱的时候，听到那几个捉住她的男人聒噪，说是捉到了宋大人的同族。

同族……宋大人……宋玉，宋……

"摸到了吗？"少年含笑道。

苏奈感知风声，耳朵一矮，瞬间化作原形，滚到几尺之外，还是被他掌心里拍出来的火苗点着了尾巴，在地上打滚灭火。

她抱起尾巴一看，尾巴的尖尖已经烧秃了一截，还在冒烟。想不到采补男人不成，反倒叫一个公狐狸烧得掉毛，气得龇牙咧嘴，喉咙里发出呜呜的声音。

宋玉一动不动地瞧着她，又瞧着掌心熄灭的一簇火苗，心里有些惊讶。他的真火，火速比旋风还快，像这种修炼才三四百年的小妖，一次能灭掉一打，她竟然能躲开去。这只小妖的预知和反应力，居然在她修炼年限该有的水平之上。

对面的红毛狐狸正拿爪子刨着地，龇牙咧嘴地向他示威："臭狐妖，你是哪山哪寨来的小妖，懂不懂规矩？竟敢放火！"

虽然这样问，但她心里也有点摸不准，因为她闻不到这只公狐狸身上的妖气。大姐姐说过，修炼的时间越久，妖气越难感知，行为举止越来越像人，最后几乎可以和凡人无异。万一，这只公狐狸修炼得比较久，招惹了他又打不过，不是要倒霉了？

红毛狐狸一边喊着，一边悄悄地往后退。

火把噼里啪啦地燃烧着，帐篷里传来了阵阵雷鸣般的鼾声。狐狸一向是圈地为王的，这里想必是宋玉的地盘。

不待他反应，拔腿便跑。

宋玉化作一只通体雪白的狐狸，它的眼睛是冰蓝色的，体型大约是红毛狐狸的两倍，向前一跃，三两步便赶上了狂奔的红毛小狐狸。

白狐的狐眼微弯，含着笑意，伸爪一截便断了苏奈的去路。他张开尖嘴，一团杏子大的橘黄色火球从嘴里飞了出来，想再试试这小妖，到底是运气好，还是……

就在这时，他突然瞧见红毛狐狸的脖子上一朵四瓣金花在旋转。

其中的一瓣慢慢绽放开来，越来越大，化作一片极淡的金雾笼罩在眼前，仿佛出现了散发着金光的仙人打坐的无声场景，不消片刻便散去，只剩锈红的皮毛上呼呼滚过去的夜风。

白狐在地上跪直，目露尊敬及疑惑之色，虽然认不出来是谁，但那股气息十分强大，当是仙家机缘。

火球擦着苏奈的皮毛过去，在地上弹跳几下，迸溅出火星，在地上消失。苏奈吓得上蹿下跳，一个跃起，腾空跳出了包围圈。

见白狐傻了似的一动不动，毛茸茸的大尾巴就摊在面前，红毛狐狸的眼睛发绿，拿爪子一按，张嘴便咬，啃掉一嘴白毛。

呸，臭狐妖，叫你烧我的尾巴，叫你也尝尝秃尾巴的滋味！

苏奈知道自己占了大便宜，爪子一蹬便窜了出去，没命地狂奔。跑到了水边，嘴里白毛纷纷而落，才敢悄悄回头。那只公狐狸已经不见踪影。

苏奈有些胆寒地环顾四周。河上月色盈满，破碎的月光中，那艘船正缓缓地驶离，苏奈一惊，忙踩水而去。

这里虽然有个营地，却是公狐狸的地盘。那从神一定是知道这点，才叫她坐船。唉！二姐姐说得没错，神仙就是神仙，不打诳语，不骗人的！早知道应该听他的话，现在说不定都到城里了。

苏奈这般想着，也不怕那只公狐狸追上来了，化了人狂奔，一边挥手一边大喊："船家，船家等等！"

可是那船家就如同没听见似的，小船越来越快。水没过了苏奈的小腿，那艘船也走得没影了。

苏奈狠狠地踢了一脚水，提着裙子，气愤地扭着腰走回岸上。

赶不上，就只好自己走了。

苏奈顺着河岸一路走着，夜色中传来鸟鸣。隐约听见了婴儿的啼哭，苏奈的耳朵尖惊喜地一抖。

树丛背后是个小小的村落，土屋错落于岸边。

有人！

苏奈尖利的闪光的狐狸爪一握，不如在人家借宿一宿，顺便采个男人？

红毛狐狸瞬间蹿了过去。

哐哐哐！门环急切地在门上碰撞。

过了好半天，蹒跚的脚步声由远及近，门拉开条缝，一个满脸皱纹的老妇人伸出头来，缓缓地一笑，露出萎缩的牙床。

院子里传来一阵狗吠。

"……奴家敲错门了。"苏奈立刻关上门。

她深吸一口气，蹿到第二家门口。

"你找谁呀？"一个七八岁小姑娘跑出来开了门。

苏奈拿袖子掩脸道："妹子，你爹爹、叔叔，或兄长可在家吗？"

"没有。"小姑娘眨巴着眼睛，摇了摇头，"只有俺和俺娘。"

"……告辞了。"

第三家。

"俺和俺嫂子在家。"妇人嘴里的瓜子壳簌簌落下，上下打量着苏奈，"正摸骨牌呢，你是哪家的媳妇，看着眼生。一起来玩不？"

门哐当一声关上："……不。"

…………

第七家。

"哎呀，你先别进来！"门里传来了清润的童声，"等一下，等一下。"

里面的人发出一阵噼里啪啦的动静，隐约是在胡乱穿好裤子，扑过来开门："你……"

冒出头的是个小小的矮胖墩子，苏奈怒气冲冲地关上了门。

她刚要转身，只听屋里面传来低沉浑厚的男声："公子，外面是谁？叮嘱过你了，不要随便给生人开门，你怎可……"

屋里站着的男人身长九尺，凤目凛然生威，说到一半，门忽然又响了起来，带着殷切渴盼的感觉。

"奴家是钱塘人士，要去姐姐家探亲，不想错估脚程，天黑了，无处可去，好心人能否叫奴家借住一宿……"

嘎吱一声，门开了条缝，一个男人冷冷地探头看。

苏奈只看清他的个子极高大，扬起脑袋，再看那抿起的唇，修剪整齐的胡须，面无表情的脸，还有那肃然的凤目，苏奈娇滴滴的声音瞬间被掐断了。

这个人，她认识。

他就是茂哥儿那个十分严厉、不苟言笑的老师，季先生。

这是什么缘分，跑到这里都能看见熟人？

还想再看看，门咣当一下关上了，险些把苏奈的鼻子拍扁。

门板内传来男声："我家中并无女眷，你一介女流之辈，不方便收留。找别人吧。"

屋里，季先生转身走开，衣摆却被人拽住，抓他衣服的那双手如胖笋。

再向下瞧，那黑黑的小胖墩个头尚且不及他的腰，一双眼睛挤成两条缝，总感觉是在好脾气地笑。他拽着季先生的布衣摇了摇，摇得两腮的肉微微颤动："季……尧臣，我，我们——"

季尧臣面色复杂地把那双手扒拉下来，用尽耐心："公子，我与你讲过，这段日子不同往日。我们在这里越低调越好，不要随便给旁人开门，还有，能避免的麻烦都不要去招惹。"

他听得懂吗？季先生心内微微带着讽刺，恐怕重复多少次，他都记不住。

那个孩子却在不合身的布衣上擦擦手，慢吞吞地点头："好。"

外面那个小妇人却又敲起门来，边敲边抽泣着道："奴家举目无亲，又渴又饿，实在走不动了，万一遇到了歹人怎么好？大哥，行行好，能让奴家进来喝口水吗？"

季尧臣拧眉，骤然厉声道："叫你去旁人家，你可听得到？"

那个孩子吓得一抖，离他远了些，险些跌倒，被他一把扶住肩膀。

门外的苏奈也一哆嗦，爪子在门上挠了一下。呸，好声好气地跟他说，居然这么凶。

这地方好邪门，只有一处村子，村子里只一户有男丁，都跑了这么远，再叫她找别人，她可不甘心。

不找你找谁？我偏要采到！

又是一阵砸门的声音。

动静实在太大，季尧臣猛地推开门。

苏奈迎上去，又被那道黑影挡了回来，他反手掩上门，冷冷地看向四周的草木的黑影，随后，目光落在眼前的女子身上。

月光下，这小妇人娇羞地低着头，两颊生晕，露出一截雪白的脖颈，体态丰满，虽着布衣，却难掩其姿色。

他不是急色之人，没什么兴奋的表情。倒见其不似良家，心生厌恶地别开眼。

季尧臣道："是你要投宿？"

"是，多谢大哥。"苏奈慢吞吞地蹭了过来，"奴家饿了一天，一直走，脚都软了……"说着便往那脊背上靠去，季尧臣却冷不丁地拐了个弯，她靠了个空，险些摔倒，裙下的大尾巴炸起，心里骂咧咧地站稳了。

季尧臣已经挺直腰板走去，叩响隔壁的房门。

门开了，他将她一指："阿雀娘，那里有一个女子，想在您家借住一宿。"

苏奈后退几步。那屋里已经匆匆迎出一个荆钗布裙的妇人，一把抓住她的手，满面同情地在她脸上瞧了瞧，将她拉了进去："我说怎么敲开门又说敲错了。脸皮薄，刚才不好意思说吧？可怜见的……"

苏奈龇着牙与面无表情的季先生擦肩而过，目光都将他的脸灼出个洞来。只见他掸了掸衣袖，目不斜视，大步进了屋。

片刻后，苏奈跪坐在妇人家的土炕上，手里捧着豁口的碗，碗里盛着热水。她环顾四周，这屋内什么也没有，土墙、土炕和遇见鸟精的郑大那一家差不了多少。

苏奈喝了一口水。在孙府住惯了二姐姐香香的大房子，骤然换到这小屋里，总觉得拥挤不堪。何况，几个垂髫小女娃跪在她旁边，都在偷眼打量着她，好像围观什么稀罕物什，让她有点不自在。

这些女娃都不曾见过这般妖娆的女子，眼神里充满敬畏。

看着看着，美貌的小妇人眉心一蹙，眼泪吧嗒吧嗒地掉进水里，将她们吓了一跳。床头的妇人坐直了身子："哟，你这是怎么啦？"

苏奈抽抽搭搭地道："大姐，不瞒您说，奴家其实是隔壁季先生的浑家。几个月前闹了别扭，他一气之下就到了这里。奴家好容易找到了门口，他却死不认账，不肯让奴家进去……"

那妇人一怔，还是小女儿抓着她的袖子问："娘，什么是浑家呀？"

她的眼珠子才动了动，似乎才听明白了，声音都高了几个度："你刚才说什么，你是季家儿子的浑家？那胖胖的孩儿是你生的？"

女娃插嘴道："矮墩子跟她一点儿不像。"

"别插话。"妇人反手捂住她的嘴。

苏奈哭道："奴家从京都来千里寻夫，想不到他连奴家的一面都不肯见。"

"季家的儿子确实是早早去了京都，这么多年来连乡音都改了。"妇人疑惑地道，"可是没听说过他娶了妻。倒是有人问过，他同我们说，那孩子的母亲已经没了？"

苏奈一哽："那，那是相公心中生奴家的气。"将那张芙蓉面一转，雪腮挂泪，丹凤眼含情，眼珠子转了一转，将几个凡人的视线都勾到了脸上。

"你们也瞧见了，因为奴家生得好看，又嫁了个好郎君，邻居心中妒忌，总是爱嚼舌根，污蔑奴家跟这个那个男人有染。一来二去，相公信以为真，不听奴家解释，闹着要与奴家和离。"

此处民风淳朴，妇人听罢，拍着炕道："你那些邻居的心肠怎么这么歹毒？季家儿子也是，不听自己浑家的，却听外人瞎乱说。"随后又抓住苏奈的胳膊看了看，口中啧啧道，"你一个妇道人家，独自走这么远的路，吃了多少苦头？作孽啊，你也是个厉害的，我最远不过走到镇子上买瓶酱油——这男人的心怎么这般硬啊？"

难怪季尧臣自从返乡后便闭门不出，从不和他们往来，今天却肯主动敲门做个好事，原来是和自己的浑家置气，又怕她深夜没个去处，便叫邻居接下这个烫手山芋。

收留这个女子一天两天还好，要是他们闹上十天半个月……她家里毕竟也不宽裕……

妇人下了炕："不行，我得跟他说说！"

半夜，季尧臣再次披衣开门。见阿雀的娘披着衣裳站在门外，手里提着一盏纸灯笼，灯笼的光映着那小妇人凝脂般的侧脸。

阿雀的娘嗔道："尧臣，媳妇给你送回来了，好好过日子，别老胡思乱想。你这人的气性可真大，只听闻媳妇受了委屈回娘家，从没听说过有男人生了气，带着孩子回老家来的。你在京都有家有口，人都寻来了，就别闹了，快快回去吧。"说完，一推苏奈的肩膀，叫她过去。

季先生听得满脸露出荒唐的神色，指尖都在颤抖，半晌没能说出话来，见苏奈垂首，还真的往里走，只来得及挡在门前："你想干吗？"

孰料那个小妇人扑通一下跪了下去，抱着他的腿："相公呀！奴家要怎么自证清白你才相信？奴家爱你，你若不叫我进屋，不叫我见儿子，奴家活着还有什么意思？不如叫我去死……我，我要撞死。"说完就往小土屋旁边的石头柱子的方向爬。

妇人喊了一声"使不得"，丢下灯笼便去抱苏奈。她爬得飞快，妇人扑了个空，险些栽倒在地。季尧臣猛地提着苏奈的后颈领子，一把将她拽回原地，苏奈又如藤蔓般迅速搂住了他的大腿，嘤嘤地哭了起来。

他的脸憋得涨红，额角的青筋一跳一跳的，嘴唇翕动。其他人家听得响动，一扇一扇开了门，漏了光，探出头。季尧臣神色微变，嘴唇抿起，一把将她拖进屋里，用力关上了门，恰好将那高起的哭调用门夹断。

终于清净下来。

即便历过风霜，大庭广众之下叫一个女人抱着大腿撒泼打滚，他仍旧手脚冒汗，耳鸣发晕，心跳如擂鼓。

读了半辈子的圣贤书，他要脸。

在他背后，红毛狐狸拿爪子擦了擦汗，松了口气。

这一招完全是模仿二姐姐的，真是好用，男人果然都很怕。看来，往后遇到敲不开的门，便可以这样进来，混入凡人的家里，尽情采补的日子，指日可待。

苏奈紧跟着季尧臣的背影进了屋，左右顾盼。这里面也是一样的狭窄，却比隔壁收拾得更整洁些，桌上摆着宣纸、笔墨，空气里有一股清苦的墨香。

掀开里屋的帘子，那矮胖墩子已经叫这动静惊醒，睡眼惺忪地坐在炕沿上看着他们，过于宽大的裤脚垂到了地上："季——"

"无事。"季尧臣凤目一瞥，低声道，"公子，睡你的。"

胖墩子揉了揉眼睛，躺倒在床上，用力去挠胳膊上的鼓包，身子像虫子一样扭来扭去，睫毛颤抖着，睡得很不安稳。

季尧臣没搭理苏奈，放下帘子。

苏奈紧跟着沉默的男人打了个转，走到了外间的炕边。

咦？这就要就寝了？

原来这季先生只是外表闷些，里子却也是个普通男人，抵不过女人的色相。

苏奈见他没有制止，便羞答答地坐在了床沿上，两只脚一抵，一双绣鞋便脱了下来："季先生，奴家困了，早些安置吧。"

手在枕上一撑，摸到了一个硬东西。苏奈低头一看，枕头下面露出一把扁扁的、短短的、绘着金纹的黑色剑柄。

"咦，这是什么玩意儿？"

苏奈刚要去碰，季尧臣猛然伸手将那把剑一抽，金玉相碰的声音入耳，苏奈一悚，预知危险，身子滚下床，滚得太猛，一屁股坐在了地上。

那把剑在空中划出一道金光，架在她的脖子上。

季尧臣狠狠地瞪着她，显出剑拔弩张之势："说！你是何人？受谁指派来？"

苏奈向后仰着脑袋，瞪着那剑尖儿。

这玩意好像不是凡俗之物。

有点像阿离拿的那什么聚阳镜，气浪灼热万分，险些把她的毛给烫焦，幸好她闪得够快，也幸好季先生的动作笨拙，手也颤抖着，不然刚才，她的狐狸脑袋都得给削下来！

狐狸心中十分气愤，而现在叫那把剑逼在墙角，脑子只能飞转，抽抽搭搭地抹着眼泪道："奴家……奴家其实是钱塘孙府的丫鬟。季先生曾给我们茂哥儿当过一段时间的先生，奴家偷听先生讲课，悄悄倾慕于您。先生走了之后，奴家茶饭不思，日思夜想……"

那个小妇人抬起泪眼，委屈之至："这不，好不容易打听到先生在哪儿，便从府中偷跑出来，和先生私会……"

季尧臣听闻"钱塘孙府"，本来神色稍松，待听到后半句，眉心奇异地一跳，似乎受了莫大的羞辱，盯着她道："你一个妇道人家，私会二字也有脸出口？你口中谎话连篇。"

"真话，奴家说的是真话。"小妇人泪眼蒙眬，刀还在架在脖子上，她竟又拿那含情的眼神望着他，"难道都没有人说过，季先生是有学问又有风度的真男儿？"

"住口。"季尧臣厉声打断，眼睛几乎将她瞪穿，脑袋开始控制不住地轻微地一晃一晃的。

过于愤怒或者恶寒的时候，他便会有如此动作。

他盯着苏奈，缓了好久才平复情绪，手颤抖着收了剑。季尧臣拿着破旧的被单在靠门边的地上铺了一张地铺，铺地铺的时候，还拿审视的目光盯着她看。

待地铺打好，他用剑指着那处，冷冷地道："你睡这里。既然是借宿，明日一早，赶快离开。"

他手上拿着剑，苏奈不敢不从，乖乖地蜷缩在了地上，侧躺着，只拿可怜巴巴的眼睛盯着他看。

一条被子扔在了她的脑袋上，盖住了眨巴眨巴的眼睛。

等红毛狐狸骂骂咧咧地将脑袋钻出来，外面的灯烛已经被季先生熄灭了。月光照进房间，屋里寂静无声，传来蝉鸣阵阵。

苏奈盖着有陌生人类味道的被子，郁闷地想了一会儿，眼皮渐渐变得沉重，脑袋不住地往侧边滚。

太困了……要不，明天再采吧，说不定明天，就是一只做什么都顺利的幸运的狐狸精了。

红毛狐狸打了个哈欠，沉入梦乡。


"鞋，又穿反了。"有人低语，"唉！公子坐下。"

苏奈翻了个身，阳光照在她的眼皮上，蒙眬间，面前有两个穿布衣的人影晃动。

今天，怎么没听见野鸡精熟悉的吊嗓？

她的鼻子动了动，周围尽是陌生的人味儿。苏奈立刻睁开眼睛，看清屋里的陈设，这才后知后觉。对了，她已经和二姐姐分开了，她现在独自一人沦落到这个村落。

红毛狐狸郁闷地坐起来，惊动了坐在屋里的小胖墩。他扭过脸来看她，胖脸呆呆的，好奇且和善。

季尧臣的布衣长衫拖在地上，弯腰蹲下，隐忍地把胖墩脚上的一双穿反的破旧的布鞋换回来。

小胖墩撩着衣摆，慢慢地道："多谢！"

"不必客气。"季尧臣停顿了片刻，站了起来，身影又成了一座山。

天才亮起来，就有孩子敲窗户，几个女娃探进头来，吵吵闹闹地道：

"胖墩，胖墩，我们抓河蟹去吧？"

季尧臣的眉头皱起，而那胖墩早已从炕上跳下来，牵着季尧臣的袖子晃了晃："我想同阿雀她们玩耍，可以吗？"

季尧臣沉默了一下："公子去吧。"

胖墩夺拉着两条宽大的袖子，踩着过长的裤腿，兴冲冲地跑了出去，像只肥胖的企鹅。

"你是哪里人？"季尧臣在外面隐约的嬉闹声里，叠着被子问。

"先生问奴家？"苏奈愣了一下。

睡了一晚，这个臭男人好像客气了许多。

昨天他还说今天一早就叫她走，今早起来，却又不提了。

苏奈心中窃喜。她昨天绝对是受了那只公狐狸的刺激，那么迫切地想要采补，闹得鸡飞狗跳还没采到。睡了一觉起来，倒一点也不急躁了。反正她已经成功混进了门，迟早有一夜能得手。二姐姐说得对，勾引男人急不得。一定要有耐心，不能让煮熟的鸭子再飞了。

她走到季尧臣的桌边，殷勤地帮他挪开书本："奴家是钱塘人呀，是孙老爷家的丫鬟。"

季尧臣抬眼："孙家有几口人？你是服侍谁的？"

苏奈的眼珠子一转，试探？这可难不倒她！将那九个姨娘的名字，连高矮胖瘦都倒了出来，慢慢地摸向了他的手："先生放心，奴家是锦姨娘的丫鬟，未曾伺候过老爷或者公子。"

季尧臣面色扭曲，猛地将镇纸一拍，苏奈将手缩了回去，在袖中狠狠地挠了一下。

"先生吓死奴家了……"

耳边嘤嘤不休，季尧臣用力按住太阳穴。头上的经络剧痛，大约是昨夜辗转反侧一宿的结果。需得用力去想，才能理出些思路。

听她描述，倒像是真的在孙府待过。他曾在孙员外家当过教书先生不假，可他的住处未曾告知过任何人，连孙茂都不知道。

他猛然抬眼："你又是如何得知我家在此处？"

苏奈羞答答地道："那天先生跟公子告别，奴家一想到再也见不到先生了，实在舍不得先生，就偷偷地跟着先生，到了此处，知晓了先生家的位置。"

194

季尧臣心中的狐疑更甚。

钱塘距离此地有几十里路，他一路上坐船坐车，多有换乘不说，走得也很快。一个后宅女子能跟上他，还不被觉察地跟一路，岂不是天方夜谭？

他冷冷地看着这张姣好的脸，这个小妇人二十岁左右的模样，脸蛋白嫩如豆腐，嘴唇饱满，双目顾盼，一副令人厌恶的狐媚相。但他也不得不承认，这种风骚落在某些好色的人眼里应该是难以抵抗的，想要偷腥，还不招招手就有大把的人主动送上门去？放着孙茂那等年轻风流的公子不要，却来骚扰一个贫寒的教书先生，这怎么可能？

苏奈见季尧臣盯着她不放，目光炯炯，拼尽浑身之力散发出狐狸精的魅力："先生一直看着奴家，可是觉得奴家今日看起来顺眼了些？"

季尧臣出了一身冷汗。不要怪他此时多想，实在是野狐狸苏奈修炼的时间太短，又常年待在山上，模仿过路女子的举动，只知道拿最浅显的话术勾引人，却对于人心的复杂知之甚少。

比如季尧臣此时便想，说不通的事情一定暗藏玄机。此女装疯卖傻，说不定是个探子？

这么想，冷汗顿时涔涔而下，椅子都坐不住了。

昨夜还差点叫她走了……应该将她留在屋里，留意她的一举一动，绝不能叫她踏出这个门，以防她将消息递出去。而且，绝不能叫她发觉他已经有所怀疑……

于是他客气地道："既然是跑出来的，若是立即回去，恐会被家法责罚，不如暂留寒舍。"

那个小妇人一怔，一再道谢，嗒嗒地跑去，将铺盖铺好，坐在上面，似乎掩饰不住的欢喜雀跃。

季尧臣将那把黑色的剑端正地挂在墙上，目光有一瞬间的决绝，心又剧烈地跳动起来，近乎紊乱。必要时候，可以杀了她，争取一点时间。

土屋之外，河水在石头上撞出水花，传来一阵小儿的嬉闹声。

近河边的大石块上蹲了两个七八岁的女娃，是隔壁阿雀的二妹和三妹。

"哎呀，你可真笨！我都看见螃蟹从你的手背上爬过去了，你收网怎么总是慢半拍？"

阿雀的三妹说："叫他把眼睛睁大些就能看清了。"

二妹说："胖墩哪有眼睛，那不是一条缝吗？"

胖墩坐在石块上，身上的衣裳堆叠得如同千层油饼一般。他并不生气，两腮将眼睛挤成一条缝，凝神地望着水面，胖笋一般的手在水里拂着。

一条红鱼的影子擦着他的手背过去。

"快捞快捞！"

"快快！"

他慢吞吞地一翻手，没捞着。小女娃们唉了一声后一哄而散，拍腿大骂。

他自己却发出哑哑的笑声，眼睛看着水面弯起，似乎玩得很高兴，一条腿耷拉下来，裤腿和鞋尖浸泡在了水里。

那布鞋宽大，顺着水飘走了。

"胖墩怎么那么呆，鞋都掉了还不知道。"

姐妹两个窃笑："嘘，嘘，别告诉他，看他一会儿一只鞋咋回家。"

那只孤零零的鞋子漂了好远，阿雀的娘端着一盘小米糕从屋里出来，看见了，大骂一声，放下盘子就去捞鞋，终于在它漂走之前捞了上来，甩了甩水，冲两个女娃道："回家去！回家去！臭丫头，净知道欺负人。"

两个孩子猢狲般跑走了。胖墩双手接过鞋，对着阿雀的娘慢慢点头："多谢。"随后困难地弯腰，慢吞吞地穿上。

阿雀的娘，也就是昨夜接待过苏奈的妇人，看得直乐："读书人的孩儿就是不一样。这么小，说话老气横秋的，倒像个老头一样。"

"我娘做了黄米糕，阿执，你尝尝。"跟着妇人来的阿雀端上了盘子。阿雀是妇人的大女儿，今年八岁，脸上有些麻点，不妨碍她文静乖巧。胖墩初来的时候，闭门不出，每日趴在窗口向外看，就是看到了垂髫的阿雀。

她露出豁掉的门牙，向这个窗户里的陌生的孩子招手，他缩回去，不一会儿又探出头来，也对着她笑。招了半个月手，胖墩总算让她招了出来，并且在某一次玩耍中悄悄地告诉她，他的名字叫作阿执，还拿指头蘸着溪水，慢慢地写出了这个字。

阿雀送来吃的，胖墩欢喜激动，先弯腰在河水里洗了手，道过谢，才抓了一块塞进嘴里。

阿雀看他的眼神充满期待："阿执，我昨天看到了你娘。我从来没见过这么漂亮的女人，我想你以后一定会很好看的。"

胖墩似乎愣了一下，继续两手并用，一口一个。等另外两个女娃跑回来一看，只剩下空盘子了，便炸开锅："娘，他全给吃了，我们还没吃呢！"

"吃我们家的东西，还吃那么多，胖成这样了还吃。"

胖墩的嘴里塞满糕点，回头看了阿雀娘一眼，显出无措的神态，阿雀的娘作势要打："饿不死你们！咱家又没有儿子，娘就愿意把家里的东西给他吃，吃完了娘再给他做，咋啦？"

"你是想把胖墩配给大姐，给我们家倒插门当儿子！"

"对，胖墩配大姐，生一堆胖娃娃。"

阿雀恼了，追了过去，两个女娃嬉笑着，不一会儿就没了影子。

阿雀的娘有些尴尬，一方面是野丫头口里没遮没拦，把她和官人夜里的体己话说了出去；另一方面，自己的女儿老是笑话人家胖，若是叫人家父母听见，不知道会不会生气。

她将胖墩扶下石头："走，去大娘家坐坐，给你拿别的东西吃。"

胖墩被她拉着，像企鹅一般地从一块石头走到另一块石头。

阿雀的娘道："她们不懂，小孩胖点是有福气！咱们这村里就你一个男孩，多宝贝，又会读书，将来可有出息了。"

"你瞧那块石头。"她指着柳梢下一块磨得光溜溜的石头，"你爹小时候总是在那处读书，天还没亮他就在，夜里回去他还在那儿借光，有时干脆拿着书躺在那里。夏天的时候，身上给蚊虫咬得没一处好肉，他就一边挠一边看着书。"

胖墩悚然，挠了挠胳膊上的蚊子包。

"你爹那时很少与人走动，人也闷，一个人铆着劲地看。咱们村里的男人到了年纪，都去海上当船工，他不肯去，叫他爹拖着，挨了一顿毒打，又把书撕了，他又拿米糊粘起来，还犟着坐在那个地方。"阿雀的娘道，"后来他就考上了秀才，你爷爷待他变了个样，因为成了秀才可以做私塾的先生，可以比船工赚得多，但是你爹还要读书，还要去考，这就又挨了几顿打，基本上人人都笑话他了。"

她认真地和胖墩说："但是大娘可没有笑过你爹。因为我有一回听见他坐在那块石头上背文章，背得越来越顺畅，越来越大声，整张脸都红了，脑袋上的青筋都爆出来了，好像拼尽全力唱歌一样，念得可畅快了，念完立刻躺在石头上像驴一样喘气，眉眼都是笑啊。我虽然听不懂在念什么，但就是觉得真厉害。要我说，村里这些人眼皮子浅得很，你爹分明就是跟我们不一样的人，果然他就飞走了。"

胖墩听得入迷，没注意就让阿雀的娘领回了家，坐在炕头上，手里被人塞了两个褪了色的面人。这两个面人儿画得面白唇红，很是精巧，一个穿驼色僧袍，手腕上挂着佛珠，是个年轻的和尚；一个穿青白相间的短衣，梳发髻，是个尖下巴的少年。

阿雀的娘得意地道："这是你爹当年去京都之前，行礼拿不下了，送给阿雀的，喏，现在送给你玩。"

胖墩转着面人，扬起下巴问："是什么啊？"

阿雀的娘又从灶房拿来了饼子："外面镇子上卖的小玩意儿，本来是三个一套的。打头的那个是禄星，据说是掌官运的，书生考中考不中，做多大的官，都归他管。他们这些读书人都爱买回来摆着，图个吉利，这两个面人是禄星的徒弟，叫什么我给忘了。"她憨厚地笑了，"反正装不下了，只带了师父去，把徒弟给咱们剩下了。"

胖墩又吃了两个饼，将面人小心地揣在怀里，又带了些东西跑回屋里。往常他玩一会儿就该回来念书了，但他隐隐知道今天是不一样的，侥幸多耽搁了一会儿，季尧臣也没有来催促。

因为新来的那个女子。

他将脑袋抵在门上，笨拙地从门缝往里看，大吃一惊。

那个女人上身趴在桌上，歪着头，伸手去摸季尧臣的脸。

桌子对面的季先生立刻闪开，动作太大，险些碰翻了笔架，那隐忍的脸色让人十分害怕，而他竟然没有发怒，只是道："请自重。"

那个女人眨巴着眼睛道："自重，什么意思？"

没得到回答，又绕到季尧臣身后，娇滴滴地道："季先生，你的肩膀可是酸了？奴家帮你捏一捏。"

胖墩看着季先生发青的面色，觉得十分好笑，便笑了。

然而一笑，门板响动，季尧臣立刻看见了他，反手拍掉苏奈的手，严厉地道："公子可是玩够了？够了，烦请进来读书。"

小胖墩慢吞吞地挪进门。

红毛狐狸的眼睛一翻，便往门外移动。

季先生教书，她在孙府的树杈上看过多回了。

不仅无聊，还爱训人。她好不容易打个瞌睡，都能叫他一个高声吓得从树上翻下来。训完人后，气氛沉闷得很，与其这样，她倒不如溜出去撒撒欢，等他上完课再回来找他。

走到门口，却被季尧臣叫住，他盯着她看："回来，帮我研墨。"

"是。"苏奈心中一喜。

季先生主动喊她了，这是不是说明他的内心有所松动。她一把抓起这个黑色的长条，看了看。

"此为墨锭。"季尧臣道。

"你不会研墨？"他有些诧异地指了指砚台，"在这里磨一磨。"

苏奈立即卖力磨起来："当然，奴家知道。"

季尧臣翻书，听到奇怪的动静，拿眼角的余光往身侧的皓腕一瞟，不由得悚然，只见他好好一方端砚，底部被刨出了花来，墨锭迅速消失一半，全成了粉末。

这……这是人的手劲？莫非，她的身上还有功夫？


阳光从门缝照到地上的铺盖上。

苏奈要出门，被季先生阻止；要研墨，又被季先生驱赶，最后只好盘坐在自己的铺盖上。

尾巴摆来摆去，左耳听着先生念书，右耳去听门外的脚步和嬉笑，拿爪子去接那一线阳光，好生无趣。

只听季先生讲道："圣人路过泰山，见一妇人对着坟墓哀哭，问其缘由。原来此妇居山中，其夫、子皆为虎所食，圣人便问，山上多虎，何不离开？妇人道，此处无苛政也。此篇是说，苛政猛于虎也。当权者，当引以为戒，勤政爱民。你已经提前背下了，有什么感悟？"

季先生给小胖墩讲课，和面对孙茂的严厉完全不同，耐心了许多，好似给瓶中注水一样，不错眼地盯着，要从胖墩的脸蛋上看出自己灌进去没有。

胖墩拿笔将字涂黑成一个一个的圈圈，似乎费力地思索。

过了半晌，仰头道："何为虎？"

季先生猛地一怔。

"哈？还有人连老虎都不知道！"红毛狐狸转头，比了个猛扑的动作，"老虎最爱吃人肉，也吃兔、狗、狐狸、鹿，咬断脖子，一口一个，若是成了虎精，站起来，有两个人那么高……"

被季先生愕然的眼神一望，苏奈慢慢地放下了手，恢复娇羞的神态。

嗯，提到猛兽，不可表现得太兴奋，不能被这个凡人看穿。

季先生瞪了她一眼，这才五味杂陈地继续解释："虎是一种猛兽。公子不曾见过，不解也是正常。"他的眼里好似蒙上一层灰暗，翻过一页书，"连虎尚且不知，又怎么懂得什么是赋税，什么是苛政……"

小胖墩似乎感到歉疚，不安地攥紧了笔，可紧张了一会儿，脑袋又控制不住地，一点一点地向下坠去。

季先生敲了敲桌面，娴熟地将他惊醒，没了脾气。

"先帝初年，十税一；到了二十二年，二税一。除此之外，每丁每年还要向朝廷输粟两石，棉三两。公子，你懂这是什么意思？从前，百姓有十钱，能留下九钱；现在，却要上供近乎一半的财富，供养朝廷。"

小胖墩的鼻翼上布满细细的汗，似乎在努力思考，过了半晌才道："多了很多。"

苏奈伸开爪子算了算，何止是很多？

每一年都要抢走一半，凡人的皇帝的心也太黑了吧？

此刻，她满脑子都是二姐姐被孙老爷抢去镯子后痛哭流涕的场景。难怪凡人宁愿被虎精吃掉，也不愿意下山。

不过，就这么给虎精吃掉，实在太浪费了。苏奈想，应该学二姐姐去勾引皇帝，既能享受富贵，还能采补，最后剐了他的黑心，以后就再也没有这些破规矩了。

红毛狐狸在屋里做着白日梦，只听季先生接着道："此是国师宋大人的提议。"

"宋大人？"

"嗯。先帝宠信国师，他们日日促膝，同榻而眠。"季尧臣停顿片刻，脸色已经通红，脑袋又开始控制不住地一晃一晃的，抿着嘴唇，尽量平静地道，"征敛来的钱财都用来大兴土木，挥霍取乐了。"

苏奈的表情一僵。宋大人？难不成是她遇到的那只公狐狸？

心中的酸意差点漫出来。原来公狐狸的地盘不仅是那个营地，就连皇宫他也早就占上了。比她还坏一万倍，还抢别人的钱财！再看看自己，从下山到现在，却连个男人都还没采到……不行……不能再想了。

苏奈抓耳挠腮，气得一骨碌躺在了地上，把耳朵盖住。

"请让一让。"

苏奈睁眼，蒙眬中只见季尧臣一手端着砚台，一手扶在门上，居高临下，隐忍地看她："我要出门。"

咦？讲完了？

苏奈坐起来，季尧臣目不斜视，将门一把拉开，拧着眉走了出去，坐在石头上吹风。

不怪他气闷。看到这个来路不明的女子，他便又想起此时的处境如头顶悬剑，指不定哪一天便走到了绝路。而且她留在家中，也是闹心。

大白天便躺在地上全无规矩，抓着毛虫玩，拍着地上的飞蛾玩，公子的注意力原本就难以集中，这么个玩意儿在屋里，更是把阿执的心都玩散了。

他涨红着脸在溪水中洗涮砚台，这是家中留下唯一一方砚台，用了十余年，都不曾留下过痕迹。现在看着上面刮花的痕迹，他头上的青筋都爆了起来。

看来先前的想法太过理想。

他到底是个读书人，不会武，若是真动起手来，谁赢还说不准……季尧臣看着远方的炊烟，从心底徒然生出一股绝望。

要不然，跑？可路上颠沛流离，衣食住行都是问题，好不容易有个安定之处，再跑，又能跑多远呢？

季先生默然地坐在溪边，风吹动头巾，再吹动青衫，露出一截挺拔的脊背。

饱受刺激的苏奈趴在窗口看着这幅画面，心里怅惘地想，公狐狸都采了那么多人了，她堂堂一只修炼了三百年的狐狸精，竟然连这个男人的一个好脸色都得不到，未免有些太挫败了。

她现在总算有些理解二姐姐的话了。

勾引男人，光靠脸，还有小小法术，好像真的不太够的。二姐姐说，还需要有气质。可是，气质是什么东西，要怎么培养？

呵呵，若不是忌惮季先生的那把剑，她早就来硬的了。半夜将这个不识趣的季先生捆了，叫他动弹不得……等一下，那把剑？

苏奈回头，那把有些陈旧的黑色短剑还挂在墙上，剑柄上缠着几圈破旧的红布条。若不是差点被它砍过，单从外表看，完全想不到它还能发出灼人的金光。

苏奈忌惮地望着它，小心地戳了一下剑柄，马上缩回手。指尖并没有什么感觉。苏奈的胆子大了些，两手握住剑身，将它从墙上摘了下来。

这把剑除了有些沉，好像没有什么特殊之处，看来只要套着剑鞘，它就奈何不了她。

苏奈拎着剑，心怦怦直跳，见屋里没人，拉开窗户，将剑猛地丢了出去。野兽的臂力极大，那把剑像飞镖一样没了影。

苏奈满意地关上窗，拍了拍手。

季先生一时应该注意不到剑没了，等他发觉，那就是叫天不应、叫地不灵的时候！苏奈正想着，只听得身后传来一声巨响，风声袭来。苏奈一转头，吓得狐狸毛竖起。

那把剑端端正正地挂回了墙上，右边的窗户被撞出个大洞，正呼呼地漏着风。

怎么回事？苏奈气急败坏地凑过去，一把抓住剑柄。

"你扔不掉的。"

苏奈的背后一凉，悚然缩回手。

只及她腰一般高的小胖墩仰头，慢吞吞地道："认了主的剑，会自己找回来。"

"谁说奴家要丢它了？"苏奈心虚地道，"奴家看剑上尽是灰尘，想把它取下来擦一擦。"

小胖墩慢慢地扭头，看了一眼窗户上的洞。

苏奈一把捂住他的嘴，将他拉到了屋子外，欲哭无泪：她就是个倒霉蛋，做坏事总叫人看见。

小胖墩跌跌撞撞地叫她拉着到了树丛后面："那把剑是什么玩意儿？是仙家的东西？"

小胖墩仰头看她，迷惘地摇了摇头。

苏奈抹了抹汗："奴家方才拿那把剑玩耍,不小心砸坏了窗户,若季先生问起来,你就说是田鼠啃坏的。"

小胖墩呆呆的,看不出什么神情。

这样,那便只好……

苏奈用尖尖的指甲捧起他肉嘟嘟的脸蛋,眼波流转,嘟起红唇道:"小相公,你生得英俊可爱,奴家一见你就十分喜欢,想和你亲近,倒没找到机会问……你喜欢姐姐吗?"

小胖墩吃了一惊,胖胖的手在她的手腕上握了握,似乎想要挣开,但那只手软绵绵的,慢慢没了抵抗的意图,过了半晌,在她的掌心里艰难地点了点头。

苏奈在他的脸颊上亲了亲,可怜巴巴地道:"你既然愿意待姐姐好,定然舍不得我挨骂。季先生太凶了,帮帮姐姐好不好?"

小胖墩被亲得晕晕乎乎,一个劲儿地点头。红毛狐狸一把抱住他,摩挲着他的脑壳。

狐狸爪摸脑壳可鉴骨龄,这脑壳的主人年方七岁,苏奈摸着摸着,心里很惋惜。比那个凶巴巴的臭男人好多了,可惜年龄太小,不能采。

不过,把这个小的哄好了,也不愁接近不了季先生。

她身上原本装着些从孙府带出来的人类的小玩意儿,不过,好像跳河的时候全都掉光了。

她摸遍全身上下,竟然只找到一个瘪瘪的旧钱袋,还是从那个官爷那里摸来的……不管了,反正他痴痴傻傻的,也分不出好坏。

苏奈拿指头勾着钱袋道:"这个送给小相公。"

小胖墩惊喜地接过来:"多谢。"

道完谢,便拿牙齿拉开钱袋,从里面倒出些钱币。这些钱币对他好像没什么吸引力,他一心一意地在里面翻找,终于找到了一个纸包,还以为是吃的,兴冲冲地打开一瞧,却只是些微黄的颗粒。

他伸出舌尖一舔,整张脸迅速皱成一团,咳、咳、咳……

苏奈想起来,这好像是烤鸡用的盐巴,心痛地道:"这是奴家费了好大功夫才抢来的盐巴,只要加上一点,可以使食物变得很香,这可不是这样吃的。要不,你还给我吧?"

小胖墩摇摇头,进了嘴的东西便不肯放出来。他成日里饿得慌,实在是嘴馋，将盐巴抱在怀里，一粒一粒地含在嘴里舔，咂摸味道，品到了妙处，把纸包小心地收在怀里。对苏奈道："我不白拿你的。"说完，蹲在地上刨了起来。

在苏奈好奇的目光中，他在她捧起的手中小心翼翼地放下了一抔土，有些腼腆地道："送给你。"

狐狸十分期待地凑近那抔土。

土壤耸动了一下，过了半晌，从里面钻出一条裹着泥沙的蚯蚓，和她大眼瞪小眼。

小胖墩乐得抚掌："你喜欢它吗？"

"喜欢……"待他开心地转过身去，红毛狐狸脸上的笑容消失，冷漠地曲起手，一弹，蚯蚓嗖地一下飞了出去。

苏奈把土扔掉，骂骂咧咧地拿树叶擦了擦手，擦干净的削葱根般的手指搭在小胖墩肩膀上，说："小相公，你说那把剑认主，它的主人可是你？它会一直跟着你，听你的号令？"

"应该是如此。"

"你若让它走远一些呢？奴家怕那把剑伤人，看到它就瑟瑟发抖。也不必走得太远，放在隔壁家里就好。"

小胖墩想了很久，才茫然道："可我不会号令它。"

"啊？你不会？"苏奈不肯死心，"那把剑怎么来的？你总知道吧？"

"是季……季尧臣花了大价钱买来的。"小胖墩伸出手，做个割开手指的动作，又把指头向下，一挤，"喏，像这样，很痛地挤出来，把血滴在凹槽里，这剑就认得我了。"

小胖墩说到这里，却忽然一惊，抓住她的手翻来覆去，急得脸都红了："你把小红丢了？"

小红是什么？

狐狸一阵心虚，总不会是那只蚯蚓吧？眼看小胖墩泫然欲泣，她立即蹲下刨着土，目光飞速地在地上逡巡："小相公别急，它从我的指缝里漏出来了，我这就捡起来。"

可那条臭蚯蚓不知刚刚才被她弹到哪儿去了，找不到了。

情急之下，苏奈忍痛拔下尾巴上的一根狐狸毛，埋进土里，香味散出，地下的虫都波浪般向上蠕动。苏奈扒拉两下土，见蚯蚓冒头，赶紧拽了出来："快看，在这里呢！"

小胖墩接过来看了看，失望地出了口气，把蚯蚓还给苏奈。他垂头丧气地看着地面，两腮都垂下来："这个不是小红……"

苏奈拎着蠕动的蚯蚓瞪着看了半天，这也能分出来不同？

这个人类好奇怪。连她们小妖都不会给没有神识的虫子起名字。若是让二姐姐看到，不一口吃了它都是给面子。一大颗眼泪砸在苏奈的裙摆上，热乎乎的。苏奈欲言又止，用力擦了擦，不耐烦地龇牙："你干什么，我，我帮你找就是了！"

她在地上摸索时，小胖墩却拿袖子擦干眼泪，慢慢道："小红和我没有缘分，没关系的。"

似乎这样确认，他还点了一下头，又从怀里取出两个五颜六色的面人来，不舍地比了比，将一个塞到苏奈手上，嘱咐道："我再送你一个，你拿好了，这次可不要再弄丢了。"

他吸了吸鼻子，拖着裤子，摇摇摆摆地走进屋去。

苏奈看着他的背影，再看这个青衣尖下巴的面人郎君，挠了挠脸，还以为是什么好东西，结果又是不能吃又不能用的玩意儿，长得还有点像那个讨厌的公狐狸。

苏奈嫌弃地看了看，神色慢慢放松，还是将面人小心地收进怀里。

她要带回山上去，还能给那只臭猫显摆显摆。

小屋已经冒起炊烟。

季尧臣托邻居阿雀家买到了粮食、蔬菜，拿回屋里。他是寒门子弟，自儿时便砍柴烧水，如今也没有丢掉本事，粗茶淡饭还能勉强应付。

因为多了一个人，他下了四两面，锅盖掀开，往蒸腾的云雾里添两瓢水，再想心事。眼角的余光瞥见小胖墩站在身边好奇地看着，季尧臣赶他："公子，此处烟大，出去玩耍。"

小胖墩哦了一声，转身出门。

季尧臣的眼睛却尖，看见他好像在偷吃什么东西，从一纸包里倒出些粉末，在手心上舔。

季尧臣看了一眼，毛骨悚然。不怪他看错，此处有鼠，那纸包的样子像极了毒鼠的砒霜。

他丢下瓢，一把打掉了他手上的纸包："你吃的那是什么？"

叫他一打，纸包掉落，黄色的颗粒洒了一地。

小胖墩呆在原地，心疼地拿手去拢："是姐姐送我的，吃、吃食……"

季尧臣出了一身冷汗，拈起一粒细看，又放入口中尝，方才冷静下来。

盐，是盐。

他又气又怒，难道是那个女人看小儿不懂，拿点盐巴诓骗他，简直一肚子坏水！但见胖墩像小狗一般在地上捡些盐巴，又心痛难当，将他推开："公子，此物是调味的，不是给你吃的。"

小胖墩颓然坐在地上，双手捂着肚子，头一次有了闹情绪的表情："可我……我饿！"

"公子，不是我不给你吃够。"季尧臣强硬地拉着他不放，"你的饮食，如今才是正常。宋大人从前是故意给你吃得过多，致你喘不上气，走不了路，出门都要人抬，你可懂这是为什么？村人养猪，喂肥了就该出栏，难道你想——"

小胖墩吓得打了一个哆嗦，抹着眼泪摇头。

"如此才对。"季尧臣盯着他，眼里几乎要冒火，"好不容易逃出来，你能走了，能跑了，一日日健康起来，我体谅你饥饿，知道你在阿雀家蹭吃的，也没阻拦。天将降大任于斯人也，必先苦其心志。公子若听我的话，愿意做个君子，愿为更多人负责，嘴巴须得忍住了！"

他放下小胖墩，颤抖着手将面捞出，浇上酱汁。

浓香中，小胖墩仍然坐在地上，有一搭没一搭地啜泣。季尧臣冷静下来，抿着嘴唇，弯腰拾起地上的纸包，缓缓地道："是我不好，不问青红皂白，擅自打翻公子之物。"他顿了顿，轻轻掀开罐子，"我再给你装满，请你恕罪。盐巴，咱们家里多得是，不是什么稀罕物，你吃的每顿饭都有盐。你记住，那个女人给你的东西，不要随便往嘴巴里……"

季尧臣愣了一下。

他装盐的时候，突然瞧见这个破旧的纸包上有一个倒着的字，笔锋颇为熟悉，所以看到的瞬间有种被闪电击中的感觉。他小心地将纸包拆开来，铺平，越展开露出的字越多，好像是拿作废的信纸随便折叠。全部展开后，只见皱巴巴的信上有七个墨字：已脱身，等君消息。

待看清上面的字迹，季尧臣一颗心如千钧秤砣，栽进了无底之渊，冷汗浸透脊背。

这笔迹不是旁人的，正是他自己的。

三个月前，他将此密信递给同党，随后带着公子一路南逃到这里，日日翘首以盼，却始终不见有人送来消息。却没想到，这封密信早就成了包裹盐巴的废纸，被一行迹可疑的妇人带在身上，又转回到他手里。

靠墙的床榻上，季尧臣睁着眼睛直到子时。

窗外有一弯冷月，朦朦胧胧地照着小胖墩摆在桌上的面人。

这个面人是个少年形象，名叫通悟，身着青白短衣，发髻乌黑，下巴和眼梢尖尖的，微含笑意。传闻通悟为灵兽所化，是禄星的小徒弟。他有一对不似人的幽蓝眼珠，可以看出凡人的气运。

如果没记错，通悟的右边应该是个穿海青的俊美僧人，名叫释颜。释颜一手捻佛珠，一手持毛笔，有两只展翅的乌鸦正啄食他的脚踝。传说这个和尚一生纯善，肉体为鸟雀所食，感动天地，死后飞升，为禄星大徒弟，负责记录士子的官运。

两个少年一左一右，拱卫中间的禄星。禄星身材魁梧，着大红鱼龙锦衣，戴长翅官帽，左手持一玉如意，右手握书卷，一双凤目如星，三绺髯须，气质沉冷，威风凛凛。

月光融化成一片，四周的环境似乎渐渐虚化。这三个面人最初在各式各样的面人里最显眼，因为它们被摆在架子上的最高处，化作几抹鲜亮的色彩，映在布衣少年的眼里。

街上人来人往，吆喝喧闹声不绝于耳，他就这么一眨不眨地盯着看，直到一只手将它们挨个儿取下来，扫兴地摆在后面："白看这么久了，你买是不买？要么付钱，要么别挡着路。"

少年双颊泛红："要多少钱？"

"单个二十文，三个五十文，给你讲，来往举子买来转运，不带眨眼的。这是西街老吴头亲手做的，您瞅着禄星这身官袍，是拿一根丝线劈成四份绣上去的，他做完这个就死了，再没有别人有这种手艺……"

少年摇着头，转身就走。

摊主将面人插回去，暗啐一口："穷酸。"

这个少年身材细高，脊背微驼，破旧的布衣长衫随着脚步晃动，耻于被这样羞辱，脸涨得通红，眼底闪烁着亮光，牙齿咬得咯咯作响。

可等那个卖面人的摊贩吆喝声起，一双细瘦的臂膀又奋力推开围观人群，站到了摊子面前，怔怔地盯着面人。

摊主道："怎么又是你？"

布衣少年的胸口一起一伏，嘴唇翕动，一把拆开内襟缝布，丢下铜钱，将这三个面人拢进怀里。

禄神被他请进寒舍，藏在不起眼的石板缝里，当他夜里趴在桌案上苦读时，抬眼就能看见这三个锦衣华服的、和四周格格不入的神仙面人，静静地注视着他，凝视着他的笔和书卷，嘴里呵出的白气和他度过的每一个寒夜。

季尧臣对于自己的文章颇为自矜，但这种自矜从不表露，邻里看他，总觉得是个闷瓜、怪人、木讷，不苟言笑。可是同神仙大约是说得着的，说得懂。有时夜里偶得佳篇，他心里狂喜，可四面无人，便转过去，一页一页地给三个面人看，手指都在颤抖。

后来他便应乡试，将这一夜夜、一天天的所思铆着劲地写在答卷上。香篆还未燃尽，他已经提前写满，颤抖着手，悬笔检查。

他在家时，为省些钱财，常用草汁花浆写字，汁液黏稠。应试之时，用的却是研好的墨水，激动之下，掉出一大滴墨在卷面上，瞬间洇开，他大惊失色，再擦已是徒劳。

当年未中，不知道是不是这个缘故。他穿着草鞋蜷缩在炕上，噩梦里回回接不住的一点墨。他爹怒气冲冲地回家，拎着他的领子，提起来就是两巴掌，又拖他去船上做帮工，他拿两只手抱着炕头不放，他爹生气地道："祖祖辈辈都是人下人，怎么？还想做官老爷，心比天高，命比纸薄，做你的青天白日梦！"

闹过这一场，他越发沉默，他娘哭道："你也不是这块料，家里不宽裕，如何供得起你再读书？要不，你就去做个教书先生，逢年过节，还能给家里提回来一只鸡，早早娶个媳妇也算安定。要不你就帮人放牛去，赚些点心钱，起码能贴补家用。"

季尧臣从此便去给河流下游的大户放牛，赚了钱全给母亲，母亲匀出一些来，给他买些吃的。但他只悄悄攒下，攒得多了，便去学堂，找书客买几本旧书，把牛拴好了，坐在河边的石头上看，看得如饥似渴，不知疲倦，实在忍不了了，才用手拍去脚踝上的蚊子。

偶尔抬头，看到夏风拂柳，水面上粼粼地闪动着光点，他的心头忽然一松，想到一句极美、极开阔的诗，可旁边一个人都没有，只有嚼着草的牛。他便躺倒在石头上，微阖眼睛，反反复复地咂摸。他想做个官，有一处大宅子，宅子外栽种着竹和柳，来往都是鸿儒……少年将书盖在脸上，就这么笑出声。

又过了几年，季尧臣第二次应考。才进殿门时，身后有个大腹便便的人挤了他一下，抢先进门。不仅挤了他，还指着他的鼻子骂道："站在那里像块木头，长眼睛是出气的吗？"

季尧臣拍开他的手，怒目而视，拂袖进门。那人的眼睛瞪得更圆，招手唤帽来，戴上了一顶带翅的官帽，其余考生看季尧臣背影的眼光便都成了怜悯和幸灾乐祸。

门口这人正是考官。若公正清廉便也罢了，偏偏是个傲慢的酒囊饭袋，区区一个寒门考生，还敢如此张狂？他拿一支笔，在红榜上轻飘飘一勾，那个名字便如同一片落叶，叫风扫出了门槛。

这一年，季尧臣站在红榜下，不死心地看，耳畔是一片欢呼喧闹，唯有他心如死灰。

"我是拿你没有办法！"他娘抽泣着道，"养你这么大，脑子缺根弦，非要凑那不属于你的热闹。考不上就考不上，还说什么本来考上了，又叫人划掉名字，撒这谎有什么意思。"

下午再来，她看着一口未动的面糊，有些急了："我说你什么了？饭也不吃，觉也不睡，好歹吃点东西，你要死吗？"过了一会儿又擦干眼泪，在他的脊背上重重地拍一下，"尧臣，小娟来看你，你们俩自小一起玩，她喜欢你，娘也将她当女儿看，你明白的。我听说已经有人向她爹提亲，你再不抓紧，你再不抓紧——你看谁还看得上你！"

邻居家的女儿红着脸进了屋，他没有迎接，蜷缩在榻上，脊背对人。

她吃了一惊，因为衣裳下那肩胛如此瘦弱，好像绷着一股气，快要绷断了一样。她逃开了。

季尧臣面对的是墙，炕边的土墙。他沉默地用指头轻轻划出一道一道的竖线，数他读书的天数，然后又漫无目的地数他默读过的文章。

直到夜晚，他实在睡不着，翻身而起，又点灯抄书，眼底青黑，抿起的嘴唇十分苍白，起着干皮。

屋外传来窃窃私语，爹娘抱怨赋税一年比一年重；钱塘的一个知县，芝麻大点的小官要坐四个人抬的大轿子，一个乞讨的老婆子挡了路，他居然指使他的轿夫一脚踹在她的心口，把她踹出好远，没多久她就仰面倒在水洼里死了，偿命的居然是那个轿夫。

他爹说："当官的一肚子坏水，我们从来没叫他们当人看过。"

他娘嚅嗫着道："就是，你看儿子，不就是挡了官老爷一步路，就叫人给穿了小鞋……"

他爹嗤笑着道："你真信他的，那都是他编的，就他那样的还想做官？成日里拿本破书装装样子，考不上说不过去，这才编瞎话骗我们。"

季尧臣看着夹缝里的三个面人神仙，心想，他也从未掩饰过自己的野心。他想做官，做一个知县就很好，他能有一个宽些的桌案，他把它擦得干净整洁，夜里不睡，整宿地趴在桌上批折子。

他做官并不想耍什么威风，是想等有一个乞讨的老婆子挡在轿前时，他亲自从轿子中下来，把她从泥里挽扶起来。让所有人都瞧见他大红色的官服，带翅的帽子，看见知县和老妪一起坐在泥石板上，并肩听她的冤屈。

他也想到京都做大官，他憋了很多的话，构想了很多的方案，急于告诉皇帝，哪怕只要叫他轻轻抬一抬手，这里就能露出一大片艳阳天。

很早以前，他总觉得眼前的家虽然熟悉，却并不亲近，他总觉得自己不属于这里，同这里的人也无话可说。他出口成章，无师自通，开蒙的先生震惊的眼神更让他相信这一点。可他现在想，也许都是他的错觉。他惨笑一声，也许他压根儿没有官运。

他眼前一阵阵眩晕，因为滴水未进而昏倒前，他想，最后考一次，若是不成，那就算了。

第三次，他面沉如水，孤独地应试。

鞭炮声响起，欢呼、推搡、艳羡，爹娘难以置信的呐喊在耳边响起时，他还晕晕乎乎的，直到他被套上衣服，塞上轿子，在颠簸的马车上呕吐，又有官女拿着带香味的帕子给他擦嘴时，他才有些醒了。

他考上了……他被人引着，穿过一重一重的院墙，推开一扇一扇的宫门，惊散衣香鬓影，走到金銮殿上，像镜子一般的地面倒映出他的身影，像镜花水月的梦境一般，他走近了帷帐，跪下行礼。

帷帐背后是一个眉眼带笑的男人，带些病弱之气，手上套着金扳指。完全不如他所想的严酷、傲慢，他和蔼地叫他："爱卿。"

这一声"爱卿"在大殿中回荡，仿佛荡出河清海晏的回声。

皇帝笑道："爱卿路途辛劳，朕等待已久。"

季尧臣叩首，热泪盈眶，心底一片潮湿，一种久违的期待和兴奋涌入他的血管，令他眩晕。他语无伦次地说了很多，他的家乡在如何偏远的海港，如何艰难考取的功名，他愿意不远千里前来，只盼肝脑涂地，用一生辅佐君上……

过了半晌，无人应声。

季尧臣有些奇怪地抬起头，他吃惊地听到帷帐内传来一阵细碎的声响，似乎是二人低语玩笑。他怔住了。

随后，一人拨开帘子出来。出来的是个赤脚的少年，身着未系腰带的道袍，衣冠不整，头发散乱，发丝下雪白的面孔，眼下有颗泪痣，十分俊美。

季尧臣本能地感到抵触。

因为配坐在那高位，受万人敬仰的人，不说肃整，起码不该放浪形骸。而从皇帝的帷帐中钻出来的人太年轻，他面上含笑，浪荡轻浮，脚下一踢——一只金色的蹴鞠在大殿内砸出回响，碰到他的衣角。

季尧臣膝行躲开，脸色沉下，太阳穴恼怒地跳动，心里又有些难堪，皇帝刚才是跟这个少年玩闹？他方才一股脑说的那些话倒像个笑话。

少年无视他绷起的嘴角，冲他笑了笑，径直低头捡球，身上一股幽香袭来，季尧臣浑身不自在，瞪了过去。

正在此时，少年冲他抬眼，两眼迸出绿光，微笑的唇猛然裂开，嘴巴变长，赫然是一副半人半狐的狰狞面貌，吓得季尧臣大叫一声，向后跌倒在地。

"国师，怎么了？"皇帝忙问道。

此时季尧臣心跳紊乱，冷汗涔涔地瞪着他，却见那个少年的脸恢复白皙俊秀，拾起球夹在胳膊上，仰着下巴钻回帐中："没什么。臣见此人面含凶气，不宜面圣。"

皇帝嗯了一声，看着季尧臣，神色俱冷，似乎完全改变了态度："那就调去翰林院编纂史书，无诏不得至御前。"

季尧臣急了："皇上！"

皇上甚至还没有问他会做什么，还没有问他能做什么……他寒窗苦读十年，应考三次，怀揣满腹经纶，满腹忠言，千辛万苦地到了这里，就凭这样随随便便的一句话，就将他发配到一个可有可无的位置，无诏不能面君？

他挣扎着，高喊着，几个内侍却已经架起他的胳膊，捂住他的嘴，将他丢出了宫殿："下去吧，陛下要就寝了。"

季尧臣立在翰林院的玉阶上，还有种不真实感。这是他后半生所要待着的地方。他慢慢地走进这座庞大如巨兽般的房子，从外面看，它如此安静，听不见一丝人声。待走进去，里面烟雾缭绕，几个身着紫色官服的人凑在栏杆处闲聊，见他进来，瞥他一眼："新来的？"

季尧臣向他们行礼。

他们对视一眼，眼神奇怪，好似看到什么新鲜事一样，不再理会他，继续谈笑起来。

季尧臣心中越发不安，继续向内走去，柳木枯败，路边的石灯笼倾倒在地，他险些被绊一跤。待走进书阁内，他怔住了。

偌大的书阁角落蛛网密布，书架散乱倒塌，随便拿下来一本，书籍册页已经叫老鼠啃啮得全是孔洞。

季尧臣拍桌大怒："这是怎么回事？"

蹲在门槛边打牌的几个小吏悚然一惊，灰溜溜地四散而去。阳光照着桌案上的尘埃，屋里只剩下他一个人茫然地看着空荡荡的书阁，呼吸急促，脸色涨得通红。

从这日起，季尧臣便寻了个位置，开始在此处抄书。

打开窗户也难以散去浓郁的霉味。

常言道，以史为鉴，不能进谏，他埋在这纸堆里有什么意义？他每日抄写十册书，先挑完好的抄写，把这没有意义的活计，从天亮木然地干到天黑。抄着抄着，也读进心里，读到前朝皇帝被贵妃所迷，导致国运式微，江山飘摇……他丢下笔跑出门去，在这奢华的翰林院的廊柱中漫无目的地走来走去，好像巨人宫殿内迷路的一只蚂蚁，直到喘不过气，潸然泪下。这里何止是式微，简直是鬼气森森！不是活人待的地方！

他是编修，也有上级。他的上级是翰林院学士苏大人，主掌修撰，可是架子很大，从未见过他。这夜里，他打开苏大人的房门，决然地行一大礼："苏大人，国师是妖。我在殿堂上亲眼看见他的原身，好像是狐狸。

我知道这话听来荒谬，但我保证所言真实。"

苏大人正在点着香练字，闻言笑道："季大人，你很关心国事吗？"

季尧臣急切地道："苏大人不信？国师蒙蔽人心，如今朝廷上上下下，乱七八糟，为官的打不起精神，小吏更是如同一盘散沙。我们得做点什么，如今我不能面见皇上，拜托您弹劾。"

不料苏大人却猛然变了脸："弹劾谁？你一个小小的编修，还想弹劾谁？"他不悦地道，"就你聪明？我们早就知道国师不是凡人，不过你要注意言辞，国师不是妖，乃是正统修炼的九尾天狐，他给皇上看过他的九条尾巴的。他有布雨兴风之能，这么多年来，京都都靠国师才能风调雨顺，他还帮皇上调理身体，怎么就要被你弹劾了？"

季尧臣急忙道："听闻陛下与国师宋大人时时刻刻在一处，荒废后宫，每每路过，都听闻宫妃的哭声。这些妃子是为国家开枝散叶的，可是这么多年没有一个孩子出生，您真的觉得这正常？"

"这不是有了一个太子吗？"

"只有一个太子，谁也不叫谒见，谁也不曾见过，国师派人亲自照看，哪有这样的道理？"

苏大人叹了口气道："季大人，你何必如此苦大仇深呢？放松一些，这些事犯不着你来操心。国师本就是半个仙人，有延年益寿的法术，陛下不天天跟着他修炼讨教，难不成还跟你待在一起？自从国师来后，陛下的身体日渐好转，他要真的长生不老了，那还要太子干什么，你说是不是？"

"可是……"

"没有可是，说句掏心窝的话，咱们在此处拿着俸禄，悠闲度日，时辰一到，娶妻生子，岂不美哉？尧臣，我想不明白你在别扭什么。"

季尧臣骤然站起，冷笑着道："尧臣尧臣，我给自己取这个名字，就是盼有尧舜之君，我愿做忠臣，为其鞍前马后。我不想做您这样的官，我若是您，便同陛下当面谏言。"

苏大人突然变脸："胆识不小啊！跟我道不同不相为谋了？你算什么东西，去，去去去，给我滚！"

季尧臣捏起官帽出门。

次日开始，翰林院内，再无一人同他讲话。送来餐饭，内有石子。月月俸禄都被克扣，到了手上，只剩下微薄的一笔。

他的脾气一向如此，忍不住，不擅长巧言令色。那便要承担得罪他人的后果。

过了不久，钱塘发大水。

季尧臣的瞳孔急缩，钱塘距离他的家乡不过百米，海水倒灌，河流改道，房屋必然被冲垮。

他跟其他那些不知寒暑的公子哥不同，他是寒门之子，知道大坝矮一寸，淹没的就是一片，淹死的、累死的、颓丧争抢死的，掉下去的是活生生的人，漂起来的是看不清脸的尸首。他还知道，朝廷晚至一天，必有奸商囤积居奇，那些老百姓为了活下去，当真能易子而食。

他使尽浑身解数，搔断白头，跪在桌面上，写了百张奏折，趴在地上，画了百张图纸——递在金盘上。

可是竟然没有回音。

一日，两日，三日，十日……他冲出去，慢慢仰起了头。

宫内大兴土木，一座新的高塔拔地而起。

身着道袍的国师正在上面行走，飘摇如仙，回眸，冲他挑眉一笑。

"皇上，我想面见皇上，皇上，臣有本奏——"

外面的人神情错愕，面面相觑，见他青筋暴起，突然作怪，大概以为他疯了。他才冲进内帏，就被拖出来，赏了板子，按在地上，打得血肉模糊，他还在声嘶力竭地喊，喊得如洪钟在风雨中撞着："臣有本奏，臣有本奏——"

"这个小官是谁？如此癫狂？"

"国师正通神求助，呸，他是什么东西？以为自己是比干？"

季尧臣醒来便已经绝望。他只能趴在床上，听外面人的私语。

听闻钱塘大堤已经垮塌，斩杀的却是水官。他的同行们都拍着胸脯道："倒了八辈子血霉去当水官，吃力不讨好……"

"地方官都那样，还是咱们好……"

季尧臣只是木然地想着，他们都没见过，也不懂。

叫水淹过的那个地方，轻飘飘地被揭过的那个地方，那是一个很美的地方。夏风拂柳，水面粼粼闪光，能让人想起一首很美的诗。

他年少时，曾经想要当个知县，能有一张桌案，批整宿的案卷，那么几十年下来也能审理足够多的案件。可是他实际干了什么呢?

他翻过山,山的那头是枯败的锦绣。他在书架边上日复一日,无用地抄着一册又一册史书,把他的年轻气盛全都在老鼠咬出来的孔洞中漏个干净,连他自己也在慢慢地腐朽。他心明眼亮,胸口的话翻涌着,偏偏在此地无人可诉。不叫他吐出那口气,憋久了,憋成鬓边早白,憋得脸通红,脑袋一摇一摇地颤动,吐不出一个字。绝望之下,他想请求调回。

于是他翻开信纸,却见书卷里夹着一封信:季大人亲启。

他的脸色慢慢地变了。原来忌惮国师、忧心国祚的不止是他一个。

是了,举国上下,那么多官员从各地远道而来,怎么可能全是奸佞?总有一两个人赤子之心不死。

他们听见这个小小编修被打着板子还喊出的谏言,震撼于他的勇气,也激发出一些什么,这些人里,有文臣、有武将、有内侍、有侍从,心照不宣地联结起来,要诛杀宋玉,扶植太子,还朝廷一个太平清净,把一切拉回正轨。

季尧臣默然地放下信,忽然伏案痛哭。

他们密谋四年,他的脸色日渐红润,一双眼日益清明,他全部憋闷的恨,都转化成了殚精竭虑,成了他全部的意义。

可是现在……

季尧臣直挺挺地躺在榻上,慢慢地打开那个包裹盐巴的纸包。

现在却成为一纸笑话。

当时他写下"等君消息"时还十分焦灼,这么多日子以来,日日期待等到灭杀狐妖的消息。却不知道这里面的"君",那些写信给他的同僚们,很有可能已经一个不剩。

甚至,也许在他收到信的第一天就在国师的掌握中。

那只狐狸,那只妖怪正如狩猎的猫,一点儿也不急,就像在大殿上变出原形吓唬他一般,压根儿没把凡人放在眼里。他随随便便就祸乱朝纲,一句话就能叫自己半生蹉跎,足足二十年。

他几乎毫无反抗之力,眼看就要走投无路、一败涂地。但他手上至少还有一样那妖物想要的东西。

季尧臣突然起身。

月光照亮他的影子,还有他绝望的、带着些寒意的眼睛。他走到墙边，慢慢地抽出那把黑色的剑。他一步一步走到里间，慢慢地掀开帘子。

床榻上是空的。

季尧臣一惊，转向门外，却见靠门的铺盖上，小胖墩搂着那妖娆的小妇人的腰，将头埋在她的怀里，神态安详，带着依恋，两个人挤在一起，睡得正熟。


红毛狐狸原本在门边假寐。

同住一个屋里，总要想办法接近目标。白天没得手，她就打算在夜里摸上季先生的床。

等他惊醒时，已经被她压住，那就动弹不得了；若是他叫喊起来，又会惊醒那个小胖墩，说不定季先生碍于脸面，一咬牙一闭眼，便屈从了？

以他的性子，倒是很有可能。

苏奈索性耐心地等他睡着。作为一只遵守节律的野兽，苏奈强忍困意，不得不有一下没一下地摆着尾巴。

她竖着耳朵听。凡人的呼吸匀而沉，才是熟睡，可是今夜，季尧臣的呼吸时浅时重，情绪一会儿急躁一会儿低落，弄得她不敢轻举妄动。

等啊等，苏奈的尾巴摆动得越来越慢，眼看要睡着了，一只手摸上了她的鼻子，将她瞬间拍醒。这只手小小、软软的，顺着鼻子轻轻摸到眼皮，有些汗湿："你睡了吗？"

他犹豫了一下，慢慢地凑在她的耳朵旁边小声道："我，我能不能与你一起睡？"

苏奈的耳朵差点一抖，不等她回答，一个热乎乎的身体已经挤在了她的床上，一把抱住她的腰。苏奈顺势一摸，摸到一颗年方七岁的脑壳，嘴角一歪。

小胖墩？她还有正事要干，干吗这时候来添乱？

苏奈满脸嫌弃之色，暗自用力，想把他推开，可是这个小胖墩搂得死紧，肉乎乎的脸蛋都挤变形了，还在呼呼大睡。

苏奈掐住他的后脖颈，累得喘了口气。

这时，一缕微凉的风落在鼻尖上，混着人味和轻微的铁锈味，好似一只掠过空中的、无形的鬼手拂面。

苏奈心中一凉，耳朵竖起来。屋里听不到什么声响。好安静，连季先生的呼吸声也听不到了……

狐狸回过头去，这股气息的方向好像不是从窗外来，过了片刻，又有一道风从另一个方向小心地擦过她的脸。

苏奈浑身的狐狸毛都竖起来，心脏怦怦直跳，仿佛要撞出胸口。

她想起来了，还未得人身时，身后猛虎接近，曾经有过这种感觉——空气里充满了压抑的危险，每一刻都被拉得很长、很静，草叶颤动一下，都有可能是捕猎者飞扑的前兆。

这时候，她的听觉也变得格外敏锐，能判断出细微的咔嚓声来源于哪个方向。全靠这种直觉，草叶折断的瞬间，她也飞蹿出去，顺着山坡一滚而下，险险地几次虎口脱险！

不过，不知道是不是修炼过三百年的缘故，今天的感觉竟然格外明显。

不用完全沉下心，就能感知到身边无数流动的气息，在脑海里构出画面，好像无数道穿梭的流云，交织成了一个巨大的蚕茧。苏奈闭着眼睛，却由这风声的波动，扭曲，撕裂，慢慢地勾勒出一个高大的轮廓。

这个人正慢而无声地向这边靠近，右手有一个长条发亮的东西，因为从那个方向来的风是冷的，带着一股铁锈味——他的手上拿着剑。

苏奈感到一阵心寒。

这个臭男人忒不识好歹，都快赶上那黑心的郑大了。好说歹说他不理会，是有什么深仇大恨，半夜还要来砍她！

苏奈恼羞成怒，把手化成狐狸爪，尖尖的指甲闪着寒光，利齿也变了出来，静待他靠近。

哼，敢来偷袭狐狸精？看她不一爪子拍得他脑袋开花，再咬断他的脖子。若不给他点教训，真当她这三百年都白修炼了！

季尧臣已经走到跟前，微微弯下腰，呼吸落在她脸上。苏奈屏住呼吸，身前一阵响动。小胖墩慢慢地被人从她的怀里抽出，放到了一旁。

好细致的凡人，杀妖怪还怕伤到自己人……

她的爪子藏在被子里，牙齿磨得咯吱咯吱响，静静地等待他靠近。红毛狐狸刚要一跃而起，一个胖乎乎的身体翻了个身，又扑进她的怀里，千斤秤砣似的抓住了她的腰，拉得她躺回原地。

拿剑的人影一顿。借着月光，季尧臣看见这个小妇人的一边侧脸，长长的睫毛垂下，樱桃小口微张，不忸怩作态时，倒有股平实的娇憨。小胖墩紧紧地依偎着她，嘴巴咂摸着，睡得正酣。

这孩子早亡的生母大约也是这样的年纪，大约也是这类的相貌。直到逃走，还未曾喝过一口母亲的奶……季尧臣的手颤抖起来。

可是，覆巢之下无完卵，不过是早晚而已。这样想，他伸出颤抖的手，猛地盖住小胖墩的眼睛。

苏奈小心地撑开半边眼皮，只见剑上的月光抖动得如水波涌动，险些把她的眼晃花。

这个季先生好像彻底放弃了伪装……他急促的喘息声、喉咙里的吞咽声已经紊乱，半晌，剑猛地挥动，冷风扑来。

真砍啊？电光石火之际，苏奈扬起爪子便拍。

谁知那把剑没砍她的脖子，却向下切进她的怀里，猝不及防地和她的狐狸爪碰了个正着。

剑刃猛地撞在坚硬的指甲上，当的一声，向侧面滑出去，迸出了一串绿火花。

两个人都吓了一跳。苏奈缩回爪子，季尧臣震惊得剑脱了手，夺门而出，让门槛一绊，滑坐在台阶上，才发觉浑身的力气像抽干了一样。

外面虫吟阵阵，冷风拂面。

季尧臣跌坐着，缓了好一会儿，方才感觉两条腿和胳膊都痛，手还一直颤抖着。让压抑的情绪折磨了许久，骤然爆发，才会有那股疯魔的劲儿。让风一吹，彻底清醒过来。

人还没到，怎么就自乱阵脚？还没到山穷水尽时，不能做此自暴自弃的打算。

红毛狐狸化作了原形，踩着小胖墩的肚子跳到了门口，看到的便是季先生在冷月下悲伤的背影，一阵莫名其妙。

他到底是杀还是不杀了？见他起身，苏奈迅速蹿回去，警惕地躺好。

只见季尧臣轻手轻脚地进门，却连看都未曾看她一眼，径直熄灭灯火，躺回了床上。

第二天一早，苏奈盯着季先生看。

只见他面色冷淡地铺床、做饭、教学，看他的脸，既无仇恨，也无心虚，好像昨夜里什么事都没发生一般。

苏奈暗自奇怪，便在吃饭时娇滴滴地道："昨天晚上，奴家听见床边有响动，好像什么铁制的东西撞在了床头，将人家吓了一跳。"

小胖墩舔掉唇上的一粒米，愧疚地道："哦，可是我不小心？"

"这屋里闹耗子。"季尧臣喝了一大口稀粥，"昨夜我躺在床上，听见角落里有声响，一只耗子在你们那处打转，不愿惊着你们，便没点灯，爬起来拿剑柄将它扫出门外，兴许磕到了床头。"

苏奈捂住胸口惊呼："屋里有耗子？还差点爬到奴家的床头来？"

耗子？苏奈心道，你拿宝剑砍耗子？呸！

说着，她拿衣服角擦泪："先生，奴家最怕这长了毛的玩意儿，奴家可不敢睡在地上了，先生可否……"

小胖墩忙拽住她的衣角："太好了，你可以睡在我的房间。"

苏奈恨不得将他拍出几尺外。

季尧臣却接过话头："耗子会上床、爬墙，睡哪里并无多少区别。不如麻烦你今日替我跑一趟，去买些药来，好做个毒饵，一劳永逸。"说着，从怀里掏出几个铜板排在桌上，"这些应当够了，剩下的，你看着买些自己需要的。"

苏奈勾搭男人不成，反替人跑了趟腿，心中正郁闷着，听到这话，顿时笑靥如花。几日前这个男人还不让她进家门，如今季先生不仅让她吃、住，还给她零花钱。她也太厉害了！

她柔若无骨的手盖在季先生的手臂上摇了摇，喜色透在脸上："先生您看，奴家是买头巾好，还是买发钗好些？"

季尧臣的眉心一皱，控制着表情，将手抽出来，在衣服上用力擦了擦："你自便，花光便可。"

苏奈将铜板拢在一处，喜滋滋地起身。

季先生将她送出门去："你不知道镇子里的药店怎么走，我叫阿雀娘带你去……"

小胖墩偷偷瞥着这两个人的背影，勺子用力刮着碗里的粥，暗暗地笑。谁也不知道他笑什么。他对着一朵花，一棵草，一条鱼也这么笑，隔壁家的孩子都觉得他傻傻的。

正笑着，他的手臂就被人用力拽住，从椅子上拽起来，粥都差些打翻了，抬头一瞧，季尧臣面色凝重，目光严肃，和方才的模样判若两人："公子，别喝了。"

季尧臣将他拖进屋里，从柜子里拽出一只箱子，急急地扔在地上，伸手一抓，乱七八糟的杂物散落一地，被大手拾起来："收拾你的东西，咱们即刻走。"

小胖墩觉得十分惊讶，呆呆地看了看门口："不等……"

"不等。"季尧臣道。


妖娆丰满的小妇人身着布衣布裙，挎着篮子，在路上扭着腰行走，抬袖擦了擦汗。蒸红的面孔便如桃儿一般，过路的男人都若有若无地打量着她。

同样拿着篮子的阿雀娘警惕地将她拉到一旁，耳语道："季家媳妇，难怪你官人叫我将你看紧点，连你看哪里都要报备，你瞧这些男人，眼珠子都要黏在你身上一般。难怪你官人要争风吃醋呢。"

"是吗？"苏奈擦着汗问。

走了几里路，苏奈已经累得眼发直，没空细想，只问阿雀娘："离镇上还有多远？"

"多远？咱们这才刚开始走呢。"阿雀娘笑呵呵的，住在这里，对走山路习以为常，"再有七八里路就到了！"

七八里？苏奈不肯走了。

她还没用人的脚走过这么长的路。若是没有这个碍事的妇人陪同，她早就化作原形，嗖嗖地跳跃几下就到了地方，还至于这样一点一点地走？她走得脚疼，布鞋都磨穿了！

她将季尧臣给她的字条拿在手上看，问阿雀娘："这上面写的是什么药？"

阿雀娘凑过来，两个人一起研究了半晌，谁也不识字。

阿雀娘笃定地道："第一个，第二个，这两个字，那肯定是砒霜，砒霜是药耗子的——哎，你去哪儿啊？"

只见那个小妇人猫着腰，灵巧地钻进了一处林子。

"路不从这儿走，你去哪儿呀？"阿雀娘忙跟上去，挤了半天，才从树杈中脱了身，只见苏奈弯腰刨了两下，从地上揪起一棵草。

她一连揪了好几棵，拿手一捋，指着手心里小甲虫似的种子，龇着牙道："何必要跑那么远？这是蓖麻，把果子搓出来，磨成粉，毒死一两只耗子不成问题。"

阿雀娘惊叹道："哟，你懂得真多。"

苏奈赧然笑道："奴家常年住在山里，所以知道一些草药。"

阿雀娘很高兴，省下脚程，她也能早点回去，多做几张饼："那我们回去，改天再去镇上。"

苏奈却撕了一片叶子，将蓖麻子包好，兴冲冲地塞给阿雀娘，拍了拍身上的铜钱："大姐先回吧，季先生给了钱，奴家还要去镇上买些发饰。"

在那处小村屋住了那几日，可憋死她了，她不仅要去好好逛逛人类的集市，还要在路上寻摸寻摸男人。

若遇到合适的，顺便就采了，何必吊死在一棵树上？

阿雀娘急得拍大腿道："哎，可是，你官人怕你走丢，叮嘱我陪着——"

眼前红影一晃，苏奈就没了踪影。

阿雀娘揉了揉眼睛，再一看，那个小妇人分明在数百步外兴冲冲地扭着腰。

可是她眼花了？

她站在此处喊，那必是听不到了，她赶紧追过去，边追边喊："季家媳妇，你怎么跑那么快呀？"

红毛狐狸一口气蹿出百步，刚舒了口气。化了人形，拍了拍身上的草叶，拎着篮子钻出树丛，迎面遇到河对岸的好些人影。

这些人身披铠甲，手拿银枪，晃晃悠悠地列队而来，为首的那个虎背熊腰，满脸髯须，将红缨帽摘下来扇风，满脸不耐烦的表情，正巧回过头来，与苏奈四目相对。他的眼睛慢慢地瞪得滚圆，手指伸出来，指尖一阵哆嗦，半晌没能吐出一个字。

天可怜见，总算让他又找着了……那个摸了他钱袋的骚寡妇！

苏奈的一只脚刚踏出草丛，便见面前的那个男人眼睛瞪得如铜铃般，带着仇恨地盯着她看。她的眼珠子一转，一个转身，矮伏于地，哗啦一声，树丛响动。

跑！红毛狐狸拔腿便蹿！

孙达一口气堵在胸口，拔脚便追，差点忘了面前是条小河，几步踩进水里，灌了一靴子水，还差点滑一跤。身后的官兵哄笑起来："怎么着，孙达？见了人家大姑娘小媳妇，魂都丢了？"

孙达唾了他们一口，骂骂咧咧地上了岸，坐在石块上，脱靴子倒水。

这个骚寡妇，还说什么脚扭了，要人抱，这腿脚明明敏捷得很。

满口谎话，是个女贼！仗着自己有点姿色，专摸人钱袋。他一口没吃到，还丢了这个月的饷银，连吃干粮都没有盐巴相就，越想越憋屈，一拍石头："不行，我得到对岸找她算账去！"

"你找谁？"身后传来一个声音。

孙达这才觉察到四周十分安静，回头一瞅，身边那些龟孙同僚全都抿着嘴垂手站在一旁，拿眼睛偷摸地瞅他。

宋玉似笑非笑地站在他身后，拿斗笠状的军帽有一搭没一搭地扇风："你刚说往哪儿去？"

这个小白脸自打出来，身上的铠甲、军帽就没齐整地穿戴过，身上一股香味。

孙达擦了擦脸上的汗，瓮声瓮气地道："去……去对岸。"

宋玉不见生气，直起腰道："走，今日咱们过河，往对岸的树丛那里去。"

聚在岸上的几十个官兵面面相觑，骚动了一会儿，有几个人跟着宋玉向前走了。其余的人掬水洗了两把脸，也默默地跟上去。去哪儿不是去？天气一日赛一日地热，太阳晒得人脸上发痛，待在原地也不是办法。

孙达坐在石头上，瞪着眼睛，见穿着银甲的人呼啦啦地走过去，露出一副吃了苍蝇的表情，一把拉住跟他关系好的几人："他……他这么折腾我们！咱们也跟着去啊？"

白胡子的兵说："哎，找哪里，宋大人肯定是掐算过，跟着走就是了。"

"掐算？"孙达道，"他何时掐算过啊？刚才，他不就是随随便便指了条路吗？"

一个年纪小些的兵道："我也觉得。上次往东的时候，我看见宋大人是拿帽子扔了一下，红缨朝着东，他就带着我们往东走；后来他又从地上捡了根木棍，随便一扔，木棍指着钱塘，咱们就朝着钱塘走了，还是啥也没找着，感觉像磨洋工似的。"

白胡子的兵道："放你们的心，宋大人肯定不是瞎找。"

"天这么热，宫里的悬棺停不了多久，就是放在冰窖里，几个月也得臭啦，那些娘娘和大臣还不得尖叫着跑出来？国师不给先帝入土为安，又找不到龙脉，既大不敬，又失了信，谁还服他，最后害的还不是他自己？他溜着我们玩，好玩啊？"

几个人面面相觑，都无言地站起来，踩着溪流中的大石块过河。

孙达跟在队尾，低着头默默地想着什么，似乎有些心事。

哗哗响动，红毛狐狸在林子里抄了个近道，化了人形钻出来，回头看看，那伙人早就被甩得不见人影了。

她松了口气，胡乱拍掉身上的树叶，骂骂咧咧地走回村落。

呸！还说去集市上转转呢，真是倒霉，偏偏遇上上次那伙男人，说不定那只国师公狐狸也跟来了。对了，她还咬掉公狐狸尾巴上的一撮毛……

苏奈打了一个激灵，仿佛看见了自己被凶神恶煞的公狐狸拍扁的画面，赶紧环顾四周，寻摸到季先生的土屋，一阵猛拍，门未关紧，一下拍在了门框上。

屋里的说话声戛然而止。

苏奈揉着胳膊肘，一抬头，只见季先生换了一身更为破旧的、打了补丁的灰色长衫，肩上挂着一个鼓囊囊的包裹，脚边还立着两个木箱，手还搭在木箱上，正愕然地看着她，欲言又止，脸色气得发紫。

片刻的寂静，从里屋又啪嗒啪嗒地跑出一个企鹅模样的身影，头戴瓜皮帽，手上高高地举着一个面人："这个忘记带——"

他只顾跑路，没看前路，撞在季先生身上，帽子掉了，小胖墩露出一张圆脸，他拿胖手摸了摸脑袋。

苏奈打量着空荡荡的桌面，连桌上的砚台和笔架都收走了，感到十分惊讶。还没靠近，就被季尧臣抓着手腕猛地甩到一旁，他的脸上不只是愠怒，简直是怀疑人生："不是叫你去买药吗？"

苏奈眨了眨眼睛："不就是药耗子吗？奴家都准备好了！"

"东西呢？"季尧臣上上下下地打量着她，只觉得眼前发黑，胸口的一股郁闷之气恨不得从七窍喷出来。

从此地到镇上，少说也要走上半日。谁料到她一炷香的工夫不到，就跑了回来，竟然叫她抓个正着……

"给阿雀娘了。"苏奈这才想起自己是跟邻家的妇人一起出门的，忙心虚地回头看，"咦，人呢？她还要买些吃食，耽搁了些……"

"撒谎！"季尧臣一把拽过苏奈的胳膊，咬牙切齿道，"无辜之人，那可是无辜之人啊！说，你把她怎么了？"

这个臭男人总是这么激动……

苏奈气得咬牙，面上却娇滴滴地呼痛，顺势把衣领往下扯了扯，露出脂膏似的皮肤，眼波流转："奴家一个手无缚鸡之力的弱女子，先生怎么总是待人家这么凶？"

你？手无缚鸡之力？

"要不要脸……"他正咬牙切齿地想着，门又哐当一声撞开来，季尧臣的瞳孔一缩，连面前发骚的小妇人也顾不上管了。

过了半晌，只见阿雀娘热得满面通红，边擦汗边进了屋来，气喘吁吁地抱怨道："季家媳妇，你的腿脚也太快了！我一路小跑，就是有四条腿也赶不上你呀。"

她看见地上的大包小包，吃了一惊，旋即大喜："季先生，你们一家要回去啦？"

说着，转过身来，只见季尧臣神色狼狈地站着，两袖不自在地垂在身侧。身旁立着的苏奈整理着衣领，从她的手上接过荨麻籽，双手捧着放在季尧臣的面前晃了晃，委屈地道："诺，这不是东西？先生可冤枉死人家了。"

阿雀娘则喜滋滋地东摸西看："这是要回京都去了？都收拾好了，什么时候走呀？"

季尧臣面如死灰，挪开苏奈的手，弯腰打开箱子，将东西一样一样都拿出来摆在桌上，尽量平静地道："不走，家里东西多，随便收拾收拾。"

小胖墩感到有些迷惑，仰起头道："嗯？你不是说……"

"公子，去阿雀家玩吧。"话没说完，季尧臣便将他一推。小胖墩呆了一下，还要说什么也给忘了，走出门去。

阿雀娘见他将这个孩子支开，露出了恍然的神色，笑了笑，对季尧臣使了个眼色。可季尧臣脸色木然，只顾着往外一样样拿东西，她眼睛都眨痛了，还是没有反应。

阿雀娘啧了一声，眼睛一转，道："季家媳妇，里屋有个鞋样子，我

224

上次借给你官人，他一直没还，你去找找，顺便给我拿来呗。"

苏奈点点头，进了屋。

阿雀娘一把拉住正要俯身开箱子的季尧臣，悄声道："别演了。"她瞥一眼里屋，又吃吃地笑，"你让我悄悄盯的你媳妇，我都盯住了，我跟你说说呗。"

季尧臣好半天才从一片混乱中抽出思绪，总算想起自己对邻家妇人撒的这个谎来。他撒这个谎是为了防止苏奈路上报信，顺便争取些逃跑的时间，可现在已经没用了。

所有的计划全被打乱了。

季尧臣的内心有些崩溃。他思绪混乱，不知如何是好的时候会头痛欲裂，此刻便忍着头疼，木然地看向她。

"你媳妇路上规矩得很，眼神没有乱飘，就是腰扭得欢实了些，总有些不要脸的男人往她身上看，"阿雀娘道，"对了对了，她还懂得许多！摘了些荨麻籽，说那个就可以药死耗子，这样就不必……"

季尧臣接过包好的荨麻籽，看都没看便放在桌上，心神不宁地继续收拾行李。

阿雀娘见他兴致不高，忙道："哎呀，我说话就爱这样，又跑偏了不是？我给你好好说，说重点。你媳妇在前面走得飞快，我死命地赶也赶不上，结果，到了河边，她见到一伙穿铠甲的官爷，吓得立刻就返回来了……"

不料，季尧臣像被闪电击中了一般，骤然起身，一把攥住她的胳膊："那伙人有没有看见她？"

他的眼睛里浮现了血丝，牙齿都在咯咯作响，像是十分恐惧，阿雀娘让他这副模样吓了一跳："那么远，又隔着一条河，我怎么看得清……"

季尧臣放开阿雀娘。不仅如此，他大步走到门外，将正在和阿雀翻花绳玩的小胖墩拽了回来，将阿雀娘推出门外。

苏奈从里屋出来，就见到季尧臣正将门锁好，转过来时脸色极为可怕。他本就高大，眉飞入鬓，凤眼上挑，又面色肃然，总带着一股凌厉的气质，更不必说他用那双眼睛瞪着人的时候："苏姑娘，你可是说你来此处，是因为喜欢我？"

苏奈只觉得这个男人和以往的男人很不一样。

以往那些男人上钩时，语气都很温存，声音再浑厚，到了跟她说话的时候，都会轻上几分。她第一次见男人同她调情，倒像审讯一般掷地有声，唾沫星子喷了她一脸。她抹了抹，有些发蒙地点了点脑袋："奴家是真的喜欢先生。"

季尧臣一拍桌子，喝道："可是你嘴里吐不出一句实话，叫我如何信任！你在河边遇到一群官爷，连面也不敢见，吓得就跑。你是身有案底，还是和旁人有旧情？"

苏奈叫他拍得尾巴一颤，百口莫辩，眼珠子一转，手绢捂在脸上，马上抽抽搭搭地道："先生不知道，奴家来找先生的路上遇到许多艰险，差点被一位官爷轻薄，又瞧见他，这才害怕得紧……"拿眼偷瞄，只见季尧臣神色不变，暗自咬牙，又落下几串泪珠来，"奴家为了找您，一个人走夜路，路过一处营地，有一个满脸大胡子的官爷半夜解手，见奴家生得美貌，扑过来便抱住奴家。奴家怕得要死，但心里念着先生，一下子便有劲了，拿石块将他砸晕过去，这才脱身。他……他叫孙达。"

季尧臣听到"生得美貌"，皱了下眉头，听到"一下子便有劲了"，眉头皱得更紧，可是听得最后一句，什么表情都没有了："叫什么？孙达？"

苏奈歪头想了想："好像是叫孙达吧。"

那么多男人的名字，难为她记得住。

苏奈在怀里摸了摸："先生若不信，看这个钱袋，这是我从他身上抢来的！"

她将那个灰色的布袋子递过来，季尧臣只是面色晦暗地坐着，宛如灵魂离开躯壳一般，没有去接——没有必要去接了，他似乎想到什么："盐巴也是从他那儿拿的？"

苏奈点了点头，季尧臣笑了一下。

这是苏奈第一次见这个男人笑。不过，笑得怪可怕的，好像一块木雕四分五裂了一般。原来他的那双眼珠子锃亮的，好像里面点了一盏灯，现在扑哧一下灭了，那双眼睛一下子便显得灰暗了。苏奈默默地向后退，缩到里屋观察。

季尧臣什么也没说，起身出门去了。他一向挺着的脊背这次却有些驼，显得苍老了一些，微风挤瘪他的长衫，那打满补丁的衣裳显得空荡荡的。

苏奈好奇他去了哪里，没过多久，季先生回来了，他面色平静，左手拎着一小块用红绳捆好的猪肉，右手抓着一只刚杀好的芦花鸡的脖子。

　　苏奈一看见鸡，眼睛都亮了，殷勤地接过来："先生要做晚饭吗？怎么买这么多？"

　　季尧臣绕开她的手，径直拎着鸡和肉进了厨房。而这还没完，紧接着进来的阿雀娘的怀里抱着窖里存的白菜、新挖出的土豆和刚摘下的豆角进来，手上还捏了一把晒干的黄花菜，冲苏奈喜滋滋地道："你这官人总算是想开，要回去了。在京都做大官的人，非得跑回咱们这穷乡僻壤来吃苦，看给孩子饿的，肚里没油水。这不，刚好你们一家三口团聚，走前好好吃一顿，就当我们做邻居的给你们践行了。"

　　小胖墩从床榻上跳下来，眼巴巴地跟着阿雀娘进了厨房，不住地吞咽口水。

　　季尧臣在厨房忙碌起来。他沉默地将鸡烫水，拔了毛，剁成小块，拿细铁丝在火堆上吊起一个小锅，放了些山野的香料，香味溢出时，放了鸡肉、树菇，盖上盖子慢慢炖着，又在灶膛添了柴，将猪肉切成丁，在大锅里爆出油来，将晒干的红辣椒往里一放，白烟呛起，一股辛辣的浓香迅速溢满整个屋子。

　　苏奈一连打了五个喷嚏，惊慌不已，吓得跑到外面去了。

　　小胖墩看着季尧臣将肉块、蔬菜和辣椒炒在一起，越炒越香，口水差点流了出来，拿鼻子嗅着，眼巴巴地看着锅里。

　　柴火旁边，季尧臣热得脸色微红，汗流浃背，随便擦了擦，从锅里夹出一只鸡腿，放在小碗里递给小胖墩，柔声道："拿一个吃吧。"

　　小胖墩愣怔地端着碗，有些不敢相信。

　　以往季尧臣在吃这方面总对他颇多限制，但凡知道他偷吃东西都要厉声训斥，今日这样，倒叫他有些踌躇。他用力地吞咽口水，见季尧臣继续炒菜，不再管他，这才道："多谢！"

　　随后拿着鸡腿，狼吞虎咽地啃了起来，弄得满脸都是红油。

　　待他吃完了，季尧臣拿过他的碗，又给他夹了好几块肉，方才慢慢地将菜出锅。

　　季尧臣掀开吊在火上的小锅的盖子，鸡汤正滚着，不住地将黄色的油珠挤碎，飘出香味。汤汁咕嘟咕嘟的，他脸色阴沉地看着那沸腾的汤汁，目光渐渐涣散。

宋玉已经追到对岸，这片统共只有这一处村落。也许就是下午，若是快一些，也许便在一个时辰后，阿执被国师带回去，做成祭品，他被千刀万剐。

他身上的虚汗一阵一阵地冒出来，自打从皇宫中回到他的家乡，每一天，每一时，每一刻，他都处于极度焦虑中。刚开始时，哪怕夜里的门响一下，他都会立刻惊醒，大汗淋漓。能活到今日，全靠一口气撑着，他想听到同伴的消息。

今日终于有了消息。

孙达已经成了宋玉麾下的追兵，正在朝他而来。

孙达曾经是一开始同他通信的那些人之一，上一次见面时，他还在做护城禁卫军，性格很豪爽，一次能喝上十几大碗酒，每当酒醉，便胡言乱语，说要砍断国师的脖子，做成狐裘大衣。

季尧臣又是一笑，青筋暴起。

从前那纸上谈兵的同盟，还没成事就已经如散沙，死的死，叛的叛。

是了，人有软肋，大都希望自己过得好一些。国师的权势巨大，又有妖力，也许是为钱财妥协，也许是单纯的畏惧。可怜他一人心怀妄想，也可怜他别无所求。

从开始读书，直到现在，无论如何高声疾呼，除了牛，没人会听。无论如何挣扎，还是叫更大的力量玩弄于股掌之中，这力量是父母、君王、弄臣、上司，到头来，他还是漩涡中的一片落叶，见沉疴而无力回天。这点不甘心催逼出了一股恨意。这股恨意使他脸上泛起一层淡淡的红。玉石俱焚，便是他季尧臣最后给老天交出的答卷。

他输了，奸佞也不能如愿。

他拽起包裹荨麻籽的草叶，颤抖着手，将粉末全部倾入锅里，猛然盖上锅盖，闭上眼睛。很快……很快就结束了。

四菜一汤陆续端了出来。

小小的一张石头桌放不下这么多盘子，几个菜放在了地上。

苏奈自打进了季尧臣的家里，日日粗茶淡饭，已经吃得眼睛发绿，骤然见了这么多菜，眼花缭乱，期待地拿起筷子，手便被人按下去。

"苏姑娘，家里醋没了。"季尧臣道，"麻烦你去镇上打些。"

死相残忍，不想叫外人看到。

苏奈的笑容瞬间消失："什么？奴家不能先吃完饭再……"

"天晚了，店铺会关。"季尧臣拿盘子拨了些菜，"不必担心，我们给你留些饭菜。"

哪有刚上了菜就赶人走的？那可不行！苏奈还想再说什么，季尧臣将筷子用力拍在桌上，将她吓了一跳："夜路危险，早去早回。"

片刻后，苏奈拎着个瓶子，气冲冲地走在了街上。

一日两日的，男人没采到，净给人跑腿！若是让姐姐们知道，还不得笑死她？

苏奈咬着牙，看了看四周，化作狐狸，将瓶子往嘴里一叼，穿进林子。

嗖嗖嗖。狐狸叼着瓶子，在草丛中狂奔。

抄个近道，也好快去快回。

日光在林木间穿过，鹧鸪有一搭没一搭地啼叫。

几只乌鸦凑在一起，拍着翅膀，争抢着啄食什么东西，厮打中，发出难听的叫声，苏奈本来跑了过去，鼻子嗅了嗅，一股甜腻的血腥气，她不受控制地又慢慢返回，什么好东西？红毛狐狸挥爪，挤进了乌鸦丛中，乌鸦们受惊，飞上天际，可却不肯离开，一直叫着，在狐狸头顶盘旋。

狐狸走近了，只见茂盛的杂草中露出一只血淋淋、半见白骨的脚。

这只脚已经让几只乌鸦啄食得血肉模糊，踝骨上沾着些砂砾，红毛狐狸小心地绕开它，拨开树丛。噫，也不知道是哪个倒霉蛋死在了林子里。

虽然她是只狐狸精，但却有些挑剔，从来不跟乌鸦抢脏分久的腐肉吃。

但这次却有些不一样。也不知道是不是她饿昏了头，怎么觉得这个死尸身上非但没有腐味，反而有股极其诱人的味道？

茂密的灌木丛向两边分开。苏奈吐掉醋瓶，尖尖的嘴巴顺着这只脚往上嗅去。这人的脚宽大，脚踝细瘦白皙，微微分开，她踩到一件僧人穿的棉布海青的衣角。

这时，芭蕉上的水忽然倾泻下来，砸在狐狸的脑袋上，叫她甩飞出去，再抬头，吃了一惊。

眼前的并不是一具死相凄惨的尸首，而是一个靠着树干的和尚。他衣衫褴褛，骨瘦如柴，双目紧闭，右手腕上挂着一串佛珠，在手上绕了几圈，又紧紧地攥在手中。

苏奈伸出爪子凑到他的鼻子底下，感觉到了一股微弱的气流，又不可思议地看向他的右脚，身上的狐狸毛都竖了起来。

活的？难怪没有腐味！

她在山上待了这么多年，从来没见过这样奇怪的人类。他怎么不跑啊？难道是因为脚受伤了？那群鸟可是专挑死尸吃的，没死，至少喊一声，挥挥手，也不至于被啄成这样。就这么一声不吭地等死，难道……

她打量着他略微凹陷的两颊和眼底的青黑。

她明白了。这个人奄奄一息，恐怕是快要饿死了。

不过要死的人她见过很多，这么平静的还是第一个。苏奈绕着他转了一圈，从他腿上轻巧地跳了过去，这个濒死的和尚听到动静，安静地掀开眼皮，露出一汪湖水般迷蒙的眼珠。

苏奈愣了一下，见他的眼睛又缓缓地阖上了，又好奇地跳了回来。

这个和尚虽然灰头土脸的，长得却很顺眼，面白唇红，比她在村子里见到的男人都要年轻美貌。

苏奈红色的大尾巴心痒地晃动起来，龇出獠牙，伸爪子去勾他的下颌。

骨瘦如柴的和尚却忽然抬起手掌，轻轻盖在她的脑袋上，把她的耳朵都压扁了。

苏奈瞬间被压趴下去，龇着牙恶狠狠地钻出来，只听他闭眼道："狐妖。"

苏奈吃了一惊，立刻滚下他的腿。

年轻的和尚又略微睁开眼睛，用那双澄明的眼睛看看她，干裂的嘴唇翕动一下。苏奈见他把手上的佛珠拨动了一颗，大概是在念经。

苏奈生怕他发出攻击，边往后退着，边龇牙抬起爪子。见他真的奄奄一息，别无动作，才将狐狸爪放下，小心翼翼地凑近了，警惕地道："咦？你能看出我是妖？"

这比犬略小些的、毛蓬蓬的红狐狸歪着脑袋，口吐人言，他似乎并不惧怕，也不惊讶，轻轻颔首。

乌鸦还在头顶上打架，几片羽毛飘落下来。苏奈拍开羽毛，望着他的脚，奇怪地问道："和尚，你都能抬手，干吗不把这些臭鸟赶走？"

风吹动树丛，发出哗啦啦的声响，枯瘦如柴的和尚闭着眼睛道："林鸟饥饿，能帮它们活命也无妨。"

"因为它们饿？你就把自己给它们啃？"苏奈简直不敢相信自己的耳朵，这个人类的脑袋是不是坏了？

正说着，又有一只乌鸦野蛮地俯冲下来，嘎嘎地叫着，撕扯了和尚脚上的一块肉，又扇着翅膀飞回了树枝上。和尚果真如他所说，仅仅眉心微蹙，枯叶般的身子颤抖一下，一滴冷汗顺着侧脸淌下来，流进衣领。

红毛狐狸拿爪子挠挠脸，走近了一步，仰头看他半晌，憋出一句话："喂，那，那我也能咬你一口不？"

和尚睁开眼瞥着狐狸，眼底似乎闪过一丝无奈，长长的睫毛又低垂下来："假如你实在饥饿，可以。"说罢，他便闭上眼睛，不动了。

嘻嘻，好大方的凡人！

苏奈喜滋滋地凑近了他，箕坐于地，把他垂在地上的右手抓了起来，嗅了嗅。她只吃过家养的鸡和山里的野兔。

不过这只手宽大，手指细长，闻起来没什么人味，倒是有股子淡淡的檀香。这个凡人的血好像也是这个气味，难怪这些平时只吃腐肉的乌鸦也被他引过来。

到底有什么好吃的，竟然要争抢……

苏奈暗想，这个和尚能看出她是妖精，难道是什么落难的厉害人物？难道如大姐姐讲过的传说中所说，是什么神仙肉，吃一口能增进修为？

反正他同意了，不吃白不吃！红毛狐狸捧起和尚的手，一口咬在他的手腕上。嘎嘣一声，险些把牙齿硌掉。原来他的手腕上还戴着一串碍事的佛珠，刚才正是咬在那串褐色的紫檀珠子上。苏奈将佛珠扒拉下来，顺手挂在自己的脖子上，又抓着那只手，歪着头去咬。

咬了半天，咬得他的手腕上尽是口水，留下几个尖尖的牙印。

苏奈突然停下，想道：哎呀，我是傻了不成？这可是个男人，宝贵的男人，怎么能只咬他的手腕？

她的心怦怦直跳，一跃至那和尚的膝盖上，伸出爪子，将他的僧袍向两边一扯，因为瘦弱，只见一对深凹下去的锁骨。

苏奈的眼睛生出绿光，尖尖的指甲在他袒露的肌肤上游弋，寻到了心脏的位置，触到那微弱的跳动，苏奈心头一喜，刚要用力，爪子便被一只手阻止："不可。"

苏奈仰头，只见那个和尚面色沉静，仍然闭着眼睛。

红毛狐狸气急败坏，嚷嚷着道："你赖账！你说过给我咬一口的。"

她抽出爪子，再扣下去，又被握住。他轻轻地敛好衣裳。

呸，都快死了，力气还这么大！噫——挣不开。

他的声音却很柔和、耐心："此处不可。"

"都是一口肉，咬这里，咬那里，有什么区别？"苏奈摇晃着尾巴，双爪交叠，托住下巴，眼巴巴地看着他的心口，"你都快死了，死前助奴家修炼一场，也好过白白浪费了，我还没有尝过采补的滋味呢。"

想到这里，恶向胆边生，她猛然张开嘴，想一伸头咬在他胸口的皮肤上，还没靠近，那只漂亮的手圈住了她的尖嘴，迫使她合上一口獠牙。

呜——

这个臭男人竟敢像二姐姐一样握住她的嘴！

她拼命晃着脑袋，爪子往后刨着，眼泪都快出来了，嘴上的桎梏却如铸铁般，挣扎不开。

苏奈的尾巴耸立，上面的毛全都炸了起来，双眼发绿，喉咙里发出威慑的声音。

臭和尚，放开我！

她的力气一向是很大的，能单手把郑大提起来再丢出去。现在连一个快死了的人都打不过，若是说出去，岂不是丢了狐狸精的脸？

苏奈着急起来，尖尖的指甲一碰，使个妖术，一连串浅浅的烟圈照着和尚的脸弹射出去。

那些烟圈靠近他，却如同遇到了一层看不见的屏障，嘭的一声反射回来，满地落叶瞬间向后飞卷，乌鸦哗啦一下全部飞进林子。

苏奈被吹得毛发向后，眼睛都眯了起来。这时，那个和尚轻轻松手，红毛狐狸便瞬间被吹飞出去，瞪大眼睛，随着落叶一起向后打了几个滚，猛地撞在树上，险些被拍扁。

苏奈的尾巴差点折断，一瘸一拐地躲在树后，脖子上的佛珠晃荡着。

她瞪着那个靠着树干的骨瘦如柴的僧人，嘴里将他大骂一顿，内心却十分忌惮，一时不敢轻易靠近。

这个男人身上有鬼！都快死了，力气还这么大，还不怕术法……

吃了这么多次亏，苏奈也学会了审时度势。这个人，大约是她不能采补的。

苏奈恶狠狠地叼起滚落在地上的醋瓶，一瘸一拐的，跳过树丛，掉头就跑。不要跟这个身份不明的人浪费时间。还是快去打醋，回去采季先生比较容易。

眼见狐狸越跑越远，那个靠着树干的和尚却叹息一声，他轻轻抬起右手，手心闪烁一星亮点，又散出一道金光。

苏奈瞪大眼睛，眼睁睁地看着身体不受控制地向后退，随后腾空而起，眼前的树木忽然向前飞过去。下一个瞬间，已经叫人拎着后脖颈，晃悠着吊在眼前，嘴里的醋瓶掉在地上。

这、这……这什么情况？

苏奈的四肢乱刨着，有些惊惶："我，我什么也没干，你要报复我不成？"

面前一张放大的脸，僧人眉骨深邃，一双眼睛乌黑沉静，映出红毛狐狸的影子。这个眼神虽然沉静，却和方才迷蒙的模样大相径庭，似天真专注，又似冷静沉着。过了半晌，他的眼里泛起一层淡淡的光华，仔细辨认，仿佛是一闪而过的无奈笑意："狐狸，怎么又是你卷在劫数之中？去，自寻你的机缘。"说罢，微微阖上眼睛，轻轻一吹。

什、什么劫数？

还没反应过来，一股巨大的力量卷着苏奈瞬间飞到半空中，马上成了云层中的一个小点，消失不见。

林木萧萧，风吹动破旧的僧袍，年轻的僧人身上仿佛现出一个泛着金光的重影。旋即化为无数片落叶，散在空中。


另一边，下沉的风太急、太快，成了无数刀子，险些割破苏奈的皮毛。苏奈闭着眼睛，听得耳边的冷风呼呼作响。她的耳朵紧紧地贴着脑袋，心脏差点停止跳动。

不知飞了多久，狐狸小心翼翼地睁开一只眼睛，低头一看，只见地面星星点点的房屋像是芝麻。街巷、河流、树木，都成了织在一起的毛线，面前飘着丝丝缕缕的云气，还在慢悠悠地向东游去。

狐狸惊恐地瞪大眼睛，心里一怕，当即失去了平衡，瞬间坠落。

耳边的风声如鹤唳一般，她砸在一个软绵绵的东西上，回弹了一下。

苏奈抖了抖毛，爬起来一看，地面仍是一样的远，一样地向东游。

哇，托住她的是一朵洁白的云！

云的表面凸凹不平，比她的身子略宽大一些，用爪子戳一戳云的表面，像是煮熟的蛋一样，很有弹性。

她好奇地从云上撕下来两缕，细腻如扯破的蚕丝一般，又扯了两缕放在鼻尖闻了闻，又塞进嘴里。呸呸！什么味道都没有，吃了一嘴细小的水珠。

苏奈换了个方向，托着腮坐在云上，开始发愁。

她应该是姐妹里面第一个上天的。大姐姐天天念叨修仙修仙，可是在天上这么飘着，除了比下面凉快些，也没什么意思嘛。

一会儿该怎么下去啊？她在这朵缓慢地飘着的云上张望，想找到另一朵云跳下去，可是碧空万里，一朵别的云也没有。不过，天际布满碎金般的日光，如根根迸发的金线，光芒万丈。哇，倒是很美……

红毛狐狸趴在云上，静静地看着远方。也不知道那个臭和尚是什么人，居然能一把将她扔得这么高，难道又是什么神仙不成？

唉！早知道，就不招惹他了。

狐狸尾巴闲散地一动一动的。没注意一朵云从反方向缓缓地飘来。

两朵云相撞的瞬间，苏奈所在的云重重地颤抖一下。狐狸被缓慢地弹了起来。

苏奈嗷嗷叫着，在疾风中下落，浑身毛发悚立。

这么高，这么高！掉下去可不得摔成肉饼？她勉强在风中睁开眼睛，手脚乱挥，慌乱中经过了好几片云，不是够不着，就是不小心将云推开了，眼看着离地面越来越近，心里一阵恐慌。

咦？下面好像有一片云！

苏奈心中一喜，在空中以游泳的姿势，奋力地向那片云靠近。

越来越接近云层，苏奈傻了眼，那片云上好像……好像还有个人？

不成，来不及了……

只听嘭的一声……苏奈在一个女人的惊叫中，头朝下，重重地砸在了云头上。与此同时，只听得刺啦一声响，她的爪子里多了一大片流光溢彩的云锦布料。

苏奈摔得七荤八素，晃了晃脑袋，看清爪子上勾着的布料，眼角的余光瞥见身侧立着一双笔直的女子的小腿，感到一阵胆寒。

糟糕，刚才听见的声音好像……这时站在云上的，恐怕是个过路的女仙人，她掉下来的时候不会把女仙人的裙子给扒拉下来了吧？

那一大片云锦却有光华流转，瘫软下来，渐化于无，从狐狸爪子里漏出去，化成了一抹紫橙色的晚霞。

苏奈睁大眼睛看着空荡荡的爪子，又惊讶地看向头顶的人。那个女仙人的修养果然很好，叫人扯破了裙子，不慌也不恼，只是低着头，赶紧捏个指诀，如云般的裙子迅速向下生长，遮住了脚面。

只见她身量窈窕，白衣乌发，靠额头的地方伸出两个亮晶晶的短角，再抬头时，细眉平眼，清雅如花，好像在哪里见过。

红毛狐狸眨了眨眼睛，赫然一缩脑袋："方姨娘！怎么是你呀！"

女仙人愣了一下，似乎对这个称呼有些陌生。她低头看见脚下一只皮毛赤红、嘴巴尖尖的狐狸箕坐云上，嘴巴一张一合，正口吐人言，连忙用双手捧起来，在眼前端详。

她如今位列仙班，目力也非同寻常，便在这生动的狐狸脸上看到了另一张瓜子脸、丹凤眼的女子的脸，这正是许久之前，当她还在人间时，所待的员外府里经常见到的女子。她沉默了半晌，才有些难以置信地道："苏——姨娘？"方如意眉头一松，忍俊不禁，"原来……你是……"

从前她在凡间，让小儿女情绪障目，还跟苏姨娘争风吃醋，现在想起来，一点儿也不怨了，对于苏姨娘的妩媚恍然大悟。换了个地方见到故人，只觉得亲切有趣。

苏奈想到方如意成了女仙人，自己还是个野兽的样子，见她笑了，面子上挂不住了，龇着牙挣扎着跳下来："哼，不就是狐狸精嘛，笑什么笑？"扭了一会儿，架不住好奇，又走到方如意脚边，仰头问道，"方姨娘，你怎么在这里呀？头上还长角了？"

苏奈用爪子指了指那对龙角。如今她的额心有一菱形仙印，黛眉朱唇，浑身仙气飘飘，一双眼睛没有了哀愁的郁气，也没了少女的娇嗔，虽然清澈却古井无波，像换了个人一般。

方如意道："哦，我取代云蛟君，成为钱塘的龙神了。"

"你做了龙神呀？"

"对。"方如意摸了摸头上那对龙角，沉吟着道，"如今我不再是人，而是龙女了。"

苏奈惊奇地道："那你是来布雨兴风的？"

"不是。"方如意指了指远处那道霞光，"我今日化作人形，乘云，正要赴寿星的宴会，走到半路，没想到遇见了你。"

等等，赴宴的？那就是说离开了钱塘？

苏奈举目四望，空中掠过无数橙红、雪白缥缈的云气，脚下这片云还在缓缓地向东飘去，急忙抓住方如意的裙摆："方姨娘，这是哪里呀？"

方如意向下一望："现在大约到了蜀都。"

狐狸的尾巴晃了晃："蜀都……那是哪儿？"

"你是从哪里来的？"

苏奈急得团团乱转："我也不知道！我只记得离开了钱塘，顺着河一直漂到了下游，河边有个村落，只有几户人家……"

"这我知道。"方如意忙道，"你说的地方大概是江流镇，我爹祖上曾是那里的人。"

"对对对，应该是那里！"苏奈喜道，"方姨娘，奴家是从那里不小心上来的，你能不能告诉我怎么回去？"

方如意的表情十分疑惑。

"怎么啦？"苏奈晃了晃她的裙摆。

方如意道："江流镇离此处足有两千多里。"

"两千多里？"红毛狐狸吓得一屁股坐在了云头上，翻个身趴在云上，身上的毛发被吹得乱拂，云下面的景色隐约是陌生的梯田，冷汗都出来了，"怎么会这么远！我……我……还回得去吗？"

方如意忙闭眼，掐指一算道："奇怪，你从何处跳下去，都会有云载你平安落地。蜀地虽然是个陌生的地方，却像是同你有机缘。"

苏奈险些哭出来，她采了一半的男人倒不打紧，重要的是，她睡了三百年的狐狸窝还在原来的地方，里面还有她攒了好多年的头骨，首饰，还有大姐姐、二姐姐、臭猫！

苏奈在云上一阵打滚，将爪子下的云气撕扯成了一缕一缕的，捶打着绵软的云哭道："什么机缘，我才不要！我得回去！我要回江流镇去打醋……"

整朵云颤抖起来，左右摇摆，方如意跟跄了几步，一把将狐狸捧起来道："苏姨娘别担心，你想回去，我将你送回去就是。"

苏奈正拿爪子抹去眼泪，眼睛一亮："真的吗？可你不是要去什么宴会玩……"

"两千里于我来说不算太远，快去快回。"方如意话音刚落，白光闪现，长长的龙角突出，雪白的皮肤上结出一片片龙鳞。苏奈大叫着，叫她往空中一抛，堪堪抱住一只龙角。只听云中一声龙啸，银龙摆尾，瞬间折返，俯冲于地。

"哇，呸呸！"红毛狐狸被疾风吹得睁不开眼睛，只感觉到无数湿漉漉的气流撞在脸上，有霜雪的味道。

待飞得平稳些，苏奈慢慢地睁开眼睛，好家伙，一只银光闪闪的龙角就有柱子粗，她整个身躯团在了龙角和龙脑袋的夹角里。她一低头，就能看见一排像草一样粗长的睫毛，慢慢地掀起，巨大的金黄色眼珠缓缓地向上转。

巨龙一边飞着一边好奇地看向她。

龙吻里发出的还是方如意柔和的声音："苏姨娘，你是怎么飞到了两千里外？"

苏奈气得毛发耸立，骂道："是一个臭和尚把我扔上来的！"

"和尚？"方如意感到有些吃惊。

"真的是一个和尚。"苏奈在呼呼的风里费力地说，"头上光溜溜，穿一件破僧袍，他坐在树林里，差点被鸟给吃了！我，我就咬他一口，还没咬到就被他扔上来了。方姨娘，你，你说他吹一口气，怎么能把我吹得这么远！"

巨龙没有吃惊太久，龙头上一根长如鞭的龙须一勾，从红毛狐狸的脖子上勾下一串檀木佛珠，挂在龙眼前面盯着看。每颗珠子有拇指指甲盖大，看上去有些年头，陈旧得很，还有裂痕。

巨龙看了一会儿，眼里却闪出一丝敬畏之色。

"哎呀，这好像是那个臭和尚的东西。"苏奈腾出一只手摸了摸脖子，眼巴巴地看着，"反正也没什么用。你想要的话，就送给你好了！你都送我回来了，我可不是小气的妖怪。"

巨龙发出一阵阵笑声，险些飞歪了，用龙须将佛珠套回了红毛狐狸的脖子上，还拂了拂她的毛："苏姨娘，听你描述，那个和尚像是禄星手下的释颜仙人。释颜成仙前就是一个和尚，他一生行善，在林子里迷了路，也无怨怼，反倒把两脚给饥饿的禽鸟吃了，死后方才成仙。成仙后，他的右脚就是白骨，手上拿着一支笔，一串佛珠。"

"原来他真的是个神仙！"苏奈气呼呼地道，"不好好当神仙，净出来作弄人。"

"但我看这串佛珠有些奇怪。"方如意道，"这串佛珠不像是释颜仙人的那串，好像有障眼法。"

"障眼法？什么意思？"

"就是覆盖在事物表面，遮蔽它本来形态的仙法。可能这串佛珠并不真的是佛珠，而是一串珍珠变的，也许是一串葡萄变的，也许是一串气团，或者别的什么。"

苏奈摆着尾巴道："我知道了。这种术法，我们山野小妖也会用的，只是，没有你们神仙厉害。"

像她这样，修炼了三百年以上，跟着大姐姐白素学了化物之术，就能把石头、草叶什么的短暂地变成简单的东西。

方如意摇了摇头："一般来说，修为越高，仙术越不容易被识破。我的修为有限，竟看不清它原本是什么，但是能感觉到它里面好像隐藏着一股很强的仙气，却泄不出来。你既然得到了它，就是你的机缘，我不要你送，你好好戴在身上，可能对修炼有益。我看那个和尚也不一定是释颜仙人……"巨龙似乎看到什么，停了停，看着下界道，"奇怪。"

苏奈也向下看去，只见云雾中的绿色原野间有一个白亮的亮点闪烁："咦？那里怎么有一颗星星？"

方如意迟疑着道："那是一道灵气。它从地面上看我们也会是一个亮点，如星星一般。这道灵气好像被我干扰了。"

随着她们的接近，那个亮点往反方向徐徐而行，正与她们擦肩而过。亮点越来越暗淡，凑得近了，才发觉那亮点是密林中间一队移动的银色铠甲，反射着夏日炽烈的日光，刺人眼目。

呸！什么星星，原来是那只公狐狸带的一群臭男人。

苏奈妒忌得心里发烧。可不是嘛！吸了这么多男人，估计修炼得极快，让成了仙的方姨娘一眼就能看见那外溢的灵气。总算走了，再不走，恐怕她一个男人也抢不到……正想着，眼前绿色的林木越来越近，耳边传来潺潺的水声，苏奈的耳朵一动，隔着树丛听到隔壁阿雀家的两个小女娃熟悉的尖叫声，急忙伸爪一指："这里这里！这里就是我来的地方。"

白龙在下方投下了巨大的阴影。

听到了百姓恐惧的尖叫声，方如意有些紧张，颔首道："那我回去了，苏姨娘，再见！"

话音刚落，便低下头颅，让狐狸顺着它的角滑落到地面，猛地一摆尾，再一眨眼已经隐在云间。

银龙腾空，风云搅动，满地落叶和小石子打着旋儿飞起来。

可怜的苏奈前脚踩实地面，刚化了人，便被背后一股巨大的风一推，猝不及防地撞进门里。这老旧的木门硬生生地叫她撞出个大洞，苏奈哇哇叫着飞进屋里，一头扑翻了炕上的小桌，将那些瓶瓶罐罐撞倒了一地。

汤汤水水洒了一脖子，苏奈被烫得一哆嗦，挂着满头面条，晕头转向地爬了起来，咬着牙，噙着眼泪，浑身上下的骨头像是被碾碎了，又听见一声号哭，苏奈吓得一惊，一个翻身坐在一个倒扣的碗上，险些被硌死。

只见小胖墩跌坐在地上，手里端着个空碗，身上洒满汤汁，看她的眼神充满怨气，随即眼睛、眉毛挤作一团，胸口一起一伏的，声音沙哑地哭道："我，我还没、没喝到，一口都没、没喝到就没了……"

苏奈吓得捂住嘴巴，只见满地都是饭菜，心疼不已。

可惜了，她也还没吃到一口，如今肚子还咕咕叫呢。

不过，可怕的不是这个……苏奈心虚地瞅着满地碎瓷片，季先生家里穷，估计就这几个碟子和碗，全摔碎了；还有饭菜横流的土炕，一时半刻洗不干净；还、还有撞出个大洞的门……

苏奈敛声屏气，小心翼翼地摘去了头上的面条。平日里，她百般献殷勤，那个男人都爱答不理，冷言冷语的；这次她醋没打回来，还把屋里弄成这般模样，只怕季先生得抄起棍子来，嘶吼着将她打出去。

可是过了半晌，屋里仍是一片寂静。

苏奈拿眼角的余光瞥去。

奇怪，季先生坐在地上，怀里还倒扣着一只碗，让鸡汤浇了一身，却不见生气，面色奇异得很。他脸上一会儿青，一会儿白，眉心颤抖，似哭非哭，似笑非笑。他不吭声，一双手颤抖得厉害。

"先生，你不要吓唬奴家……"

不会吓傻了吧？苏奈凑过去，伸出手在他的面前晃了晃。小胖墩也不

239

干号了，似乎注意到这边的异常，跑来拉了拉季尧臣的袖子。

季尧臣的目光这才聚焦，一双黑漆漆的眼珠子慢慢地看到了苏奈脸上。

她眨了眨眼睛，那双眼睛上挑着。褐色的，人的睫毛，漆黑的，人的眼珠。这双冷黑的眼珠子飞快地转来转去，顾盼神飞。

风。他感觉到从破洞吹进来的风正从他的脸上吹过去，一层冷汗在蒸发，风反而显得温热。

风里带着七月溽暑的气味。

让他想起去世的娘，想起小时候，把晒过的被子拥在脸上的滋味。

原来谁都是怕死的，到那关头，圣人也畏死，也害怕黑暗和寒冷。

他迟迟地不敢迈出那一步。

季尧臣就这样定定地看着她，忽然手一翻，怀里的碗重重地砸在地上。

苏奈吓得瞬间蹿出去。过了半晌，她贴在墙根上，伸出脑袋，却见季先生好像不是要拿东西砸她。

他兀自坐在地上，闭着眼睛，慢慢地喘着气，随后瘫软下来，似乎带着劫后余生的感觉。

小胖墩见他这模样，吓得退了一步，和苏奈大眼瞪小眼。

"先生，"小胖墩蹲下，小心地拍了拍他的背道，"先生，你不要生气，姐姐不是故意的……"

季尧臣没有作声。

"是了。"苏奈的下巴尖都抵到了胸口，露出一副乖巧的模样，"奴家不是故意的，方才外面刮大风，一下就把奴家刮进来了。"

仍是寂静。

季尧臣在可怕的寂静中躺了许久，静静地爬了起来，旁若无人地拂去身上的饭菜，走到苏奈面前，盯着她看。

红毛狐狸战战兢兢地抬起头，迎接季先生严厉的眼神："先生，你是不是还怀疑奴家的清白呀？那伙军爷早就走远了，奴家和他们真的没有半分关……"

季尧臣扬手。

苏奈的眼睛瞪大，瞬间抱住头。

过了半晌，听到一声无可奈何的叹息。

季尧臣凤目微敛，衣服上斑驳不堪，眼底发青，腰背却挺直，眼里似乎又有了锋芒，身上也似乎又重新盘旋着那股破刃的寒气。他伸手从她的头上摘下一根面条，面部扭曲了一下，嫌弃地丢在地上："你躲什么？我放些水，你赶快在屋里洗一洗吧。"

"公子。"季尧臣一把将小胖墩拽过来，掀起他的裤腿看，见热汤并没有烫到腿，松了口气，将他一推，"你也去洗个澡，换身衣裳。这里不用管，我来收拾就是。"说罢，弯腰捡起那幸存的两个碗。一只碗中间有了裂痕，另一只有豁口，但补一补勉强还能用，他小心地放在桌上。

季尧臣再抬头，见那两个人谁也没动，都在原地，眼巴巴地盯着他看。

"怎么？"

小胖墩抓着袍角，整张脸委屈得如同苦瓜般："先……先生，我还没吃饱。"

他扭过脸，眼神带着些哀怨看向苏奈，那美艳的妇人咬着嘴唇，十分可怜地看他道："先生，奴家一口都还没吃。"

季尧臣抿了一下嘴唇。他似乎半晌才回过神来，擦了一把汗："屋里……屋里好像没有余粮了。我去向隔壁借些来。"说着便走了出去。

小胖墩摇摆着走到炕边，乖巧地坐下等待。苏奈也坐下，扳过小胖墩的脸，眨巴着眼睛道："弟弟，你生我的气啦？"

美色当前，小胖墩忙摇头。他迟疑地垂眼，脚丫一晃一晃的："姐姐，我好想吃酱板鸭、瑶柱海鲜饭、清蒸大蹄髈、红烧酱肘子、小米蒸排骨……"说着，吸溜一下口水，晶莹的口水还是顺着嘴角淌到了衣服上。

苏奈立刻抽出了手："这么多食物，你都吃过？"

"原来每顿都吃的。"小胖墩吞咽一下口水，抹了抹嘴角，愁闷地道，"不过，唉！好久不曾吃过了。我都忘记什么滋味……"

季尧臣出了门，叫风一吹，脸上有些发热。

做这顿饭时，家里的菜一口气用了个精光，还剩下的米面送给了邻居。

他有些后悔自己的鲁莽，连条后路也没留下。但此刻再要回来却没感到什么负担，也许是因为差点死过了，脸面还算得了什么？

没死成，却好像已经死过了一遍一样。好像那些焦灼、痛苦都随着那个死去的躯壳一起幻化成烟，他混沌地立在暖风里，身子变得很轻，眉头也舒展开来，什么都不再想了。

阿雀娘家的门开着，屋里乱七八糟的，几个女娃蹲在地上捡碎掉的瓦片："刚才好大的风，好像有龙！"

"窗棂都给吹掉了。"

捡着捡着，她们比着犄角作龙，哞哞叫着，嬉笑打闹起来。

"龙龙龙，蚯蚓也能看成龙。"阿雀娘嘴里骂着，拾回了刮到后院的擀面杖，正反吹吹，见季尧臣立在门口看着她的几个女儿，眼神很平静，吃了一惊，忙迎上来道："哟，你们又不回京都了？"

季尧臣颔首。

"不走好呀，"阿雀娘笑开了花，"你们家阿执能给我这几个丫头做个玩伴，我们邻里邻居也热闹。你们要待多久？"

"不知道。"季尧臣道，"也许几个月，也许一年，我们走之前，会来同你告别。"接着，他十分有礼地借米、面和油。

季尧臣性子傲，自小不爱与人打交道，又是做过大官的人，往常说是"借"菜，实际上，多拿银两酬谢。且阿雀娘给什么，他接什么，从不提任何要求，拿了便走。若是阿雀娘要捎给阿执一些点心，他便婉拒，似乎要和邻居保持泾渭分明的关系，难免显得有些矜持、冷漠。

可这次，阿雀娘拿了两个糖包子给阿执，季尧臣竟然收下，又额外要了一个，还跟着阿雀娘进屋，拿小瓶灌了些醋和香油。他走到门口，又想起什么，折返回来，借了一小块女子洗头用的香膏。

阿雀娘见他把香膏小心地用纸包起来，淡然地揣进怀里，偷偷笑起来。

季尧臣没有搭腔，阿雀娘也不敢再打趣，好奇地目送他进屋，心道，不知道他那娇滴滴的浑家，住村里可还习惯？

苏奈当然不习惯。

季先生说叫她在屋里洗澡，她本来以为是客气客气，未承想啃完糖包子，他连水都给打好了。

红毛狐狸盯着那个破旧的小木桶，还有泡在里面玩水的小胖墩，尾巴欣喜地摆了起来。

不枉她苦苦等待这么久，还被一个臭和尚扔上天，总算等到了一个采补的好机会！

可是，狐狸精的尾巴是无法化形的，脱了衣裳，这条狐狸尾巴就会露出来。所以，最好是等到伸手不见五指的夜里动手。

这大白天的，如果不立刻采了这男人，恐怕叫他识破了身份。他有一把挂在墙上的破剑，是仙家之物，能把她的毛烧焦。

苏奈有些犹豫，叼着包子道："先生，奴家一个女子，与你们在一处沐浴……"

"我知道。"季尧臣立刻打断，似乎处在一个两难的境地里，他停顿许久，才道，"但你身上沾了脏污。到时我和公子会先出去，你在屋里闩上门。若实在不自在，也可以去隔壁阿雀娘家里沐浴。"

苏奈忙道："先生用过的浴桶，奴家自然不介意。只是这浴桶太小了，奴家用着不舒服。"

季尧臣的眉头隐忍地跳了两下，看了她两眼："你想如何？"

"奴家在外面河里滚一滚就好。"

季尧臣道："不可。外面那条河的河水湍急，本地人很少到深处，即便如此，每年都还要失足淹死几个。河边的村民都是打水沐浴，而且……"他顿了顿，打量她一下，旋即目视前方，隐有嫌弃之意，"苏姑娘，并非我为难你。自从你来到家里，我都未曾见你洗过一次澡。"

苏奈一怔，龇牙摔了筷子："奴家香得很！"

苏奈闻了闻自己的毛，牙齿磨得咯咯作响，气得狐狸毛抖动，丹凤眼里有一道绿光闪过。

臭男人，居然敢嫌弃她脏！亏她还"妇人之仁"了一下，想着再蹭吃几天凡人的饭再动手。大白天就大白天！今天她要是不采他的阳气，她苏奈的名字就倒过来写！


树上的夏蝉长鸣。

季尧臣蹲下，给小胖墩挽起裤腿，看着他笨拙地拖着肥胖的身躯，追着阿雀一起下到小溪里捉螃蟹。

阿雀的一双手又白又灵巧，往水里一拍，溅起水花来，翻过手，就已经将几只小蟹拢进掌中。

小胖墩始终慢上半拍，却耐心得很，好不容易捉住一只螃蟹，把手里泥沙拨开，入神地看，直看到那只小螃蟹顺着他的胳膊迅速逃开，他却傻傻地伸开手掌，张开嘴巴，发出咯咯的笑声。

阿雀眼疾手快，扑上去替他捉了回来。

日光毒辣，不一会儿就晒得人的后背湿透。季尧臣一抹，脖子上已经被汗浸湿，寻了块石头坐着，闭目养神。

那个小妇人闩门洗澡，屋里统共就那么点方寸之地，他无处可去，只好等。

前段时间，他只一心怀疑此女是个"探子"，事事都提心吊胆，多想三分，现在想来，未免荒谬。若她真是探子，宋玉还能在四周兜圈子这么久，最后同他们擦肩而过？

是他太过紧张，草木皆兵了。可想到苏奈，季尧臣还是有些头疼。

他是穷苦人家出身，不论祖母、母亲，还是邻居家的女子，都是勤劳贤惠之人，整日劳作，把家里操持得井井有条。进京为官，见到城里的大家闺秀个个都是矜持守礼，举止有度。

哪里见过有单身女子跑到陌生男人家里来赖着不走的？明明是个丫鬟出身，却什么都不会做，整日不是趴在地上玩儿，就是托腮看着窗外，饭吃得却多。这也便罢了，年纪轻轻的，却对着他一个堪当师长的人搔首弄姿，满口淫词浪语……季尧臣一阵恶寒。

真正的读书人才不似那伪君子喜好轻浮，只欣赏自尊自爱的贞洁烈女。

正想到这儿，门里忽然传来水声，旋即门被敲响了，里面传来一道娇滴滴的声音："先生……"

季尧臣眉心一跳，见那个小妇人竟然正从大门被砸破的破洞里探出半条白生生的胳膊，指尖上还滴落着水珠。

他生怕她当着小儿的面开门而出，忙从石头上站起来，三步并作两步冲到了门口："如何？"

那只手乖巧地缩了回去："奴家的换洗衣裳在外头晾着，您能不能给奴家递进来？"

季尧臣回头一看，果然一眼见到院里的挂绳上悬着几件内衣和一条青色布裙，正随风轻晃。

季尧臣怒上心头："你洗之前怎么不拿好？"

"人家忘了嘛。"

季尧臣凤眸生寒："你先以旧衣蔽体，自己出来拿，进屋去换。"

苏奈委屈地道："先生，换下来的衣裳，奴家已经泡进桶里了。"

季尧臣头上的青筋一阵跳动。衣裳都不穿，便洗衣服？

"先生……先生？"

季尧臣转身道："你等等，我叫阿雀来给你送进去。"

"等不得了，先生！"里面传来一阵惊呼，"奴家、奴家，奴家想快些穿衣出去小解。您行行好，将门开条缝隙，递给奴家。"

季尧臣的脸色涨得通红，实在受不住这种聒噪，便如一阵风一般进了院子，见四下无人，将那挂绳上的衣物连同内衣飞快地一卷，挟在胳膊下，拉开了门。

谁知，就在开门的瞬间，他只感觉一股邪门的力量在背后猛地一推，将他整个人猝不及防地吸进屋内。

门哐当一声在背后关闭，他脚下不知绊到了什么东西，身子踉跄着向前扑去，猛地抓住了什么，方才稳住身子。好像有温热的水珠溅在了脸上，一股幽香往鼻子里钻。他睁开眼睛，才惊愕地发觉他抓住的是木桶边缘。一双柔若无骨的手按在他的手上。

浸在木桶里的女子长发沾湿，一圈圈蜿蜒在雪白的手臂上，水珠沿着下颌，一双俏生生的丹凤眼，眨巴眨巴地看着他。

季尧臣感觉热血直冲头顶，险些一口气没上来，就此晕过去。

他惊恐地甩手，却并未甩开，手被苏奈的手压着，倒将他整个人掼倒。他狼狈地倒在地上，凤目瞪出了血丝，喝道："你在屋里点了什么香？为何我动弹不了？"

苏奈让他吼得一抖，嗅了嗅胳膊："这……这就是奴家的体香呀。"

不行！苏奈立刻在心内龇牙，你怕一个凡人？你还是不是狐狸精了？

臭男人，今日就要死了，还敢如此嚣张。

她再睁开眼睛时，眼里绿光森森，摩拳擦掌，笑出犬牙："先生，奴家喜欢你，只想与先生春风一度……"

"度"字出口，苏奈跃出木桶，直扑季先生，却没想到几件衣裳迎面而来，一件接一件地砸在脸上。

嗯？什么玩意？

狐狸爪几下将衣裳凶残地扯成了布条，季尧臣已经借此机会挣扎起来，像看见什么洪水猛兽，按住她的双肩，将她按回了桶内："别出来！"

苏奈猝不及防地喝了一大口洗澡水。

咳！咳咳咳！

水珠四溅，她却还不忘双手乱抓，拽住那个臭男人的前襟不放。季尧臣一时不防，险些被她拽得栽进桶内。但他毕竟是个身高九尺的男人，奋力倒退，挣扎之下，被扯裂了衣衫。不知那个饥渴的妇人怎么会有如此巨大的力气，他摔倒了，又被提起来。

在这样惊慌失措的情形下，季尧臣髯须颤抖，面容微微扭曲，伸出手掌大喝一声："剑来！"

空中金色的符文闪过，只听得一阵咕噜咕噜的声音，随即哗啦一声，仿佛有什么东西从木桶中蹿了出来。

水珠如银龙直蹿房梁，苏奈惊叫一声，立刻松手。

跌倒在地的季尧臣则呆呆地看着手里那柄原本挂在墙上，而此刻滴滴答答地滴着水珠，还散发着香味的黑色短柄剑。过了半晌，他的脸色由红转青，又变成了红，浑身颤抖着，对着苏奈咆哮道："你用它干什么了？"

苏奈又被吼得一抖，一屁股坐在木桶里，扣住边缘。

她还不是因为忌惮这把仙剑……

反正不管丢在哪儿，它都会自己飞回原位，她干脆把它坐在屁股底下，压住，到时候就算失败了，季先生想来砍她脑袋，也找不着！

可谁能想到季先生只用喊一声"剑来"，剑就自己出来了！

苏奈磨着牙看季先生，尾巴绷紧，脚上蓄力，好汉不吃眼前亏，待到季先生砍人，她就跳出去，破窗逃跑。

"奴家喜欢先生，也喜欢先生的剑，拿来看看玩玩，这也有错？"

可是季先生非但没有将剑拔出鞘砍她，反倒猛地一丢，将剑丢了出去，在衣服上猛擦手："不知廉耻……"

季尧臣真的从未见过如此……如此不堪的女人。

"你无耻！你不要脸！"

苏奈叫他指着鼻子痛骂，骂得有些蒙，趴在木桶边上等了许久，这个臭男人还没骂完，不由得有些火了，龇着牙，指甲挠着木桶。

烦死了，不就是想采个男人吗？都没有采成，还得听他唠叨！

她伸爪子泼了他一捧水，季尧臣猝不及防，叫她的洗澡水淋了满脸。

嘻嘻，一报还一报！

狐狸尾巴得意地摇摆着，却在季尧臣气得头上冒烟，一拍地站起来的瞬间，抱成一团，下巴浸在水里，眼珠子向上转，眨巴着眼睛："先生，水凉了，奴家冷……"

季尧臣衣衫褴褛，浑身湿透地瞪着她，只觉得自己吃进一颗火药，炸得五脏六腑俱碎，只剩硝烟一阵阵地往外冒。

他忽然想起在京中为官时，听闻一名闺秀为国师痴狂，目中无人，唯有国师。她为见到国师，耗尽万贯家财，甚至于无所事事，终身不嫁，主动献身。遭拒绝后，还驻守在国师出现的每个角落，不顾旁人议论纷纷，貌若疯癫。

女子痴情常见，痴情到听不懂人话的地步，便成了笑柄。京都人都把她称作"花痴"，他觉得有一痴字，应该是疯的一种。

莫非，他也遇见了一个花痴？

既然是疯病，便不能把她当常人对待，否则会气死自己。

季尧臣捡起一件完好的衣裳丢给苏奈，摔门而出，坐到了石头上，强迫自己冷静下来。

论症状倒是很像。可是，宋玉是妖，生得貌美，勾魂夺魄尚可理解。

可是……他？

季尧臣的心里划过一丝极不自在的感觉。他出身贫苦，一穷二白，年少时脾气古怪，不爱与人往来，从未有少女与他亲近，从来不知道知慕少艾是什么滋味。后来到京都做了官，不是没有人给他介绍姬妾。只是他那时满心壮志未酬，那些大家闺秀都嫌他目中无人，说话连笑意都没有，没有半分温存便也罢了，还不上心，背地里将他贬得一文不值。

叫人指着鼻子羞辱得多了，他也断绝了成家的念头。

他不喜欢别人，也没人喜欢他。没人喜欢也好，他这辈子独来独往，落得个自由自在，耳根清净。他自己守着他想守的社稷，就算死了，也是一缕孤魂，无牵无挂的。

何其可笑，他这样的人，竟然有一日能招来一个花痴？

此事棘手，季尧臣总想当面说清楚为妙。

可是和这个花痴面对面坐着的时候，他莫名地手心出了些汗，感觉有些不自在。

"你……"他沉吟了一下，又将她盘问一番，"你是什么地方的人？父母是否健在？"

苏奈道："奴家的爹娘死了好多年了，只有几个姐姐。"

她一边答着，一边用纤细的手指从盘子里拎起一串葡萄，把嘴凑过去，一颗一颗地啃着吃，脸上不见伤心之色。

季尧臣按了按眉心，也是个苦命人。

年幼失怙，小小年纪就被卖给员外家做丫鬟，缺乏管教，难怪长成了花痴……

季尧臣道："长姐当如母，你的姐姐有没有告诉过你，身为女子应该如何作为？"

苏奈托着腮："二姐姐自小教导奴家说，这副皮囊不能浪费，应该找个男人享受荣华富贵。"

季尧臣的手一哆嗦，茶盏差点摔在地上，眉毛恼怒地皱起来。

这算什么长姐？上梁不正下梁歪！

他的目光顿时变得严厉起来："你可进过学？"

苏奈道："奴家听过先生的课。"

季尧臣："既然听过我的课，便算我的半个学生。我以为女子首要正身立本，应当矜持，爱惜自己的名节。苏姑娘深夜投宿陌生男人的住处，无名无分，同吃同寝这么多日，就是置自己的名节于不顾……"

"先生又不算陌生的男人。"苏奈打断这段话，"奴家喜欢先生，是专程找先生来的，奴家才不和别的男人如此这般。"说着，羞答答地瞟了他一眼。

季尧臣被看得满面通红，没忍住，一巴掌拍在了桌上，却不敢大声："你……你趁早死了这条心。"

"为什么？"

季尧臣别过头："我不喜欢你这样的女子。"

那个小妇人眼里闪过一丝挫败感。黑黝黝的眼珠子，不服输地在他的脸上扫来扫去："先生果然和奴家见过的男人不太一样。你喜欢什么样的女子？奴家可以学一学。"

"不是所有人都沉湎于儿女私情。"季尧臣的嘴抿得紧紧的，打断她道，"尧臣今年三十又四，无妻无子，无牵无挂，我想要做的事还未做完，哪有心思想别的？眼见朱门酒肉臭，路有冻死骨，我这颗心就在胸腔里直颤抖，如遭凌迟，不得安生！"

苏奈被他的话砸得一缩脖子，拿袖子抹了抹脸。季尧臣看着她那张美艳的脸，便知道鸡同鸭讲，闭了嘴。多年来无人可知的寂寞又如乌云一般浮起。

他叹息一声，回过神来："苏姑娘今年贵庚？"

"贵什么？"

"……你多大年纪？"

苏奈低头算了算，三百零二十二岁。

"奴家二十二岁。"

季尧臣好言相劝："你已经二十二岁了，这个年纪放在乡下已经是孩子的母亲。苏姑娘，你还是早日找个一心一意待你的男人嫁了吧。"

"这可不行。"苏奈啃着果子，专门看这个男人的笑话，"奴家喜欢先生，自然是一心一意地等着先生，怎能嫁给旁人呢？"

"为什么？"季尧臣忍耐得额头上的青筋都暴了起来。

果然是听不懂人话的花痴。敢情软硬兼施，好说歹说，全都白费！

苏奈晃着椅子道："因为先生长得高大英俊，魁梧不凡，是我们女子最喜欢的类型，又有学识……先生，先生？"

话说到一半，季尧臣已经气得满面涨红，控制不住地摇起脑袋，猛地一拍桌子，拂袖而去。

门破了个大洞，门外蝉声、流水声，还有幼女的嬉笑声显得格外喧嚣。

小胖墩第四次回头向外张望时，季尧臣将书卷成筒，啪的一声敲在桌子上："公子。"

小胖墩连忙将目光聚回书本上。那些字仿若蚂蚁爬来爬去。他的鼻尖上盈满细汗，玩弄着一页书角，整张脸写满苦闷。

小胖墩学得很慢，又爱走神，前面几则古文，花了大半年时间才记住，季尧臣一遍又一遍地重复，拿磅礴的知识往那细口瓶里灌，洒出来大半，但总能灌进去些许。

别的学生求学，经常挨他责骂，唯恐自己不够上进、好学。唯独这个肥胖的、呆呆的孩子，他是以近乎虔诚的态度倾囊相授，恨不得以身代之。而且只要他活着，这件事就不会停止。

季尧臣微微闭着眼睛，负手踱步，低沉的声音抑扬顿挫，流淌在小小的土屋里："公子，诗很工整，比文章好背……"话语戛然而止。

他眼角的余光瞥见苏奈趴在两册书上睡得正香，口水打湿了书页。

苏奈叫人勾着后领子一把提了起来，从梦中惊醒，基于野兽的本能，一瞬间凶相毕露，差点回头拍身后的人一爪子。

等到看清楚是季先生拎着书，一张愠怒的脸，利齿和指甲瞬间收拢，整只狐狸乖顺地蔫下来，和季先生大眼瞪小眼。

季尧臣没好气地横了她一眼，将两册书丢在桌上。

苏奈小心地捡起来，哗哗地翻动。

这能怪她吗？

这个臭男人给她两册《女则》《女训》，叫她先自己看着，待给小胖墩上完了课，回头给她讲这个。

人类的字密密麻麻的，像鬼画符一般。她半个字都不认识，能看出个什么？再加上她在屋里憋闷得慌，半夜总要跳窗出去疯跑，跑上一宿，也是很累的。看着看着，这不就困了嘛。

苏奈立起书来，挡住怒气冲冲的狐狸脸。

书却叫人猛地抽走了，翻转一下，又塞回她的手上。

"你拿倒了。"季尧臣满脸嫌弃之色，叹息着，摇着头走了，"唉！"

这边，小胖墩还在磕磕绊绊地背诗："明……明月……松……松……"

他脸上的汗越流越多，掀开书角，偷偷瞄一眼。

书上已经画得乱七八糟，标满注解。可是任凭他如何注解，都不能将这些复杂的符号在脑海里留下印象。

再次偷瞄时，叫季先生拿书卷轻轻敲在手上，小胖墩打了一个哆嗦："松……"

"明月松间照。"

小胖墩和季先生俱是一愣，一起回头。

只听苏奈托着腮，继续道："清泉石上流。"

人类的诗，好像在写她长大的那座山一样。

她亲眼见过山尖上挂着的大月亮照亮山林，从松树下蹿过，忍不住停下来玩一会儿，用爪子接住月光，松树的影子摇摇晃晃。

她渴了，就将尖嘴伸进小溪里汲水喝，小溪在耳边发出叮咚叮咚的声响，水中晃动着银色的月波。

有时她故意将爪子伸进水里，哗啦啦地一通乱搅，看那水花碎成星星，沾在她的皮毛和胡须上，再抖一抖脑袋。

对一只山野间的狐狸来说，这些只是再平凡不过的画面。

可是念出这句人类的诗，一股难以言说的感觉贯通全身。

嗯？狐狸迟疑地别过头。

外面的蝉鸣和人声好像一瞬间都消失了，她无意识地咂摸着这几个字，突然觉得……很美。

五感共通，美得兴奋、寂寞、酸涩。连带着眼前浮现出熟悉的山头，她在泥土上留下的狐狸足印，都变得美而缥缈。

"竹喧归浣女，莲动下渔舟……"

咦？似乎有一股清凉舒爽的风由内而外、由小变大，滚动在皮肤表面，将她身上的每一根毛都拂得蓬蓬松松的，舒服极了。

季尧臣默然地看了看书，心里百感交集，说不上是什么滋味。

一首简单的五言诗，能背下来并不稀奇。

可若是一个从未开蒙、大字不识的妇人，过耳一遍便能毫无错漏地背出来，这般耳聪目明，却是十分少见的。话说回来，连这个整日想着男人的花痴都背出了诗，他耳提面命的公子，整日枯坐在桌边抠着书角的小胖墩，却连记住一句诗都万分吃力……阿执不是读书的料，他出于私心不肯承认，也不肯放弃，谁都可以做个笨蛋、傻子，唯独阿执不可以，他就是拿棍子打着、赶着，也必须叫他学会。

可是，与生俱来的天赋，有人长得顶天，有人短如草芥，若是拿人与人对比，不言自明，实在残忍。

这个瞬间，季尧臣突然被一股极度的沉郁和愤懑击中了胸口，重重地打了个寒战，浑身冷汗如雨。他猛地捂住胸口，用力揉了揉，方才那种奇怪的感觉像幻觉般消散了。

季尧臣觉得心有余悸，擦着脸上的冷汗，只觉得有些莫名其妙。回头看去，小胖墩和苏奈已经叽叽喳喳地说起话来。

"姐姐，"小胖墩拽着她的衣袖恳求，"告诉我你如何背得下来诗？"

苏奈张开手比画："你只要想着那幅画面，闭着眼睛，眼前便有一个大月亮，看到没有？"

小胖墩闭着眼睛，慢吞吞地微笑着道："哦。月亮是红色的。"

"呸！月亮怎么会是红色的？"

入了伏，季尧臣宣布他要在饭后午休一个时辰，谁都不能打扰他。

管教这两个学生太过劳神，若不休息一下，恐怕撑不下去。

而且，人常说，常年忧思易得心病，过度疲惫也易短命。他自从做官以来，数年愁眉不展；逃出皇宫以来，生死存亡，担惊受怕，夜夜难以安寝。

上次心口疼痛，疑似有疾，为他敲响了警钟。他不怕死。但先帝驾崩，国师宋玉兴风作浪，死在这个节骨眼上，他实在不甘心。

因此，至少现在还得活着。

季尧臣心事重重地放下竹帘，脱了鞋，正要上炕，摸到一个热乎乎、软绵绵的东西，神色一凝。他猛地将被子一掀，露出一张俏丽的脸。

"苏奈！"季尧臣摔了被子。

只见这个小妇人长发散乱地躺在他的炕上，脸上盖着一本翻开的书，只露出一双眼睛，眨巴着看着他："先生一个人睡觉难免寂寞，奴家专程来陪先生。"

"谁叫你上我的炕？给我下去。"季尧臣恼怒之中胡乱踩在了地上，狼狈万分，抓着她的一条胳膊狠命往下拽。

"先生，先生……"苏奈抓着被褥床单不放，展开书道："奴家其实是来找先生请教上午的问题……"

她可没撒谎！

季尧臣答应给她讲《女则》《女训》，可是讲到一半，还听了个云里雾里，他就黑着脸走了。她好奇得抓耳挠腮。

采补虽然重要，但不急于一时，就算真的要采，也得待他讲完了课再采。

季尧臣将她往炕下拽："同你好好讲授，你不愿意听，现在跑到别人的床榻之上求教，你可要脸？"

提起之前的情形，季尧臣便肝火大动。

他将《女则》《女训》讲得口干舌燥，苏奈不是对着他抛媚眼，就是借机拿手指碰他的手，一副搔首弄姿的样子。

他恍然大悟，什么求教，不过就是这个花痴用来勾引他的手段罢了。

若是个粗野村妇也就算了，可她明明是个有慧根的，季尧臣一向惜才，对聪慧的人更加宽容，这才想努力救她出泥沼。

谁知道这个女人却满脑淫事，自甘堕落，白长了一副聪明的脑子。

季尧臣拉不动她，干脆拿被子将她一卷，想到窗外堆放着成捆的木柴，咬牙将她扛起来，拉开窗户丢了出去。

听见苏奈娇呼一声，想必是砸在了柴堆里，季尧臣沉着脸关上窗，直挺挺地躺下，胸口一起一伏，实是在生闷气，觉得头痛欲裂，翻了个身。

恍惚中，他听见小胖墩蹑手蹑脚地钻进来。在他旁边的柜子上抠了半天，小心地取出一袋偷偷藏起来的糖山楂，啪嗒啪嗒地跑出去了。

半梦半醒中，他又在藏经阁又黑又暗的地库中，一铲一铲地挖掘地道。地下缺氧、潮湿，布满旧书的霉味，不消半日，衣裳就被汗浸透。

初次挖地道，不过是他自己闲来无事。他厌倦每日抄写史书的工作，猛然发觉藏经阁和太子所在的东宫的后花园只有一墙之隔，才动了这个念头。

太子所在的寝殿一向由国师的重兵把守，太子的衣食住行，都由国师负责，太子长到七岁，未曾露过面，也没有人见过太子。

这难道不奇怪吗？

季尧臣每次想起这些事，总觉得心头发寒。

宋玉说太子生来体弱，需要休养，中途有人拜谒，也不得见。

朝臣从未见过太子，不免生疑，私下里议论纷纷。

有人说，太子先天痴呆，宋玉怕有心人知晓真相，蠢蠢欲动，才以此为托词，不叫大家看见。

还有更恐怖的传言，是说国师看管不力，太子早就夭折了，现在的东宫里空空荡荡的，其实并没有太子。宋玉是怕承担罪责，才加以掩饰，欺瞒天下。

有人上奏折请求太子出面，可惜先帝对国师深信不疑，又耽于玩乐，一三五逗狗，二四六掷骰，早就将朝政抛之脑后，见了折子一笑置之。慢慢地，大伙儿从大声说变成小声说，再之后习以为常、得过且过的不说。太子成了一道存在但虚无的影子。

但季尧臣的心里总是放不下。钱塘水患过后，他对先帝死了心，便更一门心思地想去看看这个谁都没见过的太子，至少得确认他到底是不是活着，生怕这个国家的未来也毁在宋玉的手上。

此事他未曾与别人说过，只是在夜里默默地想，心一横，便决定挖一条地道去瞧瞧。藏经阁的仓库内有充足的蜡烛，还有罗盘，方便行事。

每当夜半时分，他脱掉外衣，将藏在院落里的铁锹取出。他是农家孩子出身，对农具的使用得心应手，每日能挖两个时辰，一趟一趟地将土堆在后院，以一张破床单遮盖。他的住处平素无人来往，无人发觉。

就这样，一旦心情沉郁，钻了牛角尖，他便去一门心思地挖土，好像这条地道能给他所有的解答，直到他累得大汗淋漓，上不来气方才停止。

从秋天挖到冬天，土地上冻，停了几个月。直到次年春天，土层越来越薄。终于有一天，他挖通了东宫的后花园。他十分激动，扔下铁锹刚要爬出去，适逢一队人经过，季尧臣心跳如擂鼓，连忙将头缩回洞里。

月色之下，寝殿后门敞开，一队身着纱衣的宫女捧着托盘沉默地鱼贯而入。托盘内的食物飘着香气，仔细看去，是些酱肘子、清蒸鱼一类的菜肴。

季尧臣感到有些疑惑，正值半夜，谁在传膳？

这时，他忽然想起，东宫每个月的食物支出总是一大笔，他从前以为是宋玉借着太子的名头中饱私囊，现在看来，好像不是如此……

他在地下等了一会儿。不一会儿，又见这群宫女依次走出来，只是手里拿的东西变作了空盘。

难道真的是太子半夜饥饿，故而传膳？他亦见过达官贵人用膳，这么多吃食，是一场小宴的量，会不会太多了些？

这时，大殿嘎吱一声关上。先前垂头不发一言的宫女们似乎被按动了开关一般，纷纷伸着懒腰，放松手臂，嘻嘻哈哈地打闹推搡起来，身影交错，一忽儿，忽然什么声音都没有了，再一看，那些宫女一个都看不见了，唯有晚风轻轻地吹着枝条，沙沙作响。

季尧臣吓了一跳，冷汗淋漓，回去之后便大病一场。

可是未曾见到太子，他始终不肯死心，病愈之后，他又鼓起勇气从地道偷偷去了东宫几次。发觉每日夜半，都会有一队宫女从后门来送餐，不多时再端着空盘离开。

季尧臣心里的疑虑更重，他望着那扇紧闭的、精致的雕花栅格门。

太子当真住在这座宫殿里？为何每日半夜传这么多吃食……可是还有旁人，与他一同用餐？

这个念头折磨着他，压过了忌惮，他拽着树藤，从地道中爬出来，切切实实地站在庭院里，腿有些打战。环顾四周，更觉得诡异，因为东宫后院的草木枯萎、颓败，黑如焦土，不像是有人打理的模样。

他举着烛台，踉踉跄跄地靠近殿门，待走近，吓了一跳，只见后门的几扇透气的窗户皆被钉板钉死，如同废宅一般，幸而门里传来隐隐约约的欢笑和歌声，好像有不少人喧哗，十分热闹，这才叫他松了口气。

声音自门缝传出。

季尧臣慢慢地俯下身，从门缝往里看。

一盏昏暗的幽灯晃动，四个身材纤细的红衣女子跪在地上，一边拍着手唱歌，一边用膝盖跪地行走，她们的肩上扛着竹竿做的轿撵，抬着它进进退退，晃晃悠悠的，似乎是在玩耍嬉闹。

轿撵上的人，宽袖垂落于轿撵边，发出一阵阵鼾声。

灯光照在他的脸上时，季尧臣看清楚人脸，瞳孔一缩。

那个"人"足足有三个人那么宽，下巴上的肉堆了两三层，如一摊淤泥一般堆叠在轿撵上，挤进轿撵的每一个角落，将竹竿压得向下弯曲，好像马上就要折断。

随着轿撵晃动，他的头歪向一旁，头上的冠冕忽然向下滚落在地，将他惊醒。他拿手揉了揉眼睛，醒了过来，手里还捏着一只鸡腿，放在嘴里啃食起来。再转过头时，季尧臣看见一张胖得五官都变了形的脸，眼窝乌青，眼睛闭着，似乎无法视物。

而那几名抬着轿撵的红衣女子的裙摆下忽然露出来几条毛茸茸的尾巴，她们嬉笑着扭过脸，弯眼尖嘴，浓妆艳抹，皆是似人非人、似狐非狐的脸。

啪的一声，蜡烛猛地掉在地上。

季尧臣吓得后退几步，连滚带爬地想往回奔逃，再有意识时，已是脸朝下摔倒在地道内，鼻端尽是带着腥气的泥土，鼻梁隐隐作痛，好像噩梦惊醒，身陷一张巨大的罗网之内。

难道方才轿撵上的那个"人"就是年方七岁的太子？

季尧臣的心里感到一阵钻心的痛，不知道是为了这个可怜的孩子，还是为了被蒙蔽的天下人。

有谁知道？有谁知道？天子之后，社稷之主，早已经让国师养成不似人形、无法行走的一摊肉。脑海里再次想起方才那个怪诞的画面，他骇然而且反胃，一阵干呕。

地道憋闷，叫人呼吸不畅。

季尧臣咳嗽着、抽泣着翻了个身，大口大口地呼吸，胸口如同压了块巨石一般。他突然睁开眼睛，刺眼的光芒射来，纷乱的梦境退去。

蒙眬之中，一只毛蓬蓬的红毛野兽趴在他的身上，一对绿幽幽的眼睛正恶狠狠地盯着他。

季尧臣的身子一抖，打了一个激灵醒来，原来也是做梦。

压在他身上的分明是那小鼻子小嘴的小妇人，身上散发着一股浓郁的、奇异的香气。她恶狠狠地看着他，用手拽了拽他的胡子，忽然把头枕在他的胸口，满足地听了一会儿他的心跳，又扒拉开他的被子，偷偷地向下摸去，还偷偷地瞄了他一眼。

苏奈心里正在骂人，这个男人竟然敢把她从窗户丢出去！好在她的动作敏捷，扒着窗棂跳了回来，还不是被她骑在了身下。

怎么报复才好呢？

不如趁他睡着，先蹭他一点阳气？这样也好，也不算赔本。谁知还没摸到腰带，季尧臣就突然一睁眼，吓得她的动作一停。不过，季先生好像是睡糊涂了，身体虽然绷得紧紧的，却直挺挺地躺着，目光迷蒙，不曾想起来打骂她。

过了半晌，季尧臣转过脸看着屋顶，眼角静静地淌下了一滴泪。

苏奈吃了一惊，伸出爪子抹去："咦，先生做噩梦了？"

这个小妇人说话一向娇揉造作，此时此刻，季尧臣却鬼使神差地听进心里，恍惚中听出几分温柔、熨帖的感觉。

季尧臣刚意识到这一点，鸡皮疙瘩立刻爬满背脊，一股暴躁的烦闷感逼到喉咙，猛然将她推了下来，翻身冲着墙："下去。"

苏奈冲着他的背影龇了一下牙，却躺平在床上，尾巴翘起来一摆一摆的。

下山待久了，她对凡人有了一些深入的了解。凡人和她们兽类完全不同，看上去的样子和实际的样子，可能完全是两样。

比如郑大，说话时唯唯诺诺的，都不敢直视人，哪能想到他长了一颗敢杀妖怪的黑心。季先生看上去虽然凶巴巴的，却不是真的凶，他骂她、吼她，中午盛饭时，还给她装了满满一碗，还给她讲人类写的书，就算把她丢出去，也是卷着被子、铺着柴草。

苏奈好像有了一点心得，但以她贫瘠的言语也完全说不清，狐狸的脑仁只有那么一点大，懒得再想。反正她不怕季先生，还能得寸进尺，以捉弄他取乐。

一条白皙的手臂搭上季尧臣的肩头："先生刚才把奴家扔出去，奴家被稻草扎到了。"

季尧臣将那条胳膊丢下去，紧紧地抿着嘴唇。

"先生。"苏奈躺了一会儿，从背后好奇地晃了晃他的肩膀，"你有什么烦心事？跟奴家说说呗。"

季尧臣耐不住她的聒噪，正开口要骂人，临到嘴边，却又化成冷笑道："跟你说，你便能听懂吗？"

苏奈把头点得如同小鸡啄米："奴家懂。"

"你懂什么？"季尧臣赫然转过来，锐利的目光盯着她，"你懂得忠君报国？还是懂得家国大义？我是怎样的一个人？我为何而喜？为何而忧？何故夜半梦醒？你能明白几分？"

问完后，却屏息期待，连他自己都未曾觉察。

苏奈莫名被批评得缩了缩脖子，感到有些无趣，脑袋歪着，抵在炕上打了个哈欠，眉眼之间的神色显得十分慵懒："不能心灵相通，大约因为奴家和先生还不熟嘛，等到先生和奴家更进一步，自然就懂了。"

不料季尧臣听了，勃然变了脸色，神色森冷地道："白说，果然白说……"

苏奈将脑袋伸过来："你做了什么梦？怎么还像小孩似的，做梦还哭呀？"

这话听得刺耳，季尧臣的脸上迅速泛起恼羞成怒的红，猛然坐起身来，看着炕上的小妇人，千头万绪积聚在一起，越想越觉得心烦，无法挣脱，便突然爆发："我说了多少遍，为何非得缠着我？就不能叫我一个人静一静？"

苏奈叫他喊得一蒙。

季尧臣一骨碌爬起来，在屋里踱来踱去，戳着苏奈的额头怒斥："无知！愚蠢！低俗！浅薄！白白生了慧根，满脑子都是那档子事！你可还是个女子？我要有你这样的女儿，早就一根棍棒打死了事！"

"我……"

季尧臣越说越气愤，仿佛胸口的一团乱麻失去阻拦，正在争先恐后地喷涌而出。

老天爷！这一路上，他想做的事情没有一件能做成，这么多年，得到的只有一次又一次的失望，他成日里已经够苦了，够苦了……连一个能说话的人都没有，却还要面对这么个玩意儿，每天在自己面前搔首弄姿，可是上天对他的讽刺？

季尧臣闭上眼睛，似哭非哭地道："商女不知亡国恨，隔江犹唱后庭花……"

苏奈眨巴着眼睛，手心都紧张得出了汗："什么花？"

"你就是吃得太饱、穿得太暖！怎么不睁开眼睛看看，看看这世上有多少不公？看看外面有多少人吃不上饭？看看朝廷成了什么样子？"毛巾架子咣当一声被季尧臣的袖子抽倒在地，他却毫无觉察，只是用力地拍着手，"谁都像你一样闭着眼睛，闭着眼睛享乐……那大家就一起完蛋！谁都像你一样，闭着眼睛……"

季先生的声音越来越弱了。只见他的手按着胸口，面色铁青，面容微微扭曲，有痛苦之色。过了半晌，咬紧的牙关溢出一声呻吟，猛然伏倒在地，再无声息。

苏奈大惊，从床上飞快地跃过来。

她，她，她……她是想像之前一样捉弄一下季先生，可没想要把他气死啊！再说，她刚才也没说什么呀，至于生这么大的气吗？

她将季尧臣扶起来，只见他的双眼紧闭，虽然一时还有鼻息，却只有出气，未见进气，拍了拍他的脸："先生，你可千万别死啊……"

小胖墩跟跄着进门，看见这个场景，吓得鼻涕、眼泪瞬间滚滚而下，扑过来拉着季尧臣垂下的衣袖哭道："先生，你别气……对，对不住，糖山楂是我拿的……"不一会儿，便哭得上气不接下气，"我错了，我再也不偷吃了，先生，求求你不要死……"

糖山楂？什么糖山楂？

苏奈和哭成了花脸猫的小胖墩大眼瞪小眼，反倒叫他哭得冷静下来："弟弟，哭什么？你看那是谁！"

小胖墩挂着眼泪回头，苏奈捧起季先生的脸，飞快地渡了口气。

人还没死，只是晕过去，渡他一口妖气，应该能转危为安。

可这口气刚渡进去，季尧臣的薄唇忽然张开，妖气又逸散在空中。

苏奈一连试了几次都没能成功，正急得跳脚，却见季尧臣不但吐出了她的妖气，他口中还紧跟着逸出一股污浊的黑气。

她的目光跟着这股黑气向上飘去，惊呆了。

这是什么玩意儿？她拿手在空中乱刨，黑气如同烟雾，无形无味。

更令狐狸头大的是，小胖墩回过头来，照常抓着季先生的手哭泣，好像只有她能看得见那股黑气。

苏奈将季尧臣平放在地上，连渡气都忘记了，吃惊地看他体内正源源不断地向外逸散的黑气。

丝丝缕缕的黑气飘到了房梁的位置聚集起来，竟然结成了一片极薄的乌云。苏奈用力拉开窗，才开了条缝，那片乌云便自己从窗缝挤了出去，慢悠悠地飘向了天上，融入云层中，成了一小块微深的翳印。

苏奈望着云层发呆，季先生怎么会吐出这种东西呢？

虽然搞不清是什么，但看颜色，黑乎乎的，不像是什么好东西。

眼见季尧臣吐出的黑气越来越稀少，苏奈掰开他的嘴巴，又按压他的胸口，帮他吐出去。

"姐姐。"小胖墩抓住她的胳膊，"你，你是在救先生？"

不待她回答，小胖墩也胡乱挤压起季先生的肚子："我来帮你。"

一人一狐按了半天，最后一点儿黑气也从季尧臣的身体里挤了出来。他的身子变得软而放松，忽然从胸腔里发出了一声深深的呼气声。

"他醒了，他醒了！"

季尧臣睁开眼睛，窗帘被风吹动，正好看到窗外成片的晚霞。

此时正好是黄昏，深紫赤红，云层浸染，晦明交替。

他静静地看着，侧躺在地上，却毫无知觉，从未有如此神清气爽、轻松舒畅的感觉，好像体内压抑已久的郁气全都发泄一空，倒感觉像是躺在了云朵上，那云朵慢悠悠地飘着，别无负担。他好像回到年少不知事的时候，躺在石头上，眼睛一眨不眨地看着天空，只觉得很美。

"落霞与孤鹜齐飞，秋水……共长天……"

他笑了。

259

苏奈和小胖墩吓得不敢动弹。

苏奈还是第一次看见季先生笑，他一直是眉头紧锁、嘴角下撇的模样，不免显得凶恶、刻薄，突然笑起来，有股意气风发的感觉，很是陌生。

季尧臣看过云，一阵浓浓的倦意涌上心头，他不知对谁含糊着道："我小睡片刻。"话音刚落，便闭上眼睛没了声息。

苏奈急忙伸爪探他的鼻息，他的呼吸均匀绵长，竟然真的是睡着了。

"先生……"小胖墩的脸上还挂着眼泪。

"嘘。"苏奈一把捂住他的嘴巴。

她也不知道为什么，本能地觉得此时不该惊扰季尧臣："他好不容易才活过来，你可别再把他气死了。我们还是试试烧饭吧。"

小胖墩擦干眼泪，面露期待之色，揑着衣角道："好……但我不会。"

"我也不会。"苏奈的眼珠子一转，"要不，我们去阿雀娘家里蹭一顿饭？"

小胖墩点了点头："可。"

苏奈拉着摇摇摆摆的小胖墩出门了。

徒留身材高大的男人睡在地上，肚子上盖了一件小胖墩的裤子，一张饱经风霜的脸被绚烂的霞光覆盖，眉宇间显得平静、安详。


进入了三伏天，蝉叫得尤其响亮。小胖墩脸上的汗如雨一般地往下淌，读书的时候便不能轻易睡着了，只一下一下地拿手背擦汗，书页上落下几个黑手印。

他的脖子上起了痱子，生疼，坐不住了，便往旁边偷看。

苏奈和他坐在一边，竟然能灵巧地盘起腿来坐在板凳上面，仰着头，把书高高地举在眼前，书页已经翻了大半。

"姐姐，"小胖墩悄声道，"你背到哪里了？"

苏奈擦了擦汗，眼珠子还黏在书上不肯放："快背完了。等奴家背完了，就能去厨房找季先生了。"

"啊。"小胖墩哭丧着脸道，"你不是不识字吗？怎么可以这么快。"

在下山之前，苏奈的确是不识字的。这段时间季先生手把手地教着，从开蒙学起，像四五岁小儿一般，认得了一些简单的字。

季先生自打上次气晕之后醒来，就仿佛变了一个人一般，脾气变得极宽容，眼里也时常带着笑，不再轻易打人骂人了，这对她来说是一件特别好的事。可惜季尧臣即便是脾气变好了，对她的亲近还是一惯搪塞。

比如说，一见她得闲，笑吟吟地朝他走过来，就赶紧拿起一本书叫她背。晚上，她说地上太硬，那么大的炕，不如分她一半睡，季尧臣就翻个身说，等她练好字，就把炕换给她，他睡地上。

这句话还真把苏奈唬住了。不知从哪一天开始，就变成了季尧臣一个人教两个笨学生。

她想背书，总有办法。为了记住这些诗，在他读的时候，她就拿手在书上画下记号。"山"就画一个尖尖，"月"就画一个圆圈，这样，她看见自己的画，就能联想到这幅画面，随后就能想起这首听过的诗。

苏奈又翻过一页道："因为我读这些诗就像听山歌一样，听一遍就忘不了，比你背的那些之乎者也的好记。"

"是吗？"小胖墩愣愣地走了神。

小胖墩看了看她，又看了看书，一个字也看不进去了："你手里那本《幼学簿》我也背过的呀。"

他并不觉得简单。

苏奈上个月才学握笔，季先生叫她摊开手，吝惜地把笔放在她的手心，她满把抓起来，好像手里捏的是一根烧火棍。季先生蹙眉握住她的手，她就嬉笑着拿手背蹭季先生的手心，季先生的肩膀都变得僵硬起来，猛地敲了她一个栗暴，她才不笑了。

两个人手握手，暗自用力，暗中大战一场，她总算把笔握住了，先从"天、地、人"开始写，写得歪歪斜斜的。坐在窗边，蝴蝶飞过的影子落在纸上，就能叫她的眼神跟着走了。走神一会儿，她一歪头，咔嚓一声咬烂了笔端，季先生也跟着咬紧了后槽牙。

如今，苏奈竟然已经能背整本书了。

比起苏奈来，阿执握笔要早得多。

很早就有人手把手地教他拿笔，写自己的名字和一些简单的字，比如"吃""屙""痛""准奏"一类的，当时，他还在那间极黑的大殿里居住，可以娴熟地摸过眼前的绢布，在上面落下那些字，再由人拿走。

一日饭前，侍女遍呼不应，他想去摇轿撵上的金铃叫人，却意外地摸到一只冰凉、粗糙的手，登时吓得喘起气来，不敢动作。

那个人的呼吸落在他的脸上，似乎盯着他看了许久，随后，他的眼睛被涂抹上湿润、冰凉的东西，入了眼却火辣辣地痛，他尖锐地叫喊起来，嘴巴却猛地被人捂住："殿下，别叫……"

烛火慢慢亮起，他的眼前有了一轮光晕，眼前的迷雾像是散开了一般，能看清周遭的一切。一个瘦削的男子立在暗中，抿着嘴，眼神复杂地看着他。

远处传来一两声响动，男人似乎十分紧张，急忙从怀里掏出几本书来，熟稔地翻起书页："殿下可开蒙了？认得字吗？"

他肠胃搅动的声音犹如雷霆，男人亦是一惊，阿执哭丧着脸蜷缩在轿撵上道："孤想吃饭。"

那个男人却坚持道："随臣学了这页才可以吃饭。"

那时候，季先生掏出来的是《孟子》。小胖墩不问他是谁，更不问他来干什么，一心只觉得饿昏了头，肚子被掏了一个大洞似的，空虚异常，只想将从前那些美食一盘一盘地倒进去填满，巴巴地想要吃饭，于是没骨头似的，像抓着鸡腿一样抓住了书。

即使是这般紧急催逼之下，那些简单的字仍然犹如蚂蚁爬去、散开，不能在他的脑海中留下丝毫印象。

季尧臣见他的嘴唇翕动，半晌吐不出一个字，比他还要焦急，换了一本，他仍然摇头。再换更加简单的，正是《幼学簿》，是将天文、地理、岁时编成了朗朗上口的口诀，专门给四五岁的幼儿开蒙的。

可他还是记了下句就忘了上句。

季尧臣的期望，从每日背半本到背一篇，再到背一段，再到背一句。最后，整本《幼学簿》背完，用了整一年的时间。

即便如此，季尧臣急得口唇冒火，眉头从未舒展，自己唉声叹气，却从不对他疾言厉色，就这么慢慢地，耐心地反复"灌"进去。

季先生从来没有骂他一个"笨"字，他问起来，只是平和地说这些对他太难了，千里之行，始于足下。

可是此刻见着苏奈，小胖墩阿执才懵懵懂懂地有了些感觉，感觉到自己是和旁人不太一样的。

为什么我会和别人不一样呢？

苏奈背完最后一页，见小胖墩兀自陷入沉思，好像入定了一样，就用胳膊肘撞了撞他，还跟他说话，刚张开嘴，脑袋上就挨了一下。

季尧臣高大的阴影立在桌子旁边，呵斥道："叽叽喳喳的，都背会了？"

小胖墩一惊，默默地拿书遮住脸。苏奈却龇着牙揉了揉脑袋，梗着脖子不服气地道："我都背会了，你凭什么打我呀？"

季尧臣不生气，反倒撩开衣摆坐在桌前，顺手拈起苏奈写的字看，严肃地道："背来听。"

定睛一看，那张纸上的字歪歪扭扭，形如狗爬。季尧臣不禁抬头瞥她。

一般来说，女童细心，写字更为齐整秀丽，写得这般歪歪扭扭，简直像是狗在写字，匪夷所思。

字如其人，倒是像她这个人，毛手毛脚的，半点不安分。

苏奈还趴在桌子上，嘴里背个不停，待背到最后一首，大喘一口气，兴奋地凑在季尧臣的脸前，一双丹凤眼亮亮的："先生，我写得怎么样？可以上炕了吗？"

季尧臣摇头："不好看。"

"哪里不好看了？奴家……奴家一笔一画写的。"苏奈气急败坏地将那张纸头拎起来贴在季尧臣的脸上，想叫他看个清楚。

想她一只野狐狸，辛辛苦苦地学人写字已经不错了，他还挑三拣四的，字还要分好不好看！

季尧臣叫她惹烦了，顺手抢下来撕成条："再去练习，再写十张吧。字如人立，不能屈膝，不能伏倒。"

"十张？"

小胖墩仍然在窗边艰难地背书。

苏奈坐在旁边，尾巴有气无力地耷拉着，裙摆散落一地，在灯光下临摹。

她写得头疼，下意识地咬住了笔杆，旋即被辣得吐了好几口口水。

她手里的笔杆，端头用布片包着，布片浸了辣椒水，是季尧臣心疼他被咬坏的笔，专门治她这乱咬东西的毛病。

苏奈吃了一嘴辣椒，气得撂下笔，也不写字了。

她托着腮，转着手上的佛珠，晃着板凳念叨着道："明明都是狐狸

263

精，我为什么这么倒霉？一个人都没采到也就罢了，如今竟然在这鸟地方学起人写字。唉！那个公狐狸又当国师，又采皇帝，凭什么他有这么好的运气……"

红毛狐狸气愤地将后半句脱口而出，声音大了些，忽然觉得有些不对，抬头一看，季尧臣匪夷所思地看着她，神情十分不悦："苏姑娘，不知道你从哪里听来的传言，到你这里断了即可。先帝是有行事不妥之处，但也不能如此妄加揣测。"

苏奈咦了一声："宋玉不是采了那个皇帝吗？"

小胖墩一把拉住她的袖子："姐姐，不是采，只是一起玩耍而已。"

"玩耍？"

这些人真是幼稚，狐狸精和人类有什么好玩耍的？

季尧臣负手行至窗前："听闻太子出生不久，先帝围猎，在丛林中见到一个少年身着白甲，容色俊秀，顾盼生辉。先帝视之许久，竟然泪盈于睫，抹了把眼泪道：'孤未曾想要落泪，这眼泪竟然自己滚下来，心也跳得厉害，简直奇怪得很。你是哪里人士？孤仿佛在哪里见过你。'那少年不见丝毫惊讶之色，笑着道：'我等君赴约已久，今日终于等到了，我早已备好酒菜，快来快来。'

"先帝与这个少年一见如故，拨转马头就要跟着走。群臣自然阻拦，先帝不舍他离开，便一声令下，将其带回，封为国师，日日伴驾，是为国师宋玉。

"从前，我们也怀疑这二人有私情，可是观察了一段时间，陛下和国师都无龙阳之癖，只是结伴玩耍，形影不离，以至于饮酒下棋，一同烂醉。宋玉时常带着先帝出宫喝酒吃饭，骑马射箭、斗鸡、斗蛐蛐，竟干那些玩物丧志之事。我还见过他们在大殿上蹴鞠，君不君，臣不臣，实无正形。"季尧臣说到最后，语气已经转冷，"正因为宋玉是狐妖，才可蛊惑人心，不然，一国之君，何以弃国家于不顾，与一个男人整日勾肩搭背？"

苏奈听了，暗想，原来那个公狐狸精的修为也比她高出那么多，为了采个男人，还得先陪他玩耍几十年。一定是还没来得及采，老皇帝就病死了。采补果然不是一件容易的事，老狐狸精也有倒霉的时候，那她这样的就更不算什么了。

季尧臣看苏奈神游天外，轻轻地敲了敲桌子："长日无聊，在屋里看书写字有什么不好？看看你，屁股上长了钉子一般，坐都坐不住。"

"外面不无聊。"苏奈忙道，"先生可以与我出去跑圈！"

季尧臣看了一眼窗外晒得焦黑的草，却道这个小妇人的精力真是旺盛，简短地道："天这样热，下地都会中暑。况且我也不爱出门。"

"那先生爱干什么？"

"我就爱读书。"

行吧。

见苏奈耷拉下脑袋，继续恹恹地写字。

季尧臣顿了顿，别开头，半是嫌弃半是嘲讽，声音缓缓道："苏姑娘待我如此热情，我既然拒绝你，也没什么可以补偿于你。季某只会这点本事，教给了你岂不好？况且，你有些慧根，当为可造之才。若是每天只管吃饭睡觉，想男人，活成一介粗俗妇人，未免浪费了。"

苏奈竖起耳朵，呸，你才浪费，我在山里三百年，每天都过得很充实，快活得很呢！

这般想着，狐狸尾巴却高高地翘起来，在裙摆下一阵摇摆。

慧根，这个男人说她是只聪明的狐狸呢！至于采补大业……

苏奈每日只管在季先生的看管下背书、写字，夜晚累得平躺在地上，呼呼大睡，一时便顾不得采补了。

半夜里，小胖墩梦魇惊醒，总爱抱着枕头挤到她旁边睡，把头埋在她的怀里，苏奈任他抱着贴着，梦中一翻身，还以为自己睡在山上的狐狸洞里，摸到了狐狸洞里漂亮的头骨灯。一伸手，也搂紧这孩童的脑壳。

季尧臣起夜点灯，看到的便是这温馨相拥的一幕。

他将烛台放在地上，轻手轻脚地捡起地上的薄被盖在这二人的身上。

他端起烛台，转身而行，那萤火在黑暗中向上飞舞片刻，又猛然静止。

阿执叫他小心地从苏奈的身上抱起来，抱回屋里的炕上去。

小胖墩仍然很沉，季尧臣累得拿袖子抹了抹汗，扶着腰看着地上剩下的女子。苏奈熟睡时不像着那般机灵、狡猾，季尧臣如今看见她，也不像当初那般想到狐媚子而抵触。她浓密的睫毛下，倒有股十分纯然的憨气，好似完全不通人情一般。

这倒是个色厉内荏，心地不怎么坏的女子。

季尧臣读了大半辈子的史书，从这段日子的经历联想到一段传奇。

当日神医扁鹊给齐王看病，便是装疯卖傻，再三激怒于他，齐王以为扁鹊是个庸医，对宫人大发雷霆，盛怒而晕厥，醒来后，竟然不治而愈。

想来神医之所以为神医，大约是明白齐王之疾和他季尧臣相同，都是因为三缄其口、日日夜夜无人可诉，郁结而成的心病，非药石可医。若不借故发泄出来，早晚抑郁而死。

这个小妇人虽然是个花痴，却阴差阳错引出他体内的郁结之气，是冥冥之中上天降下的救赎。他怀着这样的心思再看她，心里不由得泛起一丝暖意。

这时，他似乎听见苏奈的嘴唇微动，季尧臣觉得疑惑，凑近一听，只听她梦中还念念有词，背个不停："天地人和……背过，我背过了。"

季尧臣禁不住笑着摇了摇头，将这个小妇人拿被子卷起来，轻轻放在自己的炕上。

而他则伸展四肢，小心地躺在了门口的地铺上。

灯火熄灭，一夜寂静。

清晨，季先生卷起竹帘，刺眼的阳光一下子涌进室内。

同时传来的还有小儿的笑声。季尧臣一愣，只见窗户外面扒着的几个女娃猛然哄笑着跑开，唯独剩下阿雀站在板凳上，上下两难，过了半晌，红着脸跑开了。

季尧臣似有所感，回头一看，小胖墩阿执就坐在窗边，掩着书卷，看着窗外迟钝地挠了挠头。他的胖脸蛋黑黑的，看不出红没红。

阿雀搬了板凳回去，妹妹们已经添油加醋地告过一番歪状，阿雀怕娘也误会，就道："我不是去看阿执的，我是想看阿执的那个美人娘在干什么。我看见阿执的爹手把手地教她写字，她的相公真好，可以教她读书写字。"

未承想阿雀娘打趣道："你以后跟了隔壁的小胖子好不？等他学会了，以后也教你读书写字。"

阿雀大惊，深吸了一口气说："不好。"

妹妹们笑嘻嘻地道："我们也觉得不好，他又黑又胖又笨，咋配得上你？"

这样一说，阿雀却气鼓鼓的，用力敲她们的脑袋瓜："说什么呢？阿执心眼好，有礼貌，你们坏。"

阿雀娘全看在眼里，没作声。

苏奈捧着书打了个哈欠，便见窗外枝繁叶茂的大树底下，阿雀娘正在跟季先生说些什么，季先生沉吟不语，似乎有心事。

溪边的石子地上，几个孩子在蹲着抓河蟹，窈窕的垂髫女娃和微胖的男娃背靠背比起身高来。

小胖墩就纳了闷，这一年里，他日渐瘦下来，却一丁点儿未长高，就连从前比他矮的阿雀，如今已经比他高出半个头，好奇怪呀。

村子里的男孩子从前叫他胖墩子，如今叫他矮冬瓜，不免叫他觉得郁闷。


苏奈托腮看着窗外，耳朵尖尖了动，将窗外夏天所有的声响囊括入耳，蝉鸣、溪水流动声、笑声、风声、叶子摇动的声音……看了一会儿，又从季先生的桌子上随便抓来几本书垫着下巴。

她如今已经学过千字文，想来也识得不少人类的字，但是学会这些字有什么用？她并不懂。她趴在书上百无聊赖，昏昏欲睡。

她更喜欢和季先生学诗，尤其是念到简单一点的山水之间的诗。

读诗时，总会感觉到一阵不知从什么地方来的清风吹过她身上的皮毛，闭上眼睛，就好像回到山中，风拆成千丝万缕，竹片儿飒飒摇晃，细密的五色花苞从她的鼻尖轻盈地滚落而下，香风若有若无。

窗外铜钱似的亮光从她的黑发上掠过，投在泛黄的书页上。

她好奇地伸手遮挡那光斑，手指按住的正是一句"绿槐高柳咽新蝉"。

她识字之前，这些人类的字仿如一群丑陋的蝌蚪，她拍住这些蝌蚪，同她拍过一处长满碎花的草丛没什么区别。

可是这些字才读过不久，她知道它们用人类的语言怎么读出来，苏奈便一怔，不由得在心里读了出来，这些蝌蚪便慢慢地从纸面上鼓起来。

仿佛每一朵小花都绽开，散发着光芒，盈盈地飞向空中，拼凑出一幅碧波荡漾的斑斓景象，正是片刻前她在窗外看到的景象，泼墨般的绿意，有光，有蝉声。

苏奈捧着书吃惊地晃了晃脑袋。

季先生未曾念过这首诗，她也未曾用爪子画下这些树木，可眼前的书仿佛变成了窗框，突然展开一幅画面。苏奈的眼神不受控制地继续向后扫去，有些字仍然像蝌蚪，是她未曾学过的字，不过跳过它们，那幅画面没有受什么影响，仍然在她的面前极快地展开，越铺越大，越布越广。

她仿佛灵魂脱壳，轻盈地飞越绿树。湖光山色，有细雨微蒙，鹭鸟点水而去。

她又越过那些山头，俯瞰万顷农田，横竖斜织在起伏的山岭上，一个小小的人儿正挥舞着锄头，斗笠下……农人饮水滚动的喉结……

房檐上落下的一串雨水，淅淅沥沥地砸在地砖缝里的水洼中。

她未曾见过"莲花砖"，不过她见过真的莲花，那么青色砖石之上便慢慢地雕刻出一朵含苞欲放的莲花，一只绣鞋快乐地踩水而过，溅起水花。

庭院里，挂一架荡来荡去的秋千，还有银铃般的嬉笑声传来。

不知不觉，竟然翻到了最后一页。

眼前的画面仍未散去，只是慢慢变淡。苏奈用手挡着刺眼的光，颇有惆怅之感，干脆又摸了一本书打开来，从第一句开始认，灵魂马上又荡了出去。

这一回荡得更远，随着枫叶转红，她见过的丹霞和未曾见过的巍峨宫殿、山川河流一同入秋，再随万物凋零，独剩枝丫。接着，她仿佛置身于冰天雪地中，雪花落在皮毛上，冻得她哆哆嗦嗦，在冰山上一步一滑，连滚带爬地一阵狂奔。

好在下一刻便又踏入春天，万千细丝将她交替运送，身下千万朵桃花突然盛开，簇集成粉红色的云朵，相互挤压，将她挤至空中——

混沌之间，红毛狐狸不知随着四时流转多少次，在山林和人间横穿多少次，速度越来越快，耳边却越来越安静，慢慢地，眼前流转的炫光越织越密，千丝成茧一般将她的眼前裹成了一片白。

在这片无尽的白中，耳边一片寂静。

苏奈仰头呆呆地看着。

空中似乎慢慢地现出一只小小的、跑跳着的动物的轮廓，仔细一瞧，两只尖尖的耳朵，一条毛蓬蓬的尾巴的轮廓，如火焰一般闪着跃动的光。

苏奈一惊，咦？这里也有只红狐狸？

红狐狸踏向空中，尾巴向前盖住脑袋，在空中打了个滚儿，用尾巴环绕身体，在空中旋转起来，这道小红狐的幻影越转越快，甩出的红光挥洒如墨，渐渐地仿佛融成一幅虚妄的太极图。它也越缩越小，转成了一团小小的、杏子大的火珠，直冲她面门而来。

就在那火红色的丹珠撞上来的一瞬间，苏奈的脚下陡然一空，向下一坠。

原来是季尧臣此时进屋，见苏奈毫无坐相地趴在桌上，眼睛贴着书卷，一动不动，气得卷起书来，一把将她的脑门支了起来，呵斥道："又睡了，又睡了……哎，醒醒，可别又将口水淌在我的书上。"

苏奈眼前的幻象瞬间消散，仿佛悬浮在空中的魂魄刹那间归了位，发觉自己的屁股还结结实实地坐在板凳上，感到一阵天旋地转。

季尧臣见她的身子一颤，好像噩梦惊醒一般，一时失去平衡向后倒去，咣当一下，跌了个仰翻，也吃了一惊，急忙去拉她，岂料苏奈早已灵巧地打了个滚，坐了起来。

坐起来后，她连看都不曾看他一眼，急忙捡起书跳到一边去看。

季尧臣不禁感到吃惊，吃惊之余，又有些欣慰。看这模样，倒有几分他年少时沉迷读书的劲头。

这个花痴难得露出如此好学的神态，想必是真的感悟到书中的妙处，想要引得她走上正途，形势正好，还是不要打扰她。

于是他便转身翻箱倒柜，挑些简单易懂又有趣味的诗书备着，等苏奈看完了一本，茫茫然不知所措时，便又给她的手里塞上一本，叫她继续看。

苏奈蹲在地上不吃不喝，不言不语，盯着书本看了一整日，直到日头西斜，红霞染上窗子，方才长长地叹了一声，拿脑袋撞了撞墙壁。后面那些书虽然看得懂，也挺有趣，但横看竖看，却难以融入那种玄奇之境。

不读了！苏奈咬着牙一骨碌站起来，拍了拍裙子，狠狠地坐在小胖墩身旁。

阿执还在窗边摇头晃脑地苦读，先生今日布置的任务他尚未完成，不敢松懈。

因此板凳被苏奈坐得嘎吱一响，又咔嚓咔嚓随着她的腿抖动起来的时候，他只是斜过眼，瞟了瞟苏奈的发顶。

苏奈枕着胳膊趴在桌上，想起下午那个怪梦，心里觉得郁闷，却又想不出所以然来，手在那块木板搭成的桌面上乱摸，忽然摸到些凹凸不平的部分，一下子拉回了注意力。

直起身子，凑近一瞧，苏奈惊讶地道："这桌子上有很多横的、竖的、斜的刻痕！"

　　季尧臣抿了口茶，不悦地道："这有什么好大惊小怪的，是我年少时练字时印下的，又不影响你看书。"

　　"先生莫要蒙奴家。"苏奈一本正经地道，"你的笔是软的，木头是硬的，几根羊尾巴毛怎么能把木头拓出刻痕？"

　　季尧臣轻轻哼了一声，似乎是在笑她不知人间疾苦，过了半晌才笑道："有何不可能呢？我幼时家贫，买不起纸张，日日夜夜以笔蘸水练习，反反复复，水滴石穿。"

　　苏奈不由得大惊，再次抚摸那些刻痕，倒吸一口冷气，心道，照这个男人这样的说法，得写过多少遍才能拓下刻痕，又疑惑地道："可是先生很聪明呀，明明那些书，你看一遍就记住啦……"

　　苏奈记得他考她背书时，负手看向窗外，往往不必看书就能揪出她字句中的错漏，再有未曾背过的书本，他扫上几眼，也能倒背如流。

　　苏奈没见过太多凡人，但根据她有限的观察来看，季先生在凡人里算是顶聪明的。对妖精来说，灵智高的妖精可以恣意一些，笨的妖怪才需勤加修炼，大姐姐白素就天天追在她和臭猫的屁股后面，叫她们少贪玩些。

　　季先生已经这样聪明了，还需要这样用功吗？

　　季尧臣受了苏奈直白的夸奖，虽然不见喜色，但也别过眼去，解释道："天外有天，人外有人。季某出身低微，长在这村落里，有如坐井观天。我看不见别人，只能看到自己；管不了别人，只能管得了自己，想要跳出这庸庸碌碌的命，再勤勉也是不为过的。我们农门士子都是这般苦过来的，因此我见低调刻苦的读书人就觉得欣喜，最看不惯那些自恃才高，轻浮浪荡之人，还有那些出身尊贵，鼻孔朝天的少爷公子。"他飞快地打量苏奈一眼，展开袖子道，"现在想来，那些人未必没有才华，只是不知道怎么的，就是喜欢不起来。早年时候，也因为这个得罪不少同僚。苏姑娘，你是聪明的，只是行事乖张些，难为你忍受我心胸狭隘。"

　　苏奈听得个一知半解，只知道这个男人又夸她聪明，顿时绽开一个灿烂的笑容，一挺胸膛，摸了摸头发，喜上眉梢。又见季尧臣的神态略有局促，后知后觉地意识到他在赔不是呢。这段日子已经被他吼得习以为常了，骤然见了季先生此种状态，苏奈反倒有些茫然，脸蛋微微发烫。

这个男人好像和她先前想要采补的那些有点不一样……不过，具体哪里不一样，一时没了想法。

此时，窗外忽然传来一阵骚动。

补好的大门被敲响三声，礼貌而陌生。季先生的言语骤然被打断，眼神有如惊弓之鸟，刹那间变得警惕、锐利起来。

漫长的一段寂静。还没等他动作，苏奈已经跳下板凳，扭着身子去开门。

"姐姐！"小胖墩惊惶地伸手，没捉住她衣角，小声道："先生说不要……"

随便开门……

季尧臣冲他摇了摇头，回身取下墙上挂着的那把黑剑，将剑身半出鞘，退到阿执的身侧，抿起的嘴唇有些发白。

倘若真的是来寻他们的，陌生的苏姑娘应门，还能给他们留下些缓冲的机会。

红毛狐狸哪里考虑这么多，只管一把拉开门，探出脑袋去，问："谁呀？"

蝉声突然变大，门外的大树枝繁叶茂，夏日的树叶碧绿。

少年僧人立在树下，光影笼罩在他的额头和僧衣上。只见这个僧人合掌，声音温和地道："打扰了，请问施主可否予些斋饭？"

僧人抬起头来，眉骨幽深，鼻梁挺拔，一双眼睛漆黑，眼光柔和如羔羊。

苏奈却猛地提一口气，狐狸毛都竖了起来，伸着脖子往他的脚上看，只见僧袍下露出一双布鞋，右足踝上的布袜正洇出丝丝缕缕的红痕来。

没错吧？是她先前在林子里遇到的那个被乌鸦啄食脚的臭和尚！一口气把她吹飞的那个！

一想到坠落云间的那日，苏奈的腿都软了，只见她狰狞地咧起狐狸嘴，咣当一声猛地关上门。下一刻，门又让人拉开。

季尧臣不知何时挪了过来，一只手抓着剑拉开门，一只手抓着她的手腕，微微有些颤抖，皱着眉问："外面是谁啊？"

再向外一看，只见一个清瘦的少年僧人正站在门外，眼神十分无措，合掌道："叨扰……"

271

季尧臣放下剑，抹了一把额头上的汗，责怪地看了苏奈一眼。

还当是什么凶神恶煞之辈，一个和尚罢了。人吓人，吓死人。

季尧臣的目光向外扫去，确实只有他一个人，于是问道："小师父是何处来的？"

那个僧人道："山上白马寺。"

山寺不远，和尚众多，并不新鲜。季尧臣扫了那个和尚一眼，只见其形容干净，眉眼不凡，语气柔和了几分："可是路过此处化缘来的？"

"正是。"

季尧臣道："正巧我们要做晚饭，做一顿素斋，你进来吃吧。"

和尚闻言，连忙道谢，跨进门槛时，略带奇怪地扫了一眼龇牙咧嘴的苏奈，又马上守礼地垂下眼帘。

苏奈也不咬牙切齿了——咦，难道认错人了？

她狐疑地跟着和尚转了个圈。倒不是没有可能。

她们这般山野狐狸辨识人类，就和人类辨识山上的一群红狐狸一般，乍看上去都一个样。好在人类有衣裳、头发、胡子的不同，更好区分。

打醋那天，光想要采补，也没仔细打量，只记得那个臭和尚穿着破破烂烂的僧衣，生得俊美，但具体的相貌也记不太起来了。

若是一般年纪的光头和尚穿着一样的僧衣站在她面前，分辨不出来也是有可能的。

苏奈将手探进袖中，拽出她薅来的那串佛珠，又偏了偏头，只见进来的和尚闭目念经，手上转动着一串差不多的檀木佛珠，显然未曾丢过佛珠，她稍稍松了口气。

"苏奈。"

季尧臣见她发呆，轻轻拍了她一下："去给小师父倒些水来。我去阿雀娘那儿拿点菜来，准备做饭。"

待苏奈进了厨房，坐在板凳上的和尚睁开眼睛。

视线……他坦然迎着落在他脸上的视线，目视前方，仿若不知季尧臣在打量他，侧脸如玉一般，脖颈上有一颗小痣。

这是一双年轻而无情的眼睛，眼神中没有丝毫的局促、别扭，亦无郁结、焦灼，坦然、干净。

季尧臣感叹一声，收回目光，快步走向隔壁。

仍然有一道好奇的目光落在他身上。

和尚微微地回头。小胖墩的眼睛一眨不眨地瞧着他，他胖胖的手里攥着一个面人，面人亦是光头着僧衣，脚上还有两只拍着翅膀的乌鸦。

和尚冲这个安静地看他的小儿微微一笑。

瓷碗里盛着半碗清水。苏奈趴在厨台上，回头鬼鬼祟祟地看看，伸手揭开灶台上的调料盖子，用手捞了好几把盐巴撒在水里，一通乱搅。

"一碗水而已，还没倒好！"季尧臣拿着菜气喘吁吁地出现在背后，将苏奈吓了一跳。

"好了好了，先生别凶人家嘛。"苏奈端起水，扭着腰从季尧臣的身侧钻出去。

那和尚挺拔清瘦的身影在破布门帘外若隐若现。

嘻，管你是真和尚还是假和尚，快点走开最好！

"小师父，你的水。"

和尚伸手接过瓷碗，垂下眼睛看了片刻，放在一旁，行礼道："多谢女施主。"

因为这个和尚的到来，今日只有几道绿油油的素菜。小胖墩捏着筷子，看得愁眉苦脸。

和尚掠过众人各异的神色，似乎了然，从袖中掏出一卷破破烂烂的经书："给诸位添麻烦了。小僧身上有一卷经书，愿意赠予施主，以谢款待。"他将书双手递给苏奈。

苏奈好奇地接过来。她才读过千字文，人类的字尚且没认识多少，认字如看蝌蚪，更别说满篇的蚯蚓般的梵文，看了一下，看不懂，便失去了兴趣，随手塞给小胖墩。

小胖墩看着梵文，圆圆的脸皱成一团，一个劲地挠头。但他到底有礼貌，客人所赠，不敢像苏奈一样随手给了旁人，只好装模作样地去压平翘起的封皮儿。

和尚注视着他的动作，面含春风地微笑："看来小施主是有缘有福之人。"

季尧臣听了这话，筷子微微一顿，竟然比听到旁人夸赞他自己更加欣喜，忙道："多谢小师父吉言。"

小胖墩也拱手道谢。

和尚忙低头回礼，耳尖泛红。

苏奈一边啃着莴笋一边想，看着倒是个普通和尚。

这个和尚年纪轻，却显得十分沉稳，佛珠拿在掌心，用斋的仪态文雅，一顿饭的工夫，便让季尧臣大加赞赏，用过了饭，还留他小坐："我看小师父的右脚有伤，可要紧？"

和尚将僧袍撩起来，瞧了瞧布袜上的血痕："哦，来时在山上不慎叫农人的捕兽夹伤了脚，费了好大的功夫才取下来。"

"山上的捕兽夹都是捕猎大动物的，上有倒钩，伤口怕是很深。小师父若是不加以清洗包扎，到时布袜和伤口粘连，就不好办了。"

和尚一听，似乎觉得有道理，便道："施主这里可有清水和伤药？小僧借贵舍包扎一下再上山去。"

"都有。"季尧臣当即站起来，从缸中打了一桶清水来，又去取伤药，回头见那个和尚自己将伤腿屈就在板凳上，咬住衣摆，将布袜层层解下，甚是艰难，便为难地道，"你自己怕是……"

"奴家愿意帮这个小师父！"

众人回头，只见苏奈屈肘推开小胖墩，主动蹲下来，在桶里浸泡布条。抬头时，用那俏生生的丹凤眼勾引着和尚："我替小师父清理伤口。"

那个和尚的嘴唇一动，把头摇得似拨浪鼓一般，却被季尧臣按住肩膀："叫她来吧。屋里就这么一个女子，想必能细心些。"

和尚还要再婉拒，已经被苏奈一把握住脚踝。

和尚触电似的，马上定住不动了，只是偏过头去，似乎感到微微窘迫，闭眼无声地转动佛珠。

除去布鞋、布袜，和尚的脚踝纤细，脚掌苍白，却是完好无损的，不是被乌鸦啄食的白骨模样。脚踝上有一排伤口，已经结了血痂，真的好像如他所说，是踩到了捕兽夹。

苏奈伸出尖尖的指甲，恶劣地在伤口处一碰。

和尚险些从凳子上弹起来，白皙的额头上，冷汗若隐若现，将季尧臣看得眉心一跳："苏奈，怎么毛手毛脚的？"

"对不起，奴家手重了。"红毛狐狸力大无穷，抓住他的裤脚，一把便将那个瘦弱的和尚拖回凳子上，和尚动弹不得。

苏奈的眼珠子骨碌碌地一转，此时才感到有些愧疚。

看来真的是认错人了。先前那个和尚，连让她咬一口都不乐意，现在让一个山野小妖这般挑衅，若真的是那个吃不得亏的神仙，肯定又要把她打飞。

二姐姐说得也是，神仙哪儿有那么容易见到。

苏奈拎着和尚细瘦的脚踝，趁人不备，冲着那伤口吹了一口妖气，胡乱擦擦，马上拿干净的布条缠起来。

季尧臣提起桶去换水。

和尚坐在条凳上，略微后仰，宽大的僧袍堆在膝盖上，裤脚挽起来，一只脚踝被蹲着的小妇人抓在手里。他侧头看向窗外的晚霞，眼如墨玉，安静得像是入定一般。

竟然又是前两次遇到的那只红狐狸……一而再、再而三地遇见同一只小妖，并不常见。纵然他胸怀世间万物，从不偏爱任何一支，也不得不留了些印象。

袖中的指尖轻轻一拈，前因后果便如翻书页般迅速掠过，心下了然。上次，他明明给这小狐妖指了一条明路，却没想到她又搅回局中。

他又看向那个蹲着忙碌的小妇人。她那双藏好的毛耳朵在他的眼里暴露无遗，耳尖得意地摇摆着，裙子下面掩藏的尾巴也如一簇赤红的火焰，晃来晃去的。

苏奈敏锐地察觉到和尚的目光，顺着一扫，咦？好像正悄悄地落在自己鼓囊囊的胸脯上。

她的心里颤抖一下，呸！这个凡人装得那么正经，没想到这么守不住，她这只狐狸精都还没发功，眼神就自己飘过来了。

她一得意，先前让季尧臣浇成了死灰的念头，顿时又死灰复燃起来。

也不知道这个人，能不能给她采采？哪怕给她尝个鲜也行啊……

苏奈心下大喜，手上的动作都殷勤了许多，一边装作不知，一边急匆匆地把衣领猛地拽低些，用力挺了挺胸。

她这样一挺胸，和尚便看得更加清楚，狐妖化为的人身虚幻的轮廓之下，根根骨头毕现，其胸腔处有一团朦朦胧胧的赤红色火光旋转着。不过半个月未见，她竟然在懵懂中玄珠成像，结了内丹。

和尚微微颔首，从容地别开眼去。

世间万物都有修炼的缘法，有修士终其一生，未得脱离肉体凡胎，却也有天真的妖物，跌跌撞撞地得了缘法，阴差阳错太过，便是命中注定的有大造化的生灵。

只不过，那颗内丹好像尚未完整结成，尚是本体所化玄像，还需要人帮上一帮。

"奴家已经替小师父擦洗干净了！"

"多谢！"

苏奈撩着头发，妖娆地站起来，浑然不知自己乱晃的狐狸尾巴都给人看光了去。

和尚只是合掌行礼，俯身穿鞋。

季尧臣提醒道："小师父的伤口颇深，若是保险，最好到山下的医馆去开几副药吃着，防止化了脓疮。"

和尚还未回答，便听苏奈抚掌道："太好了，奴家会辨药材，小师父在此等等，奴家去去就来！"

季尧臣咬着牙道："你不是孙老爷家的丫鬟吗？又会医术了？"

不过他再一想，阿雀娘曾说，苏奈知道荨麻籽有毒，倒真像会一些奇奇怪怪的知识，便随她去了。

只是那个小妇人急不可耐、夺门而出的背影落在他眼里，叫他心里有些恼怒。

这个花痴，平时让她去镇上打个醋，左说右说都不动，这会儿竟然跑得如此殷勤，莫非是因为……

他回头，看见这个和尚俊美的侧脸，脸色顿时难看了些。

荒唐，这、这可是出家人！

苏奈自然没去医馆。

出了门，红狐狸如同箭一般蹿上山，揪下几片药草叶子，再从尾巴上薅一根狐狸毛，抵在掌心搓成个球球，就成了治伤大补丸。

回去以后，她将这颗药丸从枯叶化成的盒子里取出来，不由分说喂进和尚的嘴里，再将桌上那碗盐水端起来，抵在他的唇边："小师吃了这颗药丸，马上便好。"

和尚的头微微向后仰着，眼里稍微出现挣扎之色，耐不住苏奈热情无比，碗里的水顺着他的衣领往下灌，只得张口，就着盐水喝下去。咽下"治伤大补丸"，他急忙低头拿袖子擦嘴，未曾露出异样的神色。

苏奈看着，十分满意。

嘻嘻，是个老实男人。老实的男人，最好欺负……

她采补失败那么多次，早就得出了自己的经验。腿脚灵便的男人一个比一个跑得快。吃了她的草叶，叫他的伤口愈合不了，瘸了正好，方便采补。

这个和尚跟他们辞行，刚走一步，果然脚下忽然一顿，双腿软了下去。

苏奈道："小师父的脚上有伤，如何走得了那么远的山路？我看不如在我们家里留宿一晚，明天再走。"

季尧臣瞪着苏奈，眉毛都拧起来，用眼神示意。

他们这般躲躲藏藏的逃犯，怎么能随便留陌生人住下？再说了，一个女子，和出家人拉拉扯扯的，还想留人夜宿，也不嫌害臊！

"尧臣。"小胖墩忽然拉了拉他的衣摆。

季尧臣顺着他的目光看去，忽然看见那个和尚包好的右脚踝上又洇开红霞般的血迹，和尚的额头上泛着一层冷汗，不由得骇然，连忙扶住他道："小师父的伤口怎么又挣开了？"

和尚连忙推拒："没事儿。"

季尧臣看着他脚踝上的血迹，神色微微一凝，脸色几番变换，叹了口气道："天晚了。外面山路难行，回寺还要登山，恐怕不行，要不……唉！"

…………

今夜家里多了个陌生人，小胖墩最兴奋。

已经过了他睡觉的时辰，他还穿着中衣跑来跑去，从床板的夹缝里抠出一颗饴糖，塞在和尚的掌心。

和尚坐着，微笑着收下。

"公子，还不安寝？"季尧臣高大的身影被烛火照得摇摇晃晃的。小胖墩一顿，耷拉着脑袋回到里间。

季尧臣一转身，伸手挡住从炕上搬起了铺盖卷的苏奈："你又要干什么？"

烛火映照着小妇人兴高采烈的笑容，显得更加娇媚："奴家像往常一样，睡地上呀。"

季尧臣却将她的枕头、被子夺下来，一股脑儿地放回炕上，眼中闪过一抹鄙夷的光，好似将她看了个透："今夜你睡炕上，我与小师父打地铺凑合一夜。"

苏奈背过身去，脸上的笑容顿时消失。

季尧臣从容地躺在了离和尚不远的地方，吹灭了烛火。

他身长九尺，而那个和尚是十七八岁的样子。如此一来，他便完全以身体为屏障，阻断了所有夜里可能发生的意外。

入夜，四周十分寂静，里屋传来小胖墩的鼾声。

黑暗中有两点绿幽幽的光亮。

炕上蹲着一只双眼发绿的红毛狐狸，狐狸嘴里银亮的獠牙半露，嘴角咧开一个弧度，恶狠狠地盯着地上的两个男人。

可笑，以为这样就能拦住一只狐狸精？

红毛狐狸的爪子往前蹬，脊背向后弓起，猛地一跃，如同飞箭一般蹿了出去。

红毛狐狸的身体比犬只略小，一个大跳，轻盈地越过了横亘在地面的季尧臣，蹲在了和尚的床头。

苏奈伸过狐狸嘴凑近看他，毛蓬蓬的尾巴摇摆了起来。

那个和尚平躺着，双手叠于腹前，在黯淡的月色中安静地睡着，腕上的佛珠和脖子上的小痣，一并沉睡在混沌的夜色中。

苏奈现在有两个选择：拖走和尚，或者就在此处动手。

她绕着和尚走了一圈，只听身后窸窣声响，毛发一炸，连忙回过头去。原来是季尧臣身上又盖了个被子角，叫她的大尾巴不慎扫了下去。

如今季尧臣虽然脾气变好了，可是苏奈被他吼过太多次，靠近他时不免仍然有些胆寒，尾巴尖都僵住不动了。

苏奈伸出爪子，小心翼翼地把被子给他拉好，猛地缩回爪子去，又觉得丢了妖精的脸，冲睡着的季先生龇了龇牙，回头的瞬间，又险些炸起毛来——那个和尚不知何时睁开眼睛，微微侧过脸，目光如炬，正安静地注视着她的一举一动！

红毛狐狸的眼睛一绿，弓身飞跳而起，重重地扑在他身上。那个瘦弱的和尚吃痛，头向后一仰，嘴唇方才一动，还未叫出声来，压在他身上的毛茸茸的东西忽然又化成了一个热乎乎的人身。缎子般的黑发是凉的，散落满枕，遮住他的眼睛。

女子丰满、柔软的身体覆在他身上，空气里异香浮动，都叫人手脚绵软，柔若无骨的手指爬上来，抵住他的嘴唇："嘘，别说话。"

那个和尚微一侧脸，发丝从脸上滑下来，只见苏奈一双亮晶晶的丹凤眼贴近了他："小和尚，奴家喜欢……"

"你"字还没说出口，苏奈猝不及防地叫一股巨大的力量掀到了一边，在刹那间，什么东西从她的身子底下猛地抽了出来，又从头顶罩了下来。

糟了，什么都看不见了！

一股浓郁的檀香从领子里钻出来，将红毛狐狸呛了半死，立即化了原形，手足乱蹬，挣扎起来，狐狸爪子将布料划出一个大口子，把嘴捅出来急促地呼吸着。

这个臭男人怎么这样大胆？难道要用被子闷死她不成！

苏奈头回在凡人身上吃了亏，眼生戾气，抬爪就拍，背上忽然压上一只手掌，这股力量却如千钧而下，五指山一般将她按了回去，她的脸枕在了冰凉如玉的胸膛上。

怦怦怦……全是狐狸狂乱的心跳声。

红毛狐狸幽绿色的瞳孔一缩。不单是因为这个和尚的胸膛里一片寂静，没有心跳，而且因为被子外面传来了季尧臣起身的声音。

"小师父？"季尧臣狐疑的声音响起。

烛台一动，下一刻，隔着被子窥得朦胧的光亮。

完了！苏奈立即将四爪摊开，在被子里变成了一片薄薄的狐狸毯子，战战兢兢地趴在那个臭和尚身上，一动也不敢动。

下一刻，一只手隔着被子轻柔地按在她的脑袋上，将她的耳朵支起来的轮廓覆在掌下。

季尧臣夜半起身，想了片刻，点起灯烛，蹑手蹑脚地走近炕边察看。他夜里带着几分警惕，未曾睡死，一来是因为屋里留宿陌生人，二来也是怕那个花痴夜里吃了亏。

这个和尚虽然看起来谦逊有礼，到底是个才认识半日的陌生人，苏奈却已经在他身边打转了数月之久，她的秉性，他更了解。

这个妇人心思简单、蠢笨，脑子里缺根弦，装的全是男男女女那点事。倘若这个陌生人是心机深沉、凶恶歹毒之辈，她仅仅看到人家长了一张俊美的菩萨脸便把自己送上去，死都不知道是怎么死的！

若是这个花痴不知廉耻，又不敬神佛，连出家人都敢欺辱，他自然也得训斥一顿，叫她好好学一学《女则》《女训》。

季尧臣走近，见炕上的被褥凌乱，那个妇人背对着他，老老实实地侧卧于炕上睡着，方才松了口气，吹灭蜡烛。

只是，他转身的刹那，床上蜷缩的"苏奈"慢慢地化成了两个靠在一起的圆枕。和尚放在被子外的手指微不可见地一动。

季尧臣坐回铺位上，见那个和尚背对他睡着，被子盖得严实，昏暗的月光之下，仅能看见他长长的睫毛。季尧臣躺下，重新入睡。

屋内不知道安静了多久。

被子里探出一只尖尖的毛耳朵，随即是两只，和尚的手掌卸了劲，苏奈伸出头来，见和尚闭着眼睛，睡着了一般，苏奈一爪子按在他的脸上借力，咣当一下翻窗逃了。

红毛狐狸在夜色中狂奔，一边跑一边回头，仿佛后面追着什么洪水猛兽。

呸！她真是瞎了眼，什么凡人，什么和尚，这么大的力气，还没有心跳！不是上一回把她吹上天的臭和尚又是谁？

一直跑出两三里路，苏奈确认身后无人追上来，才放慢了脚步，趴在路边喘气，只觉得干渴万分，耷拉着尾巴到了河边舔着水喝，才喝了一口，苏奈便吐了出来。

怎么这么咸？

蜿蜒的河水静静地流淌，朦胧中映出红毛狐狸的影子，苏奈掬水而饮，把月亮碎成了片片光影。

真是邪了门！明明是河水，怎么尝出了海水的味道。

苏奈沿着河一路纳闷地往回走，这条河尽是咸水，有如打翻了的盐罐子，苏奈越喝越渴，舌头伸出来呵着气，耳朵都耷拉下来了，忽然灵光一闪，想到她下午给和尚灌进去的那碗盐水，肠子都悔青了。

呸，一定是那个臭和尚伺机报复！

只是，喝多了河里的盐水，她只觉嗓子眼都被齁住了，胸口火辣辣的，仿佛有什么东西在体内灼烧一般，吐不出来，又沉不下去，难受地在地上打了几个滚。

被狐狸撞开的窗户大敞着，如霜的月光照进屋内。

侧躺着的和尚安静地伸出手掌，月光便在他的手心里落了薄薄一层。

他捏个指诀，那银纱般的月光旋转着升腾起来，如人世的烟雾一般，缥缈而起，落在窗台上放置的一片碎瓦上，落地生根，吐出一片圆润的银叶。

和尚轻轻翻了个身，闭目安睡。

瓦片上的幼芽轻轻摇曳，抽出纤细的银色枝叶，刹那间绽开数朵细小的倒挂铃兰。这花好似一个有五感的人，忽然屈起腰肢，向一旁躲避开去，与此同时，瓦片咣当一颤，险些给跳进窗来的狐狸一脚踩翻。

银叶这才抖了抖，重新舒展叶片。

苏奈拖着尾巴，呼哧呼哧地跳窗跑回屋里，眼里好像生出了火团。

水水水……

真是倒霉，外面没有一处水可以喝。喝不到水，堂堂一只狐狸精就要被渴死了……

苏奈觉得头重脚轻，直接从季尧臣的身上踩了过去，蹿进厨房。季尧臣立刻惊醒，一个翻身坐起来，点起蜡烛，见和尚也被他惊醒，便抱歉地解释道："小师父，惊醒你了。"

和尚的眼神微微一动，欲言又止，季尧臣已经披衣，向厨房看去："我方才感觉到一只大老鼠从我的身上踩过去。小师父安寝，我这就去看看。"

厨房正传来阵阵丁零当啷的响声，这只老鼠十分嚣张。

季尧臣恨极了硕鼠，操起墙边的棍棒，贴着墙走过去，却只见一个翻箱倒柜的背影——竟然是个人！再定睛看去，不是什么贼子，好像是个女子……季尧臣手上的棍棒一松，心头火起，拉过苏奈，低声呵斥道："你大晚上的不睡觉，跑到这里做什么？"

苏奈转身，脸上通红，额发汗湿，好像在外面跑了几百圈的模样，可怜巴巴地蹲在地上，活像只大狗子："奴家就想找点水喝……"

季尧臣的神色稍霁，仍然嫌弃地皱起眉道："喝水？你昏头了？水缸在外面！"

这样说着，他还是取了只碗，替她从缸内打了水。

281

苏奈接过去便喝，咕咚咕咚地往下灌着，水洒在衣服上了，也顾不得许多，她一连喝了三碗才缓过神来，一惊一乍地比画着道："先生，外面的河水变咸水了！"

季尧臣心道，方才开门，门锁都闩着，哪里有什么河水。

"你做梦了吧？"

难怪热得浑身是汗。

季尧臣没好气地收了碗，想催她快去睡觉，别再折腾人了，回头一瞧，微微一怔。就这片刻的工夫，苏奈身上的汗竟然全都蒸干了，脸上一道一道的红痕也褪下去，衣摆飘飘，发丝摆动，哪还有半分狼狈的模样？

季尧臣端着手上灯火，愣了一下。灯下看人，果真能添三分颜色。

这个蠢笨粗浅的小妇人在这摇曳的烛光的装点下，好似有一瞬间脱胎换骨。虽然穿着农妇的碎花布衣，但是掩不住其风流韵态。

妖娆的狐媚相、野蛮的痴傻气仿佛退去了些许，她的眉宇间添上几分周正的灵气，若是不开口说话，倒还能装个端庄……

"季先生，奴家——"下一刻，苏奈便毛手毛脚地站起来，一头撞在他的下巴颏上，险些将季尧臣手里的烛火撞翻，他的幻觉全部破灭。

季尧臣扶着下巴，痛苦地倒退了几步，眉毛扭在一起，扬手在苏奈的脊背上狠狠地一拍："你什么你，还不滚去就寝！"


"苏奈，你没买错药吧？"

翌日，和尚坐在板凳上，将右脚的纱布层层剥开，纱布粘连着模糊的血肉，伤口不仅溃烂，流出血液，好像还扩大了些。季尧臣见了，眼皮便一跳："小师父服下那颗药丸怎么没用，还越来越严重了？"

"苏奈？"叫了半晌，没人回应。

季尧臣回头，见苏奈远远地躲在墙角，两只手难得安分地放在膝盖上，别扭地笑着，只冲他一个劲地摇头。

废话……红毛狐狸拿眼角小心地瞥一眼那个转着佛珠的和尚，心道，倘若她知道这就是把她丢上天的神仙，打死她也不敢拿狐狸毛乱搞啊！

二姐姐说，神仙开了天眼，一眼就能望见她们妖精的原形。在神仙面前，她当然怕被揭穿了身份，或者被掐断脖子，自然是老老实实的，不敢再打采补的主意。

不过，她看来看去，那个和尚的额头上好像没有第三只眼睛，不知道天眼在哪里……倒是顺着那个和尚的侧影看到了他腿上的血迹，苏奈心虚地摆了下尾巴。

一个神仙，难道连这点小伤也治不好吗？

这个神仙原本就奇奇怪怪的。上次见他，他还让乌鸦吃他的脚，一副半死不活的样子，这次又装作脚伤，八成是故意的。也许这个神仙就是喜欢受伤，好比大姐姐修炼心性的时候用石棱子撞自己的脑袋……反正不关狐狸精的事。

季尧臣瞄着苏奈，只觉得有些异常。

这个小妇人见了俊俏的和尚，恨不得往上贴，今天却没精打采地蹲在一旁，避如蛇蝎。怎么？转性了？

季尧臣便将药膏一放："苏奈，你来替小师父换药吧。"

谁知苏奈一听，身子一抖，爬起来便跑了："先生，阿雀娘好像在叫奴家！"

季尧臣目瞪口呆。和尚手上的佛珠一滞，微微一笑，弯腰撩起水道："小僧自己来，无妨。"


苏奈推开门，潮热的风扑面而来，破旧的木屋发出嘎吱嘎吱的声响。

头顶飘着几朵乌云，明明是晌午，却阴暗得仿佛是晚上一样。

惊雷从远处传来，闷闷的，仿佛野兽在低吼。

呼呼直吹的狂风挟着雨丝贴在苏奈的脸上。阿雀娘正弯着腰，手忙脚乱地收着地上晒着的黄花菜，对她道："这是要下大雨了。"

苏奈也学着她的模样，把捡到的菜全塞在阿雀娘的提篮里。

"谢谢妹子。"

苏奈挠了挠脸："不必客气。"

捡着捡着，一道惊雷忽然照着她的后脖颈劈下来，将苏奈吓得一抖，然后摸了摸脖子，又是一道闪电，将房屋上的茅草照得银光闪闪，苏奈抬起头，豆大的雨点砸在脸上。

阿雀娘忙将几个女儿喊进屋，拉着苏奈躲到了屋檐下。转瞬间，下起了瓢泼大雨。

阿雀娘见河水中泥浪翻滚，粗粗的眉毛皱在一起，啧啧道："哎哟，好大的雨啊。我们镇子好像很少下这么大的雨哩。"

山中多暴雨，比这更大、更吓人的她都见过，苏奈可不像这个女人一样没见识，拿袖子擦着脸，眼珠胡乱转着。都下雨了，还这么热，汗珠不停地往下滚，擦都擦不干。真烦人。

苏奈拿手扇着风，忽然有种异样的感觉，下巴一转。这一刻，似乎风停了，雨也停了，时间拉长了许多，那个方向好像有阵看不见的"风"吹过来，她身上的狐狸毛纷纷向后拂去。

灵府内忽然如岩浆活动起来，她尾巴上的毛却不受控制地竖起，仿佛有什么巨大的野兽正从远处一步一步地向这边跑来。

忽然，一道闪电劈下来，天空骤然一亮，一个巨大的黑影显露在空中，两只耳朵，尖嘴獠牙，似狼非狼。

苏奈骇然，揉了揉眼睛，远处的山影、山村、乌云，全笼罩在雨帘里，模糊一片，啥也没有。

苏奈的胳膊让阿雀娘撞了一下，回过神来，晃了晃脑袋："你说什么？"

阿雀娘指着屋里道："我说万一河水涨起来了，你就带着你男人和孩子到我家里。我们家里有条暗道，可以爬到屋顶，一路上山去——雨大了，走，咱们屋里坐。"

"好……"


窗外雨声不绝，如同万马怒奔。

为暴雨所困，和尚又留了一日。他静静地看着窗外昏暗的天空，侧脸如白玉观音，手中的热茶冒着白气。

这个僧人法号释颜，自小剃度，受佛法熏陶，年纪不大，身上却有股迦叶般沉稳的气质。

也怪苏奈和小胖墩太不着调，与他们说话宛如鸡同鸭讲。这半年时间里，季尧臣很少和人好好交谈，虽然与释颜萍水相逢，竟然也越聊越投机。

"我记得山上白马寺本来香火旺盛，我小的时候，还常常见到路上有贵人驾车去上香。不知怎么的，后来就衰落了。"

释颜垂着眼眸，解释道："先帝末期，因钱塘水患，田地颗粒无收，饥荒四起，土匪横行。寺庙为土匪所劫，我们寺中的金银财宝，法尊塑像，还有案桌上的供食都被劫掠一空，住持也被土匪所杀。寺庙就此没了香火，剩下的师兄弟几个人只好四处化缘，以苟且偷生。"

季尧臣听完，心酸不已，将手中的杯子捏得死紧，心中更恨。一个一个的可怜人，果然都是因为宋玉……

"不瞒小师父说，我从前也是京官。因为实在无法忍受先帝为国师迷惑，不问苍生，才辞官返乡……"

不过令季尧臣失望的是，释颜闻言，只是微微点头，既没有表现出愤慨，也未曾对他的身份显露出一丝好奇，反倒抬起头，指着墙上的剑道："这是把好剑。"

季尧臣想，释颜到底是个少年，没看过苍生疾苦，也就不像他有那么多苦大仇深的感觉，也便作罢，连忙从墙上取下那把扁扁的、黑黑的短剑来，拿给和尚细瞧。

释颜将剑拔出一半，剑身上的金色符文顿时出现，将他的瞳孔映得发亮。

季尧臣负手向着窗户："这把剑是我从刀市买来的，本想买一把最利、最好的。给公子防身。不过，当时那一排卖刀卖剑的打铁大汉里面，有个蓬头垢面的小女娃。这个女娃才七八岁的模样，骨瘦如柴，胳膊、腿上全是伤痕，一只手抱着剑，一只手抹着眼泪，我看她模样可怜，就挑了她卖的这一把。"

季尧臣把银子给她时，那个女娃十分惊愕，一再跪谢，才抹着眼泪回家。

"我也不富裕，拿着这把破烂的剑回家，心里有些犹豫。未承想，这把剑看起来其貌不扬，打开之后，剑身上却印有仙术，可斩杀妖邪，竟然是给修仙人的法器！"

释颜微笑着道："果报分明，此是因果。"

季尧臣闻言，却有些不悦。不为别的，乃是他推心置腹地讲述，释颜的回应却十分笼统敷衍。

虽然他是个和尚，但倘若只是空口佛法大义，不感悟真心，也不怜悯这些可怜人，如何普度众生？

佛法，因果，在这个世道上显得苍白无用了些。

季尧臣收起手里的剑，转身挂回墙上，那双上挑的凤目闪过一丝凛然之色："种哪里的因，得哪里的果？还请释颜师父解惑。若先帝是昏聩无能之辈，若皇族是违逆天道的暴君，遇到亡国之祸也算是罪有应得。可我朝历来皇族无不勤勉，宽以待人，先帝前期，国内更是河清海晏，是国师宋玉迷惑君主那日起，他才荒废朝政，以至于英年早逝，百姓民不聊生……请问，先帝得此果，是种了什么因？"

其实，他更想质问的是他自己的因果。

他出身贫苦人家，毕生勤勤恳恳，未曾亏欠于谁，为何要落得一个蹉跎半生的结局？但要历数自己的功勋，在外人面前，终究羞于出口。

季尧臣转过身，只见释颜侧目凝神，迟迟不答，感到有些失望。

释颜再老成，终究是个少年，比苏奈还小几岁呢。有些问题，他过了而立之年都想不清楚，又怎能指望一个小和尚给他解惑？

他这样一番长篇大论，咄咄逼人，怕是为难了这个小和尚。

季尧臣拱手道："抱歉，是我太激动了，小师父不要放在心上。"

释颜略带感激地低头行礼，行完礼，又屈起身子，从桌子底下摸出一张棋盘，摆在桌面上，诚恳地道："既然无法给施主解惑，小僧愿意陪施主手谈一局。"

季尧臣大喜，掀开衣摆坐在对面："你会下棋？"

"会，在寺中同住持学过一些。"

"那太好了。"季尧臣连忙布棋子，眼里闪过罕见的急切、兴奋之色。

这斜靠桌下的棋盘，是他连同那些书本一起从宫中带出来的，这个小和尚眼睛倒尖。

季尧臣喜静，最爱看书和下棋，可惜难遇棋友。编纂史书的那些年，只好自己和自己下棋，后来忙着教阿执读书，然后又遇见一个难缠的苏奈，这棋盘和棋子便落了灰。

此时有人愿意和他下棋，棋瘾便被勾着上来，季尧臣捏着棋子，激动之下，又是满面通红，如同喝了酒一般，脑袋不自知地一摇一晃。

释颜盘膝，坐在桌案前，手拈一枚棋子，落子时身子微微前倾，仪态雅致。他说话的声音如同潺潺流水，边下边说话，和以窗外的雨声，便丝毫不显得突兀，更不恼人："天地间气运此消彼长，相互平衡，冥冥之中自有定数。"

季尧臣一只手捏着棋子，一双凤目死死地盯着棋局，没有搭话。

释颜抬头看他一眼，见他还沉溺于棋局中，似乎没听见外界的声音，也不生气，又探身落一子，声音缓缓地道："此生恶果，也许是前世谬误。"

这一瞬间，这个声音听在季尧臣的耳中，他变得恍惚起来，如黄钟被敲响，庄重空灵的嗡鸣声延绵不绝。

窗外哗啦啦的雨声，咆哮的风雷，尽数消失不见，眼前的画面也似乎被雨打湿，一团团模糊晕染开来。

季尧臣定睛一看，他仍然在坐着下棋，只是眼前的棋盘突然变得大了许多，不知是何种昂贵的材料制成，周身散发着晶莹的光。

棋盘上的黑白棋子，一颗颗圆滑晶莹，如同包了一汪水，似透非透，煞是好看。他将手上拈着的那枚白子贴近眼前细细端详，只见棋子内云雾浮动，隐约有山影树影，这棋子里竟然包含了一个小小的天地，季尧臣不禁一惊！

对面一枚黑子啪嗒一声落下，释颜道："那我就随便下了？"

坐他对面的那个人，是个十分年轻的后辈，看不清脸，隐约只见得他一身没有丝毫褶皱的云锦白袍，腰上扎了五色丝绦，斜斜地坐在榻上，袖子随便撸到肘处，极为不拘小节地露出一条纤细的胳膊。

季尧臣再看棋局，不由得一惊。

这个年轻人看似骄狂，落子却精准万分，转眼之间，已经占尽先机。

季尧臣的注意力马上让棋局吸引进去，冥思苦想起破解之法。他额头上的汗一滴一滴滑落进衣领，嘴唇亦起了干皮，脑袋里似有人拿锤子在不住地敲打……

后辈的手指纤细，不断落下的黑子步步紧逼，将白子围得水泄不通。

季尧臣的呼吸变得急促起来，仿佛有一团火在腹内灼烧，热气从双耳、口鼻中不住地冒出来，想得头痛欲裂，冷汗涔涔，亦无法阻止一片颓势，大厦将倾，哗啦一口气尽数崩塌……他死死地看着棋面，不甘心地长舒一口气，胳膊上卸了力，未承想，一个没拿稳，棋子脱手重重地落下去，啪的一声砸在棋盘上，棋盘顿时从中间绽开树状裂痕。

棋子旋转着，几种碎裂的声音交叠在一起，宛如绝望地吼叫。

对面那个身着白衣的年轻人却吃了一惊，弹起来跪下去，膝行几步，小心翼翼地抓住他的衣袖："师父，徒儿又惹师父生气了？"

季尧臣茫然地回头。自己被拉住的袖口宽大，为鲜艳的正红色。那个跳脱的年轻人仍然看不清楚脸，挠了挠头，大致可以想象出他脸上的无措："师父，莫气，我、我也不是故意的……"

这个瞬间，云开雾散，季尧臣仿佛被一只手猛地推出梦境，身子一抖。

窗外暴雨如注。小屋的窗户敞开着，冰凉的潮气拂面。

对面的释颜双手交叠在膝上，侧头安静地看雨，薄薄的海青色衣袖被风吹起，似乎在静静地等待他回神。

季尧臣再看眼前的棋盘。

怪了，难道是白日做梦不成——他竟然已经不记得刚才如何交战，不过棋面已明，白子一败涂地。

苏奈被季先生叫回来时，从阿雀娘那儿带了一簸箕黄鱼馄饨。

这地方黄鱼的味道鲜美，阿雀娘把黄鱼和雪菜一起包在薄薄的馄饨皮里，一咬就流出鱼汤来，比那只臭猫抓的带着腥味的生鱼好吃一百倍！

苏奈和小胖墩像大小门神似的蹲在厨房里，眼巴巴地等着。季尧臣将他们拂到一边，眼不见心不烦，下了馄饨和面，再撒一把小葱，小胖墩的涎水瞬间淌到了外衣上。

可惜，馄饨只有十二个，三个人分倒还好，如今多了个和尚……

苏奈恨恨地看着季尧臣将一大半馄饨倒进和尚的碗里，又给小胖墩三个馄饨，苏奈三个馄饨，到自己那里，只捞了几筷子干面，点一滴寡淡的辣椒油。

臭和尚！

季尧臣转身烧水，留下沉默、汗湿的脊背。苏奈趁机抓起筷子，飞快地从和尚的那只大碗里偷偷夹了好几个馄饨丢进自己的碗里。

这时，红毛狐狸忽然觉察到一丝渴盼的视线，眼珠一转，小胖墩那双眯缝眼默默地盯着她看，吞咽着口水。

"……好吧，看你可怜，分你一个。"苏奈偷偷瞄了一眼季尧臣，又夹了一个，嫌弃地丢进小胖墩的碗里。

小胖墩拿小胖手捂着嘴，笑得没了眼睛。

苏奈一不做二不休，又帮季先生偷了一个馄饨，藏在他的面底下，正赶在季尧臣转身前，若无其事、美艳风骚地站直。

那吃饭的小方桌原本就小，四个人挤着坐，更如冬日围炉。

即便如此，苏奈还是不敢离那个和尚太近，半个身子都靠在了季尧臣的胳膊上。

这个花痴在外人面前如此不顾脸面，让季尧臣有些为难，面部肌肉都抽搐起来。

他只好用手臂轻轻地推一推苏奈，叫她自重些，谁知道他越推，苏奈贴他越近，还把板凳悄悄地往这边搬。推来挤去，凳子腿嘎吱作响，对面的释颜似乎有所觉察，抬起眼睛。

小胖墩自然是不管不顾，埋头呼噜噜地吃。季尧臣羞愤欲死，不敢再动。下一刻，他在面汤下面吃到了一个馄饨。

苏奈风卷残云般吃完了馄饨，意犹未尽地舔了舔嘴唇，偷偷瞄了季先生一眼，见他目露怀疑之色，有些心虚，连忙看向那个臭和尚。

糟糕，好像偷得太多，和尚的碗里只剩下两个馄饨了……该不会被发现了吧？

释颜果然看着碗里的馄饨沉默片刻，又看向苏奈。

二人的目光恰好对上，和尚的目光不虚不偏，是勘破红尘的清明。苏奈心头一颤，把碗往怀里一护，梗着脖子道："你看我干吗？"

释颜却不生气，一手别过衣袖，将碗推到她的面前，和蔼地道："小僧茹素，碗里的食物还未入口，可否请施主代劳？"

苏奈一愣。既然已经知道对面是个化形的神仙，若换成那野鸡精明锦或是千年蛇妖白素，定然清楚自己几斤几两，毕恭毕敬、拜服避退都来不及，怎么敢真的蹬鼻子上脸？

只可惜红毛狐狸见识短浅，见这和尚轻声细语，胆子便肥了起来，只想道，原来天上的和尚和凡间的秃驴一样，不能吃肉。反正他也吃不得，不如给我，省得浪费。这样想着，她便探过头去，刨了刨，把他碗里仅剩的那两个黄鱼馄饨夹走了。她再偷偷看一眼，见那个和尚端着碗，目光飘向别处，并没有盯着她看，她便悄悄将碗里不爱吃的青菜夹了几棵完整的，飞快地塞进他的碗里，方坐直身子，躲回了季尧臣的身边。

过了一会儿，苏奈又悄悄看过去，淅沥的雨声中，释颜已经无声地吃起面来，垂下的眼里似乎蕴着些笑意。

哈，又笑，有什么好笑的……

"这馄饨来得突然，一时忘了释颜师父食素……"季尧臣感到十分尴尬。

释颜正色道："无妨。"

正吃着，门叫人拍打几下，雨声中夹杂着阿雀娘的喊声："季家媳妇，季家媳妇……"

季尧臣手里的碗一抖。

当初苏奈死缠烂打，住在他家里不走，这个误会到了今日还没解开。如今叫这个小师父听见喊声，目光在他的脸上徘徊，似乎对这老夫少妻的搭配颇为好奇。

季尧臣满脸燥热，恨不得找个地洞钻进去，把吃得正高兴的小妇人苏奈一推："别吃了，快去。"

苏奈却不肯起身，仰头，耍赖般将所有面倒进嘴里，才放下碗："来了！"

释颜腿上的伤未好，不能行走，便一直端坐在板凳上。也难为他坐得安静、坦然，毫不急躁，仿佛一尊白玉神像。等季尧臣慢慢地整理好桌面，又教小胖墩读书习字。

小胖墩坐在书桌边，悄悄地回头看了这个客人一眼，五官扭成了一团。

天降暴雨，外面的天黑得像是傍晚，书上的字也显得模糊不清。

又湿冷，又昏暗。小胖墩坐在桌边，眼皮止不住地往下耷拉，脑子也像团糨糊一般。季尧臣问了几个问题，他一个都想不起来。但自打他和苏奈一块儿读书，知道了他和别人是不同的，就突然有了廉耻之心。若是只有苏奈在这儿，他还没有这么强烈的感觉，可今日叫一个陌生人旁观他读书时蠢笨的姿态，小胖墩的手蜷缩在了袖子里，难受得只想钻到桌子底下去。更叫他难受的是，这个和尚坐在板凳上，目不转睛地注视着他，叫他如坐针毡……他暗自祈祷释颜让其他事情吸引了注意力，别用那种目光看着他了。

谁知，悄悄与他对视的瞬间，释颜忽然开口道："这个孩子的眼睛有些问题。"

季尧臣念书的声音停下，手里的书险些掉在地上。

无怪乎季尧臣感到惊讶。由于常年不见天日，太子的眼睛的确有顽疾。季尧臣在东宫初见阿执时，只见他不仅过度肥胖，而且眼眶乌青，眼睛成了一条缝隙，几乎不能视物。

从宫中逃出来后，阿执照到了太阳，这双眼睛才一日日地能看得清东西的轮廓，到了现在，他眼上乌青已经消退，可惜仍然弱视。但这种弱视，倘若他不说，外人从小胖墩的脸蛋上是难以看出的。

季尧臣道："释颜师父看得出我们公子的眼睛有疾？可是以前见过类似的人？"

释颜处事不惊地点了点头："嗯，见过许多。"

季尧臣压住心中的激动之情："那，你可知道如何医治？"

释颜指了指窗台。阿执在窗棂下的半片残瓦上发现了一株银色的草，好奇地拿手拨了拨。

真奇怪，什么时候，在这块瓦片上长了一株这么高的小草，有叶子，还开了花……

释颜坐在凳上，接过小胖墩手中的瓦片，毫不吝惜地一拔，便将这棵草从瓦片上拔了下来。他叫小胖墩站在跟前，伸出手盖住他的眼皮。

季尧臣神色紧张，也跟着凑到了旁边，呼吸都小心翼翼的。

这治病的法子，不必吃药，不必抹药，难道是跳大神不成？

释颜将那银色植株上垂挂的铃兰花朵捋下，尽数装进锦囊中，又将剩下的枝叶随手在茶水中一沾，以手拈着，在小胖墩的眼皮上轻轻一点。

"睁眼。"

阿执只觉得一双冰凉的手，如丝绸般滑过他的眼皮，随即两点水飞溅上来，温温热热的，如同波浪般扩散开。从眼珠到眼眶全都舒服极了，若不是释颜唤他，他几乎要睡过去，再也不想醒来。

他撇了撇嘴角，艰难地一点点睁开眼睛，可甫一睁开，忽然皱眉、眯眼，带着哭腔呻吟一声，四肢挣扎，摔倒在地。

季尧臣吓得目眦尽裂，眼珠充了血，差点冲上去揪住释颜的领子，幸好小胖墩又自己坐起来，呆呆地环顾四周，忽然伸手去抓季尧臣的衣摆，竟然目不转睛地看着他，咯咯地笑起来。

原来他从前所看见的世界，唯独红、黑二色，有光的是红色，无光的是黑色，如同蒙着一层血雾，红、黑深浅不一，幽暗、诡异，只是他自己并不知晓，以为世界原本就是这样。

被树枝这样一点，再睁开眼睛时，便如揭掉罩布，和常人所看到的世界相同。一瞬间，红、靛、灰、青，万般色彩涌入眼中，他的眼睛一时承受不住这般鲜亮的视野，刺痛万分，方才哭叫着扑倒，但不出片刻，已经适应。

世界在他的眼前仿佛变了个样，令小胖墩惊奇不已。原本以红、黑轮廓画就的季先生，如今也看清了本来面貌，原来是个长髯凤目的高大男子……

释颜伸手将他拉起来，将锦囊交在他的手上，交代道："太阳出来的时候，记得把这些吃下去。"

小胖墩从锦囊里倒出一把小花苞，每颗有绿豆一般的大小，银光闪闪，闻着甜香万分，就像一把糖豆。可是小师父交代他看到太阳才可以吃，他只好艰难地咽了咽口水，不舍地攥在手里。

季尧臣看释颜手拈佛珠，面色平静，喉头动了动，沉吟着道："小师父并非普通人……"

昨日那场棋局就叫他有所怀疑，再加上方才释颜以树枝轻点阿执的眼睛时，手的形状极美，如观音持柳，虽然只有一瞬间，却叫人移不开眼，使他顿生敬畏之心。

季尧臣笃定这个和尚必定身怀异术，再也压抑不住心头翻涌而出的激动，直直地跪了下来："小师父既然是能人异士，是否有杀妖之法？"

多年以来，宋玉不就是因为身怀呼风唤雨之类的妖术，寻常道士奈何不得，才将他们那么多人斗得毫无招架之力吗？

倘若请来异数大能，压制宋玉，倒也不算走到绝境……

释颜见这身长九尺的男人忽然跪下，眼皮都不曾一动。

季尧臣抬头时，释颜正以那双无情、淡漠的眼睛看着他，这目光清明如雪，仿佛直穿过人的皮囊，看穿他的万般心思，反叫他凭空生了愧疚之意。

释颜看着他道："出家人不杀生。"

失望登时涌上季尧臣的心头。

这个和尚看似慈悲，实则漠然，看透了尘世疾苦，却不愿意沾染尘埃。

季尧臣强压着心中的悲愤之情，看着他道："那，小师父可知道有什么起死回生，借尸还魂之术？"

"有。"释颜抬起头，缓缓地道，"已死之人，三年内置棺屋内，以麒麟肉脂为烛，点一盏长明灯。再寻一名死者的骨肉血亲，以孩童为佳，养于暗室内，以雪鹿血掺入饮食内供养，每日八餐，直至于肥胖难行，卧床不起。"

他每说一句，季尧臣的脸色便苍白一分，难以置信地盯着他，呼吸渐渐变得急促起来。

去岁，先帝英年早逝，宋玉却不让他入皇陵，不顾夏日炎炎，群臣非议，坚持悬棺殿内。先帝死前，他如往常一般，从地道爬到了东宫，教小太子读书，藏匿于暗处时，就听见东宫内那几名狐女窃窃私语。她们说的话，和释颜今日所说，分毫不差。

"再供以麒麟血，不日将皮肉脱落，死者可借尸还魂，重生于此子体内。"

那时，听到这般秘术，季尧臣吓得魂飞魄散，几不能站立；那时，他才知道宋玉这般对待太子，原来是想以这个可怜的小儿为容器，换得已经驾崩的先帝重临世间，逆死生之伦常！

只要有这种办法，先帝一代一代地金蝉脱壳、永存于世又有何难？

这样，无论皇位轮替多少代，无论他如何教太子勤政爱民都没有用了。因为整个朝廷，整个国度，将永远握在国师和先帝的操控中……

因此，那时他唯一能做的，便是带着太子逃走！

季尧臣的瞳孔微微一缩，死死地盯着坐在凳上的和尚。

"你是谁？如何知道这些事？"

为何这些事情，一个白马寺的和尚知道得一清二楚，似乎手掌全局，而他却身在局中。

释颜两袖垂于膝，悲悯地看着他道："天子守国门，君王死社稷。季尧臣，你是个忠臣。"

释颜的声音骤然如黄钟敲响，在季尧臣的胸中震动，他一时恍惚，定在原地。

正在这一刻，窗外突然传来巨大的声响和喊声。

天暗如深夜，整个屋子似乎都剧烈地晃动起来，屋里的人都吃了一惊，一并向外看去。


阿雀娘让苏奈爬上屋顶，帮忙修缮那条多年未用的通道。

外面的暴雨才止歇片刻，天仍然黑得如墨，远处闷雷阵阵，预示着一会儿仍有大雨。靠近村落的那条河，原本静静地流淌，如今却泥浪翻腾，发出巨响。

乌云之下，狂风把苏奈的头发丝吹得乱飞。她学着阿雀娘的动作挪开一片碎瓦，便如有所感，一个猛回头。

见鬼，闪电亮白的瞬间，她又瞅见了那个野兽的影子！

尖耳尖嘴，獠牙尖利，眼睛处的两枚孔洞，慢慢地泛起幽幽绿光。

闪电一闪而暗，苏奈揉了揉眼睛。

嗯？眼花了？不对——光芒熄灭的瞬间，分明见到那个巨兽的影子闪动一下，猛然挣出天际，扑进了黑暗里，又是一声闷雷炸响。

苏奈手上的瓦片掉在屋顶上，浑身的毛炸了起来。

不单是因为这个野兽影子。

苏奈坐在房顶上，远处昏暗中的树木、河流尽收眼底。

开阔处，有一条银色的白线慢慢向这边涌来。

这条白线她不是第一次见了！在钱塘的时候，哦，遇到那条死龙的时候，她就见过一次！

此时，阿雀娘也注意到远方轰隆隆的声响，看到远处，腿脚一软，摔倒在地，嘴唇哆哆嗦嗦的，什么话也说不出来了。

白线来得快，苏奈跑得更快，瞬间化成一只炸毛的红毛狐狸，本能地往更高的屋脊上蹿。

可是跑了两步，她忽然想起什么来，犹豫了片刻，又顺着房檐咕噜一滚便落了地，化了人身，往门上猛拍："先生，先生，不得了了！浪来了！"

苏奈的脖子上忽然一凉，感受到了一阵快速靠近的威压，几乎是同时，她一个猛地转身，靠在了门上。她的身后，不知何时，静静地站着一个白袍少年。

少年唇边的尖牙尚未退去，似笑非笑地走近两步，逼近了她："咬掉我一嘴毛，可叫我好找啊。"

转瞬之间，宋玉将她逼到了墙角。

这只公狐狸看着身姿纤细如柳，挺直了腰板却比苏奈高上许多。他歪着嘴角低头瞧她，笑容阴森森的。他的发髻后面是忽明忽暗的天，身上带着一股浓香，熏得人喘不过气来。

"宋大人……"

噫，臭死了……

苏奈捏住鼻子，遮住来自同类的难闻气息。

见眼前的美人细眉蹙着，眼睛看向一旁，满脸嫌弃的表情，宋玉用一根指头勾回她的脸，俯身凑近她笑道："我看你过得十分滋润，还当你将我忘了。"

两个人的气息交缠，苏奈的丹凤眼微眯，两双相似的、美艳的眼便直直地对视着，如桃花照水。少年眼里暧昧笑意闪动，如春水一般。

狐女乌黑的眼珠子狡黠地往旁边一转，再转到宋玉的脸上，已是自带的万种风情，眼梢睨他，往他的胸口轻轻一推，娇滴滴地道："大人靠得这么近做什么？"

宋玉让她推开些许，面上含笑，仍如浪荡子抓住她的手腕不放，苏奈抽出手，揉着手腕道："抓得人家好疼……"

娇嗔的尾音落下的瞬间，红毛狐狸变脸如翻书，一跃而起，陡然发难。

红毛狐狸伸出尖锐的爪子，一脸凶恶地朝宋玉的头顶拍下来。

瞬间，宋玉身如鬼魅，歪头躲过，出手疾如闪电，反手抓住她的手腕，用力一拧，反将她抡飞出去。

咔嚓一声。好痛！

苏奈的眼泪都痛得流出来了，借着飞出去的力道，在空里化成了红狐狸，拔足便跑！

乌云密布的天空晦明交替，红毛狐狸伤了一只爪子，三只脚跑得跌跌撞撞的，被庞大的黑影笼罩，吸了一口冷气。

巨大的白狐口中散出一股热气，龇着牙追在苏奈的身后，宛如覆压过来的山岳。

白狐走得不紧不慢，边走边暗自纳罕，方才握住这只野狐狸的手腕时，竟感觉到一股炽烈的威压从她的手臂传递过来，吓得他撒开手去。

他修炼千年，不过是个筑基的水平，这才几个月，眼前的这只野狐狸竟然结丹了？

就因为他想得入神，一时不防红狐狸冷不丁地回身。他还没反应过来，苏奈龇牙咧嘴，结结实实地给了他鼻子一掌。

咝——狐狸的鼻头最是脆弱，白狐顿时痛得掀翻在地，抱着鼻子打了个滚。

电闪雷鸣，苏奈开始狂奔，还未跑出几步，一条白色尾巴陡然伸长，如同触手一般从天而降，将她缠了个死紧，狠狠地丢回原地。

苏奈摔了个七荤八素，吓得弹跳起来，又叫宋玉一爪子按在地上。

"跑啊。"宋玉细长的狐狸眼露出凶光。

下一刻，这只瑟瑟发抖的野狐狸抱着他的指甲，艰难地抻出脑袋，狠狠地咬在他的手指上。

宋玉的眼皮一跳，毛发竖起，终于忍不住飞扑而上，两只狐狸疯狂地咬成一团，在地上一连打了几个滚。

这只红毛狐狸的体型只有白狐一半不到，借着灵便的优势在白狐身上左突右冲，几次堪堪从他的身下窜出。到底是山野狐狸，为了逃命，果然野蛮、凶恶，只对着他的脸又抓又拍，将他脸上的毛都啃掉了几绺。

宋玉几次动手无果，气得用力一拍地面，尾巴重重地一扫，就将苏奈狠狠地丢了出去。

扑通一声，红毛狐狸在空中划了一道弧线，栽进一旁奔涌的河水里。

苏奈闭眼闭气，火红的狐狸毛被冰凉的水波冲撞得来回摇摆，她吞了好几口咸水，四肢扑腾着，好不容易冒出头来，只见一个杏子大的橘黄色火球当头而来，吓得她瞳孔一缩，哗啦一下潜进水里去。

火球砸进水里，熄成了一道弯曲的白烟。

过了好半晌，苏奈冒出脑袋，却见宋玉蹲在岸边，似笑非笑地张开嘴又慢悠悠地朝她的脑门吐出一团火球。

红毛狐狸大惊失色，赶紧沉进水里，火球紧跟着落在旁边，烟雾袅袅。

如此几番，苏奈抱着一小块浮木，累得呼哧呼哧地喘气，心道，不好了，这只臭狐狸是故意折磨我，只要我敢冒头，他就朝我吐火，不是要累死我，就是要淹死我！

苏奈不禁打了个哆嗦。比起丢掉小命，烧掉一点毛毛也不算什么。大不了，再补补阳气，养回来就是……这样想着，苏奈心一横，闭气沉入水底，慢慢地游到了岸边。

宋玉好整以暇地蹲在岸边，等了半晌，不见野狐狸冒头，正在纳罕，冷不丁地从水里射出一支红箭来，瞬间从他的身边蹿出去。

"敢跑！"宋玉将手里的狗尾巴草一扔，冷笑一声。

瞬间，那火球便如雨点般从身后迸射过来，照得地上也是团团的光

296

影，苏奈一边没命地跑，一边惊惶地上蹿下跳。

就在这时，季先生屋里的门打开，苏奈看见一个白色的身影，心中大喜，照着那个白衣和尚飞扑而去。

释颜推门而出，一只硕大的红狐狸便如同弹子一般照着他的胸口撞来，饶是他下意识地伸手接住，还是叫这巨大冲击力推得倒退几步，伸手一摸，摸到了一手湿漉漉、硬邦邦的皮毛，另有一条热乎乎、毛茸茸的大尾巴，正软绵绵地耷拉在他的手背上。

这只红毛狐狸扑到和尚的怀里，生怕自己滑下去，四爪并用，一个狐狸上树，惊惶地往他的肩上、颈上爬，尖尖的狐狸嘴张开，口吐人言："神仙，神仙救命，公狐狸杀生害命了！"

大姐姐和二姐姐都说，神仙最爱护生灵，见不得妖胡乱杀人，到了这时候，她……她应该也算生灵吧！

苏奈低头，只见释颜发顶上六个圆滚滚的戒疤，狐狸第一次如此近距离地看见和尚的戒疤，不由得又惊愕、又好奇，伸出爪子正想碰，忽然有一只冰凉的手，轻轻地按在她的脊背上。

"公狐狸在哪里？"只听和尚声音平稳地问道。

苏奈回了神，忽然觉察到身后的火球一个都没了。

咦？苏奈再一回头，天地间一片暗淡，河水白浪滚滚，枝头的树叶簌簌摇摆，哪儿还有白狐狸的影子。

嘻嘻，恐怕是宋玉见到神仙，吓得屁滚尿流，早就溜了。

呸。苏奈冲着远处一啐，你也有今天。

苏奈左顾右盼，松了口气，正在得意，不知自己何时化了丰满、妖娆的人形，八爪鱼般趴在释颜的身上。

释颜的袖中持着一根银色的枝条，乃是给小胖墩治疗眼睛后剩下的，已经将去花、掐去芽，只剩纤细的枝干。

他一手托着她的腰，正如托着方才的狐狸，趁苏奈未加注意，将这根枝条顺手簪在她的发间。

这只红毛狐狸的人身便是标准的妖族修炼出来的人形，头发乌黑丰茂，如上好的缎子，梳成一个厚厚的发髻，湿润的发丝贴在白皙的脸蛋上，发髻致密，枝条柔软，在外打弯，竟然簪不进去。

释颜叹了口气，仰起头，只好抬手扶了一下那厚厚的发髻，方将枝条如发钗一般，轻轻地插了进去。

季尧臣跟出来，倒吸一口凉气。只见苏奈紧紧地缠在那个小师父身上，这个妇人本就生得娇俏风流，不知在哪儿弄的，浑身上下湿答答、水淋淋的，曲线毕露，不堪入目。这也便罢了，释颜一个出家人，不避嫌也就算了，竟然还捧着她的脑袋，两个人脸贴脸，不知在干什么！

季尧臣重重地咳了一声，震惊得苏奈发觉自己有了胳膊和腿，赶紧从和尚的身上跳下来，挠了挠头。

释颜倒是坦然，手拈佛珠微微行了一礼，以示歉意，便从容地走进屋内，三步之内，海青色的袍子上的水渍尽数消失。

下一刻，苏奈叫人兜头盖脸地扔了件长袍。

季尧臣半是嫌弃半是训斥着道："不要脸，还不赶快穿上。"随后长叹一口气，摇了摇头，转身回屋。

岂料刚一回屋，本来平静的天边忽然轰隆一声滚过惊雷，季尧臣心中一悸，险些在门槛边跟跄了一下。

小胖墩正在屋内，看见窗外的天边缓缓地现出一道黑色的兽影，大惊失色。

那兽影尖嘴獠牙，诡异万分，嘴巴动了动，竟然发出一个沉闷声音："季尧臣。"

天地生异相，村落中的所有男女老少皆走出门外，无一例外，全都看着天边，或相互依靠，或萎坐于地，瑟瑟发抖。

黑影继续厉声道："将人交出来，饶你不死。"

话音刚落，窗外豆大的雨滴噼里啪啦地落下，水声传来，外面的尖叫声陡然放大："不得了，不得了了——"

刹那间，只见河水倒灌，河边的那几棵柳树纷纷倒下，转眼被水冲走。尖叫声中，季尧臣的木屋仿若纸糊的一般，横梁断裂，一股水流瞬间从破口处涌进屋子，淹没了小腿。

此村旁千百年来的河流，一日之内，竟然变成一片汪洋，恶浪翻卷，闪电划过，水天皆是一片漆黑。

胆小的女人家已经呜咽起来。怒涛暂时停止，仅有一股水从破洞口往屋内流。

方才房梁塌下来，瓦片如雨。季尧臣一把将阿执护在怀里，现在形势稍定，便将他松开，面色苍白地看向窗外。纵然已经知道宋玉有呼风唤雨之能，此时见到这遮天蔽日的妖影，季尧臣还是生出一股难言的恐惧。

凡人，到底难与妖怪抗衡……

他慢慢地走到窗边，江流镇的大路已经让水流淹没，倒塌的不仅一间屋子，隔壁阿雀娘家的木屋也千疮百孔。

阿雀娘抱着锅碗瓢盆，正捂着脸坐在水泊里哭，平日里十分闹腾的几个女娃，如今像一只只孱弱的小鸡仔一般围着母亲，哭成一团。

天上的兽影笑道："季大人，我已经知道你的藏身之处，再躲下去，我们谁也讨不了好。我等你将人送出来，赏你加官晋爵，衣锦还乡。你若不识抬举，就别怪我扰得你乡邻不得安宁。"说罢，那影子一晃，渐渐淡去。

风雷闪电停止，天慢慢地变黑，倾盆大雨落了下来，只剩雨声喧闹，更显万物寂静。所有村民彼此挽扶着，都站在房檐下。

季尧臣知道，这段时间是留给他思考之用。

儿时读《纪世经》，书上说，世上恶妖，下有道士驱逐，上有神仙镇压，不敢身负血债，否则必遭惩处。宋玉为了躲避天雷，虽然恣意享乐、为祸世间，却不敢亲自犯下杀戮。一切灾难，都是因为他蛊惑人间皇帝，间接造就的。

这狐妖虽然有媚态，却难以迷惑所有人，像他，还有那些写信的忠臣，不就未被迷惑。唯独先帝信任国师，事事顺从于国师。想必对国师来说，先帝既是一个听话的傀儡，也是一块好用的盾牌。

因此，宋玉虽有异能，却不会抢夺皇位，反而找遍天涯海角，也要将容纳先帝魂魄的容器找回来。

如今，先帝悬棺已久，尸体日渐腐败，太子出走，旁人理政，早就引得群臣不满，各种势力蠢蠢欲动。

季尧臣有些荒唐地想，若是此时有人推翻了朝廷，这对以往的皇族自然是灾难，可是皇族已凋零。对天下百姓来说，这未尝不是个好的开始。

这个问题的答案原本很简单，早在季尧臣背着太子逃出宫闱的那一天，他就想到了。

只要彻底粉碎这个容器，断绝先帝复生的可能，叫宋玉再无依仗，那么即便他死了，宋玉也不会好过。

季尧臣取下剑来，拔剑出鞘，剑身金光闪耀。

这件事他在心中预演过无数次，连自己的死亡也因此有了心理准备而愈加麻木，却唯独漏掉一件事……季尧臣持剑回头。

小胖墩阿执挽起宽大的衣袖，弯腰在没过脚踝的水里一下一下地捞着什么，双手哗啦一声捧出水面，一条小红鱼从他的掌心蹦跳而出。他跟跄了一下，急匆匆地跑到了墙上的大洞边，将小红鱼小心翼翼地放出去，转过身，抬起肉嘟嘟的脸，疑惑地望着他。

他本能地感觉到了一股古怪的气氛，从先生的眼睛里流露出来。

这双凤目看着他，陌生而冷静，和往日一点儿也不一样。

"尧臣……"

正在此时，窗户忽然破了个大洞，把这气氛瞬间打得粉碎，一只毛茸茸、赤红色的爪子伸进来，两个人都震惊得头皮发麻，后退数步。

那只爪子似有所感，缩了回去，过了一会儿，木窗掉在了水里，一个身穿布衣的妇人的一条腿迈了进来，急匆匆地从窗口钻进屋里，挽起袖子，一手拉着一个道："你们傻站在这里干什么？浪来了，还不跑呀！"

说罢，苏奈抓过小胖墩的领子将他夹在腋下，又用另一只手拖着季尧臣，急忙跑出了房子。

季尧臣在水中跟跄前行，天色昏暗，地上的水花不断被步子踢成白色的泡沫，什么也看不清楚，只感觉到一股巨大的力量拖着他不断地往前跑。

前方，隐约是那个妇人扭得夸张的腰肢。

迷茫之中，他感到有些诧异，只怀疑是自己在做梦。

这个花痴怎么会有这样大的力气？

他一个男人抱起小胖墩都要深吸一口气，前方的苏奈却将小胖墩随便地夹在一只胳膊下，另一只手拖着身长九尺的大男人，她拿脚一踹，踹出个大洞，硬是将他们塞了进去。

"这是哪里？"

季尧臣半个身子趺在水里，眼前就是一架榫接的木梯子，斜着漂浮在水中，水面上另有些木片碎渣，锅碗瓢盆，还有女孩子破碎的小衣。

"季先生，季先生！"头顶传来闷闷的呼喊。

季尧臣抬头，只见那架木梯通向屋顶的大天窗，天窗透出一丝昏黄的微光，隐隐有几张焦急的面孔晃来晃去。

情急之下，一只手从洞里伸出来，想要拉他，只听得阿雀娘带着哭腔道："是我家里，你快带着阿执上房来吧，一会儿水就要涨上来了。"

阿雀娘在上面不断地催促着，季尧臣被这紧急的氛围感染，回身将小胖墩一抱，送上梯子。阿执蹬着两条腿，身子极重，他咬紧了后槽牙向上推。阿雀娘那边也在用力拉，脸都涨红了，还是叫小胖墩一脚踩空，险些从梯子上摔下来。

幸好一只白皙的胳膊突然从季尧臣身后伸过来，一把接住，向上一推，小胖墩竟然如风筝一般被她抛了出去，飞到了房顶上。

苏奈拍了拍手，见季尧臣还在下面，急忙抓着他的衣服往梯子上一扔，在他的屁股上用力一推。季尧臣只觉得自己像是被大力推了一把，直冲上了房顶，身上的衣服被木刺划破了好几道，最后和阿雀娘她们扑倒在一处。

季尧臣满脑子只想着，这个花痴竟然敢拍他的屁股。他不禁又羞又怒，涨红了脸，趴在洞口厉声呵斥道："苏奈！"

见那个小妇人已经向外跑去，季尧臣的脸色从怒转惊，又拍着瓦片叫道："苏奈！你怎不上来？你往哪儿去？"

苏奈已经跑远了，远远地道："奴家去救和尚！一会儿就回来！"是了，方才释颜师父同他们在一处，逃跑的时候却没有看到，不知道现在在哪里。

可是，一个妇道人家怎么这么大的胆子，也不怕遇到了危险？

季尧臣心乱如麻，连忙站在房顶上寻觅她的身影。可是看了半晌，也没见那个布衣妇人冲出来，倒是见到一只红色的动物嗖地一下蹿了过去，溅起一串银色的水花，将他吓了一跳。

阿雀娘道："是狐狸吧？天上出现了大妖怪，林子里的动物也害怕。那天我修房顶，那玩意儿就从我的面前跑过，当即把我吓昏过去。"

季尧臣回头一看，阿雀娘和她的女儿们都瑟瑟发抖地依偎在一起。更远处的夜色里，其他的老幼妇人也三三两两地蜷缩在房顶上，除了有些惊慌失措，人倒是都没事。

有人瑟瑟发抖地道："走吧，从这条道，可以躲到石头山上去，山上有几座木屋，是俺奶奶那一辈为了躲洪灾专门建的，等水退下来，咱们再回来！"

季尧臣犹豫了片刻，道："你们先走吧。我在此地等一等，我家……还有人没回来。"

"我也不走！"阿雀娘抱着几个女儿，眼泪汪汪地道，"是季家媳妇把我们娘几个拉上来的，我也要等她。"

季尧臣一愣，垂着眼不再言语。

他不想和乡邻同行，一来是为了确认那个花痴是否安全，二来也是不愿意再牵连乡里人。毕竟今日宋玉水淹江流镇，全都是因为他带了阿执回乡而起。

他并不是优柔寡断之人。即便宋玉真的以他的家乡为威胁，他也依然会杀了太子。因为房顶上这些只是很少的世人。为了天下更多的世人不再受昏君、佞臣的折磨，他什么都可以牺牲。大不了，他死后结草衔环、当牛作马，给这些无辜的老幼赔罪。

季尧臣的喉结动了动，一股难挨的酸涩在喉中叫嚣，纵然忍了再忍，眼睛还是无法控制地红了起来，狠狠地握着拳头。

在这短短的时间里，他必须得做个决断。

红毛狐狸跑出房子，速度便慢起来。

她看出这白浪虽然来得猛烈，但和她上次见到的浪不是一回事。上次一浪打来，整片村庄瞬间淹没在了水下。这次河水上涨，不过只是弄坏了两间农舍，都没有淹死一个人。

地上的水上涨得均匀又缓慢，她来来回回地折腾了这么久，现在的水面还没有没过她的狐狸身子，对于动作迅速的妖怪来说，便构不成任何危险了。

苏奈在水里游着，左顾右盼，到处寻觅着释颜的身影。

按理说，神仙那么厉害，应该不会害怕那只公狐狸发难。可是，那个和尚的脚上有伤，走路一瘸一拐的，根本无法逃生，这伤还是拜她用狐狸毛搓成的大补丸所赐的，她便有些心虚了。

万一，这个神仙因为身上有伤碍事，打不过宋玉，回头追究起她来怎么办？

方才她和公狐狸打架的时候，和尚就站在门口，转个身的工夫人就不见了。苏奈吓得毛发悚立，赶紧在水里四处寻找释颜，想将功补过，先把他救起来，万一别的神仙来报复她，她也好有个说辞。

谁知当时，外面有许多人都泡在水里。苏奈捞到一个，猛地抓起来一看，却不是释颜，是个老妪，那老妪鬼哭狼号地抱着她的手臂不放，苏奈龇牙咧嘴地将老妪扔上房顶；又摸到一个，抓起来一看，是个哭唧唧的半大姑娘家……就这样捞一个扔一个，无意中把全村人都扔上了房顶，却还是没有找到那个和尚，红毛狐狸筋疲力尽地在水里游着，尾巴耷拉在身后，欲哭无泪。

忽然，她抬起头来，只见原本的河边断柳上有一线微光，连忙向那边游去。游近了，苏奈不禁大喜，那不是和尚吗？

原本的长河已经变成海面，天幕无光，铅色的波涛浮动，漂浮的折断的柳树干便跟着微微晃动。

那个和尚，盘膝轻盈地坐在水中的横木之上，宽大的海青在微风中浮动，海青下摆平展铺于海面。雨丝落下来，纷纷绕了去，他未曾被雨水打湿一点。

苏奈刨着四肢游近，急匆匆地化了人身，却怕被淹，不敢贸然踩进海里，蹲在原来堤岸的大石头上挥着胳膊叫道："神仙！神仙！"

和尚睁开眼睛，眼前的狐女叫大雨打得浑身湿透，细小的发丝全弯弯曲曲地粘在额头上，水珠还不住地从她白皙的额头上、脸上滑落下去，她双臂撑着地，一双伶俐的丹凤眼，眼珠子骨碌碌地一转，问道："神仙，你跟我们一起走不？"

释颜不语，轻轻俯身，折下一片荷叶，递了过来。

一人一狐，目光隔着雨帘相触。

红毛狐狸愣了一下，抓过荷叶，只听得雨滴清脆地打在荷叶顶上，仰头瞅了瞅，真好！正好把她的脑袋遮住，便美滋滋地扛在了肩上。

释颜手拈佛珠，似乎十分好奇，微微笑着问道："你跟去做什么？"

苏奈一顿。对了。她一个野狐狸精，整日跟在一个凡人身边跑来跑去，在神仙看来的确有些古怪。

但是，总不能实话实说，她跟在季先生身边，就是想等有机会再下手吧……苏奈挠了挠头，苦思冥想片刻，羞答答地抬眼道："奴家想跟季先生学诗。"

"学诗？"

狐狸点了点头。

是吧？等学完了所有人类的诗，再考虑采补了他，嘻嘻，这可不算我骗你……

释颜垂睎，似乎又笑了一下。对苏奈道："那你快去吧，一会儿雨大。"

话音刚落，水中的浮木陡然一滚，他竟如一片落叶般滑落进水里，转瞬不见，苏奈震惊得蹦了起来，扔掉荷叶，一口叼住他的袖子，却只咬住了他腕上的佛珠。佛珠的线扯得长长的，变了形，只听啪的一声，佛珠断裂，菩提珠蹦跳着四散。

红毛狐狸叼着半截绳子，呆呆地看着落入水中的一颗颗佛珠。

佛珠迸射出金光，转瞬间绽开朵朵金莲，漂浮在海面上，慢慢地旋转起来，金光映在她湿漉漉的皮毛上、眼睛里，轻轻抖动，星星点点的。

风里送来一道含笑的声音："狐狸，不必管我，去吧。"

苏奈傻愣愣地听完，表情一变，呸的一声吐掉线头，还踩了几脚，揉了揉嘴，心里暗暗骂道：这破烂草头神，走便走，也不说一声，吓得她到处乱窜，还把她的狐狸嘴都弹痛了。

可是说归说，她却没见过这么好看的金色莲花。苏奈左右顾盼，见四处已经无人，便小心地靠近海面，叼起一朵最近的金莲，转身撒腿就跑。谁知跑到一半，她只觉得有些不对，低头一看，嘴里叼着的金莲竟然碎了！

金莲的花瓣消解，碎成了无数金灿灿的蝴蝶。那些细小的蝴蝶扇动翅膀，聚如璀璨焰火，散若点点星辰，推推搡搡的，一窝蜂地飞向空中。

红毛狐狸惊讶地仰着脑袋，前肢立起去抓，一个也没抓住，不由得大为生气，骂骂咧咧地追着蝴蝶又跑又跳。

那团蝴蝶却越飞越高，转瞬飞到了云层里，片刻，那厚重的乌云间现出一线刺眼的亮光。


一束光忽然照在阿执的脸上，极其刺眼，小胖墩忙抬手去遮，不料动作太大，手中捏着的面人掉出去："哎呀。"

季尧臣停下来问："怎么了？"

小胖墩知晓此刻情况危急，他摇了摇头，什么也没说，只让季先生拉着往前走。过了半晌，他悄悄地回头向下看，那个面人此时正漂在地上的水里，慢慢地打着转。

那一线阳光照着它，将面人的颜色显得格外鲜亮：和尚一手持笔，一手持佛珠，两只展开翅膀的黑鸟，正在啃食他的右脚……

304

看着这个和尚，小胖墩忽然想起给他治眼睛的释颜和尚，然后想起他的叮嘱。太阳出来了，他能吃那个锦囊里装的银花了吧？

已经走了许久，他胃里饿得泛酸，想到那甜香的糖豆，嘴里便分泌出许多口水，急匆匆地拉开锦囊，将那十几颗绿豆大小的银花全部倒进嘴里。也许实在太饿，还未曾细嚼，那些银花便一下子全部下了肚。小胖墩只觉得肚子鼓鼓的，忍不住打了几个嗝，身子忽然颤抖一下，冷不丁地想到一句话——是阿雀娘把插在床头的面人送给他的时候，对他说过的话。

她说，中间那个穿大红官袍的男人是禄星，是专司官运的，旁边站着的两个人都是禄星的徒弟。右边那个尖尖下巴的少年叫作通悟，乃是神兽所化；左边那个和尚，叫作……叫作……叫作释颜。

小胖墩的眼睛忽然睁大——原来给他治眼睛的和尚就是释颜？

而他惊讶的不仅是这一点，而是他能将阿雀娘多日以前说过的话，一字不差地全部回想起来，这在过去是从未有过的。不仅如此，他还一瞬间想起了昨日背的诗，前天背的诗……数天以前死活记不下来的"明月松间照，清泉石上流"，还有……还有他整整背了一年却又遗忘的《幼学簿》，还有……还有在东宫初见季尧臣时，季尧臣拿给他看，他却一字不识的《孟子》……就仿佛大梦一场，忽而悠悠转醒，见天地万物，风声鸟鸣，全都清晰无比。

若说从前，他的脑袋里仿佛有一张大网，将眼睛看到的那些字句全都筛掉了，现在，这张网却仿佛被人猛地撤下去。因此，所有学过的知识都如同游鱼一般，争先恐后地回到了脑中。

小胖墩猛地站定不走，惊疑不定地喘着气。季尧臣吓了一跳，苏奈也正气喘吁吁地从天窗爬上来，叫道："先生！"

季尧臣忙道："释颜师父呢？"

苏奈上气不接下气地道："他走了，我们别管他了。"

季尧臣想起那个和尚身怀异术，应当自有脱身之法，略微放心，拽过苏奈道："快来，阿执一直等你，我们现在往山里走吧。"

一座座结实的木屋，屋顶用木板相连，搭出简易的桥，低矮的木屋散布于山脚，桥梁曲曲折折的，直通向远处的山间。

水位已经上升到了房檐处，水面也倒映着滚滚乌云，又让一颗颗雨点砸出漩涡，模糊了画面。

那些木板在昏暗里是一条微微发亮的弧桥。

要想安全通过，动作还得快些。几个人相互扶着向前走去，小胖墩走不过去的地方，苏奈提着领子一把将他拎过去。

到了一处极窄的地界，阿雀一直在抽泣，那木板很窄，只容一人侧身通过，旁边就是水面，任凭几个妹子加油助威，她坐在地上，腿脚酸软，无论如何也过不去。

季尧臣见阿雀娘抱不动这三个孩子，在对岸的屋顶急得泪眼婆娑，便将剑背在背上，屈身一抱，将阿雀抱在手臂上，迈步过了桥："公子就站在那里等着我，别乱跑。"

他过桥时并未害怕，只是想着，一会儿得想办法将阿雀一家还有苏奈支开，才好动手。

这时，他忽然觉察到怀里的女娃微微一动。阿雀瘦瘦小小的，像只燕子，回过身来紧紧地抱住他的脖子，仿佛抱住一块浮木。

这个丫头的身子软软的，好像孩童依赖父亲，季尧臣心里一酸。等他们都过了桥时，他强迫自己不去看小胖墩信任的眼神，只是推着他的背，让他背对着自己往前走。另一只手发着抖，反手握紧手上的剑。

"季尧臣。"背后忽然传来一个阴冷的声音，只听阿雀娘一声尖叫，季尧臣还未回过头来，便感觉到背后一阵阴风卷过，肩膀猛然一痛！

惊恐之下，他将阿执推出去，护在前面，踉跄着回过身，一只猛兽的爪子，尖利、弯曲，上面有无数带花纹的细绒，插在他的肩膀上。

血已经渗出来，过分紧张之下，季尧臣却仿佛感觉不到痛。

那个鬼魅般的人影已经贴在他的背上，眼睛细长、上挑，一双蓝色的眼睛，如同那异域戏中诡异的鬼面，嘴巴向前凸出，正是那狐面人身的少年，狐嘴凑到他的耳边，它的牙齿上带着血腥的气味，一阵阵飘过来。

"想好了吗？"那个阴冷的声音，如毒蛇一般吹着气问道，"你可不要敬酒不吃吃罚酒。"季尧臣的身子一抖，脸上汗水滚落，心脏险些停止跳动，他眼看着面前阴森、恐怖的狐妖面色一凝，身体晃了两晃，慢慢滑跪在地，露出身后举着铁锅的小妇人的脸。

苏奈看了看从水里捡到的大铁锅，一脚将公狐狸踢进水里，骂道："嘻嘻，想不到你这只公狐狸中看不中用。"

尖锐的狐狸指甲从季尧臣的肩膀上拔出，随着宋玉的胳膊一起没入水

306

里，季尧臣的肩上登时喷出一股血花来，他捂着肩膀闷哼一声，整个人面色扭曲。

"先生让那只公狐狸给抓伤了！"苏奈跑了两步，一把扶住季尧臣。

耳边传来几个女娃一起发出的尖叫："小心！"

水里陡然伸出一只利爪，抓住她落在地上的裙摆，用力一拖，苏奈猝不及防，连声音都没来得及发出，便一头栽进水里去，转瞬间不见了身影。

季尧臣立刻趴倒在地，却抓了个空："苏奈！"

苏奈今天不是第一回掉进水里了。冰凉的水没过脑袋的瞬间，她只咽了一口水，便知道怎么回事，赶紧闭紧了嘴巴。

外面乌云蔽日，水下更是黑漆漆的，红毛狐狸的眼里慢慢发出两点绿幽幽的光，才看得见前方一小块地方。泥浆里隐约有一团朦胧的影子。

片刻后，那个影子忽然变得清晰起来，原来是宋玉掌心里燃起一团火焰，火焰在水中脱去了橘红的外焰，只剩了一小撮旋转的微弱的蓝色火焰，照亮了他鼓着气的面庞。

亮光中，只见他一只手扶着后脑，痛得脸上的表情微微扭曲，缓缓地抬起头，看见了苏奈飘动的上衫。

两只狐狸看见彼此仇视的脸，都是一愣，随后猛地扑过去，扭打在一处。

只是水中不比岸上，宋玉手上迅猛如风的力道被水波削减，从苏奈的身上一掠而过，反倒是那只红狐狸死死地抱着他的脖子不放，用爪子野蛮地在他的后颈上抓出三道长血痕。宋玉痛得仰头，张口欲骂，气泡向水上漂去，只得闭上嘴巴。

这只公狐狸厉害得很，若不先把他打趴下，必然被他杀掉，苏奈吓得两眼直冒绿光，使出浑身解数又抓又挠，就像在林子里遇到大狗熊一样，要跟大狗熊拼命！只是打着打着，她忽然感觉一股巨大力道将她往外推。

这只公狐狸似乎不愿意再与她纠缠，用尽全力将她抓拉下来，一下子推出了老远。

苏奈漂在水里，惊讶地看见宋玉丢下她转身，径直带着那团光亮往上游去，眼珠子一转她便想明白了，这只公狐狸还想上去抢她的季先生！

红毛狐狸顿时毛发竖立，吐出一串气泡，划桨似的划动着手臂追了上去，一把抓住了宋玉的袍角，用力一拽，随后手脚并用，两条腿用力夹住他的腰，手臂反勒住他的脖子，龇牙咧嘴地抱住了他。

她在心里暗骂："还敢和我抢男人，嘻嘻，偏不让你如愿！"

宋玉被人从背后偷袭，正反手扭住她的手腕，拼命挣扎着，脖子却忽然觉得僵硬起来，半回过头，用半只桃花眼看向苏奈："……男人？"

咦？

苏奈见宋玉的嘴巴也闭得死紧，却可以发声，原来她和这只公狐狸也能像同姐姐们那样传音！

苏奈勒紧了他，尾巴竖起，传音骂道："你自己的男人死了没采到，怪谁？你的营帐里面那么多男人不够你采，还想来抢我的男人，我呸！此处是我的地盘，上面那个男人，我已经蹲了许久，你想都别想！"

闭着气的宋玉闻言，眼珠缓缓地一转，表情一变，禁不住扭头看了苏奈一眼，警告道："松开，我可没空同你这只野狐狸玩耍。"

苏奈非但不松，气沉丹田，扬脸，龇牙，火红的尾巴垂下来，勾住淹没在水下的窗棂，拉着两个人缓缓地下沉。

宋玉刚开始还用力挣扎，让她纠缠了一会儿，却仿佛破罐子破摔一般，渐渐垂下手不动了。

苏奈有些狐疑，将脸贴过去一看，没看到宋玉的表情，却忽然觉得不对——好像有什么毛茸茸、热乎乎的东西钻到裙子下面，藤蔓一般缠绕着，分别缠住了她的两条腿，用力向后一拽！

她整个人便被这股巨大的力量迅速向外拉去，她拼命地抱着宋玉的脖子，身子横了过来。

红毛狐狸睁大眼睛，还没来得及反应过来，又有两条什么东西升上来，迅速将她的两只手卷住，轻轻一掰，她整个人便彻底离开了宋玉。片刻后，叫那些藤蔓般的东西捆成一只蚕茧，只露出一颗狐狸脑袋。

苏奈大惊失色，仔细一看，自己未曾念诀却已经化了狐形，捆住她的正是数条雪白的狐尾！

宋玉缓缓地回头，仍旧是一双冷艳的桃花眼，只是瞳仁比常人大出一轮，如宝石般泛着幽蓝的光。他的背后还漂荡着数条雪白的狐尾，狐尾蓬松、巨大，比他的人形还大上数倍，犹如白珊瑚一般在水中缓缓地浮动。

一条、两条、三条、四条……九条……九条！

苏奈一条一条地数完，倒吸一口凉气。

在她还是一只普通的山野红狐狸，刚被大姐姐捡到的时候，大姐姐同她讲过，那些有大机缘造化的狐狸精修炼满了一千年，便能修出九条尾巴，变成九尾天狐。

因为她从来没见过真的有九条尾巴的狐狸，便一直当它是传说，如今九尾狐真的出现在面前，她只觉得有点糊涂。

红毛狐狸在"蚕茧"里用力挣扎起来，好半天才从狐狸尾巴的间隙里探出了半只锃亮的狐狸爪，讪讪地传音道："臭狐狸，你都修成九尾天狐了，为啥还需要和我们山野小妖抢男人呀？"

宋玉脸上的表情一变，右边眉头微微一挑，嘴里溢出一丝冷笑，并没有搭理她，一只手飞快地抓过蚕茧，另一只手绕到背后一抓——

红毛狐狸嗷的一声变了脸，上蹿下跳地挣扎起来，恶狠狠地道："臭狐狸，敢摸我的尾巴，我咬死你！"

宋玉对她的骂声置若罔闻，一只手提着红狐狸的尾巴向上游过去，一只手在水下探寻，摸到一处淹没在水下的木屋窗棂便停了下来，把苏奈的尾巴系在上面用力地打了个结，随后撇下她，笑嘻嘻地向上游去："你就在这里好好泡澡吧。"

宋玉腾起身的瞬间，身后散开浮动的九条尾巴突然一下归于一条，再一闪身，人影转瞬不见。

苏奈想追上去，却被什么东西拉住，艰难地回头一看，尾巴还被系在窗棂上，不知那个臭狐狸使了什么妖术，怎么也挣脱不开。

红毛狐狸在水里不住地打滚，大大小小的气泡不住地吐出去。一来二去，胸腔里的空气用完了，一股恐惧攫住了她，本能地向上仰头。

咦？幸好此处离水面倒不算远，刚好够她露出嘴呼吸……可惜只能露出嘴巴。

苏奈仰着脑袋，把尖嘴探出水面大口地喘气，心里着急万分，想着她蹲了好几个月的男人，可不能被公狐狸抢了去，便再次用力挣扎起来。

忽然有一阵微风吹过，水面皱起，风拂过苏奈湿漉漉的鼻尖，让她打了个喷嚏。耳朵一抖，水花四溅。

原本簪在她耳朵背后的细枝慢慢地滑落在了水里。

那根细枝让水一泡，慢慢上下抽枝，片刻后便伸出数尺，如一道抛出的银练，破开水面而去。

宋玉浑身湿淋淋的，半个身子已经浮出水面，单手一撑，跳上屋檐上的窄桥，还未立直身子，忽然让一束从水下飞出来的枝条从背后牢牢地捆住了上身。

宋玉身子一抖，两只手迅速反过去抓住枝条，那根枝条韧如软鞭，滑如泥鳅，挣脱不得。

宋玉面色一凝，两条腿挣扎着，倒拖于地，竟然叫那根枝条活生生地拽着甩了出去，打了个滚，砸在山间的一棵小樱桃树上，险些将细弱的枝杈劈作两半。

他从树上滑落下来，栽在地下，倒未曾受伤，只是模样有些狼狈。

宋玉暗骂一声，低头细看身上的藤蔓，枝干光滑，隐隐有光华流转，银叶微动，有如龙鳞。

宋玉的眼中先是露出惊诧之色，随后感到有些委屈，身子扭来扭去，好不容易翻了个身，仰躺在地上，反手握着枝条，对着漆黑的天幕发出几声尖锐的狐鸣。

狐鸣在山谷中回荡，如同穿云箭一般，消弭在云层中。宋玉等了一会儿，没有得到回应，眼珠转了转，似有所悟。片刻，宋玉咬牙低头，便化作一道云雾，消失在山中。

随即，雨停风止，天上的乌云迅速向着四周涌动，村落屋顶的亮光从一点扩散开来，仿佛有彩色晕染，转瞬间竟然又恢复成明媚的白天。

鸟雀叽叽喳喳地叫起来，犹如万物复苏。

苏奈的眼睛虽然在水下，却隔着水面看到了亮光，努力地向上抻着脖子，想看看发生了什么。

那根银色的枝条的一端已经扎根在水底，此时幽幽地长出一枝，弯到了红毛狐狸附近，在狐狸的尾巴上轻轻一拍，狐狸的尾巴便从窗棂上瞬间解开。

苏奈一愣，尾巴尖试探性地动了动，好像真的得到了自由，心中大喜，又气愤地揉了揉尾巴，摸到几处磨掉了毛的部分，十分心疼，又在心里将那个臭狐狸骂了一通。

只是，想到季先生还在上面，苏奈赶忙从水里游出去。

涨起的水面与屋檐齐平，如镜面一般，倒映着浅淡的雨过天晴之色。

偶尔有虫豸经过，水面荡开一圈圈的涟漪。

阿雀娘扶着季尧臣跪在桥上，轻轻拍着他的肩膀。水里映着季尧臣铁青的脸和阿雀娘悲戚的神色。

季家媳妇那么一个活生生的人，前一刻还说说笑笑的，后一刻就突然掉进水里，一句话都没留下，就这样没了，这叫人如何接受得了？

阿执坐在地上不肯走，哭得险些背过气去，引得几个小姑娘也一起哭。

季尧臣却不哭也不哀伤，只是一声不吭地跪在水边，瞪着眼睛看着水面，似乎完全不能接受发生了什么。他保持这个姿势足有一刻钟，跟他说话他也不应，整个人好似魔住了一样，让人心里实在难受。可是阿雀娘不知道该说什么才能安慰些许，只好无助地在旁边一起哭，哭着哭着，阿雀娘的眼睛忽然瞪圆了，只见水中泛起涟漪，有东西慢慢靠近，从涟漪里伸出一只白皙的手，搭在了岸边，吓得她向后倒去，差点儿掉下窄桥。

随后，一颗脑袋从水里冒了出来，只见一个头发散乱的小妇人，头上挂着一根水草，闭了闭眼睛，忽然甩了甩脑袋，将那水珠和水草甩得乱飞，也将几个女娃吓得高声惊呼，直往后躲，季尧臣却愣愣地看着面前的人影。

"先生，原来你没事呀！"

苏奈惊喜地从水里一跃而出，将他扑得后退几步，一股湿漉漉、热乎乎的气息撞在了胸口，季尧臣伸手接住这股气息，衣裳立马湿透了。

小妇人那颗脑袋在他的胸口蹭来蹭去，还把耳朵贴在他的胸膛上，听着男人的心跳，苏奈只觉得分外有安全感，又把季尧臣搂紧了些，好让她听得更清楚："幸好先生没事！奴家已经把那只公狐狸给打跑了，他不敢再来！刚才可吓死奴家了……"

差点以为她辛辛苦苦地蹲守了几个月的男人，会背诗的男人，要被那只公狐狸给采了！

季尧臣的眼神微微一动，怀里又是一股力道压上来，原来是小胖墩也扑上来，抱住苏奈的腿，三个人如夹心饼一般抱在一起，哭作一团。

"咦？你这个小胖墩哭什么呀？"苏奈奇怪地看着阿执哭成花猫般的脸，他哭得滑稽，她却笑个不停，再一回头，见季尧臣的眼睛亦红得厉害，似乎马上要掉出泪来，惊讶地哇了一声，"先生，你怎么也哭啦？"

"走开。"她刚想碰季尧臣的脸，却猛地叫他推开。季尧臣别过脸，脸色严肃地抱起阿雀，扯过阿执往前走，再也不看她一眼。

臭男人！要不是我，你刚才就被那只公狐狸吸干了！

苏奈在心里啐了一口，眼珠子一转，刚想追上去，却被阿雀娘挽住了。

阿雀娘拉着她上上下下地打量一番，松了一口气，只是抹着眼泪道："季家媳妇，恐怕你官人也没想到你有这么好的水性，倒是白白担心一场。你没事就好，你没事就好，好好跟我们走着，可莫要再让他担心了。"

担心？苏奈挠了挠头。

原来，这个凡人是在担心一只狐狸精吗？

苏奈还想问什么，却被阿雀娘拉着向前走去："方才还以为你出了事，实在没心力走了，现在没事，我们还是坚持一下，快点到山里去。好不容易雨停了，小心一会儿再下起暴雨来。"

面前的石头山笼罩在大雾中，已经看得见嶙峋的轮廓。

几个大人和孩子相互扶着走了一段路，白雾越发浓重，山中的鸟鸣声也越发明显。

阿雀娘忽然停住脚步，侧耳道："等一下。"

季尧臣如同惊弓之鸟，立刻回头问道："怎么了？"

阿雀娘道："我好像听到了船哨声。"

几个人一愣，屏息凝神，果然听到一阵阵哨声和隐隐约约的人声，由远及近。

小胖墩疑惑地问道："难道是乡亲们找不到山里的房子了？"

话音刚落，从山涧的浓雾之中，慢慢地驶出一艘船头翘起的船，甲板上堆满了木桶、木杆等杂货，一个戴着斗笠的布衣汉子奔到前面道："英娘！"

阿雀娘目瞪口呆，吃了一惊，自言自语着道："老天，他怎么会来此处？"

话音刚落，人早已扑到前面去，阿雀也从季尧臣的怀里挣脱下来，扭着身子跑过去："爹！"

江流镇河畔村，村里大多都是女人和老幼，男人大多常年在海边做帮工。那渔船、盐船，许多都是朝廷所有，一年只给他们放一次假，此时又不是逢年过节，是万万不可能回来的。

斗笠汉子向前跨了几步，隔着船急急地问道："阿雀，英娘，快上船来，小心被水淹。"

"你怎么会来接我们？"

"不止我一个，还有其他人哩！"他回头一指，只见浓雾之中，当真有无数条船慢慢地向这边驶来，万帆显于雾中，形色不一。

有架高的帆船、小渔船、低矮的乌篷船，甚至还有雕梁画栋的运盐船，船上的人走上甲板，隐约只有芝麻粒那般大。

阿雀娘吃惊地捂住嘴巴。

斗笠汉子拿长杆挑过一只背篓，急忙道："海边有人造反，已经打起来了，那些红缨子兵全都丢下刀枪跑了，顾不上我们。现在这些船是我们的了。方才我们在船上，看见飘过去那么大一朵乌云，便知道要出事，紧赶慢赶回来，幸好你们没事，快上船来，我们先离开这儿。"

阿雀娘接过背篓，嘴唇动了一下，神色有些茫然。

季尧臣的眼神却清明，只是听得对方的话之后，脸色微微一变，指节捏紧，说不上是喜是悲。

其余的船只慢慢靠近，上头的人也走到甲板上，朝着山里大呼小叫起来。那个汉子不住地催促，阿雀娘急匆匆地弯下腰，将女儿放在背篓里，让那个汉子挑上船去。

阿雀坐在背篓里，手抓着背篓的边缘，却忽然回过头，黑漆漆的眼珠子直直地看着小胖墩。

她便那样睁大眼睛一直看着，阿执冲她摆了摆手，阿雀微黄的垂髫随着背篓的滑动一摇一晃的，忽然抿着嘴唇，伤心地回过头去，留下一个瘦削的背影。

背篓动了，季尧臣的眼神也跟着一动。

嘈杂之中，有一叶扁舟摇摇晃晃地靠近。苏奈的视力极好，隐约见到上面立着一个年轻和尚，手指拈着佛珠，衣摆飘动。

咦？神仙？

苏奈伸着脖子，刚要叫他，却见那个立在船上的和尚微微一笑，将食指竖在唇边，是个"嗻声"的动作，她便讪讪地闭上了嘴巴，再仔细一瞧，那艘船上只有一个伛偻着背的渔夫在划桨，哪儿还有和尚的人影？

阿雀上了船，坐在了船篷里，马上便被两个妹妹簇拥着，那个汉子伸出手来，要把阿雀娘拉上船。

阿雀娘已经伸出手去，季尧臣却忽然道："等一下。"此言一出，立在岸边的人都是一愣。

季尧臣向那个船上的汉子拱手道："可否劳烦你们再带几个人？"

待那个汉子怔怔地点头，他便接过了船上的背篓，将小胖墩抱起来，放进背篓里。

阿雀娘忙帮着拉住背篓，惊喜地道："刚还想问你们跟不跟我们一起呢，到了海边还能做个伴……"

船篷里的几个女孩也探出头来，兴奋得几乎忘记了正在逃难途中，七嘴八舌地朝小胖墩招手："胖墩，快来呀！快来！到我们这儿来。"

"船里面有菱角。"

"还有螃蟹！"

阿执坐在背篓里冲她们直笑，可是心里却隐隐有些担忧。

那么小的船，坐得下这么多人吗？既然都是往一处去，为何不跟后面船上的人说说，坐一艘大船跟着走。他扭过头，听季尧臣对阿雀娘低声道："英娘，劳烦你了，阿执日后是你们的儿子，你便是他的娘亲。"

阿雀娘张了张嘴，一时并未反应过来。

她家里没有儿子，大女儿阿雀喜欢阿执，她是愿意让阿执给自己当女婿的。两个孩子玩得最好的那会儿，她也试探着同季尧臣暗示过此事，可是季先生只是沉吟，并未答应。

她想季先生已经在京都做了大官，早晚要离开这里，兴许是不乐意阿执聘娶贫家女为妇，不免有些失望，此后不再提，却没想到，季尧臣却在此时此刻答应了这件事，她当即红了眼眶："季先生……"

季先生却恳切地看着她道："可以吗？"

"可以可以。"阿雀娘擦了擦眼泪，连忙点头。

季尧臣未再多言，俯身按住了小胖墩的肩膀，与他面对面。小胖墩知道，每次季先生这样，便是有重要的话叮嘱他。这一路上，他不知道被这般叮嘱了多少次，大到宇宙洪荒之理，治国理政之术；小到吃饭节制，不要给陌生人开门。因为他时常忘事，这些话被季先生反反复复地说，都要把他的耳朵磨出茧来。于是他仰着头，仔细地听着。

可是季尧臣却按着他的肩膀，看了他片刻，嘴唇动了一下，什么也没说出口，起身便走。

阿执身上的力道陡然一松，阿雀娘惊讶地叫起来："先生！你去哪里？"

季尧臣背对他们，平静地道："我便不随你们去了，我们就此别过吧。"

阿雀娘急了："你说什么呢？这里到处都是水，你不与我们一起走，你去哪儿？"

阿执想从背篓里挣扎着爬出来，他不要坐船了，也不要吃菱角、抓螃蟹。这一路上，季尧臣从来没有离开过他半步。

有一回，他滑倒了，右脚卡在石缝底下，吓得眼泪一把鼻涕一把。

那时后面有追兵，他生怕季尧臣丢下他走了，可是季尧臣没有。季先生一天三次掰开干粮，喂进他的嘴里，然后便蹲在地上，发狠地用石块用力砸着那块卡住他的脚的石头，把大石头砸碎了。暴雨停了，季先生满脸流着泥汤，满手是血地跌坐在地上，来不及擦一擦脸，又背起他来，一声不吭地向前走。

他听见那个男人胸腔里的声音，像他出来的第一天看到的老马。那个男人应该已经筋疲力尽了吧？为什么要一直带着他，照顾他，却又不肯对他笑一笑呢？

后来他们便一同摔到悬崖下面，季尧臣的头撞在岩石上，满脸都是鲜血。季尧臣昏过去之前，还紧紧地攥住他的袍角，手越收越紧，捏得手上的骨头咯吱作响。这个身材高大的男人大约误以为自己要死了，蜷缩在了一起，眼睛却睁着，里头燃烧着不甘和怨恨。这让他有种错觉，不是他离不了季尧臣，而是季尧臣离不了他。

可是此时此刻，季尧臣却突然抛下他走了。小胖墩慌了神，不知道自己是谁，亦不知自己以后该怎么办，急忙伸手去拉站在一旁的苏奈。

苏奈也丈二和尚摸不着头脑，冲着季尧臣的背影喊道："先生，你不要这个胖墩子啦？"

她见小胖墩挣扎着爬不出来，伸手便想把他给拽出来，可是季尧臣却好似背后长了眼睛，反手一把抓住了她的手，制止了她的动作。

苏奈一愣，手已经叫他甩开，连带着人反手一推："苏姑娘，你也跟他们一起走吧。"

水中又一个大浪涌来，拍在岸上溅起巨大的水花，小船重重地颠簸一下，几个女孩尖叫一声扑倒在船里。

那个汉子急得直跺脚，一个跨步跳到了岸上，一手抓起背篓，一手揽着阿雀娘的肩膀："英娘，快些，走！"

阿雀娘哭着回过头，还要去拉苏奈，苏奈为难地看看背篓里的小胖墩。小胖墩虽然和她亲近，但估计得等个十年八年才能采，那个划船的汉子倒是不错，可是……可是，远处那个男人毕竟让她等了那么久，这就换人了，她……她不甘心！

苏奈当机立断，甩开阿雀娘的手，反身便追了过去："快走快走！奴家找我家男人去！"

风急浪涌，季尧臣背着剑的孤独的身影，转眼间便消失在远处。

浪声里隐约传来孩童的撕心裂肺的大哭声，季尧臣头也不回，挺直脊梁快速行走。下过雨的天空白茫茫的，熟悉的村庄只剩下树梢和屋顶，看起来好像变成了另一个地方。

他两手空空地走着，听见哭声、喊声时，脑子里什么都没想。听不见声音了，却想到很多琐事。

他想到每日的晚饭最难做。他在厨房里累得汗流浃背，腰酸背痛，一盘野菜还没端出来，便看见苏奈和小胖墩在一个盘子里抢肉吃，筷子戳在盘子里，溅得到处都是汤汁。那个小妇人生得伶俐，用筷子却极为笨拙，只知道用手攥着，肉片夹起来便掉，却被小胖墩一片一片地虎口夺食，她急得抓耳挠腮，干脆一把将盘子端起来护在怀里，背过身往嘴里倒，阿执也疯得厉害，笑着丢下筷子，绕到她的前面拿手去抓。

直到他出来重重地一拍桌子，这两个人才迅速坐好，脸上沾着汤汁，对视一眼，不声不响地埋头吃饭。

夜里他点灯起来，在靠门的地铺上，总能见到阿执紧紧地和苏奈抱在一起，阿执不怕热地把头埋进她的胸口，做出亲昵地依偎着的姿态，那个小妇人一下一下地抚摸着小胖墩的头，满脸喜色地嘟囔着梦话。

他又想起宋玉到来前的最后一段日子，苏奈坐在窗台上，怀里抱着一本旧书，一脸神往地听他讲那些诗，妩媚的脸上现出些孩童似的傻气，小胖墩趴在桌上，安适地流着口水。

脚下忽然一凉，冰凉的水已经打湿裤脚，很快又浸湿长衫。

面前的波浪一阵一阵地卷来，腥风扑面而来，季尧臣想，他不能再想这些事情了。

其实，他并不喜欢那个小胖墩，甚至于非常厌恶。

第一次潜入东宫时，他就震惊于未来的国君竟然是个瞎子、胖子、一个不能行走的残废。一个一年都背不下来《幼学簿》的废物，偏偏投生进了帝王家，偏偏是这样尊贵的血统，换成任何一个孩子，哪怕是门口讨饭的赖皮小儿，他心里都不会有这般愤怒和埋怨，怨老天偏偏与他开玩笑。

他从来不是一个软弱和博爱的人，自小他便有一身孤僻的傲骨。与父母不亲近，倾慕他的邻家姑娘也被他的冷漠伤害。

做秀才的时候，他就敢拿眼睛凶狠地瞪着大腹便便的考官；做编修的时候，他也敢指着上级的鼻子痛骂；他做先生，从来不隐瞒喜恶，连天生聪敏的孙家公子也畏惧他的疾言厉色。

他从不训斥小胖墩，从不指着他的鼻子痛骂，仅仅是碍于君臣之礼。他一遍又一遍不厌其烦地教小胖墩读书，绝不是因为耐心，只是因为这个孩子是先帝唯一的太子，是他最后的希望。

他带着阿执一路奔逃，死也不肯放弃阿执，不是因为对阿执有多少感情，而是因为，比起死来，他更不想让宋玉得逞。

实际上，他在心里埋怨阿执的蠢笨，痛恨阿执的痴傻，厌恶阿执一身的肥肉，就连走起路来都气喘吁吁。每当他觉得难以为继的时候，便无时无刻不在心里嫌恶着阿执。

这个硕大的累赘，只能叫他一步一步拖着、背着，压得他筋疲力竭，却不懂得帮他分担一丝一毫。

他想起自己背着阿执从地道里爬出来的那一次，脸上、身上满是泥土，热汗如雨，幽冷的月光洒在他的头上，他的口鼻中不住地呼出大口的白气，肥胖的太子宛如巨石一般重重地压在他的身上，却忽然伸出手指，指向前方："季爱卿，这是何物？"

他顺着手指的方向看去，见一棵野草在月光下簌簌摇摆，包裹着一簇白色的野花："殿下，是花朵。"

太子点点头，隔了片刻，忍不住又问道："季爱卿，这是何物？"

季尧臣见草丛里露出半只长长的触角，一耸一耸的，便道："这是蛐蛐。"

太子默念了一遍，又指着前方问道："季爱卿，这是什么？"

"横着爬的叫作螃蟹。"

背上又是一阵动作，太子将头扭来扭去，兴奋地指向上方，浑然不明白背负他的臣子早已气喘吁吁，几近筋疲力竭。太子又问道："季爱卿，那又是什么？"

"……天上之物，叫作月亮。"

那时季尧臣急于逃命，热汗一滴一滴地流下来，心里已经极为不耐烦。但转念一想，太子生来便被宋玉囚禁于宫殿内，仅以几根蜡烛照明，宛如生在樊笼，从未见过外面的世界，觉得好奇也是人之常情。

若他再问，只要不再理他就好。他没了趣，自然不会再多话了。

可是这之后，太子却不曾再发问了。他惊奇地环顾四周，嘴巴微微张开，将路上那些常见的野花稗草、蚊蝇昆虫、浮云弯月尽收眼底，贪恋地看了好一会儿，方才道："这里真好，孤不想再回去了。"

他将下垂的脸蛋轻轻地靠在季尧臣的肩膀上，欢喜地道："季爱卿，多谢你！孤从未如此高兴过。"

…………

宋玉将太子喂养成如此模样，就是要将太子当作先帝复活的工具。季尧臣决心带着太子逃走的那日，便已经做好了打算，如果宋玉追来，便在宋玉的面前将这个容器摔碎，来个鱼死网破，玉石俱焚，以尽到他作为臣子最后的忠诚。

可是方才他却无论如何也无法用那把剑抵在太子的咽喉上。

他想起那一日的阿执来，发觉太子不是什么容器，太子甚至不是太子，只是一个手无寸铁、不谙世事的七岁稚童。

临到关头，妇人之仁，功亏一篑。

季尧臣想到此处，似乎已经认命地摇了摇头，不再多想，半个身子跨入海中。

背后却忽然传来一阵急促的脚步声，随后是扑通一声响，胳膊叫人用力抓住，季尧臣一回头，便见到那个小妇人的脸。她拽着他的胳膊，铆着劲将他往上面拉："先生，你走错了，桥在上面！"

"我正是往这里走。"季尧臣将她轻轻推开，撩起衣摆来，转身平静地往深水处走去，"没有错。"

两个人一前一后地站在齐腰深的海水中，天地间仍是白茫茫的一片，四周仿佛安静下来，只有一道一道的浪打来。

红毛狐狸奇怪地看他越走越远，起先不知道这个人类在搞什么名堂，待到浪花淹到他的胸口，她打了一个激灵，毛发竖立，扑过去一把抱住季尧臣："你……你不会是想淹死自己吧？不行不行！"

她怎么这么倒霉？好不容易看上的男人，不是跑了，就是死了……

季尧臣跟跄了几步，过了好半晌才站稳身体，回过身来，见这个小妇人浑身湿淋淋的，满脸幽怨之色，再低头一瞧，看见她死死地揪着他的衣裳不放的手，心里一动。

他转过身来，轻轻地拍了拍她的脑袋，竟然好似在安慰她一般："苏奈，我并非冲动。天子守国门，君王死社稷。我盼望的盛世清平，这辈子是看不到了，我活着便也没了指望。人各有志，这便是我的选择。"

苏奈只感觉到男人宽大、粗糙的手掌在她发顶上一触而过。她上过季先生的炕，也枕过这个凡人的胸口，不过却好像都没有此时一般蕴含着说不出的温柔。待她反应过来，季尧臣已经转身走向海水深处。

苏奈惊呆了，骂骂咧咧地追上去："你可不能死！我……我还没有采你呢！"

季尧臣回过头，虽然没有听懂她说的是什么意思，却也不愿意再费神多想，从身上取下剑来，递给苏奈："这是把好剑，若沉在海底未免可惜。我希望阿执今后做个平凡人，用不上此剑，就送给你留个纪念吧。"

苏奈抓住了剑柄，在这个瞬间，一个浪扑来，溅了苏奈满脸的水。

待浪花过去，海面平静下来，剑的另一端已经没有了人影。

苏奈倒提着剑，脸上流淌着海水，海风将湿淋淋的裙摆吹得贴在身上，她还呆呆地站在海里，看着季尧臣消失的地方。

快采到的男人就这么飞了，她气得只想骂人，可是胸口好似被什么堵住了似的，骂不出口，心里还有种闷闷的、奇怪的感觉。

树叶在风中哗哗作响，海青的一角轻轻摆动。

年轻的和尚盘坐在繁茂的树枝之上，只看见那只红毛狐狸站在齐腰深的水里，一双毛茸茸的耳朵耷拉下来，总是甩来甩去的红色尾巴也无精打采地垂了下去，浸在了水里。

过了半晌，风吹来了一根浮木，漂到了苏奈跟前，她气得一脚将浮木踹出老远："臭男人！"

红毛狐狸骂了一声，火红的尾巴又再次生龙活虎地摇摆起来。

她看了看手上黑黑的、扁扁的短剑，心道："死都死了，不如给我采了再死，光给我这把破剑有什么用？我抓紧时间采别人去。"说完，爪子一松，嫌弃地将它丢进了水里。

她站定片刻，忽然又蹲下，想把剑捞回来。

隐约见海浪携着那把剑漂向了远处，苏奈大惊，连忙朝海里一扑，化作一只红毛狐狸跃入海浪中。

红毛狐狸一路在水里游动，追着剑，一个猛子扎进去，过了半晌，叼着剑冒出了脑袋，甩了甩头，甩出了一串银亮的水珠子，朝岸边游去。

狐狸叼着剑，慢慢地浮到一棵树旁边，却傻了眼。来时房梁上的窄桥已经被水淹没，四面一片白茫茫的大水，她抱住树干，大尾巴蜷在了身侧，眼睛左顾右盼，不知如何是好。

大树之上，那和尚手上捻动佛珠的动作一停，反手摘下几片树叶，放在掌心。一阵风来，那些树叶如蝴蝶般翩翩飞到了水面上。第一片绿叶甫一沾水，打着旋儿化作一块石头耸出水面。狐狸揉了揉眼睛，不禁大喜，跃到了石头上。

第二片叶子也落入水面，亦化作一块水中的石头。苏奈刚伸出一只爪子，便见第三片、第四片树叶漂向水中……水中渐渐现出了一条路，蜿蜒地通向远处。

只见红毛狐狸摆动着尾巴，嘴里叼着一把黑色的短剑，敏捷地从一块石头跃上另一块石头。

和尚看看那焰火般的身影越来越小，微笑着摇了摇头，身形逐渐变得透明，消失在风中。

可是在做梦？

季尧臣记得自己分明投海而死，失去意识的瞬间却一脚踏入虚空。再睁眼时，眼前一片黑暗，两侧皆为巨大的嶙峋山石，他正站在一人宽的窄道上，宛如大象脚下的蚂蚁。

热浪扑面，季尧臣迟疑着向前走去，只见山上有无数洞窟，每个洞窟内都燃着熊熊烈火，火光里竟然有无数晃动的青色虚影，他看出来了额头、下巴，竟然还有帽子和胡须，好似人影！

这些在火光中的虚无人影，以锁链禁锢，拴在铜制的立桩上。远远看去，立桩无数，宛如一排云杉，上有铭文，不过那字体繁复缠绕，不同于凡间文字。

季尧臣心里觉得紧张，慢慢向前走去，眼角的余光瞥见那些人影不住地晃动着，似乎在承受极大的痛苦。时而双手抱头，虚影拉长扭曲；时而恢复原状，发出尖锐的哭号声。

季尧臣觉得头皮一阵发紧，低头快步而出，心里想着，老天，难道此处就是书中描写的阴曹地府？那些青色的人影便是传说中的鬼魂？

正想着，他忽然听到背后传来一阵尖厉的笑声。

锁链拖行的声响由远及近，似乎是有人拖着锁链，转瞬间就到了他耳边，对着他的脖子吹气。

季尧臣出了一身冷汗，吓得猛地向前跑去，脚下却一绊，重重地扑倒在地，愈发惊慌。他的脚腕好像被一只冰冷的手捏住——正在此时，他感到身下的地面猛然一颤，断裂开来，身体迅速向下坠去。他尖叫一声，抱紧了身下的断石，才不至于飞起来，闭紧眼睛。许久，方才脸色苍白地睁开眼睛，抬头向上望。

那黑红色的炼狱、热浪已经高得看不到、听不到了。空中满是岩块、碎屑，大大小小的，同他一起向下缓缓坠落。季尧臣抬头望去，混沌一片，看不见顶，空中有星星点点的微光，离得近了才发觉是许多飘浮在空中的灯笼。

一只四方形的灯笼越来越近，却和凡间的不同，发出来的是幽蓝色的光芒，在他伸出的手上撞了一下，打了个转，又慢悠悠地飘到了身后，落下一串空灵的铃铛声。

季尧臣向下面望去，眼看快接近地面了，只见数朵巨大的莲花正在盛开，闪动着丝丝缕缕的光芒，如血脉流动，璀璨如梦……再一闪神，他已站定在地面上。

四周广阔，远处黑黢黢的山石形状怪异，蓝色的灯笼飘过，脚下的路发着淡淡的白光。

这景象虽然奇特，却叫人觉得心头平静，比刚才那恐怖的景象要好得多。

季尧臣松了口气，正要迈步，却见这"地面"闪动着波光。他蹲下细看，方才意识到脚下踩着的便是凡间的水面——自己真的死了。

以水为镜，冥界是尘世的倒影，从中隐约能窥得向下耸立的山脉轮廓，甚至看得见凡世透过水面的阳光，水上掠过的鸟影、船影，那些影子模糊成一团。

可是用手去摸，却仿佛摸到一张柔软细腻的屏风，不能穿透，亦听不到外面的声响。

季尧臣摸了一会儿，兀自起身，沿着发亮的道路继续向前走去，心中说不出是怅然还是孤独。

他一抬脚，哗啦一声响动。他愕然地发现脚上不知何时多了一副沉甸甸的脚镣。脚镣中间的锁链拖在地上，和他在那炼狱中看到的一般无二。

他想到了，方才有一双冰凉的"手"捏过他的脚踝，原来就是那时给他戴上了脚镣。幸好地面断裂得及时，否则自己怕是要和那些烈火中的人影一样，被锁在火中。

正想着，什么东西贴着脸颊飞过，季尧臣惊愕地一闪，只见一个飞鸟状的幽蓝虚影早已展翅飞到远方去，留下一串顽皮的孩童的嬉笑。耳边风声不断，又是几个影子越过他飞到了前方。

一只狐狸从他的长衫底下钻出去，追逐着飞鸟跑远，鸟撞在灯笼上，发出一阵丁零当啷的铃铛声。

越向前走，飞禽走兽变得越多。这些动物大多是虚影，宛如光华所化，动作轻盈迅疾，不具实形。即便如此，一条蓝色的蛇盘踞在季尧臣的脚边吐着芯子的时候，还是叫他觉得头皮发麻。

幸好这副脚镣不影响他小步行走，他拎起袍子，迈着蹩脚的碎步飞快地往前躲开。

渐渐地，耳边传来水声，有一条不大宽的河，河中之水如白焰起伏，上面却架有一座拱桥，季尧臣漫无目的地走，见此处有桥，便上了桥。

下了桥后，却见一个白衣人影负手立在道边，身影颇为熟悉。季尧臣缓慢地拖着锁链靠近，看清那个人，吃了一惊，慌忙跪下："陛下？"

那个男人回过头来，身形瘦削，面有病气，却眉眼柔和，正是几个月前已经过世的先帝。

想来同在冥界，在此处相遇倒也并不意外。生前那些龃龉尽数消散，季尧臣在这样一个奇怪的地方遇到故人，到底感到有些惊喜。

男人受了他一拜，含笑道："起来吧。"

季尧臣起身，心底有些奇怪，只见先帝并没有穿着入殓时的朝服，而是穿着一件打了补丁的旧长衫，头戴布帽，垂下两条帽带，身上斜挎着一只酒壶，倒像是个落魄书生的打扮。

先帝看见季尧臣脚上的锁链，亦有些惊奇："你的脚……"

季尧臣忙将先前见闻和盘托出，先帝点了点头，道："你看见那处山洞里有火的，是刑罚之地，大都是生前犯了杀孽的凡人在其中受罚，根据罪孽的深浅，受刑时长也不同。你本因刿杀幼儿犯杀孽之罪，要在那里面受业火焚烧五十年，磨去心中的妒恶，那鬼差便在门口候着。但因气运变动，听说有上界的神仙下凡点化于你，你这罪过并未犯下，可以不必受刑。那个鬼差的消息滞后，见了你还想着拿锁链去拴，叫你受惊了。"

先帝说着，竟然蹲下身来，环过季尧臣的双腿，替他解开了锁链。

季尧臣吃了一惊，慌忙拦住先帝："陛下……"

"我不是你的陛下。"那个年轻男人取下脚镣，冲他一笑，站起身来行了个文人的礼，"在下南阳书生孟子京。"

季尧臣一愣，有些糊涂了，又看了看孟子京的脸。这面孔分明同先帝一模一样，只是身着书生服饰，似乎周身的气质也变得文弱起来，和从前不同。难道，真的是长得相似的两个人，他认错了？

季尧臣微微有些恼火，心道，方才拜你时你不说，却大大方方地受了……

正想着，孟子京叫道："季尧臣，你随我来。"

季尧臣急忙跟着那道身影向前走去。

两个人上桥，又是一批飞鸟蛇狐迎面而来，孟子京伸手驱赶，那些又叫又笑的幽蓝幻影从二人头顶、脚下逃窜而去。孟子京回头解释道："这些都是冥界生灵，来往戏耍，对人无害，不必害怕。"

季尧臣拘谨地颔首。

不知走了多久，耳边又听见水声。季尧臣仰头一看，只见前方山影参差错落，一座座高山连绵起伏，有万仞之高，山间悬着飞瀑，流水呈淡金色，溅起的水花如流星一般。

孟子京向前一指，只见那山间飞瀑前，有数朵红莲盛开，那些莲花有磨盘那么大，花瓣绽开，顺着巨大的花瓣的纹理，闪动着丝丝金光，仿如炉里烧红的铁水般耀眼夺目，时亮时熄。

金红的莲花后，露出一座亭子的飞檐。这小巧的四角凉亭点缀于山腰之上，倒有种别样的仙气，走得近了，可见亭中有一扇屏风。屏风后面有一个人影，起身绕到亭前，微微躬身，好像在朝这边行礼。

季尧臣回头看孟子京，只见这个书生也看着亭中的人影，满面含笑地拱了拱手，二人远远地打了个招呼。

随后，孟子京替他一指："您去那座亭子里吧。"

季尧臣一把抓住孟子京的肩膀："您不随我一同去吗？"

孟子京回头笑道："我原本只需在桥边等您一拜，便可托生。如今已经将您送到这里，上面的路就不是我能上去的了。"说罢，他笑吟吟地行了个礼，将季尧臣的手轻轻一拂，轻快地转过身走了。三步之内，便化作了一道白雾，消失不见。

季尧臣欲言又止，可身边已没了人，他仰头看山上的亭子，屏风前的那个人影仍旧伫立，似乎在等着他上山来。他心中感到疑惑，实在想不明白其中的关窍，心道，山上的那位高人一定能给个解释，应当上去问个究竟。他便咬着牙上山。

这黑黢黢的山中修着之字形的石阶，延绵上行。冥界无光，石阶上却仿佛铺着清冷的月色，莹莹地发着光。

飞瀑的水声始终在耳边潺潺作响，那座半山腰的亭子看上去并不显得很远，不知怎的，一直往上走了一个时辰还没走到一半，季尧臣累得满面通红，扶着焦黑的山壁歇息了片刻，又朝上面走去。就这走走歇歇，不知道走了多久，耳畔的水声骤然放大，季尧臣一抬头，眼前亮堂堂的一片，辉光无数，那朵巨大的红莲垂下的花瓣已经罩在头顶。他心中一喜，拨开花叶往亭中走去。

屏风前站着一个少年，发髻上有一团白绒，身着金丝白袍，袖口以花枝扎紧，腰系五色丝绦，远远看去，年少风流，面如冠玉。

季尧臣不顾形象狼狈，刚要拜下，忽然怒目圆睁——只见那个白袍少年一双上挑的眼，眼下有一颗泪痣，不是国师又是谁？

季尧臣向后退了几步，指着他，目眦尽裂，问道："宋玉，你如何在此处？"

宋玉却不似往日那般面露讥笑，而是一双眼睛紧张地看着他，双手捏着衣角，叹了口气道："师父，徒儿接师父回来。"

季尧臣一双凤目睁得极大，好似全然没有听懂。见宋玉伸手扶他，避如蛇蝎地一闪身，避开宋玉的搀扶，险些摔倒，跟跄中看到屏风后面有一石案，案上笔墨俱全，铺着一幅长卷。

风将那幅长卷吹起。只见上面密密麻麻地写满了金色的文字，长卷极长，两端一直拖到了地下，末尾还印着鲜红的方章、手印，很像是凡间的罪状。

风将那面吹得竖起，季尧臣回头一看，上面的金字从纸上一跃而下，如水雾般扑面而来，瞬间撞入眼中。

短短的数百字，写尽了早被遗忘的前尘往事。

季信，字尧臣，宋国京都人。生于郊外渔家，幼时家贫，食不果腹，草鞋将脚掌反复磨破，不到十岁便去给富户放牛，以贴补家用。

季信聪颖好学，经常将牛拴在树干上，偷偷跑去私塾听课，为此被鞭打数次，亦风雨无阻，因而被教书先生破例收下，有学生看过的旧书，便拿来给他借读。

季信自此更加奋发，白日放牛，夜晚则头悬梁锥刺股，一本书到了手上不出三日，能倒背如流，这样即便归还，胸中仍有书本。传说他用河里的水草挤汁为墨，因水草拔得太多，走后数年，河里仍然寸草不生。

不久，季信中举做官，仍然是三更睡、五更起，为百姓父母官。一生中多次升迁，始终清廉勤勉。

他为人寡淡严肃，无欲无求，一生无妻无子，为国操持。曾在京都官学教书，不论是勋贵公子还是贫民下士，始终一视同仁；又做过十年考官，无论旁人如何贿赂，始终不偏不倚，只收勤勉之士。

五十岁时，官拜丞相，他刚直不阿，敢于当朝谏诤，即便遭贬，亦无懊悔，终因忧劳过度，死于赴任路上，终年五十五岁。

季信死后飞升，被点为禄星，受封"文昌君"，负责官运，天下士子为其建造祠堂，以香火供之。

数百年前那些画面一一重回心头。那年他手持玉如意，身着大红色鱼龙官袍，踏着紫云迈进天上的宫殿……那座云中宫殿雄奇巍峨，一双面庞如玉的仙童念着口诀，将大门缓缓拉开。

墙上绘有百尺云海之图，云海如梦似幻，缓缓翻涌。

他将手掌覆在墙上，转眼间便能行万里，到观云台。他的任务便是坐观尘世人头攒动，在每个凡人的头顶看见一抹紫气，有的直上云霄，有的几不可见，这便是凡人的气运。

季尧臣生前便十分寡欲，对他来说，身为神仙，无非是换了个地方当差。因此成为文昌君后，也没有沾沾自喜，反倒更加沉默、谨慎，平素长坐观云台，全神贯注，生怕出半点差错。

不久后，一名凡间小和尚死后成仙，做了文昌君的徒弟。

和尚名为释颜，性子善良沉稳，谦虚好学，文昌君十分满意，便叫释颜给他做文书官。由他来观凡人的官运，由释颜记录成册。师徒二人配合默契，相处倒也和谐。

就这样安安生生地过了百年。有一日，文昌君从观云台回来，小和尚释颜说："师父，我听其他仙长说，您马上要再多一个徒儿了。"

文昌君一愣："是谁？"

释颜笑道："凡间的九尾银狐族诞下一子，名叫通悟，据说他天生一双神目，天赋异禀，受仙人点化，派遣至我们身边，要我们助他修得仙身。"

文昌君没说话，心中却有些郁闷。

他为人虽然十分克制，但毕竟是凡人飞升，身上还有凡根未净。他儿时，家里的鸡总是被狐狸叼走，狐族在他的心里便留下个凶狠狡猾的印象，比其他的动物都要面目可憎。

即使知道九尾银狐族仙缘不浅，乃是修正道的狐族，这也改变不了他的印象。

狐族本是凡间妖兽，妖兽的智力、性情都比凡人低级许多，须得修炼千年，先学会做人，方可尝试修仙。

这只九尾狐崽子才落地不久，连人还学得不像，就被神仙选中，即将拥有仙身，不免过于顺遂了。

季尧臣一向不喜欢这种拥有特权的人，再加上他身边有释颜帮忙就已足够，无需再多一个人，便沉吟着道："狐狸毕竟是妖兽，它以后要与你整日相处。释颜，你怎么想？"

小和尚却施了一礼，道："不论他是人，是狐，都是天地造化，徒儿自然高兴。"

文昌君看着小徒弟欣喜的脸，一时无言。

是了，释颜做凡人时的死因便是慈悲。他宁愿自己饿死，也不肯杀生，还要用自己的肉身喂食林中鸟雀，自然不可能说出反对的话来。

文昌君便不再提。只是到了通悟上山那一日，文昌君一早便自去了观云台，没有迎接通悟。

那九尾银狐独自乱转了许久，才终于找到了禄星的府殿，仰头一看，居然在那高耸的云中。

通悟年纪尚幼，还是妖兽，来到神仙的地界，不得随意行走，只得硬着头皮爬了三日三夜的阶梯，爬到了云上，化作一个白袍少年，已是发髻濡湿，形容狼狈，好似水缸里捞出来的一般，扶着膝盖，呼哧呼哧地直喘气。

幸而释颜出来找他，将他带回殿内，以仙法更衣。

释颜才回了头，那雪团似的九尾银狐在地上滚成了一团，只道："你们这地方可真难走啊！累死我了。好哥哥，叫我睡一觉再去拜见师父。"说罢，嘴里竟然发出了细细的鼾声。

释颜无法，只得将他拎起来，在云池内反复洗涮干净，又传音叫师父回来。

文昌君晚归时，两个差不多大的徒儿已经规规矩矩地跪着等他。身后飘着许多条尾巴的少年便是通悟，狐妖化作了人形，唯独狐狸尾巴是收不回去的，最不似人。

通悟拜过了文昌君，待他抬头时，文昌君着意观察了他的眼睛。他的瞳仁比凡人略大一些，是蓝黑色的，如海一般，看起来确实特别，却不知这一双神目神在什么地方。

通悟做了文昌君的弟子，刚开始还算规矩，不出几日，便显出本性——这只狐妖性子极为顽劣跳脱。

文昌君的殿中有一盏灯，灯座之上悬着一轮圆月，乃是冰雪塑成，是给殿内照明用的。通悟头一次见，便十分喜爱，趁着文昌君不在，把那盏月灯拔下来蹴鞠。等到释颜发现，那盏月灯让他踢在墙上，已经碎成了几片。

文昌君自然大怒，罚通悟禁闭。释颜放心不下，便去查看。

谁知开门一看，内里空空如也——通悟早就跑下界去玩耍了。

当晚文昌君便和释颜发火，道："兽便是兽……"

通悟从凡间溜回来，便听见师父在殿内大骂自己，急忙推开门，跪倒在文昌君面前道歉："徒儿不是故意惹师父生气，实在是无事可做，成日里待在房里憋闷。想找点事做，谁知却弄坏了师父的东西，反被关了禁闭，连房子也出不来了，实在度日如年，方才跑的。"

文昌君气极反笑道："你还想干什么？"

通悟的九条尾巴摇摆着，抬头问道："我看师父一摸那墙壁便可去观云台，徒儿还一次没去过呢。下次徒儿跟您一起去如何？"

如何？自然是被拒绝。

但文昌君转念一想，这只妖兽精力旺盛，是该给它找些事做，以免它游手好闲，再生事端。但是为防止它闯祸，最好还是做些简单的事，便叫他帮着释颜一起抄写文书。

通悟倒是不情不愿地领受了。可是还不到几日，释颜回来一看，见满地散落的都是纸页，案上摊着纸笔，通悟抄到一半，便不见人影。

释颜叹了口气，将地上吹散的纸捡起来，小心地收拢好，走到桌边一看，只见那金色的墨迹因为无人看管，已经渗透了纸张，将写好的字迹晕染成一团。

释颜看到，急忙将纸页拎起来左看右看，仍然是一大团乱七八糟的墨，心道，坏了坏了，这下上面的名字看不清了，如何是好？

他将纸放在一旁，便去柜子里找他的佛珠，准备施法将其恢复。谁知一开柜门，里面掉出来一个白袍少年，滚落在地，两肩满是烟火气。

释颜瞠目结舌地道："你又私自下凡了。"

通悟趴在地上，释颜闻见他的身上还有浓郁的酒气，立马捏住鼻子："你，你还喝了酒？"

通悟醉得厉害，睫毛颤抖了一下，闭着眼睛不吭声。

释颜为难地摸了摸自己光滑的发顶，深吸一口气，拈着佛珠念了一串经，随后将手放在通悟的肩上，叹了口气道："通悟，通悟，醒醒。一会儿若是师父看出端倪，你就说是我不小心弄洒了墨水，知道了吗？"

那个脸颊微红的少年叫他晃动了两下，猛地翻了个身，摆了摆手道："无妨无妨。"

释颜无奈至极："哪里无妨？"

通悟将手搭在脸上，口齿不清地道："我知道这些人是谁。东阳的宋瑞、王昌明、孙皎；岳阳茂县的刘三；川蜀的于双阳、贾平成……"

此时释颜已经将他放在一旁，拈着佛珠，施法将纸上多余的墨除去。

只不过，此乃神笔，只有文昌君可以完全驾驭，以他的仙法，只能恢复七八成。但根据露出来的字迹笔画猜测，纸上的那些人名果然如通悟所说，似乎一字不差。释颜迎光看纸，惊喜地笑道："果真如此，你的记性不错，抄了一遍便背下了。"

通悟嘟囔着道："我可不是背下来的，我是看见的。"

"你如何看见？"释颜只当他说醉话，"你不出这间屋子就能看见？就连师父都要在那观云台上仔仔细细地看上一日，方能看得准确呢。"

通悟的眼睛微眯着，似乎有些迷茫："怎么看？自然是拿眼睛看啊。"说罢，打了个酒嗝，不再说话，九条尾巴软倒下来，彻底醉卧于地。

待到文昌君归来，检查文书时，果真发现了墨迹，问了起来。

小和尚释颜原本想将此事全部揽在自己头上，可又一想，通悟有此等本事，应加以展现，便将这件事同文昌君说了。

文昌君听完，冷冷地一笑，心里想，这只妖兽仗着自己聪颖，故弄玄虚，酒后与旁人添油加醋，胡乱吹嘘。于是心里对他愈加不喜。再加上文昌君早已看不惯通悟浮躁的言行，便想借机敲打敲打他。

于是第二日，他便道："通悟，你不是一直想去观云台？今日便带你和释颜一起去。"

通悟自然十分兴奋，为了不惹师父生气，一路上按捺着自己兴奋的心情，依葫芦画瓢地学着释颜的模样。

文昌君见他乖顺，也颇为欣慰，决心抛却成见，好好教他。于是文昌君坐在云上，指着下界晃动的人影，仔仔细细地从何为官运，如何判断官运开始讲起。

文昌君做凡人季尧臣时，便做过多年的先生、多年的考官。他授课之时，学生无不全神贯注，洗耳恭听，因此，他最不喜学生溜号。他一转过头来，见通悟手里捏着衣角，眼神乱瞟，神色颇为浮躁，便呵斥道："你既然要学看凡人的气运，如此态度怎么能学好？"

通悟犹豫了一下，道："师父，不必像您说的那样观气，甚至不必上观云台，我早就看出来了。"

说着，将下界谁叫什么名字，多少年后做大官小官，是中举还是升迁，一一点了出来。

文昌君微微一愣，从观云台细看，竟然完全对上，一时沉默下来。毕竟释颜在侧，他的脸色变了变，只得忍住，什么话也没说。

回去之后，文昌君越想越郁闷，第二日，又带释颜、通悟一起去观云台。

须知天上一日，地下一年，文昌君每日观运，正是凡间士子一年一度的科举。在京都的考场里，正有百十来个考生在写文章。

其中有两个考生一前一后，坐得极近，前面那人叫刘赟，头上有细细一道紫烟；后面那人叫作孙律，和刘赟头上的紫气乍看上去并无分别。文昌君需要仔细研判，才能看出是刘赟略胜一筹。若论名次，应是紧挨着的前后两名，刘赟在前，孙律在后。

文昌君状似无意，报名时，其他人依次排序，却将这两个人故意颠倒，以眼角的余光观察通悟的表情。

通悟立在旁边，见释颜抬笔要记录，一把阻拦住他道："不对，明明那个人更多一些……"

释颜疑惑地道："你说什么？"

通悟转过来，小心翼翼地道："师父，您能否再仔细看看？徒儿以为是刘赟在前，孙律在后。"

文昌君心中一沉，垂眸道："是我看错了，释颜，改过来。"

两次相互印证，便彻底证明了通悟能判断下界凡人的气运并非碰巧，而是的的确确能够轻而易举地分辨出来。

原来，九尾银狐一双天生神目，能够看到人的气运。

文昌君想到这里，心里顿时不舒服起来。

不知神仙意欲何为。这上界，唯有文昌君能看到凡人的气运，故为禄星，却叫一个有天生神目的妖兽来做他的徒儿。

想他一生战战兢兢，勤勤恳恳，不过勉强能在观云台上看到凡人的气运。可是一个不学无术的妖兽之流，偏偏天生有这样的天赋。文昌君心里堵得慌，无法控制自己的情绪，因此无论通悟如何乖巧，他待通悟始终十分冷淡。

通悟乃是狐族，心思原本就活络，如此一来，亦有所感，有一日，便偷偷地拉住释颜问道："师父可是不喜欢我？"

释颜道："怎么会？师父为人一向如此，外冷内热，他为人很刚正，你不要多想。"

通悟听完，点了点头，可心里仍然有些疑问，感到有些不安，便偷偷潜入殿内，见到文昌君正一个人下棋，便乖觉地道："师父，我来陪您下棋吧。"

文昌君面色稍霁，点了点头。

他做凡人的时候便喜欢下棋，只可惜难遇对手。做了文昌君以后，即便有这白玉做的棋盘，玲珑的棋子，释颜不会下棋，仍然有些寂寞。通悟愿意陪他下棋，他自然乐意。

只是没想到，这个狐族少年坐在对面，挽起袖子，说是"随便一下"，却是在无意之中，杀得他片甲不留。

文昌君一向自负于棋艺，此时此刻，一双凤目瞪着这无可挽回的棋局，再看通悟一张笑嘻嘻的、秀气的脸，感到一阵眩晕。他面上发热，感到无地自容，也分不清是愤怒、害臊还是怨恨，更是感到那张笑脸十分刺眼，宛如挑衅一般。

他心中郁结，便感到一阵钻心难忍的胸痛。

原来，文昌君虽然做了神仙，但凡根未净，妒火未除，若在凡间，这点看不透无伤大雅。可若到了上界，那未净的嫉妒、怨恨、迁怒，便如种子一般发芽生根，迅速涨大，如炼狱业火般折磨着他这具高洁无瑕的仙体。

文昌君面色青白，捂着胸口，不慎落了棋子。

通悟见他这般模样，不知因何触怒了他，慌忙跪下道歉，却叫他拿手推开。文昌君偏过头去，似乎忍受着什么，又似乎在克制着什么，冷冷地道："退下吧。"

九尾银狐垂头丧气地出了殿门。一连几日，他都闷闷不乐，寻了个机会拉过释颜道："你还说师父对我没意见？你看见没有？"

"我……"释颜无言以对，可是看见文昌君近日来脸色越发不好，脾性也越发古怪，尤其针对通悟，一时也有些纳罕。

在他看来，文昌君是极好的人，通悟虽然贪玩，可也本性善良，甚至有真诚可爱之处。

两个极好的人凑在一块儿，为何会不好呢？

未等他想明白，那狐族少年已是嘻嘻一笑道："无妨，我也不会和师父生气。师父不理我，我自下界玩去。"

说是这样满不在乎，实际这九尾银狐年岁尚幼，便离开同族到了陌生的天界，难免孤独寂寞。在文昌君这里无人关怀，于是便总下界讨酒喝，时常化作少年，和凡人一块儿戏耍，呼朋引伴，排遣寂寞。

这日，通悟到了常去的酒馆，遇到一个没带酒钱的书生，正被小二拿着棍子驱赶。书生四处躲避，见着了他，双手一扑，躲在了他的背后。

小二一时不防，扑到了通悟的怀里。

通悟笑嘻嘻的一手抓住他的棍子，另一只手递上了银子。小二的脸扭曲了一下，由怒转喜，身后那个瘦弱的书生也走出来，讶异地看着他。

书生名叫孟子京，南阳人，本是富家公子，无奈嗜酒如命，腰上挂着个酒葫芦，成日里醉醺醺的。为了买好酒，他将盘缠花了个精光，只好卖字画赚钱，赚的钱还没焐热，又换成了葫芦里的酒。当下他一贫如洗，又得了肺病，人瘦得如竹竿一般，酒却仍然戒不掉，赊账不还，还想再赊，这才叫小二打了出去。

通悟溜下界来便是全凭高兴。他才不在乎凡人的品行如何，因此不仅替孟子京付了酒钱，还花钱请他喝酒。

两个人一见如故，竟然越说越投机，喝到了月上中天，烂醉而归。

通悟在凡间所遇到的大都是酒肉朋友，因为能白吃白喝才跟在他身后，下了宴席便作鸟兽散，唯独孟子京真心同他结交。

孟子京将他带到屋里，给他看自己作的诗、写的文章，并做些家乡小菜给他吃，二人惺惺相惜，晚上同榻而眠。

通悟毕竟在上界有差事，为了防止被文昌君发现，只好每每趁孟子京熟睡时溜回上界。

天上一日，地下一年，通悟在文昌君眼前应个卯的工夫，凡间已经过了十天半个月。

孟子京醒来，见好友不在，枕边有两大袋银钱，知道是通悟留下的，小心翼翼地收起来，即使穷困潦倒也不花一分一毫，宁愿再卖字画赚些微薄的酒钱。白日里，孟子京便在小酒馆里翘首以盼，等通悟再来，才将那些银钱取出来，全请好友喝酒。

通悟头一次被如此真心地对待，感动不已，便彻底跑了心神，一有空便溜下界来，找孟子京饮酒玩耍。

时间长了，释颜发觉，替他遮掩了几次，还是被文昌君发现他偷偷溜下界，便将通悟扣押，呵斥道："你已经是神仙点化过的妖兽，不好好在此修炼，怎么到处乱跑？凡人自有气运，你们并非同族，不要妄加干涉。"

通悟不服气地道："徒儿也没干什么呀，就是和他说说话、聊聊天，又不像那寻常狐狸精去采补……"

文昌君闻言更是恼火，骂道："身为神仙，当引导凡人向好，你倒好，你以为我不知道你在下界干什么？吃喝玩乐，不学无术！"

通悟急忙道："没有没有。没有不学无术，孟兄为人机敏潇洒，我们一起作诗来着……"

文昌君的脸都青了，不愿意再听他诡辩，拂袖而去，从云海图去观云台。

他走在路上，还是闷闷不乐，希望哪一日能有其他神仙来访，能早日将这个祸害调到别处。不然，长此以往，必生事端。

通悟让师父训了一顿，垂着脑袋，闷闷不乐，心想，师父既然说影响不好，那以后不再去就是。可怜的孟兄还在等我，应当去与他道个别。

于是待禁闭的时间一到，通悟又跑下界去。孟子京数月不见通悟，见他突然来访，十分惊喜，急忙奔出来招呼，连鞋都穿反了。两个人勾肩搭背，通悟低头见了一双穿反的鞋，指着孟子京哈哈大笑。

这日又饮酒到了凌晨，两个人彼此扶着归家，说了一路醉话。路过池塘，池塘里倒映着圆月，通悟正说得口干舌燥，指着池塘道："夜里热得慌，真想跳下去凉快凉快。"

此话若让文昌君听了，必然骂他胡言乱语；若是让释颜听见，那个小和尚一定会满脸为难地规劝。

可是孟子京听见了，却哈哈大笑道："这有何难？下去就下去，我先帮你试试水温。"说罢，一个猛子跳入池中。

那池塘的水极冷，孟子京被冻得哆哆嗦嗦，酒醒了大半，抹了把脸，冒出头，见通悟扶着膝盖，站在池塘边嬉笑着问："如何？"

孟子京便吐了口白气，谎称道："舒爽极了，你也快下来。"然后伸手一拽通悟的衣摆，将他一把拉进了池塘。

两个人在长满荇菜的池塘里往彼此的脸上抹淤泥，放肆地打闹了一会儿，湿淋淋地爬出来，回住处更衣。他们泡了个澡，用了些小菜，吃饱喝足地躺在床上。通悟看着从屋顶破洞处露出来的一轮圆月，兴致极高，作起诗来。

孟子京叹了口气，道："又是月上中宵了。跟你在一块儿，总觉得时间过得极快，你又总是要归家，只恨不能与你长久相伴。我这个月底就要考试，考完就得回家乡去。恐怕以后再难见面了。"

这个书生不知道身旁躺着一只九尾狐妖，只当他是外县公子，只是每隔一段时间进京谈生意，故而总是很久才出现一次。

通悟只是笑笑，并不应答。

孟公子又道："通悟，你如此聪明，诗文也好，不如干脆跟我一道儿考试去？若是有幸得了个知县，我愿意给你抄文书，咱们俩以后还能一起喝酒。"

通悟双目微睁，吃了一惊，忙道："别别别，你愿意，我可不愿意。"

孟子京以为他无心仕途，在一旁长吁短叹。通悟把手垫在草枕后面，看着上方的屋顶，想到这是他下界的最后一夜，心里也有些酸涩之感。但他想起文昌君的话，只怕再交往过多，干扰了凡人的气运，便哄孟子京道："你若是不想一个人，我可以陪你一起去考试。孟兄好好备考，待考完了，我们一起喝酒去。"

孟子京闻言，十分欣喜，后半夜便同通悟讲起功课来，通悟只是听着，不作干扰，等他读完了书，二人又一起喝酒。孟子京兴之所至，手舞足蹈地道："考完以后就是我生辰，到时候你一定要来，咱们去隔壁镇上喝梅子酒，一年之中只有这个时节能喝到。"

聊到天边晨光微现，孟子京终于睡死过去，通悟叹了口气，留下两大袋银钱，回了天界。

孟子京记挂着通悟要同他一块考试，从这日起便一直站在檐下等待着他，从黄叶飘零等到了大雪纷飞，可是再也没见通悟露面。一直等到应考那日，通悟还是没有出现。眼看太阳升起，时间到了，孟子京无法，背着书箱一个人进了考场。

此时天界，正是文昌君每日上观云台之时。释颜持笔跪坐身后，面色沉静。旁边的通悟总算回归正轨，也有样学样，安生跪着。只是他的神色有些飘忽，拿手去揪云上的丝缕，将其在手上用力捻成水滴。

文昌君如往常一样，端坐云上，一对凤目有神，三缕髭须微动。

他正欲开口，忽然，背后传来了一道极其惊喜、失态的声音："师父，师父，你看！"

文昌君神色一凝，严厉地回过头去："看什么？"

只见通悟一骨碌爬起来，三两步走到面前，指着下界惊喜地道："师父，瞧见了吗？此间试场里有一个人气运冲天，将旁人都盖住了……此等气运，必成真龙……孟兄，是孟兄！"

文昌君叫他镇定，忙低头一看，只见考场内的士子头顶紫烟，有的深，有的浅，最盛不过只有碗口粗，那是状元。与往日所见景象并无区别。

什么气运冲天，什么真龙，真是白日发疯，胡言乱语！

文昌君便训斥道："通悟，坐下，切莫胡说。"

通悟却一愣，惊疑不定地道："师父……师父，您再看看？当真是真龙之相，并无谬误。"

文昌君向着他所指那人看去，只见那个脸带病气的瘦弱书生趴在桌上，哈欠连天，昏昏欲睡，这也便罢了，头上几乎看不出什么气运，这一切简直让他怀疑通悟是在专门作怪。

他再一细看，文昌君当即怒不可遏——那个人哪里是旁人，不正是与这狐妖在下界日日厮混的那个凡人书生吗？

文昌君平生最恨那结党营私，徇私枉法之辈，一掌拍在云上，整个大殿都震动起来："通悟，你可知道真龙之相是何含义？那可是要做凡间帝王的气运！这个孟生放纵颓唐，平日里嗜酒如命。你告诉我，一个病痨酒鬼，有何种可能有帝王之相？"

通悟叫他那一掌惊得一蒙，身子一抖，慌忙跪下。

他扭过头去，以那双深海般的眼睛静静地看了片刻，笃定地道："师父，徒儿未曾看错，一定不会有错。五年之内，孟子京必然转性，仁慈博爱，滴酒不沾。适逢朝廷内乱，便为帝王，可延绵数年国泰民安。"

他说得有板有眼，可是毫无依据，文昌君只当是天方夜谭。

毕竟，宋国皇族仍健在，没有大奸大恶之徒，看起来一切正常，很难联想到五年内就有天子更迭之乱。

文昌君见通悟还在狡辩，越发愤怒："原来想你只是年少顽劣，不想却是公私不明，是非不分。你与那孟生关系甚好，想必是想送他个官做？"

通悟想到了此中关窍，瞠目结舌，一时不知道该如何辩解："我……我……"

见他平日里口舌伶俐，此时却支支吾吾，辩不出半个字来，文昌君冷笑一声，愈加确认其中有鬼："你可知这已是滥用私权？以公谋私也算了，你竟然还想送他一个人间帝王，好大的胃口！你如此作为，你将天下百姓当作什么了？"说罢，再也无法容忍这狐狸作祟，手一扬，金光闪过，画地为牢，将通悟关在其中。

"你在里面好生反省，想明白了再出来。若还是想不明白，休怪我将你驱下天界。不会做人，未有慈悲，一心只有私欲，如何成仙？"

通悟发觉被困，急忙向前撞去，那地上的印记骤然向上升起，化成了高耸的栏杆，将他挡在里面。通悟抓着那金光闪耀的栏杆，用力将脸贴在上面，呼喊道："释颜，释颜，放我出来！"

释颜也被吓得不轻，坐在一旁，不忍心地看过来。

文昌君坐如磐石，面色冷肃，似乎背后生了眼睛，厉声道："释颜，坐好。"

"是。"小和尚只得微行一礼，低头写字。

通悟伸着脖子去看，见释颜已经将名单写了下去。他两手抓着栏杆，反手用力去拧，却拉不开半分，当下九条尾巴急得乱晃，在文昌君说话中途，不住地喊道："师父，徒儿分明看见，确实是如此！没有半句虚言！"

文昌君额头上的青筋一跳一跳的，忍耐已久："我未曾看见。"

通悟却发癫一般，用力拍打着栏杆："师父，师父，孟生虽然与徒儿交好，可今日所见与此无关……哎呀，却叫我如何解释……您万万要将孟生写在上面，不然会酿出大祸！"

通悟话音刚落，文昌君大红的衣袖一拂，只见那牢笼带着九尾银狐就地一滚，缩成了巴掌大，从云层中一穿而过，飞回殿内。

文昌君厉声道："你还是好好闭门思过，知道什么地方错了再出来。"

少年的叫喊声彻底消失了。

文昌君的耳边仍然嗡嗡作响，他按了按眉心，强行按下心头的烦躁，回头低声道："释颜，刚才记到何处了？"

释颜道："师父，还有最后一个人。"

文昌君点了点头，向下界看去，却在那昏昏欲睡的孟生头顶发现了若有似无的一缕紫烟。

他神色微微一顿。胸口好似有一口气向上顶，有些难受。在这种难受中，他勉强地分辨出来。孟生的气运与身后一人几无分别。若是一定要分出高下，是孟生略高一些。

孟子京是这个名单上的最后一个人。

文昌君顿时手握成拳，微微颤抖起来。

倒叫通悟说中了。想到那只狐妖走前还大声威胁，丝毫不惧，他心里便好似吞下去个火球，吐不出来，咽不下去，一股恼怒羞愤的热气从脖子炙烤到了脸。

可是在榜上并不能说明什么。孟生只是这榜上末名，和通悟所说的帝王之相差了八丈远。

他是做过考官的，知道状元定是有真才实学，而这末名却有可能只是撞了大运，无论怎么看，都不像是能有帝王之相之人。

这般想着，文昌君渐渐冷静下来。只是过了一会儿，文昌君看着释颜录好的名册，不知怎的，胸中忽然掠过一丝怀疑——当真如此凑巧，孟生刚刚好就考得末名？会不会是通悟为帮好友作弊，私自给了他气运，妄图瞒天过海，帮这个凡人改命？

若是如此，便能解释通悟为何平素不言不语，这次却如此理直气壮，敢当着他的面推荐这个孟生。通悟以为自己那点小把戏，不会被做师父的看出来？

这样一想，连带着数年数月，对这只狐狸的所有偏见、厌恶、乃至于说不清楚的妒恨，一并爆发。文昌君铁青着脸，有一瞬间，彻底被怒气主宰。他无法控制这股情绪，颤抖着手，拿笔一勾，报复似的将那个孟生扫出名单。

千百年来，文昌君始终兢兢业业，不偏不倚。

此时此刻，他却鬼使神差，好似变作了另一个全然陌生的人——他意识到自己已经是神仙，神笔在他手中，无论释颜还是通悟，都无权干涉他的决定。

而此举也没有什么，没有什么……他不住地劝慰自己，方能使自己从盛怒和慌乱中冷静下来。

孟生原本就是末名，差一点儿也是考不上的。就算孟生真的有真才实学，无非就是落榜一次，来年再考而已。


转眼间，天气转暖，冬去春来。

书生孟子京捂着嘴巴，一边用力咳着，一边慢吞吞地凑到喧哗吵闹的人群中，等待放榜。

红榜揭晓。榜下的人如水溅入油锅，顿时沸腾起来。在无数双挥舞的手臂间隙里，孟子京抬起眼睛，将红榜从头扫到尾。

他咳着，咳着，茫茫然地捂住心口。

"没有……"他喃喃着道，又看了一遍，确认那上面全都是陌生的姓名，便转身离去，"怎会没有呢……"

小酒馆里，孟子京抱着自己的酒葫芦，还在茫然等着通悟。来来往往的人，都有些惧怕地回头看他。因为这个书生两颊凹陷，面色发青，好像是个从地府爬上来的痨病鬼。他一声不响，一动不动地坐到了天明。

奇怪，本来他也没有自信一定考上的。可自打知道自己落榜，好像忽然间与尘世斩断了关系，如一叶浮萍，忘记了自己从哪里来，也不知道将要往哪里去，只好呆呆地坐在这里……却不知天界之上，九尾银狐化了原形，九尾并用，利齿龇出，发狠咬断了锁，终于跑了出去，连滚带爬地从云头滚落下界时已是半夜，月色寒凉，街道无人。

通悟在酒馆外的草堆里发现了孟子京。他坐靠在乱七八糟的草堆上，手里拿着空空的酒葫芦，头歪向一边，嘴角挂着干涸的血块——这个书生遭受落榜的打击，竟然痨病加重而死，尸体都僵硬了。

"师父不听徒儿言语，酿成大祸了！"通悟懊恼的声音如惊雷一般炸响。

文昌君登时起身，脸色已经变了。文昌君亦感到十分震惊，原本只是想给孟生一个教训，可是却从未想过害他的性命呀！

文昌君的脸色变得通红，牙齿咬得咯咯作响，脑袋开始一摇一晃的，这是做凡人时便留下的毛病。

"不必说了。"他急急地对通悟道，"此事因我而起，我这便去冥界，将孟生的魂魄拘回来。"

只愿事情能够挽回。

他去如疾风，去冥界之路，从云海之壁穿过，要路过观云台。

"到底是如何发展成这样？怎么会造成如此严重的结果？"

云气翻涌中，文昌君失魂落魄，神思已飞得很远。

此时并非观气运的时候，可是偏偏正在这时，他忽然看见一束金光从下而来，直照天穹，扩大又消散，将脚下的云层都染成了金红色。

文昌君彻底愣住。

这是——当真是人龙之气，是国君的命数！

他脚下踉跄一下，明白过来！

原来通悟没有撒谎——恐怕是他天赋过人，才能先一步看见真相。而对自己来说，孟生的气运出现却延迟了如此之久，直到现在才叫他看见，宛如一个巨大的玩笑。

如今孟生人已逝去，留在云上的不过是残留的考场内的一点点气运。

他的胸口顿时如同有火在灼烧，仿佛有一把利刃剖开他的胸膛。文昌君捂住胸口，整个人弓起身子，半是疼痛，半是深深的懊悔。

眼前缥缈的云层仿佛变作了翻涌的虚影，在虚影之中，文昌君抬头，看见两个乌发仙童骑鹤而来。童子牵着一条流光溢彩的锁链，转瞬间就到了他的面前，口中齐声道："凡根未除，妒难消解。下界受劫，烧去七情，人不如狐，且去且去……"

凡根未除，妒恨难消，心胸狭隘，为人偏执……

文昌君跪在原地，恍惚中想，这些罪状说得没错，说得他面红耳赤，无地自容；说得他幡然醒悟，却已经覆水难收。

他的身影渐渐模糊，身上的流光尽散，渐渐坠入云中。

在恍惚之中，他隐约看见后世画卷，才知晓通悟所说的"酿成大祸"是何含义。

下界朝廷的气数已尽，孟生原本是下个君主，可保一段时间的繁荣太平。可因为他的一念之差，人龙已逝。要再等三十余年，才有另一颗帝王星于海边诞生，取而代之。

而这中间三十余年，世无人龙，朝廷凋敝，难免有人间灾祸，百姓疾苦……

他一生掌气运，生怕行差踏错半步，只想选拔人才，教天下百姓安居乐业，却不想到头来，竟然为百姓带来三十年的苦果，他、他……一滴泪从已经化为虚空的文昌君眼里滑落，一片乌云落下渐渐沥沥的雨点，无声地撒在田间……

季尧臣的嘴唇颤抖着，眼前画面渐渐消散，看着宋玉，已是满脸泪痕。

今生再投凡人，他天生聪颖，过目不忘，对应的便是通悟的一双天生神目，三次应考，两次落榜，便是通悟在他身旁三番五次受到冷待。

因为一句话被打成编修，半生蹉跎……那正是通悟分明看出人龙气运，大声疾呼，却让他因为偏见关了禁闭，不得言语！

原来，这便是"此生因果，前世谬误"……

他季尧臣此生满心忠贞却无人在乎，一腔热血白白浪费，不就是通悟与孟生一心向善，本无大错，却因为他胸中激愤，一个有口难言，一个怀屈夭折？

季尧臣羞愧难当，只觉得胸口的那颗种子破土而出，在血肉中翻搅，在人世的委屈忽然化成了百倍的愧疚，直逼得他热泪流下，满面通红。

几乎无颜面对眼前这个曾经叫他百般错待，却仍然肯恭恭敬敬地叫他一声"师父"的徒儿。

他的喉结微微一动，撩起衣摆跪下："通悟，是我错了，我愿向你道歉……"

通悟也曾经在心里埋怨文昌君待他冷淡，更是责怪他令孟子京夭折，可此时此刻，见到如此自负的师父直直地跪在自己面前，吃了一惊，那些委屈瞬间化为乌有，急忙将他扶住，道："不必！师父，您……您不生徒儿的气便好。"

"徒儿亦有错处，若是能听师父的话，不到处乱跑，便不会害了孟兄。"通悟苦笑一下，"徒儿因此亦得到责罚，此后修炼，比别人慢一大截，若不长年累月地坚持修炼，便不得仙身……"

二人交握着双手沉默地对视片刻，竟然双双笑了笑，挪开目光，冰释前嫌，却都觉得有些苦涩。

宋玉——通悟先一步将手抽回，无所适从，低着头不知道在想些什么。

季尧臣拍了拍他的背，假装并未看见通悟紧张的神色，转移话题："这段时间可是你代观气运？"

通悟急忙道："哦，您走以后，是释颜代观气运。师父，原本宋国皇族早该死了，却因为孟生身亡，叫这任皇帝多活了二十余年。便由南斗神尊做主，待先帝寿数已满，把孟生的魂魄从冥界提出来，放了皇帝身上。我们欠孟子京七年的帝王命，如今补全在先帝身上，倒也作了数。"通悟慢慢地转了个身，"我这个国师的身份也是安排好的。这三十年来，世间无人龙，尊神要我下界，提前将朝廷的气数耗尽……一来逼你入绝境，助你悟劫；二来，我还欠孟兄一个饮酒的约定。因此先帝见了我才觉得十分面熟。如今我终于赴约，他自当欢喜不已。"

季尧臣听着，忍不住点了点头，此劫设计得巧妙，的确令人叹服。

"唯有一事是个麻烦。"通悟道，"那原本的皇帝到了寿数本该辞世，却因为我们的干扰，在皇妃腹中留了个孩子。这个孩子原本不该诞生，却偏偏有了。即便是生出来，亦是阳气不足，乃是个鬼胎！"

季尧臣立即抬眼："是阿执……"

"对。"

"皇族本在先帝就该断绝，太子原本就不应存于世上。这鬼胎，归根到底是因为师父而诞生，故而也要由您杀灭。按照原本的劫数，徒儿原本要一步步逼着师父走入绝境，杀了太子再自尽，可未曾想到……"

通悟偷偷向季尧臣瞪去，心中暗骂道，却没想到中间不知为何掺和进来一只野狐狸。

一只山野小妖，竟然把事情搞得鸡飞狗跳，无法收场，逼得尊神亲自下凡。更叫人生气的是，分明是他行使公务，却不许他将那只红毛狐狸打飞，偏要留她在局中乱搅！真是莫名其妙！

季尧臣总算明白了那些想不明白的事。为何宋玉所扮国师既然是妖，本领通天，本该早就能找到他与太子，却一直兜圈子，屡屡威胁，却不伤百姓。原来不过是为了击溃他，逼着他做出决定。思及此，他好奇地问道："那借尸还魂之法……"

"那个啊。"通悟挠了挠头，"什么麒麟血乌鸦血，自然是编造出来骗你的。徒儿与小和尚一唱一和，让您相信真有此事，不过是为了逼您下手。"

说到此处，通悟拿食指在屏风上划动，又有些委屈地道："那个孩子本来就不是阳间之人，只是个鬼胎，因而所视世界无非黑、红二色，而且也痴痴傻傻的，不能同常人一样。虽然徒儿知道他注定要死，可也看他凄惨可怜，不忍看他消散，才将他关在殿中。人间饭菜由灶火而生，阳气极重，非得一日八餐，才能堪堪稳固住他的魂魄。"他叹了口气，反身一屁股坐在了石台子上，"我瞧他无聊，也想去逗逗他。可我即将修得仙身，身负水火之力，不得和鬼胎待太久，不然会将他给照散了。只好派我们银狐族的姐妹照看。"

季尧臣恍然大悟。原来，他见到那些狐女用轿撵抬着太子，却是正如凡间女子为小儿摇着摇篮，是专门陪他戏耍的。他的心中掠过复杂的情绪，竟然不知该说些什么。

通悟便继续道："您不知道其中的门道，将太子偷偷带走，叫白天的日头一照，阳气便消散了，人也就变瘦了，他那皮囊底下全是浓厚的阳气，跑没了，他就死了。"

"原本您可以早些回来，可是中间……"通悟想到了那只野狐狸，顿了一下，"中间有人介入，您两次都未丧命，不仅未死成，还越发的不想死了。唉！我本来想强行使你完成，却被阻拦，还把我捆起来，扔到了山上。也罢……"通悟继续道，"若是再演下去，徒儿日后见了师父会觉得心虚的。"

说到这个地步，前因后果，季尧臣已经全然明白。

只是，当日进门化缘的并不是他膝下的那个老实敦厚的释颜和尚，乃是其他尊神化身释颜之貌，专门下凡提点于他。

这个神仙修为高深，待人却如春风化雨，眼看他离既定的命运越来越远，也不逼他走完劫数，反倒借一缕月光造人，顺势将阿执变成了可以在阳光下玩耍的普通孩童。

季尧臣不由得心服口服："原本我进入冥界，投入业火，便是因为杀了阿执吧。这鬼胎因我而生，由我终结，最终送我五十年刑罚，是为惩罚我所酿灾祸。可是，劫数未成。"

通悟道："可是对师父来讲却是好事一桩。"

"杀幼子，受刑罚，原本是为了磨去您心中的妒恨。可是您最终不忍动手，是千钧一发之时生了慈悲之心。阿执做了人，师父反倒积累了功德，既然自己想明白了，便不需要再受刑罚，可以提前归位啦。"

话音落下，千万道金光汇聚而来，先前的记忆解去封印，一股脑地涌回来，季尧臣抬起双臂，大红鱼龙官袍着身。

双翅帽下，一双威严冷厉的凤目，清澈如水，再不含愁苦怨恨。他手握玉如意，周身金光闪耀，气势不凡，赫然又是那司掌天下官运的文昌君。

通悟搀扶着他，要往亭外走，文昌君眼眸微转，却阻止他道："等等……"

他转过身，面对通悟道："我在凡间，尚还有放不下之人。"

通悟的眼珠子一转，心里暗暗叫苦。

这说的……该不会是那只野狐狸吧？

文昌君已经走出亭子，驻足桥上，低头看着桥下的水面。

冥界的水面，涟漪轻动，渐渐在仙法下化作一面镜子，镜中缓缓地出现了人影。

海边的小镇人头攒动，海面上停着一艘船，一个白净的少年挽起裤脚，拉着少女在甲板上跑着："阿雀，咱们去看打大鱼。"

如今他已经生得高挑健壮，须得仔细看，才能在他的脸上看到属于先前那个小胖墩的神气。

文昌君看了一会儿，微微一笑，一挥袖，画面一转。

山上风雪交加，细密的雪粒将地上的枝叶盖住了大半，幽暗的洞穴中，安睡着一只蜷成一团的红毛狐狸。

通悟趴在栏杆上，眯起眼睛，画面中的狐狸似有所感，尾巴尖动了动，盖在狐狸脸上，复又呼噜呼噜地睡去。

文昌君却愕然无语。本想看看那个女子去处，却没想到……

前因后果，阴差阳错，竟是如此。

这次重归天界，他的凡根已尽数除净，胸怀坦荡，不再有丝毫偏激之处。如今见到这个山野小妖，也仅仅是感到意外，不再含什么偏见。

他看了片刻，拈须一笑，摇了摇头。

"这渡劫的功德是她送给我的。合该我欠她一个人情。若有以后，必当相报。"说罢，拍了拍身旁发呆的少年，"通悟。走吧。"

两个人一前一后地从桥上走过，突然化作两道流光，冲出云霄。

冥界万千蓝色灯笼依旧静静地飘飞。

第四卷 西洲篇

"喂，狐狸！"山猫精从墓穴顶上探出半个猫脑袋。

睡着的红毛狐狸翻了个身，两只毛耳朵覆下来，严严实实地捂住耳孔。

从那个窄小的入口透进来一束亮光，光里有灰色影子一闪而过，山猫精苗珊珊轻盈无声地落在了狐狸洞里。她用尖尖的指甲戳了戳狐狸的脊背："臭狐狸，白日睡觉不闷吗？下山这么久，从山下带回来什么东西了？给我瞧瞧。"

狐狸仍旧闭着眼睛不动弹，只是将尾巴懒懒地甩到了身后，啪地一下将猫爪打了下去。

苗珊珊化了人身，妩媚地吹了吹指甲，哼了一声，回头以白眼看她："红毛狐狸，我就知道你白白下山一趟，还是采不到男人。"说罢，飞速地爬到了另一边，低下头，揭开狐狸的耳朵炫耀道，"你想不想知道，这段时间，我得手了多少次？"

见苏奈只顾着呼呼大睡，她哼了一声，有些无趣地环顾四周。

这个狐狸洞是一个人类的墓穴改造的，四边石头墙已经砌得整整齐齐，抹得平平整整。

收拾得嘛……也比她的猫窝干净整洁一些。

贴着墙根还放着一排头骨。苗珊珊百无聊赖地伸出指爪，挨个敲过去，将那排头骨敲得叮咚作响。随后，她在狐狸的稻草床底下发现了一把黑色的、扁扁的剑。

"原来还是带了点好东西回来。"

苗珊珊嘻嘻一笑，将剑一抽。才抽出一半，剑鞘内金光迸现，照得她惨叫一声，瞬间甩手丢了出去。

"小心！"狐狸急忙伸出一只爪子接住。她回头一看，苗珊珊还贴着

346

墙面，利齿龇出，一副受惊后的防御神态。苏奈将剑缓缓地推回去，掀开草垫，小心翼翼地放了回去，骂道："哈，叫你乱动。这可是仙家之物，小心它把你烧成猫干！"

苗珊珊闻言发出一声冷笑："你一只狐狸精，拿一把仙家的剑做什么？怕自己死得不够晚吗？"说罢，伸着脖子，心有余悸地睨着草垫，"这么厉害，从哪儿得来的？"

苏奈看着这把剑，便想到了投海的季先生、小胖墩、公狐狸精……想到了好多好多事情。

因为太多，一时不知道应该从何说起，苗珊珊还没有下过山，跟她一时半会儿也说不清。苏奈便懒洋洋地趴回了稻草中，尾巴缓慢地甩来甩去："说来话长，我懒得说。"

忽然，尾巴上一痛。那条毛蓬蓬的大尾巴猛然缩到了身后，苏奈龇牙咧嘴地一跃而起："臭猫，你敢拔我尾巴上的毛！"

那个妖媚的黑衣女子反应极快，转身便跑。

一猫一狐接连跳出墓穴，追逐到了泛着白光的雪地上，在厚如地毯的积雪上落下一串印记。

红毛狐狸凶神恶煞的，一个跳扑。苗珊珊猛地一回头，狐狸的眼睛顿时瞪得极大，瞳孔里倒映着一张雪白的美人面。

随后，爪子没勾住，啪的一声掉到了地上。

山猫哟了一声，发出一串尖细刻薄的笑声。

苏奈化了人形，打个滚盘坐起来，侧过脑袋，将粘在头发上的草和雪抖落下来："你这张脸真吓人，快离我远一点。"

山猫精苗珊珊当即翻了个白眼，不高兴地道："哼，之前那副皮囊还是我最初化形的时候用的，都多久了？如今有个更好的，自然要换上，你懂什么？"

说罢，张开双臂，仰着下巴来回走动，高傲地展示这具崭新的躯壳。苗珊珊最初的时候，是偷吸了苏奈从坟里挖出的人骨头才得以化形。一开始化形，便是那个骨架子的样貌；好在还能咔嚓咔嚓地行走，倒也聊胜于无。她顶着那张脸过了几百年，苏奈早就熟悉了她的样貌。如今这副皮囊，下巴尖尖的，面如敷粉，眉眼妖媚，身姿窈窕，不像猫妖，倒像个蛇妖。

苗珊珊自己觉得满意，给自己换副新皮囊，就好像凡人得了件新衣裳一般，十分新鲜。

可苏奈却觉得别扭。她们这样靠修炼化形的妖，化成的人形是终身不变的。苗珊珊一夜间变了个样，虽然更美了，可是却好像换了个人似的，怎么看怎么陌生……

苗珊珊逼问道："不好看吗？"

苏奈将她的脑门推远，噫了一声："还是之前顺眼。"

正说着，远方山脚处忽然传来声声巨响。二妖吓了一跳，对视一眼，忙向山顶上蹿去。

一只灰毛山猫蹲在一块突起的山岩上，头上顶着一只红毛狐狸。狐狸伸长脖子，从上向下看去。

山上覆了厚厚的一层雪，峭壁上突出的雪松也是银装素裹，那起伏连绵的陈旧绿色压在白亮的冰雪之下。往远处望去，能看到远处山下的村落，那挨挤着的小屋也披着白，屋子外人头攒动，好似所有的凡人都走出了房门，簇拥成一团，围着一点上下跳跃的火光。

外面有好些人扫雪，垂髫小儿追逐嬉闹，打着雪仗。

"臭狐狸，还没看清？"苗珊珊眼珠子向上看，咬着牙道，"若不是猜拳输了，就该我在上面。"

苏奈拿爪子将她脑袋一按："别吵，我知道了！那些人在放鞭炮，红红的那一条就是，我嫁给孙员外的时候看过，刚才是鞭炮在响。"

"鞭炮？"山猫的鼻子极灵，待那烟气缓慢地飘上来，一股硝火味钻进鼻子，马上和狐狸一起重重地打了个喷嚏，双双滚落在雪地里，"呸呸，呛死人了！"

苗珊珊捂着鼻子，长长的尾巴打了个卷，慵懒地道："看来人类又'过年'了。每年都要来一次，真无聊。"

身为山野小妖，自然不会庆祝人的节日。但凡间大雪纷飞，凡人热闹地庆祝除夕到来，他们见了，便知道自己也该为过冬做些准备。

苏奈跳到了树杈上，用爪子一拂，树枝上的积雪混杂着落叶扑簌簌地往下掉，狐狸爪伸出来一划，大小枝丫便被纷纷折断，掉落在地上。

苗珊珊在树枝砸下来前敏捷地一跃而出，扒开积雪，将下面掩埋的枯草连根拔起，堆在旁边，忽然发现了什么，惊喜地向前一扑："老鼠！"

她抓起来一看，不免大失所望，"原来是死的。"

狐狸从树上跳下来时，便见苗珊珊手里捏着一只被冻得硬邦邦的死老鼠，她一边吃，一边转着眼珠，随手一指："兔子！"

苏奈的眼珠子顺着飞奔而过的白影转动，红毛狐狸如火团一般向前扑去，打了几个滚将兔子压在雪里。回来的时候，她的嘴里叼着一只松垮垮的死兔子。

狐狸没有当场享用零食，而是撕下一片大叶子，将兔子打了个包，挂在了自己的脖子上，苗珊珊感到有些奇怪。

一连忙碌了几日，四姐妹的洞穴外面，用来取火的树枝和用来御寒的枯草堆成了两座小山。狐狸和山猫又一前一后地去山林里采些野果来囤着。

红毛狐狸拖着两大包野果在树林里穿行，机敏地观察四周。因为此处靠近山下人家，山脚不远处有个村落，里面壮汉不少，会手持棍棒打狐狸，所以要留心一些，以免撞见了人。

此时正是清晨，天边刚泛出鱼肚白，家家户户都在酣眠中。村落外面一个人也没有，连犬也不叫一声。苏奈拖着包裹到了此处，忽然一停，将包裹藏在树叶底下，悄悄地靠近了村道。

村前的地上满是人在冰雪中踩出的泥泞，掉落着放过鞭炮留下来的红皮子，那杆子上面还挂着半串烧剩下的鞭炮。

红毛狐狸分开树叶而出，用发光的绿眼睛悄悄看了一会儿，化成了妖娆的小妇人钻出来，左右看了看，见四下无人，将那半串鞭炮一摘，扭身就跑，一路跑回了山上，将果子放下，便拎着鞭炮跑到了苗珊珊跟前："臭猫，看我带回来了什么？"

"以往只是远远地看着，不知道人类为什么这么喜欢围着这东西，臭狐狸，你提着，我们玩一下试试。"苗珊珊围着鞭炮转了转，搓了搓手，两个指甲一撮，摩擦出了一小股绿色的火苗，凑近了鞭炮底下。

两妖对视一眼，都有些紧张，忙学着人类的样子，把脸拼命向后仰，用爪子捂着耳朵。苗珊珊的爪子微不可察地哆嗦着，凑近了半晌，两妖又把脑袋凑过来。

"怎么不响呢？"

"不知道。"

却不知这半串鞭炮在屋外头挂了一天一夜，乃是浸足了水的哑炮。

两个人又试了试，鞭炮纹丝未动。山猫大失所望，便转过脸来，阴阳怪气，意味深长地道："红毛狐狸，你果然是个倒霉坏子。什么东西让你过一下手就不响不亮了。"

　　"呸呸呸！"苏奈火冒三丈，"我看分明是你的火有问题。走，我们去二姐姐那里借……"

　　却在此时，红毛狐狸手里拎着的鞭炮忽然噼啪一声炸响，滚滚浓烟中，两妖吓得大喊大叫，甩手便跑，上蹿下跳，一前一后地跳进了明锦的洞穴。

　　苏奈和苗珊珊一起掉进洞里。幸好野鸡精明锦的洞穴里铺有厚厚的一层稻草，两妖交叠着摔在稻草上，并未受伤。

　　却听明锦惨叫了一声，瑟瑟发抖地护住火堆："冷啊，冷死了！快把洞口堵上！"

　　红毛狐狸和山猫对视一眼，三两步走到了洞口，将外面的树枝尽数搬运下来，又用厚实的稻草将洞口封好，只留下一个小小的透气缝，这才爬了下来。

　　火登时烧得更旺，将整个洞穴照亮。

　　坐在火堆旁边的是个穿着里三层、外三层的明艳女子，一张小脸，在臃肿的锦衣华服的映衬下冻得发青。她牙齿打战，两只手烤着火，恨不得能将手伸进火焰里，身子还在一个劲儿地发抖，见红毛狐狸和山猫还在你一言我一语地拌嘴，便叫了一声："快别吵了，都到我这边来！"

　　野鸡精明锦招了招手，目光流转，艳羡地看着她们身上的皮毛。

　　待两妖走近，明锦将满脸不情愿的山猫捏着后颈提起来，盘在自己脖子上，又叫苏奈蹲在自己旁边，把毛茸茸的狐狸尾巴掀起来，把手放在她的大尾巴底下取暖，方长舒了一口气："这下可暖和多了。"

　　四姐妹里面，野鸡精生来没有御寒的皮毛，最是怕冷。因此每年冬天，她都在人间度过。若不是上一个富商孙老爷忽然疯了，她现在还在有火墙和壁炉的富贵人家，盖着厚厚的棉被，怀里抱着汤婆子，有两三个丫头捶背煮茶，别提多舒服了。

　　"这鬼天气，真是八百年没受过，冻死我了！"明锦用力搓着狐狸毛取暖，不甘心地打量自己这个简陋的鸡窝，道，"姗姗，帮我把稻草堆底下的盒子拿来。"

来，伸爪子一拍，苗珊珊还没反应过来，手上便空了。

老鼠不知飞到了什么地方，苗珊珊的瞳孔一缩，嘴角的笑容顿时僵住："红毛狐狸，你！我还没吃完呢！"

红毛狐狸见势不好，转身就跑，灰色山猫一拍地面，猛扑上去，两道影子在雪地里追逐，时而接近，时而拉远，一前一后地跑进了石洞中。

苏奈气喘吁吁的声音马上有了回声："大姐姐，大姐姐！"

"嘘！嘘——别吵大姐姐。"

两妖相互捂紧彼此的嘴巴，跟跄着翻了几个跟斗才停住。

气喘吁吁中，四周安静得能听见山洞顶的石笋上的水落在浅水潭里的声音，滴答，滴答。

一进蛇洞，萧瑟的感觉便扑面而来。这里面巨石嶙峋，狭窄潮湿，终年不见日光，又昏暗又阴冷，宽阔的打坐台已经被白素磨得发亮，如今上面却空无一人。

苏奈和苗珊珊屏住呼吸，蹑手蹑脚地走进洞穴深处，好几次差点让凹凸不平的石块绊倒。

"大姐姐睡了。"苏奈悄声道。

"嗯。"苗珊珊悄声应道，"臭狐狸，其实我们就算大声点，她也不会醒。"

只见内室里面盘着一条极其粗大的白色巨蟒。红毛狐狸和山猫还没有她的尾巴尖大，二妖走近了，仰视着眼前弯曲的蛇身，光滑坚硬的蛇鳞闪闪发光。

浅水潭中，涟漪荡开，水滴答滴答作响，好像夜深人静时的更漏。巨蟒足足绕了四五圈，尾巴搁在外圈，蛇头环在中间，一动不动，像是很久没有动过，鳞片外面已经结了一层薄冰。

天气一凉，蛇妖便觉得懒惰。每年过冬，大姐姐白素都要这般一动不动地睡上好几个月，直到天气转暖，她才幽幽转醒。

只有冬眠的这段日子，白素才会完全化为原形。

"快走吧。"苗珊珊舔了舔胡须，懒洋洋地悄声道，"大姐姐要是知道你趁她睡着，跳到她的脑袋上，你猜她会不会用尾巴抽扁你。"

红毛狐狸急忙从白色巨蟒身上滑下来，追着山猫的影子一起离开蛇洞。

"也不知道大姐姐什么时候才能醒……"

骇人的白色巨蟒仍旧盘绕着，如一座山一般一动不动，只是蛇头上多添了一枝带雪粒的梅花，新鲜的花瓣正在随气流微微颤动。

蛇洞的墙壁上留下了一张小小的、小蛇形状的叶子窗花。

"红毛狐狸，你在干吗！"

苗珊珊从狐狸洞口跳进来，惊愕地发现苏奈化了人形，正在用一个稻草捆成的、扫帚一样的东西扫地，边扫边扭着腰肢。

"哟，我没看错吧？"

苗珊珊抱着手臂走了几步，见扫到一处的，全是些掉落在洞中的浅红色的狐狸毛，蓬蓬的堆成了一堆。

"红毛狐狸，你怎么总学凡人一样做出这种丑态，真是好笑。难道你要把我们的毛和灰尘一样清理掉？"

苏奈蹲下身，将狐狸毛装在了布袋子里，嗤笑一声道："哼。臭猫，这你就不懂了吧？我要这些毛可是有用的！"说罢，眼珠子一转，探寻的目光落在苗珊珊的身上。

山猫叫她看得毛骨悚然，向后退了一步："你干什么？告诉你，你要是敢打我的主意，我就用爪子挠死你！"

话音刚落，苏奈已经阴笑一声，化作红毛狐狸飞扑而来。

苗珊珊震惊得猫毛竖起，声嘶力竭地叫了一声，还是叫红毛狐狸在身上捋了好几把，登时火了，一猫一狐抱成一团，翻了几个跟斗，撕咬挠抓，野蛮地打斗了一场。

苗珊珊啐了一口，喉咙间呼噜噜作响，一瘸一拐地跑回了猫窝。

三九到来前，苏奈拿自己和山猫脱落下来的毛毛，给野鸡精明锦编了一张毛毯子。

二姐姐接过毯子，盖在身上，感动不已。

狐狸洞里，红毛狐狸忙碌地转来转去，用剩下的树枝和稻草，做了个简陋的烧烤架子。她生起火来，用尖牙将兔子剥了皮，用木棍串起来，放在火上烤熟。

狐狸坐在火堆旁边，小心地转着棍子，一边流着口水，一边用鼻子嗅着味道，还将包裹里珍贵的半包盐巴手忙脚乱地撒了上去，待闻到香味了，便拿过来狼吞虎咽地啃食起来。

咬了几口，红毛狐狸的眉眼和大尾巴一起失望地耷拉下来。

这只兔子虽然烤熟了，可还是免不了有腥膻味，比起上次在营地里那些臭男人烤的鸡，可差远了。

她一边侧头闷闷地啃着兔子，一边怀念起季先生和阿雀娘做的各种家常饭菜。

红烧整鸡，黄鱼馄饨，就连她以前从来不吃的那些绿油油的芦笋和草叶，都好像变得格外诱人……

红毛狐狸托着腮，边想边流着口水，眼里流露出郁闷的神色。

苏奈想吃人间的食物，翻来覆去睡不着。天寒地冻，万物蛰伏，雪被底下没有虫鸣，连兔子都找不到一只了。大姐姐尚在冬眠，二姐姐怕冷，躲在洞里闭门不出。苏奈在山上无事可做，每日坐在树干上摇晃尾巴，亦觉无聊。

苗珊珊蹲在不远处的另一棵树上，抱怨山上许久没有路人经过，连个塞牙缝的肉食都没有。

红毛狐狸尖尖的指甲百无聊赖地敲打着树干："臭猫，你不是问我在山下发生了什么事吗？今日无聊，倒可以给你讲讲。"

苗珊珊原本不屑一顾，自顾自地舔着爪子。

可是听苏奈滔滔不绝地讲起了凡间的人、事、物，尤其是那些山下的食物，还有村里的村民，暗暗竖起了耳朵。

她的心里微微一动，状似不经意地道："说起来我还没下过山，那是因为我在山上就能采补，不需要像你一样专程跑到山下去。红毛狐狸，反正这两日你无事可做，我也无聊，倒不如一起结伴，下山耍耍？"

苏奈闻言，懒懒地趴在了树杈上。倒不是她不想去，而是下山一趟处处都要花钱，十分麻烦，她攒下的那点银钱肯定不够，又没有二姐姐让她投奔。冬天太冷，凡间可没有狐狸洞和猫窝给她们躲避风雪。

臭猫既然说起来，她便道："去就去。"

苗珊珊已经美滋滋地畅想起来："我若下了山，哪会像你这般无用，那么久了，一个男人都没采到。"

苏奈龇着牙，拧下一个山竹果朝她的脑袋上砸过去，苗珊珊刻薄地笑了笑，敏捷地跳下树梢。

苏奈与苗珊珊相约一起下山，便早早收拾好了包袱，还将自己在季先生那里得到的银钱抠出来，盘算了一下这些银钱应该和那臭猫如何分，留给自己的银钱又要买些什么吃的玩的拿回洞里来。

说得好好的，待到第二日下山的时候，苗珊珊走到了山脚，隐约看到了远处村落中晃动的人影，瞳孔一缩，步子却停住了。

她自成精起便在这座山中，从未下过山。到了人间，虽然食物遍地都是，可凡人毕竟也更多了。那是凡人的地界，凡人虽然弱，那么多凡人加起来，让她心里凭空生出点畏惧来，再转念一想，在这山上，嗜血残忍的猫妖能称霸王，借助对地形的熟悉，偷袭落单的路人，日子过得轻松惬意。下山却不一定能这么自在了，何苦来哉？

想到这里，她便转身道："你自己去吧，我不去了。"

"你！我看你是不敢去了吧？臭猫！"苏奈气得在身后龇牙咧嘴，又喊又跳，还是拦不住她，只得背着包裹气呼呼地回了山上。

日子一天天地过去，树杈上挂下来的冰柱越来越尖细，逐渐融化，流淌下水来。

天气暖和些许，山上总算有了人迹。

一日晌午，一个弓腰驼背的瘪嘴老妪慢吞吞地走过山道。她的左手挎着个篮子，里头装着从集市买来的皂角、头膏；右手捏着一串红艳艳的糖葫芦，专程买给她的孙孙。

山道上的积雪泥泞，极其湿滑，她一步一滑，艰难地行走，走一步，那红色便跳动一下。

红毛狐狸躺在草丛里，拿片树叶盖着自己的脸，白日里百无聊赖地呼呼大睡。听得响动，她坐了起来，隔着草叶偷瞄了一会儿，看直了眼睛，伸手无声地拨开树丛。

那个老妇人步履蹒跚，一步一摇，拿袖子抹了抹汗水，却听得草丛中有簌簌响动，放下手，有些恐惧地看了看四周。

她在这座山上住得够久，也听过几个妖怪吃人的传说，一看四周白雪斑驳一片，荒草凄凄，随风摆动，不胜孤凄，不由颤巍巍地前后看看，加快脚步。

正在此时，只听树丛哗啦一响，有一团似人似兽的影子，冷不丁地从她的背后一蹿而过，冰凉而毛毛刺刺的皮毛已经擦过了她的手背。老妪一惊，拔腿想跑，可冰面太滑，她瞬间跌坐在地。她两股战战，紧闭双眼，想到今日果真撞见了妖怪，喉咙间"要死要死"地呻吟起来。可是等了一会儿，也没等到妖怪咬她的脖子。

她颤巍巍地摸了摸脖子。她睁开眼睛，只见篮子倒扣在地上，几块皂角、木刷散落一地，看了看空空的两手，唯有手上捏着的糖葫芦不见了。她迷茫地看了看四周，风吹草动，什么影子都没有。雪地却留下了一串细小的爪印，蔓延到了树丛边上，便消失了。

"臭猫，臭猫！"苏奈一手高举着糖葫芦，一路兴奋地狂奔到了树下，仰头对苗珊珊炫耀道，"你看，这是什么？"

树枝颤了颤，苗珊珊睨过来："哦？这是什么？"

"这是人类做的糖葫芦！"苏奈说着，歪头啃了一个山楂，舔掉了糖衣，吐了山楂，又把剩下的伸过来，"看在你没吃过的分上，给你尝尝。"

苗珊珊伸出爪子，戳了一颗山楂，拿舌头舔了舔，撇了撇嘴："怎么是甜的？看这个颜色，还以为是血——等等，"她忽然扭过头来，"你这玩意儿哪里来的？"

"从一个老女人那里抢……"苏奈正说着，却见山猫翻了个白眼，脸都黑了。

"我要这个有屁用，你怎么不把那个人留给我？"苗珊珊看着她。

苏奈张了张口，气得将糖葫芦全塞进自己的嘴里："又不是男人，我一时没想到！"

苗珊珊的眼里闪过一瞬赤红的光："你之前说我不给你留男人，你也没想着我啊。"

苏奈想了想，无言以对，狐狸尾巴不高兴地摆了摆："好吧。下次若是遇到合适的男人，我只采了他，然后留给你，这总行了吧？"

"红毛狐狸，等你采补？"苗珊珊凉凉地瞥了过来，啧啧着摇头，"那可不知得等到什么时候。"

"臭猫，你说什么？"

正说着，明锦的洞穴里忽然传来短促的尖叫。

两妖对视一眼，均是一惊，急忙跳下树梢，狂奔而去。

"二姐姐！"

"二姐姐，怎么了？"

红毛狐狸和山猫妖连滚带爬地跳进野鸡洞里，扒拉开稻草，却见明锦好端端地坐在那里，满脸喜气地看了过来，皆是一顿。

苗珊珊道："刚才可是二姐姐发出声音？"

"哎哟，失态失态。"明锦忙打了一下嘴，却眉眼兴奋，没有半分赧然，合不拢嘴朝她们招手，"都怪姐姐没见过世面，一时激动，不小心叫出声来。你们靠近一些，看看这是什么？"

"激动？"

待两妖疑惑地靠近，明锦背过身去，将身上的大氅从背后褪下，半回过一张明艳的笑脸："瞧。"

只见薄薄的衣衫下的美人脊背上，渐渐透出一团光亮。

半晌，那亮光越来越明显，中间蕴护着一团小杏大小的绯色光丸，光丸表面遍布叶脉般的银色脉络，正悬在体腔内，缓缓地转动着。

光芒中，苗珊珊瞪大眼睛。此物她并不陌生。当她还是一只普通山猫的时候，曾经见过一只大妖背后出现过这样亮晶晶的珠子，她从背后偷袭，将其一口吞了下去，方才变成了猫妖。

与此同时，明锦欢欢喜喜地道："我有妖丹了！"

"妖丹？"红毛狐狸将尖尖的嘴巴贴上去，仔细地瞅了半晌，"哇，原来妖丹长这个样子！"待要好奇地拿爪子去碰，明锦却立即将外衣披好，叫她摸了个空。

明锦告诫道："碰不得，妖丹是神魂与灵气结合，是我们妖精的第二颗心。若是伤了损了，修为全废不说，性命危矣。今日我们姐妹相互交好，才给你们看，平日里不可轻示于人。你们日后若是修得妖丹，也千万记得护好后背。"说罢，她看向苗珊珊。

山猫妖最有体会，忙点点头，咽了口唾沫，后怕地摸了摸自己的脊背。

苏奈羡慕地道："二姐姐，有了妖丹，有什么用啊？"

明锦道："记得大姐姐以前同我讲过，具体的嘛，也记不清了。总之，凡人修炼到一定境界便可结金丹。金丹是在下丹田内，滋养出一个像婴孩样的气团，叫作元婴，待元婴长到了一定程度，便能脱离肉体凡胎而去，人便长生不老，得道飞升了。可恨我们这些动物成精，天生比人类矮一头，悟性低得很，修不成这圣婴金丹，便只能结成妖丹了。虽不能立刻飞升，但也不差，有了妖丹便成了大妖，离化人登仙又近了一步。不再是使法术化作人形，而是即将修得真正的人身了！"

说罢，明锦站起身来，两臂伸开，在石洞里款款而行，身上的佩环相撞，叮咚作响。

苏奈的眼珠子随着她的身影转来转去。

二姐姐常年混迹人间，原本就是四姐妹里最像人类的。如今得了妖丹，步态优雅、言笑晏晏，从外观上看，分明是个穿金戴银的俗世女子，便是同类也难以分辨。狐狸耸耸鼻子嗅了嗅，嗯，连妖气也淡了几分！

明锦继续道："此外，法力也会增强。听大姐姐说，修得妖丹，便会感悟出一脉以往没有的法术，也许是水系，也许是火系。至于到底悟出什么，因人而异，要等得了妖丹以后才知道。法术使用之前，要凝神想象要攻击的对象，就像这样。"说罢，明锦低头闭目，学着凡间见过的小道士一般，双手结成蹩脚的指势，对准野鸡洞口，高喝一声，"去！"

说时迟那时快，只见一道疾风擦过苏奈的脑门，轰的一声，遮在洞口处厚厚的茅草瞬间燃起了火苗！

红毛狐狸和山猫哇哇大叫，上蹿下跳地跑过去打滚儿灭火。

明锦大显身手，轻咳一声，有些不好意思地道："这都不算什么。你们若是有了此等术法，再修上千八百年，修为再高一些，也许能如大姐姐一般呼风唤雨、操纵天气也说不准。"

对红毛狐狸和山猫来说，修道成仙都没有太大的吸引力，哪像这一招放火，如此声势夺人，霸气万分？

苏奈和苗珊珊立刻又跳又叫，团团将明锦围住，都闹着要修成妖丹。

山猫急匆匆地道："二姐姐，妖丹要如何修成？"

她虽然吞食过大妖的妖丹，可却是将它嚼碎了咽进体内的。那妖丹之力虽然令她成妖，却不足以让她再修成一颗妖丹。

"还能怎么修成？自然是如大姐姐一般，坚持每日打坐了。"明锦摸了摸鼻子，有些心虚地笑。

这只野鸡精胸无大志，凡事不求上进，浑浑噩噩地活了八百年，除了在人间享受富贵日子，别无所求。若不是从孙家出来，无处可去，她也不会在这座鸟不拉屎的山上待这么久。又因为冬天太冷，不愿出门，她每日独自在鸡窝里实在无所事事，只能在火堆旁打坐修炼，却不承想，老老实实地打了几天坐，修出了这颗拖了几百年的妖丹。

明锦瞧了瞧两个妖精妹妹崇拜的眼神，和听闻"打坐"后扭成苦瓜的两张脸，心道，实话不能同她们说，不然有损于长姐的形象，便笑吟吟地道："你们两个不要这副表情。若是打坐不好，大姐姐难道是傻的，天天坐在那块大石头上不动弹？须知我们妖精打坐修炼，是吸引灵气从天地间分离出来，浸入身体，再与神魂结合，在下丹田凝结成一团。此过程虽然比那些旁门左道慢多了，"明锦点了点苏奈的脑门，又点了点苗珊珊，"却比你们采阳气都要来得安全。只是吸到一定阶段可能会生出障念阻拦，不过都是些幻境罢了。像大姐姐那样把脑袋在石柱子上撞两下，及时撞清醒了，破掉了幻境就能进一步积累灵气，积累到一定地步便可以有妖丹了，怎么样，要不要试试？"

苏奈和苗珊珊听得合不拢嘴，苏奈又问道："二姐姐，妖丹练成的时候有什么感觉吗？"

"这个嘛。"明锦回忆了一下，"我看到了一只长尾巴、五颜六色的鸟走过来，猛然拍翅膀飞起来，撞进我的胸口，再一低头，便发现自己结成妖丹了！"

苗珊珊仔细听着，眼里露出羡慕、憧憬之色，苏奈却神色一凝，拿爪子挠了挠脸。

嗯？这个描述听起来怎么有些耳熟？

她想了一会儿，总算想起来了！

当时，她在季先生的那间小屋里背诗，背着背着便仿佛进到了书里，上天入海飞了许久，随后便见得一片纯白，一只火红的狐影团成一团，朝她撞过来。

当时那个场景，同二姐姐所说极为相似，只是里面的动物不大一样。她再一想，却有了答案。她瞧见的是狐，那是因为她是狐狸精；二姐姐看见的是五色野鸡，可是因为二姐姐是一只野鸡精？

苏奈的心狂跳起来，难不成，她也……不，不，不可能。

她马上摇了摇脑袋，摇碎这个刚冒出来的想法。

她身为狐狸精，一个男人都没采补到就算了，甚至没有好好地打坐过一天，怎么可能会有妖丹呢？

苏奈从明锦那里出来，和苗珊珊分别，跳进狐狸洞，封上洞口，呆呆地坐在地上想了想，忽然化作人形，解开衣裳看了看自己胸口，又摸了摸背后，摸了半天，连个妖丹的影子都没摸到，苏奈妖娆地翻了个白眼，呸了一声，在地上打了几个滚，脸颊贴着地叹了口气，滚到了墙边，瞥见墙根的一排头骨，苏奈的眼珠子转了转，心道，反正无聊，玩一玩也不打紧，便一骨碌坐起来，学着明锦的样子，双手结成整脚的指势，对准其中一个骷髅头，凝神闭气，闭上眼睛夸张道："去！"

话音刚落，却没想到真的有一股温热的气流顺着四肢百骸疾击出去。苏奈大惊，身子却像冻住了一样不能动弹，只有牙齿咯咯咬紧。

面前忽然生出了一道白光，苏奈睁大双眼，见天地纯白，耳畔忽然变得寂静无声，只听得见脚步声。

一只火红的狐影由远及近，一蹦一跳朝她奔跃而来。

狐狸每跑一步，天上便坠下一条宛如白纱的缎帘，挡在它的面前。那白缎薄如蝉翼，上面以金笔写了好些大字，如果仔细看去，好像都是散乱的诗句。

红狐从其下轻盈地钻出，继续向前，那白缎便化成丝丝流云，远远地留在身后。

狐影掠过无数写着金字的白缎，跑来跑去，似乎在嬉戏。它骤然一跃，猛然向前扑来，在空中慢慢滚成一团丹珠，直向苏奈的面门撞来！

苏奈避闪不及，哇地叫了一声，身子一颤，醒了过来。

眼前面对的分明是狐狸洞的墙，她揉了揉脑门，呼哧呼哧地喘着粗气。

半晌，她想到了什么，忙去看她施法的那个骷髅头，却见那个骷髅头既没有被她劈开，也没着火，倒是莫名长出了一束嫩绿的藤蔓，藤蔓上绽开了细小的野花，星星点点的白色野花从骷髅头的两个眼睛孔里钻出来。

苏奈的耳朵耷拉下去，顿时觉得很失望。

这可比二姐姐的那招差远了，一点也不厉害。

也难怪，毕竟她离结成妖丹还差得很远……

苏奈抱起骷髅头，把上面的花择下来一朵，凑到鼻子前闻了闻，闻到一股淡淡的馨香。咦？倒和外面草地上长得一样，还有香味呢！

她又趴在骷髅头上嗅了嗅，眉头舒展开来。

红毛狐狸将上面的小花全都用力拔下来，拢了拢，收集成一束，插在自己的床头。又单独挑了两朵最大最好的，抽出花须来，倒挂在毛耳朵上，当成耳坠。

她对着半片破碎的镜子晃了晃脑袋，那野花做的耳坠也一摇一摇的。

她理了理狐狸毛，满意地左右瞅瞅，又高兴起来。

就这样，严寒过去，早春到来。

河里的冰层发出破裂的巨响，树枝上滴下融化的雪水，滴滴答答的。天气一暖和，草丛里的动物和过路的行人便多起来。

明锦修得妖丹，不如以前那么怕冷，便能娉娉婷婷地出门来。她每日坐在石头上，拿树枝在地上写画画，口中念念有词，思忖着下山后该去哪里找富贵人家。

苏奈去蛇洞玩过几次。

大姐姐身上的冰已经化了，鳞片上挂着水珠，但依然沉睡未醒，苏奈将枯萎的花枝取出来，换成新的，随后一蹦一跳地出了蛇洞。

出来时，苗珊珊就坐在树丛背后，一边漫不经心地舔着爪子，一边透过缝隙盯着外面的过路人。

这只山猫精亦十分聪明，不会轻易出手。

等了几天，此时上山过路的都是些多人的商队，频频不得手，苗珊珊有些烦躁。

正在此时，又听见有人声，她定睛一看，山道上有三个胖瘦不一的男人往这边来。他们既未赶马，又不带队，身上背着沉重的包袱、竹箱，在山路上一走一滑，姿态笨拙，只顾着看路，嘴里骂着什么。似乎平日里养尊处优，不经常赶这山路。

苗珊珊的瞳孔兴奋地一缩，伸出银亮的指甲，刚要扑出树丛，便被一只爪子扯了下去。

"红毛狐狸，你干吗？"苗珊珊恼羞成怒地道。

"嘘，"苏奈小声骂道，"臭猫，那几个人是修士！"

苗珊珊吃了一惊。

大姐姐曾经讲过，凡人想要修道成仙，除了去做道士，便是聚众立派，去做修士，跟从其中最有天赋的学习修炼，便可学到些真本事。

其中厉害些的修士能使术法，能炼法器，对付寻常的山野小妖倒是绰绰有余了。

苗珊珊躲在树丛背后，忌惮地向那几个人看去："你怎么知道？"

苏奈一指："你看他们的竹箱上插着的是那什么……"她一拍山猫精的脑袋，"阴阳八卦旗！"

苗珊珊回头一看，果然在领头那人背后背着的竹箱上，看到了垂下来的缎面旗子，上面以金线绣了几个圆圈，还有些蚂蚁样的文字，一时也唬住了。

可是从狐狸嘴里吐出这样陌生的词句，叫她感觉有些奇怪："阴阳……八卦旗？"

苏奈挠了挠脸，也没想明白怎么回事。

这个阴阳八卦图案还是她在墓穴里刨出来的小画书里看到的，当时只看个新奇，并没有留心去记，可是今日一见这个标志，脑海里却突然想起了看过的字段。

那本书中说，这个图案是凡人炼气士的标志，道士的阴阳大，八卦小；修士的阴阳小，八卦大，虽然旗与旗的质量不同，但凡是炼气修道，都要带这样的标志的旗以表明自己的身份。

在孙员外家里见到的那些一阳观的小道士，他们扛的旗子便是亚麻作底，毛笔画上去的阴阳八卦，那个圆画得不太圆。而眼前这三个人看起来却要更丰富一些，他们衣着华贵，腰带上镶着金。就连箱子上插着的这面旗都是光滑的绸缎做的，上面的阴阳八卦也是拿针线一针一针地刺绣上去的，在阳光下熠熠生辉。

苏奈思忖之间，这三个人已经找到一块空地，放下行李，坐下休息，各自饮水叙话。

苏奈和苗珊珊不敢出声，趴得低了些，透过树丛，能隐约看清他们的脸。

一个胖些的男人擦着额头上的汗，发牢骚道："我长这么大，倒还未曾吃过如此苦头。"

另一个瘦高些的人道："这才哪儿到哪儿？不过是爬山而已。到川蜀，需要过西洲，前面的西洲才是凶险呢。想要得道成仙，这点苦算得了什么？"

那个胖子哼哼唧唧的，嘴里不住地嘟囔着什么。那个瘦高的男人道："你看安兄，抛下病妻老母，放下家里的万贯家财，一路上都一声不吭，偏偏你的抱怨最多，这一路上嘴皮子没停过。"

第三个人是个年轻的男人。他身姿挺拔，穿一身月白色长衫，虽然有风尘之态，却难掩儒雅俊美的面目。

他原本一言不发，安静地用木棍捅着火堆，似乎在想些心事。直到这个瘦高的男人赞美起他来，方才抬起头，牵起嘴角，含蓄地一笑："苏兄过奖。"

那个瘦高的男人笑着拍了拍他的肩，正欲开口，忽然面色一变，目光如电，直向苏奈和苗珊珊藏身的树丛后看来："等一等！"说时迟那时快，那个瘦高的男人目光炯炯，紧张地左右扫视，反手抽出竹箱内的长刀，将树丛一下削倒："什么东西藏在树后窥探！"

苏奈和苗珊珊惊叫出声前，被凭空出现的一阵巨风向后掀了几个跟头，只见一个锦衣华服的女子裙摆微动，挡在了她们面前。

随后，这个女子笑意盈盈地从树丛背后迈出去，身上的佩环响动："误会一场，误会一场！壮士好大的火气，将小女子吓了一跳。"

苏奈和苗珊珊惊魂未定，蹲在了一块大石头背后。苗珊珊靠着石头，气急败坏地道："这个修士上来就砍，果然很凶。"

苏奈拿爪子擦了擦汗，又将差点被削到的大尾巴抱在怀里，仔细检查："幸好二姐姐讲义气。"

"你这只红毛狐狸果然蠢得厉害。"苗珊珊凉凉地道，"你以为二姐姐是来保护我们的？"

苏奈顺着她的猫爪看去，明锦竟然已经提着裙摆走了过去，毫不见外地和那些修士坐在了一处。那个凶神恶煞的瘦子也仿佛变了个人一般，面色通红地往一旁让去；胖子更是满面惊艳，露出讨好之色；就连那个儒雅的"安兄"也放下烧火棍，回过头仔仔细细地听着二姐姐说话。

不知说到什么，明锦以袖掩口，笑得前仰后合，头上的钗子垂下的流苏不住晃动，金光闪耀。

苏奈的狐狸耳朵动了动，细细听去，听得只言片语，惊愕地捂住嘴巴。

那几个男人个个自称家有良田百亩，铺面满街，还有……家里的银子堆成了山。

苏奈和苗珊珊眼神相对，山猫妖做了个"你懂了吧"的眼神。

这几个凡人都是富商，可惜寿命有限，恐无福消受，便斥重金，到处寻求修仙之法。听闻巴蜀乃是风水宝地，修仙门派聚居，便潜心向道，特意去求个长生不老的秘法。

红毛狐狸抱着手臂，耳朵无奈地耷拉了下来。怪不得二姐姐方才笑得那么开心，原来是看见了白花花的银子在眼前闪动。

这几个人介绍完自己，又仔细打量明锦，见她言行大方，衣着华贵，若不是大户出身的小姐，也是嫁给富商的贵妇了，便好奇地问道："大姐又是哪里人士？怎会独自在这荒山里走着，不怕野兽？"

明锦以袖掩面，徐徐露出悲伤之色："我是山下钱塘孙老爷的妾室，进门没两年，老爷便撒下我们几个姨娘去了。"

"哦……"

"那些没良心的女人卷了家里的财物各奔东西，我一个人守着家，心里想着可怜的老爷，日日寡欢，却又命如浮萍，不知道该往哪儿漂……"说罢，哽咽一下。

几个修士的脸上都露出动容之色。

野鸡精在金饰的点缀下本就光彩照人，此时情真意切地垂泪，更是美貌生动，想不到如此衣着华贵的美人，竟然重情重义，那个老富商走了什么运，能娶到这样的姨娘？

明锦伸手接住一片飘飞的柳絮："正巧天暖和了，听闻这座山上草木茂盛，我便带着几个丫鬟上山来住几日，散散心。"

说罢，她回头将那柳絮呼地一吹，拍了拍手，起身唤道："姗姗，奈奈，你们到哪儿去了？"

苏奈和苗珊珊大眼瞪小眼，都嘻嘻哈哈地笑出了声。因为她们藏身的那块大石头，不知何时已经变成一座像模像样的林中小屋，将她们俩装在里头。

小屋里有桌椅板凳，她们屁股底下的青草，赫然变作一张挂着帐子的大床，床上还有枕头呢。

红毛狐狸和山猫在床上翻滚打闹了一会儿，差点把帐子撕破，听得明锦叫人，方才急匆匆地站起来，迎出门去。

明锦说"姗姗""奈奈"都是丫鬟，苏奈和苗珊珊心里明白，这是二姐姐不想叫她们抢了风头。故而迎出门的，便是两个低头迈着小碎步的布裙女子。

见了客人，一抬头，露出两张厚唇粗眉、粗糙黝黑的脸。

明锦见了她们的样子，扑哧一声掩口。

跟着进来的几个男人却退了几步。本以为这位贵妇生得明丽，身旁的丫鬟也该不差，却没想到都是些歪瓜裂枣，不禁大失所望，如避瘟神般绕开。

苏奈和苗珊珊分工明确，一人摸出杯子倒水，一人准备"饭食"，擦肩而过时，只听明锦兴奋地传音道："好妹妹们，待姐姐成了事，可得好好感谢你们！"

回过头去，明锦却优雅地坐在厅中，和那三个人喝茶、烤火，似乎有聊不完的话题。

她含笑的目光在那三个人之间游走，先问那个最丑的胖子："王大哥，看您面相年轻，不知您可曾娶亲？"

胖子受宠若惊，赧然地伸出一只手，道："这……也不多，在下家里有一妻五妾……"

明锦哽咽了一下，喝了口茶，嘴角轻轻下撇。

五个妾室，未免也太多了。

有过孙员外，她可不想再和这么多女人争宠。她喝完了茶，又变作笑吟吟的样子，转向那个精干的瘦子："陈大哥，您也娶亲了？"

未料才问这一句，那个胖子却拍桌大笑，震得那桌子都晃动起来。瘦子满面通红，下巴抵着胸门，手握成拳，似乎十分羞耻。

胖子不怀好意地道："陈兄那位长姐可是个母老虎，一看姑娘靠近，都当是图他家的钱财，将人家扫地出门。陈兄这么大了，未曾娶亲，还是个光……"

瘦子瞪着眼睛，猛地砸了下桌子，胖子才笑着掩口道："不说，不说了。"

明锦赔笑，又抿了口茶，心里暗骂一句，有个母老虎一般的守财奴姐姐，便是有万贯家财也使不得！

"我说二位哥哥，你们实在过于老实，都叫我不好意思了！"胖子摸了摸后脑，胳膊肘碰了碰那个一直未言语的俊朗男人，笑着道，"裴然，你也是，浑家病了这么久，只靠药石吊着，这么多年，你也没想过再纳个妾？"

明锦见那个男人长得风流倜傥，想必后宅之争不断，原本没抱什么希望，听到此处，眼神倏地一下亮了，突然向那个男人看去。

安裴然捧着茶杯沉吟，一双黑目也恰好看来，眼神里带着几分迷茫，几分思量。

四目对上的刹那，明锦绽开微笑："路远难行，天色晚了，诸位不如在我这房子里留宿一晚？"

安裴然的目光却紧追明锦而去，笑着道："好呀。"

"想不到这个男人是个这样的货色。"红毛狐狸蹲在树杈上嫌弃地道。

"怎样的货色？二姐姐不就喜欢这种男人吗？"苗珊珊舔了舔爪子，悄声嬉笑，"正合了她的意。"

后半夜里，法术变成的小屋里透出微弱的光亮，里面传来胖子雷鸣般的鼾声。

"我看他这一路上十分稳重，仿佛和另外两个不大一样，没想到这么……这么……"苏奈两爪托腮，大尾巴失望地摆来摆去，挠了挠脸，一时没想到应该如何形容。

"哪里不一样？"苗珊珊舔了舔嘴唇，"两个眼睛，一张嘴巴，我倒是没看出他和其他的人类有什么不同。"

鼾声里夹杂着细微的床榻响声，连绵不绝。

这晚，安裴然从地铺起夜，回来时，地上的铺盖就不见了，同行的两个人并排熟睡，浑然不知。

安裴然沉默了片刻，皱着眉头，四处打量，不见他的被褥，便脱了鞋子，赤脚小心地走来走去，在桌下、柜子里遍寻不得，终于绕过屏风，走到主人家的那张大床前，站定片刻，将绣着鸳鸯戏水的轻纱帐幔掀开一角。

他的被褥，端端正正地摆在床里。

床前的美人醒着，着锦衣华服，撑着脑袋歪靠在床边，手持灯盏，笑盈盈、直勾勾地看着他，似乎是专等他进来。

"相公。"明锦热情妩媚，悄声笑道，"赤脚踩在地上，要着凉的。"

安裴然垂眼，他生得一副正人君子的脸，在烛光下愈发显得儒雅，即便到了这种时候，也看不出一分思量。他没有叫喊，更没惊动他人，俯身钻进了帘子里，那粉色的帐幔飘落下来。

山猫听到响声，一脸嫌弃地开窗跳了出去。苏奈往下一俯身，化了原形，紧跟着蹿了出去，和山猫一前一后拿尾巴挂在了树枝上，倒吊着荡秋千玩，才晃了两下，便听见明锦的呼声，差点掉下去。一猫一狐，忙从窗户翻回来，先后从睡在地上的胖子和瘦子身上嗖地一下飞了过去，叠罗汉一般扑到了床前。

"二姐姐？"苏奈扒拉开帐子，却只看见一个满脸残缺唇印的男人闭着眼睛，蚕蛹般裹在被子里，嫌弃地合卜了帐子。

"这儿呢这儿呢。"头顶传来声响。苏奈和苗珊珊抬头一看，只见野鸡精盘腿坐在床帐顶上，手里端着烛火，裙摆上沉甸甸地兜着好些碎银、扳指、玉佩，还有男子束发的小发冠，熠熠生辉。

野鸡精挑拣着这些物件，从里面掏出一片金叶子，放在嘴边咬了咬，欣喜不已，又从中挑出了房契来，拿烛火照着，贴在眼前仔仔细细地看，突然将那纸张蒙在脸上，笑着道："还真是个富家公子。发财，发财了！"

"来来来，"明锦喜不自胜地招呼道，"姗姗，奈奈，分你们点。"

苏奈接过发冠，好奇地放在眼前研究。

苗珊珊道："我要这些玩意儿有什么用？"她兴致缺缺地走到了另外两个男人身边，脑袋贴近了，眼冒绿光，仔细研究着胖子和瘦子，"不能吃，又不能喝。倒不如，把这两个男人给我……"

"动不得！这个男人是我的。"明锦急忙伸手一弹，苗珊珊翻了个跟斗，堪堪躲过攻击，气急败坏拍着烧焦的袖子道，"我又不吃你那个！这两个给我有什么关系？"

"姐姐我又不像奈奈一样，只需采了这个男人，我还要跟着他进家门，享受富贵呢。"明锦急得探身，床帐直摇，"他们一并来的。明日安公子起了，问那两个人在哪里，叫我如何回答？这两个人都不许动。"

苗珊珊横遭阻拦，冷笑一声，径直拽过苏奈道："臭狐狸，你怎么也不说句话？这两个男人我一个，你一个，如何？"

红毛狐狸用爪子扒拉着他们的脑壳，仔细地观察了一下胖子，又看了看瘦子，无趣地摇摇头："噫——算了。臭猫，我们还是出去玩吧。外面有鸟！"

苗珊珊气得脸都青了："你不是最想要男人了吗？怎么又不采了？"

这个……要怎么解释呢？

这两个男人定是能采的，而且，她能想象这两个人若是见了她化为的人形，便会如同她在庙里遇见的书生，还有那个官爷孙达一样，被勾得欲火中烧，眼珠子都要黏在她身上。

可是不知怎的，临到跟前，她却觉得反胃得紧，倒不如那季先生那颗得不到的心来得勾人。

苏奈在山下东跑跑西跑跑的收获，便是了解到男人和男人之间，好像不大一样。好比吃惯了人类的食物，就吃不惯生食了一般。

"走吧走吧。"苏奈不是很想采补，拉着苗珊珊走了，苗珊珊奋力挣扎，一猫一狐滚成一团，撕咬抓挠，撞到窗户外面去，直到树上还在打架，打得树枝上的雪簌簌下落，方才停下。

苗珊珊跃起来，一把抓住飞过的鸟塞进嘴里。半晌，吐出了一串带血的羽毛，无趣地闭目假寐："哼，没意思，睡了。"

红毛狐狸用力推搡了几下树干，灰色山猫在上面晃来晃去，就是不理会，骚扰了山猫一会儿，苏奈也觉得无趣，打了个哈欠，大尾巴摆了摆，将自己蜷成了一团，尾巴盖在了脸上，就这样睡去。

第二天一早，晨曦微现，空山鸟鸣阵阵。

苏奈挪开尾巴，睁开一只眼睛，随后一骨碌坐起来，揉了揉眼，跳到了旁边的树杈上，用力推搡着苗珊珊："臭猫，臭猫，你快看！"

"干什么。"苗珊珊不耐烦地翻了个身，被推得实在烦了，便坐了起来，也是一惊。

两妖一块儿跳到了地上，茫然地在空地上走来走去。

只见原来法术化成的房子处空空如也，只剩下一块光秃秃的大石头。那三个修士连同二姐姐一起走了，连野鸡窝里都空空的，明锦那些花花绿绿的衣裳，还有在枕头底下放着的盒子，也全都消失得干干净净。

苏奈和苗珊珊相顾无言。

她们的二姐姐，连夜收拾铺盖卷跟着男人走了。两个"丫鬟"，却被剩在了山上……


明锦走后没几日，大姐姐白素醒来一次。

蛇洞内仍旧阴森森的，水珠从倒挂的石笋上一滴一滴地坠入下方的水潭里。

白蟒睁开眼睛，听两个妹妹手舞足蹈地讲述了明锦连夜随男人遁走的事，一时也有些无语。

"罢了。"白素叹了口气，"明锦她一向胆小怕事、安分守己，应当不会出什么事，走便走了吧。"说到此处，她忽然想起什么，"不过，你们两个……"

她缓缓地抬起头，苏奈和苗珊珊便一并被盖在了巨大的阴影下，睁大眼睛看着空中巨大的白蟒。

白蟒吐着芯子，口中发出警告："你们两个小家伙，可千万别学着老二到处乱跑。"

忽然，她的眼睛一眯，有些吃惊地发现红毛狐狸脖子上的四枚金色指印。那些指印正闪烁着微弱的光。

若是没记错的话，这四枚指印是仙人在她的脖子上掐下的伤痕。不知怎的，总也愈合不了，苏奈下山之前，每日在河边看到自己的倒影，都要扒拉着自己脖子上的毛破口大骂一通。

可一段时日未见，不知发生什么，这四枚指印竟然缓缓地变换形态，首尾相合，形成一个明亮圆融纹样。如今，不像是什么伤痕，反倒像是功德印记了……

白素心中微动，向苏奈看去。这只红毛狐狸还仰着尖嘴巴看她，耳朵竖起来，一副傻乎乎的洗耳恭听的模样，狐狸的眼睛里一片懵懂。

算了。

一阵倦意袭来，白素的蛇尾微摆，换了个姿势，心中暗道：小妹一意孤行，非要东奔西跑地去采补男人，谁知过了这么久，没犯下一次杀孽，倒还因祸得福。兴许她的路冥冥之中自有天定，不需要整日唠叨，若是横加干涉，反倒无趣。

白素便将蛇头搁在盘起的尾巴中间，长长地打了个哈欠，恹恹地道："你们随便吧。记得一点，修士最好别招惹！"

天气在暖和与严寒之间反复变化，正是蛇妖打不起精神的时节。

说完这句话，她便又睡去了。

"修士不能招惹？哈。"出蛇洞时，苗珊珊抱怨着道，"我看他们也没什么本事嘛。昨天那三个人，都看不出我们不是人！若不是二姐姐拦着，我早就动手了！"

一听便知道这只臭猫还在为那几个男人耿耿于怀。

红毛狐狸快跑几步，在雪地上扑住一只麻雀，复又用爪子拍了拍它，把它赶走："臭猫，大姐姐说得有点道理，修士和修士是不一样的……"

她读的那些书上说，凡间的修士也分三六九等。

那些天生能感知道法、有修炼天赋的凡人为上等，即将修得大道，便开山立派，收那些有灵根的弟子传授经验。这些弟子要整天给师父端茶送水，做些苦力来换取知识，这是中等。

那天见到的那几个蠢男人嘛，压根儿没有什么灵根，愿意花大把银钱买些指点，勉强算是下等修士。

这样的修士就是打了阴阳八卦旗也是充脸面用的，但名门里出来的修士可就不一定了。这些修士，日后可能飞升大道。

虽然不想承认，可一个破烂草头神就能把她拍飞出去，后来又有个快死了的和尚，一口气就能把她吹上天……

唉！她一个狐狸精，整日招惹这些人干什么？早日采个好男人提升修为，和二姐姐一样修出妖丹，变得更厉害一些，这才是正经！

"遇到厉害的，你打不过，最好别去招惹，小心被拍成猫干。"

苗珊珊听不得这种话，掉头就走，嘴里哼了一声："红毛狐狸，你当我们这座山是什么香饽饽呢，一个两个修士都往我们这里走？"

话不投机半句多，苏奈也后悔自己跟这只傻猫解释这么一通，骂了一句，转身钻进了自己的狐狸洞。

次日清晨，苏奈正仰面躺在乱草里小憩，由远及近地传来一串杂乱的人声。

山中有过路人，本是常见，狐狸的脸上盖着芭蕉叶，耳朵尖动了动，闭着眼睛不想搭理。

可随后便是嘭的一声巨响，什么东西在耳边爆开了。红毛狐狸惊得立刻弹跳起来，踩着滑落的芭蕉叶跳到了一旁。

眼前烟雾缭绕，苏奈头重脚轻，一股刺鼻的味道钻进鼻子。苏奈的双眼泛出凶恶的绿光，抖着耳朵上的灰，骂道："什么东西敢在我的耳朵边放火……唔！"

是苗珊珊从树杈上一跃而下，压在了她的脑袋上。

山猫滚圆的眼睛藏在树杈后向外窥探，过了许久，喃喃着道："红毛狐狸，你的嘴是开过光的吗？"

"什么意思？"苏奈甩了甩脑袋，把山猫甩了下来，和苗珊珊一起向外面看去。

只见那影影绰绰的人影足有十个，都是清一色的少年。

这些少年身着粗麻长衣，系腰带，戴着白色纱帽，有的背上背着长剑，有的则背着行囊布袋。他们走来走去，各司其职，有人弯腰拾树枝，有人搭柴火，剩下的已三三两两坐成一个圈，彼此交谈嬉笑起来。

"你看那个，"苗珊珊幽幽地道，"不是你说的那个什么什么旗？"

苏奈顺着猫爪指的方向看去，果然在为首的那个人背后的行囊上看到了一面斜挂的阴阳八卦旗。

非但如此，如果仔细看去，每个少年的腰带中央也拿黑线绣了相同的标志。

苏奈挠了挠头："又是修士？"

"你说呢？"苗珊珊看去，"臭狐狸，你什么时候下山？自从你回来，把霉运也给带回来了！"

苏奈气得七窍生烟。

仿佛是印证她们的猜测似的，只听一个拾柴的少年的呼吸声越来越重，似乎有怨气，拎起了一根黑漆漆的木棍，蹙眉道："秦云，方才你清路时生火符也用太多，你瞧这边的树都烧焦了，没几根能用的了。"

叫秦云的少年正围坐在圈子里说得口沫横飞，被点了名，扫兴地回过头来，伸出手，手心里蹿出一股三尺高的赤红色火龙。

他眯起眼睛："怎么了？我好心替大家清了路，你倒有意见，是想和我比试比试？"

火苗蹿出的瞬间，周围的人全都吓得向后一闪。苗珊珊的瞳孔里映出了赤红色的亮点，也瞪大双眼，震惊地向后退了两步。若说之前心底还有些侥幸，此刻见了修士的"真本事"，知道这些衣着打扮相似的少年都不是她动得了的，便黑了脸，拖着尾巴上树了，然后说："红毛狐狸，我们回去吧？"

方才火焰腾空时候，苏奈也敏捷地躲到了隐蔽一些的树丛后，此刻却坐下来，从树杈里伸出尖嘴，凝神往外瞧："臭猫，你回去吧，我再研究研究。"

这些男人应当就是修仙门派的弟子，她还从来没见过修仙门派的上等修士呢！

这些少年个个百里挑一，年轻帅气，要不是修士就好了，一口气全采了，想必就能有妖丹了吧……红毛狐狸正想得垂涎三尺，瞧见那个点火的秦云一副刺儿头模样，挑衅地笑着倒出手掌里的符灰，立刻擦了擦口水，嫌弃地拧起眉来。

这个男人，还是算了。

开个道而已，就要烧别人的山，还差点炸到她的头上。

嘻嘻，等她采了其他的男人，便把他绑起来，专门在他的耳朵边放鞭炮，让他也尝尝这种受惊吓的滋味！

秦云弄了这么一下，先前拾柴的弟子脸上红一阵白一阵，走到另一边坐下。与秦云坐在一起的弟子，有人怒骂，有人嬉笑，有人拦架，一时十分混乱。

有人道："应敏，你怎么走了？柴火还没捡够呢。"

"就是呀，坐这雪堆里冻得心慌，这点柴火当蜡烛点吗？方才秦云在山上捉了两只兔子，我们还想烤了吃呢。"

其余人搓着手期待道："听闻到了川蜀，咱们便要正式辟谷，这顿兔肉可得让我们最后过瘾一把。"

"就是就是。"其余人皆附和着，声如浪潮。

那个坐在另一圈人里的应敏的脸色一白，磕磕绊绊地道："这，这边没柴火……"

与他坐在一处的弟子替他说话："大家都赶了两天路，实在走不动了，好不容易找到一块歇脚之地，哪有这么支使人的？不如都歇歇，天这么冷，那些兔子也坏不了，就等晚上再吃吧。"

那个秦云却不依不饶，不紧不慢地转着手上的木棍，吹了声口哨道："应师弟忍心看着我们受冻到晚上？此处没有能用的，那就去远一点的地方捡点能用的柴火来呗。"

秦云的身量高大，身体健壮，腰带上挂有佩玉，还有一枚精致的香囊，香囊撑得鼓囊囊的，抽线处露出一沓符纸的边角，看着就有钱有势。旁人对他也多是谄媚、畏惧之色。

苏奈的眼珠子转了转，这些凡人好似都很巴结他，都是他欺负别人，别人不敢欺负他。

应敏的脸色涨红，咬了咬牙，想要起身，身旁与他相好的弟子将他拦住。

他们似乎想到了什么，向这边看来："应敏累了。要不，要不，叫杨昭去吧。"

其余弟子似乎是听到了什么令人兴奋的事，纷纷抚掌附和："对对，应该叫杨昭去。"

秦云笑着道："杨昭，那你去远处拾点柴吧。"他说话时，用眼角的余光睨着前方正在弯腰搭火堆的身影。

其他人也慢慢安静下来，所有好奇、取笑、意味深长的视线，纷纷聚到这个背着剑干活的少年身上来。

叫作杨昭的少年慢慢地直起身子。

他的年岁和其余坐着的人相仿，可是个头却很高，身体健壮，站起来时如同一座山，背上背着的那把装在布套子里的短剑便显得有些滑稽。再加上他不像其余人一样系腰带、戴白纱帽，而是如农家少年一般，穿了一身浅色的短衣，头上戴着斗笠，袖子高高挽起，露出手臂的肌肉，便显得有几分沧桑感。随着起身的动作，斗笠下的面孔一点点露出来。他的皮肤黝黑，不如其他少年那般秀气，却有股硬朗的英气。一双极黑的眼睛露出的纯然稚气，泄露了他的年纪。

他扶了扶斗笠，看了看笑着的秦云，又转头环视一周，见大伙都在看他，应敏则把目光瞥向别处。

杨昭擦着脸上不住滑落的汗水，好像没看懂这些目光的含义，点了点头道："行，那你们等我一下。才下过雨，估计这边山道上的树都湿了，我去林子里找找有没有没被淋到的。"

说罢，他便真的拨开树丛，大步往林子里去了。

"还真是个傻子。什么都不会不说，还看不懂眼色，没意思。"见他的背影走远，秦云扫兴地嘟囔一句，丢下柴火棍，注意力很快转移。

其余人只是安静了片刻，又各做各的事，连同应敏一起，放松地说笑起来。四周恢复了之前的人声鼎沸，仿佛什么事也没发生。

杨昭的靴子陷在雪里，用力拔出来。他从苏奈前面经过，红毛狐狸转了个身。

杂乱的松枝交错纵横，阻挡去路，前面昏黑一片，这个少年探头看了看，反手抽出背上的短剑，用剑柄一拨的工夫，从树上滚下来什么东西，他吃了一惊，飞快地摘下斗笠，反过来一接。

只听啪嗒一声，一枚鸟蛋掉进斗笠里。

杨昭松了口气。他把鸟蛋取出来单手擦擦，又放在嘴边哈了哈气，细细地转着看，黑眸里露出好奇之色，不过大约是许久没吃东西，腹中空空，看着看着便移开了眼神，甚至咽了咽口水。随后他晃了晃脑袋，伸手将蛋轻轻放回鸟巢里，再不耽搁，弯下身子钻进树枝掩映的屏障，走进林子。

红毛狐狸跟在他的身后，无声地化了人形，妖妖娆娆的小妇人鬼鬼祟祟地走了几步，踮起脚，好奇地将脸凑过去看。

松枝上的鸟巢里，一只山雀在细弱地鸣叫，见到一张人脸靠近，惊恐地护住失而复得的鸟蛋，凄厉地鸣叫起来。

苏奈沉下脸，骂了一句，无趣地松开了树枝。

臭鸟，我又不稀罕你的蛋，瞧把你吓的！

她想了想，又沉着脸，伸出指尖将那个岌岌可危的鸟巢向里面推了推。

此时丛林响动，苏奈被吓得瞬间化为红毛狐狸。

杨昭满头大汗，胳膊肘下夹着斗笠，手上抱着满满的一大摞树枝，吃力地钻了出来，几乎连路也看不到了。

苏奈看那个男人背后背着的短剑，随着他歪歪扭扭的步伐晃动，心怦怦地跳起来，感觉到了一股久违的渴望。

那个少年往外面走，红毛狐狸便兴奋地从树丛里跟着蹿了过去。

方才那个讨厌鬼说什么来着？杨昭什么都不会。

既然不会法术，那岂不是说明有点希望？

苏奈的脑袋快速转动着，尾巴又快速摇摆起来。

这个男人就不错，他看起来很诱人……

"我刚才放在这儿的兔子呢？"

路过的少年修士被恼怒的秦云拽着衣领拽起来，魂儿都吓掉了，回头一看，空荡荡的树桩上只剩下了几块肉渣，便连忙摆着手道："不、不知道，不是我拿的……"

秦云眼生戾气，让身旁的其他弟子七手八脚地劝下来："秦师兄，算了算了，吃我这个吧。"

他接过熟食，方一扯衣摆坐下，眼珠子还不信邪地往树桩上瞟，嘴里骂道："真是奇了怪了，方才烤好，拧开酒囊，顺手一搁的工夫就没了。若是叫我发现是谁在作怪……给我等着！"

大槐树背后，叼着兔子的红毛狐狸耳尖一抖，心虚地蹿进了草丛。

苏奈在人叶子底下藏好，露出指甲，兴奋地搓了搓爪子，流着口水撕扯起偷来的烤兔子。一面啃着，一面将叶子拨开少许，从缝隙里看这些男人下饭。

树丛外面，修士们也在拾柴生火，休整吃饭，比来时安静许多，一时只剩狼吞虎咽的声音。

这群少年的年岁不大，等级却分明。那个健壮的弟子秦云只顾着吃，便不住地有小跟班们七手八脚地递来烤好的鸡腿、兔头，他从里面勉为其难地挑出一根，还蹙着眉头，抱怨肉筋卡到牙缝。

剩下关系好的少年们，三两个围坐一起，铺开的荷叶上摆着分到的几只瘦小的野兔，几个人轮换烤食。

苏奈的眼珠子再一转，只见树下坐着孤零零的一个人。此人背着一把黑色短剑，身旁放一个斗笠，正低头安静地啃着干粮。

杨昭闻着烤肉飘香，不为所动，垂下的眼睫毛颤了颤，吞咽饼子的动作大了些。

片刻，一个弟子离开了火堆，走到他面前，面带局促地俯身低语。杨昭愣了一下，从怀里掏出一个破布缝的袋子，倒出一些钱币，掂量一下："我身上只剩这么些了。"

"杨昭，多谢你了。"那个弟子面色一喜，伸手欲拿。

杨昭却将手一收："你借我的钱，要做什么用？"

"问这个干什么？"

杨昭抬头，一双眼睛黑亮，极是认真："赌钱，是不行的。"

那个弟子的脸色骤然一变。片刻，复又挤出一丝谄笑，搓着衣角道："怎么会是赌钱呢？"

杨昭想了想，又将钱币倒回布袋子一些："也不能全借你，我还有些事要做。"

"行吧行吧。"那个弟子千恩万谢地接过钱来，转身点了点，放在袖中，鼻子里哼了一声，"穷酸。"

修士们很快将野味剔成零散的骨架，拿出绢布擦手。仍未尽兴的人，只好从怀里掏出随身携带的干粮来。这厢，应敏低着头，呀地叫了一声。

　　众人问："怎么了？"

　　应敏手里的饼子碎成了一坨糨糊，一块一块地从指缝往下掉。他哭丧着脸，翻腾着包袱："我的包袱被雪水给泡了。"

　　身旁的几个人倒吸一口凉气，都道倒霉。因为从此处到巴蜀还有一段距离，若是没有干粮，路上挨饿，那可有的受。

　　应敏徒然地翻，一条黝黑、修长的手臂忽然伸过来，指尖捏着一块饼子："我的干粮是好的，这个你吃吧。"

　　应敏惊讶地回头，见杨昭边啃干粮边用那双黑亮的眼睛盯着他，涨红了脸，局促地接过饼子："谢……谢谢！"

　　应敏道了谢，拿着饼回到了火堆旁，默不作声地啃食。

　　身旁的弟子道："应敏，你跟杨昭一块吃喝，一会儿又该被秦云笑了。"

　　应敏哽了一下，看了一眼手中的食物，责怪地看过来："他把吃的都给了我。你这样说，我怎么吃得下去。"

　　"这又不是我们欺负他。"那个少年向那边瞄了一眼，悄声道，"要怪就怪杨昭的脑子有问题。小三子赌钱多少次了，那不明摆着的事情吗，次次装可怜，咱们这些人里，谁还搭理小三子？偏杨昭相信。谁说什么他都相信，这就是个傻子，他活该被骗。"

　　应敏蹙了蹙眉，欲言又止。

　　那个少年讪讪地道："应敏，这可不是我为人刻薄。你知道杨昭从前的事情吗？"

　　"什么事？"

　　"他一无灵根，二无灵骨，一个种田的，凭什么破例被我们清虚门长老收在门下？"

　　"不知道。"

　　"我是他的同乡，实话告诉你吧，杨昭早就有过仙缘。"

　　应敏变了脸色。一众修仙弟子，皆是从凡人小儿中精挑细选的有天赋之人，在北地潜心修炼数年，还没练成辟谷之法，成仙的门槛儿都没摸到。

　　如果杨昭有了仙缘，岂不是他们中离成仙最近的了？

"他……"

"他自小就是个大孝子，他娘久病在床，他每日给他娘喂食、翻身，自己节衣缩食，换钱给他娘铺一块云锦软布，身上不生疮，少受些罪。他的脑子又不好使，卖牛抓药，不知道被坑骗多少次，邻里看中了他傻，次次骗他去干活，他也不记仇，旁人一装可怜，他便去给人家出力，谁知道花了多少冤枉力气！"这个少年叹了口气，"有一天下大雨，他赶着去抓药，路上见到一个满身疮的老头坐在泥地上哼哼着，杨昭也不怕这疮传染，背起老头就上山了，路上雨越来越大，老头越来越沉，跟块秤砣似的，两个人差点儿一起翻进泥沟里。"

"要我说，这山上荒无人烟的，他就算把人扔下，权当没见过，也不会有旁人知道。他偏偏要把人送上山！耽搁了买药不说，还把身上带的钱丢了。回去了自然是挨他娘一顿臭骂。邻居往来，还见他傻傻地跪在门口，也不吭气，屋子里他娘躺着撕心裂肺地哭呢。后来他养牛种地，好容易攒了些钱，又去买药。你猜怎么回事？"他撇了撇嘴，"同一条路，同一个地方，他又碰见那个老头坐在地上叫人送回家。"

应敏搓着胳膊道："真是个瘟神，还不躲开！"

"正常人不都是这样想吗？"少年翻了个白眼道，"杨昭是个傻子，他见那个老头又哭又哼哼，看着实在可怜，又背起人往山上走了。只不过，这次送到家里，那个老头便和颜悦色地让他三天后同一时间到家里来，有话同他说。他叫老头现在告诉他，因为他还忙着。老头不肯，偏偏要他三天后来。"

应敏闻言，仿佛预料到什么，眼睛倏地亮起。传说的话本之中，每每高人指点，都是这样的开场。可对方接下来的话，却教他大失所望。

"呵呵，偏偏在约定的那一日，杨昭他娘犯了头疼病，他守在床前不敢离开。但他既然答应了老头，自然是两难，便请郎中的小弟子替他上山跑一趟，把话带给他。"少年道，"那个小子听说要去的地方在山上，又高又远，本来还不乐意去呢，杨昭好说歹说，还给了几个铜板，他才不情不愿地去了。真是祖坟冒了青烟，一到那地方便飞升了，那白光亮得整个村子都看得到。"

应敏又可惜又惊愕，双手交握，一时不知该说什么："那老头是什么来头？怎么也……"

"听闻那老头乃是赤脚仙人所化，管理凡间病疾，此次是来凡间收徒的。仙人收徒，亦讲究一个时运、缘法，没赶上便是没赶上了。那个郎中的小弟子也算是治病救人，行善积德，倒叫他平白捡了便宜。杨昭此后在我们乡里便是出了名的傻子了。光知道给人卖苦力，天大的机缘一次也赶不上，如今还是个放牛的，出了门谁不奚落他两句？不过，他自己倒也不难过，还继续种地，唯独他娘死的时候，见他对着坟包掉了两滴眼泪。后来，不知是不是终于反应过来了，知道我们清虚宗门广招弟子，他忽然也想跟着去修仙问道。嘿嘿，长老一摸，既无灵根，又无灵骨，乃是个平平无奇的庸俗之身，和成仙毫不搭边。好在那个成了仙的小学徒没有忘恩负义，收徒那日天降狂风，用干玉米粒在地上摆出杨昭的名字，长老急忙领受仙人的旨意纳他入门，兼之，他有一把宝剑。"

"宝剑？"

"嗯，是他爹锻的，就是他背上背着的那把。他爹是我们镇上的铁匠。我们修仙之人若实在不能修身，借助于外物也是一条路。那把剑的成色不错，我看长老是想培养他往炼器的方向发展。可是那把剑是凡人锻造，一块凡铁，想必也成不了什么大气候。"他见应敏沉思不语，撞了撞应敏的胳膊，"你还不明白吗？那个秦云有钱锻器，又有根骨，这里的弟子最是势利，谁更有希望成仙便巴结谁。就算日后自己没能修得仙身，也能得些照拂。杨昭，他已经错过了一次仙缘。我且问你，凡人一生能得几次仙缘？一次便已是撞大运了吧！换句话说，他注定没什么成仙的希望，一个凡人，你……"

话音刚落，一颗石子儿擦着脸颊而过，这个少年哎哟一声弹了起来。他一闪开，身后正大嚼兔腿的秦云无所遁形，石子砸在了他的嘴上，险些把他的门牙撞碎，手上的兔肉掉了一地。

仰躺在草丛里休憩的红毛狐狸扒拉开芭蕉叶子，翻了个身卧在地上，大尾巴摆来摆去，扫动着地上的碎石子儿。

刚才那个男人的话真多，窸窸窣窣的，说得又难听，吵得她睡不成觉！

此时见一众弟子乱成一团，相互瞪着眼睛，苏奈的眼珠子一转，幸灾乐祸地看起热闹来。

秦云捂着嘴的手半晌才拿开，掌心里沾了血丝，脸都扭曲了，恶狠狠地环视四周。秦云扭曲着脸，擦着牙龈上的血，觉得莫名晦气，心里似有火烧，浑身都不痛快。

这块石子儿从哪里来的？谁也不曾看到。

一众弟子谁也不敢迎着这目光，便纷纷低头避开，这一避，便让他看到了树下。

那里有一个人正低头蹲着，浑然不知发生了什么。

杨昭的胳膊底下挟着斗笠，右手捏着一根细细的猪笼草，聚精会神地伸着，睫毛一动不动，有种非凡的好奇和耐性。

草叶之上，一只黄豆大小的蜗牛，慢吞吞地蠕动过来，啃着草尖。

下一刻，咔嚓一声——靴底抬起，那只蜗牛连带着草叶一起，变成一团黏浆。

杨昭眼里的笑意消散，抬头的瞬间，秦云以三张符纸为剑，烧着的符纸带着灼热火光。

"放牛的，还以为你老实，想不到也是个坏心眼的，方才是你偷袭我？扔石头算什么本事，有种单挑。"

此符纸术法，乃是修仙之人对付有修为的狐鬼的，威力巨大。凡人没有防备之心，亦能被其所伤，烧掉头发都是轻的。众人不料秦云如此跋扈，纷纷惊呼起来，可是再阻拦却已经晚了。秦云的光剑直照着杨昭的头顶劈来！

不得了，她的男人……苏奈眼睛一绿，刚要蹿出草丛，那瞬间，谁也没看清杨昭是如何反手抽剑抵挡的。只听得当的一声巨响，两个人之间金光万丈，秦云手中的光剑撞碎成三段坠在鞋面上，将软缎烧出了几个洞，他顾不得疼痛，人已被冲得向后跟跄数步。

杨昭的剑举在眉毛之上，照得眉毛纤毫毕现，眼珠泛起浅浅的褐色，剑身上的符文游走，熠熠生辉。

围观的弟子皆瞪大了眼睛，面面相觑，手心渗出汗水："杨昭的那把剑怎么这般厉害？"

苏奈的尾巴都忘记了摆动，眨着眼睛看着那金灿灿的一片，总觉得这把剑看着眼熟，好像在哪儿见过。

"臭狐狸，你怎么还在看这群臭男人呢？"

红毛狐狸的脑袋叫山猫的尾巴重重地抽了一下。

苏奈捂着脑袋龇着牙回过头去看，却见苗珊珊轻盈地走了几步，圆溜溜的猫眼盯着前方看："咦？臭狐狸，那不是你床底下那把烫死人的剑吗？"

苏奈手里的这把剑，剑长两尺余，剑身扁扁的，黑色的剑鞘上画了一串看不懂的文字。

苏奈看看手里的这把剑，再瞧瞧远处的那把剑，除了季先生的这把剑没挂红绳，真是一模一样。

苏奈歪头看了看，将剑一把搂在怀里，心有余悸："刚才你那么一说，我还以为这些臭男人趁我们不在，抄了我们的窝，抢了我的宝贝！吓得我冲回去一瞧，原来是个一模一样的，白吓我一跳。"

"蠢蛋。"

山猫妖跳上树杈，蹲守太久，她早有些烦了，半阖着眼皮舔着爪子上的毛："凡人的剑都是一处买的，长得不都一样吗？这有什么奇怪的。"

"凡人的剑长得才不一样呢，你又没下过山，见识短的臭猫。"树下，狐狸气急败坏地仰起脸，"这可是仙家之……"

突然一阵嘈杂声传来，苗珊珊和苏奈皆是一愣，回头一看，只见得那群白羊羔一样的修仙弟子们不知何时撕打成一团。

秦云掐着杨昭的脖子，将其压在地上，三五个人在背后拉他的手臂。杨昭虽然倒在地上，却不甘示弱，狠命揪着他的领子。秦云一张脸都泛了红，青筋暴起，大喝一声，反手一搡，身后拦架的弟子都叫这力量震倒在地。

其余人见了，又涌上来一群，将这两个人围起来。

"别打了。别打了！"

"秦师兄，有话好好说不行？"

苏奈三五步蹿到树上，从这里看得清楚。

围上来的那群弟子嘴上劝诫着，但谁也不曾用力阻拦，转眼间，秦云便重重地给了杨昭几拳，杨昭叫人骑在身上，衣裳已经看不出原本的颜色，只是反手在地上艰难地摸索着。

见杨昭没了还手之力，秦云笑了一声，啐了一口："放牛的，你有能耐是不是？没这把剑护身，我看你算是个什么。"

树上蹲着的狐狸焦急地看着，眼里渐渐发出绿光来。

她好不容易找到了一个目标，却被这些臭男人如此作践，万一打坏了、打破了……苏奈龇起牙，身子前倾，刚想一跃而下，地面忽然重重地一颤，红毛狐狸没防备，爪子踏空，整个儿栽进了树丛里。

一道纤细的银光从人群里迸射而出，直上天穹，方才嘈杂的人群惊叫一声，瞬间安静了下来。

待红毛狐狸骂咧咧地探出脑袋，抖掉耳朵上的草叶，却见所有人惶惶然散开，敛声屏气，跪了一排。就连方才张牙舞爪的秦云也敛了神色，有些慌乱地挪到了一旁，垂着脑袋，拿手背飞快地去擦脸上的鼻血。

"简直胡闹！"一声严厉的斥责响起。

周遭鸦雀无声。

苏奈好奇地瞅着，看到一只纸鹤悬在光晕中，不见其人，却有男人严厉的声音从纸鹤中传出来。

哈，这是什么玩意儿？

"瞧瞧你们可还有半点修道弟子的模样没有！"

众弟子一惊，将头埋得更低，齐声道："师尊恕罪。"

红毛狐狸恍然大悟，原来天上飞的那个纸鸟是这帮人的师父。

窸窸窣窣的声音缓慢地响着，杨昭此时支撑着翻了个身，握着剑慢腾腾地跪坐起来，身上的衣服已经破烂不堪，脸上还挂着彩，发丝垂下几缕，挡住漆黑的眼睛，只见他嘴角倔强地抿着，一语不发。

纸鹤发出的声音顿了一下，道："秦云，原本以为你身为师兄，能给师弟们做一个好的表率，谁知你一路上如此跋扈，还动起手来，真是唯恐天下不乱。"

秦云面色羞赧，倒和方才仗势欺人的模样大不相同，半是撒娇半是装傻地道："师尊，这去川蜀的路又长又难走，走得久了，心里便有些浮躁，和师弟起了矛盾。不过，都是小事，弟子已经知错了，再也不敢了。"

那个声音冷笑着道："古人行走四万八千里都是为了朝圣，你们这才走了几步路，便叫起苦来！"

语气虽然严厉，却也没再问责。

秦云舒了一口气，得意地扫了杨昭一眼。

杨昭低头，抿着嘴，拿手指一下一下地拨弄着剑身上的红绳。

纸鹤却不曾问他一句，绕过他，转而道："琼安，你站起来。"

从跪着的弟子里头，一个面皮白净的少年战战兢兢地站起来，忐忑地朝上看。

"吃饭时你与应敏说的什么话，再说一遍。"

琼安想起他与应敏在背后说杨昭的是非，一张脸顿时涨得通红："我，我……"

那个声音打断道："不知你打哪儿听来的传言，尽是偏颇谬误，还敢以讹传讹。为师今日告诉你们，灵根虽然伴随血缘而生，却非一成不变，乃是前世因果与今生机缘共同造就的。武者以剑入道，文人以诗入道，没有灵根之人，若是悟物臻于化境，亦可生出灵根。市井百姓飞升者并非没有，岂能以灵根有无划分阵营？诸位生来身负灵根，先入宗门一步，只能说比普通人走运一些罢了，切莫洋洋自得，以免损耗福泽。听懂了吗？"

众弟子垂着头，都道"是"。

片刻之间，纸鹤缩小至杏子大小，光晕也几乎看不到了。

师尊道："罢了，这传声鹤快要用完了，我也不再多话。再向前走便是西洲。西洲乃是梦境之地，人鬼同生，虚幻难辨。你们要相互扶持，团结友爱，若是再有不正之心，小心陷落其中。"

众弟子的面色一变，紧张之色溢于言表："是！"

那纸鹤拍了拍翅膀，向下飞去。

苏奈瞪大眼睛，什么？这便完了？他怎么不与杨昭说话？也不叫那个秦云给杨昭道歉？苏奈心疼地看着杨昭一张原本俊俏的脸上挂满血痕，呀，那她的男人岂不是白挨了一顿揍？

正想着，杨昭果然起身道："师尊。"

纸鹤悬停在空中："何事？"

衣衫褴褛的少年握着剑鞘，脸上却无怨恨之意。

他偏黑的脸因为激动而透出些薄薄的红色，漆黑的眼睛看着纸鹤，眸子里又发出了极亮的光："师尊，您说西洲是梦境之地，那……是不是，是不是能帮我找人？"

"找人？"师尊有些诧异地问道，"你想找谁？"

杨昭有些语无伦次地道："我……我也不知道她如今长什么样，叫什么名，只是在梦里梦见过小的时候的模样，醒来又不太记得……"

师尊沉默了一会儿，避而不答，只道："杨昭，你与其他弟子不大一样，也未曾修习术法，若是一起前往西洲，恐怕有些危险。为师以为，你们分开行进为妙。叫他们先走，我送你后走，何如？"

话音刚落，只见得银光旋转一周，杨昭睁开眼睛，四周已经空无一人，脸上的笑容渐渐消失。

地上仍然有成堆未熄灭的柴火，徐徐冒着青烟，架上还有吃了一半的烤兔子。叫方才的谈笑、打闹全都没有了，四面一片狼藉，只剩下安静的风声，他一个人静静地立着，望着重叠的远山。

杨昭沉默了片刻，低下头，用脚尖踢开地上的柴，坐在地上，将烤兔子摘下来一个人安静地吃着。待吃得半饱，又呈大字形仰躺在了雪地里，把斗笠盖在脸上。

"臭狐狸，人呢？"山猫妖从树上一跃而下，身上的毛发根根竖立起来，喉咙间发出呼噜噜的声响。

她还以为，这么多人里头，总能骗到几个落单的。谁知还没谋划，不过打个盹的工夫，这山上数十个人全都没影儿了！

苗珊珊气急败坏，脊背拱起，瞳孔都泛出淡淡的红色。

算了，没了便没了，地上还躺着一个，有一个算一个！

灰色山猫厉声嘶鸣一声，向前扑去，却有一团稍大些的红影子从树丛中一跃而出，硬生生地将她撞到了一边，一猫一狐抱成一团滚落在地。

苗珊珊一爪子挠到苏奈的背上："臭狐狸，你又坏我的好事！"

红毛狐狸吐出了几根猫毛，用尾巴将苗珊珊缠成了一个"蚕蛹"："臭猫！你看清楚，这可是我的男人！"

两妖在落叶上缠斗得正凶，外人看来，不过是林子里的动物过境，发出了一点窸窣的声音。

苗珊珊觉得纳罕，以往她和这只蠢狐狸打架，不说占尽上风，至少也能打个平手，怎么近来渐渐打不过了？苏奈拿尾巴随便将她一缠，竟然使尽浑身解数也挣扎不开。她便软下来，道："臭狐狸，我不和你抢了，你把我放开。"

苏奈信以为真，毛茸茸的尾巴刚一松，苗珊珊如离弦之箭，一跃而起，朝着杨昭飞扑而去。

苏奈大惊失色，大骂一声，跟着扑了过去，将苗珊珊压在地上，山猫妖的利爪已经划破了杨昭的衣衫。

好险好险。

苏奈还没松口气，从杨昭衣裳的裂口里掉出了一地铜钱。

不过，杨昭平日里极为敏锐，此时却一点儿也没发现。

苏奈伸着脖子仔细观察，这个少年将斗笠盖在脸上，一动不动，好像是睡着了。

过了一会儿，他拿手背揩了一下脸，斗笠下面传来了细微的哽咽的声音，又拿手揩了一下，原来是在哭。

红毛狐狸趁着他伤心，拿爪子把地上的铜钱悄悄地拢起来，藏在自己的荷包里，还拿出一半给苗珊珊。

山猫妖早憋了一肚子火，丢下铜钱："我要这硬邦邦的东西做什么？又不能吃，又不能喝！"

风吹过山间，树叶窸窣作响，苗珊珊的耳尖一动，又听得远处传来的脚步声，眼睛一红，她不愿意再和这只臭狐狸缠斗，飞越过树杈，转瞬便没了踪影。

杨昭的手将斗笠拿开，坐起来。苏奈嗖地一下躲到了一旁。

他拿手帕擦干净嘴角，脸色已经如常，从地上捡起师尊留下的纸鹤，放在手里研究了片刻，不知触动了什么机关，白光迸发——那纸鹤赫然间增大数倍，化作一只长颈白鹤，抖了抖羽毛，弯起长腿，在他的身旁蹲下。

杨昭想，这应该就是师尊送我去西洲的办法。于是他便把剑背在背上，跨坐上去，摸了摸白鹤的脖子，十分喜爱。白鹤乖顺地垂着头，蹬腿展翅，大翅膀向上一扇，转瞬间就升起数尺。

杨昭抱着白鹤的脖子，目不转睛地看着天上的美景，哪里看得见地上有一只红狐狸大惊失色，又跑又跳，在地上一路狂奔。

狐狸龇着牙，后足一蹬，蹿上天来，抱住了白鹤的脚，垂着毛蓬蓬的尾巴，挂在鹤足上，上了天。

白鹤在空中飞着，巨喙之上一只眼睛微微向后转动，感觉到有什么东西爬向了它的屁股，翅膀向后用力一扇。

苏奈在大风中抱着白鹤的尾巴不放，嘴里还骂骂咧咧的，耳朵都被风吹得向后。

白鹤一击不成，又拿左边的翅膀去拍，一连拍了几下，都没击中。

杨昭只觉得白鹤突然颠簸起来，东倒西歪的，险些把他摔下去，只好紧紧地搂着白鹤的脖子，心里把能用的口诀全念了个遍，心里叹道，修

385

仙宗门的法器果然厉害，普通人驾驭不了。若有机会，我也想修出个灵根来……

不知飞了多久，云雾急散。地上低矮的房屋渐渐看得清了。

此处湖泽相依，树木繁茂，成片的树木宛如地毯一般，房屋却十分稀疏。

杨昭一个趔趄便站在了街面上，那只白鹤变回纸鹤，啪嗒一下掉在地上。

杨昭捡起纸鹤揣进袖中，有些紧张地环顾四周。

此时街上没几个行人，十分安静，明亮的日光穿过树冠，在青石板上洒了一地亮斑。

西洲的天气比他来的地方还要暖和、明朗些，那些小贩穿着单衣，有的还摇着蒲扇。

树下有几个推着小车的摊贩。这辆车是竹子做的，下面有轮，收摊的时候可以将整个摊位推着走。桌面上放着要卖的东西，上面搭着架子，挂一面布招牌。小车旁边有木板搭的长桌和板凳，桌上放一个筷桶，桌旁能坐一两个人。

这梦境之地倒与他家乡的小城没什么区别。

杨昭握紧身上的剑带，低头沿着街面走。若是还和众弟子一起，他定然是不怕的。只是换了自己一个人……他也不怕，硬着头皮走就是了。

街道的尽头便是水岸。水边系着一艘旧船，被风微微吹动，一个姑娘蹲在湖边舀了一桶水，两手提着，吃力地走远了。

杨昭的步子一停。青年人的体力消耗原本就快，闹了大半日，便觉得有些饥饿难耐。

恰好他旁边便是个馄饨摊位，杨昭便坐下来，要了一碗馄饨，才要摸钱，却愣住了。衣裳的口袋不知什么时候被划开了，他摸遍浑身上下，却是身无分文。

杨昭脸色泛红，半是急的，半是羞的，站起来道："对不住！我不要了。"

刚抬腿便走，身后有一个声音喊住他："小哥，你可是没带钱？"

馄饨铺子老板约莫四十岁，布衣布帽，笑眯眯的，很是和蔼。

"没带钱也不妨事，左右现在没什么生意。你看，我这里要添几把板凳，你若是能做，我就送你一碗馄饨。"

杨昭接过木板，取下剑来，几下砍断了，用膝盖夹着，右手娴熟地捏住钉子，只反手拿剑鞘敲了两下，便钉了进去，摆在地上，用手按在上面晃一晃，平展，半点不矮脚。

杨昭坐在板凳上，喝了口水。

老板拿着板凳看看，称赞道："真是把宝剑。"

这个少年一直没什么表情，此时方才显出些羞涩来，挠了挠头说："这是我爹打的，我爹是个铁匠。"

老板笑着道："你且坐着，我去给你煮馄饨来。"

小车背后，一只浑身火红、似犬非犬的动物用尖嘴掀开帘子，钻了出来。

趁左右无人，红狐狸蹿到湖边，化作一个娇滴滴的小妇人，身上的衣裳是照着方才打水的姑娘变的，上身是紫色纱衣，头发松松地插上斜簪，其余披在背后，显得慵慵懒懒的，像是刚起床不久。

苏奈对着水照镜子，叶子在手中化成一把梳子，沾了沾水，兴奋地梳着头发。这次她得好好准备，一定能采了这男人……

狐妖的头发原本就浓密，如矿石一般亮，乌发半垂，衣衫半掩，配以上挑的丹凤眼，饱满的樱桃唇，身着良家姑娘的衣衫，却自有一股风流之意。

但以一只狐狸精的眼光，这形象十分纯美，红毛狐狸对着倒影左看右看，满意地一笑。

水中之人鲜艳明媚，口若含朱丹，咯咯地笑起来。

苏奈的尾巴上的毛立了起来。她方才好像没笑出声吧……

苏奈的脊背绷紧，直直地盯着水面看，水中的倒影也安静下来，咧着嘴朝她笑着，露出一口银白的尖牙。

这是什么玩意儿？

红毛狐狸悚然地盯着它看了半晌，不信邪地伸出手，搅进水里一捞，河面一破，那倒影赫然显出惊惶的神色，向水底沉去。

混乱中，苏奈一把掐住了什么凉冰冰、软绵绵的玩意儿，急忙向外一拽，那玩意儿哗啦一声破出水面，却又滑溜溜地从她的手中挣脱了出去，化成一只色彩斑斓的鸟，飞向了枝头。

这只鸟精还能在水里生活?

苏奈在山上没见过这样的妖怪,好生硌硬,她感到一阵恶寒,忙在水里洗了洗手,洗去残留在手上滑腻腻的触感。手浸在水中,忽然觉得四周的光线暗下来。

她抬头一望,只见一轮巨大的落日浸在河水里,天际已经染成了昏黄的颜色。太阳落下的速度快得令人瞠目结舌,不一会儿就只剩下半个。一抹清冷的夜风拂过苏奈的脖颈,天黑得连手都看不清了。

杨昭的馄饨吃到一半,觉察到没了光,也震惊地抬头望着天空。那卖馄饨的店家却习以为常,替他点了支小蜡烛立在桌上,笑着道:"小哥,你从外面来,不要见怪。我们这里天黑得早,白日只有外面半日那么长。"

"哦。"杨昭闻言,点了点头,在微弱的烛光中继续吃馄饨。

西洲的天气特殊,这对他来说倒也没有什么,就是初来乍到,还没能找到地方做工,天便黑了,他身无分文,还不知道要去哪里住店才好。

苏奈坐在了不远处的小摊上,拿眼睛频频偷瞄那个男人。因为她在河边晃来晃去,却又什么都不做,太过显眼,总引得店家探头来看,不得已坐了下来。摊主约莫五十岁,笑吟吟地端来一碗汤面。

这个地方的食物热气扑鼻,她饥肠辘辘,差点把戳在汤里的筷子捏断,却不敢贸然去吃,生怕这汤头里面再飞出什么精怪,啐!

最好今天晚上就将这个男人采了,早点离开这个鬼地方。

正想着,她忽然听到一阵窸窸窣窣的声音,好像是有人在痛苦地呻吟。

在这安静的夜晚骤然听到声音,苏奈身上的毛都竖了起来。耳尖一动,判断出那个声音是从她脚下传来的。她低头一瞧,只见朦胧的烛光照着她脚踩着的一团影子。那团影子如活物一般挣扎着,时时变换形态,不断发出痛苦的咒骂。苏奈震惊得立刻抬脚,那团影子仿佛长长地松了一口气,得到了自由,迅速四脚爬行,从地上斜掠而过,停在了那个做汤面的摊主脚下。

那个摊主背对苏奈,麻利地将碗碟叠成一摞,又将灶台擦拭干净,拿袖子擦擦汗,浑然没有发现自己在灯光下根本没有影子。随后,那个影子慢慢地鼓出了手臂、头颅、双腿,与摊主的动作一致,又变成了摊主的影子。

妈呀……苏奈大骇,登时撇下筷子,一个大跳蹿过桌子,远远地躲在

388

了大树的背后。确认了一下自己的影子还在，又活动了一下尾巴，这才心有余悸地看向杨昭。

杨昭正在认真地吃着东西，腮帮子鼓鼓的，短剑斜背在背后，不知道在出神地想什么心事，对四周的一切古怪浑然不知。苏奈的目光战战兢兢地移向馄饨摊主，反复打量。幸好，这个人倒是个有影子的。

那位摊主此时已没有别的客人，十分闲适，搬起杨昭打的凳子看看，似乎十分满意，对杨昭笑道："小哥，我们这里黄鱼十分鲜美，今日还剩下最后一尾没卖出去，给你烧了如何？"

杨昭的耳根都红了，不知如何感激这个陌生人的盛情，连忙放下筷子作揖道："多谢。"

"不必如此客气，我和少侠很是投缘。你吃吧，我来帮你烧。"摊主笑吟吟地弯下腰，揭开摊车下面的帘子，从铁桶里面捞出一尾黄鱼。黄鱼的确十分鲜活，在他的手里还拼命地蹦跳、挣扎。

摊主一手抓着鱼身，另一只手却不拿刀，而是将头上的布帽摘了下来，将活鱼径直扔进了帽子里，封住开口，随便晃了晃帽子，便拿了盘子来，往外一倒，倒在盘子里的赫然是酱香浓郁、劈作两半的红烧黄鱼。香气扑鼻，飘得极远，苏奈看得瞪圆了眼睛，半晌没有言语。

红毛狐狸眼睁睁地看着摊主若无其事地将帽子往头上一戴，便将盘子端上了桌。杨昭毫无察觉，就要动筷。红毛狐狸不由得急得抓耳挠腮，刚要跳出来阻挠，忽然有丁零零的响声由远及近，杨昭和摊主都回了头。

嘈杂的人声传入耳中。

"急招剑客！可有剑客？"

沿街走来了一个车队。这些马车与苏奈先前在人间见到的并无不同，大概是因为西洲的夜晚太暗，车顶的四角、马的脖颈上都挂有琉璃风灯，远远望去，无数白光点点，犹如一串星河缓慢地向前流动，倒显得更加热闹。

车队从这条街上走过，骑在最前面的马上的小厮，手里也提着一盏风灯，边向前走，边大声喊道："王甫临大人家遇恶盗，黄金百两招剑客，可有武艺高强的壮士，愿意……"

话音刚落，杨昭已经站起来道："我是剑客，我愿意！"

那个马上的小厮愣了一下，勒马低头看去，只见道边小馄饨摊位上站着个灰不溜秋的少年，一双眼睛却是黑亮黑亮的，巴巴地看着他。

"你是剑客？"他的身上确实背一把剑，不过看上去又太年轻。

整个车队缓缓地停下来，小厮有些犹豫着道："那恶盗十分狡猾，杀人不眨眼。他手上有刀，盗窃时叫人发现，就杀了我们主母，还杀了屋里好些丫鬟，都没教她们发出声音。大人现在着人把门给关上了，他就在府里头，不知道藏在哪里，一大家子人都战战兢兢的，不敢妄动。你一个人……"

杨昭认真地听完，点了点头。

小厮见这个少年有点呆呆的，怕不是个傻的，急忙道："喂，你，到底行不行？"

杨昭犹豫了一下，抬眼道："真有黄金百两吗？"

"自然是有的！"小厮听这个少年一口的关外口音，也不知是从哪里来的人，恐怕也不太了解西洲的规矩，险些气笑了，"不过你得先有能耐去把那个畜生宰了。小子，你到底行不行，可别遛着爷玩。"

"哦。"杨昭有些迟钝地应，目光不知道飘到什么地方去了。

小厮蹙眉，顺着他的目光回头看，没看见什么东西。

说时迟那时快，忽然有风从脸颊一侧刮过，仿佛鸟雀拍翅，一掠而过，车中的婢女发出浅浅的惊呼声。他吓得连忙回头，却见车身微微摇晃着，杨昭已经没了影子。

半晌，马车帘子叫人掀开一角，那个少年已经坐在车中，露出半个疑惑的脸："走不走？"

小厮倒吸一口冷气，连忙打马掉头，激动地道："走，走，壮士，这边回府！"

挂着风灯的车队缓慢地拐弯。

杨昭坐在车里，鼻翼上冒了汗，紧张地绞着剑带呼了口气。

他长这么大，还从未见过百两黄金，因此颇有些紧张，发愁要怎么搬运回去才好。

街道两旁行人和摊位纷纷避让。

随后的某一辆马车上，苏奈气鼓鼓地随着马车颠簸，一个没看住，这个男人就跳上车跑了！幸好她跟得紧，杨昭前脚上车，她后脚便趁人群不注意从窗户跳上了一辆马车，跟在了身后。

这辆马车很是宽敞，可是里面黑漆漆的，没有一丝声响。一开始她以为里面没人，装的是货物，过了好半天，才嗅到车中有幽幽的沉木香气，香气就从她身边的某处传来。

红毛狐狸嗅了半天，觉得有些心虚，伸出尖尖的指甲，打亮了一簇火花，扭头照亮。火光亮起的瞬间，她瞧见了一截浅粉色的刺绣绸缎衣袖，还有一只年轻、纤细的手，那手腕上的翡翠镯子闪着光。

苏奈不动声色地吹熄了火。原来旁边有人，竟然闷声不吭的，怪吓人的。

她的尾巴卷了卷，把身上的剑取下来抱在怀里，捏着嗓子道："姐姐，打扰了，我是刚才那位壮士的同伴，跟他一起的，借姐姐的车走一段，望姐姐不要见怪。"

旁边的人闻言动了动，衣料摩挲着发出轻响。苏奈总算熟悉了黑暗，看清了她侧脸的轮廓，还有耳下摇晃的耳坠。这是个打扮得娴静、富贵的女人，一直安静地坐着，很有涵养，未曾因为身旁多了一个人而大惊小怪，不过是扭头奇怪地看了看她。

苏奈能看清她的睫毛在黑暗里动了动，这个女子的声音十分温柔："你们这是要去哪里啊？"

苏奈觉得莫名其妙："这不是姐姐你主子的车队吗？就是去那个王……王什么大人的家里杀强盗啊。"

"你说的是王临甫大人吗？"

"对，就是他。"

岂料这个女子闻言，长长地叹了口气。

苏奈连忙问道："姐姐，怎么了？"

女子道："你们还是不要往前走了，就在此处下车吧。"

"为什么？"

"我劝你们今日别去王大人家里，可能会遇到麻烦。"

"遇到什么麻烦？"苏奈愈加狐疑，捏着嗓子道，"姐姐，你不是这家的丫鬟吗？你的主子急着请剑客，你怎么让我们下车呀。"

女子却沉默不语。

苏奈刚要开口再问，那个女子又重复道："小妹，别去王大人家里，就在此处下车吧。"

苏奈烦躁地甩了甩尾巴。

这个女子虽然一直劝阻，可也只是嘴上念叨着，未曾有什么行动，甚至，苏奈不同她搭话，她就不出声。真是好生奇怪的人！

正想着，这个女子又发出了一声长长的叹息，听得苏奈毛骨悚然，便抓紧剑，待马车一停，她立刻跳下车去，跑到了前面的人群中。

王府的门口立着不少人，火把、明灯无数，想是焦急地等待已久。杨昭下了车，被人簇拥着进了偏门，身后跟着一大群提着灯的丫鬟。苏奈便趁着夜色漆黑，混入了提着灯的丫鬟群中。

"今日是中秋，全家人原本聚在正厅。因为夫人近日风寒，大人见她恹恹的，怕她饮酒头疼，便提前散了宴席，叫她回去歇息。沁芳阁的灯也早早地熄了。天黑才一个时辰，守在门口的人忽然听到阁子里传来尖叫声，还有撞倒东西的声音，紧忙带人进去察看，就发现夫人的贴身丫鬟小秋趴在门口，脖子下面流着一摊血。另一个丫鬟也吓昏在地上。梳妆台上的首饰盒子打开着，钗环散落一地，后窗叫人撞破一个大洞，正在漏风。想必那个人是趁大家赴宴的时候在阁子里盗窃，不料中途夫人提前回来，只好藏在屋里，半夜逃走时惊动了丫鬟，一时情急，竟然杀人灭口。"

丫鬟抹着泪道："我们去看夫人的时候，就见夫人躺在帐中一动不动，还以为她没事。可凑近了看，她脖子上有好长的一道口子，血已经流尽了，夫人的表情十分安详，想必是睡梦中就遭了横祸。"

从马车下来的人，除了杨昭之外，还有小厮一路上找来的几个剑客。这些人高大强壮，身着披风、护腕，有佩剑、佩刀的，也有手持银亮的双锤的。杨昭夹着斗笠、背着一把破剑站其中，确实并不显眼。

少年一双浓黑的眼睛呆呆地盯着丫鬟，正专注地听着前因后果，其余剑客已经嚷嚷起来："我们怎么光聚在院子里说话，这么一院子的人还打不过一个？"

"各位老爷，实在是这个人十分凶残。"一个提着灯的瘦弱小厮接话道，他的声音微哑，"这宅子里面没人看见他的正脸，只见着一个灰色的影子蹿进了祠堂里，打着火把追进去一瞧，只见到原本守着祠堂的小厮伏在地上，已经死了。沿路出现的尸首越来越多，就是不见人影。他也知道大人派人将出口都看紧，出来就是死路一条，便故意不现身，藏在角落里。"

前院里的人七嘴八舌地说起来，一名剑客抬手道："看来他已是狗急跳墙，拖得久了，只恐杀人更多。我看这座宅子也不小，不如我们这几个人分散开来，各自搜查一片，若是发现这匪盗的踪迹，立即叫其他人来，就地诛杀。"

几个人纷纷赞同，有人以指抵在唇边，模仿了一声鸟鸣："等找到人，我们便吹哨为令吧！"

夜里，充满着压抑紧张的气氛，枝头的布谷鸟不停地叫。杨昭还没反应过来，院落中聚集的光点已经分散开来，由丫鬟、小厮引着往四面散去。

杨昭让几个下人推搡着走了好几步，心念一转。

他回头看了看身后的人，拇指和中指相合，捏一指诀，只听得噗的一声，身后人提着的几盏风灯同时熄灭，四周顿时一片漆黑。丫鬟们颤巍巍地发出一声尖叫，小厮手里的灯掉在了地上，摔成了碎片。

"对不住！"杨昭也被吓了一跳，"是我把你们的灯灭了，要是太亮，我怕打草惊蛇。"

那个瘦弱的小厮的脸色在月色下发白，应该是刚才吓的。

"少侠还会法术？"他一开腔，杨昭便把他认出来了，是刚才在院子里描述过那个盗匪的可怕之处的小厮。

"我从前在修仙门派里做过洒扫弟子，只会这些最简单的法术。"杨昭把手放在他的肩膀上按了按，杨昭不善言辞，这便是安慰的意思，"不过我剑用得还不错，别怕。"

小厮的目光在他身后的那把灰扑扑的短剑上扫了一下，勉强咧嘴一笑，显出一口雪白的牙。

一行人过了桥。眼前出现了一间阁子，从门窗透出细微的光亮。

房子周围生长了一大片高耸的竹林，将光全都挡住了，路上显得更阴暗。随行的丫鬟们走到这里便露出恐惧的神色，挤在一起，像一对病鸡。

引路的小厮回头对丫鬟道："你们去吧，我带着这位少侠去前面看看。"

这两个稚气的丫鬟你看看我，我看看你，闻言如得大赦，都作揖道"谢谢哥哥"，一前一后地跑去了有光的地方，转眼就没了影子。

"这是什么地方？"

杨昭拾级而上，反拿着剑柄将门一戳，门竟然是虚掩着的，一下便开了。

他将耳朵凑近门缝听了半天，里面一丝声音也没有，便有些奇怪。小厮打量了一下房檐和竹子："哦，这是个客房，平时里面应当是没人的。"

杨昭轻声道："那我进去看看，你在门口等我，有事喊我？"

小厮看了他一眼，点点头，退到一旁。

门在身后轻轻掩上。杨昭将斗笠戴上，袍角塞进裤腰，足尖着地，无声无息地走进屋，绕了一周。

进门是个小厅，小几上一根快要燃尽的蜡烛在风中摇曳，虚虚地照着摊开的半卷书，好似主人才在这里小坐，并不像是没人住过的样子。

西洲是海岛，屋里多以珠贝为装饰，此间内室和小厅便以一排闪耀的珠帘为分隔。杨昭捞起一串看看，珠串都是打磨好的海贝和珍珠，在掌心里发出晶莹的光。他小的时候经常捡些破贝壳碎片，用棉线串成一条链子送给姐姐，她欢欢喜喜地戴在手上。要是她还在的话，他今天就悄悄截一根拿回去，她一定喜欢。

杨昭看了半天，忽然想到小厮说今天是中秋，不知道西洲有没有圆月，便回头往窗外看了半晌，可惜天上满是乌云，没有找到月亮，只得作罢。

如今他没有亲人，也没有师门，中秋夜一个人站在这个陌生的屋子里，颇有点惆怅。

可饭钱还是得赚，他握紧剑柄，一手掀开珠帘走进了内室。

内室也亮着微弱的光，可惜并没有人声。

四周有股很淡的香，是枕头被褥释放出来的，像是一个女子的屋子。可是香气之中，又混杂着一股说不清的锈味。他隐约见到一个巨大的四四方方的东西摆在窗下，一动不动，似乎是屋里的陈设。

杨昭心中一惊，因为他忽然看到这间屋子的窗棂断裂，窗户上破了个大洞，风从这个洞中吹进来，床上的帐幔缓缓地飘动，似乎在舞蹈。

他此时已经走到窗边，借着晃动的微弱烛火，清楚地看到那床帐是掀开的，床上并没有人。

褥子上有一摊凝固的黑血，从枕边拉出细长的数股，如蛛丝般流淌到地上，满地都是散乱的血脚印。

他赶忙看向手上搭着的那四四方方的东西，漆面，刻有小字，忽然意识到——这是一具黑色的棺椁。正凝神思考，房屋内外所有蜡烛瞬间熄灭，屋内忽然陷入一片黑暗。

…………

门口，那个瘦小的小厮轻轻关上门，却没有依言在门口等待，而是左右顾盼一下，立即拔腿离开。他的影子在葳蕤的树丛中时隐时现，步子极快。他一边走，一边不住地回头四顾，突然撞上了什么东西，人还未摔倒，却感到一股大力带着他向后一挂，竟然被人提着领子丢开，差点坐倒在地。

他的心几乎跳出胸膛。方才前面分明是宽宽的一条道，什么时候凭空出现一个人？

他喘着粗气抬头一瞧，所幸，面前是个单枪匹马、纤细窈窕的女人。难怪方才撞上去的时候感觉软软的，还有一股扑面的香气，再一凝神，不免一滞。

只见月色之下，这位紫衣女郎纱衣微敞，身段妖娆，头发浓密，双目上挑，口唇丰满。虽然看不清脸，却也能感觉到是难得一见的绝色美人。只是，紧张之下，他的眼睛越过她的样貌，只看见她的身后背着一把黑色的剑。

一把剑。

他开始回忆方才马车上的十几个剑客，那里面有没有她？

这个女人长得美艳动人，盯着他的眼神却堪称凶恶，咬牙切齿的，右手搁在胸口处，恐怕是刚才撞得太痛了。只是一瞬间，她忽然换上另一副样貌，仿佛刚才的神色都是错觉。只听她娇滴滴地道："小兄弟，你看见我的剑了吗？你方才有没有见到一个年轻人和我背一样的剑，我和他是一起的，方才走散了。"

"哦，原来是那位少侠，我知道他在哪里。"

苏奈听闻，不由得大喜，还知道学着二姐姐的样子，从荷包里捏出一小块碎银递给他："你带我去找他，好不好？"

小厮接过了碎银，目光掠过她手上的荷包，眼神变了一下。不过，他的眼珠马上转向一旁，还是决定尽快脱身为妙，便转身拉着她快步朝阁子的方向走去："跟我来，那位壮士就在这边。"

苏奈的计划进行得顺利，原本很是高兴，不过这个"小兄弟"让人有点扫兴。

这个人先是一头撞在她的胸口上，痛得要命。她都给了他银子，也没有半点好颜色，不知道他在着急什么，步子快得像要飞起来一样，十分粗鲁地拽着她的手，将她变出来的人类的衣衫都给扯脱线了。

等到了那间亮着灯的阁子门口，他将门一开："就是这里了。"

随后不管不顾，竟然从背后将她推了进去，然后立刻把门关上了。

苏奈心里憋了一股气，气急败坏地推开门一看，那个人已经丢下她，走出几十步远。裤子鼓鼓的，仿佛是被灌入的风撑起来的。

红毛狐狸恶狠狠地伸出爪子对着他的背影隔空画了个圈，那个人的裤子后面也跟着出现了一个赤红的圈，似乎有火焰灼烧。片刻后，一片圆形的布料飘落而下。

那个人快走了几步，似乎觉得不对，向后一摸，正巧摸到自己的凉冰冰的屁股蛋，慌张地四顾，连蹦带跳，快步跑到灌木丛里了。

苏奈吃吃笑了好一阵儿，看到他跑开时，几个亮晶晶的东西从他的裤子里滚落下来。她立即化成红毛狐狸，飞快地蹿过去，拨开草丛，在草丛里面看见了一支金钗子，还有散落的两个耳坠。

哇，意外之喜！

这支钗子是足金的，上面用流苏悬着好些珍珠，十分精致。苏奈把战利品在水里仔细地洗了洗，把臭男人的味道洗掉，随后化了人形，对着湖水，把钗子欢欢喜喜地戴在头上，又把耳坠小心翼翼地收在香囊里，这才满意地回了阁子。

等采了她的男人，这一天便算是大获全胜了！


杨昭一个人和一具棺材待在陌生的屋子里，忽然陷入一片漆黑中，饶是他一向胆大，反应迟钝，心脏也不禁重重地一抖，然后狂跳起来。

他默默地远离棺材，心乱如麻地道："对不住，我方才没认出这是什么东西，以为是个柜子，就扶了一下。我不是故意要靠着你的，这便走了。"

待到快要走到门口，一个念头突然出现在他的脑海里。这屋里的确没人，但是万一凶手藏在棺材里呢？最好打开查验一下才算保险。

他回头看看那具隐在黑暗里的棺材，心里又有些打鼓。反复打扰死人安宁，未免有些太缺德了。他低下头捏个诀，想使个点火术把屋子照亮。可是反复碰擦了几下，刚迸溅出几个微弱火星，马上便被阴风吹灭了，四面还是黑沉沉的。

奇怪了。

就在此时，他嗅到一股香味，杨昭似有所感，立即抬头，在珠帘后面看到一个女人的影子。

这个女人长发披散着，走路无声，徐徐靠近，一边走一边轻轻抬起胳膊，什么东西从身上掉了下去——是她的衣裳。

一连掉了好几件，杨昭的耳畔仿佛听到了一两声空灵、柔媚的笑声，他的汗毛都竖了起来。

眼见着那个影子愈来愈近，马上就要看到脸了，杨昭一动不动，脚像黏在了地上似的，在巨大的骇然中一时动弹不得。

只听珠帘呼啦啦一响，一只惨白的柔荑穿过珠帘戳了过来，指甲又细又长，狰狞朝他而来。

杨昭木然地站在原地，这张俊俏的脸看上去显得有些呆愣。然而他额角的冷汗顺着脸颊滑落下去，好像有人正一条一条地抽他头上的经脉。

他联想一下这间黑屋子，带血的床，棺材，得出一个结论。

他这是遇到女鬼了。

说时迟那时快，少年反手拔剑，照着那只手一阵狂砍。

剑刃斜劈在珠帘上，珠帘瞬间被斩得七零八落，那只手在剑落下的瞬间迅速缩了回去。

狐女闪到一边，龇牙咧嘴，尾巴炸得老高，只觉得手腕凉凉的。若不是她闪得快，刚才这只爪子已经没了！

苏奈的眼睛发绿，她不过掀个帘子而已，这个男人见面就一顿砍，什么毛病？

杨昭简直是凶神恶煞，双手握着剑左右横劈，一路朝她疯狂地砍了过来。

苏奈的脸色一变，也顾不上骂人了，在凌厉的剑风中急忙地向后退去，踩到了地上的衣裳，脚下一滑，险些摔跤，扶住了柜子才勉强站住。她顺手将摆在柜上的花瓶抱起来，连花带瓶一齐朝杨昭砸过去。

杨昭只当是百鬼齐发，剑使得越发快速，剑身晃出了金光，那些瓷瓶刚碰到剑刃，便立刻在空中炸成了粉末。

苏奈避退不及，这男人的剑风转眼甩到了脸上，狐女眼冒绿光，情急之下，指甲顿时长了数倍，刚想伸出爪子把他拍飞，却犹豫起来。

她看出这个男人的剑不一般，若是寻常的武器，她的狐狸爪保准能把它捏碎。但是这把剑如此厉害，万一伤了她精心留了百年的指甲怎么办？

所幸她急中生智，想起自己的身上还带着一把剑。这把剑是季先生送她的，剑有金光，能灼伤妖物的毛，看她不把他的剑砍成废铁！

就在杨昭朝她劈来的瞬间，苏奈向后一仰，反手抽出那把短剑，迎面挡住一击。

然而杨昭的剑却不似苏奈意料中那般断成两截。

两股力量相撞，有如金石相碰，剑刃发出震颤的轰鸣，竟然像是一声叹息。

火花擦出时，杨昭的面庞被照亮了一瞬间。苏奈看见他颤抖的睫毛，睁开的眼睛。他的视线下移，落在剑身上，眼神猛地一变。

火光灭了。杨昭的手一松，剑坠落在地上，险些砸了苏奈的脚。

红毛狐狸气急败坏地向后一跳，只听这个臭男人迟缓地道："姐姐？"

屋里安静了一瞬间。

虽然不知道他发什么疯，但忽然转了性，苏奈眼疾手快，在他反应过来之前，伸出脚向后一刨，把他的剑远远地踢到了门口。

哼，自己掉了剑，就别怪她把握机会了。

红毛狐狸举着剑，恶狠狠地向前逼近一步。

黑暗中，杨昭手无寸铁，呼吸紊乱，让她逼得退进了屋里。

苏奈高举着剑，恶狠狠地道："把衣服脱了。"

杨昭："……"

虽然奇怪，但少年还是依言脱了外袍，丢在了地上。

"裤子。"

"……"

黑暗中杨昭试了几次，最终还是停下，两只眼睛看着她，似乎有些忸怩。

"盯着我做什么？"苏奈将剑换了只手，恶狠狠地把剑尖儿抵着他的咽喉，"你，躺在那边的床上。"

杨昭的脑子昏昏沉沉的，觉得今天晚上的事情像做梦一样，不太真实，叫剑逼着步步后退，被迫在那张沾了血的陌生的床榻上刚躺平，下一刻，剑光一闪而收，一个巨大的黑影飞扑而来，压在了他的身上。

　　他瞬间被一股扑面而来的奇异的香气淹没，好不容易从散落的黑发中探出脸来喘了口气，急忙去推压在他身上的人，却摸到了绵软细腻的肩头，心里一颤。

　　原来不是鬼，当真是人，而且她还脱得只剩下肚兜了。

　　杨昭僵住了。他想同她说句话，可是她正像八爪鱼一般紧紧地抱着他不放，他用力扯，竟然无论如何也扯不开，只顾埋头啃他的衣裳。

　　"小哥。"苏奈在他的脖颈闻了闻少年人浓烈的阳气，大感快慰，大尾巴都摇动起来。

　　不枉她一路追过来，这个男人的味道可比她一路上见的那些酒囊饭袋都要清冽很多。

　　她用尖尖的指甲在他的心口上画了两个圈圈，捏着嗓子道："本来也可以好好地采你的，谁让你先拿剑砍奴家。"

　　"姐姐，"杨昭只是躺着喃喃着道，"是你吗……"

　　苏奈动了动耳朵："弟弟，你要是喜欢叫我姐姐，那也可以。"说罢，就要扯杨昭的裤子。

　　杨昭一惊，抓住她的手，二人目光相接时，他借着清冷的月光看见她的脸。

　　女人的眼珠转来转去，娇娆万分。然而记忆中的吴抿香，细眉长眼，总是笑着，没有如此伶俐的一双眼睛。

　　他的神色顿时急切起来，几乎将她从身上掀翻下去："你这把剑从哪里来的？"

　　苏奈的手腕被这个臭男人捏得生疼，刚要发狠，只见杨昭的眼神一凝，忽然同她道："你听到窗外有鸟叫声了吗？"

　　"听见了啊。"

　　方才窗外的树丛里确实有几声尖锐的鸟叫，不过她在山上住了百年，要是听不出那是人类模仿的，她就白当个狐狸精了。

　　"弟弟，不要挂心，那都是人学的！"

　　不料，杨昭闻言脸色一变，似乎想到了什么："哎呀，糟了。"

苏奈一头雾水，什么糟了？

只听得外面无数脚步声由远及近，还有人的喊声，十分嘈杂，粗略判断有数十人之多。

"是这个方向吗？"

"哎呀，这正是夫人遇害的阁子！"

"人在这里，就在里面！"

星星点点的火光包围上来，炽热的火把仿佛烤着整间屋子。外面的人窃窃私语，不出片刻，只听一人高喊"躲开"，随后，窗口射进来无数铁镖。

苏奈赶忙扯着杨昭滚到了床下，尾巴都贴在地板上了，只听得头顶叮叮当当一通乱响。

半晌，她小心翼翼地探出头去，只看见床帐已经被撕成了千疮百孔的碎絮。床架上、枕头上、墙壁上，到处都插着麻子似的铁镖，闪着寒光，不由得大骇。

怎么会这么倒霉？

还未喘口气，半个狼牙锤捅进了窗户，差点将这间阁子穿出个洞来，又是一阵匕首雨夺窗而入。

苏奈龇牙咧嘴地暗骂一句，缩起脑袋，跳来跳去，堪堪躲过，只是肚兜都给划破了，眼见窗下摆着个坚固的大盒子，心生一计，单手推开棺材盖，掐着杨昭的脖子跳了进去。

咔嗒一声，盒子关上了。里面的空间尚能装得下两个人。

棺材里一片漆黑，杨昭不敢呼吸，感觉自己砸在一具躯体上，反手一摸，摸到了柔软的绸缎衣裳，还有冰凉的珠翠，他赶紧收了手，不自知地向苏奈挤去。

至于红毛狐狸，总是挖坟偷头骨，已是十分熟练，她冷静地趴在死人身上，还顾得上判断身下这副硬邦邦的躯壳，估摸着已经死了有一夜了。

不知道这个人是不是入殓的时候佩戴着香囊一类的东西，身上有股浅浅的香气。这香气还有点熟悉，好像在哪里闻到过。

红毛狐狸胡乱想着，指甲一碰，打起了一簇幽绿的火花，把棺材里面照亮。

在昏暗的光线下，她看到这具尸体的双手叠放腹部，穿着一身崭新的

400

浅粉色绸缎衣裳，一双发青的纤细的手上，戴着一只碧绿生光的翡翠镯子。

"大人，大人，不好了！"

夜凉如水，王大人府上的正厅灯火通明，把檐角上的天幕照亮一角。

王临甫身穿赤红色官袍，瘦而高，正面色灰败地静立在厅堂里，迎面截住了来人："拦住没有？"

"回大人，没拦住，方才几个壮士差点把屋里射成了筛子，可是那两个影子相互拉扯着，直接破窗而出，不知是何方神圣，仿佛背上插了翅膀，从墙头一下子飞过去了！我们的人挡不住，只、只扯下来贼人的一截衣袖。"

说罢，小厮膝行几步，递上一片紫色碎纱。

王临甫伸手接过那截"衣袖"一瞧，大怒，掷在空中："这分明是女人的衣物。你看清楚没有，跑出去的到底是不是贼人？"

跪在门槛边的数个小厮，便都忽然一下子愣住了，面面相觑，脸涨得通红。

王临甫跌坐在椅子上，气得猛拍了几下扶手。毕竟四十岁的人，发怒也发不动了，胸口起伏，缓了许久，才冷笑着道："你们是成事不足，败事有余。都没看清是谁，就胡乱追了一通，各家门、院墙、狗洞，原本派人守着，刚才一乱，别都去凑热闹，叫真正的贼人跑了！"

这话一出，吓得满室安静下来。文官的小邸，多年来风平浪静，没什么处理凶案的经验，骤然遇到意外，便都慌了手脚，乱成了一片。

半晌，室内响起幽幽的哭声。王临甫连忙站起来，强忍悲痛，绕到主位背后，安抚一个穿金戴银、满头花白的老妇道："娘，您怎么哭了？哪里不适？"

老夫人半生凄苦，一双半盲的眼睛，泪泪地淌下泪来："我哭小香的命苦。"

王临甫替她拭泪的手一停，直叫她说得肝肠寸断："娘……"

老夫人道："你那原配生前待我多有不敬，你是知道的。你不在，家里头我和小香相依为命，她小小年纪便将我伺候得十分妥帖。她十岁时差点让王氏给卖出去，是我一个一个集市走过去，把她给牵回来。虽然是买来的丫头，可你娘的心里，她就是我的慰藉，是我的女儿。"

"娘不让你娶她，你们二人非得走到一块。这一路上，她吃了多少苦？自打伺候了你，做了你的妾，明里暗里，叫那个恶妇难为过多少次？小香性子温驯，忍着受着，什么时候在你面前说过一句？"老夫人喃喃着道，"好容易熬到那恶妇去了，你将她扶了正。我原想着，我们家是守得云开见月明，一家三口就要过上好日子了。偏偏是这个时候，偏偏是这个时候……"说到着急处，一阵猛咳，几近昏厥过去。

王临甫连忙扶住她，将其送入内室，安顿下来。待他料理完一切，夜色已深，天上下了丝丝小雨。王临甫挟着帽子，快步穿过庭院，两肩都湿了，微微佝偻着，清癯的身影显得有些单薄。

回廊上，小厮和丫鬟们窃窃私语，这座府邸经过夜里的混乱，正在清扫。惨遭横祸的尸首一具具清点出来，摆在檐下，裹上一层薄薄的被单。

王大人便在雨中呆呆地看着这些白盖头。

经他同意，账房登记在册，搬出了府里的财物，给壮士结了工钱，一一送走。

"大人，剑客已经清点过了，有一个背着剑的少年，不知姓名，不在咱们府里头，也不知道是什么时候走的。"

王临甫木然地挥挥手，叫人下去。

"大人，不好了……"小厮从角落里拖出一具尸首，"这是守着祠堂的小四儿，发现的时候，藏在桌案的夹缝里，衣裳……衣裳叫人扒掉了，旁边还扔着一团血衣……"说到这里，这些小厮总算回过味儿来，面色一变，"呀，想必是那个贼人狡猾，老早就换了咱们小厮的衣裳，混入我们之间。方才又趁我们不备，趁乱跑了！"

此话登时如同水滴溅入油锅。想到凶手曾经就在自己身边活动，小厮们吓得肝胆俱裂，七嘴八舌地吵嚷起来。

王大人脸色铁青，他知道这一宿的苦心经营全白费了，总归是让人逃了，没能捉住，过了许久，才疲倦地摆了摆手道："天一亮，去着人报官吧。"说罢，他转身，拖着沉重的步伐，一步一步地往夫人所住的阁子走去。

他的原配是一个悍妇，每每责打下人，压在他和他母亲的头上百般欺辱。后娶的这个夫人原本是伺候老夫人的丫鬟，小名小香，是个身世凄苦的小女子。虽然是家奴，但灵秀聪颖，温柔贤惠，十七岁给他做了小妾，才有了个名姓叫作贾世香，一手字画都是他教的。二人算得上举案齐眉，鹣鲽情深。

正室在时，贾世香便饱受刁难。原配病逝后，贾世香出了三年孝才做了夫人，他十分敬爱小香，知道她喜欢幽静，专门给她修了一个竹林包围的院子。

可是正如母亲所说，他这位夫人一生坎坷，好日子还没过几天，却香消玉殒了。

"大人，不好了！"

瘦削的王大人身子一晃，差点一个趔趄，叫周围的小厮扶了起来，瞪大眼睛看着面前白茫茫的风灯。

这个小文官突然遭遇妻子身亡，母亲病倒，实在无法再承受更多的刺激了。

"又怎么了？"他有些恐惧地问。

"夫……夫人的尸首……"那个人战战兢兢地让开一条道来，"您去看看，便知道了。"

贾世香意外身故后，暂时停棺于阁子内，待天亮后下葬。

小厮请来的壮士为了捉贼，把夫人生前所住的阁子用各种铁镖、暗器扎得四面漏风，险些破坏了棺材，已经让王大人一顿臭骂。

可是此时王大人快步走上前去，却见那木质的阁子外部并未受损，就连窗户上的白纸都完好如初，隐约透出里面昏黄的灯火，仿佛今晚的一切都是他做的梦。

不过，八十多只的铁镖、匕首分明整整齐齐地摆在了房檐下，闪着银光。

"这些是你们收拾的？"王大人指着这些铁器问。

小厮们面露惊惧之色，纷纷摇头。

王大人心里一惊，一把将门打开，待看清屋里的景象，险些瘫坐在地。

不待小厮们去扶，他又跟跄着冲了进去，扑到那具黑色的棺木上。

地面上铺了一层桃花瓣，随着微风轻轻飘动。棺木盖子大敞着，里面装满了桃花瓣，地上的花瓣，想来就是从这具棺材中溢出来的。

王大人双手在棺木中捞着，将这些花瓣拼命地向外扔，直到见了底——只见棺材底部，不见尸首，只有空瘪的衣裳。上衣是浅粉色绸缎长褂，下裙是刺绣百褶裙，一双绣鞋放在裙脚，衣袖折个角，上面还压着那只老夫人为小香戴上的翡翠镯子。

眼见此种诡异景象，王大人瘫坐在地，嘴唇翕动，不可置信。半晌，他又伸手，把那衣裳猛地一揭，下面令灿灿的，险些晃花人的眼。

贾世杳的衣冠下面竟然整整齐齐地铺了一层黄金。

"这肯定不是那个盗贼干的了。"小厮道，"大人，您看会不会……会不会是'独公子'来过了？"

王大人的眼睛瞪得更大，脸色更加苍白。

传说"独公子"是西洲的赶尸人，他可以让已经死透了的尸体立起来，同常人一样行走，甚至还能如生前一般说话。

有如此神通，这位独公子多半不是常人，其形容莫辨，来去无踪，有见过面的，只说他有惨白骇人的一张面孔，故而在画本子里，又被称为"鬼公子"。

传说这个鬼公子常用百两黄金买走无人认领的尸首，操纵这些尸首，在西洲漫长的黑夜里，伪装成活人做买卖挣钱。挣来的银两，一半自己拿了去，一半散给失去亲人的穷苦人。

"可是这具棺材里的是我的夫人，又不是什么无人认领的尸首！他以为拿些钱就什么都能买走了？难道我缺这些钱吗？笑话，当真笑话！"王大人忽然发疯似的推开小厮，用力踹了几脚棺材，又将那些金锭子捧出来一顿猛砸，小厮们慌慌张张地架住了他。

他胸腔中的愤怒、痛苦已经压倒了恐惧，只冲着空中胡乱喊道："你出来！你凭什么拿走我家人的尸首？"

他一直冲到与这间阁子相连的后院里，方才噤声，瞪大眼睛，喘息着看着这后院的奇景——只见院落上方一轮极亮的明月，静静地悬在空中。今日是中秋，已经是农历八月中旬。可是几棵二三月份才会结花苞的桃花树此刻开了满树娇嫩的桃花。

风吹过落英缤纷，花瓣旋转着飘落在小院里，显得有些妖冶。这等奇异的景象摆在眼前，也容不得他不信神鬼了。

王临甫泄了劲儿，蹲在地上，拿手捂住脸，无声无息的，似乎在悲泣。

下人们闻者伤心，纷纷劝道："大人，节哀！您若是舍不得夫人，便把那衣冠厚葬了吧。夫人若是泉下有知，定会欣慰的。"

王大人哽咽着道："我对不起夫人。没有让她过几天舒坦日子也便罢了，她死了，我连个全尸也没能留下。明天我便去道观请人来，给她大作一场法事，什么独公子，休想动她。教她快快安息了吧。"

小厮们纷纷应是。


西洲的夜晚，街巷上空无一人。明亮的圆月照着在路上疾行的一男一女。

那个女子半个身子依靠着男子，似乎有些跛脚，走一步便娇呼一声，几乎是被男子拖着大步前行。

"大姐，你这把剑是哪里来的？"路上，杨昭寻着路，不忘再问一遍剑的来历。

苏奈在黑暗中翻了个白眼："亏人家舍身救你一条性命。你只关心剑，不关心奴家。"

杨昭停下来，似乎感到有些愧疚："对不起！大姐，你怎么样？"

"奴家的脚痛得厉害，小兄弟快帮奴家看看。"

这个小妇人一双丹凤眼，眼波流转，将裙子撩起来。她的头发因为逃窜而汗湿，身上胡乱披着紫色纱衣，香肩半露，裙角还叫人撕去一块，颇有些衣冠不整。

四周一时安静下来。杨昭瞧了她一眼，蹲下身去捏住她的脚踝，半晌无声。

红毛狐狸抓紧时机，正待吐一个媚术烟圈，杨昭忽然站了起来，把滑落下来的剑往肩上背了背："好像是有点青。我看不懂，咱们得赶紧给大夫看看。"

苏奈一脸忧心地点了点头，实则百爪挠心，恨不得当场将这个不解风情的臭男人拍倒。

杨昭这会儿倒乖觉，背过身去："大姐，你走不了，不如我背你吧，还能走得快些。"

苏奈趴在这个少年的背上，嗅了嗅他的发根，按捺住心里的渴望。

如今她比以前进益多了，不是那种浮躁的小妖。遇到诱人的男人，懂得徐徐图之，心态也好，一次不成，再来一次就好。她只是十分恼恨，刚才差点儿就成了，那些人又放箭又放刀的，坏她好事，费了好大的劲才逃出来，衣裳都给扯破了，真是讨厌！

不过，这个地方当真有些邪门。

今晚在轿子里遇见过的女人分明睁着眼睛，还会讲话，还劝她不要来王大人府上。可是在棺材里面一摸，这个人分明死了一宿了。

一个死人怎么能坐在轿子上？还能说话？

红毛狐狸打了一个激灵，身上的毛抖了一下，警惕地左右顾盼起来。

四周一片漆黑，一丝声儿也没有，只有路旁客栈的红灯笼静静地悬着，亮着微弱的光。

杨昭身体结实，背着苏奈，脚步仍然轻盈，走得飞快。少年乌亮的发髻在苏奈的眼皮子下晃来晃去，馋得她目不转睛，好几次张开血盆大口，试图照着他的发髻吞下去，却又讪讪地闭上了嘴。

原因嘛，杨昭这一日东奔西走的，还在棺材里滚了一遭，发髻上沾染着尘埃，还有死人味。苏奈作为一只爱干净的狐狸精，这被玷污过的阳气，实在有些下不去嘴。要是有什么地方给他洗洗就好了。

"大姐，您身上有钱吗？"苏奈正在琢磨，杨昭忽然艰难地问道。

"怎么了？"

"这……这路好像走不到尽头。"杨昭尴尬地道，"你若带了钱，要不我们去……去路边找个客栈投宿一晚吧。我一定想办法还你。"

"两位客官，开两间客房？"

杨昭忙道："正是。"

苏奈将他挤开，一瘸一拐地撑在了柜台上："老板，一间。"

一盏昏黄的灯火下，这个女子显出十分风流的姿色。小二满脸的堆笑便僵了一僵，心道，初见这两个人进来，男的管这个小妇人叫"大姐"，乃是普通人对陌生女子的敬称，看着像是萍水相逢。

三更半夜，孤男寡女，急匆匆地共赴一室……呸！狗男女。

不过他眼梢一抬，瞥见二人身上都挂着剑，剑身上还绘有道家的伏妖铭文，心里一惊，不敢怠慢。他好声好气把木牌拿下来："咱们这里地邪，妖魔鬼怪爱作弄普通人家，多亏能人异士庇佑，才能安稳地做生意。平常人住店都要符节，小的不问你们要，两位剑客的剑便是通行证！住在我们店里，还请多多庇佑些个。"

听到此地真的有鬼，苏奈和杨昭不禁对视一眼，心里俱是一抖，但不愿在对方面前露了马脚，又轻飘飘地各自看向别处。

苏奈拿出钱袋来，杨昭的视线便挪不开了。这装钱的布包颇有些眼熟，也是拿破布缝着，越看越像他丢失的那个。

不过他马上便在心里否认了这个想法，心道，我的钱袋子早在那千里之外的山头上就丢了，关这位西洲大姐什么事？把别人的钱袋看成自己的，杨昭，你穷疯了不成？

小二的视线也聚集在苏奈的手指上。他眼看她一连取了六块闪亮的碎银摆在柜台上，又仰头看了看"六钱一晚"的招牌，欲言又止。

西洲此地习惯把"文"作"钱"，一文就是一枚流转在贩夫走卒手里的圆形铜钱儿。这么一个狭窄逼仄、窗户漏风、如同马厩的客栈，哪里用得上银子？一块指甲盖儿大小的碎银都够在这住个十天了，何况六块。

小二的眼睛微微圆睁，一时摸不准客人这是在同他玩笑，还是专程摆阔，便询问性地看向杨昭，杨昭坦荡荡地看着他。

杨昭自幼家贫，未曾见过银锭，头一次见到碎银，还是入了修仙门派后，师父给他的。弟子们偶尔夜宿客栈，那些权贵弟子花钱大手大脚，碎银一把一把地向外抛，因此他也没看出有什么不妥，只是暗暗觉得心惊，住店好贵，开头他还想要两间，真是不要脸。

可怜这个女子和他一样家境贫寒，钱袋子都是破布缝的，萍水相逢，却肯花钱来给他换个庇身之所。萍水相逢，她的心地却比他的师兄弟之流好得多。他看向苏奈的神色变得愈加敬重。

小二的眼珠又直勾勾地盯着苏奈看，苏奈更是露出骄傲的神色。自从在季先生那里开了蒙，这牌子上的每个字她都认得，算数也会了，一二三四五六，六！她一个个数着，绝不多给。

从杨昭那里顺来的钱袋里装了好多钱，有铜钱，也有碎银。铜钱她已经花过几次，刻了字，印了花，她知道人类的钱珍贵，便都把它们小心地留着，只花这些长得丑丑的，不太规则的小石头，还专门挑最小个儿的碎银花掉，当得起大姐姐时常教导的勤俭持家。

眼见小二把自己来来回回地打量，苏奈生怕他看出来吃了亏，便将碎银一推，佯怒："看什么看？不够吗？"

"够了够了。"小二急忙将银子一搂，扫进抽屉，心里了然。

这对男女的确是在摆阔，送上门的肥羊，必然要宰。

客房是二楼最靠里的一间，推门进来，一股潮湿朽木的味道。月色从窗外照进来，把珠帘的影子映在地上。

杨昭一手搀扶着苏奈，艰难地掩上门，才想使个生火诀把蜡烛点亮，手上的人却越来越沉，顺着他的胳膊咕噜噜一滚，将他直接撞在了墙上。

杨昭挣扎了一下，感觉到对方拿胸将他死死地挤在墙角，将手举在空中，不敢再动。

她的发间暗香涌动，小妇人的抽泣声渐渐响起："小兄弟，奴家的脚痛得厉害，你能不能帮奴家揉一揉？"

杨昭顿了一下，道："脚扭了切不可乱揉！你自己也不要碰。万一碰了骨头，反倒伤得更重。"

抽泣声停了片刻，随后又不甘心地继续。

见对方半晌没有应答，杨昭似有所感，知道自己也许说错了话，扶住她的肩膀，用力按了按，补充道："大姐，放心，我，我明天一大早就去帮你找大夫。"

这一扶不好，她肩上的衣裳竟像是有灵气一般，从他的掌心一点点地挣出去，一下卸下半边领子，露出了白生生的肩头："你方才在房间二话不说，便抓奴家的肩膀，抓得人家好痛。你帮我看看，红了没有？"

借着月光，杨昭当真隐约瞧见几道血印。这恐怕是他和"女鬼"搏斗时，不慎挠的。他心中惶恐，一串道歉还未出口，便叫这个小妇人娇滴滴的声音堵了回来："这位置奴家也瞧不见，现在疼得厉害，你帮奴家涂些药，止止痛。"说着，便将他的手覆在了那如玉的肩膀上，她的手冰凉、柔软，在他手背上缓慢移动。

杨昭浑然未觉，抽出手，把浑身上下翻了一遍："可惜我走得急，身上没带药。"

苏奈在黑暗中气得咬牙切齿，在大尾巴上拔下一根狐狸毛，手腕一翻，变出一瓶："我有一瓶。"

两个人的指尖相接，把"药"颤巍巍地塞进了杨昭手里。他摸到了瓷瓶，拔开塞子嗅了嗅，嗅到一股呛鼻的酒味。

烈酒倒是真的可做消毒用，但是……

"这个不会止痛，只会更痛。"

"奴家就涂这个。"

杨昭抬手便要使个点火术，苏奈一把抓住他的手："不许。"

"我……"杨昭觉得这个小妇人的性情奇怪至极，"这样黑，我看不清。"

"如何看不清？"苏奈牵住他一只手，掰开手指，把一根食指往上引，挨住肩膀处冰凉细腻的皮肤，蹭了蹭，"蘸一点，就往……这里来。"

杨昭收回手，看了看瓷瓶，又看看她，深吸一口气，似乎是妥协："好，我试一试。"

红毛狐狸眼见孺子可教，心跳加速。杨昭捧着她的脸，把她的脑袋向旁边偏了偏，深呼吸几下，闭起眼睛，在苏奈殷切的目光中，将瓷瓶里的酒仰头一口喝了。

苏奈的笑容凝住，半晌，疑惑地凑近了他的脸。

咦，这是在干什么？

随即，狐狸的瞳孔微微收缩，来不及避闪，让烈酒均匀地喷洒了一头一脸。

酒顺着她的头发和脸颊滴滴答答地流下来。

杨昭睁开了眼睛，有些懵懂地抹了抹殷红的嘴唇，急切地道："你怎么动了？我早说应该点起灯，不然什么也瞧不见。"

流星划过，亮起数只灯烛，把屋里照亮。

红毛狐狸急忙收起獠牙，扭过头，藏起眼里狰狞的绿光，挤出一丝笑容："小兄弟，舟车劳顿，去洗个澡睡下吧。"

若不立刻叫他走，她怕她会控制不住，用尾巴将这个臭男人拍在窗户上。

杨昭嗅了嗅自己的衣袖、衣摆，也明白自己沾染尘埃，年轻俊朗的面孔现出赧然之色："澡堂好像在外面，我这就去。大姐，你先歇下吧，不必管我。"

苏奈用狐狸毛变根红线绳，趁其不备，在他的胳膊上缠了好几圈，一端绑在自己的尾巴上，防止辛辛苦苦抓到的男人跑了，然后便将杨昭一把推出门去。

门从里面闩上了。

半晌，烛光次第熄灭，一只红毛狐狸用尖嘴推开窗，左顾右盼，跳出窗外，在后院的落叶中沙沙而过，扑通一声跳进了池塘里。

苏奈揪了一把金盘花，把自己的脸和耳朵用力搓洗了好几遍，搓掉了不少毛毛，才算沐浴完毕，慢慢地浮出水面。

她跳到一片荷叶上，坐在岸边把尾巴拧干。再一抖毛，又是毛蓬蓬的一只火红的大狐狸，对着水面龇龇牙，驻足欣赏片刻，这才傲然往回走。

红毛狐狸走着走着，便在落叶丛里跑了起来，一路奔跑着撒欢，一路扒拉开野草，将长在地里的野花野草每样都拔了不少，叼在嘴里。

洗了澡，她的心情好了不少。虽说这个男人有些不识趣，但毕竟是她的第一次采补，聊胜于无。等她有了经验，便是一只合格的狐狸精了，以后一定会有更好的男人。

在狭小的角落里化了人身，小妇人扭着腰，欢欢喜喜地把花花草草装点在房间里的各个角落，仿佛人类少女精心地布置着她的婚房。

半晌，苏奈回身，将窗户关了。

外面快要下雨了。

自打在书里见了那只红色的狐狸，她变得格外敏锐，连天气如何变化都可以提前预料。

关窗时，一缕风撩动她的发丝。似乎有一道白色的影子飞快地从远处掠过。

苏奈揉了揉眼睛。咦？眼花了？待她要伸出头看，雨点却已经落下，斜斜地打在窗户纸上，很快湿成了一片。她贴了一脸凉意，立马将脑袋缩回来。

窗外雨打芭蕉，已传来一片窸窸窣窣之声。

嘭嘭嘭，有人敲门。

男人洗干净回来了，正好。

苏奈激动地转了身，飞快地整理了一下头发，又清了清嗓子，喜滋滋地跑到门口，将门猛地一拉。

苏奈的狐狸脸几乎扭曲。

只见杨昭发髻湿润，身着中衣站在门口。他的身旁紧挨着一道娇小的身影，被他的外衣裹在当中。女子素面朝天，脸白如梨花，头发绾成髻，眉毛上都是雨水，一双眼睛楚楚可怜。

两个人被浇得如同落汤鸡一般，紧挨着，站在漆黑的廊上瑟瑟发抖。

"大姐。"

苏奈险些把门框捏变形，盯着多出来的一个人，声音都变了调："这是谁啊？"

杨昭羞愧地道："我，我也不认得她，我在路上遇到她。她就站在路中间淋雨，好像害了什么病，不记得自己叫什么名字，也不记得家在哪里。我看她无处可去了，实在可怜，便想叫她……"说到此处，少年自己也觉得难以启齿，"大姐，能不能容她在此借住一宿？你们二人住在里间，我可以睡在外面的走廊上。我给你们看门。"

那个女子见苏奈的眼睛里几乎要喷出火来，眼睛里露出畏怯之色，低头不敢看她。

苏奈气得咬牙切齿，"不"字刚出，便见那个少年一双浓黑的眸子越发黯淡。

红毛狐狸的眼神一凝，及时收声，半响，挤出了一个十分温婉的假笑。

苏奈如二姐姐一般"结丹"以后，五感的灵敏程度陡升一档。

她分明瞧见，杨昭的那双眼睛慢慢地亮起来时，变得比初见时更加明亮。

苏奈舔了舔嘴唇，脑袋里忽然想起在季先生的书里看到过的一句话，好像叫什么"小不忍则乱大谋"……一个女人算什么，等杨昭不在，找个机会吓走她，再采也不迟！

这一夜，苏奈只能和这个不知什么地方来的女子同宿，心里憋屈得慌。

苏奈在床上翻来覆去，只见惨白的月光照着床前瘦弱的人影，便用眼梢扫着她，凶巴巴地道："你还不睡觉？"

这个陌生的女子双手绞着，立在床边，受了呵斥，也好声好气地道："我伺候恩人睡了再躺下。"说罢，她端过烛台，娴熟地吹熄，又点上一支夜里用的小灯，立在床边。把苏奈斜放在桌几上的短剑拿起来，她低头瞧了瞧剑，似乎被吸引住了，又不自知地拿手去抚摸剑身。

苏奈一把抽过剑抱进被窝里，眼露凶光："别乱动我的东西。"

女子的手僵在空中，讪讪地收了回去。半响，略微委屈地道："恩人这把剑，我感觉熟悉得很，好似在哪里见过它一样。"

"你的废话怎多。"红毛狐狸抱住剑，翻了个身，气呼呼地把脸埋在枕头上，惆怅地想，要是杨昭也会这样套近乎就好了。好不容易碰上个男人，偏偏是个木头做的……

苏奈想到这里，便感到一阵气闷，勾了勾手叫人过来，一双黑得带着凶气的眼睛，在她的脸上转来转去："喂，今天救你的那个男人，你可知道他是奴家的什么人？"

女子忙低下头道："奴家知道，那位恩公与姑娘是一对。"说罢，她似乎是下定什么决心似的，叹了口气道，"姑娘要觉得不方便，奴家明日就走，绝不给你们多添麻烦。"

苏奈听了十分满意，悬着的心放下去，耳朵尖动了动："算你乖巧。明日说好了，天亮了你就走。"

女子点头道："嗯。"

苏奈这才拉开被子，舒展地躺平。女子虽然胆怯，但鼓起勇气，走来帮她掖了掖被角，她袖中一股浅淡的香气飘过来，笼在苏奈的脸上："姑娘夜里有事，叫我就好。"

苏奈困得沉甸甸的眼皮又抬起来，好奇地问道："你是个丫鬟？"

"说不定从前是。"那个女子侧头看向虚空，微微弯起唇角，好像自己也有点惊讶，"倒像是天生就会伺候人似的。"

她打湿的头发已经干透，歪歪扭扭地梳着出嫁妇人的发髻，没戴任何首饰，更显出一张如同皎月的素净面孔来。

一笑起来，温婉里含着少女的憨气，年岁竟是不大的，就是身上的气味……苏奈打了个喷嚏。

西洲的人可是都喜欢熏这种香？轿子里闻过一回，棺材里又闻过一回，原本灵敏的狐狸鼻子，已经叫它刺激得快分辨不出味道了。

苏奈抬起头，把鼻子挨在女子的衣服上蹭了一圈，确定了位置，一把拽过她的手臂，将袖子一捋。青白的手腕上悬着一颗雕刻精致的镂空香球，拿足金的细钏子穿着，金光闪闪，很是惹眼。

苏奈把香球拽到眼前，凑过去一闻，便马上移开脑袋，嫌弃地道："噫，就是它，臭死了！离我远一些。"

女子惊讶地将这个金属香球打开，将里面褐色的香料颗粒倒在掌心闻了闻，倒也是怪，闻不出什么味道，可她认为绝对不能是臭的，便迟疑着道："姑娘，不喜欢这香味吗？"

苏奈拿被子捂住鼻子，直往墙上贴："丢掉，快丢掉。一股棺材味！"

都怪那个棺材里的女人先前把她吓了个"灵魂出窍"，连闻到这股味道也令她深恶痛绝起来，还给它起个晦气的名儿，叫作"棺材味"。

女子叫她说得脸上又红又白，吓得把香料从窗户抛了出去，把香球褪下来，拿在手上，又忍不住闻了闻。虽然记不得它为什么戴在手腕上，但看这做工精致，价值不菲，拿来换点钱也是好的，怎么舍得随便丢了？正犹豫时，回头一看，她的恩人已经背对她大咧咧地睡熟了，发出了细细的鼾声。

夜深露重，她轻手轻脚地放下帘子，在地上铺件衣裳，做个简易的床，也跟着蜷缩在了床角。


第二日清晨，苏奈是让一股浓郁的饭香勾醒的。

自打来了西洲，她就没敢吃什么东西，此刻早已饥肠辘辘，梦里便在大富大贵的员外家里吃大餐，一睁眼睛，醒了，发觉是梦，甚为失望。

但狐狸动了动鼻子，嗅到了食物的气味，掀开帘子一看，惊讶地看见客栈的小方桌上摆满了热气腾腾的饭菜。

那个女子早已起了，正侧坐在方桌边，守着一桌饭菜看也不看，垂着脑袋，安安静静地缝着手上的衣裳。

西洲天黑得虽然早，但清晨的日光却白而亮。阳光透过窗照进来，连她颈子上细小的绒毛都照得分明，女子着一身素白衣裙，头发乌黑，此时正侧头咬断线头，睫毛一抖，叫跑过来的苏奈吓了一跳。

苏奈已经把她手上紫色的纱衣抢过来，抖了抖，只见自己那件被扯得破破烂烂的纱衣已经缝补好了，上面多了好些大大小小的桃花。

"恩人，醒了？我见你的衣裳破了，便去借了针线来，帮你补好了。"

苏奈见到这些桃花倒是十分新奇，摸了摸，欢欢喜喜地套在了身上。

女子见她喜欢，又殷勤地拿出杨昭的叠好的外衣来："恩公这件也洗好、补好了。"

岂料苏奈的笑容登时一僵，斜斜地看过来。

她还没看明白怎么回事，杨昭便敲门进来，苏奈的神色慌乱，一把抢过外衣，胡乱揉成一团，塞在床垫底下。

杨昭一来，三个人围坐在窗边的小几边上。

"小兄弟昨夜里睡得如何？"苏奈的眼风飘过来，摸过茶壶，替杨昭斟了一杯茶。

"劳烦大姐，"少年夜里换洗过衣裳，头发黑漆漆的，显得很有精神，双手接过茶杯，"您的脚好些没有？"

苏奈使尽浑身解数抛个媚眼："你这样一问，我便好多了。"

杨昭欣慰地点点头，便回头匆匆看向那个陌生的女子，眼神颇为关切。

女子一触及这赤诚的眼神，便急忙低下头，笑着道："多谢二位恩人收留一夜，我也好多了。"

"那就好。"杨昭给大家都倒上茶，又忍不住瞧她一眼。

昨夜里天黑，只觉得此女脸色青白，非常虚弱，此时在阳光下看倒是好多了。她和自己姐姐差不多的年岁，面盘如玉，始终含笑，便颇觉亲切。

桌上的饭菜飘散着热气，直往人的鼻孔里钻。

女子一见到杨昭游移的眼神，便笑着道："别等了，咱们吃吧。"说着，率先夹了一筷子鱼到碗里。

这便开动了，杨昭早就饿极，就着米饭狼吞虎咽。苏奈咽着口水，直到看他们二人吃下去半天，毫无反应，方才放了心，夹了一大块鸡肉塞进嘴里，袖子一挡，趁人不备，连骨头也嚼碎吞了，拿手帕抹了抹樱桃小嘴，装作什么事也没发生。

杨昭吃着吃着，忽然想到什么，便是一停："对了，你哪来的钱呀？"

昨日见到这个女子的时候，她浑身上下分明身无长物。

女子很仔细地拿筷子挑着鱼刺，笑着道："我的手上还有一只足金的香球，我把它当了，换了不少钱。请你们吃这顿饭，还剩一些，就当是报答你们的收留之恩。"

"何必如此客气。"杨昭把饭咽下去，认真地道，"既然有缘认识，就是朋友了，我叫杨昭。大姐……"

苏奈急忙用手帕盖住血盆大口，把鸡腿整个吞下去，柔声道："奴家叫苏奈。"

杨昭听了，心底略有些失望。原来她姓苏，并不姓吴，看来她并不是姐姐的亲戚，却不知道这把剑如何易了主，恐怕以后还要寻个机会打探打探。

杨昭浓黑的眼睛向另一边看过来，女子似乎懂了他的意思，把鱼肉夹到苏奈碗里，忙道："我醒来时，躺在一棵开得极盛的桃花树下，花瓣就像雪花一样落在我的脸上……若不介意，你们就叫我小桃吧。"

杨昭道："小桃。"

"哎。"

杨昭笑出一侧酒窝，欢喜地吃起饭来，苏奈却直直地瞪向小桃。

开什么玩笑？西洲正在过中秋，是农历八月的人类的节日，什么桃花在农历八月份开花？哼！除非这棵桃树跟她们姐妹一样成了精。编这种话引人注意，说不定对她的男人另有所图。

想到此处，苏奈趁着杨昭埋头吃饭，对小桃使了个眼色。

小桃见这个眼神不善，似乎明白过来，她是在说"不是说今天一早就走，怎么还不走？"便示意她安心，敛下眼神，搁下碗道："杨昭。"

"嗯？"

"吃完这顿饭，我就先走了。"

杨昭登时疑惑地问道："为什么？你不是也去蜀地吗？西洲危险，我们搭个伴走岂不正好？"

苏奈清了清嗓子道："弟弟，奴家也要去蜀地的，奴家可以跟你做伴。"

杨昭先是一惊，随即对着小桃道："你看，苏姐姐也要去蜀地，我们三个多有缘分，好不容易碰到，怎么又轻易分开？何况你现在连家都不知道在哪里，这样走了我哪里放心，跟我们一起走吧。"

小桃顶着苏奈冒火的眼刀，笑着道："我……我另有朋友相伴，就不和你们一起走了。"

"在哪儿？"杨昭信以为真，看了看窗外。

苏奈道："弟弟，你别担心，说不定人家另外约了地方。"

小桃道："正是。你不必找了，不在这里，还很远。"

"哦。那一会儿吃完饭，我们送你过去吧。"杨昭说罢，便将剑背在背上，打了个结。

"不必了，我自己走就行。"小桃说着，匆匆站起身来，竟然连饭也没吃完，便向门口走去，"萍水相逢，多谢二位收留，我们就此别过吧。"

"哎，你等等。"杨昭只觉得奇怪，忙想起身去追，问个究竟。

岂料刚站起身，听得扑通一声响。

杨昭一惊，脚一点地便到了门口，只见小桃面朝下扑倒在地上，没了声息。

"小桃？"他将人翻个面，抱在怀里，只见方才还有说有笑的女子此时双目紧阖，面颊惨白，嘴唇毫无血色。

"这是怎么回事？"他用手碰了碰她的脸，脸颊十分冰冷。他的心底油然而生一股恐惧，慢慢地将手放在她的鼻端下，神色愈加震惊。

"苏姐姐……"杨昭半跪在地上，求助地看着走过来的苏奈。

苏奈用手捂着嘴巴，眼神复杂，实则拿手掩饰着脸上扭曲的表情。

这个女人怎么回事？送也送不走了？

"你怕什么？她又没死。"苏奈刚才也吓了一跳，还以为刚才的饭菜有问题。不过她也一同吃了，此时倒是没什么异样。好在她拿手试了半晌，感觉到一丝微弱的气息。

不过，只有进气，不曾出气。虽然没死，但眼见着也是要不行了。也许这个人原本就有隐疾，此时倒霉突发了，不管了，还是快点送走她为妙。

苏奈拍了拍杨昭的肩膀："你别担心，放在那里休息休息就好了。"

趁杨昭顺着她的手指看的工夫，苏奈迅速低头向小桃渡了一口妖气。

可等杨昭把小桃转过来，她仍然一动不动，如同青面鬼一般躺在那里，气得苏奈直咬牙。

杨昭想来想去，抱起小桃，神色越发笃定："想必是昨夜淋雨，受了风寒，女子娇弱，我娘当年也是这样突然倒在地上的，一拖便再也起不来了。找大夫，得去找大夫，越快越好。"说罢，他殷切地看向苏奈，见她的眼神里有一股冷淡的天真，神色慢慢冷静下来。

他想，昨夜里身无分文，让人家一个素不相识的小妇人请客住了客栈，又叫人家收留陌生女子一夜，如今若是再向她要钱找大夫，这也太不是男儿所为。不如抱着病人先去了医馆，都云医者仁心，总不能见死不救。至于银钱，他后面慢慢筹来便是。

眼见着他抱着小桃，转身便大步出了门，苏奈一口气没上来，急忙跑出去拦在前面："哎，你去哪儿呀？"

杨昭急忙道："苏姐姐，这回不麻烦你，我一定自己想办法照顾小桃。"

苏奈咬咬牙，把钱袋子掏出来，朝他晃了晃："弟弟，别忙着去，你有银钱没有？你看，银钱都在我这儿呢。"

杨昭一愣，只感到苏奈在他的手上倒了一把碎银，一股大力将人从他的怀里抢了过去。他一回头，小桃竟然已经被苏奈搬到了床榻上，她坐在床边，虚情假意地擦着眼泪："好妹妹，你怎么了？"

苏奈回头看着他，眨了眨丹凤眼，似乎疑惑地说："弟弟，叫小桃妹妹在这里躺着休息，你快去请大夫呀？"

待杨昭消失在门口，苏奈止住眼泪，捏住小桃的鼻尖，恶狠狠地猛渡了几口气。

这是什么顽疾？就不信救不活她！

她的男人抢不到，也绝不能让这个臭女人抢了先！

木板床上，小桃直挺挺地躺着，手腕悬出，叫人把着脉。

杨昭站在一旁，因为跑得太快，心还在怦怦直跳，紧张地问："先生，她如何了？"

白发老郎中身着长褂，半坐在床边，床侧放着一个药箱，乃是杨昭从医馆请来的，他侧耳凝神，眉头皱得极深，半晌没动一下。说句实话，他从医多年，从未见过如此奇怪的脉象。

若说切脉有规律，血脉的运行对应脏腑气血，他现在摸的这只手腕，像是把经脉全部揉成一团，冷冰冰，硬邦邦。他摸的好像不是人的手，是一截树桩子。

半晌，老郎中收回手去，沉吟一下："看不了。"

杨昭一时愣住："怎会看不了呢？"眼见郎中把碎银还了回来，拎着箱子要走，他急忙阻拦郎中道，"可是，她还有气啊！您别走，再看看……"

原本在椅子上坐着的妩媚的小妇人也站起来，跟着摇晃郎中的手臂，抹着眼泪哀求道："求求您，行行好，救救小桃妹妹吧。"

苏奈装模作样地擦着泪，心里唾骂不已。这个老头来之前，她使尽浑身解数相救都没有用，她堂堂一只妖怪，竟然寄希望于人类的郎中。

郎中让这两个年轻人一左一右晃成了筛子，挣脱不开，忽然想到什么，目光在二人脸上一转，沉声道："我想到一个法子，只是不知你们肯不肯。"

"什么法子？"

"你们听我说。我们医馆里头有一味药，乃是不世出的镇店之宝。此

417

药不是阳间之物，乃是辗转从鬼市里面买来的，你们若是肯试试，吃了那个必定有救。"

杨昭的眼睛睁得大大的，反应了片刻，天真地问道："什么是'鬼市'？"

"这你也不懂？"郎中惊愕地道，"我们西洲，水中之渚是人鬼共生之地。午夜时分，那里是最热闹的地方。能人异士凭本事进去，买些世间没有之物，我没那个本事，自然是没进去过……好了好了，扯远了。这药名叫'鬼蟾'，听说是鬼涎水混合冰草做的，一丁点儿大的一枚，便要十两银子。"

苏奈的脸都扭曲了："什么？这不是要吃鬼的口水吗？噫——呸！"

"小丫头片子，你懂什么！"郎中的眼睛一瞪，"涎水里乃是至阴之气，能给死人渡回一口气，那便是千金难买的回魂丹。小命都没了，你还管什么恶不恶心？就是马尿也只顾得喝下去。真是蠢材！"

苏奈被劈头盖脸地一骂，张了张嘴。杨昭倒是听懂了，一把抓住郎中的药箱："试试，我们愿意试试，您行行好，给她用用吧。"

见他的态度诚恳，郎中的脸色方才转圜，将刚才还回去的碎银又拿了回去，顺便把那钱袋里面零零散散的碎银抠了个干净，掏出一杆秤称了称，道："我见你们可怜，才愿意卖给你们。这些我拿着，还差一两，你先随我去取药，等夜里子时给她服下。若是有了闲钱，回头给我送到铺子里去。"

苏奈接着丢过来的瘪钱袋，一看里面钱币还在，只将小石头花光了，放下心来，便挥挥手叫杨昭走了。

她毛手毛脚地给半死不活的小桃头上搭一块湿布，便自己坐在座位上，美滋滋地把上午没吃完的饭菜一扫而光，心道，鬼的口水倒也不贵嘛，也不知道，狐狸的口水能不能卖钱。

杨昭一手抓着剑带，一手提着红布包着的小小一撮"鬼蟾"走在街上，四周人来人往，叫卖声无数，热闹得很，唯有他愁眉不展。

不为别的，实在是他太对不住那位苏姐姐了。以前都是他照顾别人，他从来习惯吃一点亏。可是这次他认识苏姐姐不过两天，就把她钱袋子里的碎银花了个干净，眼看着明日就没钱住店了，她竟然一点儿也不生气，还对他柔声细语，他要怎么还这样的大恩呢？

这件事像大山一样沉沉地压在他的心上，简直压得他喘不过气，他见到路边卖包子的摊贩正掀笼，白汽猛然升起，步履便慢下来。卖包子的小贩见他靠近，热情地笑着迎过来。

杨昭的长睫毛扑闪两下，迟疑着问："小哥，你们要帮工吗？我可以帮你干活，只要你付些……"

话未说完，早被人一把推开去："去去去，原来是要饭的。"

他不肯死心，沿路问了几家酒馆、几家香铺，就连拉马车的马夫都问了，皆遭受了冷眼。想他一个青壮年人，竟然一文钱都挣不到，背上的冷汗都流下来了。

最后，那个驾着马车的车夫将他冷嘲热讽了一番，末了，忽然问道："剑客，你可会超度、作法？"

杨昭完全不会什么超度、作法，但念及自己还在修仙门派混过一段时日，法术算是沾了一点儿边，便昧着良心道："勉强会一点儿。"

"那正好。"车夫向远处一指道，"你听。"

杨昭侧耳细听，听到嘈杂中有空灵的钟声传来，声音极大，恐怕是那种需要几个山寺和尚才能撞动的洪钟。

钟声徐徐地飘过来，有些悲凉地笼罩在街巷上空，不久又传来一阵连哭带喊、念经念咒的声音尖锐地从远方传来。

车夫接着道："那是王大人家在作法事呢。前日里，西洲所有会超度、作法的和尚、道士全都去了，你何不去城东王临甫大人家谋个差事？"

杨昭一听，那不正是他和苏姐姐拼了老命才逃离的地方吗？就是有黄金百两，哪里还敢去！

他只得推辞，垂着脑袋，放弃挣些银子的念头，准备早点回去，等晚上小桃吃了药再做打算。

杨昭匆匆走过河边，却遇上一个熟人，离得老远便朗声招呼道："小哥，是你！"

杨昭回头一看，原来是初来西洲那日，请他吃了一顿馄饨的摊主。那个摊主推着车，身着皱巴巴的麻布衣，头戴布帽，初秋时节，仍然把一柄破蒲扇拍在胸口，笑出一口白牙道："你来，坐。"

杨昭喜忧参半，走到跟前，硬着头皮道："老板，您需要帮工吗？"

"原来你是为此事烦忧。"摊主笑着道，"你看，我这车下面瘸了条腿，你替我换一个新轮子，算不算帮工？我也是做小本生意，虽然不能给你银钱，但几碗馄饨还是请得起你的，如何？”

杨昭心道，银钱赚不到，打包馄饨给两个姐姐作午饭吃也是好的。就算没钱，这个摊主先前帮过他，他帮回去也是应该的，便欣然应答。

他的脚抵在车脚处，弯腰卸剑，只拿剑柄轻轻一撬，便将那辆装满了锅碗瓢盆的沉重摊车挑悬在了空中，一手将那个轮子转个方向，耐心地慢慢转上去。

“小哥好本事。”摊主见他非但力气惊人，对修车竟然也熟练，笑着道，“原先是做什么的？”

杨昭垂着脑袋，汗珠从眉毛上滑下去：“原来在修仙之门待过一阵。”

“难怪难怪。”摊主眉眼带笑，又闲谈道，“因何故入修仙之门？”

杨昭的动作一顿：“为了……找人。”

“找人？找谁？说与我听听？”

“儿时的邻家姐姐。我听说只要修成了神仙，便有通天入地之法，一步能跨山海，又有火眼金睛，想必一眼就能……”少年打开话匣子，嘟嘟囔囔地说道。

摊主听闻此处，眉眼一动，似有所悟，用蒲扇遮住嘴巴，竟然打住不再问，也不再往后听了，只含着笑专心地下起馄饨来。

杨昭将摊车修好，轻轻将其放下，锅里的水都未曾晃出来一滴。他擦了擦汗，浑身觉得燥热，听见远处又传来撞钟、诵经的声响，过了不久又传来巫医疯疯癫癫的尖叫和吟唱，大老远地跨越了半个城传过来，四周的摊主抱怨之声顿起。

杨昭便道：“真是奇怪，怎么叫了和尚，又叫道士，还叫巫医，也不知到底信什么的。”

摊主笑道：“那大作法事的乃是王临甫大人家，夫人刚刚仙逝，这位大人爱妻非常，哪舍得红颜薄命，病急乱投医，也是正常。”

摊主替杨昭包好一份馄饨，又道：“再者，三管齐下，强行令人入土为安，也防着独公子来作践这美人的尸体。”

杨昭莫名其妙地问道：“独公子是谁？”

“独公子似人非人，似鬼非鬼，乃是这西洲岛内来去无踪的赶尸人。听说他身上有只无孔的笛，放在唇上一吹，活人听不见，死透了的尸体却能立刻站起来跳舞。不过，他只能驱赶新亡人，若是已经腐烂半边的骷髅头，那便不成，因此王大人才急着作法吧。"

杨昭打了个寒战："世上还有如此恶人？死了竟然还不让人入土为安？"

摊主意味深长地瞥他一眼，笑着道："他于有些人，是无比的恶人，但也有人觉得他是大好人，便是因为独公子支使尸体做事，都给银钱，而且出手阔绰，称得上是一掷千金。那些贫苦人家，日子原本因为死了顶梁柱而难以为继，却因为独公子来过，反因死人而得了银钱，改善了生活，自然有不少人背地里敬他，拜他，这也没什么好怪罪的。"

杨昭聚精会神地听着，背后，洪亮的钟声一声一声的急促地荡开。


客栈里面，苏奈将桌上的饭一扫光，把一道最爱吃的烧鸡啃干净还不算，还将盘子端起来意犹未尽地舔了舔，然后摸摸肚子，十分满意地打了个饱嗝。

因为杨昭不在，无处发功，她便有些百无聊赖起来，撑开尖利的指爪，慵懒地伸个懒腰，搬搬凳子，坐在了小桃的旁边。

苏奈先是把这丧门星头上的湿布换了几次，又冲着小桃骂骂咧咧了一番，可惜小桃像木桩子似的躺着，一点儿反应也没有。苏奈骂了半天，便有些骂累了，尾巴卷了卷，托着腮无趣地撑在床沿，脑袋一点一点地往下沉，最后便趴在了床上。

西洲的白天极短，日头飞快地西斜，窗外那明亮得近乎苍白的光便慢慢变得暗淡下去，现出一种山雨欲来的淡黄。风也大起来，紧闭的窗户在风中嘎吱嘎吱地响着，无声地自开了半扇。

风吹进来，苏奈昨日挂在窗户上、拍在墙上的野花野草早就枯成了花干，惨然地抖动，一朵干枯的菊花从墙上落下来，落至半空，恰好被一只手接住。

这是一只惨白的手，五指细而长，虽然美丽，却像是一个人把手插在面粉里又拿出来了一般，十分诡异。只是，那朵枯萎打卷的菊花触碰到这掌心的瞬间，从底部掠过一层翠绿，叶片和花瓣逐渐撑开来，不出片刻，竟然又恢复成饱满水灵的模样，仿佛刚从草地里摘下来的一般。

这只手将花朵轻轻捏在指尖，人已经无声地进来。一双白纱布靴从地上踩过，走得极稳，几乎是飘，随后逶迤而下的便是衣摆。这衣摆分为数层，有偏黄一些的白麻，亦有薄如蝉翼的白纱，如此层层叠叠地穿在来人身上，却显得极为轻盈飘逸，没有发出一丝声响。

衣摆之上便是玄色腰带，腰带是寻常样式，甚至如普通公子一般镶有方形佩玉，可连那玉都苍白得没有一丝血色，侧边斜斜地挂着两尺长的细竹节，便是这浑身上下唯一的不精致之物，发黄的竹节点点黑斑，乃是一截普通的"湘妃泪"。

这个影子极高而单薄，飘到床边，带起风卷起纱帐，他自己漆黑的发丝飘起。

细看，其人以白发带束发，鬓发两缕，垂于胸前，侧面如玉，赫然是个风流倜傥的公子模样，只是面色惨白如鬼，而眼下又微微发乌，骤然一看，形如痨病鬼，颇有些可怕。

白衣公子径直朝床边走来，慢慢地低头，见地上摊着一条毛蓬蓬的火红的大尾巴，他的衣摆恰好拂过那尾巴尖，那条尾巴似乎受痒，十分不耐烦地甩了甩，又在地上使劲蹭了蹭，卷到一旁去了。

他长长的睫毛微微颤抖，顺着这条尾巴向上看，那条拖在地上的毛尾巴钻入紫色的裙摆里不见了。

坐在板凳上的小妇人正趴在床上，露出茂密的乌发和一截雪白的脖颈，睡得正香。他注视了她一会儿，神情平静，不辨喜怒，随即将衣摆微微提起，走到小桃床前，弯下腰，用那只苍白的手将小桃的袖子向上推去。见其青白的手腕上空空荡荡的，公子放下她的胳膊，甩袖在她的额头上拂了一下，随即摘下腰间那截湘妃竹，横放于唇边。

不出片刻，只见小桃闭目在痛苦地转动眼珠，随即身上的关节发出咔咔的声响，脑袋也转来转去。

那个白衣公子只管闭目，直至小桃口中长吟一声，似乎是呼痛，随即眉头抚平，面色由青白转红润，如同梦魇离去，进入酣眠，他才放下湘妃竹，掸了掸衣襟，转身离去，只是经过苏奈身旁时又停下，微微侧眼。

苏奈的发髻上别了两支钗子，都是在王府中捡的无主之物，因为亮晶晶的所以舍不得放下，便一股脑地都插在头上，此时满头珠贝，灿然生光。

白衣公子凝眸注视片刻，伸手将那两支钗子摘了下来，放入袖中，又伸出手掌，接在苏奈耳下。她耳上晃来晃去的一对翡翠耳珰，便如成熟的果子一般次第坠落在他的手中，手一翻，便都不见了。

这鬼面公子便要飘然离去，忽然觉得有什么绊住脚步，低头一瞧，只见那条火红的狐狸尾巴在他的腿上打了个卷，盘踞在他的靴面上，似乎是找到一个极舒服的地方放置似的，牢牢地将他勾住。

他见此情景，觉得啼笑皆非，将那双苍白的手放在红狐狸的脑袋上，轻轻拍了拍。这姿态竟然意外地温柔，仿佛长者哄幼童一般。

可那条尾巴缠得紧紧的，懒懒地贴着他，丝毫未动，隔着靴面，几乎能感受其上的热乎乎的温度，也能感觉到里头跳动的血脉。

白衣公子想了一会儿，转过身，一手按住苏奈的发髻，一手将那朵娇嫩欲滴的菊花别在她的鬓边。

几乎是同时，红毛狐狸的耳朵尖一动，还以为是有苍蝇停留，猛地一晃脑袋，换了个方向挨着床睡，尾巴便也摆到了一边，松开了白衣公子。

公子忍不住微微一笑，那痨病鬼一般的惨白脸孔，一笑起来，竟然如春风化雨，万花齐放，摇头叹息着道："你倒是个半点儿不肯吃亏的。"

苏奈从小二嘴里分清碎银和铜钱的大小，是两日以后的事。

因为不够住店钱，三个人连人带包裹被人扫地出了门。苏奈扒拉在木门板上不放，在那个黑心伙计闭门之前，照他的面门啐了好几下，吐了他一脸狐狸口水。

最后，几个伙计一起来拉门。杨昭和小桃则来拉她，苏奈差点儿被夹了尾巴，只好撒手罢了，龇牙咧嘴的，恨恨地摸了摸鬓发。

这还不算最倒霉的。更叫人恼恨的是，在屋里，竟然在她一只妖怪的眼皮子下遭了窃贼，她头上的金银首饰让那个臭贼偷了个干净，还在她头上插了朵野花！

苏奈把那朵花捋下来扔到地上，菊花开得十分娇艳，被她踩了好几脚，花瓣还是饱满地伸展着，仿佛嘲笑她的一张笑脸，最后叫穿着绣鞋的红毛狐狸用力一踩，直接嵌进地里，成了那石板路的"雕花"，红毛狐狸这才拍了拍手，扭着腰往前走了。

小桃服了那鬼市买来的药后，果然醒来，只是脸色还像纸一般苍白，神情也有些呆滞，犹如幽魂一般飘在杨昭的身旁。苏奈几步跑上前去，左右一挤，插在二人中间。

西洲的白日，街上热闹非凡，挑担的、推车的，沿街叫卖声不绝于耳。

苏奈一手勾住杨昭的衣袖，说的话暧昧勾人，眼神却不由得被新奇的人间景象吸引了去，眼珠子转来转去。一旁的小桃手则捻着衣襟，垂着脑袋，心事重重地道："也不知道咱们以后住在哪儿？吃什么？"

杨昭背着剑沉默地往前走，也在发愁。苏奈的絮絮叨叨，他半点儿没听进去，步子都比来时沉重许多。

小桃抬头，突发奇想地道："苏奈，杨昭，我看这周围很多人家，不如……不如你们把我随便卖给一家做丫鬟吧，我也有处吃饭，你们也好换些行路钱来。"

苏奈倏地转过头。

杨昭立刻停下："你胡说什么呢？"少年的鼻尖上结着汗珠，眉头微微蹙着，脸上露出些严肃得有些生气的神情，"你不是要去蜀地吗？咱们说好了一块儿去的。"

小桃被他一看，声气都弱了许多，还是吐了吐舌头，解释道："你们收留我，已是有恩，又花那么多钱救了我的命，说什么都要还给你们的。我虽然不记得之前是做什么的，但伺候人的本领还有，说不定从前就是哪家的丫鬟呢。"

苏奈巴不得甩掉这个麻烦，拉着杨昭袖子，娇滴滴地道："弟弟，小桃说得很有道理。等她攒够了钱，再给自己赎身，到时候再想办法去蜀地，我们还能会合，不过是一前一后的事。"

"有什么道理？"杨昭责怪地看了苏奈一眼，有些气恼地挣开她径直往前走，又回头道，"小桃，你若看得起我杨昭，就别再说这种话了。哪怕我去讨钱，也没有把朋友给卖了的道理。"

小桃一愣，思及话中意味，眼睛眨了眨，竟然含着些水光，急忙赶了上去。

这一路，小桃显得更加乖顺，路过一丛蒲公英，弯腰摘了两朵，摘掉花苞递给苏奈和杨昭："这个可以吃的，给你们解渴。"

苏奈对吃草没什么兴趣，一脸嫌弃地叼在嘴里，扭过头便悄悄地吐了。

杨昭觉得十分惊奇，浓黑的眼睛看过来："你也知道这个！原先在家的时候，我和姐姐也经常摘这个吃。"

小桃不语，只是又摘了一朵，麻利地摘掉花苞，微笑着递给他。

杨昭想到小桃大病初愈，怕她赶路辛苦，料想自己在街市上还有个熟人，便带着两个姐姐来到河边的馄饨摊，要了几碗馄饨。

　　苏奈一坐下，打量四周的环境，不免觉得毛骨悚然——这不就是第一日来西洲的时候吃饭的地方吗？那条河里不仅有怪物，摊主的影子还能和老鼠一样乱跑呢！

　　正想着，摊主已经摇着蒲扇过来，眼睛在三个人身上扫过，笑着道："小哥，倒是凑巧。上回你向我打听有没有招工，我最近倒是知道有一个。你沿着这条河往东走，走到水面开阔处，坐船到渚上。我们西洲水上之岛甚多，一个连着一个，叫作'渚'，最近渚上许多东家正在兴修土木，你若不嫌辛苦，可以去卖力气搬些木料。价钱好说。"

　　杨昭一听，正中下怀，急忙连连道谢，可想到两个伙伴，又道："听您这样说，去一趟渚上不容易，那我是不是要住在那里啊？"

　　摊主正端着三碗馄饨过来，一碗放在杨昭面前，一碗放在小桃面前，含笑打量她一阵，似乎对她颇有兴趣，目光停留了半晌，然后回头对杨昭笑道："你还想一个人去呀？自然是要带你浑家一起去住喽。"

　　小桃登时睁大了眼睛，杨昭嘴笨，还没来得及解释。

　　苏奈已经气急败坏，一巴掌拍在小桌上："老丈，你什么眼神！他们两个才不是一对……"

　　红毛狐狸的力气极大，一掌下去，支起的小木桌连同上面的筷筒都弹跳了一下。

　　摊主的碗还没放下，一个没端稳，哎呀一声，眼看一碗滚烫的馄饨汤朝着小桃怀里翻去。说时迟那时快，杨昭出手如闪电，情急之下倾身一捞，擦着小桃的衣襟将碗推了回来。摆在桌上时，那馄饨汤还有些波动，只泼出来了一点。

　　"小哥好功夫。"摊主道。

　　杨昭和小桃却都没说话，小桃咬着嘴唇捏着衣角，杨昭将手背往身后擦了又擦，脸色有些涨红。方才那一下，他不是故意的，但确实摸到了人家的胸口，还是结结实实的一下。

　　好在小桃没有作声，安静地喝起了馄饨汤来。

　　杨昭坐不住，便有些迁怒于摊主的调侃了，抬起眼看他："大哥莫要乱说，这两位都是我在路上遇到的姐姐。"

摊主拍了拍脑袋，笑着道："都怪我嘴上嬉戏，你们勿怪。我是看你二人年岁相当，气质相配，胡乱说罢了。"转向苏奈，又道："至于这位大姐，生得如此娇美，恐怕是早许了人家？"

苏奈拿筷子戳着馄饨，恨不得把碗底戳穿，但一想二姐姐曾说自己的模样美艳成熟，看上去不似那半生的小姑娘，便只好巩固了她做凡人的身份："奴家……奴家的丈夫好几年前就不幸去了，如今可是个清清白白的……寡妇身！"说罢，挺起胸膛，咄咄逼人地道，"奴家与杨昭早就熟识，是你情我愿，你说，我哪里与他不相配？"

摊主扑哧一声笑了，苏奈也不知道他在笑什么，恨恨地瞧着他。杨昭则奇怪地道："苏姐姐，你乱说什么呀？什么时候你情我愿了？"

摊主摇了摇头，笑道："缘分深浅，走走便知。"

小桃原本低着头发呆，这话音刚落，地上突然蹿过一个黑乎乎的影子，踩着她的脚背过去，吓得她猛地弹起来，向后一跌，被杨昭一把抱住。二人愣了片刻，关节僵硬，像是一起被放进蒸笼里加热一般。

"什么东西？"那个黑乎乎的玩意儿从苏奈的脚下经过，叫苏奈敏捷地一脚踩住了尾巴。

苏奈凑过去一看，方知是一只扭动的大老鼠，苏奈嫌恶地噫了一声，还想再踩几脚，那玩意儿竟然断尾求生，生出翅膀变成了一只鸟雀，拍着翅膀飞上了枝头。

苏奈觉得浑身发麻，蹭了蹭鞋底，心道，呸！什么东西。

杨昭将小桃按回座位上，像是实在受不了了，背起剑便起身，道："二位姐姐，我先去渚上看一看情况。你们就在这里等我好了，我傍晚前一定回来。这里夜晚危险，还麻烦大哥照看她们。"最后一句是说给那个摊主听的。

摊主也听明白了，调笑道："放心，放心，你的两个姐姐，必然完好无损。"

杨昭抬脚便走。苏奈忙道："弟弟，奴家跟你一起去。"

刚要起身，面前有一道黑影，又是那个可恶的摊主挡在面前，笑出一口白牙来，轻摇蒲扇道："叫你留下便留下，那岛上危险，不好去的。"又和孩童讨价还价一般道，"我这里恰巧还剩几条鱼，做给你们吃，便安心等着吧。"

说罢，摊主摘下头上的布帽，回到推车背后，从桶里捞出几尾活蹦乱跳的鱼。苏奈只觉得这个场面似曾相识，心跳怦怦的，冲小桃比了个"嘘"的动作，踮着脚绕到了摊主背后。

只见那个摊主将活鱼塞进布帽中，摇晃两下，倒入盘中时，果然又如变戏法一般，成了汤汁莹亮的佳肴，一股浓香飘出来。

好家伙，这是什么宝贝？苏奈双眼发绿，盯着他头上那平平无奇的布帽好一阵子，咽了咽口水，心道，只要有它，随便塞点什么进去，岂不自动做成了人类的饭食？

至于街巷叫卖声中夹杂着的一阵一阵飘渺的钟声，她便完全注意不到了。

那钟声拖得极长，似乎有些幽愁的意味。小桃侧过头，茫然地往热闹的街市上看，却听不出钟声的源头。

"王夫人的葬礼是到了尾声了。"摊主叹息着道，"人死则缘尽，强留也无法呀。"

小桃伸手接住一片空中飘过来的花瓣："入秋了，怎么还有桃花？"

摊主道："听说王夫人死的那夜，独公子来过，他们府邸后院的桃花全都开了，一连几日，城里面的桃花雨怕都是那边吹来的。"

苏奈好奇地问道："独公子是谁？是神仙吗？"

"黄口小儿，神仙岂是那么好见的？"苏奈趴在桌上，只觉这个声音在耳边嗡嗡作响，震得慌，揉了揉耳朵。

再细听，摊主已经说起其他闲话来："对了，你们可曾听说过这种轶事？西洲盛产矮桃，后宅后院都爱种桃花，那些女子过得不如意，总是在桃花树下垂泪，眼泪灌在地里，桃树越开越好……"

小桃托着腮，认真地听。苏奈则无趣地把耳朵盖住，趴在桌上昏昏欲睡。


杨昭沿着河流行走，天边似乎起了白雾，越走雾越浓重。

他拨开如同人一般高的芦苇向前走，见远处河流渐宽，几乎成了湖泊，水面上白雾连天，不见远山。走到渡口处，果然见到一艘破旧的乌篷船泊在岸边。

"船家。"他心中一喜，几步跳上了船，可是从船头弯腰走到船尾，船上只有些堆得乱七八糟的稻草，不见一个人。

"干什么？"

声音冷不丁地从背后传来，倒将他吓了一跳。杨昭回头一看，只见身后站了一个荆钗布裙的少女，怀里还抱着桨，她身量瘦小，低着脑袋，从他的视角，只能看见她的发顶，还有半截苍白的脖子。

"这是你的船吗？我，我想去渚上，能过河吗？"

少女不答话，只是抱着船桨不动。过了许久，才细微地嗯了一声，慢慢地走到船头划起船来。船冷不丁地便动了，杨昭踉跄一下，险些栽倒，倒退着坐进了篷中，坐得低了，方能看清划船少女的面容，她垂着脑袋，头发散乱，瓜子脸、柳叶眉、小小的唇，面容倒是生得标致清秀，就是脸色惨白，眼睛也没什么神采，直勾勾地盯着水面。

他看见少女上衣背后隐约可见团花的图案，原来她穿的不是粗布衣裳，是有些花纹的布匹，只是这衣裳太破旧了，纹样也看不清了。

杨昭不知西洲怎么会是少女划船，在他的家乡，船夫大都是身强力壮的男人，眼见这个少女纤细的手臂一下一下吃力地划船，船身只是一晃一晃的，走得慢得可怜，他便坐不住了，站起来道："船家，要不我来划船，你、你坐着休息片刻？"杨昭忍不住说出这话，划船的少女的脑袋一下扭过来。

她不动也不语，细细的手腕把着桨。她虽然没抬头，可杨昭隐有所感，藏在那乌漆漆的秀发下的一双眼睛，正一动不动地盯着他看。

杨昭忧心自己说错了什么，手上却突然被塞了一副船桨。划船少女一矮身钻进了船篷里。

杨昭于是撑起船来，船迅速浮行起来。远处白茫茫的一片缥缈一般的迷雾，崇山峻岭如隐在面纱中。小舟费力地破雾而行，然后吹来了一阵风，将船推着，杨昭便顺势把桨收起来，休息擦汗，看见远处出现了一大片低伏的黑影。

杨昭知道是到"渚"了，便把帘子一掀，把脑袋伸船篷，想问问那个少女船家。

划船少女正蹲在船篷里捆扎地上的稻草，身旁摞起来的已有两捆。

她背对着他蹲着，宽大的袄裙落在稻草上，显得身子骨瘦小伶仃。

杨昭见她动作又慢又生疏，扎了解、解开又扎，替她干着急起来，撩起衣摆便蹲了下来，几把便将稻草全都拢起来，麻利地捆在了一处。

那个少女似乎意识到他来帮忙，也不言一声谢，动作顿了一下，默默地掀起帘子走出去，靠在船头吹风去了。

过了一会儿，帘子被掀开，露出杨昭汗湿两鬓的脸："船家，你的东西掉了。"

他的手掌上托着两枚亮晶晶的琉璃蝴蝶，是在地上捡的，杨昭看到是女子的头饰，沉甸甸的很是贵重，下意识便要还给她。

这个划船的少女转过头，用碎发间露出的青黑色的眼珠子沉沉地注视他一会儿，闷声道："这不是我的。"

杨昭挠了挠头："那就是前一个客人落下的，你先收着，若是那个姐妹回过头来找，你给她就是。"

少女便也没有客气，从他的手上拿去。方才还说不是她的，这会儿却自己戴在了头上。

船一颤，撞在草堆里，划船少女弯腰将船系上，说："到了。"

草丛间真有个小小的码头，栈道一直蜿蜒到高大的树丛背后。杨昭正在摸口袋，只听旁边传来干巴巴的声音："不要钱。"

杨昭心里想，这么瘦弱的一个姑娘，也不知道卖多少力气才能挣到些小钱，虽说自己囊中羞涩，可占了弱小者的便宜，总令人脸上发热："我，我怎能白坐你的船？"

这个少女一贯是不大理人的，不知是耳背，还是性子如此，这会儿又不答他的话了。

她背对他坐在甲板上，拿一把断齿梳子，歪着头很慢地梳起头发来，小船悠悠地荡着，很是怡然自得的样子。

杨昭叫了几声，她不应，没脸再打扰，便道谢后下了船，走上栈道。

那栈道极长，在林子里蜿蜒，总也走不完的样子。他走着走着，听见身上什么东西叮当作响，停下来，响声又没了。最后，他终于发觉那响声来自他的口袋，用手摸出来一看，不由得大骇。从他的上衣口袋里摸出两枚琉璃制成的发夹。

杨昭只觉得一股寒气从脑门上升起，忙折返跑回去，只见黑黄色的水草浸在烟波浩渺的水中，江上白雾茫茫，不见小船的踪影。

…………

"你遇到的，莫不是什么神仙高人？专渡你一程的？"杨昭回来之后，小桃托着脸认真地问。

"什么神仙？什么高人？变戏法的还差不多。神仙，神仙是那么容易给你见到的吗？"

烛火之下，有一眼梢上挑、眼波风流的小妇人。她呵一口气，卖力地拿衣服角擦着那对发夹，还不忘模仿二姐姐的腔调教育这一对小屁孩。

苏奈喜欢亮晶晶的东西，也是受了二姐姐的影响，知道此物是"值钱"的，应该珍惜。好不容易将它擦得晶莹剔透，转瞬间就被一只手摸走："苏姐姐，这个不能给你，万一是谁的失物……"

红毛狐狸的脸色顿时变得狰狞，伸手去抢。杨昭只往高里一举，仗着自己身材高挑，转身一脸严肃地包在布里揣好，用后背硬挨了她几爪子，忍不住委屈地道："苏姐姐，你劲还挺大，打人很痛呢。"

苏奈回过神来，看见杨昭的破褂子背后不小心被她抓成了几缕破布条，大吃一惊，幸好少年只顾着喊痛，没有感知。

方才还可削金碎玉的狐狸爪刹那间变成了软若无骨的柔荑，将那些夺拉下来的破布条心虚地摆回原位，随后贴在少年的肩膀上卖乖地按摩起来。

"哪里痛？"苏奈贴在他的耳朵边吹气，"奴家给你揉揉。"

若是心志不坚者，哪能受得了这软玉温香，无奈少年杨昭像块木头，叫她一吹气，脑子里只剩下了"痒"，又不好拂了苏姐姐的好意，只敢把脑袋一躲，咬着牙受这"酷刑"，脖子都快扭断了去。

苏奈一连追着男人的耳朵吹了三口"仙气"，都似泥牛入海，不由得大受羞辱，在心里狠狠地啐了一声，将杨昭一推，盖着衣裳就地一躺，不干了。

"也不早了，你们两个若是没事，就早些休息吧。"

小桃听话，忙将蜡烛熄了。三个人各自找一座石台，铺上稻草，盖上衣袍。

这里不热也不冷，干燥透气。杨昭说："这是个安乐窝，不比我们先前住过的客栈差半分。"

小桃的声音从另一边传过来："都是苏姐姐厉害，能找到这处居所。"

黑暗中，红毛狐狸妖娆地躺在石台子上假寐，颇为受用地沐浴着两道敬仰的目光，蓬松的大尾巴忍不住地从裙子里翘起来，骄傲地摆来摆去。

这里四面都是砖砌的墙壁，幽暗微凉，不是别处，正是一处墓穴。

钱不够住店，原本以为要露宿街头，苏奈却一点儿都不愁，到了今日晚间，才跟小桃道："我知道有个地方可去，不要钱的。"

她将小桃带到城郊，只将她往石头上一按，一双上翘的凤眼盯住她，樱桃小口微张，吐了口气，小桃便晕晕乎乎地打了个瞌睡。再醒来的时候，苏奈便将她带到了地下一处"地窖"过夜。

小桃瞪大了眼睛，一路疑心这位苏姐姐是仙女变的。修得这么好的"地窖"，连墙壁上都是精心雕刻的花砖，怎么会无主呢？

这"地窖"自然是狐狸刨出来的。地窖的"主人"——几个狰狞的头骨，正整整齐齐地蹲成一排，无言地给他们当灯座呢。

外面的雨打在墓穴顶上，发出一点模糊的声响。

狐狸已经提前用泥巴和草叶将墓穴封好，故而没有半点儿雨漏进来。苏奈躺在石台上，纤纤手指搭在腹部，半晌没有睡着，住是有了住处，可吃却没吃饱。唉！在山上每日吃兔吃鸟，又是在员外府上吃过山珍海味的。沦落到此处，天天一碗素馄饨度日，她哪里受得住？书上说，由俭入奢易，由奢入俭难，想来是这个道理。

苏奈饿得眼睛发绿，听着雨声渐小，大有止歇之意，眼珠转了一圈，忽然将盖在身上的衣裳往头上一蒙，整个人蜷缩进布料里。过了一会儿，那蓬起来的人形仍在，衣裳里却钻出一只犬只大小的红狐狸，爬墙上墓顶，见左右无人，伸出爪子，在墓穴顶上刨了个洞，倏地一下钻了出去。

杨昭在半夜时，被牙齿打战的响声惊醒。常年在修仙门派习武，使他十分警醒。他坐起来，看苏奈把衣裳盖了全身，一动不动地睡着，响声是从小桃那里传出来的。

"小桃姐姐！"

杨昭拿着灯烛照亮她时，只见小桃将自己紧紧地裹在衣裳里，连同衣裳一起抖成了筛子。她乌黑的眼睛露出痛苦之意，瘦削的脸庞发青，嘴唇也冻得发紫，睫毛上竟然结了一层寒霜！

杨昭连忙将自己的外袍拿过来盖在她的身上，又从包袱里找出几件衣服，手忙脚乱地将她裹住："你是很冷吗？怎么也不喊醒我？"

"我没事，只是睡到半夜，忽然感觉有些冷而已。"小桃看着他，细声细气地央求道，"苏姐姐还在睡着，不要惊动她。"

杨昭回头一瞧，苏奈仍然一动不动的，虽然不赞同，却也把声音压低了。

"你、你生病了吗？"他蹙着眉，急忙把手盖在小桃脑袋上，出乎意料地，她的额头很凉，如同一块没有温度的石像，"没有发热。"

杨昭十分诧异，因这座墓穴里虽然较为阴凉，但是不至于冷到这种程度。他只穿一件单衣，还觉得身上发热呢。不过他正值青春年少，是阳刚之体，小桃大病初愈，还很虚弱……但也不至于冻成这样呀！

他想到自己的水囊里装了些酒，正是驱寒用的，便扶她起来，喂了些酒。小桃此刻似乎好些了，脸色回暖过来，那可怖的寒霜也融化成水珠，点缀在她低垂的睫毛上。

她喃喃着道："我刚下来的时候，便觉得下面很冷了，不过还能容忍，刚才是真的觉得自己要冻死了。睡梦之间，仿佛有个男人的声音一直提醒我，催促我。"她看着杨昭，似乎是在回想，"他叫我不要在这下面待着，回到上面去。"

"那是怎么回事？我保证，我们这个地窖里绝对没有旁人。若是有，你怕是在梦魇。"杨昭拧着眉注视她，一时无措，想把苏奈也叫起来，她见多识广，大约能知道怎么办，三个人在一起，也好有个商量。

可是他刚一扭头，小桃仿佛知晓他的想法，一把拉住他，用气声道："不要吵醒苏姐姐。"

她明白，苏奈辛辛苦苦地为他们找到一处容身之地，断没有挑三拣四的道理。但因为她怕黑，又畏寒，迟迟不敢下来，耽搁了一点时间，苏奈将她硬拽下来，她也不敢再拒绝。她能看出来，苏奈对她没了耐心。她生怕给别人添了麻烦。

"也许只是急症。"小桃的神色缓和，"与你说话的工夫，我感觉好多了。你快回去睡吧！"

杨昭打断道："我清醒了，我以前在门派里时常守夜，睡得本来就少。"

两个人相视，一时都无言。

小桃的目光从他的脸上慢慢落下来，借着烛火的微光，忽然道："杨昭，你的衣裳怎么破了？"

少年连忙扭头去看，又反手去摸，只摸到了耷拉下来的布条边角。

小桃叫住他："别看了，或许是那石台子不平整，把你衣服给挂破了，破得厉害呢。你转过去。"她一手按着少年的肩膀，一手麻利地将包裹里的针线取出来，"别动。借着这光，我替你补补。"

杨昭便不动了。

烛火静静地竖立在空气中。两个人的影子交叠着投在石壁上。杨昭的汗顺着额头流到下颔，似乎能感觉到背后飞针走线带来的风声。

"我小的时候，与其他孩子打架，刚做好的衣服叫人扯破，又怕给娘见了挨骂，我姐姐也常常这样，坐在我的背后缝补。"

小桃的睫毛轻轻颤抖："你还有一个姐姐？"

"她不是我的亲姐，是我爹爹帮工那家的女儿，不过我们自小就在一处，她待我比我亲姐还好。"他说完这句，便低下头，话锋一转，神情有几分低落，"幸而路上遇到两位姐姐，得了照拂，我的命真好。"

小桃正熟稔地咬断了线头，闻言微微笑着道："说来奇怪，我见了你也觉得很亲近，也许就是命里有缘吧。"


红毛狐狸从房顶上飞越过去，引得树丛颤动，晶莹的水珠从叶片上滚落下来。侦察了几个来回，狐狸绿幽幽的眼光熄灭，耷拉着尾巴下了房顶。

西洲这个地方甚是奇怪。到了日落以后的漫长黑夜，不仅家家关门闭户，连厨房里的灶火也全部熄灭，掀开每个锅盖碗盖，里面都是空荡荡的，没吃完的饭菜全部倒进了泔水桶，咦，真浪费！

想吃点热食，竟然比登天还难，红毛狐狸坐在树上，尾巴一晃一晃的，心里十分失望。

正想着，看见黑漆漆的水边隐约亮着一盏小小的暖灯，将那一块的江水照得亮晶晶的。她向着光源慢慢靠近，一辆板车映入眼帘。

那盏灯原来是板车上悬挂的一盏拳头大的琉璃风灯，风灯随风轻摇，晃动的橘黄光晕下，有个穿着布衣戴着布帽熟悉的人影正在忙碌，一手沾了水，在案板上揉面——不是那个时常给他们吃白食的馄饨摊的摊主又是谁？

这个人好生古怪。

这附近的店铺都关门熄火，其他摊主也都收摊回家，唯独这一个摊位在江边亮着灯。

苏奈索性趴在树枝上，托着腮，看他包了一刻钟的馄饨。

他辛辛苦苦地包了半天，偶尔有蝙蝠似的飞鸟叽叽喳喳叫着俯冲下来，叼走一个，摊主倒也不气，嘴里"去"了一声，拿手一驱，便慢条斯理地摇起蒲扇来，嬉笑着注视着那些鸟飞上枝头。

苏奈饥肠辘辘，原本想等他下了馄饨，趁他不备捞一碗走，好说歹说也能垫垫肚子。可是等了半天，他只包好，整整齐齐地码在案板上，却不下锅。

苏奈明白了，他是在等客人来。可是这大半夜的，哪儿有人，全都便宜了那些臭乌鸦！

一阵风来，将那盏风灯吹得乱晃，眼看灯要熄了，摊主却不管不顾，只管按住被吹歪的帽子，若无其事地将其正了一下。

苏奈的目光移动，聚焦在他的布帽上。她想起来了。这顶帽子并非寻常之物，乃是个宝贝。初次招待杨昭时，她亲眼看见摊主抓出一条鱼塞进帽子里，如同变戏法一般，倒出来的便是色香味俱全的佳肴。

她的脑子转得极快，马上反应过来，说不定他不下馄饨，乃是因为板车中压根儿没有明火，他的馄饨也是从帽子里变出来的呢！

红毛狐狸咽了咽口水，心荡神驰，想了一夜的板栗烧鸡、黄鱼馄饨都冲她招手一般。她一只妖精，也不是抓不到生食，不过是苦于不会烹饪罢了。此等宝物，若是能借她一用，还愁没得吃吗？

她向前两步，泛着绿光的一双眼如同两只灯笼般渴望地亮起，可又有些踟蹰。

唉！说来惭愧。在山上时，大姐姐白素时常抓着她的后脖颈，反反复复地教育她："奈奈，你又去农家偷鸡了？这山上的野物还不够你吃的吗？你可万万别同姗姗学。你如今身上结的是善缘，走的是大道，万不可行此种事情，折损了德行。幸而你没伤人，这次便也罢了，以后别叫我看见你偷鸡摸狗！"

她堂堂一只狐狸精，虽然不屑一顾，但到底是叫大姐姐灌输进去了。这几百年来，当真只偷过些剩饭、鸡鸭之类的，没敢偷过别的。后来跟了季先生进学，又被他耳提面命学了些礼义廉耻，将"窃，君子不齿"背了个滚瓜烂熟，如今面对不知价值几何的宝物，竟然颇有些惴惴……

不过，她又觉得十足憋屈，她堂堂一只狐狸精，几百年采不到一个男人也就罢了，连行事也要这般畏手畏脚，那也太丢妖怪的人了！

况且，她也不仅是为了自己，墓穴里还有两个身无分文的人，以后大家可以一起吃嘛。就算被大姐姐知道了，也算是，也算是说得过去……

饥肠辘辘的狐狸想着，面露狰狞之色，尾巴竖起，蹑手蹑脚地从树枝上爬过去，没发出一丝声音。待到了摊主的头顶上方，她倾过身子，伸爪一勾——没捞到。

那个摊主正巧弯下腰去，叫她勾了个空。

尖锐的狐狸爪暗自握了一下，待摊主回到了案板前，她瞅准时机，再次一勾。

这摊主的脑袋偏生晃来晃去，这顶布帽近在眼前，却几次三番都叫她扑了个空，红毛狐狸浑身的毛都炸了起来。

她悬在树上，不住劝慰自己要有耐心。耐心地等了片刻，等那摊主站定了，猛然伸爪一捞，尖锐的狐狸爪将布帽串成了串，一下便掀离了他的脑袋，轻得仿佛被一阵微风吹落，而摊主毫无觉察。

到手了！

苏奈未来得及大喜，忽然觉得身下一坠，不好——只听咔嚓一声，她趴着的树枝忽然折断了。

红毛狐狸大惊，结结实实地摔在了满地枯叶上。她顾不得痛，含着泪打了个滚儿，将布帽往口里一叼，四条腿刨地，拔腿便跑，如同箭一样蹿出百尺，眼见着摊车远得瞧不见了，红毛狐狸稍微松了一口气，回过头来，却罩在一个黑影里，睁大眼睛一个急停。

一双破旧的黑色布鞋挡在眼前。

摊主笑吟吟的声音从头顶传来："卿本佳人，奈何为贼呀？"

还能怎么办？苏奈心里暗暗啐了一声。

快跑！

苏奈堪堪看见一双脚，她甚至不抬头看看脸，便朝相反的方向飞蹿出去。

那个摊主也不急着追，犹自站在原地，一阵胸有成竹的笑声远远地自她背后传来。

红毛狐狸正跑跳着，眼前忽然从天而降一面墙，巨大无比，挡住前路。幸好她的脚步停得快，否则非得撞扁了鼻子不可。苏奈一看，那面墙是由硕大的竹木片编制而成，道道交错横斜，还散发着浓郁的竹木清香。

她陡然反应过来——这哪里是墙，不正是那个摊主手里拿的那把蒲扇吗？

眼下那蒲扇如鬼魅般，放大了不知多少倍，像屏障一般高大，挡在她的面前。摊主的声音从头顶传来，悠悠地笑道："小妖，你破人劫数，扰人气运，我屡次提点于你，你倒听不明白。眼下我不招你，你却跑来招我，岂有随你来去的道理？"

苏奈叼着布帽，听到一半已然胆寒，下巴毛贴在地上，向后退了两步。

若是寻常小妖，早已吓得屁滚尿流，吐出赃物求饶。但这只红毛狐狸仿佛天生少开一窍，不晓得怕，只是苦着脸奇怪地道："见了鬼了，二姐姐不是说，世上神仙最少见吗？我怎么又惹着了一个不得了的人物？"

这破烂神仙说什么"破劫"，听也听不明白，不过她明白的是，这个神仙已经决意要给她点教训，就是她还了帽子也不顶用了。倒不如搏一条生路，等她脱了身，再同他讨价还价一番。听闻神仙大都慈悲宽厚，讲得通道理的，这一点在前两次遇见那个提篮童子和小和尚的时候便有所印证。她用帽子给杨昭他们变餐食，和摊主用帽子请他们吃饭，不是一个道理嘛！何必这么小气呢？

苏奈想到此处，恶向胆边生，她亮出带着弯钩的狐狸爪，照着蒲扇狠狠地一撕。

谁知，这大蒲扇变大后坚硬得可怕，她一爪子挠上去，非但没有挠破，反而差点被掀掉了指甲。红毛狐狸猛地收回爪子，疼得龇牙咧嘴，审时度势地改变策略，反手抓住扇子向上一捞，从扇子底下拉出条缝隙，灵巧地钻了出去。

摊主没料到她这样脱身，颇为诧异，蒲扇缩小，收回他的掌中。他漫不经心地扇了两下，眼睛只盯着那道飞蹿出去的红影，笑了一声，又是一扇子丢来。

那把蒲扇在空中便放大数倍，如同大刀一般从天而落，直劈苏奈的脑袋。

妈呀，不好了！红毛狐狸跑着，觉察到风声，脑袋猛地一低，堪堪让它从脑壳的毛尖上擦过去，保住了脖颈。狐狸戴在颈上的佛珠却没这般好运，让扇子直直斜削过去。

那串佛珠不知是什么材质做成，叫扇边一碰，竟然没有碎成漫天残渣，反而如金石相碰，逬溅出几星火花，蒲扇像是被一股力量弹开了，猛然落回摊主手上。

摊主一把持起蒲扇，再一看，那几枚火星跳跃至空中，旋转不灭，光晕拉成漩涡，在空中形成一朵金色三瓣花的模样，金光内隐约有一个男人诵经打坐的虚影，不过顷刻间便消失。

摊主却已经看清，捏紧扇子柄，好似不可置信，细细一想，面露肃然之色，随后他脸上的笑纹一深，不紧不慢地又摇起扇子来："好狐狸，原来是背靠大树好乘凉。"他笑呵呵地道，"天地万物，众生畏他敬他，不过我却不怕他。今天就是他本尊现世，我也敢向他要个解释。"

话音刚落，蒲扇已经脱手而出，在空中闪着金光，一分为五。

苏奈不愿缠斗，掉头逃跑，谁知，墙面从四面八方轰然坠落，组成笼子，把她困在中央。挡住去路不算，这些蒲扇还在往中间收紧，越收越小。

苏奈抬头不见天光，左顾右盼，心里直道：完了，完了，那破神仙这是要把我给揉成个狐狸丸子！

狐狸后足一蹬，一跃而起，还没翻过五指山，空中又来了一把蒲扇，当头压下。

眼看要给挤成狐狸丸子了，她的姐妹，她的男人……苏奈的热血直往脑袋里冲，一时什么法术都记不得了，只在蒲扇压下来的瞬间，气沉丹田，使出吃奶的力气，伸爪子一推——

那把蒲扇哪是寻常之物，是她说推就推开的？摊主笑嘻嘻地持扇，轻巧地用那"顶盖"严丝合缝地将狐狸压回了笼子里。

他正要松口气，只听得扑哧一声，从他的蒲扇当中长出了一根细细的藤蔓，那藤蔓尖立着，迅速长满了翠绿的嫩叶，随风招摇。随后，那根藤蔓猛地生长起来，如小蛇出洞般，转眼便钻出来数尺，不仅变长，还变得有手指粗细。

摊主一愣，暗道不好，意图收扇却已经来不及，转瞬之间从扇笼的四面生长出无数藤蔓，如同绿色的小手爪一般，只听得嘭的一声巨响，扇笼竟然从中间破开了！

摊主猛然收回蒲扇，只见他的扇子中间被钻出一个大豁口，几缕竹丝软塌塌地耷拉着，扇面上流转的金光，迅速从这破口流泻而去。不出片刻，它便神力尽失，看上去便与寻常的蒲扇无异了。

摊主的眼睛瞪大，看着这把破蒲扇，半晌没缓过神来。

苏奈死里逃生，自然是一路狂奔，后怕地道："原来这结了妖丹后放出来的破藤，虽然没有二姐姐的火焰厉害，却不是什么好处都没有，关键时刻，还能救自己一命呢。"

她将帽子吐出来，端端正正地往脑袋上一戴，嘿！不大不小正好，不由得十分得意。

她一边奔逃，一边又想到方才破开扇子时，那个摊主惊愕、扭曲的脸，心里一阵窃笑，是他非得赶尽杀绝，她才拼命挣扎的嘛。她想了又想，忍痛在尾巴上拔了一撮毛，向后一抛："老丈，奴家可不是那种白拿人东西的狐狸精！这个借你补扇子去。"

她心里想得很好，堂堂三百年修炼的狐狸精，一根尾巴毛可以施展一个幻术，十分金贵，连她平时都不舍得多用，给他一把，连同买帽子的钱，总够了吧？

摊主并未追上去，他生得一张笑面，看起来总是不生气的。他的手里捏着一把狐狸毛，笑着道："世间岂有这般强买强卖的道理？"

"竟然还有宝珠仙子的功德。"他在一团狐狸毛中间小心地拈出半根白色的毛，在眼前细看，摇头道，"分明是只泼皮野狐狸，满身的机缘，真是奇怪，奇怪。"

他又仔细去看那些被绞成数段的藤蔓。它们竟然已经落地生根，郁郁葱葱地长在了路边。施舍生命，乃是仙家缘法，只有至纯至善之人才能实现，但凡狐妖有半分邪恶之心，有半点血债命债，都不可能修得此法。他见此状，心里算有了数，还算是欣慰。

只是那个摊主面露神秘莫测的表情，忽然又嘻嘻一笑，起身转向苏奈的背影，大声喊道："小妖，那顶帽子不过是个小玩意儿，你若喜欢，今日便送了你。你好好戴着它，可别轻易摘喽！"

苏奈回来时，天边出现了白色的熹光。她折腾了半宿，筋疲力尽。狐狸跑到水边，化作一个妖娆小妇人，又将怀里的瓶瓶罐罐在水里洗涮。这些都是昨天狐狸掘墓的时候，从里头刨出来的，陪葬品做工精巧细致，洗干净，恰好能给他们做碗碟。

苏奈从水里捞了一尾鱼，又扯了几片树叶，急匆匆地想要试验新得来的布帽的妙法。那顶布帽也不负她的期望，活蹦乱跳的鱼丢倒进去，倒入盘中的便是一道热气蒸腾的红烧黄花鱼。苏奈仔细看过，布帽里面空空如也，没有沾上半点酱汁，将它翻过来抖一抖，只倒出了一地干燥的鱼鳞。

她心中大喜，一连烹制了三菜一汤，精心地摆放在托盘上，将布帽往头上一戴，深吸一口香气，端着托盘，扭着腰便走。

红毛狐狸已经想好了，她要去温柔地叫醒杨昭。自此以后，他的吃穿用度都指望着她，还愁不乖乖地给她采吗？

男人也有了，美食也有了，她苏奈的幸福日子就要来了！

苏奈正飘飘然地靠近墓穴边，却觉察里面没了男人的味道。狐狸的耳朵尖动了动，在不远处听到了熟悉的声音。

苏奈的笑容一凝，循声走了几步。

只见茂密的树丛掩映下，有一口深井，井边蹲着一个白衣少女，少女身段窈窕，湿漉漉的长发散落在背后，怀里正搂着一个少年。少年的头发泡在水桶里，她一只手拿皂角揉搓他的黑发，另一只手不断地从桶里舀水浇在他的头上。

二人一边洗头，一边柔声低语，动作亲密、暧昧。

苏奈的心脏狂跳，忍不住拨开树丛，大喝一声："你们在做什么？"

正在桶里洗头的正是杨昭，一声断喝之下，他让水迷了眼睛，哎哟了一声，那散着湿发的少女讶异地回头，正是小桃，她惊喜地道："苏姐姐，你醒啦？"

"昨夜里我发了急病，害得杨昭也折腾了一宿，出了一头的汗，正巧发现外面有口井，能打水，便出来洗洗。"

杨昭无辜地看着她道："我们出来时叫了你两声，你睡得太死，怎么叫都不醒。小桃说你累了，不许我再喊……唔。"话未说完，叫小桃捂住了嘴巴。

小桃是个会察言观色的，看到苏奈的眼里冒火了，便敛声屏气，只拿那双楚楚可怜的眼睛讨饶地看着她。

苏奈心道，我半夜就跑了，留在被子里那个不过是个障眼法，自然喊不醒。这两个人倒也没有说谎。可虽然如此，她历尽千辛万苦去找饭吃，还差点被那破烂神仙搓成丸子，她辛辛苦苦找来的男人，却在和别的小贱人玩水嬉戏……

红毛狐狸感到一股热血直冲脑壳，将帽子一摘，用力扇起风来，另一只手又腰，勉强笑道："你们两个孤男寡女，相互洗头实在不成体统，不光我说，外人看到了也容易误会。小桃妹妹，你要洗头，就应该叫醒奴家嘛……"

两个人的眼睛同时瞪圆，十分惊愕地看着她，半晌没说出话来。

开始时，苏奈以为他们是心虚理亏，十分得意，可是说了半晌，见那两个人还僵立在那儿，不约而同地盯着她的脸。她的声音一停，惊疑不定地摸了摸自己的脸，又摸向自己的发顶，摸到了个软绵绵的、毛茸茸的东西。

苏奈吃了一惊，她立刻跑到井边，趴在井沿子上照水，只见水中人的秀发之中，赫然生出一对毛茸茸的红色狐耳。

糟了！苏奈心道，耳朵怎么跑出来了？

普通狐狸化形，狐爪、狐面、狐耳依次收掉，最后变成人形。只有未化形完全的狐狸精，才会出现这种半人半狐的样貌。她三百岁以后，早就可以变换自如了呀！

苏奈动了动耳朵，想将其收掉，却傻了眼，这对狐耳好似黏在她的脑袋上一般，竟然纹丝不动。她急得一边念诀，一边将耳朵往脑袋里按，尖牙龇出，耳朵都搓掉毛了，却还是收不回去。

她的化形术失灵了！

"苏姐姐，苏姐姐。"杨昭和小桃一左一右围上来的时候，苏奈反应过来，急忙戴上帽子，将脑袋遮得严严实实，眼里闪过一丝带着怨恨的绿光。

一定是那个摊主搞的鬼。


屋内，小桃乖巧地将门关上。苏奈坐在板凳上，将布帽小心地掀起一角，老郎中凑近了，看清了里面的耳朵，吓得立刻向后一倾。

"这，这，这人生异状……"

那长相妖娆的小娘子嘴角一撇，吧嗒吧嗒地掉下泪来，抽搭着道：

"郎中，好些天前您给小桃治病时候，我们不是还见过？那时候奴家还未得这怪病，分明是个正常人。眼下成了这样，奴家怎么见人呀！您要给奴家想想办法呀。"

郎中让她摇晃得头晕，连忙道："这个我虽然看不了，却也能判断，这怕不是什么病，乃是……"他左顾右盼，确认四周无人，才神秘兮兮地道，"得罪了什么非人的……的'东西'，故意作弄于你呀！"

苏奈心道，还用你说？她面上却故作抽泣的样子，扯着郎中的袖子不放："您妙手回春，连快死了的小桃都救得，可有什么药丸丹丸可以给我用用，把奴家给变回去呀？"

"哎呀，小娘子！"郎中无奈地道，"不是我不给你医治，那鬼蟾不过也就指甲盖大小的一点儿，鬼市偶然得来罢了，已经叫你们用了，哪儿还有啊！"他叹口气，推心置腹地道，"那鬼市内，高人遍地，你若是想变回去，不如你们一起想办法去那鬼市看看，一定会有人能解决的。"

出了医馆，苏奈戴着那顶破帽子，灰溜溜地走在街上。

幸而杨昭和小桃好骗，两个人都相信她是被人故意变成了这副模样，非但不怕，还对她同情不已。

可就算是成功采了杨昭，以后她这耳朵收不回去，走到哪儿都要戴着一顶破帽子，打眼看上去像个尼姑，可怎么采别的男人呀？

想到此处，苏奈咬咬牙，拉住杨昭的手臂道："弟弟，咱们去渚上吧，奴家还是想往鬼市走一趟。"

杨昭闻言，眉头却一松："正想跟两位姐姐说呢。那日在渚上，我找到了能做的工，本来也是该去的。"

他说完，立刻想到征询小桃的意见，便扭过头去看她。小桃的发丝和睫毛在阳光底下显得金灿灿的。两个人对视着，都笑了笑。

小桃弯着嘴角，似乎觉得不妥，很快收敛了："你们做主，无论去哪儿，我都跟你们一道去。"她又问杨昭，"渚上长什么样？"

"和这里相似，不过是人少一些，地荒一些。"杨昭道，"当时我顺着栈道穿过林子，在那些树背后看见一个大道场。道场上堆满了木料、碎石，还有一个搭了一半的房子。赶上许多伙计下工，听他们说，有个员外要在那个道场上修建庙宇。这些伙计就是被雇来做帮工的。"

小桃道："这样看来，那个馄饨摊主说得果然不错。渚上既然要兴修土木，一定是缺伙计了。"

苏奈一听他们提到摊主，火从心头起，耳朵抖了抖，仿佛要把这个名字抖出去似的，拿胳膊肘使劲一捅杨昭："然后呢？"

杨昭叫她戳得一晃，揉着肩膀道："然后，然后，我自然去和他们搭话，想加入他们。不过他们说，帮工的数目和工钱是登记在册的，他们做不了主，要等员外首肯才行。那员外偶尔会来渚上监工，但那天已经晚了，他注定是不会来的了。我只好和他们一起回来了。"

"是哪里的员外？多大年纪？家住哪里？可方便拜访？"

杨昭睁着一双大眼睛，摇摇头，诚实地道："我忘了问了。"

"你怎么这么笨啊！"苏奈无奈地道，"那你就没问问那个员外隔多久会再来？我们找上门去，他不来，又没工钱，我们吃什……"她正了正帽子，咬牙道，"就算有的吃，又在哪里住？好弟弟，你舍得奴家在道场上打地铺吗？"

那渚上连人都少有，当然也没有墓了。就算狐狸会掘墓，她也得有的挖呀。

杨昭沉默地想了半晌，道："哦，我想起来了。那些伙计说，员外过不了几日要宴请朋友，在渚上大摆一次宴席，请大家都去吃酒，顺道酬工。叫我算算日子……好像就是今晚！"

苏奈拍板，今日就去渚上。

虽然杨昭认为他一天的力气都没出，和别人的宴席沾不上一个铜子儿的干系，但按苏奈的说法，理应抓紧时间立刻就去，混进那个宴席大吃一顿，酒足饭饱后，再截住那个员外，"讨要"一份工作。等到了夜晚，想办法混进鬼市，解决了她的狐狸耳朵。

三个人的行李都不多，打个包便能走。杨昭将剑背在背后，小桃的行李也叫他接过去。

"小桃姐姐大病初愈，还是给我拿着吧。"苏奈回头，便见到杨昭十分自然地把小桃的小碎花包裹挑在剑柄上。

苏奈眼珠子一转，一个箭步横插在二人之间，把小桃撞了个趔趄。她把身上的包裹全撸下来，递到杨昭面前，娇滴滴地垂着肩膀道："奴家的肩膀痛，脚也痛……"

杨昭感到有些疑惑，但还是驯顺地接过。

哼，还算可教。

杨昭只把她带的那把短剑挑出来："苏姐姐，这个你带在身上吧。这把剑是顶锋利的剑，遇到了危险可以防身。"

小桃艳羡地看着剑，殷勤地道："苏姐姐，你累的话，我可以替你背着。"

话还没说完，苏奈哼了一声，一把背起剑，顺道挽住了杨昭的胳膊。

"哎，苏姐姐……"

渡口，微风吹皱水流，岸边的草丛来回摇晃着，从中缓缓地漂来一艘小而旧的乌篷船。

杨昭盯着它看了片刻，奇怪地道："又是她。"

站在船头划船的少女穿一身破旧袄裙，身材瘦小，用芦柴棒似的细胳膊一下一下地划船，她低着头，乌黑的头帘儿盖住了脸上的神色。

苏奈问："你认得她？"

"上一回我就坐她的船。"

小桃道："那个没要你一文钱的神仙高人……"

"那都是我们乱猜的。要真是那么厉害，何故如此辛苦地划船挣钱。"杨昭窘迫地在身上到处摸索，除了上次那对琉璃发夹，一点银子或是铜板也掏不出来了，"我瞧她衣裳破旧，大约也是穷苦出身。"

苏奈的手上转着一朵新摘的野花，美美地插在鬓边，叫花从布帽下探出来，她点了点他手中的发夹："这不是现成的船钱吗？"

杨昭的脸上浮上了一层红色，讨饶道："苏姐姐行行好，别拿我开玩笑，这原本就是人家丢的，不知道怎么到了我这儿。还回去也就罢了，怎么好意思再借机白坐人家的船？"

"你看。"苏奈用指头一戳。

杨昭顺着她手指看去，远处那个划船的少女恰好背过身去泊船，她头上戴着两枚对称的琉璃蝴蝶发夹，在阳光下闪闪发亮。杨昭的视力极好，辨认出她头上戴的和他手里拿的是一模一样的物件。

杨昭有些糊涂了。

半人高的蒿草忽然左右晃动起来。

"等等，有人过来了。"苏奈将二人拉退了一步。

草丛里传来脚步声，脚步凌乱而急切，似乎人是跌跌撞撞地走过来，半只脚踩进了水里，又跟跟跄跄地蹚水而行。

三个人藏在树丛背后，那个头发凌乱、衣服脏污的破落户就从他们面前走过。就在同时，苏奈嗅到一股恶臭飘来，将她熏得捏紧了鼻子，摆着手啐道："呸呸呸，好臭的男人，臭死了！"

杨昭和小桃都惊讶地看了她一眼。杨昭悄声道："苏姐姐，空气里可有什么味道吗？"

"你们都没闻到吗？"小妇人捏着鼻子道，"好像咸鱼在臭鱼池子烂了好几天，又浇了一勺粪水！"

两个人虽然没闻到什么异味，但也叫她形容得急忙屏住了呼吸。

再一看，那个瘦小的臭男人竟然连滚带爬地爬到了乌篷船上，将那艘小船压得左右摇晃："船家，快划船，快点！"

那个少女船家举起胳膊，仍旧慢吞吞地划船，乌篷船缓缓地离了岸。

苏奈的眼睛一瞪，没想到不过犹豫片刻的工夫，就叫人抢了先，还是这么一个臭烘烘的人类，不免心头火起，跺着脚巴望着船离去。那个男人伏在船上，似乎是虚弱得很，因为他都顾不上自己的裤子上破了个碗大的窟窿，半个屁股在外面露着，也沾满了泥和灰！

苏奈幸灾乐祸，忽然觉得那个破窟窿眼熟，笑容便一凝，再一想，便想起来了，这不正是自己的杰作？除了她的狐狸爪，谁还能伸那么远。

那日在王大人府上，好像是遇到一个瞎带路的小厮，她用法术给他的裤子扯了个洞，专叫他出丑。只是王大人家的小厮，怎么在外面乱跑，瞎抢人家的船，还臭成了这样？

苏奈转过身知会杨昭："刚才那个人，我好像见过他！"

她一转身过来，却见小桃脸色青白，抱着手臂，浑身颤抖地倒在杨昭怀里，眼睛看着她，却说不出一句整话来。杨昭一手扶她，一手急匆匆地脱下自己的外袍，将她裹了几圈，裹成个蚕茧，一把搂在怀里："小桃姐姐，你又发急病了？这样可暖和些了吗？"

苏奈插了半天，竟然插不进话去，呵斥道："你们在干什么？"

船向前一点点挪动着。那个干瘦的男人跪坐在船上，缓过气来，便慢慢地爬起来。

他不是别人，正是当日假扮小厮潜入王大人府上劫杀了王夫人的匪徒。

眼下他好几日没梳洗过了，头发板结，耷拉在头侧，胡子也如杂草般钻出皮肉，眼窝深陷。他的眼睛左右转动，警惕地看着四周。

划船少女冰冷的声音从头顶传来："去哪儿？"

"只管往前划！"他瓮声瓮气地道。

他将半个身子挪到船边，俯身借河水洗了把脸，看清了自己的形容，眼里闪过一丝戾气。

那个王大人死了浑家，痛不欲生，派人对他穷追不舍。有好几次，他在街市上，试图将偷盗来的首饰、珠宝典当出去，都险些被他的人抓到，最后只好逃到了深山老林里躲了好几日，其间靠吃野果、饮河水度日，别提有多晦气了。

幸而今日赶上了船，只要远远地离开，凭他王大人有三头六臂也捉不到他！

想到这里，他抬起头，冷眼看着那个划船的少女慢吞吞地划船。船仿佛是陷在了泥地里似的，走了半天也不动一下。

"怎么走得这么慢？你会不会划船？"他一把夺过船桨来，"我来划。"

那个划船的少女让他推搡了两下，也不吭气，仿佛是个哑子一般。她在原地站了片刻，也不客气，没事人似的钻进船篷里去了。

"你倒舒服。"他冷笑着道。

他用力划了一会儿，船飞快地向前走，又来了一阵风将船推着，不必划也能稳稳地前进。他见船离岸已经远了，四面都是青山，确认无人追上来，便撂下船桨，进了船篷里。他掀开帘子，那个划船的少女背对他蹲着，正在收拾满地的稻草。方才他急着上船，没顾得上仔细看，这会儿一瞧，那个少女看起来只有十六七岁，身段十分窈窕。她袄裙领子里伸出来的那细细的脖子，好像随便一扭就能折断似的。

随后，他被什么东西晃了一下眼睛，仔细一瞧，她后脑勺的鬟发上戴了一对蝴蝶发夹，随着她的动作灿然发光。

他看着那闪动的光，喉头滚动一下，想不到这个丫头穿得寒酸破旧，倒也不是一点儿宝贝没有。他又想，今日一走，即便是成功逃脱了，倘若这个丫头惯常在那个渡口拉客，王家的人问起来，难免不会走漏了他的行踪……况且，此后他走南闯北，有艘船也方便得多。

他打定主意，眼里慢慢地浮现出了戾气，他蹑手蹑脚地靠近，从背后猛地勒住少女的脖颈。他用了十成的力气，少女来不及发出一声叫喊，剧烈地挣扎起来，又被他向后拖去。他将她头发上的一对发夹，连同手上的一只银镯子全部用力撸下来，放在口袋里。

那个划船的少女渐渐如脱水的鱼一般，软绵绵地往下滑，他见她活不成了，将她按在稻草上，撕下来一角衣物，把那双瞪得奇大的眼睛遮住，想将她糟蹋了再丢进水里。

他呼哧呼哧地喘息着，正在解自己的衣裳，只觉得跪着的地方湿漉漉的，低头一看，船篷里面全是水，水已经没过了稻草，将他的裤子浸湿了。起先他以为船漏水了，可是随后便嗅到了一股腐烂的味道，再一看，船篷里面原本是崭新的，此时竟然四处褪色，布满裂纹，有了三分旧意。原先放稻草的地方已经没了稻草，满是水草和污泥，躺在地上的少女也漂浮起来，分明是在水里沉了多年的模样。

他恐惧地望着四周，呼吸乱了，一把将盖在少女脸上的布条拿开，那赫然是一具穿着袄裙的、发白泡胀的尸首，一双眼睛成了青白色，仿佛是直直地注视着他。未及他大叫出声，那具尸首猛地弹坐而起，一把勒住他的脖颈。

发夹、镯子，各色首饰掉了一地。

"求你……"他听到自己的颈骨咯咯作响，空气被一股巨大的力量挤压出去，男人慌乱地央求道，"求你放了我，我，我家里有老母……"

一只青白色的手掐住他的脖子，指甲逐渐收紧，几乎嵌进皮肉，那个人呼吸逐渐变得微弱，眼珠也凸出来，失焦地望着前方，然后他被扑通一声扔到了水里，一只手按住他的头。求生的意志支使着他，每当他向上浮起，便被按回水里。


从苏奈这里看去，小船在水面中间剧烈地上下动着，划船的少女探出半个身子，一动不动地按着个人，她披头散发，发丝胡乱地贴在脸上。从背后看去，她破旧的袄裙上竟然沾满了陈年的塘泥。过了一会儿，她猛地松开手，仿佛是一具尸首缓缓地漂了起来，慢悠悠地，被河水送到下游去了。

小桃的急病刚缓和些，脸色惨白，见了此景，只喃喃一声"天哪"，身子一软，险些被吓得晕过去。杨昭撑住她，脸色说不上是震惊还是后怕，两腿也打战："不怕。"

再看去，划船的少女不知何时消失了，那艘孤零零的乌篷船仿佛被线拉扯的风筝，慢慢地倒退回了他们身边。那艘无人的船慢慢地靠岸，还像方才一样停泊在原来的位置，就仿佛是时辰倒退回了一炷香之前。

再恍惚着看去，分明有个穿粉色袄裙的少女坐在船上，拿着半只梳子安静地梳着头。

船篷在阳光下泛着一层浅浅的枣红色。

狐狸咽了咽口水，也顾不上吃醋了，只拉住杨昭问："我们就没有别的法子渡河？"

她身为山野狐妖，也不是没见过妖怪杀人，她可比这两个凡人的胆子大多了，眼下镇定得很。只是她下山久了，太久没见着这等血腥的场面，一时有些不适应罢了。

她可不是怕这艘邪门的船，只是眼下她不能暴露身份。万一走到一半，他们也被这个少女扔到了水里，不是麻烦吗？

杨昭怔怔的，半晌没动，应该是难以消化他口中的穷苦少女摇身一变，成了杀人恶鬼的现实。他握紧了剑，艰难地道："我问了那些伙计，去渚上只有这一个渡口。我们再等等吧。"

三个人藏在草丛后动也不敢动，和那艘乌篷船遥遥相对。等了半晌，人都要被太阳晒化了，也不见有一艘船来，却又等到了一个人从面前深一脚浅一脚地走过去："船家！"

这人穿着一身打了补丁的布衣，头戴布帽，背着巨大的书箱，面色欢喜，边走边挥手喊叫——一个赶考书生。

杨昭闻声而动，被苏奈一把拽了回来："哎！你去做什么？"

"我得提醒他一下。"杨昭扭过头，一双漆黑的眼睛哀求地看着她，"他，他，我不能眼看着他……"

苏奈抓着他不放："先看看情况。"

说话间，那个书生已经上了船，放下书箱。划船的少女站起来，转眼就把船划走了。书生对她礼貌地一拱手，交谈几句，接过了桨，少女垂着脑袋站着，还是既不回礼，也不搭腔，兀自掀开帘子进船篷里去了。徒留书生在外面挽起袖子，十分笨拙地划船，船歪歪扭扭地动了起来。

苏奈见杨昭满脸郁闷之色，咳了一声道："弟弟，你若不放心，奴家从水岸边跟上去看看。奴家会一些小把戏，可以不叫她发觉。若是他也被扔下去，我就潜水下去将他捞上来。顺便看看有没有别的船。"

杨昭反握她手臂的力道重了些。

自打苏奈掘出了"暖房"以来，他和小桃便深知苏奈颇有些本事，行事也更依赖她。此时看她的眼神，更是从钦佩变作了感激："苏姐姐，你万事小心，切不可逞强托大。"

苏奈凝重地望着他，眨着丹凤眼，心里却走神想道，好一个俏书生，且让我去救一救，说不定能早点采到男人……

苏奈弯腰，从草丛里挑出一块石头，颠了颠，握在手里。杨昭只看见小妇人扭着腰肢往远处走，走到一棵枝繁叶茂的大树背后，不知使了个什么仙法，人便消失了。

实际上，苏奈是化成了狐狸身，三两下蹿上了大树。一卷尾巴，在最高处的树枝上蹲下来，伸着脖子，登高望远。

水面上唯一的乌篷船已经缓缓靠岸，原来是只走一小段水路。先前那枣红色的船篷已经变回了略微陈旧的青色，在依依拂动的翠柳之下，很有些江南水乡的古朴。那个划船的少女掀帘钻出来，幽幽地靠近奋力划船的书生背后。

苏奈把爪子里的石头捏紧，又比画一下距离，要是那个女妖怪敢下黑手，她立刻砸过去，再拉紧树枝，一个筋斗翻上船，演一出"美女救英雄"。

不过让她失望的是，那个少女只是垂着脑袋站在书生的背后，一动不动。书生扭过身来，把桨交还她，手伸到自己的包裹里，意图付钱，少女却冲他摆了摆手。

两个人交涉一会儿，书生最终将钱揣回去，敛袖冲她一拱手，状似道谢，随后他背着书箱，大步流星地走人了。

就……就这么走了？

划船的少女持桨，乌篷船慢慢地拐了个弯朝着她的方向驶回来。在船接近之前，红毛狐狸的眼珠子一转，一骨碌蹿下树，将那块石头扔回了草丛。

"弟弟，"苏奈化了人形，急匆匆地返回原处，将事情转述一遍。她问杨昭道，"你确定还要去渚上？"

杨昭犹豫片刻，坚定地道："我要去。就算我可以在别处做工，姐姐头上的耳朵总得去鬼市治一治吧？所以我要去。"他又沉吟着道，"我看那个少女虽然有些古怪，但不像是心狠手辣之人。刚才船行至一半，上下颠簸，左右摇晃，好似有人在里面缠斗。说不定她是被逼无奈，才情急自卫的。"

"好，你不怕，我也不怕。"小桃叹气道，"只是我们没钱付给她，不知道她肯不肯通融。"

"你们的废话好多！"苏奈伸出手臂，一左一右地将两个人一搂，强行把两颗脑袋按在自己的脸旁，"奴家有个法子，听奴家的，保我们安稳过河。"说罢，分别冲两个人耳语。

狐狸跟杨昭咬完耳朵，被他身上的阳气馋得口水直流，忍不住啃了一下少年的耳垂。

杨昭痛得立即捂着耳朵弹开八丈远，脸色涨红："这、这能行吗？"


乌篷船推开柔波，缓缓地靠岸。

那个穿着袄裙的少女双手持桨静静地站在船上，任三个人先后上了船，却没有抬头看他们一眼。

杨昭经过她身旁时，着意打量了她一番，令他失望的是，这个少女好像忘记和他有过一面之缘一样，满脸漠然的表情。

"船，船家。"杨昭紧张之下，有些磕巴。少女转过头来，他一把抢过少女手上的桨，拼命地划起来，"风大船重，我来帮你划船。"

少女似乎被吓了一跳，但阴沉的脸上仍然没有表情，直直地立在他身旁半天。随后她默默地转过身，像幽魂一般走向船篷。

方才弯腰掀起帘子，她又向后退了一步。因为船篷里面已经蹲着两个人，小桃半跪在地上，麻利地收捡起稻草，已经捆扎好了几捆，整整齐齐地堆了老高。她旁边还有一个尼姑打扮的女子，但那布衣之下是掩不住的惹眼的身段，女子挑眉看来，眉眼间十分风流："妹妹。"女子一边扎着稻草，一边扭过头情真意切地嗲声道，"妹妹呀，可怜你小小年纪就在江上漂来漂去，照看这么一艘船。你还有什么要帮忙的吗？尽管同我们说。姐姐们若是能搭把手的，绝对不会推辞。"

少女掀着帘子，青黑色的眼珠冷冷地瞟着她们，停了半晌，手一松，帘子啪地一下合上了，那张冷森森的面孔也消失了。

小桃松了口气，腿软得快倒在稻草上了，悄声道："苏姐姐，你猜得真准。"

"废什么话？快帮她捆。"狐狸精恶狠狠地看了一眼，自己拍了拍手，悠闲地坐到了一旁，从包裹里掏出一把瓜子儿，津津有味地嗑了起来。

小桃不敢耽搁，灰头土脸地在稻草堆上劳作，大约一刻钟，总算将所有的稻草都整整齐齐地码在船篷中。她又脱下褂子，好心地把地上擦了擦，又把苏奈不慎落下的瓜子皮收拾干净。

等两个人相携出来，见杨昭脱了上衣，满身是汗，正两手持桨，用力划船。

那个穿着袄裙的少女不必划船，又不必捡稻草，只得抱膝坐在甲板上，像石像一样一动不动，没什么表情的脸阴沉着，好像有些郁结。

"到了。"这时，杨昭小心翼翼地说，放下桨，抹了把脸上的汗。他谨记苏奈的教诲，片刻不敢停，把船划得像鱼一般快，不到一刻钟就靠了岸。

西洲的天色已经转暗，从渡口到栈道上，每隔几步挂着一盏橘黄色的风灯，如同星子一般闪烁着，连成了蜿蜒的长龙，引出一条通往远方的路线来。

两个女子已经跳下船，剩下的重头戏便压在杨昭的身上。杨昭一步一步地朝划船少女挪去，常年做实诚人的习惯，让他紧张不已，他手足无措，双手颤抖地摸进空空如也的包裹里，做出掏钱的模样："谢、谢谢船家，我，我，我……"

还未等他说完，划船的少女仰起脑袋，冲他摇了摇头："不要钱。"

还未等杨昭把推辞的话说完，她已经冷着脸钻回了船篷里。

"怎么样，找找看。"走在路上的时候，苏奈在杨昭身边绕来绕去，帮着他一起摸着身上各处，最后，在他的包裹里掏出了一对闪闪发光的蝴蝶发夹。

苏奈的眼珠随着那光转来转去，满足地喟叹一声："有钱了。这能买多少黄鱼馄饨啊。"

"我觉得这样挺不好的。"杨昭沉默半响，将四枚琉璃发夹小心地收在一处，在苏姐姐的欢欣雀跃中，可怜巴巴地道。

此时天已经黑透，三个人顺着风灯的指引向前，越向深处走，灯火越明亮，隐约有丝竹声和欢笑声传过来。

　　杨昭心想，大约是因为今天有宴席才挂了这么多盏明灯，和他上次来的荒凉完全不同，很有些排场，只是不知道这里都没有建好的房子，在哪儿支起桌子，摆流水宴席？

　　但转过弯，他便睁大眼睛。

　　他清楚地记得道场之上那座塔只搭了半个骨架，但此时，眼前分明是一座尖尖的九层玲珑塔，光明璀璨，高入苍穹。黑色的天幕之上，青黑的云雾凝成一团，在塔尖缓慢地旋转涌动。夜色之中，四面飞檐，灯火通明，低矮的房子被无数纵横交错的廊桥相连，像是一座座精致的画舫一般，架在水上，一眼望不到尽头。

　　人影来来往往，就从廊桥上穿梭，一片轻歌曼舞的热闹景象。

　　"这里……"杨昭由上看到下，尚在震惊，肩膀已经被人拍了一下。

　　"你来了？"几个穿短打的年轻帮工站在一处，嬉笑着道，"怎么还在这里站着，赶快入席呀。"

　　"哦，两位姐姐，这正是那日我见到的帮工兄弟。"杨昭向苏奈和小桃一一介绍。

　　苏奈从他的身边钻出来，好奇地问道："小兄弟，我且问问你们，这员外摆宴，好大的排场。这四面八方的房子都是他一个人的吗？"

　　为首的帮工望望左右，神秘地道："小师傅说笑了，我们员外虽然有钱，但也不到这样的程度啊。只是听说，今日恰好撞上独公子大寿，鬼市大开，所以这附近的百姓全来办酒庆祝，此为渚上习俗。一旦开了这样的席，可以不分彼此，互为亲朋，今夜可有的好吃好玩了！"

　　苏奈扶着帽子，还来不及计较什么有毒公子、无毒公子的，这人一看她的打扮，竟然把她当成了尼姑，叫她"小师傅"，直接将她气得眼中喷火。

　　正说着，一声锐鸣擦着耳朵升上天，在头顶嘭地绽开一朵四散的烟花。小桃吓了一跳，叫杨昭一把搂住。帮工们看看烟花，兴奋地向远处跑："那边开席了，我们先去了。杨昭，你有空了来玩！"

　　杨昭正要跟上去，被苏奈一把拉住："等等。"

　　只见这个小妇人别了别耳边的头发，挽起袖子，拉着两个人的衣袖奔向了最近的房子，从敞开的窗口朝里面一看，把桌上的五颜六色的菜看过了一遍，又急匆匆地奔向下一个窗口。

"苏姐姐……"

"他不是说今夜不分彼此，互为亲朋吗？"红毛狐狸一边流着口水朝窗子里看，一边道，"那便是去哪一个席都可以的意思？快挑个菜式好些的，也不枉辛辛苦苦来一趟。"

苏奈的速度极快，拖着杨昭和小桃跑了一里地。杨昭也被她勾引起兴致来，一个接一个房子看去，看完了便给苏奈如实禀报："苏姐姐，这个是七十二式，三十六荤三十六素的。这个里面摆了一张八仙桌，上面的菜摆的是八卦太极宴阵。"

越往里面走，阁子越华丽繁复，菜色的花样越多，直将苏奈看得眼花缭乱。最后，杨昭停在一个阁子前，似乎是愣了一下，招手叫她："苏姐姐，你看这个。"

这座阁子已经称得上是金碧辉煌，高数层，旁边还带着一个巨大的马厩，门口停有好些华贵的马车。苏奈通过窗口一瞧，便觉得新奇，只见这里面的空间极大，比寻常的阁子大得多，内里竟然有水池，水流潺潺。

美果佳肴被金盘所盛，晃晃悠悠地漂在水面上，人们便环绕水池而坐，膝上摆放着小几，金盘从面前缓缓漂过，供人取用。

水流中间是一座巨大的戏台，戏台上有一座极高大的白丝屏障，绘有山景，有许多一般高的俏丽少女，正在其上轻歌曼舞。还有个锦衣华服的少年怀抱琵琶，轻轻拨弄。

苏奈看到此处从未见过的奢靡景象，心动不已，心道，就这个了！

苏奈带两个人从窗口翻进去，挤进人群，寻了几个空着的蒲团坐下。

厅堂里面流水潺潺，客人们相互劝酒，一片热闹嘈杂，各得其乐，倒也无人在意多出的客人。

苏奈帮杨昭随便拿了几盘菜，自己紧盯着水流漂过来的盘子，见一盘盐焗整鸡缓缓地漂过来，鸡皮表面一层鹅黄色的凝脂，眼睛便闪过绿光，伸手一捞。厅堂内的琵琶声铮然响起，声音陡大。那琵琶弦像是旧了，锈了，乐声喑哑刺耳，一跳一跳的，将她震得差点掉了盘子。苏奈索性将耳朵闭合起来，也好不受打扰。

跳舞女子随着那弦声，飞快地变换队形，最终摆成个花阵模样。一曲终了，四周欢呼雀跃，身旁的杨昭也跟着拍起巴掌，兴高采烈地道："好！"

苏奈一把捉住他的手："好什么好。"

"我也不懂音律，就是觉得弹得热闹。"杨昭凑近她，真诚地问道，"苏姐姐以为不好？"

苏奈悄声道："当当当的，我听着像剁手指的声音。"

杨昭倒吸一口气："剁手指是什么声音？你可别吓我！"

无人注意那把椅子上的斜抱琵琶的华服少年赫然睁开眼睛，目光直射过来。只是片刻，又扭过头，冲客人眯眼而笑，似乎是陶醉在掌声中。

苏奈吃着鸡，先伸出纤细的手指，小心地把嫩滑的鸡皮揭开一角，随后看看左右无人注意，托起盘子，哧溜一声便将整块鸡皮吸进嘴里，细细品味。随后她一手一半，几下便把鸡拆成几块塞进嘴里，不一会儿，樱桃小口中吐出了剩下的鸡骨头。

她待要再拿，耳边响起一道冷森森的声音："你一个尼姑，怎么食得荤腥？"

这个声音雌雄莫辨，虚弱又微带沙哑，像专门做戏腔的男伶人。苏奈回头一瞧，原来是那个弹琵琶的少年不知何时下了场，正坐在她的身旁。

他身着大红云袍，衣服上密密匝匝地绣满了金线，肩膀上还缀有零落的白鹅毛。琵琶斜抱在身前，染成了赭石色，上面以朱砂画了些许光怪陆离的线条。他一张白净的面孔，眼梢也画了戏妆，微向上挑，斜睨着她，像是随意搭话。

苏奈见了男人，眼睛原本一亮，但嗅了嗅，有些失望。在狐狸的眼里，这个男人的气息冰凉阴森，还不如流水送来的菜品吸引她，而且他上来就揭人短处，一点儿都不客气，实在有些讨厌。

"奴家不是尼姑。"苏奈抛了个媚眼，有些不屑地道，将布帽稍稍向上抬一点，专程露出自己漆黑的发根，"奴家是带发修行。"说着，不再理他，取一只烧鸡腿塞进嘴里，三下就吃光了。

"你可会弹琵琶？"那个少年却又执拗地发问。

苏奈摇摇头。

少年道："你又不会，怎说不好？"

苏奈心中一虚，心道，难道是刚才说人坏话的声音太大，叫人听了去？她摸摸鼻子，尴尬地笑道："不瞒你说，奴家有位二姐姐，在富贵人家做姬妾，极善于弹琵琶。其实你弹得也挺好，只是跟她一比，就差了那么一点儿。"

苏奈说得确实是事实，二姐姐弹琵琶时，她整日盘成一团睡午觉的时候听着不觉得有什么，但要有了对比，才知道二姐姐的琵琶声简直就是仙乐。

"这位小相公，奴家原本无意说你的琵琶技，恐怕就是你的琵琶老旧了一些……"

苏奈顺着他手中的琵琶向下看，随后赫然睁大眼睛，这少年修长的手扣着琵琶，他的琵琶表面裂开，竟赫然镶嵌着一只眼，那眼珠子向上翻，义愤填膺地将她瞪着，差点要跳出来。

她险些从蒲团上跳起来，指着那琵琶长出来的独眼道："这是……"

在她叫出来之前，少年的手罩了这只眼睛上，轻抚了一下，手掌离开时，苏奈将眼睛眨了又眨，看清那只"独眼"不过只是琵琶上画的几根线条，哪儿还会瞪人呢。

少年抚摸着琵琶，喟叹道："你说我的琵琶不好，我的琵琶便会不高兴。它不高兴，我今日的兴致便也坏了。"

苏奈自认为是喝了几杯果子酒，晕乎乎地生出了幻觉，竟能把平的看成圆的，死的看成活的，可不能再喝了。当那个少年拿起金樽，给她的杯中匀酒的时候，她闻了闻，皱了皱鼻子，趁他不注意全倒回了水池里。

锦衣少年凑过来，同她真心实意地道："你们可是才来渚上，还不知道此处的风土人情？"

苏奈道："有什么风土人情？劳烦小相公介绍介绍。"

少年用尖细的嗓子道："告诉你啊，我们渚上第一桩规矩，叫作'祭王婵'。在渡口，若是看见个穿袄裙的少女划船，最好不要坐她的船。"

苏奈咽了口唾沫道："要是坐了又如何呢？"

少年笑而不答："王婵是我们渚上下游西村人，十六岁嫁了人，刚成亲便死了丈夫，婆家便时常虐待她。王婵出嫁前有条乌篷船，是她爹爹留下的，她每日一个人划船去西洲山上找茅草，带回来给婆婆编草席卖。平素也捎些客人挣钱。就在一个大雨天，她被一个船客糟蹋了，随后连人带船一起沉了底。尸体一直没浮上来，据说是陷在泥塘里。但是自此之后，起雾的时候经常有人看见王婵在划船，从西洲到渚上，划来划去。你若是好心帮她划船，她会送你两块琉璃；你若是敢欺辱她，听说，她每日都要带走几个人和她做伴。"

说到此处，他对着苏奈嘻嘻一笑，抱起琵琶转身，回到了水中央的戏台上。

原来是表演间隙已经结束，新的舞蹈已经开始。戏台上又走上来十个身穿白衣的女郎，少年却背对苏奈这厢客人坐着，宽大的红衣曳地，黑发披肩。怀里的琵琶从肩头露出一点，他长长地喟叹一声："坏了，今日的兴致坏了。"

客人们交头接耳，正在疑惑这个少年怎么只露个脊背便开始演奏，曲调已经响起来，稍有些有气无力，忽大忽小。那十个女郎已经按照排演舞起来了，再听一会儿，窃窃私语骤然增加，因为那琵琶弹得如醉酒之人一般东倒西歪，荒腔走板，越发难听不说，声音还越来越大，直至震耳欲聋。

苏奈几个忍不住龇牙咧嘴，捂住耳朵。只听几声巨响，琵琶弦竟然全部断裂！

那个红衣少年原本背对人坐着，脑袋却忽然如同陀螺，以脖子为轴，转了个圈，正对着客人。一张尖细的惨白面孔，两眼流血，长长地吐出舌头来。

这当口，厅堂内沉默了一瞬间，旋即爆发出此起彼伏的惊叫。碟子和碗筷纷纷破碎，跌入水池中，客人惊慌失措，四散而逃。杨昭当即起立，撞翻桌几，一左一右扯起苏奈和小桃，拔腿便飞奔。

那个脑袋长反的少年却微笑着飘然而来，转瞬间便到了眼前，他怀里的琵琶表面突然绽开裂口，上面生了一张嘴，獠牙上挂着涎水，张口在人腿咬上一口，硬生生地撕下一小块皮肉来。

那个被咬到的客人惨叫一声，顾不得痛，捂着腿一瘸一拐地，连滚带爬地朝门外跑去。客人连同跳舞的侍女跑得更快了，侍女失色，尖叫着，那个琵琶上的嘴却大嚼着美味，随着红衣少年飘来飘去，逢人便咬。

"不得了了，鬼吃人了！"杨昭推着两个姐姐飞快地跑到窗口，将小桃一抱，送上窗台，还没怎么注意，苏奈的身子一闪，自己跳过了窗子，她回首一拖。杨昭不知怎么就被拖了出来，只觉得一股巨大的力量拖着他没命地狂奔，把他的鞋底都快磨穿了。

外头夜色浓郁，水面之上无数错综复杂的廊桥，更有看不到头的阁子，灯火璀璨。苏奈拖着两个人，跑得越过众人，一马当先，左右看看，一时不知道往哪儿拐弯。身后混乱的尖叫声由远及近。

杨昭往远处一指道："苏姐姐，顺着这条道过去，那边有车！"

苏奈瞬间又奔出一丈，追上前面缓缓移动的风灯。前方有一个人驾着马车，正在缓步慢行，车上套了四匹骏马，想必能跑得很快。苏奈感觉到颊边一阵风声，杨昭已经翻身坐在马上，勒住缰绳，回头急急地问："大哥！大哥！那边撞鬼了，可不可以载我们一程？往渡口去。"

那个赶车的小厮被身边忽然多出来的人震惊了一下，反应倒也迅速，急忙掀开帘子道："快上来。"

杨昭拉着苏奈和小桃上了车，自己也坐进车里，马匹扬蹄飞奔，马车迅速狂奔起来。那个赶车人一边抽打马屁股赶路，一边问道："你们刚才说什么？撞鬼了？在何处？"

"就在最深处的那个阁子里。"感觉车夫声音有些模糊，杨昭忙掀起帘子，比画着道，"一个白脸长舌鬼，脑袋能转个个儿！"

马车向前疾驰着，车夫背对着他们道："哦？可是这样的？"

话音刚落，他的脑袋忽然转了一周，风灯微弱的橙色光芒照着一张惨白的脸，眼下黑红的血水直流，青色的舌头颤巍巍地垂下来，正和杨昭脸贴脸。不是那琵琶鬼又是谁？

杨昭中气十足地大喝一声："快跑！"

他背后的剑已经出鞘，照着那长舌鬼面门狂砍，红衣琵琶鬼像是风筝似的斜飞出去，嘻嘻笑着，转瞬便飘远了。马车在狂奔中逐渐散架解体，两只风灯摔在地上摔碎，随后是车篷，车轴，三个人都滚落在地，摔了个七荤八素，远远地只看见两只车轮奔向远方。

慌乱中，苏奈搂住一条健壮的马腿，被受惊的马拖着走了几步，一个打滚轻盈地站了起来，她一边扯住缰绳，一边揽住马镫，想顺势骑上去。谁知这匹马狭长的马脸扭过来，在她的身上嗅了一下，一蹄子蹬了过来，险些把她踹飞。

苏奈心道，大姐姐说过马是灵物，这匹马闻出来我是只狐狸精，不愿意让我骑！马被她扯住缰绳，不断偏头挣扎，向后空刨蹶子。苏奈一把抓住马掌，伸出狐狸爪，往马腿上挠了一爪子，这匹马痛得仰头嘶鸣。

苏奈趁机抓住马鞍一跃而上，在马屁股上一拍，回头想把那两个人拽过来，结果气不打一处来——只见杨昭早就骑在马上，怀里护着小桃，他扯着缰绳，就跟在她的身后飞奔。

"苏姐姐，你会骑马吗？"小桃在马蹄掀起的扬尘中不断地咳嗽，担忧地问。

苏奈没有理她，咬牙切齿地道："杨昭，你坐过来，与奴家共乘一匹。"

杨昭有点疑惑地看着她："为什么？"

苏奈挤出两滴眼泪道："奴家……奴家害怕。"

"苏姐姐，你别怕！"杨昭忙说，"马就是这样骑，两腿夹紧马腹，坐直就不会掉下来，我看你身姿矫健，骑得很好。哎呀，你急死我了，你不要一直扭过来看我，你看着前面的路……"

他的眼神忽然一变，向苏奈的身后看去："苏姐姐小心！"

苏奈回头，正贴着红衣琵琶鬼笑吟吟的一张白脸。他轻轻松松地从她的身边路过，无论她如何拍马屁股加速，他都始终飘在她的旁边，与她一同向前，他的红衣被风吹得向后猎猎作响。

他的眼睛弯着，仿佛在嘲笑她一般，嬉笑着抬起宽袖在苏奈的头上一捞，便一溜烟地飘向前面。

苏奈觉得耳朵一凉，再一摸，眼睛燃起两丛绿幽幽的火焰，那是狐狸精发怒的征兆："还我帽子！"她说着，追那道红影狂奔而去。

琵琶鬼拖着琵琶飞快地飘向前，横穿廊桥，涉水而过，留下一串涟漪。

马匹不敢下水，扬蹄止步。苏奈被高高抛向空中，乌黑的长发飘散，在空中化作赤红的狐狸原身，抱成团翻了几个跟头，爪子上生出新鲜的枝条，一头飞快地生长，缠在屋脊上，随后她将自己一荡，摆落下来时候又化成人身，一把抱住红衣鬼的琵琶。

苏奈的右手已经化成狐狸爪："敢抢我的帽子，我挠烂你的琵琶！"

她辛辛苦苦让那个摊主羞辱一番，又牺牲自己的一撮尾巴毛才换来的帽子，还只用过一回呢！

此时她也不知道追到了哪里，前面是一片绿幕般的树林，最近的枝头上挂了两盏风灯，随风作响。风灯下还拖着破烂的长绸，上头隐约写了个笔画繁复的古体"市"字。

微风拂来，漆黑的树林好似波浪一样摆动。苏奈忽然发觉此处有些端倪，仿佛有道看不见的门在前面展开，因为红衣鬼的半个身子已经消失在树林内，差点儿就让他逃走了！

见她举抓要挠，红衣鬼用力向里面拖拽琵琶，红毛狐狸死死地抱着琵琶不放，反而闪烁着绿灯笼似的眼睛向外面拖拽，试图把红衣鬼给拽出来："帽——子——拿——来——"

琵琶鬼似乎没料到这只狐狸精的力气如此之大，竟然让她拖出来半个身子。两个人僵持不下，忽然琵琶咧开血盆大口，冲着苏奈的胳膊就咬，幸而她松手得快，只咬到她的半边袖口。红衣鬼寻到机会，将琵琶猛然一撤。

说时迟那时快，苏奈化成红毛狐狸，尾巴卷上了琵琶。然而那股力量过于强大，而狐狸的身子又太轻，红毛狐狸大惊，爪子在空中无助地挠了一下，随后一起被带进了看不见的"门"。

她背在身上的那把黑色短剑掉在了地下。

"苏姐姐！"杨昭赶来，眼见着苏奈突然消失，不由得大骇。

把小桃放在马上，追到了林子外，只见得松涛浪涌，风灯摇晃，一个陈旧的"市"字招牌静静地悬于其下。

他捡到了地上的这把剑，身后的尖叫声和混乱的脚步声又急追而来："鬼啊，救命啊！"马儿受惊，抬起前蹄一声长鸣。上头白影一晃，小桃就势一滚，溜下地来，跑过来靠着杨昭的后背，同他道："这四面八方全是飘来飘去的，不知什么东西。我瞧旁边有个阁子，人们都往那边跑，我们就这样背贴着背，一路杀到那边去，你往前走，我往后退，只喊一声，我能贴得住你。"

说罢，眼前一个比人还高的影子转瞬贴到了面前。小桃吓得惊叫一声，反手抽出杨昭手里捏着的剑，闭着眼睛往前面一砍，只觉得砍菜切瓜似的削断了什么东西。她睁开眼睛一瞧，是个稻草人头身分离，各自滚落在地上。

砍倒了一个，其余的便有了底气。小桃只挥着剑一阵乱砍，满地滚落的都是破碎的草垫子。她感到剑柄微微发烫，睁开眼来，只见剑身在黑暗中发起光来，金黄色的光芒自里向外勾勒出一行赤金符文，那飘来的稻草人一触到剑身，瞬间就烧作了一簇向上燃起的灰。

她觉察到身后的人迟疑地一动，小桃心细如发，脚后紧跟贴着他的靴子，便预感到他的举动，随他后退，两个人的动作配合得天衣无缝。

随后，她感到杨昭僵在了原地，暗暗奇怪，忍不住拍拍他的手臂道："往阁子里走呀，我跟得上你。"

黑暗中，小桃实在看不清杨昭的侧脸，灯笼的幽光只能照着他的眉眼和沉着的嘴角，随后他骤然一动，剑光一闪，自她耳边削断风声，一剑灭了贴近她身前的一个稻草人。

随后她的手臂被人拉住，向前一送。

杨昭不采纳她的主意，直接拉着她向前跑。

小桃只注意到杨昭的剑上也有发光的符文，低头对照一下手里的，喘着气道："你的剑和苏姐姐的剑长得一样，是一对吧……"

少年并未搭话，这一路上他背着剑，偶尔轻巧地使用，并未曾显得有什么特别，此时方显出真本事来。他只用左手挥剑，大开大合，剑速极快，金光流星似的尚未散去，便又绘出新的线条，挽出一朵绚丽的剑花，将二人护在中间。那飘来飘去的稻草人刚要接近便蒸发在空中，转眼灭了无数。

杨昭收剑，脑子里只是嗡嗡作响，回响着小桃方才的话。又想起多年前，在村口的溪水边做游戏，姐姐刚七岁，是个正在换牙的垂髫女童，比他高一些，嬉闹的时候将他翻过去贴住后背："你只管往前走，我会倒着走，你的脚后跟一动，我就知道你往哪儿走，我能贴得住你。"

他往前走，吴扽香果真灵活，像只章鱼一般黏在他的身上，他走一步，她便能退一步。

娘曾经说过，姐姐的娘亲年轻时是个舞娘，所以她从小身段就灵巧。两小儿背靠背走，边走边咯咯地嬉笑着。他顽皮，猛然一个跨步，吴扽香退得太猛，脚下一滑，扑倒在地。恰巧娘背着背篓买菜回来，见状，放下背篓，一巴掌拍在他的屁股上。

吴扽香从地上爬起来，脸蛋上还挂着泪珠，却摇晃着娘的手臂道："大娘，你别怪他。是我要跟弟弟玩的。"

杨昭侧头，看着小桃的侧脸，一时竟没有分明的感受。他人有点木，脑子一向不装事，若不是挨了一巴掌，也不会将这件事记得如此清楚，也不会在小桃贴过来的瞬间就立即回想起那段尘封的往事。

正在此时，耳边传来一连串爆裂的声响。二人惊讶地仰头，看见漫天烟花绽放。

原来连绵不断的每个阁子屋顶都摆放了烟花，故而一时间红绿璀璨，天空乍亮。

天上烟花次第盛放，是到了节庆最盛之时。回廊之间却满地散落着狼狈逃跑的人，和嘻嘻作怪的白影。唯独杨昭和小桃旁边空空荡荡的。

大约是他方才挥剑太狠，剩下的白影绕开他们，向四周飘去，不敢再招惹二人。

两个人狂跳的心稍稍平复。灯火璀璨的阁子就在眼前，杨昭和小桃对视一眼，见各自脸上的狼狈之色，都别过头笑了。杨昭的手松了松，顺着她的袖口稍稍向下。随后手上一凉，小桃冰凉的手一把握住了他的手，不再看他，只看向前方。

漫天璀璨的烟火之下，两个人紧紧地牵手，朝着阁子狂奔而去。


苏奈被带进了"门"，只是进门时候卡了片刻，一旦进去，那琵琶鬼便飘得如疾风般迅速，险些将苏奈的尾巴甩脱。

狐狸精也并非吃素的，在空中向前一扑，转了个身，抱住了琵琶身，四只爪子狠狠地抠住琵琶，挠出了几道白色的痕迹。

她感觉到琵琶鬼已经失去了耐心，变得越发暴躁，因为他不仅飞快地向前飘，还开始用力摇晃、上下甩动琵琶，企图把她给甩下来，她偏不！

颠簸中，苏奈忍着恶心，伸出指爪，以空中练习了数百次的熟练指法，照着琵琶上那滚来滚去的眼珠子狠狠地一剜："把帽子还我！"

她的手法果真熟练，那颗眼珠的触感不如她料想的那般，是硬的、干的，宛如一颗镶嵌在琵琶上的大玉珠，她啪的一下就剜了出来，滚落到了地上。

"啊！"琵琶鬼竟然大叫一声，骤然一停，难以置信地看着琵琶上空空如也的凹槽，他尖细的声音变了调，"你，你敢——"

苏奈也惊魂未定，不过很快冷静下来，趁着琵琶鬼失魂落魄的工夫，瞅准时机，将帽子一把勾回，往脑袋上一戴。她的目光追寻着那颗黑白分明的眼珠子。眼珠子停在草丛里，黑眼珠从底下转过来，正偷偷地看着她。

随后，它的目光变得惊恐，因为她的狐狸爪兜头落下，将其踩成了一张饼。

"嘻嘻，你这玩意儿吃人，想来也不是什么好东西。我今日替天行道，顺便教训你这个不知好歹的臭妖怪！"

红毛狐狸甩着尾巴说完这句话，已经知道自己占尽了便宜，不敢耽搁，脖子一缩，掉头就窜，转眼就没了踪影。

琵琶鬼却顾不上追，他颤抖着蹲下，双手抱头，满脸血泪，宛如一个演到正动情处的戏子，目不转睛地看着草丛里的那摊东西。

等了片刻，草丛中传来窸窸窣窣的响动，原来那摊东西慢慢前后晃动，自己鼓了起来，又恢复成一只转动的眼珠子。

青眼转来，阴毒地怒目而视，还微微颤抖着，如同一个盛怒的人。琵琶鬼却大松一口气，颤抖着枯瘦的指骨，恭恭敬敬地将琵琶置于地上。眼珠子自己弹跳了起来，又镶嵌进琵琶里，灵活地向四周转动。

红毛狐狸头上戴着布帽，本想原路返回，心下却凉了一半：四周荒草凄凄，不辨方向。这里可不像外面一般灯火璀璨，唯有一点惨淡的冷月照着绿树荒草，微风吹来，四面八方的荒草簌簌摆动。

她想起大姐姐叮嘱："无论什么陌生地界，都会有人，有房子，再不济也有山影，地下有水声，草丛里有虫鸣。若是都没有，那便要小心，有可能是人间修士做出的'阵'，专门用来猎捕我们这群山野小妖。这世上只有'阵'和幻境，会是什么活物也没有的。"

狐狸下巴贴地，喉咙间发出呜呜的低鸣，本能地感知危险，缓缓地向后退了一步。忽然，阴风自背上滚过，一个冰冷的东西倏忽从上面压了上来，苏奈几乎立刻炸毛。但那东西像一尊冷硬的雕塑，将她死死地镇在下方，她的四肢灌了铅般僵硬，不受控制地趴伏下去。

幸而，她从陌生的气息中感觉到那不是追她的琵琶鬼。她在摆动的荒草之上，看到了浅淡的轮廓和倒影，佝偻着的一团，像个人。

苏奈感觉到一阵屈辱，自小到大，她仗着有三个姐妹相护，在山上撒泼打滚，称王称霸，什么玩意儿敢这么堂而皇之地骑在她身上？偏偏她此时不敢轻举妄动。

"你是何物？"她的眼珠转上去，从嗓子里挤出恶狠狠地试探。

那个"人"先发出一长串剧烈的咳嗽，同时，一股难闻的味道席卷而来，那味道极苦。

苏奈认出来，那是几种中药混合的味道。她被熏得咳嗽好几声，用尽全力活动脖颈扭过头。看见了书生穿的青布衣衫。只是那衣衫的前襟洒满了药汁，混合着喷溅状的血迹，都已干涸许久，黑褐色的斑驳痕迹乍看上去显得触目惊心。

"求你……"书生在咳嗽和肺鸣之间，好半晌才发出哀求的声音，"我等了好久，才等到一只狐狸。我有急事，请你送我去我想去的地方。"

"大哥，奴家也有急事！"苏奈咬牙切齿地道，"你有手有脚，怎么不自己去？却要奴家一只才三百岁的幼狐驮着你去，好生金贵呀。"

方才一听是个男人讲话，她还心中一喜。可惜他浑身冰冷，带着腐气，也不知从哪个棺材里爬出来的，一丝阳气都没有，倒全是晦气。

从杨昭那儿吸来的几缕男人的阳气转瞬间就跑没了。苏奈闻了闻自己身上，欲哭无泪，现在还有什么比自己更倒霉、更晦气的？

书生喘息着，摇了摇头，急切地道："我快死了，就这么一个心愿未了。求求你……"

"大哥，你不是快死了，你是……"苏奈把后半句话咽了回去。她想起大姐姐说，是不可以让死人知道自己已经死了的，不然会有很严重的后果。至于是什么后果……都怪她那时候在山上扑蝶捉兔，不好好听着，眼下，她只能吃了这个哑巴亏。

唉！呸！

"好吧！我送佛送到西，帮你一把。你要去哪里？"

"我去江边接我的浑家，我答应过她每天都去接她回家，今天已经晚了。"书生大喜，敛袖成礼，咳嗽着道，"多谢！多谢！我会指路给你。"

随后，苏奈的四爪奇迹般地慢慢恢复了力气，她向前奔去，只轻轻一下，便蹿出好几里，心里不由暗暗惊奇。在这空间里，她仿佛失却了风的阻力，草的阻力，像是御风而行一般，跑起来比平时快了许多倍，周边厚重的树影如幻影般一晃而过，根本看不真切。这样快的速度，她甚至控制不了自己的方向，看不到路，只能任人驱使着向前飞奔。

蓦然，她想起大姐姐给她讲的传说。那时她刚被大姐姐捡回山洞，野性未消，总是溜出去刨坟墓，偷点陪葬的好东西。大姐姐白素便戳着她的脑袋，吓唬她说："传说冤魂困于死地，非骑狐不能行。狐性通灵，堪当鬼坐骑，故而人间话本子的精怪传说里，总是把"狐鬼""狐鬼"放在一起。你这样疯，莫要在坟墓里碰见了鬼，被捉了去，到时候每天被各式各样的鬼骑在胯下……"

"大姐姐，别说了！"那时候她盖住狐狸耳朵，大声嚷嚷着。

别想了！苏奈此时也欲哭无泪地想，一会儿寻个机会一定要逃，她可不想叫人骑来骑去，真是晦气！

她就这么跑着，倒也不觉得疲倦，只是无聊得很。也不知道过了多久，听闻水声潺潺，清冷的月光照着草丛中蜿蜒的渡口，渡口上空无一人。苏奈身上一轻，那个书生已经跟跟跄跄地奔上渡口，茫然四顾，扑通一声，面对着江水跪下。

他的身子抖如筛糠，发出一连串濒死的咳嗽声。

他不是说要接他的浑家吗？人呢？却也不知道，这鬼的老婆，是人是鬼……

苏奈的眼珠滚来滚去，可怜那个冷冰冰的塑像一般的鬼虽然离开了她，她的四爪却没有立刻解冻，仍然是凉冰冰，硬邦邦的，只能伏在草丛里。不过没过多久，等四肢恢复了知觉，她立刻悄悄地退出草丛，掉头就逃。可是刚跑了两步，忽然听闻背后有人放声大哭，那哭声扯了一嗓子，便是惊天动地地咳呛，随后又是哭，只是没了力气，幽幽地响，如肝肠寸断。苏奈只觉得心肺脾脏叫他哭得缠在一起，扭曲生疼，堵住耳朵都不管用，跑了几步，又掉转回去，狠狠拍了他背后一爪子："喂，你怎么了？"

书生瘫坐于地，眼眶赤红，望着水面，绝望地道："我来迟了。"

苏奈四顾道："来迟了，你的浑家跟别人跑了吗？"

书生摇了摇头，继续哀哀啼哭。

红毛狐狸发现他衣襟上的血渍和药渍渐渐消失了，非但如此，连他的青色布衫在月光下都变得轻薄惨淡，看起来竟像是白色。他指着水面，喃喃着道："我知道。她在底下，在底下。说好每天都来接她回家的。我怎能先行失约呢？对不起！我怎能迟来一步？对不起……可是我真的走不出来那块地界，我在那里不知打转了多久，我想找人帮我，可是四面无人，我走不出来……"他颠三倒四地说着。他是该流泪的，但眼眶空空荡荡，干得发紫。他止不住地咳嗽着，胸腔发出微弱的声音，"我……"

他停顿了一下，失焦的目光却微微一凝，有些讶异地看着水面。

只见岸边，红毛狐狸的尾巴在空中翘起，炸成了一朵花，它的身体向后弓起，紧紧地向上绷着，爪子上缠着两串翠绿的藤蔓，绳索粗的藤蔓一直延伸到水下去。

红毛狐狸咬着牙，使出吃奶的劲儿，向后拉扯藤蔓。随着藤蔓在她的爪子上缠了一圈又一圈，有什么巨大的东西慢慢地从水下一点一点地被拉出水面。

书生看清楚，那个被藤蔓缠紧的黑色的庞然大物，正是翘起的半个乌篷船的船头。

红毛狐狸喘着粗气骂道："求求你别哭了，吵死人了！奴家给你捞上来，还不行吗！"

水岸边，静静地漂着一艘破旧的乌篷船，船身发黑腐朽，表面全是灰白色的泥浆和大片斑驳的绿苔。船内空无一人。

书生模样的人跪坐在岸边，身前摆放一具少女的尸首，尸首穿着一身袄裙，已经看不出原本的颜色。

大约因为水草盘根错节地从船的缝隙中生长，慢慢将其绑缚成一个茧，少女的尸身没腐朽，只是沾满了泥，全身透出死气沉沉的青色来。她的发髻蓬松凌乱，满是污泥，书生将她抱在怀里的时候，有两枚闪亮的东西在发间晃来晃去，正是鬓上那一对琉璃发夹。

红毛狐狸躲在树后面看着这幅画面，用爪子搓了搓毛茸茸的手臂。无他，来渚上的时候，她刚坐过这个少女划的船，那时候她还能说会动，还会朝人翻白眼哩。

书生静静地抚摸尸首的鬓发，仿佛有看不见的泪滴从他通红的眼眶中流出来，又顺着凹陷的脸颊流下去："可怜王婵十六岁嫁给我，只来得及给她做过这一身好衣裳，买过这一对发夹。"

说着，他叹了口气，用手指仔仔细细地擦去少女脸上的泥。随着他的擦拭，一张年轻的脸露出来，脸色白皙而微带晕红，如同恬静地睡着了一般。书生用衣摆擦了手，又去梳理她的头发，喃喃着道："虽然迟了，总算是来了。虽然来了，但却迟了……"

苏奈此刻安静极了，能听见风吹草动的声音。过了好半天才反应过来，原来是这个痨病鬼好一会儿没发出惊天动地的咳嗽声了。再一看，他的衣裳已经彻底变作白色，皮肤也叫冷月照得没有丝毫血色，低头凝视着怀里抱着的少女，二人一动不动，似乎融成了一对安详的塑像。他们的衣襟边角渐渐褪了实形，成了空中透明的虚影，好似马上就要随风而逝了。

苏奈大惊，飞扑而去，抓住的一截布料却如雪片般融化在指爪间：

"你别走！看在奴家帮你的分上，先告诉我，怎么从这里出去！"

可惜，那个虚影状的书生嘴巴一开一合，声音听不真切。

红毛狐狸努力将耳朵凑过去："你说的什么呀？"

书生殷切看着她，拱手行了一礼："多谢仙子了结小人们的心愿，今日脱困，得以往生极乐，来世结草衔环，必然报答。"随后，他抬手向前一指，"我一直被困在三尺见方的地界不能走动，于此处也十分陌生，并不知晓通世之处，我只晓得，那边有灯笼的地方是鬼市，常有鬼怪从那里来，切记远离那处。"

"那边，有灯笼的地方……"苏奈侧耳，艰难辨着他的声音，又顺他所指眺望远处，果见小路通向之处有光，大喜过望，"奴家知道了。多谢！多谢！"

书生只见红毛狐狸双爪合十，神情带着感激，却听不见她说了什么，只当她领会了自己的意图，欣慰地点点头。几乎是瞬间，虚影破碎，化作无数粉蝶在月光之下盘旋，很快消散在空中。

红毛狐狸出神地望着这片蝴蝶散去，拿尾巴轻轻扫开落在她脑袋上的几只粉蝶，掉过头，照着有光的地方狂奔而去。谁知，刚踏上那条蜿蜒的小径，还没跑两步，又被一个沉甸甸、冷森森，满是晦气的东西压趴下去。

有完没完了？

苏奈身负重压，僵硬的四爪狠狠地刨地，过了好半天才勉强将自己支撑起来，艰难地往前爬，心道，可恶，那个臭书生竟然骗我！

但一想到他在岸边伤心的表情，不似作伪。苏奈又想到，兴许他不是故意的，他也不知道路呢。

可是不知道路就乱指路，他也很是缺德！

红毛狐狸的眼睛闪过绿光，身子猛地弓起，奋力一甩，想把背上的人甩下去："你又是谁？"

这次骑她的人不似上个书生般手长脚长，她的身体佝偻着，显得十分瘦小，犹如一片落叶，被颠得晃了一下，情急之下，对方一把抱住苏奈的脖子，险些将她勒得背过气去。

随后，一连串急切而含糊的声音贴着她的耳朵传来，咿咿呀呀，哼哼唧唧，浑似个掉了牙的老妪。

"你说什么？"苏奈涨红了脸，扭了扭脖子，挣开她的桎梏。

老婆子在她的背上发出幽幽的哭声，她穿着一身布衣，佝偻成了一只虾子，几根银丝翘起，飘在空中，只知道像个孩子似的哼哼，苏奈一句也听不清楚。

狐狸耷拉着脑袋，驮着老妪怒气冲冲地往前磨蹭，好半晌，她悄悄地伸出尖锐发亮的指爪，看了看，暗忖着在这地界，她的小法术全使不出来，藤蔓却可以正常变出来，却不知对付灵体有没有效果，最好是将这个老婆子一捆，远远地丢到草丛里去，她也好脱身。

狐狸的眼睛微微一转，刚想暗算，又横生变故。

老妪蜷缩在狐狸身上，目光哀哀地看向虚空，瞳孔灰扑扑的，竟然是个瞎子。方才她对苏奈一通"哀求"，眼看狐狸磨磨蹭蹭，她越发焦急，眼眶里好似蓄满了泪。但灵体毕竟是没有泪的，那"眼泪"蓄得多了，流星般坠落，化成了几朵星火。

橘黄色的星火滚落在狐狸皮毛上，噼里啪啦地炸开。待苏奈察觉到痛，狐狸毛已经给烧焦了好几撮，她嗷的一声跳了起来，一头撞在墙壁上。

"别再哭了！"

休整好后，苏奈已是心有余悸，噙着泪，一边拔腿狂奔一边道："奴家带你去你想去的地方，求求你别再哭了。"

在这地界，狐狸跑起来仍然是一步千里，但方向大约是由骑着她的鬼决定，借狐狸的腿，走他们记忆中的路。这个老婆子眼瞎耳聋，苏奈便四处碰壁，鼻子都快碰扁了，却只能爬起来再度狂奔："你个老不……咳咳，求你仔细想想，到底是怎么走的？"

不知道跑了多久，红毛狐狸累得气喘吁吁，书生口中的灯笼却已经近在眼前。两棵枝繁叶茂的大槐树上静静地悬着两只灯笼。那灯笼足有两个人环抱大小，将树下的落叶照得分毫毕现。灯笼上以毛笔写字，右边那个写着"市"，左边那个笔画繁复，形如符咒，是从未见过的古体字。苏奈昂着头，看着眼晕，也不曾识得。

苏奈听到里面隐约传来人声，再联想起书生的话，不知是不是阴差阳错，让她给找到了出去的路，当即大喜，身上仿佛有了使不完的力气，驮着老婆子便冲了进去。

这一进去，如冲进了光怪陆离的一场梦。

天上高高低低地悬浮着无数灯笼，形制如同人间的孔明灯，但皆是幽绿、幽蓝，下缀银铃流苏。

苏奈带过的风声使得银铃相撞，不过这一连串脆响马上没入鼎沸的喧嚣声中。天上星海左右晃动，光晕洒在琳琅满目的银饰上，冷光炫目。远处各式各样的珍宝器物，绫罗绸缎，望不到尽头。

狐狸张开嘴，一团白气从她的口中飘飞出去。这是她见过的最大、最繁华的街市，有方圆十里之大，桌案之间却挤得很紧。摊位有悬在空中的，有摆在地上的，有小山似的堆成堆的，有从树干上以一张网挂下来的，有叫数只雪白的猴儿伸手捧着的。

因着灯笼和月色是冷的，所有的器物之上，甚至连一摊位的几百只鼓着声囊的蟾蜍，都镀着一层朦胧的釉光，看起来不似凡物。

摊位成排，只留下蜿蜒的、窄窄的过道，无数人在其中往来走动，男女老少，贫寒富贵，有的看起来像人，有的只是淡淡的虚影，有的身着人的衣裳，手里拿着人的折扇轻摇，领子里伸出来的却是巨大的牛头、马头，还有和二姐姐似的鸡头。

苏奈小心地扫视过去，自然，还有人没有头，单一副躯干，正在自如地与摊主比画着什么。如此奇怪形状遍布，苏奈驮着一个灵体进去，倒显得稀松平常了，并未引起任何人的注意。

老婆子操纵着苏奈从摊位间穿过，步伐比来时慢了许多，不时左右看看，好似在寻找什么。

双手举着摊位的白猴忽然低下头，似乎很好奇从脚下经过的小东西是什么。看清狐狸脸后，冲着苏奈一龇牙，苏奈吓了一跳，随后酝酿了一下，也眼冒绿光地龇牙瞪了回去。

白猴吓得将摊布一丢，转身上了树。那摊位便立刻塌了一个角，银器滚落，叮叮当当一片响动。

在人们的惊叫和摊主的斥骂声中，红毛狐狸原本正在嬉笑，身不由己，又被老婆子操纵着迅速向前跑去，直到了一群围观的人背后。

老婆子心急地左右探看，苏奈已经拿爪子拨开人群里的一双双腿，奋力钻到了最前面："让开让开，让我过去。"

被围住的是摆在地上的一个半人高的背篓。奇怪的是，背篓里站着一个约莫七八岁的垂鬟女娃娃，手里捧着一把黑色的短剑，短剑上系着一根稻草。

女娃娃的头规矩地低着，只是满脸的泪痕，随着抽泣，肩膀一耸一耸的。

苏奈与季先生学过，绑着稻草之物，就是叫卖的意思。

围观的"人"亦是窃窃私语："她的爹娘老子，多狠的心啊，自己不出面，却叫小女孩出来卖东西。"

"正是了。此处危机四伏，一会儿若是那豹人、虎人路过，肚子饥饿，一口咬掉她的脑袋可怎么办？"

又有个无头人缓缓地打扇道："再说，在我们这地界，谁会买此等纯阳锐器呀？"

此时，自人群中走出个三十岁左右、侍女模样的高挑女人。

苏奈注意到她和这周围的"人"都不一样，虽然有人形，却无实体，乃是个虚影。但四周的人似乎熟视无睹。

女人走过来，抬起了小女孩秀气的脸，仔细地打量了两眼，又捏住她的手，看了看她的手心和手背。她打量了许久，却问道："剑怎么卖？"

女孩原本十分不安，此时睁着一双水汪汪的眼睛，充满期待地看着她："姨姨，这是把好剑，只卖二两白银。"

女人面露赞许之色："你说话的声音真好听。"

"这把剑可否借我一观？"一个冷傲、低沉的男声响起，抑扬顿挫，掷地有声。

苏奈听着颇觉耳熟。

又是一道虚影站在了小女孩旁边。这道虚影身量高大，约有九尺，布衫长髯，不待回答，只就着小女孩的手，利落地将那把剑拔出半截。露出来的剑身上有金光铭文流过，暖光满目，直接将围观的各色"人"刺得以袖遮面，后退几步，惨叫起来。

幸好他只看了一瞬间，便收剑入鞘，点评道："果然是把好剑。"

几乎是同时，苏奈认出来了，那把黑色的、扁扁的短剑正是当初季先生赠予她，她又带在身上的。那么眼前这个高大的男人的虚影，不是季先生又是谁？难怪他一开口，她便觉得熟悉！只是他看起来比她记忆中单薄一些，脊背也挺拔一些，是年轻些的季先生。

季先生怎么会在这里呢？苏奈摸不着头脑，那么眼前的虚影是真实在此处，还是故去的幻影呢？

468

"二两银子是吗？剑我买了。"季先生的虚影道。

"你这相公怎么这样？我跟她的话还没问完，买卖也得讲个先来后到。"一开始询价的女人见他就要掏银子，有些不悦。

这时，一个满面哀愁的妇人虚影忽然出现，挡在背篓前，按住女孩的肩膀。这个妇人四十岁左右，有张蜡黄瘦削、操劳过度的脸。她咬咬牙道："孩子不懂事，报错了价，这把剑卖二两黄金！"

四周哗然，围观的鬼怪们道："这便坐地起价了？方才还二两白银，这会儿又变成了黄金，这差得可太远。"

"她一定是躲在人群里看。看到有两个人有意竞价，小孩不如大人会变通，不懂抓住商机，她便只好跳出来抬价了。"

"你们不知。"妇人漠然地扫了人群一眼，状似解释，"此剑原本卖五两黄金，我们在这里摆摊半个月有余，没有人识货，实在无法，这才一降再降的。"又道，"此剑是我相公和城内最好的铁匠合力亲铸，听说可以砍杀妖鬼，乃是'神器'。"她说着，神情变得激动、愤懑，"我的相公铸剑成痴，为了祭祀这把'神器'，他和铁匠一并跳进铁水里死了！这把剑有市无价，区区二两黄金而已，买得起他们的命吗？"

众人都不敢对上她充满怨气的眼睛。女人面露迟疑之色。季尧臣却干脆地道："二两黄金倒也值得。剑我买了。只是身上没这么多，先交一锭黄金的定金，一会儿会有人送钱拿货。"说罢，他淡淡地扫了背篓中的垂髫女孩一眼，拍了拍她的脑袋，似乎是无声地叹了口气，转身走了。

妇人面无表情地收下金锭，揣进怀里。把剑上的稻草扯掉，扯了一匹红布，小心翼翼地将剑包裹起来。人群发出一阵唏嘘之声。

小女孩是最高兴的人，她天真地看着妇人的动作，露出了甜甜的笑容。

可是不一会儿，她的笑容便慢慢褪去。

剑已经卖了出去，那个女人却没有离开，而是拉住妇人的手，将她拉到一旁低语。不久，妇人回头瞧了她一眼，那眼神里带着复杂的情绪，让她无端地感到一阵恐惧。

那个女人是同妇人这样说的。女人用她从未听过的标准官话柔声道："恐怕你也看出来了，我方才是项庄舞剑，意在沛公。我在人群里观察这个孩子好几日了，她的性子好，是个肯吃苦、乖巧伶俐的。我家住在大河之南，西洲岛上，我坐船半日才到的这里，就是为了找一个合适的小丫头，做老太太身边的丫鬟。"

妇人呆呆地看着她，好似没听懂她在说什么一样。

女人道："不瞒你说，我们家是大户人家。我家老爷十七岁就中了举人，眼下仕途正好，方才扩建了府邸，正是要人填充的时候。你的孩子去了我们那里绝不会吃一点苦。因为老太太信佛，慈悲得厉害，不愿意给奴婢写卖身契，平日里待奴婢如待亲女，偷跑回家的不是一个两个。我想要几个家远的，年纪小的，从小教养，这样他们才能安生地住下，以后学我们家的规矩。"

女人见妇人低头沉默着，如同一块石头般一动不动，却看得出她在动摇。

女人又是一笑，拉了拉妇人身上打着补丁的布衣："你不止一个孩子吧？瞧你这身上衣裳，是男童的旧短打改成的外衣，布都碎成一片一片的了。我想你是实在养不起这一双儿女了，不然也不会让这孩子一个人出门抛头露面。你叫她一个人站在背篓里，自个儿站在人群里看，其实就是在试探，想看看你有一天丢下她悄悄走掉，她是什么反应，会不会哭……"

妇人似乎被戳到痛处，抬起头激动地道："你瞎扯！"

"我出价五两黄金，相比你之前的想法，相当于白捡了五两黄金。"女人却不急，仍然柔声道，"你今日就是带她回去，还是要发愁生计。你没了丈夫，一个人带着两个孩子，吃喝用度都是双份花销。不如将丫头给了我们家，她以后过得肯定比现在要好。再说了，足足七两黄金，够你很好地生活大半辈子，还够你买一块地，儿子长大了娶一房好媳妇……"

妇人本是未开蒙的农妇，听不懂这么多弯弯绕绕，却本能地被女人描摹的未来吸引。她睁大眼睛看着女人，半晌没有说话。

女人自袖中把一块块金锭给了妇人。

小女孩睁着一双水汪汪的大眼睛看着，仿佛明白了什么，泪珠子扑簌簌地落下来，但她太过乖巧，不喊也不叫，甚至没有哭出声音。

管家从背篓里将女孩抱出来。正在此时，苏奈的身上忽然一轻，她感到有什么东西从背上连滚带爬地飞扑过去，随后，那妇人淡淡的虚影一下子有了实形。

妇人似乎不适应这刺眼的光明，用手遮住脸，眯着眼睛向四周看了看，又看了看自己粗糙的手，活动了两下，总算接受自己既不瞎、也不聋，回到了年轻的躯体里的事实。妇人猛然转过身，大声道："我不卖！"

女人的动作停住，吃了一惊。

妇人将女童抢过来，放回背篓里，拿一只大手护着，女童此时方才哭出声音，立刻扑到背篓边缘，紧紧地搂住她的脖颈，带着哭腔道："大娘……"

妇人的眼里也噙满了泪水，抱着女童，对女人道："这是我的女儿，我会好好照顾她，把她养大，过好日子，过苦日子，都要一家人在一起。剑卖完了，我们便回家了。"

女人惊讶地望着她们。

幽蓝色的灯笼缓缓地晃动，光晕渗透了妇人的衣角，她发现自己放在女童头上的手逐渐变得透明，指端已看不见了，面露惊慌之色。

她意识到时间不多了，转头一把捧住小女孩的脸，急切地对她道："小香，你的名字叫抿香。你娘年轻的时候是个舞娘，在桃花树下跳舞的时候有了你，她喜欢捡桃花瓣捣碎了做成口脂，这么一抿，唇齿留香。所以给你起名叫抿香。你千万要记得你原本的名字，一定要记住啊……"

年方九岁的抿香，茫然地瞧着她。

妇人的身体已经变得越来越透明了，她的一双手已经完全消失，捧不住女童的面颊。

她的身影变回了虚影，空中同时显出了年轻和苍老的面目，眼泪化作璀璨的星火，不断滚落，声音亦交叠在一起："小香，我对不住你。我对得起相公，辛辛苦苦替他养大孩子；对得起公婆，老老实实地给他们养老送终；可是今生今世，我唯独对不住你，对不住你爹娘的嘱托，我……"

她的声音消失在空中，身影已经彻底碎成无数粉蝶，翩翩飞上了青天。

抿香挂着泪珠，失声叫道："大娘！"

可她的话音刚落，围观的鬼怪们一哄而上，一边用力地嗅，一边七手八脚地拽着背篓就走："好香，好洁净的一具魂魄！"

"果真有桃花的味道。"

"我的，是我的！"

"是我先发现的。"

背篓在争抢拖拽中左摇右摆，抿香被吓得小脸煞白，尖叫起来。

忽然有人大喝一声："站住！"

背篓叫人勾到了一旁，只见一个美貌的小妇人一手搭在背篓上，怒气冲冲地冲着鬼怪喝道："岂有此理，没听人家说不卖了吗？要带走，可以，给……给钱！"说罢，伸出白嫩的手掌来。

　　周围皆是一静，那无头人的扇子先扇动了两下，过了半晌，才道："好美啊。"

　　喟叹一出，四周的鬼怪几乎都吞咽了一下口水。

　　月下窥人，只见其肤如雪缎，口若樱桃，一双微微上挑的眼睛，更是多情，即便是带了个不伦不类的布帽，也算个绝色佳人。不只如此，她身上热乎乎的阳气兼灵气流转，不是那冰冷的尸首，乃是一具有温度的身体，直叫人口水直流。

　　"钱是没有。"无头公子向前走了两步，扇子合拢，在苏奈伸出的手掌上轻佻地一敲，"人你看看……"

　　他的话没说完，忽然发出惨叫，那惨叫由近及远。众人再定睛一看，那个无头公子已经被井绳一般粗细的藤蔓捆成了个蚕蛹，倒吊在了远处的大榕树上，正在来回晃悠。

　　红毛狐狸嫌弃地拍拍手，一脚将他掉在地上的扇子踩了个稀巴烂："你连脑袋都没有，奴家害怕。"

　　众人看着藤蔓上不断有新芽绽出，灵气萦绕，目露惊诧之色，低声交头接耳，一时不敢靠近。

　　苏奈将背篓拉近了一些，报香一把抱住她的手臂，将脸贴了上去。苏奈不知拿她怎么办，嫌弃地挣了挣，又对着众人伸手晃了一圈："你们没有人给钱吗？"

　　此举却将那一众虚影和牛头马面吓得倒退了一步。

　　正在此时，报香的眼睛睁大，看向苏奈的身后："姐姐，小心！"

　　头顶的树枝簌簌抖动，骨瘦如柴的白猴四肢并用，爬在树枝上，从她的背后缓缓接近，在苏奈回头的同时，猛地一伸手，将她的帽子扯了下来，又摘下树上的果子，往她的后脑勺一砸，掉头就跑。

　　不好！

　　苏奈一摸，摸到了发间的狐狸耳朵，与此同时，她飞快地缩小变化，落在了背篓旁边，又变回了犬只大小的赤红色狐狸身，举起前爪，变人——遭了，不知那个臭猴子使了什么术法，化形术又失效了！

白猴怪笑着，从树枝中几个飞跃跑走，抿香大惊失色地看着狐狸。众鬼怪目不转睛地将这一幕盯着，渐渐地，他们的眼睛都绿了，抛下背篓里的抿香，一哄而上："狐狸，是狐狸！"

"这十几年，总算有狐狸了！"

"我正巧缺一匹坐骑。"

"我正有要事要办，让我先走！"

苏奈大惊失色，在鬼怪的腿与腿之间横冲直撞，不断有冷森森的东西骑在她背上，又发生打斗，后一个人将前一个人掀翻了去，她没走几步，又被更多的鬼怪围拢争抢。冰冷的腐气像是浪潮般将她淹没，叫她喘不过气来。

苏奈便在惊慌中疯狂地逃窜，如同红色的箭一般到处乱窜，将浮在空中的摊位撞翻，金银首饰如散落的米粒般洒落一地。

她从那些惊叫和叱骂中飞蹿而去，一脚踏翻了推车，摊位上的带水的新鲜花束全部扫落在地上，水溅了她一身，将她吓了一跳，大尾巴一摆，又致使瓷瓶滚落粉碎。苏奈边跑边欲哭无泪地想道，谁让你们追着我！呸，活该！

天光忽然乍明，天上姹紫嫣红的烟花次第盛放，也不知道什么节庆，正在最热闹的时候。而鬼市里面却是混乱一片：摊位翻倒，掉下来的满地的蟾蜍和蝎子乱爬。红毛狐狸毛都立起来了，强忍恶心，在蟾蜍中间跳来跳去。一大帮"追兵"穷追不舍，有些面露垂涎，状似疯癫，有些则杀气腾腾，满脸愠怒。

红毛狐狸屡次感觉到那股可怕的阴气的浪潮就要赶上来了，足下一蹬，再一次飞蹿出去，好巧不巧，前方端端地站着个白衣人正转过身来，红毛狐狸躲闪不及，便结结实实地撞到他的怀里，让他抱了个满怀。

完了，完了！

苏奈闭着眼睛深吸一口气，肺腑里却吸进一股极淡的、熟悉的香气。

她咦了一声，方才觉察，那片混乱仿佛被突然切断了声音，四周一下子安静得落针可闻。

苏奈等了片刻，钻出脑袋，却感觉一只微凉而瘦长的手轻柔地搭在她的脑袋上，似乎是叫她安分一点。

她却还是费尽全力在他的手臂上转了个身，却见方才各种凶神恶煞的鬼怪全都停在一尺之外，神色变得极其古怪，似乎有忌惮，他们面面相觑，毕恭毕敬地朝这边望着，一声不发。

不是望着她……而是望着抱着她的这个白衣公子。

苏奈低下头，见他通身的雪白，层层叠叠的白纱之下是白麻，浅浅地搭在纤尘不染的白靴之上。他的腰带上悬着一只葫芦，葫芦旁边，斜挂着一截斑驳的湘妃竹。

白衣男人一直等漫天的烟花全部熄灭，方才开口。他的声音不大，同他的面皮一般温和，似话家常，带着些调笑的味道："一年不见，鬼市里面变了个模样。"

"今日独公子生辰，我等原本也不想闹事。"话音刚落，人群顿时沸腾起来，无数形色各异的眼睛，复杂地从他的脸上划过，最后恶狠狠地盯着他怀里的红毛狐狸，"是有人闯进来，差点掀了我们的摊子，将此处闹得人仰马翻，实在过分了。"

周遭气氛紧绷，一触即发。苏奈听到那阴恻恻的声音，心跳怦怦的，尾巴立刻紧紧地卷了有毒公子的手臂两圈。

独公子如有所感，冰凉的手也收紧几分。

这不是她尿，眼下这可是她唯一的大靠山。既然让她捡着了，但愿他送佛送到西，直接把她送出去好了！方才那场夺命狂奔，跑得她差点儿吐血，她可不想再来一次了。

苏奈不禁向上看去，看不清他的表情，只瞧见白衣公子苍白、孱弱的脖颈，那脖颈上有一颗小痣，咦，倒是眼熟，还在看着，忽然一只冰凉的手按下来，将她的脑袋压下去，随后在她的狐狸脑壳上不紧不慢地摸了两把。

那含笑的声音又响起来："扰了大家的兴致，倒是鄙人的不当，我愿给大家赔礼。"

众人见独公子怀抱着狐狸，低头以手指梳理其皮毛，难掩亲昵之色，不由得面面相觑，十分扫兴，心道，原来是独公子带来的灵宠。若真是外面来的狐狸还能抢上一抢，或是用上一用。但这个人的东西却是绝对动不得的。

又见方才那只嚣张跋扈的红毛狐狸此刻依偎在他的怀里一动不动，服帖乖巧，确实得不到了，叫人眼馋。却不知道苏奈的脑袋被压在手掌下，狐狸毛根根竖起，在暗处龇出了利齿，嘴巴张大，照着独公子的手臂就想来一口。

全天下除了大姐姐、二姐姐，敢摸她的脑袋，占她便宜的人还没出生呢！平素那臭猫要是敢拍她的脑袋一下，她都要追着去咬臭猫的尾巴，何况是被人这样摸来摸去、摸来摸去。

算了，如今寄人篱下，受点委屈也是难免的事情。

红毛狐狸屈辱地想，这个男人的身上虽然阴冷，但却不是那死尸冤鬼一般，竟有淡淡的阳气。只这一点便足够收买她。好汉不吃眼前亏！不如先装作温顺，在此处先悄悄积蓄力量，一会儿若是不好，回头一爪子挠花他的脸也可以。

她悻悻地闭上尖嘴，只用独公子的衣袖咯吱咯吱地磨牙。

"别的东西，捡起来倒也罢了。"一个摊主不依不饶地道，"我这骨灵花原本就是从尘世死花中培育活花，好好地插在瓶里，就这么给我撒了一地，公子瞧瞧！"

顺着他的手指看去，满地花枝全部脱水干瘪，蜷成了一把黄叶躺在地上，有许多已经叫来去的人踩成了粉尘："难道就这么算了？"

"就是，就是！赔个礼怎么作数，要赔钱！"附近几家摊主也纷纷起哄起来，片刻，声音停止，牛头马面的脖子前倾，打扇的停止摇动，众人的眼睛都直了。

独公子自袖中取出一锭金子，放在摊位上。那金锭光华流转，闪耀着炫光。

别说赔几枝花，就是把这车花买下来也绰绰有余。

摊主的袖子一拂便把金锭收进怀中，脸色由阴转晴，将完好的瓶子拢了拢，一起抱在怀里，堆笑道："公子，这车上剩下来的花全都归你了，小人给你包起来带走？"

独公子掠过五色琉璃瓶中的一排排琳琅满目的花枝，却只在最近的一枝斜插的腊梅上摘了一朵，随手别在狐狸毛茸茸的耳尖上，笑着问众人道："这样可算了？"

苏奈有气无力地趴在他的怀里，抖了抖耳尖，想把那朵傻里傻气的花抖掉，心道，什么有毒公子，简直是个散财童子，一锭金子就买一朵破花，若是二姐姐见了，不得心疼死？是个傻子。

独公子漆黑的眼珠似乎在嘈杂声中一动，片刻后，仍然微笑着。摊主们却早已将他团团围住，眼里闪烁着炙热的亮光，一时间嗡嗡声一片。

　　"大名鼎鼎的独公子，出手果然阔绰。"

　　"来回赶尸，恐怕好东西不少，岂能叫他这么轻易走了……"

　　"方才我的手镯也给碰掉了一地，虽然没受损，但漆面折了旧，您瞧……"

　　"我的扇子，我的扇子也是！您的灵宠一脚下去，踩了个稀巴烂。"

　　"翡翠小黄鱼，盒子整个摔在地上，玉面挂了花……"

　　红毛狐狸心道，唉！我就说吧！刚才就不该理会那个卖花的，现在想走也走不了了。

　　独公子却从善如流地掏出一锭锭金子，又换了一对耳坠，一把扇子，一只镯子……直至苏奈的怀里和他的袖中都放不下了，方才道："帮我包好，送到我那儿去。你们知道我住在哪儿吧？"

　　鬼怪们阴恻恻地笑起来，手指乱指："知道，知道，贵邸就在西洲南山下的坟场。"

　　苏奈大为咋舌，也不知道这些鬼怪是在说笑话，还是说真的。独公子却随着百鬼一起笑，不予纠正，那苍白的脸上似乎也带上一丝诡谲。

　　一只牛头瓮声瓮气地叫了声"公子"，他的手中捻着一颗杏大小的珠子，正散发着莹润的白光，只是表面绽开一道裂痕，就像窗上凝成的一串霜花，有丝缕云雾向外溢出。

　　"这颗夜明珠是我以人情换来的，如今摔裂了，灵气泄露，早晚要变成鱼目一枚，是再出售不了的了。"

　　独公子仍然笑吟吟的，仿佛今日之事不是他在破财消灾一般，往身上摸了一摸，惋惜地道："的确是东海宝物，十分珍稀，只是今日我身上只有这些。不若记在我的账上，下次还了你，你看如何？"

　　"那可不行。"牛头把头摇得像拨浪鼓，"我们百鬼困在此处，一年才出得一次，不过凌晨又得回来。你却来去自由，若是你跑了，躲在人间不见，我们到哪儿追你去？"

　　方才拿了独公子钱财的摊主们却半点不记他的情，帮着牛头一并起哄，吵吵嚷嚷起来，险些把鬼市的顶棚闹翻。

　　独公子伸出一只手指，周遭的吵闹声陡停。独公子环视一周，平和地道："你要如何？"

镶嵌在牛头上的两只铜铃般的眼睛滴溜溜地转了转，眼神落在苏奈的脖子上："既然都是珠子，不如，一物换一物。"

苏奈大惊，用爪子一摸，摸到自己挂在脖子上的一串佛珠，立马恶狠狠地瞪过去：好你个老牛，还敢打我的主意？

可这一眼没什么底气，却是心虚。今日一切还不是因她而起？那珠子还不是叫自己摔碎的？她把佛珠取下来，看着在月光下散发着光泽的紫檀木珠，心疼得不得了。

这还是当年从小和尚的手腕上扒拉下来的宝贝，虽说没什么用，但在她的脖子上戴了这么久，多少有了些感情。

何况，当时变成龙女的方姨娘说了，这是施了障眼法的神仙之物，还没搞清楚这个宝贝怎么用呢，就给了出去。还是给了这么一个鬼怪，真是活活糟蹋了……

苏奈想到此处，心一横，爪子一抬便要扔过去，独公子忽然握住她的爪子："慢。"

四周皆是一静，牛头的笑容僵在脸上，有些紧张起来。

只见独公子低下头，苍白的手灵巧地在腰际一解，转瞬之间，便将那截大名鼎鼎的"湘妃泪"拆了下来，抛给了牛头。

牛头手一抖，只感到"湘妃泪"滚烫如火，险些持不住，要掉了笛子，四面都是哗然，惊愕地看着他。

自赶尸人的传说有时，这支竹笛便带在独公子身上，日日不曾离身。牛头简直不敢相信，此等法器，竟然能如此轻易地给了他？

"拿这个换，如何？"

独公子不待众人反应，摊开手掌，那颗发着白光的珠子便像是有生命一般躁动起来，从牛头手里画了个弧线，迫不及待地跳到独公子的掌心。他顺手喂进狐狸的尖嘴里，又看了一眼月亮："在此处耽搁久了，我先行一步，诸位后会有期。"

话音刚落，抱着红狐的白影如云似雾，腾空散去。百鬼追到方才二人站立的空地，仰头看去，浮动的蓝色灯笼旋转轻晃，碰在一处，铃铛随风而响，天上一轮清冷的明月，夜正深沉。

红毛狐狸歪着头，一脸狰狞地拿牙去咬口里的珠子。

东海夜明珠甫一入口，一股纯净、温暖的阳气顺着裂口直冲她的肺腑。苏奈如饥似渴地吸了半晌，直想将它咬碎了吞下去。但那颗珠子比山上的坚果还硬，她咬不动，只得悻悻地含着它，一侧的腮帮子鼓鼓的。

她叫冷寒之气冻僵的四肢慢慢有了温度，尖尖的狐狸爪相碰，又能打出一簇幽绿色的火花。她的胸口也热乎乎的，仿佛有一枚火种在其中旋转发热，万事万物的声音随风送入耳中。

狐狸的耳朵尖动了动，直挺挺地抬起脑袋，警惕地看向身后："有人……"

话音刚落，白影又是一闪。独公子身形如鬼魅，转瞬消失，又转瞬出现在另一处，一尘不染的白靴踩在高高的屋脊上，悄无声息地前行。

如此几个来回，苏奈用力甩了甩脑袋，她的脑袋都被晃晕了！

她刚想破口大骂，一只冰冷的手盖在她的鼻尖上，叫她嗅到一股沉木香："嘘。"

与此同时，她又听见了嘈嘈切切的弹弦声，从他们的脚下传来。

独公子终于停在房檐上，手指玩着垂在前胸的一缕鬓发，垂眸冲着下方道："我现在有客人，不便与你玩闹。"

那嘈嘈切切的乐声愈来愈大了，树上所有的枝叶哗哗作响，有什么东西一个筋斗自下翻上来，挂在树枝上一上一下的轻晃。红衣如在空中飘起，随着荒腔走板的琵琶声，逼迫入耳。

苏奈大吃一惊。不久前还打过照面的琵琶鬼，此时面目已经大不一样。那褐色玉石制成的琵琶上裂口巨大，镶嵌的眼珠半凸，恶狠狠地瞪着，根部拉出许多血丝，几乎要从琵琶上脱出，然而那颗眼珠上蒙上了一层灰翳，瞪着空中一动不动，就好像行将就木了一样……

独公子看见此景，有些意外，垂眼一瞧，恰好对上红毛狐狸眨巴着十足心虚的一双眼睛："这个眼珠子，奴家，奴家……"

还未等她解释清楚，一曲终了，那红衣琵琶鬼原本眯缝的眼睛赫然睁开，竟然也是一对凸出的眼珠。白眼仁之上，瞳孔只有一丁点大小："今日你过生辰，我原本不想扫兴，可是你这牲畜毁坏我的琵琶，我要它赔我一双眼睛。"

有气无力、几乎听不到的尖嗓门转瞬便贴近了耳朵，原来是那琵琶鬼如蝙蝠般一拍袖子便飘到了眼前。苏奈高高耸立的毛还未放下，又是一个乾坤挪移，独公子已经立在百尺开外的树梢，躲开了它。

"万物开灵智，一念为善，一念为恶，是为道不同。"可恨独公子如局外人一般远远地瞧着他，十分柔和地说，"这琵琶本体作恶多端，已入歧路，原本是不该在的。"

"我辛辛苦苦积攒了百年的修为……"琵琶鬼流下血泪来，将弦弹得铮铮作响，冲撞人的耳膜。他红衣一挥，抢起沉重的玉石琵琶，照着独公子的后脑勺猛地砸过来："不若公子赔我一双眼睛？"

风声过耳，苏奈觉得眼前一黑，脖子一缩，将眼睛紧紧地闭着。

阿弥陀佛，阿弥陀佛……

这文文弱弱的有毒公子在鬼市内和一众鬼怪嬉笑打闹，掏光了家底也没半句怨言，看起来是半点儿不敢得罪他们，可见是同她一样寡不敌众，不敢吃亏。他先前有那根竹笛，说不定还能和这个琵琶鬼斗法一番，眼下连笛子也送了出去，难怪儿躲不敌，眼下是躲也躲不过去了。

有毒公子好生仗义，都这样了也不曾丢下她这个队友。苏奈不禁急得抓耳挠腮，感到一阵心虚，若是这独公子不幸翘了辫子，那、那算不算她害的？

半晌，耳边没有声音。苏奈睁开一只眼睛，却见琵琶鬼伸直两臂，面目狰狞，瑟瑟发抖——并非发抖，而是咬紧牙关，勉强想将琵琶从另一个人手中夺出来。

独公子遇袭的刹那，在颈后反手捏住琵琶身！无论琵琶鬼如何用力，都不得寸进，更无法从他的手中抽出一丝一毫。此时，独公子的手腕轻轻一转，将琵琶拿到身前，琵琶鬼惨叫一声，被甩落房檐，坠在落叶堆里。

月色照着独公子惨白的脸，他细细地端详着琵琶，如乐师般认真地鉴赏乐器，只是琵琶盘上那布满灰翳的眼睛此时却"活"了，和蹲在独公子肩上的苏奈大眼瞪小眼。

那颗眼珠惊恐地转来转去，像是沸腾的水，它颤抖着，不住地向琵琶内里挤，似乎想要赶紧躲回去。

随后，独公子雪白的宽袖拂过了它。他并非刻意为之，只是用一双骨节分明的惨白的手抚过琵琶身，正如寻常的显贵公子鉴赏乐器。

袖子扫过，几乎没有一丝挣扎，也没有惨叫，那颗诡异的眼珠子就无声无息地化为齑粉，消失于空气中，仿佛原本就不曾存在于世间。

更为夸张的是，独公子这么摸了一下琵琶，几声脆响，琴弦尽数断裂，卷向四面，玉石琵琶上亦显出裂纹，有了陈旧之态。

独公子将苏奈的尖嘴一捏，狐狸毫无防备，吐出了嘴里的珠子，恰好滚落在原本眼珠子在的凹槽内，有裂纹的夜明珠转了一下，散发着微弱的亮光。

独公子方才满意，随手用袖子将狐狸的口水擦了擦，将琵琶抛给了哀哀哭泣的琵琶鬼："重新修炼去吧。"

"这琵琶鬼原本是江南画舫上的乐师之子，生在船上，长在船上，嗷嗷待哺时便枕在玉面琵琶上，一岁能拨响，五岁能辨音，九岁学成，十二岁已胜其父。成日里抱着琵琶，仿若连体婴孩，逢客上船，便快拨一曲，引得赏钱赞誉无数。宴席之上，最喜人夸他。可这还不足够，要弹到十指出血，满场宾客潸然泪下为止。

"他从白天弹到黑，成日欢喜，及至十六，画舫上来了一位宫廷乐师，头发花白，极通音律，听其一曲，嗤笑其琵琶劣质，技艺生涩，又从箱箧中取出一把玉石琵琶，镶金戴玉，光华流转，与之比拼。小儿场场落败，饱受奚落，此时方知船下天外有天，夜里徘徊不去，失魂落魄，于画舫阴暗处上吊自尽，血溅玉石琵琶。

"万物有灵，其音痴动人，魂魄缠绕琵琶，使之开灵智。本能以物入道，无奈妒恨难消，分裂出恶鬼，性情暴戾，嗜血，逢人便咬。"

苏奈叹了口气："不承想，这琵琶鬼倒也可怜。呸，谁叫他妒恨，还是活该。"

"人有七情六欲，在所难免。"独公子弯腰，将红毛狐狸放在石头上，他说话声气极轻，但声音温和，不疾不徐，极为好听，"恶念，再正常不过，但走了极端，就要坏事了。"

风吹竹林潇潇。

苏奈眼见那个白色的身影往竹林里翩然走去，急了，这位独公子不会要撇下她走了吧？

她环顾四周，黑漆漆的，不认识路。

红毛狐狸前足立起，一个大跳，蹿到了那个白衣公子的脚边，口吐人

480

言："哎呀，小……小相公，你的笛子就这么给了人，不拿回来吗？教奴家好生愧疚，不如，不如……"

"不必愧疚，不是什么珍贵物什。"独公子冷淡地说着，上下打量眼前的竹子，似乎在挑选，"不过是一截竹子罢了。"

月光照着斑斑泪痕。细细看去，眼前的竹林，全是湘妃紫竹。

独公子抚上一根，眼前忽然闪过一只雪白的手，以迅雷不及掩耳之势一掰，便将他正摸着的竹子拔了起来。

独公子回头，身旁不知何时站着一个娇美的小妇人，分明穿着一身朴素的道袍，却被她穿得有几分风流，领口微敞，皮肤雪白。

她张开纤纤五指，指尖赫然生出骇人的尖尖指甲，却不是挖人，而是专注劳作。她几下便将竹节中段裁出，放在眼前瞅了瞅，又用指甲快速打磨起来，只磨得金光四射，片片竹叶化作碎屑飘零而下。等打磨好了，又吹一吹，又用指甲钻个孔，用一根蒲草穿起来，做成系绳。

"小相公，还你。"她将竹节往他眼前一递，抬起头来，果真是一张狐面，桃腮粉面，微微上翘的一双丹凤眼，眉眼含情地看着他。

"多谢。"独公子看了她两眼，将视线微微错开，落在手中的竹节上。这和他从前别在腰间的那根笛子，长短、形状，都十分类似。

"你不试试吗？"苏奈见他接过，微微松了口气，赔了他一根新的，可算是还了点人情。见他低头将笛子挂回腰间，她急切地转到了另一边。

独公子依言将笛子抵在唇边，似乎又想到什么，将其拿开："今日可不便吹。"

"为何呀？"苏奈急了，"不吹怎么知道能不能响？好不好使？若是不好使，奴家再帮你折一根新的。"

她说的话颇有几分赤诚，多亏了这个有毒公子，她才能从那个鬼市脱身。而且，他方才给她喂的那颗珠子很有奇效，只含了一会儿，她便感觉到灵府充沛，内丹发热，浑身真气流转，又能轻轻松松地化人了。萍水相逢，这个有毒公子如此热心，叫她很受感动，所以，这会儿她抓耳挠腮，想回报点什么。

独公子瞧她一眼，笑着摇摇头，似乎是从善如流，指着草边的一块石头，温和地道："小姐请坐。"

苏奈四下瞅瞅，身后也未曾有人，这有毒公子怎么像她看的人间折子戏里夜探香闺的书生一般，唤她"小姐"，这还是当狐狸精以来头一遭遇见！红毛狐狸的脸孔发热，当下竟然有些不好意思起来，她整理一下衣裳，忸怩地坐在石头上。

独公子横笛吹响，竹子无孔，却能出声，那声音又短又空灵，下一刻，草丛里四处传来声响，一物跃跃撞撞地翻着跟斗过来，到了苏奈的脚边。她低头一看，是一具血淋淋的死尸，背立行走，四足并用，脸色惨白，七窍流血，死不瞑目，正和狐狸大眼瞪小眼。

"什么东西？"红毛狐狸跳到了石头上。

"抱歉，此笛原是御尸所用，故而不能多吹。我已经试好，小姐所赠笛子，非但能响，而且效果甚佳。"独公子收了笛子，掏出一锭金子，塞进一动不动的尸体手心里，低眉在他的脸上吹了口气，轻声道："多谢了。"

那具死尸便又背立而行，爬走了。

苏奈在一旁看得目瞪口呆，已经为有毒公子的神通折服，从石头上一跃而下："高人，你就是奴家要在鬼市找的高人。高人，你能不能帮帮奴家，把奴家的耳朵给消掉……"说罢，把帽子扯下来给他看。

独公子被她抓着手臂，只见那小妇人一头青丝如瀑布般散落，随风飘起几丝。漆黑的发间，火红的两只狐耳动来动去，月色之下，似人非人，似兽非兽，面白唇红，显得十分的妖冶。

独公子瞥了一眼，忽然笑起来："看样子，你惹了不该惹的人啊。"

苏奈想起这件事便怒不可遏，眼冒绿光，非要人评评理："奴家借那个摊主的帽子用一用，已经给他狐狸毛了。他拿了我的毛，还要这般欺负我，岂不是欺人太甚？"

独公子听她气愤地说了一通，略微点头，含笑道："即便是用狐狸毛换，你也要问人家愿不愿意换，若是不愿意换，你却非要换，那便是强买强卖了。"

"强买强卖？"苏奈挠了挠脸。

独公子笑吟吟地道："强买强卖，就是生抢。"

苏奈一时语塞，知道自己理亏，恼羞成怒地瞪着他："公子，你说这么多，到底能不能帮我？"见独公子的神色悠然自得，好似气定神闲，便知道有戏，满心期冀地转到另一边，"自然了，今日公子过生辰，也不好一直耽搁。奴家可以等一等，等你过了今日，空闲了，再帮奴家将耳朵去掉，如何？"

独公子不回答，却道："今天不是我的生辰。"

苏奈道："外面的人都是这般说的。"

"西洲人鬼相生，每年今日阴气最盛，鬼市大开。百鬼到人间作弄百姓，所以家家户户款待我，说是为我庆贺生辰，实际是引我现身，替他们镇压鬼怪。"

"为什么鬼这般怕你？"苏奈好奇地在他的身上嗅了嗅，果然有淡淡的阳气，但又有淡淡的阴气，"你到底是人，还是鬼？难不成是妖吗？"

独公子笑道："非人，非鬼，非妖。"话毕，用一柄折扇将苏奈轻轻推开一些，"今夜陪在下一同赴宴，晚点儿在下替小姐完成夙愿。"

桌上摆满琳琅珍馐，五颜六色，令人垂涎三尺。

忙碌的主妇端一碗汤来，对白衣公子恭敬地一点头，目光触及其身旁坐着的美艳婢女，见其人形兽耳，有些好奇，又害怕多看，只是冲她勉强挤出一丝笑容，往桌上添了菜，便匆匆离去了。

此处正是那水上回廊的某一处阁子，苏奈只跟在独公子身边狐假虎威，刚一进门，便受到了隆重的款待。

"公子，公子。"苏奈轻声道。

"做什么？"独公子悬腕倒茶。

"方才那老妇，似乎很怕奴家。"

独公子瞥她一眼，忽然持箸轻轻压住她的手腕："不能把骨头吞进去。"

红毛狐狸微微张开口，嘴里的鸡骨头已经咬碎一半，只得不情不愿地吐在了骨碟里："为何？"

"知道那个妇人为何怕你吗？"独公子道，"因为，人都不如此。"

苏奈环顾四周，见这户人家一家老小，都安安分分地坐在离他们很远的地方，悄然道："我不让别人看见，还不成吗？"

独公子笑道："那你便还是妖精。装得了一时，装不了一世。"他喝了口茶，似乎想到什么，复又道，"倒是忘了问你。你想做人，还是做狐呢？"

"谁想做人？"苏奈撇嘴道。

大姐姐总说要做人，仿佛做人是什么天大的好归宿。山上的精怪，也大都幻想着修炼成人。她想，这大约是因为人的地位比较高，不像精怪，人人喊打，而且人比较有钱，人吃的东西比较香，这倒是事实。不过她涉世未深，还未曾感受到太大的差别，实在没有什么特别想做人的心思。

何况，做人虽好，却颇多拘束。等做了人，还不得像二姐姐那般，成日在深宅大院里看着一方小天地，那多无聊。还能像她现在这般在雪地里撒欢，追着鸟雀跑，一日能行千里，又力大无穷，想教训什么坏人便教训什么坏人吗？

苏奈火红的大尾巴，惆怅地摆来摆去。

"那么，你想做妖？"

"从前，奴家一直便立志做一个大名鼎鼎的狐狸精。"苏奈气愤地道，"可是……"

三百岁了，还是没尝过一个男人的味道，倒霉到如今，好像离她的目标越来越远了。

见她的神色黯然，独公子笑着道："可是什么？"

苏奈赶紧摇摇头："没什么。"

唉！丢死人了。等到从这里出去，早点采了杨昭才是正经！

苏奈托着腮，百无聊赖地转着盘子："做人也不自在，做妖似乎又对不起大姐姐的嘱托。我就不能又做人，又做狐狸？"

独公子愣了一下，思忖良久，往杯中斟酒，摇摇头叹息着道："既不想做人，也不想做兽。这倒是旷古绝今，无人走过的路。"

苏奈用胳膊肘碰了碰他："公子，你且告诉奴家，能是不能？"

"自然可以。"独公子露出似笑非笑的表情，过了半晌，才用那双笑眼看她，"但你要知道，第三条路往往难行。"

苏奈摆着尾巴道："这有什么？大姐姐教过奴家，吃得苦中苦，方为人上人。奴家倒霉到这份上，也不差这点儿困难了。"

女主人又端上一盆鸡，鸡块以酱油烧制，红通通，亮晶晶，浓香扑鼻。这家的妇人是个会察言观色的，看到独公子的婢女似乎对烧鸡情有独钟，便又做了一份来，还夸道："独公子身边果然都不是凡人，真是花容月貌，仙娥下凡。"

红毛狐狸叫人夸得如坐针毡，为防止露了妖态，只微笑，不说话，对着鸡块直咽口水。

独公子替她道了谢，又道："多谢款待，取笔墨来吧。"

妇人闻言，大为激动，仿佛听了今夜最重要的一句话，当即抚掌，叫人速速取准备好的笔墨来。不多时，下人们拖来一张桌子，取来两张红纸，另有备好的金墨，专门有一个书生模样的伙计满脸通红地持笔等待。

苏奈伺机动筷，独公子就像背后长了眼睛一般，将她筷子挟住，苏奈暗暗用力，手都抖了，筷子竟然不能动作分毫。

独公子笑道："可是忘了在下的叮嘱？"

苏奈愁眉苦脸，尾巴也耷拉下来。这位独公子好生古怪，要她吃鸡之前先想一句相关的诗句念给他听，不许重样，然后才许动筷。呸，欠他的了。

幸而她在季先生那里背过不少诗，无数诗句在脑子里过了一遍。红毛狐狸咽着口水，搜肠刮肚，总算又想起来一句："名参十二属，花入羽毛深。守信催朝日，能鸣送晓阴。"

说罢，独公子手里的玉箸一松，苏奈迫不及待地夹起一块鸡肉送进口中。眼珠子转了转，一瞥旁边，不禁大惊，只见那个伙计已经挽袖挥笔，蘸着金墨，将她背的《鸡》抄在红纸上，小心翼翼地吹干。

苏奈急忙道："哎，奴家，奴家……不是！"

那妇人喜上眉梢："多谢独公子与仙娥赠平安诗。来人，快贴门上！"

独公子压住苏奈的袖子，悄声道："无妨，你且看着。"

两个伙计一个捏头，一个持尾，将两张红纸贴在门口。几乎是立刻，门外那百鬼拍门声与鬼哭狼号的声音立刻停止。

独公子也起身行礼："多谢款待，今夜叨扰。"

苏奈肃然，在全家人的感激涕零中，紧紧地跟着有毒公子出门，在门口悄悄接了这家妇人塞给她的一包花生酥藏在衣服里，还趁有毒公子不备，揣了一把瓜子，一把花生，一把炒黄豆。

高人，果然是有点本事的！


"我的姐姐不是亲姐姐，我爹说，她其实是我未来的浑家，我们自小就一起长大。"灯下，杨昭的脸色凝重，"我爹是个铁匠，小香的爹是我爹的雇主，他们趣味相投，沉迷于打造各种利器。有一天，我们的父亲从古籍中看到打造仙剑的方法，他们立志要炼一把仙剑，就像着了魔一样日夜守在炉边。最后，始终还差一份材料，就是坚毅的剑心。为了这个，他们先后跳进铁水里死了。我娘去的时候，只见炉上悬着两把熠熠生辉的仙剑，但人已经没了。他们只留下一张字条，让我娘照顾小香，把她当成自己的亲生女儿一样，作为回报，以后就让小香姐姐嫁给我。还有，收藏好这两把仙剑，给两个孩子，以后它一定会是稀世珍宝。"

杨昭的目光变得有些黯淡："在那之后，家里越来越穷，最后实在揭不开锅。我娘不得已，只好把我爹留下的剑变卖一把，换些银两。我娘每天带着姐姐去卖剑，我在家干农活，可是始终没有等到识货的人。有一天，我娘独自回来了，小香姐姐和剑都不见了，却多出了几枚金锭。娘说，剑卖掉了，去集市的路上，也把小香弄丢了，别的她什么也肯再说。从此以后，我就一直寻找小香姐姐，也许她已经改名换姓，不记得前尘往事，但我还是想找到她。"说到这里，杨昭意有所指地看着小桃，那目光亮亮的，充满探究之意。

小桃摊了摊手："我真的什么也不记得。"

"你的生辰八字呢？"

小桃摇了摇头，她低下头，继续安静地缝补衣服："你爹和小香的爹只是把小香托付给你娘，可却没有告诉她一个妇道人家应该怎么带着两个孩子生存下去。所以，无论她做了什么，小香都不会怪她的，因为她也尽力了。"

"可是……"

"做一天和尚撞一天钟，过去想不出来就不要想了。"小桃将衣裳灵巧地翻个面，给杨昭展示，"别再挂念她了，这不是你的错。假如我是你的姐姐，无论我在哪里，都希望你幸福。"

杨昭忽然觉得心很静。

烛光下，小桃的脸不算特别美，但却有一种奇异的娴静，抚平了他的伤痛。

屋子里除了烧柴的味道，还有皂角香，那是小桃头发上散发的味道，明明是很淡的味道，却弥漫成一种极为诱人的馨香，沁入心肺。杨昭内心波动了一下。他一个人漂泊多年，没觉得不好，却在今天忽然觉察出了一个人和两个人的区别。

已经很久没有人帮他补过衣裳，屋里也很久没有这种香气了。

虽然他仍然不愿意放弃追寻，却在这一刻，忽然有了安定下来的冲动。

烛光下，谁也没说话。小桃又开始缝制一只剑套。

杨昭看到剑套，说："那把剑原本属于姐姐，你用着却很合适。"

"那是苏姐姐的剑。"小桃不为所动，"我是在为她缝制剑套，等她回来，就可以用了。"

提到苏奈，杨昭的神情低落："不知道苏姐姐现在在哪儿……"

小桃说："明天我们还去那个地方找她，今天等不到，就等明天，总有一天找得到。"


菜肴还在一道一道地端上桌。盐酥鸡，红烧鸡，酱香鸡，叫花鸡……

红毛狐狸从垂涎三尺到喜笑颜开，怎么会有这么多鸡！

香味直直地往鼻子里钻，苏奈的大尾巴烦躁地摆动起来，搜肠刮肚，把能想到的诗句都想了一遍，一首含鸡的诗也没有了，便开始乱背："芙蓉不及美人妆，水殿风来珠翠香。"又道，"云想衣裳花想容，春风拂槛露华浓。"

每背完一句，她便倾身故作矜持地撕下一大块鸡肉在碗中，然后在袖下风卷残云，连鸡骨髓都不放过，眼睛还骨碌碌地瞟着有毒公子。

这哪里是形容鸡的？独公子先是听得眉头微微蹙起，随后表情舒展开，望着抄诗的家丁，莞尔一笑："小姐会的诗真不少。"

"那是自然的。"苏奈吐出鸡骨头。

"差不多了。"下一刻，独公子起身作揖，拉着恋恋不舍的苏奈再度离去。

令苏奈感到失望的是，有毒公子没有将她再带到有饭吃的人家，而是引着她进了一个无人的破庙。

"这是什么地方？"苏奈四下瞧瞧，特地跑到供案前看了一眼，见上面无神像，空空的供桌紧靠着墙，案上只摆着两只碗，便对着墙上自己的影子龇出牙，照着那两只碗的方向浅浅地啐了两口。

自从那个雨夜，在破庙里被那个草头神打飞之后，她就对这些小庙充满了仇恨。

什么破烂草头神，也配吃供奉，吃她的狐狸口水吧。

"是供奉在下的宗祠。"独公子掩上门，背对着苏奈道。

苏奈顿时掩住口。

"你若没吃饱,此处还有吃食。"独公子转过身,两指一点,只见两条活蹦乱跳的小鱼带着露水,从门外飞来,砸进供案上的两只洁净的碗里,尾巴一翻,变成热腾腾的佳肴。

"这不是你喜欢的吗?"独公子看到苏奈盯着碗,脸色有异,似乎有些疑惑,他端起一碗,拿勺子舀起半勺吹了吹,文雅地送进口中,"鱼羹可以解腻。"

苏奈见他喝了,脸上青白交织,也端起碗,碗里还有一条剃掉鳞的鱼呢。鱼肉雪白,舀起来后香气更浓,令她直咽口水。这味道比她最爱的黄鱼馄饨还要鲜美。反正是她自己的口水,她也不算吃亏。

"你放心吧。"独公子没有抬眼,却道,"碗上没有尘埃,我拿露水洗过碗。"

话音刚落,苏奈早就狼吞虎咽起来,再一抬头,她的碗里已经干干净净。苏奈舔着嘴唇,一双丹凤眼直勾勾地盯着他的碗:"有毒公子,你是不是不喜欢吃鱼?"

"是啊,某一年中的大部分时间茹素。"独公子温和地笑笑,直接将碗里的一条鱼倒进她的碗中。

苏奈忽然觉得这个场景似曾相识,吃鱼时很仔细地想了想,有毒公子和小和尚一样,都很谦让。这是她们妖精没有的品质,她还是在季先生的书本里学到的。

"对了,高人,你快点帮奴家把耳朵变回去吧!"苏奈对独公子的尊敬又多了一分。

"等等,在下还有一件事没做。"独公子白衣如雪,绕着苏奈走了一圈,立定在她身后。

他两指并拢一勾。苏奈只觉得身后一凉,后颈的狐狸毛都僵住了,随即两肩一轻,暖意袭来,好像有什么紧贴在她后背上的东西被撕了下来。

"这是什么?"苏奈惊讶地看着他手中的一团光亮,光亮中隐约可见一个核桃大小的背篓,背篓里装着个更小的小女孩,用一双乌黑的眼睛眼巴巴地望着她。

"是吴捌香的一缕魂魄,也是鬼市中你背起的背篓。"独公子收拢在手掌中,解释道,"小香的魂魄留在鬼市。因为你救了她,她很感激,又受婆婆的执念所托，所以出了鬼市，她就附在了你身上。"

苏奈听得毛骨悚然，向后一躲，独公子却已经灵巧地将她背后的剑摘去。

"这是我的剑，季先生送我的！"苏奈看看自己身后，这人身形如鬼魅，她压根儿没看到他是如何摘下剑的，"这次我看见季先生在买剑，是我先一步从鬼市取来的。"

"这把不是。你那把剑另在他处。"独公子说，"你在鬼市中所见所得都是执念，皆为虚妄。"说着，他将剑竖在眼前，吹了口气，剑真的如雾一般消散！

苏奈看得愣了，半晌，用尾巴嫌弃地掸了掸背后的衣裳。

这鬼市真的是阴气森森，真的假的乱作一团，什么便宜也没占到。不过，起码逮住了个高人，也不算白来。于是苏奈又催促道："高人，你什么时候才能把奴家的耳朵变回去？奴家有急事，还急着……"回去采男人呢。

独公子却对她的焦急视而不见，撩开衣摆坐了下来："你要陪我过完寿辰。等天亮了才能回去。"

苏奈当然着急，急得百爪挠心。万一杨昭是个没心肝的小崽子，趁她进了鬼市，带着小桃跑了可怎么办？

于是独公子起身，她也跟着起身；独公子坐下，她便也拉出个蒲团垫在屁股底下；独公子闭眼，她便将手撑在膝上，目光炯炯地盯着独公子的脸。

独公子闭着眼睛，唇间溢出一声几不可闻的叹息。

终于，远方传来一声缥缈的鸡鸣。

天边亮起一束白光，百鬼寂静。门外的一切响动都停止了。

独公子睁开眼睛，道："你来。"

苏奈欢喜地凑过去，把毛耳朵伸到他的面前。

独公子伸手抚顶，摸了她一下，两只耳朵便自然地收了回去。

苏奈盛了一碗水，借水面为镜，左看右看，很是满意："高人，我怎么感激你？"

独公子的脸却变得有些苍白，语气温和地说："我忘了说，我想托你一件事。"

"什么事？"

独公子骤然定定地看向她："我要你替我取来杨昭的那把剑。"

苏奈的手还放在鬓边，愣了一下，没能消化这话中骤然出现的锋锐之意："怎么取？"

"趁他不备，拿来给在下。"独公子仍然笑着，但笑容隐隐有种阴寒的味道。

苏奈感到了不对。她虽然不是人，不是很懂人的道理，身为野兽，却对杀机极为敏感。她好像嗅到了阴谋的味道，这阴谋还是先引她上钩，然后缓缓浮现的，就更让她难受了。方才吃进去的美味佳肴仿佛失去了滋味，都在腹中翻滚。

苏奈说："我也有一把一模一样的剑，是季先生送给我的。"她咬咬牙，"反正我拿剑没什么用，我可以把那把剑送给你。"

独公子温和地一笑，道："却之不恭。那就请你将一对都拿来吧。"

"你！你非得要那把剑做什么呢？"苏奈忍不住道，"那不是普通的剑，那是他爹给他的剑。他穷得就剩那么一把剑了，你既然这么有钱，为什么不自己去买一把，却要抢别人的？"

独公子的面色坚如磐石，显得格外漠然："在下有个癖好，正是收集这世上的珍宝器物。我本来是要在鬼市上买一遭，但又有什么比得上那一对仙剑呢？"

"那，你带我吃饭，替我赔钱，都是为了这个了？"苏奈心中突然有种说不出的感觉。

非要形容的话，就是眼前的独公子忽然对她失去了吸引力，而且只想让人远远地躲开。

独公子答道："得到什么都要付出代价，这就是人间的规矩。"喝了一杯茶，他又缓和了声气，继续道，"杨昭定然对你不设防，对你来说这不是什么难事。他丢不丢剑，又与你有何干呢？"

苏奈气愤地道："你方才还说按人间的规矩，先得问问人家要不要交换，若不愿意交换，还强买强卖，就是偷！"

独公子转过脸，对上小妇人的恼怒的眼睛，微笑着道："我一不成神，二不做君子，我是鬼之身，偷又如何？"

苏奈一时哽住，心道，没想到有毒公子竟然是这种人。她的胸口气得一阵一阵地疼。狐狸眼睛骨碌碌地转，思忖着，不如先应下来，平安地回了杨昭那里，就算偷偷跑了，他也不知道。

独公子就像有读心之术一样，悠悠地说："小友，你莫不是在想蒙我一下，到时便跑？"

苏奈吃惊地抬眼瞧他。

独公子笑着道："你想想，我给你含过什么？吃过什么？"

苏奈的脸色登时变了，她想起今天吃了独公子的鱼羹，在这之前，他还给了一颗有灵气的碎珠子给她含在嘴里。想到此处，她抚着胸口，感觉更疼了，面孔也吓得更白了。

"寒霜鲤，有剧毒。要不是因为那颗破碎的东海灵珠的滋养，刚才你吃下去时已经没命了。"独公子笑吟吟地说，"不过，东海灵珠你只含了一个时辰，所以续命的效果只有十日。届时毒发，不仅小姐你三百年的修为毁于一旦，连命都保不住。三百岁了，怎么如此天真。你的妖精姐妹难道没告诉你，人间险恶，不要轻信于人？"独公子出手如电，接住了苏奈挥过来的利爪，似乎没看到眼前已经眼冒绿光的红毛狐狸恼怒、狠毒的神情。

手上出现了三道深深的血痕，独公子举起手，因为疼痛而微蹙眉尖，却没有动气，仍然卑鄙地笑道："十日之内，拿剑到鬼市找我，我给你东海灵珠续命。"他循循善诱地说，"你采了他的阳气，我拿走他的剑，我们岂不是皆大欢喜？"

昏暗中，苏奈一动不动，既没答应，也没说话，毛蓬蓬的大尾巴耷拉在地上。那竟然是个有点难过的姿态。

"怎么？"独公子神情一动，歪过头，似乎有些不解，"你舍不得？"

苏奈气愤地抬眼，温暖的晨光中，再看独公子的面目，果真发生了一些变化。他被映得面白似玉，美艳惊人，仿佛要在光晕中融化成一团烟，带着说不出的邪魅的气质。

太阳完全出来，那座半夜才出现的巨塔轰然倒塌，大地颤动着！

瓦砾如雨落下，在苏奈的视线中，独公子脊背挺直地坐在尘雾中，一动不动。

苏奈化作狐身，伸出爪子往外刨，却赶不上碎石下陷的速度。这间小庙转瞬间被碎石掩埋在地下，苏奈眼前一片漆黑。

头顶上有了些动静，石块开始松动，外面传来模糊的说话声。

苏奈赶紧变了人身，捏着嗓子喊道："哎哟，哎哟，下面还有活人呢，救救奴家！"

石头被搬开的速度顿时变得快了不少，头顶的石块被搬开，刺眼的阳光直射进来。苏奈眯着眼睛，看到两张被灰尘和汗水染得斑驳的脸，正是杨昭和小桃。

两个人徒手搬石头，手上都挖出血了。

苏奈从未觉得这两张脸如此亲切，正要开口，就感觉胸口一阵发热，仿佛浑身的热血都汇聚到了胸口，绕着某个点像溪水一样流动，尾巴上的毛都竖了起来。

完蛋了！她不会马上就要毒发了吧？

"苏姐姐！"杨昭见苏奈的脸色苍白，直挺挺地躺在坑底，吓了一跳，忙撬开石块，小心地将她抱了出来。

苏奈是被救出来了，却仍然茫然地看着天空，连平时动手动脚的习惯都消失了。杨昭不习惯地看向小桃，小桃摸了摸苏奈的胳膊，很有经验地说："苏姐姐一定是被吓的，我们快点回去，给她喝一杯热茶。"

杨昭点了点头，步伐加快了些。

苏奈的眼珠徐徐转动，目光落在杨昭背着的那把剑上，眼神变得有些复杂。

回到住处，小桃顾不上洗脸，先给苏奈倒上一杯热茶："苏姐姐，你喝。"

"对了，我这些天在渚上帮工，赚了好些钱了。"杨昭想到什么，从里衣里拿出几块碎银，"苏姐姐，你等一下，我去给你和小桃买点酥饼来吃。还有什么想吃的？你也可以告诉我。"他说着便要出门。

苏奈却唤住他，以半面袖子遮住脸，只露出一双丹凤眼，斜斜地看向他，有气无力地说："剑不要背了，渚上的人胆子小，你背着剑，会吓到他们。"

杨昭虽然不理解，但也听她的话，掀开床帷，把剑藏了进去。

苏奈又与小桃道："你身上全是灰尘，去洗洗手和脸吧，也打点水进来，我也洗洗。"

小桃哎了一声，马上就拎着桶出去了。

小桃一出门，原本有气无力地靠在椅子上的苏奈立刻弹了起来，从窗口偷偷地瞧了瞧，根本是一副生龙活虎的样子。不费吹灰之力，苏奈就把两个单纯的人支走了，现在屋里只有她一个人，简单得甚至让她这只丧良心的狐狸精感到有些不自在。

苏奈走到床边，掀开杨昭的床帐扫了一眼。被子叠得整整齐齐，却没有看到那把剑。她将枕头抓起来，发现枕头沉甸甸的，不由得一愣。

杨昭不仅将剑藏在枕下，还小心地套进枕套里。

苏奈将手插进去，一把抓住剑身，剑身冰凉，她心里赫然浮现出一种异样的感觉。

她忽然想起在山上过冬的时候，她也会把舍不得吃的栗果剥好，藏在草枕里，晚上枕着睡觉才踏实，就怕被那只臭猫给叼去了。

一天半夜，狐狸感觉有什么东西在搔她的脸，突然惊醒，抓起枕头一看，气得龇牙咧嘴，原来是栗果在草枕里发芽了，长出了细长的叶子……呸，扯远了！

总而言之，苏奈眼前好像浮现出苗珊珊伸出利爪，从草枕中肆意地掏走她的栗果，还洋洋自得的样子。而这幅令人火冒三丈的画面，正和她此时的模样重合。

一定是很珍惜的东西才会放在枕头里吧。这样想着，苏奈的手竟然缓缓松开，枕头带着剑落在床上。

"苏姐姐！我打好水了。"小桃的声音从背后传来，苏奈猛地拉上帐子。

小桃一张苍白的脸已经洗得干干净净，头发也重新梳过了。她一刻也没闲着，又从柜子中取出一件叠好的衣裳，还有被绒布套包裹好的剑，像只蜜蜂一般围着她说："苏姐姐，你的衣裳我给你缝好了，我还给你做了一个剑套，还有一只穗子，你看看，喜欢吗？"

苏奈缓缓洗了两把脸，艰难地应了一声。她对着盆中自己的倒影龇了龇牙，一时竟不知如何是好。

"苏姐姐，饭来了。"杨昭也带着两包酥饼和打包好的菜肴回来了，看见小桃洗净的脸，不由得直直地盯着看。小桃将目光挪向一旁，脸上浮出一片浅浅的胭脂色。杨昭也没有说话，从怀里拿出一对精致的小发钗递给小桃。

小桃像是欣喜，又像害臊，一把抓了过去。她用眼神看看苏奈，又转向杨昭，意思是：你给苏姐姐买了什么呢？

杨昭犹豫一下，从纸包里取出一只大鸡腿，小心地放在苏奈的碗里。

这些默默的举动，苏奈全然没有留意。她木然地啃着饼，总算想到，她可以去找大姐姐。大姐姐见多识广，说不定有解那个鱼毒的办法。

可是大姐姐飞升在即，非常小心，已经久不见人。那有毒公子可有庙，有供奉的，多多少少是个神。若是将她卷进这件事，会不会影响大姐姐的修行呢？

眼角的余光瞥见一抹白，苏奈眼珠一转，就见窗棂之外，邻家房舍的房顶上，无声无息地立了一个人。

独公子雪衣白袍，折扇轻摇，远远地望着她微笑，仿佛在温和地提示她：时间不多了。

噗——苏奈猛地呛住。

杨昭和小桃忙跳起来，给她倒水、抚背。苏奈却已经抚着胸口，倒在杨昭的床上，虚弱地哼哼起来。

疼，倒不是很疼，却烧得慌，仿佛有一团火在胸口煎熬，熬煞人了！也不知道这鱼毒发作起来是什么光景，是会浑身青紫，还是七窍出血，会不会胸口溃烂一个大洞？

苏奈惊恐万分，唉声叹气中有几分是作假，有几分是害怕，却百转千回，听得人心慌不已。恍惚中，她听见杨昭说要去找郎中，银钱却不够。小桃将他拉到外面，将那一对小发钗硬塞给他，叫他卖了换钱，两个人拉扯一阵，杨昭拿过发钗，难过地走了。


屋里，苏奈偷眼见小桃离开，打起精神，将剑从枕中抽出来，藏在身下，方松了口气。

独公子说得不错，杨昭丢不丢剑，和她有何干系？她原本可是想要采补杨昭的呀！

这个少年连命都没了，剑迟早会落到她的手上。与其叫她随手丢弃，不如给了有毒公子。

他看起来还像是会好好收藏这把宝剑的样子呢。至于小桃，就当她野狐狸大发善心，赶她离开就是。

苏奈眼里泛着绿光，有了打算，便抓着剑起身，却想到那鬼市是晚上才开。

手上的剑忽然成了烫手山芋。听到小桃的脚步声，苏奈顺手将剑藏在门后。

她手脚发虚，额头上的汗珠不住地渗出，滚滚地往脸上淌，忽然感觉一阵恶心，好像全身上下每个部分都感到无比抵触。苏奈心道，大约是被有毒公子胁迫这件事，实在太憋屈，太损伤妖精的颜面了，苏奈停顿片刻，呕出了声。苏奈一手抚着胸口，一手撑着门框，却什么也吐不出来。

这声响惊动小桃，她快步走进来，一脸担忧地问道："苏姐姐，你怎么起身了？可是中午没吃好，想吐吗？"

她将苏奈扶回床上，又给她烧了水，苏奈喝了一口，真的不吐了，才闻到水中有辛辣的气味，尾巴毛又竖立起来。她现在对入口的东西都有阴影了！

见苏奈死死地盯着水面，小桃道："你放心吧！苏姐姐，水没有坏，我往里面加了白胡椒和生姜汁，是止吐的。"

"你怎么知道这些的？"苏奈的神色缓和了些，又喝了一口。

"我自然知道了。"小桃笑着道，"以前老夫人总是吃坏肚子，我经常调制白胡椒生姜半夏水给她服下，可管用了。"

"老夫人？"苏奈盯着小桃。

小桃也愣住了。是啊！老夫人……老夫人是谁呢？仿佛有什么东西，像风一样吹回到她被清空的记忆中。

小桃想起自己原本在一户人家做丫鬟，伺候一位慈眉善目的老人，那位老夫人总是笑着唤她，嘴巴一张一合。原来她并不叫小桃。她有个名字，叫小——小香！

两个人都没有发觉，这一刻，小桃裙角绣着的鲜艳的桃花慢慢变得枯萎、黯淡，变成灰色。寒气自她的双脚慢慢向上蔓延，她的小腿上结了寒霜！

小桃忽然挣脱开苏奈的手，目光变得空洞，走出门去："苏姐姐，我去取样东西。"

苏奈也立刻跳起来，却没有追她，而是从门后拿起杨昭的剑，重新塞回枕套里，动作一气呵成。

眼角的余光中，她好像又在门外看到独公子那道素白的身影，不过这次她没有理会，用眼角恨恨地斜了那个身影一眼，鼻子里溢出一声冷哼，直接躺了下去，把剑枕在脑袋下，一拉床帐。

让那个卑鄙的有毒公子这么快如愿，岂不是太便宜他了？她……她就算是屈服，也得拖到十日之期的最后一日再屈服。急死他！气死他！

这般一想，红毛狐狸顿时心神舒展，那股恶心的感觉也平息下去。

杨昭没能请到郎中，满头大汗，神情焦急地回来，却看见小桃立在帐前，微笑着给他做了个嘘的手势。

杨昭的神情放松下来。床上传来苏奈安适的鼾声，仿佛在做什么美梦。

清晨，苏奈恶狠狠地拨开草丛，便见杨昭和小桃正坐在一起帮彼此洗头。

他们总是悄悄离开，将她一个人和剑留在室内，岂不是又给有毒公子威胁她动手的机会？她一睁眼，看见门外飘着鬼魅一般的有毒公子，她都要吓得做噩梦了！

苏奈瞪着一脸茫然的杨昭，又瞧了瞧满面愧色的小桃，反手拆开发髻，散下一头乌缎似的头发，腰一扭，强行挤进两个人中间："我也要洗！"

杨昭满面通红，小桃却扑哧一声笑了。两个人愣了片刻，真的乖觉地舀水，一左一右地帮她洗头。

苏奈闭着眼睛，一瓢一瓢温水从头上浇下来，又分成数股水流，顺着发丝流淌过她的脸，将她浇成了一只落汤狐狸。苏奈的脸上渐渐显出一种咬牙忍耐的神情。

也不知道凡人洗头到底有什么舒服的？

苏奈实在压抑不住本性，先是重重地打个喷嚏，随后冷不丁地摇头狂甩起来。

狐狸抖毛的速度极快，附近的杨昭和小桃可就遭了殃，两个人毫无防备，苏奈的黑发便甩过来。水珠像漫天暴雨一般迎面袭来，砸了他们全身。

杨昭好半天才睁开眼睛，抹了把脸上的水。小桃也好不到哪儿去，身上的衣衫都湿了。

两个人到底年轻，孩子心性，对视一眼，也不生气，而是咯咯笑起来，直接拿瓢舀互相泼水玩闹，任苏奈怎么叫喊都拦不住。

杨昭忽然大叫一声，自己停下来："哎呀，上工迟到了。"他说着，爬起来，进屋换上干衣裳，边出门边穿裤子，还被绊了一下。

苏奈真怀疑自己的眼光，当初她怎么就选了这个人采补："瞧你这个样子，就你这样也能修仙？"

杨昭不紧不慢地系上腰带："我不回门派了。"

"什么？"

"我进修仙宗门为徒，原本也是为了寻找我的姐姐，并不是想成仙。"杨昭看向小桃，脸上神色变得柔和而坚定，"寻还是要寻，可是我已经决定两个人一起上路了。"

小桃也凝望着他笑了。但他们两个马上想起苏奈会吃醋，赶紧别开目光。

苏奈已经无暇吃醋，她很是愁苦。十日之期接近，独公子已经不再来提示她，也不必提示，胸口的灼烧感日渐加重，每天早晨她都要揭开衣裳往领子里面看看，再摸一摸，疑心那里被烧出一个大洞。

再镇静的妖精，到了这个时候也不免慌张起来。可是每每想要动手，又因为各种原因拖延下来。她怎么就变得这么不中用了？

独公子不就是想要剑吗？她不偷，叫杨昭心甘情愿地给她不就行了？

吃饭时，苏奈便将细白的手搁在杨昭的剑身上，像对情人手臂一样来回抚摸，试探着道："奴家有一个朋友富可敌国，他想要一把锋利的武器，多少钱？你愿意卖这把剑？"

杨昭忽然将手上的饼子放下，神色变得严肃："多少钱都不卖。"

"不卖就不卖，那么凶做什么？"苏奈重重地踩了他一脚。

杨昭哦了一声，带着歉意地拿起饼继续啃，又讲起剑的来历："它是我爹用命换来的，剑中融有我爹的骨血。一个儿子再无能，就是没得吃，去讨饭，也不能典当了自己的爹。"

"对了，苏姐姐，你还没有见过我舞剑吧。"杨昭持剑起身，手指温柔地抚过剑鞘，随后做了个起手式。

那一瞬间，他的眼神变得截然不同，周身的气质锐利而肃杀，犹如一把钢刀。地上拂落的竹叶似乎全都受到气波感应，飞溅在空中。

那把古朴的仙剑出鞘，火星滚过，电光绽出！

苏奈急忙向后靠了靠，那电光已经如软鞭般舞动在空中。

剑上的铭文随着杨昭的动作而发出被淬火一般的红光，风中似乎有无形的龙兽发出低沉的咆哮，与剑风呼应，在越来越快的挥剑中现出游走的真身。杨昭鬓边的发丝在每一次转身时被风扬起，又被剑光映成银灰色。

简陋的小院中，苏奈和小桃坐在低矮的板凳上，小桃双手举在胸前，却忘记了鼓掌，眼睛睁得圆圆的。两个人安静地看，眼中都映着火红和银灰的颜色。

杨昭的剑招并不是什么名家的剑诀，却只有他能和这把仙剑心意相通，激发出这把剑的全部的潜能。剑舞起来，比她看过的过年时的烟花还要炫目。

苏奈伏在床上，枕着手臂琢磨。杨昭擅长用剑，要是买走他的剑，再找一把别的剑来给他，他也能使用。

可那样的话，他就再也没有这样的意气，唉！世上也再不会有这样宛若游龙的舞剑盛景了。

苏奈一大早就摇醒了杨昭和小桃："快跟我回去。"

"回去？"杨昭一骨碌坐起来，"不在渚上帮工了吗？昨日的工钱还没领。"

"先跟奴家离开这里，不然你会后悔的。听奴家的，过段时间再回来！"苏奈已经熟练地收拾好了自己的小包裹。杨昭见她的额头上急得浮现出一层汗珠，呆呆地看着她的动作，感到有些诧异。

第十日的太阳已经渐渐升空，日头下只有茫茫水面，没有独公子的身影。渚上是独公子的地盘，苏奈心存侥幸，万一离开了渚上，那有毒公子就撵不上来了呢？经过一夜，她已彻底改变了主意。她不去找独公子了。

瞧他说的话，就算她乖乖地为他盗走仙剑，他也只是把那个东海灵珠给她舔一舔，而不是给她解药！毒不能解，谁知道他以后又要驱使她干什么别的勾当。

那样的话，他和鬼市中那些把她这只堂堂三百岁的狐狸精当成坐骑的恶鬼们有什么区别？

她要去求助大姐姐。就算是死，她也得死在自己的狐狸窝里。

至于杨昭，这可是她挑好的采补对象，绝不能留在这里，便宜了独公子，她要将他连人带剑一起带回窝！

王婵轮回之后，她的那艘乌篷船便孤零零地漂浮在水面上，成了三个人的渡舟。

杨昭卖力地划着船，一边划，一边与坐在包袱上的小桃交换一个担忧的眼神。苏奈的背影妖娆，斜斜地坐在船边。

胸口又开始烧了。这一次的灼烧感来得格外剧烈，仿佛五脏六腑都被烧穿了一般。苏奈的表情扭曲了一瞬间，猛地俯身抓住船缘，将嘴巴浸入水中，大口大口地吞入冰凉的湖水。

"苏姐姐！"苏奈在破碎的倒影中，隐约看见背着剑的杨昭朝自己走来。死亡逼近，她浑身的毛都竖了起来，求生的本能令她的脑海中闪过一丝邪念：别管了，一把抢走剑，立刻化形去找独公子，还来得及！

正此时，粼粼波光中倒映着她的面孔，那个唇红齿白的小妇人忽然神色鬼魅地一笑，张开血盆大口，露出獠牙，自水下冒出惨白的手臂和脸，抓住了苏奈，将她向下一拽。

正是初来西洲那日，苏奈遇见的那个在池中化作倒影，又变成鸟的怪物！

只听扑通一声，船身剧烈地摇晃着，船上已经没了苏奈的影子。

"苏姐姐！"杨昭伸手一捞，那个影子嬉笑着潜下去，他不由得大骇，交代小桃别动，纵身跳下水去。

被日光穿透的湖底十分昏暗，隐约晃过女子的身影，杨昭奋力游过去，却愣住了。眼前分明有两个"苏奈"悬浮在水中，都朝他伸手，发丝像水藻一样漂荡，纠缠在一起，宛如并蒂花。

杨昭看看这个，又看看那个。他在门派里听说过，西洲人妖共生，有一些影子妖会变成人的样子，若是救错了人就会被缠住，从此也变成影子妖。

在水下不能交流，杨昭已经憋得满脸通红，艰难地将手伸进衣裳里，取出一张符纸，用力一划，变作一只大犬朝她们扑去。可惜在水下，符纸的效用有限，那只大犬刚出现一个轮廓，就化作金光消散了。

两个女子中，有一个人忽然翻个白眼，手脚并用地往远处逃去。

杨昭当机立断，游上去抱住了她。两个人浮上水面，苏奈骂骂咧咧地吐出了一线水。她本就中毒，身体虚弱，又被影子妖拖下水，还被杨昭变成的狗吓得喝了好几口水，她三百年来还没有这么落魄的时候，不由得觉得自己委屈至极，悲从中来。

她居然为了一把剑牺牲自己的性命，要是让那只臭猫知道了，还不得笑掉大牙。

可恨她都要死了，还没尝过采补的滋味……

红毛狐狸的眼中闪过凶戾的绿光，伸出尖尖的狐狸爪，一把扣住杨昭的心口，稍一用力，便刺破麻布衣衫，感到了皮肤的触感，利爪颤抖起来。这是她离目标最近的一次。

因为她犹犹豫豫，已经错失太多机会，还害得自己到了这般境地，还要倒霉到什么时候？

苏奈的指甲再次用力，轻松地刺入皮肉，血珠慢慢浸湿了衣衫。

杨昭蹙了蹙眉，迟钝地感觉到疼。他一手搂着苏奈，一手拿剑与影子妖缠斗，炙热的剑光令水面波翻浪涌，溅起无数水花。

杨昭低头看了一眼，苏奈伏在他的胸口，把他掐得极紧，紧得有些发痛了，他以为她很害怕，便收紧臂弯，吃力地将她抱紧。

被搂紧的一瞬间，苏奈愣住。她也试图采补过男人，那些男人在这一刻的表现，都是号叫着向后退，这还是第一次有人反将她抱在怀里的。

这怀抱温热，同以往那些男人并不一样，苏奈的手扶在这个温热的胸口，竟然僵在原地。直到杨昭将她带上船，拿衣服盖在她的身上，她还是僵硬地坐着。

"苏姐姐，你没事吧？"小桃担忧地跑过来，又看向杨昭。

"没事儿，小妖怪已经被我砍死了。"杨昭已经将上衣脱下来拧干，摸到胸口莫名出现的伤痕，疑惑地皱了皱眉，"奇怪，这里是什么时候伤的？"

苏奈受不了了！她正准备将有毒公子的事情和盘托出，就见不远处出现一个白色的身影。

一叶扁舟，慢慢地朝他们靠近。

船上坐着独公子，膝上横一竹笛，望着苏奈，笑容在雾中若隐若现。

苏奈看到独公子的脸，脑中嗡嗡作响。杨昭在换衣裳，将剑顺手放在船板上，苏奈反手拔出杨昭的剑，她的速度太快，太过自然，杨昭不防，竟然叫她拔出利刃。

嗡的一声，所有人大惊失色。

独公子远远看着那一抹剑光，似乎是惊讶地轻轻挑了一下眉。

下一刻，红毛狐狸龇着牙，眼泛绿光，怀着满心怨愤举起剑，待船靠近时，当头砍下，一剑便将独公子连人带船劈成了两半！

小桃吓得叫了一声"天哪"，便瘫倒在船板上，杨昭也愣住了。

半晌，见面前的人没有出血，反而与船一起化作白雾，沉入水中，约莫不是凡人，也应该没有真的死去，他才喃喃着道："苏姐姐，那是谁啊？你为什么砍他？"

他的剑认主，外人碰不得，上一次连秦云都被灼伤。苏姐姐刚才用剑，却没有伤到自己，真是万幸。

"坏人。"苏奈记得第一次在季先生那里碰到仙剑时，还会觉得烫得扎手，但此时握着，却一点儿感觉也没有，不由得多看了两眼，还配合语气举着剑晃了晃，"他是个浑蛋！"

独公子说，阴险善变就是人间的规矩，可是杨昭和小桃却一点儿也不像他那样。

看来人和人的差别，比妖精和人之间的差别还要大呢。

苏奈将剑插回剑鞘中，踮着脚偷窥水面一眼，确认有毒公子没有爬出来，又赶紧抓起桨，飞也似的将船划出老远，留下一道长长的白浪："快跑！"

杨昭："……"

小桃："……"


傍晚，苗珊珊打了个哈欠，从树上灵巧地跃下。照常路过空荡荡的狐狸洞，见里面躺着一只大狐狸，吓了一跳，在洞口嚷嚷道："臭狐狸，你什么时候回来的？怎么神出鬼没的？吓死我了。"

红毛狐狸蜷成一团，破天荒地没有答话。

山猫跃进狐狸洞中，落地时影子增长，变成一个黑衣美人。她蹑手蹑脚地走近，正想狠命地拔一根狐狸的尾巴毛，苏奈就像身后长着眼睛一般，尾巴一晃，也化成人身。

她跪坐在地上，趴在骷髅堆成的台面上："我刚刚去大姐姐的洞穴，却发现门口有禁制，她在闭关。"

"哦，忘记告诉你了，大姐姐大劫将近，半个月前便闭关了，谁都不见。"苗珊珊舔了舔自己的手，"你有事找大姐姐？"

苏奈的尾巴耷拉在地上，过了许久，才闷闷地说："完了，臭猫，我可能要死了。"

若是之前还有一线生机，这次她可是把有毒公子都砍了。她简直追悔莫及！早知道应该先假意奉承他一下，给自己留条后路的。

"你哪天不要死了？"苗珊珊嗤笑着道，"可是采补又失败了，一个男人都找不到，又来哭惨？"

苏奈转过头瞪她，两个人看到彼此，皆是吃了一惊。

几个月不见，苗珊珊竟然又换了一副皮囊！这个凡人的皮囊婉约秀美，年纪也小一些，倒比之前那个像蛇精的脸顺眼几分。

可是苏奈看着眼前全然陌生的面孔，怎么看都无法把她和那个熟悉的苗珊珊联系起来。

察觉到苏奈有些生疏地盯着自己，苗珊珊摸了摸自己的脸蛋，笑着道："怎么样？这可是修仙宗门里的一个很受欢迎的女修。"

苏奈觉得头皮发麻："你疯了？怎么敢杀修士？大姐姐不是说了吗，修士不能招惹。"

苗珊珊不以为然地道："我没有杀她，是她自己死了，我看这副皮囊很好，便用了。"

苏奈又趴下来，不说话了。

苗珊珊狡辩也好，作死也罢，她都要死了，也管不了那么多。出于这些年的姐妹情谊，她有气无力地提醒道："你最好不要出去，被认识她的人看见了，要是被人打死，我们只能在地下相见了。"

"呸呸，你咒我！"苗珊珊从黑衣中掏出一面旗子，随手丢在地上，用一道妖火焚烧干净了，笑道，"阴阳八卦旗，如何辨认修士的身份，还是你教我的啊。"

苗珊珊觉得狐狸变得很是奇怪，每隔一段时间不见，她的气息就变得陌生一些，隐隐与她相冲，苏奈的行为举止也更像人了，让她有些不喜："到底怎么了？为什么说自己要死了？"

苏奈不想说话，惹她嘲笑。

苗珊珊俯身靠近苏奈，左边嗅嗅，又在右边嗅了嗅，忽然说："你要是真的死了，能把你的皮囊给我吗？多少是个美人，就是不知道，用了你的皮囊，会不会被你的倒霉传染……"

苏奈简直怀疑自己的耳朵，抬头就给了苗珊珊的新皮囊一爪子，被苗珊珊气急败坏地挡开。

两个人化为原形，凶狠地撕咬了一会儿，苏奈忽然推开她，觉得无趣。她跳出了狐狸洞，看着漫天的晚霞，满心都是悲哀。多美的夕阳，以后看不到了，实在可惜。

"开个玩笑，瞧你气的。"苗珊珊悻悻地追出来，在身后带着酸意地说，"臭狐狸，你的气色如此之好，修为似乎也进益了，可是这次真的采补到男人了？"

这只臭猫在说什么，苏奈的脸色一僵，她都到这个境地了，还能有什么好气色？这只臭猫是不是存心在她伤口上撒盐？

苗珊珊还在絮絮叨叨，见苏奈没有反应，便骂骂咧咧地捡起半块镜子塞到她的手上，让她化作人形照一照脸。不照还好，一照确实令人惊愕。

果然如苗珊珊所说，镜中的自己巴掌脸，丹凤眼，雪白的脸颊上泛着淡淡的红晕，简直像是吃了几天的烧鸡，又睡了三天囫囵觉，还泡了个热水澡。

那毒鱼还有如此功效，可以使人的气色变好？

苏奈捂住胸口，忽然发觉自下午开始，她的心口已经很久没有灼痛感了。流转在内府中的反而是一种温暖和煦的气息，有些像杨昭怀里的感觉。

这是怎么回事？难道她那一剑把有毒公子劈死了？所以她便得到了生机，还是说，那个有毒公子说的什么鱼里有毒，原本就是唬她的？

苏奈屏住呼吸，蹲在洞口，紧盯着太阳，将苗珊珊都熬走了。就这样一直蹲到太阳落山，等到月上中宵，月色又下沉，夜色中传来蛐蛐儿的叫声。哈，第十天已过了，她还没有死！

有毒公子果然是骗她的！

红毛狐狸瞬间恢复了活力，像利剑一般蹿了出去，狂喜地穿过月色下的瓜田，把树叶刮得颤动，惊散了一地昆虫。

日后，她还能采补男人，还有大把的机会做一个成功的狐狸精，还有什么比这更好的事吗？

她要抓紧时间，今夜就要去看看她的男人。

在水下，他都那般抱她了，采补成功还不是指日可待。

杨昭和小桃被她安顿在离狐狸窝很近的一处墓穴中，这个地方隐蔽、安全，有毒公子不可能找到。

苏奈气喘吁吁地化为人身，不顾三更半夜，理了理头发，直直地跳进墓穴内，声音似乎掺了蜜："杨昭……"

苏奈的步子迟疑地停住，内里没有全黑，也没有人熟睡的呼吸声。

桌上点着一盏孤灯。灯下僵坐着一个人，一动不动，背后有一个巨大的黑影。

苏奈感觉这座墓穴和她离开时截然不同，一种冰冷沉闷的氛围仿佛将墓穴冰封，也令她汗毛倒竖。

"杨昭？"她又喊了一声。

杨昭沉默地转过头，烛火竟然映出了他眼底闪亮的泪光，他似乎已经这样坐了半夜。

苏奈连忙朝他走去："怎么了？小桃呢？"

杨昭垂眼望着空空的手，五指轻轻合拢，又无力地松开，过了半天才道："小桃拿着我的剑走了。她原本就是独公子的人。"

苏奈愣住了。她第一次在杨昭这张坚毅又稚嫩的脸上看到了绝望的神色，这使他好像一下子沧桑了十岁，开口道："打这把剑的主意的人很多，我一直知道。世人都当我是傻子，可我都懂。"

苏奈眨了眨眼睛，又张了张口，万万没想到是这样的发展，她一时竟然什么也没说出来。

"苏姐姐，你怎么不走？"杨昭扭头望着她，露出苦涩的笑容，那滴眼泪便顺着脸颊落下，"我如今已经再没有什么可以给你拿去的了。"

什么，小桃是独公子的人？

苏奈如遭雷劈，在震惊中，脑海中浮现出一些画面，将小桃身上的种种疑点串了起来。

那个小桃身患怪病，每隔一段时间就会四肢僵硬，手脚染上寒霜；她的衣服上还有一股特殊的桃花香，和那个棺材里的夫人身上的味道一模一样，苏奈把它叫作"棺材味"；还有，有毒公子现身的几次，除了她，小桃也在。

难不成有毒公子那几次出现在门外，压根儿不是来威胁她的，而是来联络小桃的？

想到此处，苏奈心里忽然冒出些不快，呸，算她自作多情。可恨这个有毒公子连做坏事都要安排两个人去做，以保证得手。真是个……那叫什么来着，水性杨花之辈！

这么一想的工夫，苏奈忽然感到肩膀上热乎乎的，再一低头，杨昭趴在她的肩上哽咽着，眼泪把她的衣裳都给打湿了。他的眼泪像劈头盖脸的雷阵雨，把苏奈的一颗想要采补男人阳气的心思瞬间打消了。她嫌弃地抓住杨昭的背心，把他拎了起来："别哭了。"

"苏姐姐，我晓得你关心我，可我现在一无所有，又该如何振作？"杨昭此时方显出些孩子气，长长的睫毛上沾着水珠，满脸的赧然之色。

这哪里是关心？苏奈只觉得男人哭起来显得十分丑陋，心虚地停下了动作，又拿袖子小心地擦了擦杨昭的俊脸，幸好，擦掉涕泪的脸还是俊的："小桃拿走你的剑，把她追回来不就完了？何必要做如此姿态。"

"天涯海角，我又知道她在何处？"

"你不是说她是有毒公子的手下吗，找到有毒公子，不就找到了剑，也找到了小桃？"苏奈想了想，一点儿也没错，便恶狠狠地说，"我们去找有毒公子！"

堂堂一只狐狸精，怎么能叫人白白戏耍？她得去讨个公道，杀到独公子的洞府去。

"苏姐姐，你知道在哪里能找到独公子？"杨昭好像第一次认识苏奈一般愕然地打量着她。苏姐姐的胆识之高，本事之大，果然远在他之上，令他生出一种孺慕之情。

苏奈还确实知道，当时在鬼市中，独公子令众鬼怪商人将他购买的东西送到他的洞府去，那些鬼怪曾经报出过住址。他就住在……

"西洲南山下的坟场。"苏奈准确地复述出了那个地方，将杨昭一把拎了起来，"你起来，我有个法子能帮我们找到小桃。"

一刻钟后，苏奈谨慎地挂在杨昭的左手边，警惕地看着杨昭的右手死死地拽着的一只大黑犬。

这只黑犬吐着舌头，英姿勃发，是从西洲那位郎中那里借来的看家护院的猎犬。老郎中借出时百般不情愿，杨昭给了他一些钱财，又保证全须全尾地归还，他才同意借出一天。

能不能找到小桃，全靠这个向导了。

苏奈抓着两支船桨在夜中快速划船。杨昭将小桃先前替他缝补过的衣裳与剑套给黑犬嗅闻，黑犬打了个喷嚏。小桃的手指触碰之处，沾染了她身上带着的那股特殊香气，对于狗来说，这些气味已经足够浓郁。杨昭的眼中不由得露出些光亮。

苏奈一边向划桨，一边向挨着驶过的船问路，那些船家听见南山纷纷摆手，划得飞快，叫都叫不住。

果然，越靠近那座在夜色中呈现浅紫色的冷峻山影，船只越少，水面越平静，四下一片茫茫，只有呼呼的风声越过山间。

苏奈缩了缩脖子，这位有毒公子住的地方比她盗过的墓穴还瘆人。

她把船泊在岸边，死死地挽着杨昭，警惕地踏上石岸，那只大黑犬却显得格外兴奋，挣扎着向前，对着虚空呜呜叫了两声，声音在山谷里激发出回声。

杨昭稍一松劲，它便飞快地蹿出去。

苏奈和杨昭大惊失色，被黑犬拖着，在高耸的林木中左突右冲地狂奔。

眼前林障渐渐稀疏，如流云被甩在身后。眼前似乎出现了一大片空谷，但入眼处却是连天接地的云雾，雾气中间浓白，上下两端徐徐流动着，显得稀薄一些，像一片巨大的帷幕挡住了后面的景象。

苏奈的耳尖动了动，将杨昭向后一拽，二人拉着狗藏在一处灌木后，便看见有一道黑影从不远处走过来。那个影子细长，走路摇摇摆摆的，慢悠悠地脱离了夜色，它的手里还推着一辆推车。它虽然是虚影，但推车上却堆放着实打实的木箱子，那箱子的封口上还有闪闪发亮的铜锁。

鬼影伸出细长的鬼手，在云幕上画了个符文的样式，浓郁的雾气竟然缓缓散开，露出一个可供一人进入的漩涡。

果然有禁制!

黑影正要推着箱子走进去，忽然听见一阵凶神恶煞的咆哮，那是一只散发着热气的黑犬。黑犬辟邪，是鬼怪的克星，它当即吓得不能动弹。随后跟来的是个举着剑的凶神恶煞的少年，剑上火热的符文流动，把他的头发丝都照亮了

鬼影哀叫一声，顾不上管箱子，便散成数股烟气，隐入林中，只顾逃命去了。

"他跑了。"杨昭将剑放下，归入鞘中，还给苏奈。

这一招当然是两个人商量好的。

苏奈一脚踢翻箱子，里面的东西散落出来，是琳琅满目的首饰、丹药，还有些奇形怪状的花朵，果然是那日独公子在鬼市买的。

这只鬼如苏奈所猜测，正是来送货上门的，被他们给撞见了，算它倒霉。

苏奈扒拉着亮晶晶的东西，看到其中零星的花朵，动作一顿，忽然想到那日独公子给她的狐狸耳朵上戴花的样子。那时候，她竟然一点儿都没看出他是一个大恶人。

既然是恶人，苏奈便存了报复之心，毫不客气地挑选了一堆看起来珍贵的物件据为己有。回头把这些首饰送给二姐姐，她肯定喜欢。苏奈将其中的花朵别了出去，嫌弃地丢在了地上。

云幕的漩涡快要关上，苏奈将杨昭一拉，眼疾手快地钻进去："走！"

漩涡在身后合拢，两个人怔怔地看着前方。

眼前高高低低的山峦之上，无数座高高低低的木牌或石碑。一些坟茔前尚有磷火，幽绿的鬼火间或闪动，便如夜色中飘浮着无数萤火虫，星星点点地扇动着翅膀。

果然是一座一望无际的墓场，这里面得埋着多少死人啊……

两个人站在黑暗中，都觉风声凄冷，腿脚打战。黑犬却不懂这些，已经龇着牙在最近的一座墓上嗅了嗅，又毫无兴趣地去嗅另一座，像是闻到什么，它忽然变得兴奋起来，前脚拼命向前划拉，无奈却被绳索所限。

杨昭和苏奈对视一眼，见苏奈点头，稍稍松了劲，黑犬又在坟场中横冲直撞地跑动起来，带着两个人前行。苏奈怕狗，几乎是闭着眼睛，挂在杨昭的臂膀上前行。

忽然，黑犬毫无征兆地停下，杨昭一愣，苏奈睁开眼睛，果然看见一抹白影。

月色之下，独公子背对他们，对着一块墓碑而坐，雪白的衣摆如绽开的花朵层层叠铺在地上，正在刻碑。

原本颇有气势的黑犬忽然向后退去，它趴下来，将脑袋贴在前爪上，无论杨昭如何拉扯着绳子都不改变这异常之态，它的叫声变得非常古怪，鼻尖朝着独公子的背影，竟然像在恭敬地稽首。下一刻，一个窈窕的人影敏捷地越过恭敬的黑犬，直接扑向独公子。

苏奈两眼喷火，指着他的后脑勺骂道："你这个阴险狡诈、水性杨花的臭男人，把剑还回来！"

独公子似乎早就留意到身后的动静，一直是两耳不闻、不疾不徐之

507

态，直至听到"水性杨花"这四个字，刀笔一顿，不慎将那一捺刻断了。

石块与粉末簌簌落下来，他不禁扭头看向苏奈。

独公子生得面善，眉眼原本自带三分笑意，月色流转在这双眼睛上，却照出一种皎洁而奇异的神态。

"你看什么看？"苏奈反手拔出仙剑，凶恶地指向独公子的脸。自从上次拔剑之后，她拔得越来越顺手，"小桃呢？叫她出来叙话。"

独公子避了避剑锋，似乎很意外苏奈会追到这儿来，又将苏奈从头打量到脚，半晌才开口："小姐踩到在下的衣摆了。"

苏奈发觉自己果然站在独公子铺在地上的雪袍上，在那上面留下了几个小巧的灰鞋印，她虽然没有完全掌握凡人那一套弯弯绕绕的说话方式，却直觉自己受到了轻视，心火愈旺，想道，踩你怎么了？踩的就是你。

她用力踩脚，一阵猛踩，将绣鞋上的泥巴都故意蹭在独公子的衣袍上。

白袍如流云一般拔地而起，独公子陡然起身。苏奈也没看清他是怎么在一瞬间站起来的，却能感觉到危险，向后退了一步。

独公子欺近一步，她才发现这位有毒公子的个子分明是高的，她才刚刚够到他的胸口。这般想着，他伸手捏住了剑身。

他不是妖怪吗？竟然不怕灼热的仙剑。

这时，身边忽然传来扑通一声闷响，打破了危险的氛围，两个人双双回头。

杨昭跪倒在邻近的一座墓前，不可置信地扶着碑身。

苏奈一眼看见杨昭的那把剑摆放在碑前，下面压着一套叠得整整齐齐的衣衫，那正是小桃衣衫的颜色。

刚才他刚抓起衣衫，黑犬便凑了过来，绕着墓碑嗅了一周，便趴下来，吐着舌头，好像到达了终点，却令杨昭的一颗心重重地沉入水底一般。

墓碑前有半根没烧完的蜡烛，照着杨昭苍白的脸。

他读着墓碑上鲜红的字，那上面分明写着：王临甫之续妻贾世香之墓。

另有两行小字，简单叙述了贾世香的生平。她原本为王大人母亲的婢女，真名未知，自称"小香"，温婉贤良，十七岁嫁给王临甫为续弦，老夫人赐大名贾世香，遇盗匪被害而亡，王临甫感念红颜命薄而立碑，用的是整个西洲最昂贵的石料。

"不可能，不可能……"杨昭反复确认数遍生卒年月，读得喉咙刺痛。

墓碑上的生时，是吴抿香的生辰；卒时，却是在他与苏奈到达西洲的第一天。

在这块墓碑上，他读明白小桃大概就是小香，是他找寻了数年的姐姐。可小桃与他相遇之前就已经死亡，这叫他如何接受！

杨昭将墓碑前的蜡烛等祭品重重地拂落，发狂似的拿剑鞘砸起墓穴来，仿佛想要将尸首挖出来印证，看看里面躺着的到底是不是小桃，半日前还对着他巧笑倩兮的小桃。

他可以原谅她的背叛，容忍她的欺骗，却无法接受他再也无法和她交谈，和她见面。

一支竹笛猛然架住了他的剑鞘，独公子有些疲惫地道："我花了好些功夫才送走了她，何必要再次惊扰。"

苏奈也用力抱住挣扎着的杨昭，想挖墓穴还不容易，她可是有不少更方便的法子……等等？

她的耳朵动了动，一阵悚然，她不禁质问独公子："这个墓穴里埋的是小桃？"

想起小桃鲜活的笑颜，她的心里也空落落的感到烦躁。她伸出闪光的长指甲，一爪便向墓穴拍去，准备给墓穴掏个洞，抓住里面尸首的脑袋，拔出来看一看。

独公子出手如电，他的手冷而硬，抓住了她的手腕，掀到一旁："小桃是谁？"

"就是那个帮你盗剑的手下！"苏奈含泪揉着手腕气愤地道。这位独公子下起手来居然如此阴狠，"她到底怎么了？你为何将她埋了？却不叫她出来与我们见一面？"

"你们应该知道我是谁。"独公子叹了口气，表情是一种无悲无喜的冷酷，"我是独公子，西洲唯一的御尸之人，我的手下，除了死人，难道会有活人？"

你分明还驱使过狐狸精。苏奈瞪着独公子，却感觉到杨昭紧绷的身体颓然一沉，差点儿将她压倒。

杨昭转身，面朝独公子，神色凄然："独公子，求您告诉我，告诉我这一切的原委。"

"这一切又有什么好解释？"独公子把玩着手中的湘妃泪，过了半晌，还是缓缓地道，"我有御尸之术，能用针线修补尸首，使之颜色如故；又给尸身配以香球，使之柔软不腐；我吹湘妃笛可以操纵尸首活动，听我的号令四处行走。我常以黄金百两，支付尸首一个月的工钱，令他们夜行西洲，替我偷盗这世上的奇珍异宝，再安顿其入土为安。只是这次我所御的尸首，恰好是你们说的'小桃'罢了。"

杨昭低着头，神色不明，身子不易觉察地颤抖着。苏奈也愣住，原来他们从一开始便落入了独公子的圈套中，目的便是杨昭手中的那把仙剑。

难怪小桃的身上总有一股"棺材味"，原来那股味道正是防腐香球发出来的。小桃将香球卖掉后不久便如风筝断线一般，倒下去没了生机，正是因为她原本就是一个死人，是一具尸首，全赖独公子操纵。

"不过，这次的确十分坎坷。"独公子有些头痛地道，"不知这位死去的夫人经了谁的撺掇，将我的香球卖了与你们换吃的，王临甫大人又在城中大作法事，令她的尸身险些腐朽，让我不得不亲自跟来，加以维持。被人这样折腾，尸身维持不了一个月，只能匆匆下葬，不然，你们原本还能与她打个照面的。"他说着，目光在苏奈的脸上轻轻一扫又转开，却令她十分心虚。

早知道那是一具尸首，她打死也不跟小桃争风吃醋，一具尸首又不会夺了杨昭的清白！

不过这位有毒公子想祸水东引，挑拨她与杨昭的关系，却是想得美。苏奈一把拎起叠好的衣裳，放在独公子面前，骂道："哼！你不要脸，将小桃埋了也就算了，把人家的衣裳都给剥了！"

独公子万万没想到她从这个角度发难，竟然愣住，面色变了几变，才稳住神色："那是她自行换下的。我虽然御尸，却向来尊重尸首，从不以手触碰。她原本是王家的主母，入殓时王家已经为她准备好精致的寿衣，老夫人陪葬了翡翠玉镯，她自然要穿戴回去，才能安心入土。"

"王家的主母……"此话重重地刺激到了杨昭，他面色苍白，攥紧了他送给小桃的衣裳，心痛如斯。他们分别的时间太久，也错过太多，她已经有了人妇的身份，"甚至，她就连去时的衣裳都不能被我送给她的……"

苏奈没有青梅竹马，不能明白杨昭的痛楚，却忽然嗅到杨昭的心散发出苦涩的味道，掩盖了香气，令她手足无措，她顺了顺他的背，还没想好如何出言安慰，便听杨昭问："请问独公子，小桃她和我在一起时的一言一行代表她自己，还是为您所操控？"

独公子声音缓缓道："我的笛声与香球等同于将折下的鲜花插瓶，续上一段花期。花仍然是花本身，只是迟早要香消玉殒罢了。"

杨昭点了点头，表示明白。过了半晌，他好像下了某种决心，忽然向独公子重重地一拜，将苏奈吓了一跳。

"你这是做什么？"独公子微微感到惊讶。

"求您帮我，我想要再见吴抵香一面。"杨昭以额触地，坚决地说，"我有话想与她说。"

独公子的神情不变："她已经下葬，如何再见？"

"您既然有仙术异能，一定有办法可以做到。"杨昭艰难地道，"我，我愿意付出任何代价。"

"任何代价？"独公子凝视着杨昭，神色在月色下显得高深莫测。他闭目养神了好一会儿，方道，"取你这把剑来真是一波三折。正好，在下本来也不喜勉强，现在，我要你将这把佩剑心甘情愿地献给我，作为报酬，你可愿意？"

杨昭沉默下来，过了半晌，他起身拿起剑，最后一次细致轻柔地擦过剑身，随后，双手将其举过头顶，呈给独公子。

独公子苍白的手刚握住剑，苏奈便一把抓住剑尾，不肯让独公子拿去，她急得跳脚："杨昭，你的脑袋是不是被门给夹了？方才丢了剑，你要死要活，现在总算找到了，为什么要把它送人，还是送给这个卑鄙小人？你不怕他是骗你的吗？"

先前她叫杨昭卖剑，他非不肯，说这把剑代表着他爹。好啊！现在却肯卖"爹"给有毒公子，她连有毒公子都比不过，真是气煞人了！

杨昭任她唾骂，低着头，声音沙哑地道："苏姐姐教训的是，可是我也有我的苦衷。我爹娘已逝，小香是我在这世上唯一的亲人，当年我爹的遗愿就是让我与娘替吴伯父照顾好小香，我们却没能做到。天可怜见，叫我与小香重逢，可是没能认出对方。若是连一句话都没跟她说便阴阳相隔，我这一辈子都会觉得悔恨、遗憾，我爹在天之灵也不能安息。我的剑固然珍贵，却没有小香珍贵。独公子是识货之人，即便是送了人……"说着，他仰起脸，殷切地看向独公子，"独公子，您会将这把剑送到一个好去处吗？"

独公子说话不疾不徐，很有些风雅和气："在下得到的财物，从不为私占，金银珠宝，会送到该去之处，宝剑自然也会赠与和它匹配的英雄。"他垂眼看向苏奈，没有强取，只是拿指头在剑身上敲了敲，不知是在对谁说话，"在下从不骗人，言出必行。我答应了你，让你们相见，便能让你们相见。"

"如此，杨昭也没什么可说的了。"杨昭说着便松了手，向他一拜。

苏奈龇着牙，心有不甘地松开手，叫独公子拿了剑去，但目光还在冷飕飕地朝独公子放箭。

冷静！她抚着胸口对自己说，那是杨昭的剑，杨昭吃亏，又不是她苏奈吃亏，同她有什么干系？她要的是杨昭的阳气，不是那把破剑！杨昭最好是被这位有毒公子骗身骗心，才方便她伺机而动、乘虚而入、吃干抹净。

嗯，这般想着，心里那股憋屈和愤怒才勉强消散了一点。

她冷眼看着独公子从袖中取出一把灰色的线香，递给杨昭，她倒要看看，这位有毒公子变什么戏法，能把死人变活。

独公子道："昔日方士有招魂之术，在下的方法与之同根同源，是为取影之术。"

摇曳的烛火映照在独公子的侧脸上，橘黄色闪过之处，照出一种惊心动魄的华彩："为她上三炷香吧。但你记住，无论看见什么都不能出声干扰，更不能喊她的名字，否则取影之术会立刻失效。"

杨昭将线香放在烛焰上点燃，跪在小桃的坟墓前拜了三拜。

袅袅的烟雾从线香上升起，初始时如细绵线一般盘旋，后来烟雾越来越浓，越聚越多，相互推挤，竟向上编织成一块大幕，在那白雾之中隐隐出现了人影。

人影变得清晰，有了色彩和声音。杨昭一眨不眨地望着，在那上面看到了小桃，也就是吴抿香的一生。

从她呱呱坠地，到被母亲抱在襁褓，被父亲矮身牵着，在桃花树下跌跌撞撞地学走路，到杨昭家中吃饭，杨母给她夹菜添汤。小香与童年时的杨昭拉钩，笑得眉眼弯弯……七岁时，她学着她娘的样子练习用脚尖行走，抛起的水袖挂在树枝上，杨昭爬上树帮她解开，小香仰头看着他，桃花瓣落了满头；八岁时，失去父母的号啕大哭，九岁时的贫困、瘦削与懂事，然后，杨昭便看到母亲牵着小香日日去卖剑，在集市上，两个人看着人来人往，绝望地等待着。

剑被一个身材高大的男人买走，母亲没有经得住一个大户人家丫鬟的游说，将小香也卖给了她，小香含着泪一步三回头。母亲边走边抹眼泪，等她后悔了，返身跑回原地，那个女人早已无影无踪。最后，母亲提着一个空空的竹篓回家，平淡地告诉他，剑卖掉了，小香丢了。

原来竟是这样……难怪母亲久病时始终不能放下此事，死前叮嘱他去看看小香，却又告诉他，她可能已经改名换姓，不知所终……

然而事情还不止如此。买走小香的女人号称是王大人家的管家，其实并不是管家。她打着为老夫人购买丫鬟的名义，行买卖暗娼之事，一上船，她就将小香捆绑起来，要将她卖到西洲的销金窟去做妓。

船上十几个幼女都是这样从偏远地区的穷苦人家骗来的。这些幼女的家人甚至看不出买卖丫鬟的身契上的官印压根儿是拿红笔描摹的。

夜里，小香趁女人睡着，磨蹭至烛台边烧断了绳索，又将其他女孩子放走，逃至船篷，惊动了这个女人和同伙的大汉，小香没命地逃，一头撞在出来透气的王家老夫人身上。

原来，王临甫陪伴母亲回乡丁忧，恰与这个女人在同一条船上，只是一方在客舱，一方在货舱，若一切顺利，原本不会会面。直到此时，老夫人骤然受惊，听到熟悉的呵斥声，又借烛光看清楚眼前这个女人正是因偷盗而被赶出府中的前任管家。

女人忌惮王临甫带着家丁随从，巧言令色与老夫人见礼，她一把搂住小香，以带有蒙汗药的帕子捂住小香的口鼻，谎称小香是自己的侄女，两个人正要归去，想蒙混过关。

老夫人面露不喜，本想打发她去，谁知吴氓香小小的年纪，却聪明机警，临危不乱，将看到的、听到的只言片语联系起来，想明白了前因后果，扑通一声跪在老夫人面前，强忍着药效带来的睡意，口齿清晰地将这个女人如何假扮管家，如何以买丫鬟之名买卖雏妓之事大声道来，求老夫人解救。

老夫人大吃一惊，王临甫本是清官，岂能容忍这般玷污家风之事，当即令家丁将那十几名幼女截下，将女人和她的同伙拿住，送回西洲报官。

那个女人惊恐不已，怀恨在心，因为其他丫头都只会哭闹求饶，唯有小香聪明伶俐，竟然偷听他们说话，默记在心，她担心日后小香能出堂做证，令她罪加一等，竟趁人不备，挣脱家丁束缚，猛冲过去，将站在甲板上的小香一头撞下了船。

小香就这样坠入水中，许久之后才被王临甫的家丁七手八脚地捞上来。她高热昏睡的这段时间，王临甫已经委托西洲南苑的知县将事情查清楚，十四名幼女都被赐下路费银两，安全地送还原籍，唯独剩下小香无法送还。

因为她醒来后不记得自己的家乡在何处，父母名谁，连自己的大名她也忘记了，只记得小名叫小香。

郎中说，因为蒙汗药，她坠河时就昏迷，吸入太多的水，令肺腑感染，上达头脑，才会使人变傻。

王临甫在西洲张贴告示，可是没有人前来认领，小香有关外口音，可能不是西洲人。王临甫没办法，只得令小香留在府中，做了老夫人的丫鬟。

老夫人对小香颇为怜爱，而小香也以一片真心实意回报，她在王家做了近十年的丫鬟，在夜里给老夫人打扇驱蚊，在老夫人腹胀不适时，翻看医书，踩着板凳为老夫人熬助消化的汤。

王临甫看在眼中，深为感怀，为了报答照顾母亲的恩情，他为小香开蒙，极尽所能教她读书习字，慢慢将她培养成一个知书达理的少女。

杨昭看到老夫人将自己的陪嫁玉镯翻出来，套在了小香的手上，当年，她甚至没有将这个代表婆母认可的玉镯送给王临甫的正室。也因此，小香被王夫人屡屡折磨、刁难。但无论王夫人如何撒泼欺辱，小香都是默默地忍受着，从未对王夫人出言不逊。

王夫人病逝后，老夫人做主，让王临甫续娶小香。王临甫看着小香成长，两个人之间的恩义远大于男女之情，但王临甫不忍违背母训，也想给小香更受人尊重的生活。

主母的地位远高于丫鬟，小香欣然答应，她早已将王家当成了自己的家。

烟气构成的帷幕之上，杨昭的眼眶泛红，眼睁睁地看着家丁们在府中挂满红绸，布置酒宴，小香的闺房中殷红一片，窗上贴满囍字，床上洒满花生和各种果子。十七岁的小香在窗外传来的鼓乐嘈杂声中换上喜服，戴上凤冠，抿上胭脂，描出细长秀致的眉。

她马上就要嫁给王大人了。此时的他还在前往西洲的路上到处寻觅她，而小香已经忘记了童年的一切，遗忘了他……

　　小香推门，满堂宾客皆是一愣，只因平时小香打扮得朴素，不太起眼，而今日红裙红妆，如海棠初绽，有端庄婉丽、艳光四射之态，闲聊声忽然变成恭维和贺喜。小香垂着略带羞涩的眉眼，两只手捧着一只果子，从乐声夹道中走过来。

　　在杨昭看来，那画面太过真实，好像小香是缓缓地朝着他走来一样。

　　出人意料的是，小香真的一步一步地从烟雾中走来，金红色的绣鞋踏出了烟气凝成的幕布，最后一缕鲜红的衣摆也挣脱了那虚幻雾气的束缚。她走到夜色中，活生生地立在杨昭面前不远处，对他深深一揖。小香抬起头，望向杨昭，她眼里泪光闪动，似乎闪过千言万语，声音清晰可闻："感君多年挂念，妾身特来相见。"

　　杨昭屏住呼吸，看着她乌黑的鬓发，头上的凤冠，还有在夜色中如泣血海棠一般的喜服，每一个细节都栩栩如生，艳丽得像无数细小颗粒的雾气，凝成一道生魂。

　　他谨记独公子的话，没有发声，只对她露出一个微笑。

　　小香没有见怪，抿着嘴唇冲他笑了笑，朝杨昭伸出一只手。

　　杨昭看看她的脸，又看看她的手，颤抖着手指，慢慢地将手搭在她的手上。

　　那竟是一只实实在在的温暖的手。

　　小香蓦地一笑，反握住他的手，拉着他，返身向烟雾内跑去。

　　两个人越跑越快，欢闹的鼓乐声渐近，迎面而来。杨昭发现自己身上的衣裳开始化作丝缕，随风飘走，在烟雾中发生着变化。等杨昭进入烟雾中时，已经变成身着丝绸喜服，头戴绸帽的新郎官，在众人的起哄声中，与小香对立拜堂。

　　苏奈看得毛骨悚然，这是什么情况？总不能变成画了？

　　不准，不行！苏奈拔腿便追，却被人从身后一把拽住衣袖。

　　"你知道他们在做什么吗？"独公子扯住她，望着烟雾中的人影，在她身后温和地道，"他们在成亲，凡人拜堂，是不便有第三个人的。"

　　烟雾中，红色铺天盖地，吹吹打打，笑闹声混杂成一片。烟雾之外却是寂寂夜色，蛐蛐长鸣。苏奈铁青着脸，注视着帷幕上晃动的一个个欢喜的小人影。

她实在不忍把杨昭成亲的画面看得太仔细，所以托腮坐在离得较远处的凸起的矮石壁上，毛尾巴直直地顺着墙面耷拉下去。独公子坐在石壁的另一端，不知从哪儿变出一把白色的酒壶，自斟自饮。他稍一侧头，就看见苏奈的背影。她的眼睛盯着杨昭，膝盖和身子都不自觉地朝向另一边，同他隔出一段长长的戒备的距离。

他见过苏奈的真身，是只不大不小的红毛野狐，一摸她的皮毛便知晓她仅有三百年修为。一般像这样刚修出人的皮相，但离修成人却还差得远的妖精，往往兽性难脱，行事也按照作为动物时的惯性，因此黑熊精爱咆哮、野猪精爱撞人也就不足为奇。

狐狸精天生带媚，喜撩动其他动物，亲人、挑衅他人是常态。但一只狐狸静静地坐墙头，表现出这般默默地嫌弃、戒备的姿态，却是亘古之奇状了。

独公子盯着苏奈惆怅的背影看了片刻，似乎觉得有些好笑，便真的笑出了声，将酒盏送到唇边，道："此情此景，我们两个伤心人是不是应该对饮一杯呢？"

苏奈完全没有反应，只是尾巴尖卷了起来，上面的毛毛根根竖起来，像一个人攥紧了拳头。

独公子自饮了一杯，又朝那个窈窕的背影笑道："在下已经告诉了你，那烟雾中只是影子而已，影子不会伤害人，杨昭也不会受到半分伤害，小姐还生气吗？"独公子笑吟吟的声音从背后传过来，"在下能顺利取影，还要多亏你从鬼市中取来吴抿香的一缕魂魄，不然，杨昭的心愿也无法实现。这件事上，小姐颇有功德。"

这位有毒公子居然还讥讽她！

苏奈一下子支棱起来，扭过头，冲独公子骂道："谁让你作怪，叫他进入画中。他何时才能出来，难道要奴家再等三百年？"

"怎么会？"独公子敛袖，又倒了一杯酒，神色自若地道，"你可看见那三炷香了吗？等线香燃尽，烟影自散。何况，他要时刻记着不能犯禁开口，又能坚持多久？"

苏奈死死地盯住那线香。烟雾徐徐不尽，但燃得比寻常的线香慢得多。她盯得眼睛都痛了，线香几乎还是完整的，竟没有烧下去一点儿。

她怀疑独公子使坏，指着香瓒向独公子。独公子却朝她举了举杯："事已至此，干等也无用，何必着急呢？在下愿以西洲的美酒款待，同赏月色，以偿先前得罪，何如？"

独公子的语气温和，香甜的果酒香气随着风一起飘过来，扑在苏奈的鼻尖上，好像是熟透的蜜桃，还混有甜李子。

红毛狐狸咽了下口水。她跑了一天一夜，又拼命划船，都没顾得上喝水，此时喉咙都要冒烟了！本想找点水源，结果这个破地方全是坟，连条小溪流也没有，闻到这酒的香气更觉得干渴万分。不过，她已经吃了一次有毒公子的毒鱼的亏，休想再让她上套。故而苏奈一动不动，只是戒备地望着他。

独公子好似明白她心中所想，面不改色地将酒送入自己口中。

苏奈的尾巴扫来扫去，哼了一声道："那天的鱼羹你也吃了！"

独公子正取了新杯给她倒酒，闻言，眉毛轻轻一挑，手腕一转，将满满一杯酒尽数倒在墙下。

苏奈往地上看，只见那只黑犬就蹲在墙根，殷勤地前爪抬起，仰着头哈气。

独公子手中的琼浆连成细线，一丁点儿也没有浪费，全进了大黑犬的口中。

大约酒的味道不错，狗喝完了，意犹未尽地舔着鼻头，似乎欢欣不已，还立起来拿爪子拍墙，张大嘴巴，好像还想喝。

独公子黝黑的眼睛望向苏奈，仿佛在说：酒中无毒，这次可信了？

苏奈拿眼稍睨着黑狗，深感鄙夷：到底是什么琼浆玉露，好喝成了那副蠢样？狗果然是狗，比起狐狸差远了！但又不自觉地咽了咽口水。既然有毒公子有心道歉，左右等在这里无事，她又干渴难忍，那便勉强接受吧。

苏奈在墙头一撑，往独公子的方向挪了两下。但两个人之间隔得实在太远，就算她伸长了手臂也根本够不到。

苏奈又挪了一下，见独公子坐定不动，只一双眼睛遥遥地盯着她，忽然深感耻辱，两颊如烧，眼睛又冒出绿光，忍不住想，呸！这有毒公子居然动也不动，什么请我喝酒，什么赔罪，难道要我爬过去不成吗？

她刚这样想，忽然一只幽绿的蝴蝶从独公子袖中飞出，载着玉杯翩飞而来。

瞬息之间，蝴蝶将酒杯递到了苏奈手边。

苏奈捏住酒杯，方才反应过来那玉杯冰冷的质感，不知什么原因，一向稳健的狐狸爪没拿稳，有几滴冰凉的酒液泼在手背上。

不管了，不是口渴吗！苏奈一仰头全倒进嘴里。那酒入口并不辛辣，像冰凉的软玉，顺着喉管一下便滑下去。

苏奈咂摸了一下味道，桃味是有，却并不甜。杯子太小，没尝出什么味道就没了。但喉咙却得到润泽，仿佛饮下了一汪甘泉。

独公子端着酒杯，失笑："在下还没有敬小姐你呢。"

苏奈拿袖子擦了擦樱桃小嘴，眼神游移，找补道："奴家太渴了。所以喝得有点急。你现在可以敬了。"再来一杯正好，刚才都没有尝出味道。

独公子没有拆穿，真的遥遥相敬，眉眼间带着温雅之意："愿以此酒弥补先前的得罪。"

他饮下酒，两个人之间的气氛似乎缓和一些。

但苏奈实在弄不懂独公子到底是个什么人。对苏奈来说，世上的人只分为两种，一种是像大姐姐和尊神那样可以全心依赖的，一种是需要警惕的大坏蛋，比如那只想拍死她的九尾狐宋玉。

自从遇见独公子，世上忽然有了第三种不能分辨的人。

他好像如大姐姐一样亲和，可道行却比她深，她不知道他在想什么。这种感觉令狐狸暴躁，指甲抠进墙里："什么得罪，你说取剑那件事？知道得罪，你还要用毒鱼毒害奴家？"

独公子一笑："毒害？小姐今日不是好好地坐在了这里吗。"

一提那夜不能寐的十日，苏奈便火冒三丈："我问你鱼羹到底有没有毒？"

独公子想了想道："确实有毒。"

原来独公子没有蒙骗她，想来是毒性不强，没到致死的程度，才让她侥幸逃过一劫。得到了印证，苏奈的心里反而涌出一种淡淡的失落。

苏奈感觉离谱，她居然在这里与大坏人对饮，表情复杂地道："难道奴家还要感谢你手下留情？"

独公子道："你该感谢自己的选择。"

苏奈又听不明白了。她抚住胸口，热辣的感觉从肺腑漫上胸腔，她打了一个浅浅的酒嗝，随后热气蹿上脑子，令她面颊发红，脑袋发胀，越想越气，将玉杯捏扁："不喝了，你都害我！"

独公子的动作一顿，苏奈想溜下墙，无奈身体变得有些笨拙，一枚亮晶晶的东西先一步从衣襟里掉出来，砸在地上发出脆响。

哎呀，不好，苏奈立刻捂住衣襟，她偷偷拿的首饰掉出来了。

她立刻去保护其他的。独公子已经发问："那是什么？"

"没有什么。"苏奈飞快地应答。话音刚落，只听叮叮当当好几声脆响，她的衣裳就像漏了口的布袋，衣服里所有的琳琅之物全部掉在了地上。

苏奈还有什么不明白的，怒视着独公子："你是故意的！"

独公子忽然身影一动，微风扑面，他在瞬息间坐到她身旁，隔着衣袖抓住她的手腕。他的手很凉，刚刚碰到，苏奈便吓得哇哇大叫起来："放开我！你这个有毒公子，偷盗别人的剑，还给人下毒，你是坏人，奴家取你的不是偷，这叫作取义之财，为民除害！"

她叫嚷得这般厉害，独公子立刻将手松开。

苏奈惊魂甫定，过了一会儿，见他没有走，苏奈侧头，悄悄地睨他。

独公子侧脸如玉，饮酒的模样尤其清雅，令人联想到温柔、美好的事物，浑不在意地道："当日的东西是你撞坏的，在下替你赔付，按道理应该算是你的，当然不算偷。"

"那你干吗抓奴家？"苏奈悻悻地搓了搓手臂。

"在下只是想留小姐饮满三杯，一时情急，实无冒犯之意。"独公子恳切地道，"那些首饰不必担心。我原本也是打算叫人装好箱奁，送到小姐的洞府。"

他这般好意，倒令苏奈心中浮上些许惭愧，还有些说不出的滋味："奴家也不是不讲礼数的妖精。是你说的，狡诈才是人间的规矩，所以奴家便狡诈了一些。人间本就是波诡云谲，风云莫测，既然要行走凡间，戒心必不可少。"

独公子与她碰杯，微醺道："譬如，今日在在下这里，小姐毫发无伤，换作在他人那里，同样的事情却有可能被暴打一顿，又剥了皮去。此处一只狐狸飞升证道，别处就有一只狐狸暴尸山野，这样的事情，每日每时都在发生。"

苏奈微睁凤眼，头皮缓缓发麻，尾巴毛又根根竖了起来。她虽然从没觉得自己幸运，却没有体察过像独公子用温和的语气讲述出来的这般可怕。

"你说这些做什么？"

"正是要明白这世道是什么样子，才能知晓选择什么样的道路，如此证道才价比黄金。"独公子道，"小姐可知道，在这世上做一个坏人很容易，做一个好人却很困难。"

苏奈眨眨眼睛，纵然头昏脑涨，她也依然保持着一线清醒："不对，有毒公子，你说得不对！奴家怎么一点儿也没感觉做坏人的容易，总是这样倒霉。"

"这个问题……"独公子侧头，盯着苏奈身上青色的道袍看了一会儿，忽然道："小姐的衣衫，似乎每次都打理得分外干净。"

"那是自然！"总算有人注意到这点，苏奈欣喜至极，身子前倾，恨不得将衣裳的里面也翻起来给独公子看看。

月色下，发丝遮掩下的锁骨白净如瓷，见他稍稍避开眼，苏奈还十分不满："你看看，奴家的衣裳从来是一天换一次的。奴家自打生在狐狸窝，就是一只爱干净的狐狸，别说衣裳，就连狐狸洞也是纤尘不染，比那只臭猫满是落叶和腐肉的猫窝干净百倍……"

等等，她好像被独公子带跑偏了。

苏奈戛然而止，小声道："有毒公子，你还没有回答方才的问题呢。"

独公子笑着道："维持干净的衣衫比之弄脏衣衫，哪样更为容易？"

那当然是弄脏衣裳较为容易了。

不过凡人讲话似乎总喜欢绕几道弯。苏奈的思绪便在一片混沌中艰难地翻山越岭，睫毛颤了颤，小心地望向独公子："对不起！奴家不是故意要踩脏你的衣裳的。"

独公子原本凝望着她的眼睛，得到意料之外的答案，反应了片刻，倏忽一笑："在下不是这个意思。换一种问法好了，小姐喜欢干净的人，还是脏污的人呢？"

"有毒公子，你该不会以为我们狐狸精都是不挑的吧？干净的人比较香，这还用问，不过就是难寻罢了。"苏奈道，"那腥臭的人，按理说也可以采补，不过奴家还是有些接受不了，还未曾试过呢……"

"那你知道，干净的人为何如此难寻吗？"独公子轻声打断她，他道，"人若产生恶念，做一个坏人，假以时日，就会变得脏污不堪。只有一件恶事都不做，或做得很少，才能保持干净，世上能做到这点的人，又有几何？如此一来，做个好人是不是更困难呢？"

独公子的声音柔和清越，那夜色中的虫吟和喧嚣都渐渐褪去。苏奈似乎进入一种玄妙之境，如被浓密的雨帘包裹，只听得一字一字入耳，如雨露敲击磐石，发出清越美妙之声。

那个美妙的声音继续道："不仅是人，还有狐狸，万物生灵，莫不为是。为恶愈多，则心渐腐朽，如你一般的灵物便能闻到污浊之气。经年累月，腐气渗发于体肤，乃至皮囊。小姐你既然逾越本性，如此好洁，何不如维护衣衫那般维护本心，又何忍自己的心变成……"

雨声倏而远去，独公子忽然停下，因为他看见苏奈夸张地用双手捂住耳朵，上挑的双眼瞪得很大，一脸惶恐地盯着他。

自古至今，收获仙家指点的人，铭记在心的有之，似懂非懂的有之，但尚未听完就摆出这般拒绝聆听姿态的，这还是第一个。

苏奈心里也十分混乱。一开始，她还听得十分入神，甚至有恍然大悟之感，原来能吸引她的人这样少是这般原因，越听到后面，便觉得奇怪。

独公子说的话怎么越来越像大姐姐天天在她耳边念叨的那些话了？

苏奈有些怀疑，眼前的独公子是不是大姐姐变的。酒劲上涌，整个脑袋像烙熟的饼一般，独公子的白衣清晰又模糊，开始与大姐姐的形象混淆。

可她又不确定是不是独公子好好地说着话，是她自己脑袋发晕，臆想独公子如大姐姐一般劝她向善。

但无论如何，面对大姐姐那一套唠叨，苏奈的习惯动作已经下意识地冒了出来，那便是捂住耳朵，以示"我不听"。

独公子闭上了嘴。半晌，在蛐蛐的长鸣中，苏奈将手放下来，搁在了衣襟上，脸红如烧。

独公子虽然没有露出怒容，但苏奈忽然觉得有些心虚，这个问题还是她非要独公子解答的呢。

以往她在季先生解答的时候，被窗外的蝴蝶吸引了视线，季先生都要跳起来，将她骂个狗血淋头，说她"不尊师重道"。

有毒公子比季先生温柔多了，但她可最好不要再得罪他了。

"刚才，有蚊子在奴家耳边嗡嗡，吵闹得很！"苏奈抬手，心虚地扇了扇风，她觉得她有必要表现出自己才才有在认真聆听，以示对有毒公子的尊重，"有毒公子，奴家有问题要问！"

独公子望着她，似乎有啼笑皆非的神态闪过，示意她问。

苏奈侧着脑袋，仔细回忆有毒公子说过的话："你说只有好人是干净的，每做一件坏事，就会腐臭一分，所以，恶人就是脏污的。"

独公子仔细听着，轻摇折扇，缓缓地点头："小姐说得不错。"

忽然一缕带着蜜桃香的微风拂过颔下，独公子的折扇骤然停住。

苏奈扭过身，道袍摩擦过他的白衣，毫无预兆地钻进他的怀里，贴住了他的胸膛。独公子垂眼，正看见狐狸乌黑浓密的头发。

苏奈先拿挺翘的鼻尖隔着他的衣衫嗅了嗅，又趴在那里侧耳去听。

她的发髻因为梳得密实而硬挺，他能感觉她的发髻上小小的尖角，随着脑袋的动作，无序地顶撞他的襟口，随后面前出现一张白里透红的美人面孔。

"可是你不是恶人吗？"苏奈仰着脸看他，这双眼的形状如蝴蝶，在眼梢处上挑，娇媚含情又生性大胆，偏偏眼珠如丸，眼白如玉，闪动波光，像稚子一般困惑不解，"你为何也是香的呢？"

独公子垂眼望她，一动不动。

苏奈抓着他的衣袖。

有毒公子属实是苏奈见过的男人中特别的一个，他身上的气味都极淡，几近于无，所以会令她感到疑惑，他到底是人是妖？

但是经过她这次深深埋头一嗅，她闻出来了！他是有气味的，而且一点都不腐臭，是她从来没有闻到过的，很难形容的味道，像邈远无尽的空旷中一缕不知何处飘来的花香。

下一刻，苏奈似乎感觉到什么，脸上纯然的表情变得有些狰狞，脸色也涨红起来，她指甲一使劲，从抓变成了撕扯着独公子的衣袖，浑身颤抖着道："有毒，酒里有毒，你果然暗算奴家！"

随后，在墙下的黑犬惊愕地看见苏奈划出一道直线，扑通一声掉下了墙。

独公子的脸上闪过一丝诧异，立刻跳下墙去查看。

小妇人翻了个面，躺在落叶堆里，两手按着胸口，好似疼痛难忍一般滚来滚去，口中呻吟着，是标准的中毒之态。

独公子蹲在她的身边，想伸手去触碰，却又收回，只握住那只湘妃笛的一端，用另一端轻轻触及她的额头。湘妃笛的底端慢慢地变成白色。

"酒中无毒。"独公子收回竹笛,神色也放松下来,"洗髓酒性烈,小姐平时大约不常喝酒,你可能是……醉了。"

"不可能,真的有毒。"苏奈双手捏住了喉咙,她感觉那团难忍的烈火已经烧到了喉咙,尾巴直挺挺地翘着,脚在地上乱蹬,"你就是暗害奴家!"

独公子两指相并,触及她的额头,好像有一缕白光沿着手指注入她的身体,令她受到安抚,眼皮一合便睡下。汗湿的发丝着卷贴在她发红的脸上,属于女冠的青色道袍套在苏奈身上,风流尽显,根本看不出清心寡欲之态。

方才她挣扎时衣襟松散,独公子拈诀时,忽然注意到苏奈脖子上挂着的一串佛珠,没入衣领之内。世上从不见女子敢将佛珠这样贴身挂在脖颈上。深色的佛珠,雪白的皮肤,很有不可说的挑衅之态。

但她只是一只山野红狐,不懂这些实在情有可原。

独公子靠近,拿湘妃笛轻轻勾起佛珠。

想不到苏奈忽然扭头咬裂了湘妃笛,口中还嚷道:"不许抢小和尚送奴家的佛珠!"

独公子被吓了一跳,将裂开的笛子放在一旁,望着脸色酡红的小妇人,不禁笑道:"小姐确定是小和尚送给你的?"

苏奈已经全然遗忘她当时是如何从不能动弹的释颜和尚手腕上扒拉下来这串佛珠,戴在自己手上,而释颜只是没管她要回来罢了。她闭着眼睛,不依不饶地道:"就是小和尚送给奴家的,不能抢的。"

"他若主动送你这个,"独公子强行将她脖颈上的佛珠取下来,拿起她的手腕,将佛珠绕了两圈,又将袖子拉下来遮住,声音清冷如雪,"那便是他破戒了。"

"起来吧,衣襟要弄脏了。"独公子柔和地道。

苏奈如磐石一般不动弹,正因她还坚信自己中毒已深,即便独公子已经为她平息洗髓酒引来的烈火,她还是直挺挺地躺着,腿脚僵直。

独公子叹息一声,俯身自地上抱起了苏奈。

那一瞬间,他感觉到一条毛茸茸的又暖洋洋的尾巴自然地盘上他的手臂,好似依恋一般,狐狸尾巴如藤蔓一般缠住了他。

他记得这种出乎意料的感觉。按理说,千万历日,冥冥之中的每一件事他都清晰地记得，自然也记得红毛狐狸被宋玉追逐，跳进他怀里的刹那，皮毛的湿热触感。

独公子面色平和，抱着苏奈穿过无数低矮的墓碑，在他的衣摆飘过后，有几个无头尸体爬过来，训练有素地将地上掉落的首饰捡起来，分门别类地整理进箱中。

清风拂在鼻尖上，有些痒，苏奈睁开眼睛，感觉神智慢慢回归了些，她看着天上一弯月牙在头顶，跟着独公子的步伐缓缓地前行。

她听到有毒公子问她："小姐，为什么这样害怕我？"

苏奈的眼睛眨巴两下，心虚地说："奴家也不知，可能你看起来不太像人，跟我们不一样。"

又是意料之外的答案，独公子侧过头，缓缓地问道："哪里不一样？"

"上次你说满月不是你的生辰，奴家问你生辰是哪一日，你说没有生辰。"苏奈道，"别说凡人，奴家可有生辰，大姐姐、二姐姐、臭猫都有生辰，路边的蚂蚁都有生辰。"

独公子默然不答。

"还有你的住处，"夜风之中，苏奈打了个喷嚏，瑟瑟发抖着裹紧了衣裳，略带嫌弃地道，"奴家的狐狸洞虽然也是墓室，却料理得比你这里好得多，有枕头、被子，还有灯，就连山猫洞里都有兽皮当毯子。你这里什么也没有，只有墓碑，那你晚上如何睡觉，白天又如何度日呢？"

独公子忽然停住脚步，却不单是因为苏奈的话，更是感觉到了什么。

就在这时，所有的墓碑都摇动起来，原来是大地在震动。苏奈直起身，便惊讶地看见天幕裂开一个大口子，一柄巨大的蒲扇探了进来。蒲扇四下搅动，便将这绸布似的天幕撕扯得更为破败。

苏奈吃过蒲扇的大亏，做鬼也不会错认，在惊愕之中指着它道："那个摊主！"

又听身后呼噜噜的声音，苏奈觉得毛骨悚然，低头一瞧，那只黑犬不知何时到了跟前，两眼发绿，像中邪一样凶恶地张开大口，马上要咬到苏奈的脚。

千钧一发之际，苏奈从独公子怀里弹射出来，落地化为原形便跑，黑犬如影随形。

独公子一手绽出雷电，如缰绳一般缠住黑犬，暂时顾不得追上去，他注视着被风吹得东倒西歪的香篆，右手凝出一团白色的光晕罩住它，原本险些被风吹散的烟雾帷幕又重新聚拢，现出鲜活的人影。

独公子回头，黑犬被夹在两块墓碑之间，汪汪汪一阵狂吠，红毛狐狸吓得左突右冲，直接一个大跳，一头从烟幕背后扎进帷幕中，跃入红帐里没了踪影。

烟幕变得浓厚而平稳，墓碑也停止震动，风停浪息，狗也安静下来，不再吠叫。

独公子闭眼，化为烟雾而散。


渚上，漆黑的庙宇之中亮起一线金光。

那位穿布衣、戴布帽的摊主正立在供案之下，却不见往日嬉笑的神态，他肃然闭目，挟住一张燃烧的符篆，口中念念有词。

随着金光出现，空荡荡的供案之上，自上而下现出一座神像，正是独公子的形象。

白衣公子盘膝而坐，左手持扇，右手持笛，衣衫堆叠，但左右脸却并不相同，左半边脸光洁柔和，右半边脸则绘有莲红色暗纹，妖冶如鬼面，隐于昏暗之中。

左边那支蜡烛倏然亮起来，神像的左脸被烛光照亮，慈悲皎洁如观音低眉，摊主立时跪下："在下西洲府君祁之褚，见过神尊，请您原谅我打破您的棋子境，盖因职责所迫，不得不请您一叙。"府君，是地神的官名，负责主理一地的事务。这个摊主名叫祁之褚，正是西洲的地神。

独公子的尊神像自上而下流转过一线金光。与此同时，有沙沙的悦耳的风声拂耳而来，像细铃齐声轻吟，落在祁之褚的耳中，却能幻化为空灵的人声："请说。"

祁之褚道："神尊是否能将青龙剑交给小人，让我先行带回？"

话音落下，神像脚下钻出两盏金莲。金莲一片片地绽开花瓣，其中一盏内承托着杨昭那把黑色的旧剑。

祁之褚将剑纳入袖中："多谢神尊！凡人炼剑师参照邪剑谱，私下以肉身锻仙剑，殊不知实际是将肉身献祭给上古凶兽，以至唤醒凶兽的残魂，称为'妖剑'也不为过。此剑遗留凡间，流落市井，恐生灾祸，小人的职责便是协助尊上，将妖剑带回。"

他打量了一眼空空的莲盏，疑惑地道："那……绛龙剑呢？"他记得这把剑在那只野狐狸身上背着，应当不难获得。

神尊答道："天辅星练武的天赋出众，已经能感知唤醒青龙残魂，故而先将青龙剑拿来。绛龙剑未被唤醒，可以暂时不取。"

祁之褚应一声"是"，在心内却蹙了蹙眉。在他看来，这位神尊处事过于怀柔，总在不该有之处大发善心，非但无益，反而会阻碍履职。

"小人还有一事，请奉上赐教。"祁之褚想到此处，斗胆看向神像，"武曲天辅星在小人的辖地历劫，按道理应由小人负责推进他的劫数。我已经尽力去做，无奈中间混进一只野狐狸在其中搅和，弄得情劫差点不能开始。天辅星在数年前就已经错过一次归位时机，如今又是迟迟不能归位。您既然亲临西洲，为何不帮小人，反而……反而却偏帮杨昭，横生枝节，默许延误？"

神尊温和地答道："因为有外力作用，情劫开始得太晚，又结束得太早，正如枝上青果未曾成熟。天辅星的心愿未了，情劫便不能完成，是以增加影婚，以便天辅星早日劫成。"

"小人懂得了。"祁之褚稍有所悟，但仍然心存疑惑，什么"外力"，说得这样委婉，分明就是那只红毛野狐狸嘛。

"那为何不早点将那只搅事的狐狸精撒出去，非要舍简就繁，跟在她的身后收拾摊子，绕这样大一个圈子？如今距离预定劫成之日，已逾期十日……"

"天地之间，唯有变数不可预测，也不可更改。"神尊道，"狐狸既然出现在那里，便有她必定出现的因由，我等虽为仙家，亦没有干涉之理。"

祁之褚摇了摇蒲扇："可是这只野狐狸已经不是第一次卷入劫中，却次次全身而退，岂不是太巧合了吗？却不知是变数无法干涉，还是神尊不愿干涉呢？"

再迟钝的人也能听出话语中的质疑之意，尊神的语气却仍然十分平静："府君有疑惑，不妨道来。"

"我只想问，野狐狸一心吸食阳气，劫色害命，尊上为何要给她洗髓酒，助她修行，难道也被野狐狸蒙蔽不成？"祁之褚道。

尊神道："她虽然心有恶念，实际却未施行。是有阻碍天辅星渡劫之过，却也有超度杨母、王婵、痨病书生之功德，功大于过。红狐迷茫困顿，我以火寒鲤试其道心，予她选择，若向恶，则道途断绝；若向善，则未来通达。她既然选择向善，我便愿诚心点化她。"

祁之褚闻言，不由得十分信服，点点头。

原来在尊神的心中，桩桩件件都很清楚，果然是端正分明之态。

虽然如此，祁之褚却免不了感慨："草木为丹，诗书为魄，烈火为心……它一只山野动物，祖上冒了青烟，有这等机缘。它再这样下去，就算有朝一日位列仙班，小人也不会太惊讶，到时只怕这等亘古绝今之事会震动朝野喽。"

说到此处，还有一件事令人耿耿于怀，野狐狸的脖颈上有尊神的印记，似乎是早就相识，又见独公子于棋子境中抱着那只狐狸。狐狸是风流女态，两个人衣袍相缠，行于无人的山野，四面都是风声。

"尊上好像很喜欢那只野狐狸。"

"普天之下，万物生灵，我莫不爱之。"

"若有偏私呢？"祁之褚的反问犀利如箭。

供案之上，神尊的声音温和，坦然如柔风："若有偏私，我会陨落，天父地母将再造一个我。"

祁之褚的神色震动，随后换上极为恭敬的神色，还夹有一丝惭愧。

尊神的应答已经令他感到心悦诚服："请尊神原谅小人此番的不敬和冒犯，我已经没有疑惑。"

神像却慢慢发生了变化，独公子缓缓地放下笛子，拈指三次，似乎在掐算，在烛光中缓缓低眉，细细的风声化作柔和的人语："能让你有此发问，便到了我亲身赴劫证道之时。"

主掌众神渡劫的神尊竟然因为他的几句疑问要亲身投入劫数之中，祁之褚不禁大吃一惊，跪了下去。


清晨的光透过红色的喜帐，照在一对相互依偎的新人的脸上。

二人脸上都残留着甜蜜的疲倦，所以即使有扑通一声闷响，一团火红之物从天而降，从床帐上砸到了地上，也没有将他们惊醒。

床帐被无声地拉开一条缝隙，钻进一张小妇人娇美的面孔。

苏奈龇牙咧嘴，揉着被摔得极痛的屁股，鼻尖动了动，嗅到那股淡淡的气味，表情瞬间凝固在脸上。

她看着杨昭搂着小桃的睡颜，眼睛睁大，一把将杨昭的脑袋搂过来，在他的头上、脸上一阵乱嗅，随后露出天崩地裂的表情。

元阳！没了！男人的元阳！她辛辛苦苦守着的元阳没了……

这是怎么回事？小桃原本是一具尸体，不能采补杨昭。有毒公子不是说现在的小桃只是一道影子吗？影子却可以采补杨昭？

苏奈一手掐住了自己的人中，深吸了几口气。

她劝说自己，无妨，无妨！元阳没了，只是采补的效果差一点罢了。虽然如此，红毛狐狸仍然忍不住露出泫然欲泣的表情，继而面色阴沉。

这个有毒公子果真是她的克星，一遇到他就事事倒霉！

正逢杨昭悠悠转醒，一睁眼，正对上苏奈咬牙切齿的脸，差点儿吓得弹起来。少年看看怀里的吴抿香，忙拉起被子将两个人裹成蚕茧，有些害臊地悄声道："苏姐姐，你怎么也进来了？"

苏奈冷冷地望着他，正要说话，便见杨昭焦急地将食指竖在唇边，提醒她："苏姐姐，可还记得独公子的叮嘱，不可大声说话，否则取影术会失效。"

苏奈倒是想长啸一声，把这些破影子直接惊散，将杨昭拎回去就地采补了！

杨昭仿佛看穿她心中所想，立刻哀求道："苏姐姐，求求你了，这取影术是我拿我的剑换来的，颇为珍稀，你就当是全我一个心愿好不好？"

看他说得这般可怜，苏奈闭上了嘴。但她心中还是颇为不甘，一把搂过杨昭的脖颈，贴着他的脸不依不饶地道："除非你答应我，把你的心给奴家。"

杨昭十数来初尝人事，似乎一夜之间开了情窍，竟然能理解话中的深层意思了，顿时红了脸，目光躲闪着道："我的心已经给小香了，实在是不好，不好……"

杨昭抬起眼睛，离得这么近，苏奈的五官显得越发妩媚，身上的幽香往他的鼻子里钻，他又有些搞不懂，磕磕巴巴地道，"苏姐姐，你这般、这般好，我只是一个普通的农家子，你非要我的心做什么？"

苏奈委屈地道："奴家拿你的心当下酒菜吃。"

听这话从小妇人的红唇中吐出来，杨昭越发确定她在开玩笑，扑哧一笑，只听怀里的小香嘟囔着道："相公，你在和谁说笑？"

杨昭悚然一惊，做个"得罪了"的口型，扣住苏奈的肩膀，将她一把塞到了床下。

这是什么世道？苏奈直挺挺地躺在床下，悲愤地想，他二人在床上风流，我却藏身床下这块狭小之地。

只听一阵锤击床板的声音，随后是指甲愤然挠床板的尖锐声音。吴抿香已经彻底被闹醒，坐起身来。

杨昭的心提到嗓子眼，幸而苏奈只挠了那两下便安静了。

"相公。"吴抿香低头含羞道，"将我放开吧，我去给我们做些粥来。"

杨昭将手臂挪开，吴抿香转过身，在晨光里打量着杨昭。

在独公子的取影术所造就的这个幻境当中，吴抿香收获了另一种人生。王夫人去世后，她就想起了以往的一切，王临甫和老夫人感念她多年的细心伺候，给了她一些金银和侍女，让她回到家乡，与杨昭成亲了。虽然不知杨昭为何一言不发，但她能从他的每一个动作、每个神态中感受到珍惜和爱意，这便足够了。

吴抿香凑近亲了一下杨昭的侧脸，杨昭一愣，立刻将她压在墙壁上亲吻，只是碍于苏姐姐还在床下，他便又将小香放开。

小香面色酡红地道："相公，我穿衣裳了，你先转过去。"

等杨昭别开头，小香才从被子里钻出来，背对他系上小衣，穿上外裳。杨昭忽然从背后将她抱住，将头搁在她的肩膀上。

吴抿香感觉到一种浓重的依恋，她甜蜜地说："我只去厨房，不走远，可以吗？"

杨昭闭着眼点了点头，只有他明白，他有多么不舍。

人影在烟雾构成的帷幕上晃动，帷幕之外，站立着独公子与摇着蒲扇的祁之褚。

祁之褚注视着幻境中一切，他很是意外，又有些不满：这只红毛狐狸以前不是最爱搅和吗？他往死里撮合杨昭和吴抿香，她非得在那两个人之间横插一杠。这次他好不容易将她赶进帷幕中，就是为了让她搅和，她却又偃旗息鼓，半响都没有动作。

"尊上要不要来打个赌？"祁之褚摇着蒲扇说道，"看这只野狐狸要用多久才能将天辅星带出来。"

独公子注视着烟幕，如一尊玉像："劫数对他人来说是人生，在下不以人生作赌取乐。"

"小人失言了。"祁之褚顿时面露愧色，向独公子一揖。

独公子并没有责怪他，当世仙家许多是凡人飞升，各有其性格。他道："劫数虽然是人为的，命定之中却有千千万万之变数，每一变都引向千差万别的结局。布劫应如穿针引线般精妙，不可因为傲慢而作梗，亦不可因为情急而冒进，否则失之毫厘，差之千里。"

祁之褚的额头上冒出细汗，将此话默记在心中："多谢神尊教诲。"

独公子垂下眼，几具尸体正排着队从山峦下走过来，每个人的手里拿着一只箱子，里面装的是他答应苏奈要送到她住处的鬼市商品。

最后一个青面獠牙的尸体手上没有拿着箱子，却双手捧着托盘，走到他面前。

独公子迟疑地看向托盘。原来托盘上单独放置破碎折损之物，那些洁白的花朵显然是被苏奈挑出来丢弃的，此时因为失水而枯萎发黄，有的掉了花头，还有些掉落一盘花瓣。

她拿走其他东西，却偏偏丢掉了花。

独公子想起为狐耳簪花时，那毛耳朵嫌弃地抖了两下，却没有将白花抖掉，应该是喜欢的。

独公子苍白的手自托盘上拈起一枝残花。此花更惨，几乎压成扁扁的一片，很显然是被人丢在地上，又用力踩了一脚，拿起来时，片片花瓣落在他的手上。

独公子眼前浮现出狐狸为人身时的眼睛，因为全心信赖而明亮的眼睛，被人摆了一道后，瞬间变得带着防备、憎恨，又似乎隐隐受伤的眼睛。

夜风萧瑟，吹过尸体们青色的面孔和嘴唇。

独公子闭上眼睛，两鬓细缕的长发像柳枝一样拂动。

不错，南山之下的坟场是一座棋子境。棋子境是尊神手中所拈一枚棋子所化天地，不然也无法聚集这么多分散在各处的坟茔。想不到苏奈竟然能进来此处，棋子境却又被这只看不出什么门道的狐狸精，一语堪破。同时点破的又岂止是棋子境？

——奴家的狐狸洞虽然也是墓室，却有枕头、被子，还有灯。你这里什么也没有，只有墓碑，那你晚上如何睡觉，白天又如何度日呢？

——上次你说满月不是你的生辰，奴家问你的生辰是哪一日，你说没有生辰。奴家可有生辰，路边的蚂蚁都有生辰。

——可能你看起来不太像人，和我们不一样。

——如有偏私，我会陨落，天父地母会再造一个我。

被独公子拈在手中的花枝生机重现，枝叶自然地挺阔舒展，雪白的花吐蕊，层层绽放，莹然剔透。四面的风声却愈烈，为石碑所阻碍，吹得呜呜作响，四处磷火骤然扩大，风中碧绿起舞。

天地造物所化，众仙家之神，自亘古时便独坐莲台，俯瞰苍生，掌握造化，没有姓名，没有生辰，没有好恶，如此千千万万年，正因为他便是天地之化身，一旦动念思考"我"是谁，便成一件极度危险的事。

"府君。"独公子忽然唤道。

风停而鬼火息，独公子苍白枯瘦的手将饱满的花枝轻轻放回托盘中。

祁之褚忙道："小人在。"

"我需回三十三重天，此劫交予你负责。"

"哦，哦……好，小人一定不负所托。"祁之褚再一回神，眼前只剩下那几具青色的尸体，他环顾四周，独公子的痕迹已经全然抹去，看起来是真的走了。

在辖地内辅助仙家渡劫的事，祁之褚原本十分自信，认为此事再简单不过。可眼下了解了渡劫的复杂程度，却对要独自决策感到忐忑，摇着蒲扇守着那三炷香，不敢错眼。

这一守便守到天色将明，香只燃到不到一半，祁之褚用力闭了闭眼睛。

苦不堪言，独公子的三炷香是地府香。

天上一日，凡间一年；凡间一日，地府一年。地府的时间流逝远比凡间慢，因此那些在地狱中服役的人会用漫长的折磨赎生时的罪过。独公子有阴阳两面，通御尸之术，架活死人之桥，这处棋子境连通地府。

一炷香在地府烧尽，要七天七夜。届时天辅星又要错过归位的时机了。

也是奇了，这些日子天辅星居然一次也没有失误开口，那只野狐狸也送进去好久了，居然也完全没有作乱？

此时，天边划过一道金光，一只通身金色的鸟嘎嘎叫着从东方划过，尾带鎏金一般的霞光，霞光炽热，祁之褚顿时以扇遮住被刺痛的双眼。

金乌报晓！这是天界提醒他，时间不多了。

祁之褚不是被动的人，决意要推动一把情劫，可碍于神尊的教诲，不敢再粗暴地掐断线香，或是像来时一般用蒲扇吹散烟幕。他左看右看，目光落在卧在碑旁百无聊赖的大黑犬身上，朝它走了过去。黑犬顿时立起，恐惧地退缩了半步。

祁之褚已经弯腰，拉起它的一条狗腿，两指并拢点在黑犬的额心，读取前情，点了点头："杨昭已经让你熟悉过吴捃香的气味，却是正好。想想办法，将吴捃香带走吧。"

说着，他拖着一条狗腿，令黑犬艰难地用两只后爪人立而行，将它送进了烟幕中："去吧！"


这几日，杨昭与吴捃香出双入对。苏奈躲在柜中，藏在桌下，拿尾巴倒挂在房梁上，二人如胶似漆的景象填满了整个视野。

吴捃香喂鸡，杨昭跟身后帮她挽袖口；吴捃香做饭，杨昭便在院中替她劈柴、挑水，将能做的力气活全都做了。两个丫鬟白日无事，常躲在窗下调笑他们。至于两个人一起吃饭时，脉脉对视，相互夹菜时，苏奈便一脸无言地扭过头，尾巴像大蒲扇一样，愤然地摆过来，又摆过去。

糟心的日子得过到什么时候？

这日一早，杨昭与吴捃香带着丫鬟去市集买东西。

苏奈伸个懒腰，拿布鞋点开柜门，化为狐狸身，一跃便跳到床榻上，在她没资格睡的床榻上蹦跳了好几下，口中唾骂杨昭，又化了人身滚来滚去，正舒活着筋骨，门推开，叫吴捃香的一个丫鬟撞个正着。

丫鬟隐约看见床帐内躺了个陌生女子，发出一声尖叫："你是谁？怎么在夫人房里？这样衣冠不整！"

苏奈低头扯住衣襟，心里的火嗖嗖向上冒，什么衣冠不整，是这道袍不禁穿，动一动就要往四面散开。

丫鬟哆哆嗦嗦地抄起一把鸡毛掸子作为武器，拉开床帐，一边打一边尖叫。

苏奈一把抓住鸡毛掸子头，毛耳朵钻出来，盖住自己的耳朵眼，继而以同样大的音量对丫鬟吼道："你喊什么？闭嘴啦，奴家是你姑奶奶！"

鸡毛掸子掉落，那个丫鬟的眼睛瞪得更大，竟然僵立原地，随即像听见什么不得的话一般，捂住了耳朵。但那股气已然钻进她的体内，她的人影变得轻飘而膨胀。随后苏奈眼睁睁地看着她溃散成烟，飘到房梁消失不见。

苏奈惊愕地捂住嘴巴。糟糕！她忘记不能大声说话了。

原来那位有毒公子没有骗人，对着人大声说话，取影术当真会失效，烟捏成的影子会变回烟雾。

苏奈心下不禁一阵寒凉。刚这般想着，又是嘎吱一声，另一个丫鬟提着两篮白菜挤进门。

"小红，不是叫你出来接我一下吗？你又到哪里躲懒了，沉死我啦。"丫鬟抬眼见了苏奈，也骇了一跳，张口尖叫起来："你是谁？怎么在夫人房里？你、你头上有耳朵！"

苏奈的尾巴蜷缩颤抖，这两个丫鬟都是鸡托的生吗？喊也喊不得，骂也骂不得，苏奈骤然抬起脸，冲她龇牙，人面上现出一副尖嘴、绿眼、带毛的狐相，分外骇人。

丫鬟的尖叫声戛然而止，眼睛一翻，吓昏了过去。

门外的吴捆香听见响动，喊着丫鬟的名字推门。苏奈迅速将脸一抹，变回原形，在吴捆香推门进来的瞬间，狼狈地跳进柜中。

"香蕊，你怎么了？"吴捆香慌张地抱起丫鬟，掐她的人中。

幸而丫鬟悠悠转醒，忽然瞪圆眼睛，指着空气道："啊！耳朵！长嘴！牙！吓人！"说罢，头一歪，竟然又晕了过去。

吴捆香与杨昭对视一眼，无不忧心地道："相公，香蕊恐怕是发了癔症。"

杨昭心里已经猜到是苏奈，觉得有些心虚，只是摸了摸她的头，帮她将丫鬟香蕊搬到床铺上去。

"相公，有一件事我不曾和你细讲。"吴捆香守着丫鬟许久，无论怎么劝都不离开，她眼中竟渐渐含泪，面色凝重地说，"我在西洲曾做过近十年的丫鬟，那里是妖鬼共生之地，有很多怪异不详之事发生。这些日子，我表面没说，但一直暗暗担心……我担心自己不慎将什么不好的东西带了回来，影响我们的生活。"

杨昭一顿，连忙冲她摇头，又将她揽进怀中，吴捆香却仍然快快不乐。

到了傍晚，当她发现另一名丫鬟小红不知所终，遍寻无果，这种不安与忧惧更是到达顶峰。在帐中，她忽然拉住杨昭的手："相公，你可是有事瞒着我？"

杨昭的心一颤，避开她殷切的目光，摇摇头。

"那你为什么一直不对我说话？"吴抿香追问道，"我记得小时候，你很喜欢和我说话。难道，果真有什么鬼怪影响了你，使你坏了嗓子？"她说着，看向窗外的夜色，好像那里有什么一样，裹紧了被子，"就像它影响小红和香蕊一样。"

杨昭忽然用力抓住她的手，将她的手掌翻开。吴抿香的神色慢慢放松，她辨别出他正在她的手心写字："我没事，只是想与你在一起。"

杨昭又写道："不安全，少出门。"

吴抿香难掩欣喜，也拉过他的手，快速地写道："我们会一直在一起。"写完，充满信任地冲他一笑。

杨昭望着这笑容许久，也勉强一笑，点点头。

"对了，相公，"吴抿香的心情由忧转喜，从褥子下拿出一件绣了一半的里衣，往他身上比一比，"你看这件秋衣的颜色你喜不喜欢，我从现在开始刺绣，等到天冷就能穿了。"

杨昭黝黑的眸子望着她，过了许久，摇了摇头。

吴抿香面露疑惑之色，这拒绝是她没预料到的。

她以为杨昭不喜欢穿绸衣，将衣裳放下，又从匣中取出香囊："那我缝制的香囊你总要挂上？咱们这里的规矩，成亲以后，做相公的身上总得有一件浑家的手作，不然被熟识的人看见，还以为我做得很差呢。"说罢，不由分说，强行给杨昭挂在身上。

两个人夜话许久，杨昭还是收下了那件秋衣，还有那个香囊。

待吴抿香睡熟了，杨昭悄然起身，跳出窗外，压低声音道："苏姐姐。"

苏奈正百无聊赖地蹲在院子里揪草，立刻跳了起来："总算能说话了，可憋死奴家了！你是怎么忍得了那么久，奴家怎么就感觉这样难熬？"

作为外来者，只有两个人单独在的场合，才能音量如常地相互攀谈。

想到今日的事，她心虚地瞥一眼杨昭："那个失踪的丫鬟，其实是奴家不小心给吵破了。不过奴家不是故意的——"

"我猜出来了。苏姐姐，这不能怪你。"出乎意料的是，杨昭的脸上毫无恼怒之色，他叹了口气，继续道，"实话说来，进入这烟幕中两三日，连我都时常恍惚，快要忘记此处不是真实的凡世，还以为这便是我本来的生活。苏姐姐，要不是你进来提醒了我，我差点就忘记我是从外面进来的，也忘记独公子交代的禁忌，有好几次，我差点难抑开口与小香说话的冲动，看到你才及时停止，真要多谢你了，苏姐姐。"

什么，难道进入烟幕，还有使人迷醉的功效？杨昭的道谢分外刺耳，苏奈酸酸地想，杨昭果然是忘乎所以，怪不得能旁若无人地和别的女人卿卿我我，不顾她的死活。

没想到她在此处盯着杨昭，反倒提醒了他，苏奈气得胸口发闷，捂住了胸口，虚弱地道："那奴家怎么没有忘？"她还惦记着要赶快出去，去拿有毒公子送给她的宝物呢。

"苏姐姐，你的道行深，又没有执念，大概是因此才能保持神志清明，不像我这般受影响。"杨昭忽然抓住苏奈的手，恳切地道，"苏姐姐，我正想请你帮忙，因为我感到我的脑子变得越来越混沌，一旦我忘乎所以地要开口，你便提醒我一下，务必不能让取影术失效。"

这下好，不仅要躲躲藏藏，还要帮着情敌延续幻境。苏奈想到此处，立刻抽出手拒绝："这是影子，又不是真的，这样维护它又有什么用！"

"我知道是假的。"杨昭答得平静，黝黑的眼底闪过一片翳影，但很快便消失不见，"可是它这样真实，我舍不得它这么快消失。"

"可你也无法一直待在这里。"苏奈生怕他不出去了，抓住杨昭的袖子道，"有毒公子说了，等那三炷香烧到底，烟雾自会散去。你迟早要回去，倒还不如和小香道个别，趁早和奴家……"

杨昭的目光闪了闪，打断她："还是坚持到香烧尽吧。"

苏奈垮下脸。又听杨昭道："苏姐姐，你还记得小香怎么死的吗？"

"是我们到西洲那日被盗匪给杀死的？"苏奈抬起脸，好像明白了什么，"你害怕烟雾境里也有盗匪来杀她，所以才寸步不离地跟着她？"

"正是这样。"杨昭抬头望着夜空，"当日没能在小香身边保护她，我很遗憾，她死时想必分外绝望吧。所以，即便我知道是假的，又只有三炷香的时间，我还是想给她一个好的结局。"

苏奈感觉到杨昭的心跳变得迟缓凝重，便脱口而出："其实，影子不全是假的！"

她招招手，令杨昭附耳过来，偷吸了他鬓边好些阳气，方才神神秘秘地道："有毒公子告诉过奴家，影子里有小香的一缕魂魄。"

她眼睁睁地看着杨昭黯淡的眼睛闪烁出光芒，那颗心也怦怦地跳动起来，不快地摆了下尾巴。

噫，就这么开心？

苏奈忍不住揪住他的衣裳："奴家可以大发善心帮你，但等回去，你可要将自己进献给奴家。"

杨昭早已习惯她的玩笑。苏姐姐是个大好人，总是说些可怕的话，但却是刀子嘴菩萨心。他望着苏奈，眼里充满真挚的感激："苏姐姐，你叫我当牛作马，做你的奴仆都行。"

苏奈自觉达成了合约。为了杨昭心甘情愿地献祭，是日之后，她便捏着鼻子，强忍着看杨昭同小桃的一举一动。

杨昭每每忘情而欲言，刚动一下嘴皮，柜子便打开一条缝。苏奈拔一根狐狸毛化为草箭，正中杨昭的眉心；或是她躺在床下，一把拽住他的裤脚，杨昭便回神闭口，心道一声好险。

两个人这般通力配合，竟然平安无事地熬过四五日。

苏奈眼巴巴地看着日升又日落，连她都感到很惊讶，这位有毒公子的香竟然燃得这样慢，慢慢让红毛狐狸心力交瘁。

终于，这一夜，苏奈顶着眼下的乌青，将杨昭召唤到院中："什么时候出去？奴家实在是受不了了！"

杨昭默默地给她递上一碗加了牛乳的香茶，又帮她扇风，小心翼翼地道："苏姐姐，你再帮帮我吧！"

"呸，你这个狼心狗肺的东西，你在那里风流快活，奴家却栖身在柜子里……"苏奈抓起茶盏喝了个干净，方才继续骂道，"奴家整日辛劳地看着你，你却睡得安稳，奴家还要担心你说了梦话！"

杨昭低着头任她责骂。

"累死奴家了。"苏奈长出一口气，阴沉着脸道，"我已经想到一个一劳永逸的办法。"她反手揪下几根尾巴毛，暗中搓成个大丸子，递给了杨昭。

"这是……"杨昭将丸子放到嘴边，浓郁的幽香入鼻呛人，让他有些迟疑。

苏奈坦然地看着他："是药丸，吃下便是。"

杨昭半信半疑地将丸子送入口中，一仰头用力吞下，当下咳呛出来，又扶着墙呕了一声，狐狸毛塞住嗓子眼，咳不出来，又吞不下去。杨昭感到难受，张口欲言，却只发出了气声。

这便是苏奈想出的一劳永逸的方法，既然杨昭不能说话，直接把他弄哑就好了，也省得她整日看着。等到出去了，她便给杨昭背后一掌，让他吐出来，便能说话了。

苏奈对这个主意很是满意。杨昭抓着喉咙，可怜巴巴地望向她时，小妇人便对他妩媚地一笑，指了指窗户，又合掌垫在脑袋一侧，森然笑着让他回去睡觉。

杨昭明白没有商量的余地，只得忍着难受，默默地爬窗回去睡觉，翻窗的动作都迟缓了一些。

苏奈也神清气爽地跳进窗内。她总算能睡个好觉了！衣柜门一关，数日的疲惫一涌而上，苏奈发出了微微的鼾声。

苏奈睡过了上三竿，屋里的平静忽然被一阵急促而用力的敲门声打破。苏奈也听见动静，悄悄地将柜门推开一条缝，向外窥伺。

吴抿香正坐在床榻上刺绣，这敲门声显得凶神恶煞一般，让她心里一突，差点刺伤了自己的手指。

从后窗看去，杨昭正在后院劈柴，没有听见门响。自从他们生活在这处宅院，便从来没有外人拜访，来的会是谁？会是失踪的小红回来了吗？吴抿香放下刺绣，走过去拉开了门。

站在门外的却是一个全然陌生的黝黑大汉。

这个大汉身长九尺，一身黑衣，脖子上还披着黑色的毛领巾，长得仪表堂堂，但肤色黝黑，不苟言笑，目光凛然生威，不免让人胆寒。

他的脸上还有好几道血迹和灰印，像是一个偷跑出来的要犯。吴抿香的手心冒出冷汗，镇定地问："这位大哥，你找谁？"

大汉侧头看她一会儿，忽然俯身朝她的脖颈里深深地一嗅，吓得吴抿香跳开好几步，捂住衣襟，一脸惊吓地看着他。

大汉抽动一下鼻子，已经目不斜视地越过她，径直朝屋里走去。

"喂，大哥，这是我家，你往哪里去呀？"吴抿香急忙追在他身后，无奈他的步子实在太大，不能及时赶上。大汉大步走着，在空气中嗅来嗅去，脸上露出了激动的神色。

祁之褚将它送进来，正是想利用它寻到吴捃香的踪迹，却没料到此境是独公子用吴捃香的一缕魂魄所捏造，其中山川草木，集市人家，包括吴捃香的影子，全都是吴捃香神魂的化身。

整个世界都是一样的桃香味，黑犬在其间彻底地迷失了，这是它整个狗生不曾有过的迷茫。它走了不少错路，撞过树，被人打过，靴子都磨穿了，挨家挨户漫无目的地寻觅了三天三夜，终于在这户人家嗅到了不一样的气味。

天敌的气味，它绝不会认错，如一缕光，令黑犬的眼睛兴奋得亮了起来。

苏奈自缝隙中看见一个黝黑的人影慢慢靠近，心中便有了不祥的预感。

下一刻，她的脸色一变，猛地窜出柜门，爬到了窗户上，黝黑大汉一把抓住了她的脚腕。苏奈向后猛蹿，翻窗便跑，大汉居然飞扑上来，结结实实地压在她身上，苏奈暗骂一声，伸出一只胳膊拼命地往外爬。

吴捃香眼见这个陌生的大汉旁若无人地冲进了她和杨昭的屋子，又眼见她的衣柜中窜出一个丰满窈窕的女子，又眼见两个人在窗边打成一团，感到一阵眩晕，失色大喊："相公、杨昭，你快来！"

木窗无法承担此等重量，连同墙壁轰然塌下，苏奈在烟尘中化作狐身，滚了出来，回头啐了一声，拔腿便窜出去。

大汉先是四脚着地爬了几步，又反应过来，爬起来如猎豹般阔步而追。

杨昭听见吴捃香的喊声，又听见巨响从身后晃过，来不及放下柴刀，飞身窗口的大洞跃回，见吴捃香平安无事地立在烟尘中，一把搂住她。

"相公……"吴捃香面色苍白地指着柜子，一时不知该如何解释。

杨昭见柜门大敞，内里无人，心下一凉，糟了，苏姐姐……

红毛狐狸被大汉追着，一边狂奔，一边时不时地回头窥探一眼。这黑炭似的大汉摆出一副夸父逐日的姿态，跑了三里路还穷追不舍，脸上甚至带着笑容，直令苏奈浑身汗毛竖起：天哪！这到底是什么人？

直跑到荒无人烟的野地里，苏奈停下脚步，化为人身。大汉便也停下来，慢慢地靠近她。

黑犬一路追着苏奈，原本不想做什么，只是因为终于嗅到自己熟悉的气味而过于兴奋，想和她亲近玩耍。

等他走近了，苏奈眼冒绿光，骤然跳起来，一巴掌便将他拍翻在地，又骑在他身上，扯住他的头发骂道："在屋里没动手，是怕吵破了小桃，你以为我真的怕你？奴家倒要看看，你到底是个什么妖怪？这般阴魂不散！"

这一巴掌蓄足力气，苏奈还伸出了指甲，大汉扭头时，脸上便添了三道惨不忍睹的血印。他双目圆睁，半是不解、半是狂怒地瞪着她，通身肌肉顿时紧绷得像石头一样，无奈被她扯住头发，没能挣开。

"你到底是谁啊？"苏奈狐疑地问着，一手拨开他身上漆黑的毛背心，趴下试探地嗅了嗅。

大汉猛然龇出了白牙，喉咙里发出呼噜噜的声音，身子一翻，猛地将苏奈扑倒。

苏奈原本想着，此人虽然长得黑了一点，但这么高大，阳气应该很充足。她打他一顿出了气，再凑合着将他采补了，也不算浪费。结果，他身上不仅有一股她最讨厌的狗味，还总喜欢压着人。她最讨厌这种男人了！

苏奈伸出利爪，在他的背上一阵狠抓。黑犬疼得吸气，一骨碌翻身把背藏在下面，又叫苏奈占了上风。它张开大口，去咬那只白生生的胳膊，却发现自己没了利齿。都怪那个人把它变成这副样子，爪子分得这样开，指甲也没了，使不上力气！

黑犬时而张口，时而手指痉挛，满脸凶恶之色，却半点儿没讨到好处，反倒被苏奈挠了个皮肉开花。

"你还敢压奴家，看你还压不压！"两个人躺在地上，缠打在一起，苏奈还不解恨，艰难地挪动身子，凑到他的颈边，张开嘴，在大汉脖子上狠狠地咬了一口。

大汉愕然地仰起头，半晌没能发出声音，从嗓子眼里发出了一阵悠长而震撼的号叫："嗷呜——"

画面之外，祁之褚本在闭目养神，被这个声音猛然惊醒，指尖射出一线金光，追踪黑犬的行迹。他不可思议地捏紧蒲扇，看到黝黑大汉躺在荒地里，被碧绿的藤蔓捆成一只巨大的绿茧。一旁的小妇人拍拍手，用袖子擦了擦头上的汗水，朝绿茧啐了一口："原来奴家这藤蔓还挺有用的嘛，哼，还收拾不了一个你？"

她机警地看看四周，没人再追上来，便又化作红狐，跑回宅子去。

等她走了，祁之褚立刻道："怎么回事？不是叫你去找吴狠香吗？你

539

招惹那只狐狸干什么？不是，你都找到了狐狸，她难道不曾和吴抿香在一起？"

绿茧立刻扭动起来，内里呜呜叫唤，好像有千言万语想要分辩。

祁之褚长叹一声，拿手一点，藤蔓轰然炸开。

大汉坐起身，用力甩掉头上的草叶，双目瞪圆，朝着天空汪汪吠叫了好半天，怒骂于他。

祁之褚听了半天，不禁捂住额头。

神尊啊神尊，你从哪里弄来的魂魄做影子，却没留一句话，可将人害惨喽！

"也罢，你现在起身，我给你指条明路，速速回到那座宅院，还来得及亡羊补牢。"

天空中掠过第二只金乌。

祁之褚显出肃然正色，一抬手，一道金线直直地注入幕中，射入那个大汉的脑门："我将神力借你一缕，令你暂通人言。接下来，你且听我吩咐。"


烛影摇晃，帐中，吴抿香擦拭着眼泪。

无论杨昭如何安慰她，都无法缓解她的不安与恐惧："先是小红失踪，后是香蕊中邪，再是我们的衣柜中藏着陌生人，若说没有什么厄运缠着我们，妾身都不相信。这座宅院恐怕是住不得了。相公，我的嫁妆应该还够租下一间小院一年，我们明日就搬走可好？"

杨昭想到苏奈，不免感到忧虑。苏姐姐固然神通广大，可不知道脱身了没有。若再搬走，该如何同她联络呢？

他的犹豫被吴抿香觉察，她问："相公，你确定没有瞒我什么吗？"

杨昭微微一愣。

她冰凉的手握住了他的手，小声道："你也不要嫌我烦。妾身半生凄苦，这几日忽然过得这样幸福，只恐是一场梦。现在若是不搬走，我怕后面受伤害的会是你我。"

杨昭立即抓起她的手，写道："有我在，不会有人伤害你。"

他跳下床，开始收拾搬家的东西。吴抿香看着他忙前忙后，心里略微踏实了一些。杨昭问吴抿香，那套秋衣做好了没有？等她拿出绣了一半的秋衣，他便一把拿过去，强行往身上套，惹得小香忍俊不禁。

那套秋衣领子上的鸳鸯还差个脑袋没有绣呢，只有个身子，看着很是古怪，吴捵香叫他脱下来，他却不肯。

"那衣柜中的小妇人有几分眼熟……"吴捵香抱膝说道，"妾身好似在哪里见过她。"

杨昭的笑容一凝。若是她想起现实，会怎么样？取影术会失效吗？

此时，大门又被敲响。依然是那震天动地的不详力道，吴捵香哆嗦一下，杨昭的脸上杀气迸现。

他按住吴捵香的肩膀，示意他来开门，又指指床铺，摇摇头，意思是：无论发生什么，你都不要起身。

吴捵香扯住他的袖口，双脚踩住鞋，满脸担忧之色："他人高马大，你千万不要与他发生冲突，我们忍一忍，明日报官。"

杨昭点点头，走到前院打开门，却是一惊。

是白日那个大汉，却好像比白日又高了一截。杨昭在男人中已经算是高大，但这名黝黑大汉却需要他仰视。大汉头顶一轮月色，黝黑的皮肤泛着冰冷的蜡质光泽，眼睛也冷冰冰的，仿佛某种凛然的凶兽。

这是人能有的高度吗？

杨昭暗暗地抓住了靠在院墙上的铁锹。那是他施肥用的，铲起人来，却也能令人血溅三尺。

"杨昭，"黝黑大汉忽然开口，声音冷沉如铁，令杨昭浑身紧绷。然后那个大汉张了张嘴，卡壳了，眼神开始乱瞟。

幕外的祁之褚倒吸一口冷气。他原本给这只黑犬安排了一套说辞，让他谎称自己是西洲王大人家的府兵，专程来探望老夫人的义女——吴捵香过得好不好，并有老夫人的口信通传。

信物他也拿仙力帮他捏好了，一块刻有王大人姓名的玉佩，就揣在大汉袖中。只要交给杨昭就能自证身份，打消他的怀疑。

吴捵香与老夫人感情深厚，骗她单独说话应该不难，到时掳了吴捵香便跑，或者随便如何，都方便逼迫杨昭犯禁。

其实做到这一步，已经干涉得太多，违背了神尊天法自然的叮咛。祁之褚甚至帮黑犬虚构了情节。但谁能想到傻狗不中用，早上错过了良机，现在杨昭已经生了疑心，只好编瞎话来应付。

想法不错，祁之褚却高估了凡犬的领会能力。此犬灵智未开，即便是注入一缕仙力，就是这么一段准备好的词，它因为无法理解话中含义，竟然也无法全部记住！

杨昭的神情从戒备慢慢变成了疑惑。

大汉抿了抿嘴唇，又沉沉地重复一声："杨昭！"随后便卡了壳，露出了迷惘的神色。

杨昭觉得此人脑子似乎有点问题，紧张的心情立刻被愤怒取代。

豆大的汗珠从祁之褚的额头上滑下来。

司劫一事，最忌讳的就是被历劫之人看出了端倪，这件事若是在他的辖地发生，那可真是亘古未有，会叫仙家们笑掉了大牙。他不敢怠慢，青筋暴起，强压着心火，通过那一线仙力与黑犬沟通："想必是那词太长，你记不住。现在你务必听好了！我说一句，你学一句。"

祁之褚："我是王大人家的府兵，求见尊夫人。"

大汉终于颤动着嘴唇，沉沉地开口："我……见！"

祁之褚吸了口气，感觉不可思议。

杨昭漆黑的眼中满是冰冷，如此公然自轻自贱的人，从未见过，可是在故意挑逗？

祁之褚咬牙切齿地道："哎，你！我是王大人家府兵，特来求见！去叫你浑家来！"

大汉颤抖着嘴唇，口中仿佛绷着一张弦："我，我……贱！叫你……浑家，来！"

祁之褚："算了，那玉佩，玉佩！赶快给他看！"

黑犬闭了嘴，那个动作它却很熟。它迅速从袖中掏出一块玉佩，悬在杨昭眼前，慢慢地晃来晃去，就像主人给它展示绣球一样。

杨昭面色瞬间铁青，抓住铁锹根部，一锹挥来，直接将他铲倒！

此人果然是浪荡登徒子，不知在哪里惦记上小香，还敢公然上门挑衅！

大汉毫无防备便倒在地上，杨昭揪住大汉的领子。大汉好像面色挣扎，艰难地伸出胳膊，想去捡那块摔飞出去的玉佩。杨昭留意到了，一脚踩住，踢到远处。若不是狐狸毛堵住喉咙，他早就骂出声，胸腔嗡嗡颤动。

随后，拳头像雨点一般砸在面门上。大汉愕然，也不捡拾玉佩，也不勉力说辞了，他露出狰狞之态，张口撕咬杨昭的拳头，两个人毫无形象地扭打在一处。

祈之渚闭上眼睛，脑门上汗如雨下。他现在最后悔的事便是将这只凡犬送入影境中。但开弓没有回头箭，还得将此劫平安护过了才是！他口中念诀，双指结印，金光注入影幕中。

黝黑大汉瞬间拔地而起，他的身形变得更加高大，衣襟绽开，肌肉勃发，力气成倍增长，大喝一声，抓起杨昭的脚，将他甩了出去。

杨昭重重地撞在墙壁上，喷出一小口鲜血，与此同时击出的还有苏奈给他的那颗狐狸毛丸子。他砸在地上，被黝黑大汉压住腿脚向后拖。杨昭感到喉间空空，爬了两步，伸手去够那颗滚远的药丸，却忽然看到地上一道纤弱的影。

杨昭愕然地抬头，吴扟香不知何时出了院落，手里端着一条沉重的板凳。她没有发出声音，头上挂满冷汗，脸上是强作镇定的神情，腿脚虚软，半步半步地靠近大汉的后脑勺。

为何出来？回去！

杨昭情急不已，他被抓着脚往后拖，拼命地冲小香摇头，但院中太黑，这无声的示警隐没在夜色中，根本没有作用……

宅子里，苏奈跑了半夜才筋疲力尽地回来，刚从窗户跳进来，就见屋门大敞，看到的是院中吴扟香高高举起板凳砸下去的身影。

正在清理草屑的红毛狐狸睁大了眼睛。

咦？这个臭男人怎么会在这里？刚才不是被她缠成粽子了吗？

板凳已经轰然砸在大汉的脑袋上，木板、木屑炸裂开花。

寻常人就算没流血，也总该昏厥过去，然而这个黝黑大汉竟如金刚之身，挨打时只是愣了一下，随后自如地抖掉了脑袋上的木屑，竟然毫发无伤。

吴扟香和杨昭都愣住了，吴扟香的脸瞬间失去血色。

幕外的祈之渚却打起了精神："是她，是她！快快快，把她带走便是！"

黑犬的喉咙间发出咕噜咕噜的声音，充满危险的意味。杨昭方才将它的脸都揍肿了，它只是丢他一下，还没报仇呢！但祁之褚不停地警告，它只得不甘心地丢下杨昭，反身抓住吴捃香的腰肢，将她整个人提了起来。

杨昭双目如电，爬上来，死死地抱住他的腿，想撂倒他，不肯让他带走小香。

大汉被缠住腿脚，不得脱身，反身踢了杨昭好几脚，每一次都踢中胸口，他口中涌出的血越来越多，看起来十分骇人。

吴捃香泪流满面，哀求道："妾身跟你走就是，有话好说，求你别再打他！"

"你敢再打！"屋里忽然传出一声暴喝，三个人皆是一愣，那个大汉的脊背变得僵直，是恐惧之态。

看清了那个大汉下面还踩着她的男人，苏奈的心脏差点停止跳动，眼睛都绿了，三步弹射进院中，跳起来，一爪子狠狠地抓向大汉的脸！

这一挠正中眼睛，大汉大喝一声，松了手，吴捃香跌落在地。吴捃香连滚带爬地爬出很远。杨昭望见苏奈，眼里顿时有了泪光。

苏姐姐来了！

祁之褚皱着眉，不肯让野狐狸再来坏事，操纵一线金光进入，大汉反手向后一击，直接将苏奈击飞出去。

苏奈只感觉一股巨大的冲力将她推到空中，飞在天上时，红毛狐狸很是震惊，臭男人分明是手下败将，怎么忽然有这样大的力量？

她已经像荡秋千一样，飞到了远处一棵大树的树冠中间，压得落叶无数。

红毛狐狸脚一伸，想滑下来，背后的衣裳却被两只树杈死死挂住，解不下来。

小院中，大汉似乎又变得高大了一圈，他的步子似乎踩得大地都在抖动，震动一路，传递到了坐在地上、相互扶持的两个人身上。

杨昭内伤严重，呼吸中带着火辣辣的刺痛，连爬起来都很困难，遑论带着吴捃香逃跑。

他忽然发觉，小香从屋里跑出来也是一件好事。这个大汉力敌千钧，连苏姐姐都被他打飞，显然非人哉，就是再坚固的房子都能徒手拆了，一旦他倒下，任何人都无法阻止大汉带走小香。

想到此处，杨昭忽然拍地而起，将小香远远地震开。

剑客体内蓄积的全部力量爆发出来，他抱住大汉的腰，竟然将他硬生生地扑倒，仿佛带倒一面巨大的墙，高声道："小香，你快跑，我马上追来！"

吴抿香踉跄几步方才站稳，眼泪掉落，闻言挽着布裙，奔向那窄窄的门口。

杨昭看着她的一只脚跨出门槛，忽然，那秀气的背影一僵，停在原地。

杨昭脑中轰然一声巨响，反应过来，他方才情急说话了！

他竟然忘记了独公子的叮嘱，喊了小香的名字。

浑身的血液仿若凝成冰柱，那根冰柱又纷纷破碎。他在漫长的寂静中，清晰地听到了自己的心跳和呼吸声，一下，又一下。

吴抿香在大门做的画框中缓缓地回过身，凝望着他。她眼中含泪，仿佛带着了悟、欣喜、不舍……她抿着嘴唇，似乎哭着冲他一笑，旋即整个人影化为无数桃花瓣，铺洒向地面。

缠住苏奈的树枝变成烟幕散去，苏奈直接砸在了地上，爬起来时，看远处的山川、房屋，也纷纷化为烟雾散去。

杨昭目不转睛地望着风吹散那一堆桃花冢，一些花瓣飘过他的眉宇，一些花瓣沾在他的衣襟上。

大汉像漏气的口袋一般逐渐缩小，直缩到了半人高，从衣襟里伸出两爪，嗷呜一声踩在了地上，又化为黑犬的模样。

烟雾尽散，眼前仍然是那座一望无际的坟场。

这烟幕影境以吴抿香的魂魄为底，一切其他的影子都是吴抿香的影子衍生而来，吴抿香的影子是核心，最为强盛，只有天辅星亲自开口犯禁，才能令其消散。

这便避免了旁人错误的干扰，又能令天辅星亲自斩断情丝，可谓精妙。

眼下，一切当是圆满结束，祁之褚松了口气，蒲扇摇起来。

苏奈奔过来，检查杨昭的伤势。幸好那烟幕里的伤也是虚假的，没有伤害杨昭分毫，令她松了口气。就是那只大黑犬无故冲她凶狠地龇牙，又吓得她躲到了杨昭的身后去。

苏奈环顾四周，冲着祁之褚道："怎么是你？有毒公子呢？"

"野狐狸别吵闹，办了正事再与你细说。"祁之褚看起来心情很好，又露出高深莫测的笑容，随后，他脚下生发出五彩的光芒，化为一朵云，将其慢慢托升至天上。

苏奈与黑犬一起仰起脖子，惊讶地看着那团祥云带着光芒洒下来。

光芒中，祁之褚早已不是摊主的衣着，其宽袍广袖，头戴冠冕，手上的蒲扇变作一把闪亮而薄如蝉翼的法器，搁在臂间，他的面目隐于光芒中，开口有肃然的回音："吾西洲府君祁之褚，奉点将台之命，司掌武曲天辅星之情劫。恭喜星君大人历劫圆满，请随小人回天上述职吧。"

什么星？什么历劫？苏奈原本坐在尾巴上认真地听着，此时如同五雷轰顶。

她看看忽然变成了神仙的摊主，又忙看着杨昭，嗅闻他的气息，幸而杨昭还是那个她熟悉的样子，没有突然飞走。

会不会是搞错了？苏奈心里觉得十分难受，就好像一出门便被人抢光了银钱。她好不容易才找到的男人，总不能所有人都来与她抢男人吧！

她又急切地瞅着杨昭。

流动的金芒落在杨昭的脸上，他低着头，甚至一次也没有抬头去看祥云里的人。他看着自己身上穿着的小香未缝完的秋衣，还有挂着的香囊，果然也渐渐化为烟雾，一样样溃散、消失。

杨昭与吴报香冰冷的墓碑遥遥相对，墓碑前红烛已经烧尽，红泪沿石阶淌下。插在香炉里的三根线香分明还剩一截，却已熄灭，而那一截永远不会再燃烧。

"你认错人了。"杨昭面无表情地说，"我不认识什么天辅星，我是杨昭。"

"他说你认错人了！"苏奈仰着脖子嚷嚷道，"你肯定认错了，快走快走！"

"星君大人，请看前世镜。"祁之褚伸出右手，掌中悠悠落下一面琵琶形的镜子，向外金光四溢。

前世镜中的画面顺着流淌的金光跳跃而下，在众人眼前展开。

粉嫩嫩的桃花树下，血流满地，横七竖八地躺着许多穿着官服的人。其中一个穿银色甲胄的人面朝上，身中七箭，脸上布满干涸的鲜血，显然已经死去多时，身上堆积了不少花瓣。

"杨昭，你可看见前世镜中的画面？此镜中便是你的前缘。"西洲府君道，"你本为百年前赵国的护国将军，名叫南弦柱，国破时抗敌不降，阵亡于桃树下。赵国上林园圃中的这棵桃树,为深宫粉黛的眼泪所浇灌,开启灵智,为你的鲜血与英气所折服,发愿做人,与你后世相见,遂在此生投生为吴挹香。当年点将台宣布你死亡后飞升为天辅星,主司人间之战事,但因为你忠孝执念过重,凡根未净,所以要你再世历劫,投生为杨昭,以尽前缘。原本你已体会亲缘,奉养母亲,功德圆满,可以飞升,你偏偏错过了仙人点化,以致飞升未果。众仙家掐指掐算,发现是前世那棵桃树发愿未还,牵绊了你,所以又有此次情劫。"

祁之褚将前世镜收入袖中,金光遂散:"这便是前因后果。前世镜已请出,天辅星脑海中如今应有两世记忆,何如,现在应该相信了吧?"

然而杨昭看完这一切,眉头都没动一下,他问:"小香现在在哪里?"

祁之褚哽住,道:"她本是树,发愿做人,就要历人生四苦,方可为人。作为吴挹香的一生,将生老病死体会完全。有家难回,是为求不得;为王夫人刁难,是为怨憎会;如今你更助她爱别离之实现。你重回仙界,她也四苦圆满,下一世,便可以做人了。"

"这么说,她已经入了轮回?"杨昭问。

"那倒是还没有。等候进入轮回的魂魄很多,哪有那么快?何况她是精怪为人,还需要一纸批文……"祁之褚察觉自己说多了,立刻收声,"不过她怎么样,与你也无关了,你们两个人各赴前程便是。"

"我还有话没说完,能否再见小香一面?"杨昭抬眼。

"还有完没完?"祁之褚忍不住振袖,又深吸一口气,"星君大人您先前以剑交换,只是要见吴挹香一面,独公子叫你们二人做夫妻,额外帮你实现了愿望,你现在又出尔反尔。"

"我拿我的剑所交换的是与小香说未尽的话。"杨昭厉声打断他,"独公子让我们见面,却不准我开口,不慎开口便会致使小香消亡。这到底是满足我的愿望,还是故意为难我?"

所谓劫数,便是阴差阳错,磋磨人的心性,说是为难也并不为过。

可寻常人渡过劫数,内心会通达醒悟,凡性尽断,高高兴兴地履职去。祁之褚第一次遇到这种得知自己飞升却破口大骂的人,这到底是杨昭的此人不对,还是劫不对?

不,不,点将台不会有错,那恐怕是这次情劫未能圆满。

祁之褚摇着蒲扇的动作一停,声音缓缓地道:"不是小神不与你引见通传，实乃凡事都有道理与章程。如今星君回归天界，吴抿香也可再世为人，岂非两全其美？她本就发愿为人，如今心愿得偿，正高兴哪，你又何必去阻她机缘？星君大人实在想她，大可等她转世后，下凡去看她。”

“你少拿小香来压我！”杨昭再度打断，声振寰宇，“她发愿见的是我，她若是再世为人，必然忘却前尘，我若再随你去，那她不是她，我也不再是我，再相见又有何意义？何况我没有听小香说一句话，你凭什么认为她很高兴？到底是她很高兴，还是你们很高兴？”

少年双目漆黑，厉声责问，字字句句中满含戾气。

他的面容也在这片刻间生变，额心现出一道若隐若现的红痕，祁之褚暗道坏了，袖中掐诀。却听咣当一声，杨昭闭目软倒，露出身后红毛狐狸抬着手的身影。

苏奈旋即俯身，紧张地在杨昭的胸口嗅来嗅去。

方才杨昭答话，她一边听，一边跟着点头，谁知说着说着，杨昭的心上忽然冒出一根深深的灰线，随即是第二根、第三根，转眼间，灰线便把杨昭的心包缠起来，整颗心散发出强烈的血腥之气。

苏奈看到这个变化，目瞪口呆，心都提到嗓子眼，一着急，一爪子将杨昭拍晕。

谢天谢地，那灰线停下了。

“胡闹！”祁之褚嘴上呵斥着，却收了手去，神色也缓和下来。

苏奈悲愤地道：“杨昭本来好好的，都怪你跟他说话，他才变成了这样！”

“你这狐狸，”祁之褚道，“他本就要渡劫，又不是我刻意为难。”

眼看天辅星人晕过去了，祁之褚和苏奈大眼瞪小眼半晌，身后的光芒慢慢弱去，祥云也散去，尴尬的氛围蔓延开：“也罢，那我明天再来。”

“明天再来也是一样的结果！”苏奈赶紧将杨昭搂进怀里，冲着那个背影嘟囔着道，“赶紧回去确认一下，说不定就是弄错了。”

“那是点将台的法旨，岂会有错？我明天同一时刻再来。”祁之褚想到什么，忽然又转过身，用蒲扇点了点苏奈，“你该不会想偷吃了他吧？万万不可，有毒！吃了会死！”

好一个“有毒”，直将苏奈砸得眼冒金星。她嗅着杨昭心上散发出来的强烈的血腥气，气愤地想，这还要你提醒？不都是你这个臭摊主所害！

祁之裼离开了，红毛狐狸力大无比，直接将杨昭抱了起来，扛在肩上，快步往狐狸洞挪动，却有几具高大的尸体走到面前，拦住她的去路。

打头的无头尸体比画几下，指了指身后，在他的身后，每具尸体都抬着一只锁好的箱子，排成了队。原来不是打架，是要送东西到她的洞府。

是有毒公子答应送她的宝物！

"是有毒公子让你们来的吗？"苏奈兴奋地问。有那恼人的西洲府君做对比，有毒公子一下子便显得和蔼可亲了起来，她环顾四周，"有毒公子怎么一直不见？他在哪里？"

无头尸体没有反应，显然并没有尸体会答她的话。苏奈也未等他们回应，朝着左右大声喊道："有毒公子有毒公子！"

娇滴滴的声音在墓碑间回荡，回应她的却只有谷间的山风。

西风料峭，苏奈心里说不出是什么滋味。

这南山下的坟场不是有毒公子的居所吗？他为什么随便走了，将这里留给那讨厌的祁之裼。对了，那个祁之裼是神仙，该不会是他把有毒公子给收了吧？不对，有毒公子有庙，也有神位，他们应该是一伙的。不过，就算是他被收了，和她苏奈又有什么干系？

苏奈扛着杨昭，抓紧了杨昭的手。

顶多是再见臭摊主的时候，问他一问，算她红毛狐狸做好事了。

苏奈向前一步，挨个查看那些箱子。站在最后的尸体没有捧箱子，却捧着一只木盘，盛着一盘娇艳欲滴的白花。

苏奈眨了眨眼睛，将木盘抓过来，同时右肩一耸："你，把他扛着。"那高大的尸体两手空了，听话地抓过杨昭，像扛着箱子一般把他扛着。

苏奈身上一轻，又捡起狗绳套在无头尸体的手上，无头尸体任凭发落，像一根扎进地里的木桩，手摸起来也硬得像冰凉的老树枝。

等她系好，无头尸体迈脚前行。他一动，那黑犬便屈辱地跳了起来，愤怒地吠叫，追着苏奈狂咬，然而绳子拖住，被整齐有序的尸体队伍带着拖到了前面。

苏奈早溜到了队尾。她背着剑，手里拿着一大把花，尾巴耷拉着，担忧着杨昭，一路都在出神。祁之裼说杨昭的心有毒，那他的阳气有没有毒啊？

花瓣在风中轻轻颤抖，花香不住地钻进鼻子，芬芳馥郁。苏奈感觉身上在影境中沾染得满是尘土，黏黏腻腻的很不舒服，需要洗漱一下。

恰好到了水流边，只听扑通一声，火红的毛团一个猛子扎进水中。尸体队伍惊得停住脚步，有脑袋的齐刷刷地转头，盯着河边。

那个小妇人却又从水中央冒出头，湿透的鬓发上顶着一大朵洁白的花。

她的脸搓洗得白里透红，机警地看看四周，摆着尾巴游向河边，手臂一伸跃上了岸，又是一只蓬松松、香喷喷的好狐狸。手上的花吸饱了水分，娇艳欲滴，往下滴着水。

尸体们面面相觑，队伍又继续前行。

苏奈摸了摸头上簪的花，忽然想到有毒公子的话。

他说什么来着？要像维护衣裳那样维护自己的心，不能做坏事，是为了让自己干净。苏奈抬起手臂，忍不住闻了闻自己的手臂。她立志做个合格的狐狸精，也没闻出来自己有什么臭味，别是同大姐姐一般，都是唬她的。

她晃了晃脑袋，将有毒公子的话晃出去，苏奈拔脚追上去。

无头尸体忽然张牙舞爪地比画起来，指向苏奈住的那座山，狐狸洞就在前方，山道被今日格外浓郁的白雾所遮蔽。

"哎，别往那里去！"苏奈急忙绕到前面，拽住了无头尸体的衣裳，强行将他转了个向。

她不想把有毒公子的东西送到狐狸洞，防止那只臭猫看见了又说东说西，要是诬陷她从哪里偷来的，她又解释不清，大姐姐不得把她吊起来，拿蛇尾巴抽她。大姐姐原本就不让她乱拿别人的东西，到时又该唠叨，她的耳朵都起茧子了！

无头尸体还一个劲儿地往山上指，苏奈强拉着尸体队伍回到了她给杨昭和小桃找的墓穴。

尸体们放下箱子，挥舞着手臂，不敢下墓。尸体恐惧墓穴，苏奈便让他们走了。她忽然想到，小桃当时似乎也不敢下墓穴，是为了她强忍着进入墓穴的吧，估计承受了许多苦楚。

想到此处，苏奈的脑海中浮现出吴抵香的笑靥，口中发出一声短促的叹息。

怪不得杨昭生气，连她都想骂祁之褚几句！

苏奈把杨昭安顿在床上，便急匆匆地去翻有毒公子给她的宝物。将仙丹药丸全拿出来，给姐妹们各留两颗，剩下的一股脑地喂进杨昭的嘴里。

杨昭悠悠转醒，映入眼帘的便是苏奈殷切地望着他的一双丹凤眼。

那双眼睛很快变得失落，喂了这么多仙药，也没有把杨昭心上的灰线祛除。

苏奈忧愁地摸摸他的脑门，又给他把脉，嘘寒问暖："你觉得哪里不舒服？奴家去给你请郎中。"

杨昭的眼睛变得很黑，像浓郁的墨，眼珠半晌没有转动一下："那个人呢？"

"他已经走了。"苏奈眨巴着眼睛，又小心地问，"你真的是那什么星君吗？"

"不是。"杨昭垂下眼帘，淡淡地说。

苏奈沮丧地道："可是神仙一般不会弄错，他说他明日还来！"

杨昭没有说话，扯了扯嘴角。

苏奈盯着杨昭的脸，在心里哭丧着脸，她的男人怎么变成这样了？他以前从来不会这样笑，也没有这样冰冷的眼神。

"我只是最讨厌别人愚弄我。"杨昭望着虚空，缓缓地说，"那些神仙独坐钓鱼台，看着我们生离死别，竹篮打水，如同看戏一般！难道凡人就活该被如此愚弄吗？"

一转眼，他便看到小妇人无比专注地望着他，听着他的倾诉，杨昭脸上的戾气缓和了些，便听到苏奈关切地问道："什么是钓鱼台？"

"……就是私塾先生教的，姜太公钓鱼的典故。传说故事里，姜太公在钓鱼台垂钓，观察着下面的人，所以……"杨昭忽然意识到自己居然在和苏奈解释这些有的没的，当下戛然而止，睫毛垂下，又恢复那副了无生气的样子，"苏姐姐，我累了。"

"那你赶快睡一觉。"苏奈连忙帮他铺床，只盼望着杨昭睡一觉起来，能让那些灰线全部消失。她本来想提出暖床的要求，又怕阳气有毒，只是心有不甘地帮杨昭掖了掖被角。

在天辅星的注视中，苏奈细致地忙前忙后，照料着他。这一路有苏姐姐陪伴，不知帮了他和吴挹香多少，眼下他落难，苏奈还不离不弃。

杨昭的眼中晃过血影，又泛起一丝涟漪："苏姐姐，这世上只剩你一个人对我好，你的恩情我铭记在心。日后就算我屠戮仙界，不会伤你分毫，一定送你去个安全的去处。"

苏奈的手一抖："你说什么？"

"你，你千万不能这么想啊！"苏奈欲哭无泪，真要是如此，按有毒公子的理论，杨昭的心不得变得焦黑焦黑的！

红毛狐狸捏着鼻子劝道："难道因为摊主把小桃弄没了，你就要杀人？那，那些无辜的神仙岂不是受了无妄之灾，那些百姓不是更惨？你深明大义，要仁义礼智，不该如此，不该如此……"

苏奈从没有劝人向善的经验，用尽肺腑之情，话却说得颠三倒四。

杨昭的睫毛颤抖了一下，拒绝聆听，直接闭上了双眼。这一睡便睡了整整三天。

祁之褚失言了，三日后他才出现，也没再腾云。

苏奈听到有人敲砖，钻出墓穴，遇到穿戴着布衣布帽的祁之褚，急忙跳出来，将他拉到一旁："你来了！"

因为杨昭的变化，她现在看见祁之褚竟有种亲切之情，拽着他的袖子，眼巴巴地望着他拯救杨昭的心："你去哪里了，怎么才来？"

"你这狐狸，上次你不还叫我别来吗？"祁之褚警惕地抽出袖子，拂去两袖风霜，有风尘仆仆之态，"我去点将台核验一趟，这天上一日，地下一年哪，紧赶慢赶，还是迟了些。"

苏奈忙问："点将台是什么地方？你可是认错人了？"

祁之褚冷笑一声，摇起蒲扇："点将台传达天地之旨意，如今三十三重天，八百零八位大小仙家中，有三百零七位都是点将择取命数合适的凡人飞升，统领凡间事宜，岂会有错？杨昭确是天辅星没有错，只是这劫数……"他苦笑一声，如今方真切地体会神尊的那句"失之毫厘，差之千里"的精准之处。

"渡劫未成，只怕我是要领罚喽。"

苏奈大喜："这样，杨昭是不是就不用跟你走了？"

"美得你！不过是他现在心神不稳，若是不慎堕道必成大患，我不敢轻举妄动罢了。"祁之褚轻啐一声，复以千里眼注视着洞中情况，神色复杂，"天辅星见我喊打喊杀，没想到却能被你这只狐狸精稳住了心神……"

苏奈急切地道："他的心变成灰色的了，你且快想想办法！"

"我没有办法。"祁之褚摇着蒲扇,不甘心地道,"等着吧,看他能否自己想明白。"

"你没有办法,有毒公子肯定有!"苏奈只觉得这个神仙好没用,全然比不上有毒公子,道,"你将有毒公子弄到哪里去了?或者你告诉我他去了哪里,我去找他帮忙!"

此话一出,祁之褚看向她,神色很是怪异。

他原本以为苏奈和神尊早就相识,此时见苏奈如此发问,才脸色古怪地道:"你不知道?"

"知道什么?"红毛狐狸眨着眼睛。

祁之褚看了看她,道:"实话告诉你,独公子就是神尊哪。他没有名字,自天地伊始便诞生了。点将台代表天地旨意,他便是传令官,负责点化神仙,高居三十三重天之上,是为'众神之神'。那独公子不过是他八十一化身中的一个罢了。"

"化身?那是什么?"苏奈愣了愣。

祁之褚道:"没见识的野狐狸!化身都不明白。当年天塌地陷,远古众神凋敝,神位大都空悬,于是三十三重天莲台上诞生神尊,奉天地旨意点化凡人成仙,若还有不够的,神尊便将自己的神力分出一缕,塑为化身,投入人间,补上神仙的空缺。化身是神仙,却也是神尊意志和神力的一部分,独公子便是其中一个。"

苏奈眨着丹凤眼,好像明白了,原来有毒公子只是大神仙的一部分,不免有些失落。不知道那个大神仙长什么样子,又同有毒公子长得像不像。

她忽然想到一件重要的事,抓住祁之褚的手臂摇晃:"那化身里面都有哪些神仙?有没有一个长得俊俏的小和尚,有没有提一个花篮的童子,还有一个破烂草头……叫作灵山府君的神仙?"

这都是什么呀……祁之褚听得瞠目结舌,这野狐狸该不会见过这么多神仙吧?

"八十一个化身哪,我怎么记得住?"他从袖中掏出一本泛着金光的宝册,刚翻看一下,便被苏奈抢过去。苏奈翻了好几页,很失望,什么破书,明明全是白纸。

"看不明白了吧?"祁之褚哈哈一笑,得意地道,"天机不可泄露,对你这只小妖来说,不过是无字天书!"他劈手夺过宝册,忽然又瞥了苏奈一眼，低声与她道，"狐狸，与你商量件事。劝和天辅星，我就帮你查证你说的那些，如何？"

"不劝。"苏奈拒绝，大尾巴扫来扫去，"杨昭说得不错，当神仙为什么一定要刁难人？再说做神仙又有什么好？奴家觉得还不如做狐狸精自在。杨昭以前无忧无虑的，自从要做神仙，就被你弄得昏睡不醒，心都灰了！"

祁之褚被她啐了一脸，心虚地道："什么刁难？那都是造化！唉！与你这只狐狸讲不明白。"他又将布帽取下，递到苏奈的手上，笑吟吟地道，"那倘若我将这顶帽子也送给你呢？你从前不是很想要它吗？"

"不要。"苏奈警惕地道，"你可休想收买奴家。"

她现在可决不能再分心了！一顶破帽子，哪里比得上采阳滋补？她可不想过了三百五十岁还没有采过男人，在臭猫面前抬不起头。

苏奈嘟囔着道："你若能想办法把杨昭心上的灰线去了，奴家倒可以考虑考虑。"

祁之褚冷笑一声："我若有能耐阻止天辅星堕道，还需你这只狐狸来说和？天辅星上次死都不愿飞升，令众仙家头疼，想破脑袋才找出桃树发愿之故，可见他本来便是头难缠的犟驴。"他深吸一口气，尽量心平气和，将布帽塞到苏奈的手上，"还是送给你吧，算是我之前多有得罪的赔罪。"

祁之褚又看了一眼墓穴，从洞口隐隐地散发出灰气，面色肃然："这两日你且先稳住他，我去请示一下，看看可有别的办法。"

苏奈将布帽拎回去，塞进独公子给的宝裹里，悄悄睨一眼杨昭。他分明已经醒了，却还躺在石床上，看着屋顶发呆。

以往他天不亮便起来在院中挥汗如雨地练剑了，这几日，却每天睡到日上三竿还不起床。

想到此处，苏奈坐到床边，殷勤地将自己背上的剑递给杨昭："今日练剑吗？奴家的剑可以给你练。"

杨昭先是不接，被苏奈叫烦了，拿过剑便扔到一旁的褥子上，声音冷冷地道："剑心已无，现在的我还配拿这把剑吗？"

苏奈的尾巴都不摆了，她又心生一计："你听见洞外的狗叫声了吗？我们还没给渚上郎中还狗呢。当初那只大黑犬是你借来的，你总不能叫奴家孤零零的一个小妇人去还吧，万一路遇危险，万一那个老郎中刁难奴家呢？"

杨昭沉默地坐起来穿衣，又被喜出望外的苏奈拖着，半推半就地出了洞。

阳光洒在王婵留下的乌篷船上。

苏奈躲在船篷里，只从帘子里露出半个脑袋，那只黑犬冲她龇着牙。自从烟幕里出来，它就一直这样，好像她做过什么对不起它的事一般。幸而牵绳牢牢地缠在杨昭的手上。

杨昭还是不说话，只是低头划船。

王婵死后，渚上来往的客人渐渐变多，船也变得密集。有大船靠近，杨昭的眼睫毛一动，快速向旁边划去，只听咚的一声，两艘船撞在一起，黑犬受惊，吠叫起来。

杨昭的退让却没奏效，那艘船硬生生地将他们推挤到了分水石上，窗篷裂开，苏奈惊叫一声，那艘船里面有华服男人探身出来，毫不客气地道："生面孔，外乡人？见府尹之船不避，却兀自前行，实在没有规矩。"

说罢，冷哼一声，缩回身体，那艘裹着绣布的船在两边船只夹道中慢慢向前滑去。

没有人看出杨昭是如何在一瞬间出手抓住对方的船篷的，他用手攥着木窗，竟徒手将那艘船硬生生地掰了回来。

两艘船搅在一起旋转，那个华服男人惊愕地探出头，还没说一句话，便被杨昭抓住衣领，扔进水里。

见势不好，官船中冲出两名护卫向杨昭扑来。杨昭捡起船桨为矛，左右开弓，将人纷纷打入水中，船桨都拍裂开，他便将桨也丢入水中，剩得半根木刺，当作利箭钉入那官船中。

不过片刻，周围所有的船只全部吓得往远处避开，那艘官船已经漏水，半陷在水中，里面的人也像饺子下锅一般，船中很快传出两三个女子哀求呼救的声音。杨昭充耳不闻，有护卫的脑袋从水中浮出，扬臂想呼救，杨昭黑色的布靴踩住那颗头，将其压回水下，压出一串气泡。

苏奈从船篷里出来，惊愕地望着杨昭，杨昭面无表情，眼中却有股冷漠的戾气。

他心上的灰线又多了一两根。

苏奈急得直跳脚，掰不开他的脚，无措地顺了一下他的胸口，掐住他的手摇晃："你再踩，他就死了！"她同时忙得晕头转向，拿指头暗暗发功，叫碧绿的藤蔓钻入水中，把掉下去的人一个、两个、三个……八个捆成粽子，甩到对岸上去。只求那灰线赶快停止蔓延！

杨昭冷笑着道："他死不死，和我有什么关系？"

说完，他却慢慢将脚松开，漠然地坐回船头，拿着剩下的一支桨，继续向渚上划去。

苏奈刚将那个人踹上岸，累得擦了擦汗，又在上游路过了一艘漏水的破船，船上坐着一个头发花白的老妇人，凄凄惨惨地伸出双臂，似乎是在求助，杨昭已经将船划过，一瞬间便看不见她了。

苏奈望着杨昭的眼睛瞪得极大，极为诧异。她的脑海中浮现出杨昭帮王婵奋力划船的画面，那个眼神澄澈的少年的脸，渐渐地与眼前这张冷漠的脸无法重合了。

苏奈实在忍无可忍，深吸一口气，一巴掌拍掉杨昭手中的桨："别划了！"

杨昭一副无所谓的模样，任凭小船在水中漂荡。

红毛狐狸的眼中燃烧着熊熊怒火，她力大无穷，抓起杨昭的后衣领，强行摁着他的脖子向水面压去，嫌弃道："看看你现在的模样！"

绿水如镜，照出一张憔悴而落拓的脸。他眼周发青，眼窝微陷，双眼黯淡无光，唇边也因久未打理而泛出青色的胡楂儿。

这个陌生人是谁？杨昭心中一跳，旋即是深深的刺痛感。他停顿一下，淡淡地说："你可以走。"

苏奈放下他，从船篷里传出收拾包裹的声响。

杨昭紧抿嘴唇，闭上眼睛。

图剑的，图色的，都是因为他有利可图，他须得辛苦把持着一切。当他一无所有时，所有人终究会离他而去。

只是好一会儿，船篷里的声音还没有停，仿佛有人将箱子拿起来又摔下，如此反复，杨昭又将双眼睁开，有些疑惑。

就那么几件东西，至于收拾那么长时间吗？小妇人已经扭着腰走到了他面前，怒视着他。

"苏姐姐，你想去哪儿？"杨昭不去看她，不自然地把玩着桨，"我还可以最后送你一程。"

按理说，杨昭现在的样子变得对她毫无吸引力，但不知为何，她磨磨蹭蹭的，还是不甘心就此离开。也许是因为她已经在这个男人身上浪费了太多时间，也许是因为她见过他曾经有多么干净。

"奴家再给你最后一次选择的机会。"苏奈一手搂着箱子，转到他面前，他转到哪儿，她便走到哪儿，"你做好人还是做坏人？"

"苏姐姐，你再劝说也无用。"杨昭终于开口，"我已经不信道了，一个不信道的人是没办法入道的。从小我娘便教导我为人宽厚，与人为善，我宽厚了，可村中上下无不欺辱我，门派弟子也无不讥笑我。我一生做善事，却得到了什么？只是让那些高高在上的神仙认为我好欺负，肆意安排我、欺凌我。其实我早有疑惑，只是这次才彻底想通。善没有用，恶还不容易？我又何苦活得那么辛苦？"

话音刚落，那颗心上再度显出数条灰线。苏奈伸出狐狸爪拍在杨昭的脸上，直接将他打倒在船篷里，惊得大黑犬向后一缩，小心地望着杨昭。

杨昭捂着脸慢慢爬起来，却没有还手，脑袋一阵阵发蒙。

苏姐姐打人还是好疼啊。

"奴家不懂你说的什么容易、辛苦，你现在这般不睡觉，不梳洗，不练剑，一步三喘，难道很轻松吗？"苏奈盯着他说，"奴家觉得你的心仿佛很不痛快，别问我怎么知道，因为这个，奴家也不高兴好几日了。"

娇滴滴的声音如涓涓细流注入杨昭的心里，苏姐姐说话虽然听起来有些古怪，但却每一次都极为真诚，能让他的心柔软起来。

"你知道林中的野兽，像狐狸之类，被猛兽撕咬时，就算不挠死它，也要拽掉它一大撮毛。不然不就白白被吃了吗？奴家是半点亏也不肯吃的，吃亏令人难受，这次不成便算了，养养精神和皮肉，下次找机会偷袭，咬秃了它。"苏奈恨铁不成钢地道，"瞧瞧你这样子，奴家实在想不明白，谁惹了你，你打谁便是，你为何要难为自己，不去难为他们？不就是一个小香吗，至于痛苦成这样？臭摊主不是说，她现在在地府排队，她不是分明没有转世吗？我们现在去地府把小香抢回来！"

杨昭抬眼望向她，眼中盛满吃惊之色。

先前剑丢了，苏姐姐也是这般，轻描淡写地带他去独公子那里把剑要回来。他已经不打算做天辅星，决心反叛，却从来没有想过还能直接劫地府，只恐误了吴垠香转世的机缘。他默认两个人注定分隔，因而自暴自弃，却还是在遵循仙家的规则，没有打破。

557

什么反叛，什么对抗，比起苏姐姐的气魄，他可是差远了！

一瞬间，如死灰的心重燃火苗。

杨昭刚要说话，船被那水下伺机已久的影子妖忽然高高顶起，黑犬汪汪大叫，苏奈手中的箱子滚到另一边，人也栽向另一边，杨昭急于拽住她，用了些力，不慎拽断了苏奈手腕上的佛珠，一颗一颗佛珠弹落在船上，又掉进水中。

"小和尚的佛珠！"苏奈心疼得要死，急忙去捡，只捡到两颗。

杨昭右手握着船桨，如持金刚杵向下一戳，将这只小妖抵下水去，撕成透明的碎片，却见水中忽然长出许多金色的茎秆。茎秆上，花苞绽放为朵朵金莲，围拢在他们的船边，他不禁向后一退："苏姐姐，你快看……"

黑犬又做出奇怪的动作：趴下，将脑袋抵在前爪上，露出一副恭敬的却又不敢直视的模样。

两个人惊讶地看着那一片金莲被风吹动。

莲瓣飘零而下，一片接一片地排列在空中，逐渐向上，现出了一架若有似无的阶梯的模样，通向云霄。

"登天梯……"杨昭喃喃着道。

"这是什么？"苏奈看看手中的两颗佛珠，佛珠怎么会变成了莲花，又变成了……她仰着脖子看，此梯飘浮空中，莲瓣为踏，直到青霄云层里，高得看不见的地方。

杨昭道："传言道，有机缘的凡人可在海市蜃楼中见到登天梯，上通三十三重天，得以观瞻仙界，但都是在传说中，没有亲眼见过……"

苏奈大喜，心道，怪不得上次见到变成龙的方姨娘，方姨娘说，小和尚这串佛珠内有机缘。原来机缘就是梯架的意思！小和尚送了她一架天梯！

苏奈试着用布鞋的鞋尖踩了踩最低处的莲瓣，这梯架看似柔软，却很是稳当，她不禁跳上去踏了踏，扯了扯杨昭："快走哇，还愣什么？"

杨昭愕然仰视她："我们不是……去、去地府劫人吗？"

苏奈对仙界这些结构一无所知，看了看他，道："奴家不知道地府从哪里进入，眼前却直接有一条门路，摊主说过，三十三重天上有一个大神仙，他管着地府的神仙，我们直接找他讨说法去，岂不是更快？"

大姐姐说过，神仙都是讲道理的，不会轻易杀生。

杨昭深深地望着苏奈，眼中充满仰慕之意，似乎在做心理准备。

"你不敢？"苏奈反问。

杨昭牵着狗，抬眼望着她，眼中已有视死如归的光芒，又有剑锋般的意气："苏姐姐，你都不怕被牵连，山海我杨昭都敢荡平。苏姐姐，你走我身后。"

这日渚上，登天梯现于水中，光芒四散，众人仰着头，望见一只黑犬在前，一个布衣少年在中间，一个扭着腰的小妇人在最后，三者雄赳赳气昂昂地踏金阶而去，身影如光中皮影，消失在云中。

有人想尾随而上却又不敢，登天梯眼看着变淡，持续了一刻便如烟雾一般散去，徒留几片被染成金色的云头。

云海如万顷波涛，在一双阔立的长靴之下缓缓流动。云间现出人间山峰的影子。持国天王身着铠甲，持叉伫立，金刚怒目。

他忽然低头，向下望去。并非他眼花，有个花生大小的黑点正从他的靴子上跳下。

他俯身，巨大如蒲扇的手一抓，将那黑点捏在眼前细看："凡犬？"

那个小东西的确是一只皮毛油亮的黑犬，在他的拇指与食指之间奋力挣扎，好不容易抽出脑袋，毛发竖立，浑身颤抖，张大嘴巴，狠狠地咬在他的指尖上。

持国天王只觉指尖一刺，手一哆嗦，黑犬掉进了他的护腕里，窜得飞快，等他掀起护腕，内里空空如也。等他再环顾脚下的云头，四处找寻，那个小东西已经不见踪影。

持国天王皱眉片刻，忽然捂住胸前的护心镜。他感觉有什么东西爬进了他的衣服里，贴着他的皮肉钻来钻去，不免烦躁，拿手四处摸索。自然未曾留意，从他脚后跟处绕出两个比花生更大一点儿的黑影，他们躬身缩肩，一前一后、悄无声息地从他的身旁经过。

"你到底在跳什么舞呢？"远处传来一阵笑声，两道金色的视线随即射来，在持国天王的身上扫来扫去，这是西幽天的广目天王的两只眼睛。

"去去去，有凡犬进来了。"持国天王仍然感到浑身发痒，解开了铠甲，"快帮我看看，它去哪儿了？"

两道视线立即停止了扫动："以往偶有凡人登天梯，或攀须弥山等仙境到咱们这里来，从来没听说过有一只狗能自己上来的。"

持国天王道："兴许是迷了路吧，也许是一只有道心的狗，要不是有伤造化，不能拍死，我何苦在这里跳舞？"

"它在你背后！"广目天王道。

持国天王已经解开肩上铠甲，向后一捉，那只黑犬慌不择路，从指缝里跳出来，广目天王又道："哎呀，它跑了！"复而惊愕，"还有两个呢。"

持国天王怒目转头，找了半天才看清两个小小的人影不知何时跑到了神仙使用的云梯上，黑犬狂奔两下，正跳进其中一个人怀里，云梯随即上升！

"什么人？"持国天王抬起银锤，银亮的电光击出，直将那团正上升的云裹在其中，烧成了焦黑色，然而它终究是顽强地升到了上界，烧焦的云像灰尘一样飘落在空中。

持国天王冷哼一声，收回银锤，继续肃立："又是不听劝的凡人。就算上去又能怎样呢？没几个人能完好无缺地度过金照天。"


"奴家的尾巴！"云梯上，苏奈含泪抱着烧焦的尾巴直打转。

可恶，那个巨人会放电，若不是她用藤蔓结成茧挡了一击，整个云头都给他击下来了，她的尾巴晚收一步，尖上的毛都被烧焦了。

小和尚坑人。她还以为莲瓣天梯能直接通到大神仙那里呢，没想仅仅是将他们送到了第一重天就消散了，后面还需要他们自己往上爬。

可那摊主说，神尊住在三十三重天，那还得受多少层的苦难？

苏奈有点后悔上来了。

"苏姐姐，早说你走我身后了。"杨昭将怀中的狗放在地上，见苏奈捂着后臀，一时不知她伤了哪里，却又不敢多看，"对了，苏姐姐，云梯上升时，你的衣袖亮了，你身上携带着什么东西有仙气，能被云梯识别。看来上到每一层，我们无需纠缠，只要最快地找到云梯就能一直往上走。"

苏奈从袖中倒出那两颗佛珠，果然像金枣一样在掌心发光。

"小和尚还是有用的。"苏奈将佛珠擦了擦，宝贝地揣回袖中，复而转向杨昭，"那你怎么这般没用？你不是星君大人吗？怎么连上个云梯都要靠奴家，靠小和尚给奴家的佛珠，你若是能借用星君的身份骗这些神仙开道。奴家也就不会被雷劈了，好疼呢。"

听着苏奈哼哼，杨昭歉疚得脸通红，张开五指又收拢："我虽然看了前世镜，可毕竟没有飞升，身上没有法力呀。"

"那个摊主不是说你是否归位就在一念之间吗？你就不能……用意念，用感悟，"苏奈尖尖的手指拂过杨昭的眼皮，念念有词，以狐狸做法的手势胡乱点化他好几下，"释放出一点仙力。"

杨昭闭着眼睛，睫毛颤动，额头上的汗直往下淌，过了半晌，老实地道："感悟不出来。"

做法果然没用，苏奈露出了嫌弃的神色，片刻后却又蹙起细眉，拉了拉衣领："好热。"

杨昭身上也出了许多汗，四周确实越来越热，暑气熨烫脸颊和脖子，吸进鼻子里的空气都像被炭火烤过一样又干又烫，他赫然变色，拉过苏奈："不好！"

火光冲天而来，直扑面门，整个天地都变成明亮刺眼的橙色。人仿佛被抛进了火红的炉膛内，化为尘埃。

苏奈紧紧地闭着眼睛，屏着呼吸，藤蔓结了好几层，将他们三个包裹在茧里，倒没被火烧成灰，但却热得难以忍受，皮肤发紧发疼。

苏奈睁开一只眼睛，从缝隙中看见几只乌鸦在炽烈的火光里飞来飞去，相互追逐，首尾相接咬成一个圆环，像在嬉戏一般。

幸而，几息过后，这炉膛大火骤然熄灭，苏奈这才看清这方世界的本貌。四面云霞都被染成橘红色，还残留着一些火苗。

那些乌鸦也不见了，取而代之的是几名幼童，他们身着金袍，披发赤足，手腕、脚腕上戴着两圈金铃，旁若无人地在火焰中打滚、走动，金铃发出空灵的脆响。

苏奈瞟来瞟去，顺着向上逸散的云缕，望见了通往上界的云梯，云梯外却守着好几个幼童，他们围坐在一起，拆解着一团缠在一起的金线。

这么多人，却是难以偷闯了。

苏奈和杨昭对视一眼，她的指尖一动，藤蔓便缠住杨昭的手，拖着他走向云梯。还未靠近，那些小童便停止说笑，一脸戒备地看向她，他们的睫毛和瞳孔都是金色的，看上去十分怪异。

"小哥。"苏奈挤出笑容道，"我身后这个郎君是你们的天辅星君，先前渡劫的时候出了问题，奴家奉西洲府君……祁什么猪的央告，把人劝好了，他现在愿意飞升了，能不能烦你们让个路，让我将他带上去交差。"

杨昭低着头，心中忐忑不安。

"什么是小哥，我们都是金乌。"那小童的声音脆生生的，"凡人飞升自有通道，这里是金照天，管理天地时序的，你们怎么会跑到这里来履职？"

"就是就是。"其他几个解金线的小童附和着道，一时间吵闹声一片。

"你若不信，"苏奈掏出帽子，"我这里还有府君的帽子为证！"

金乌斜着眼打量她："就算是真的，四天王怎么会让你这只小妖怪带着神仙上天呢？你一定是偷跑上来的！"

金乌们叽叽喳喳，交头接耳："不管怎么回事，先报告了天帝再说。"

他们手中牵扯的金线的光芒刺目，比大太阳还要毒辣，照得苏奈越来越热，流着泪避开目光。说话的金乌见她这副模样，似乎觉得有趣，执起金线道："妖怪是不能上这里来的，你站得太近，一会儿你就会被烧化了。"

苏奈惊恐万分，尾巴上的毛都竖起来，退了一步，但其他地方玩耍的金乌已经围拢过来，手上牵着金线，做出防御的姿势，将他们二人围在中间。

就在此时，一条锁链凭空结出，拴在苏奈的手臂上。

杨昭将苏奈拉在身后，她惊讶地看见他的双肩仙气萦绕，布衣褴褛之处已经被云气缝补。杨昭的瞳孔蕴着一层层闪亮的水波，荡去浊气，目光明亮而威慑，带着锋芒，令人不敢直视，那些金乌们不由得退了一步。

他严肃地道："我的确是天辅星，与这只狐狸精在凡间有些拉扯，恨不能造业，只好将她拘了上天理论，初次上天不识路，各位行个方便，让我上去！"

苏奈怔了怔，假意挣扎起来："哎呀，疼死奴家了，放开，放开！"

"闭嘴！这一路上我多番忍让，你却造次，不要逼我就地动手！"

几名金乌面面相觑，不知这只狐狸精是做了多过分的事，才能气得神仙把一只妖怪硬生生地提到天上来。

一只金乌指着杨昭道："几日前我还飞去凡间催过那西洲府君好几次，渡劫的星君确实是他！"

两个人越吵越激烈，只恐大动干戈，金乌们于是纷纷让开，持金线的金乌也爬起来："那星君快点从这里上去吧。"

杨昭直起身，拖着苏奈上了云头，云梯升起的瞬间，仙气散落而下，盖不住地显现出丝丝缕缕的灰气。

金乌们仰着头，吸了吸鼻子，他们主理光明，对这种入障、晦暗的气味十分敏锐，有一只金乌问道："他的仙气中为何掺有魔气？"

"他根本未成仙！我们被骗了！"下面跳脚的金乌们纷纷化为原形，首尾相连，拍翅向上飞，"快去报告天帝！快去报告天帝！"

苏奈抱着黑犬，刚与杨昭升了上去，便听到下面金乌的叫嚷："他们发现了，这可怎么好？"

苏奈拿出佛珠做法，杨昭驾驭云头，极速向上升，一连穿过两层云境，金乌却穷追不舍，一只金乌的翅膀从云头中戳出，险些掀翻了他们。杨昭不知怎么感悟出的那点仙力再也撑不住了，全然溃散，两个人跌在一方云境之中。

追兵的喧闹，金乌的吵嚷，淹没在更大、更混乱的声势中。

这一方世界是为仙歌欲界天，是一座长十丈、宽十丈的宫殿，宫殿内金碧辉煌，雕梁画栋，奇花异草、珍禽异兽遍地，两个人砸在地上，都没有引起任何人的注意。

因为这里实在是太大、太过喧闹，充满笑声与乐声，树下、石旁，神仙或躺或坐，聚精会神，两两对弈或饮酒。殿堂正中，约莫五十名仙子正在舞蹈，有反弹琵琶、抚琴吹笛者约七八人，剩余的击鼓跳舞。她们高梳着双环髻，身披彩罗绮，衣裳已经被云气搅得散乱，袒露着手臂与大腿，眼带笑意，神采飞扬，沉浸在欢乐之中。

杨昭捂着头，艰难地说话："苏姐姐，我觉得有些难受。"

苏奈见他心上的灰线又有增加之势，好像在勉强对抗着什么，不止杨昭，就连她自己也被这阵阵的声浪冲击得头晕眼花，像醉了酒，眼前不住地浮现出一个，两个……一百个男人围绕着她，排着队给她采补的画面。她已经成法力最强的狐狸精，卧在宝座上，想采补哪个便随手指来。

不对，不对……苏奈用力摇晃脑袋，狠狠地掐了自己一把，直掐得自己眼中含泪，才不舍地从满面笑意的状态中清醒，再不醒来，连这唯一的男人都要没了！

苏奈倏然转向杨昭，左右开弓，扇了他几个巴掌，随后左手拖着被打蒙了的杨昭，右手拉着黑犬，奋力穿过旋转舞蹈的女仙们，向云梯走去。

女仙们如无数彩蝶一样扑面而来，每个人都面带笑意，企图用手臂、用衣袖缠住苏奈，将她留在这狂欢之中，苏奈原本就不牢靠的发髻被挤散了，狐狸毛竖立，脸色狰狞。

幸而袖中的佛珠散出一线微弱的金光，指向她的去处，让她能分辨云梯所在的方位。

唉！一会儿见到大神仙，可要多讨点好处。来这一趟，可是受足了罪！

正在此时，地面被一股巨大的力量从中间顶破，身着银甲的天兵涌出，将她与杨昭牵住的手冲断，欢乐的氛围亦被打破，女仙们尖叫连连。

苏奈眼睁睁地看见天兵将杨昭押解在地，急得捶胸顿足，急忙拽住一个女仙求救，但那些女仙一哄而散，向远处跑去，她的手中只拽下了一件轻薄的纱衣。

"就是他私闯上天吗？"天兵们问。

"听说还带着一只凡犬，一只小妖。"

杨昭被好几名天兵按在地上，原本奋力挣扎，忽然抬头，终于找到苏奈的身影，以亮晶晶的眼神警告。

快跑！

苏奈还有哪里不懂，她先是跟着那些女仙往宫殿深处跑，又趁人不备，猛地一跃，抱住那巨大的蟠龙玉柱，被它顶向了上层。

"凡犬找到了，在此处，那只小妖呢？在哪里？"

"她上去了！"

苏奈的心在狂跳，向上猛地一蹿，将从女仙身上脱下的纱衣往自己身上一穿，连尾巴也裹了进去，眼前已是上方世界。这里比欲界天安静许多。四面山峦翠树，亭台楼阁，参差坐落于紫云之中，一派中正祥和之气。

远处，一群女仙手托木盘，正从桥上经过。她们螓首蛾眉，仪态端庄，若非衣袂如霞，步履轻盈，就像凡间的宫女。

苏奈见树下的石块上摆放着棋盘和酒壶，不知是谁留下的，她抱起酒壶接着跑，混入了女仙的队伍。挤入最靠里的地方，用她们的身形掩盖自己。

那纱衣果然有遮蔽妖气之效，苏奈眼角的余光瞥见那些银甲天兵没有看到她，又向上方世界追去，心中窃喜。天兵天将也没有大姐姐说得那般可怕嘛。

"咦，欲界天的人怎么会跑到九重天来？"身旁的女仙注意到苏奈，奇怪地打量她,"难道你也是去往天帝的寝宫吗?"

苏奈的脑袋转来转去,一张脸妩媚动人,发髻凌乱,衣襟散落,但女仙见她穿着欲界天的纱衣便不足为奇,那里的女仙都是这般不拘。

"不是。"苏奈学着她们的模样挺胸,托正酒壶,"奴……我是奉西洲府君的命去送酒的,我第一次来九重天,不识路,姐姐你可知道云梯在哪儿?可有什么近道,可以快点上至三十三层?我走了许多错路,温好的酒都要凉了。"

原来这里才九重天。苏奈心急如焚。杨昭都被抓了,也不知情形如何,后面又有追兵,她得快点见到大神仙才是。

"你要上到哪里?"那女仙惊讶地问道。

"三十三层。"

"哪里有三十三层?"女仙掐算道,"上方世界一共只有八层,每层四方世界,是为三十二重天。你说的可是三十三重天?"

苏奈恍然大悟,原来三十三重天不是有三十三层!

苏奈咽了咽口水,小心地道:"那我该去……第九层?"

"没有人去过第九层!"女仙勃然变色,怒视着她,"更不可能会有女仙去三十三重天送酒。"

"我记错了,现在就走……"苏奈见势不对,退后两步,拔腿想跑。

她马上仰起脖子,浑身颤抖起来,一柄银亮的软剑逼在她的颈前。

苏奈哪能想到,这些低眉顺眼,仙气飘摇的女仙,竟然腰缠软剑,此时纷纷拔出,全都对准了她。

这可怎么办?

她听到她们道:"方才天帝去了仙歌欲界天,想必就是为了此事,我们应该将她押送回去,听候发落。"

"是。"众仙子答道。

苏奈欲哭无泪,被无数剑尖指着,慢慢地朝方才来的云梯移动。

大姐姐说神仙讲理,应该是在没有得罪他们的情况下。可这次不同,她确实没伤人,可是欲界天的地板却是因她而破坏。

不知道这些神仙要怎么发落她,若是让她赔地板,有毒公子送的那些宝物全送出去恐怕都不够,若是惊动了大姐姐,她干脆别活了。

见不到大神仙,杨昭若是被逼着归位可怎么办?

剑气将她浑身上下割出好些口子，疼得苏奈龇牙咧嘴。

他们不会因为地板就要了狐狸精的命吧？

树下，祁之褚寻觅他的酒壶。忽然看见数个女仙横眉冷对地押着一个人。祁之褚望了一眼，又转回目光，确认自己没看错——他在九重天看见了野狐狸？

她是如何闯上来的？不是让她看守着天辅星吗，天辅星呢？

苏奈却已经看见了他，如见救星，扭过头大声道："西洲府君，快去欲界天救杨昭！"

果然是带着杨昭一起上天了，还闯了大祸。

祁之褚觉得头皮发麻，他刚迈了一步，只见电光一闪，一个白裙女仙飘落而下，站在众女仙的面前。

"放开她吧。"那个女仙裙缀白羽，贵不可言，柔声道，"她原本是我的客人，给我送酒来的，记错了地址。"

被这个白衣女仙领着，走到了仙池边，苏奈才问："奴家认识你吗？"

"恩人不认识我了？"白衣女仙一双眼睛亲切含情，不复方才那厉害的样子，拉着她说，"我是宝珠呀！当年我渡劫时，被困山中那户人家，多亏你救了我。"

"你、你……那只鸟妖！"苏奈指着她说，又马上捂住嘴巴。

她至今还记得，这赤身裸体的鸟妖诓骗着她拿出了羽衣，一穿上就变成大鸟飞回天上，随后天雷喹当一声降下，直接把她劈到一个大坑里。

走就走了，还给她留下了一片鸟羽毛，说是什么"礼物"，被她唾弃了大半年。

宝珠仙子见苏奈翘起尾巴，察看上面的白毛，不禁莞尔："这正是我赠你的机缘。你救我一命，我理应回报。故而你一上来我便知晓。"

还真如大姐姐所说，不是鸟妖，是神仙！

苏奈呆呆地望着她。立在她面前的女仙艳如桃李，一双眼睛神采奕奕，完全看不出当时那骨瘦如柴、苍白绝望的妇人的半分影子。

这也是渡劫吗？还有，"机缘"不是佛珠吗？怎么又能是羽毛？

正想着，就被不知打哪儿飞过来的一群鸟劈头盖脸地围攻了："你说谁是鸟妖？谁是鸟妖？"

"哎，不许胡闹！"宝珠一声令下，那几只用翅膀拍打苏奈的白鸟纷纷落地，在流光中化成女仙。

苏奈"呸"地吐出一片羽绒，睁眼便见眼前挤着好几个十几岁的白衣少女。她们通身雪白，容貌各有千秋，一个挨着一个，满眼好奇地打量苏奈，好像她是什么从没见过的稀罕物。

噫，没见过狐狸吗？苏奈也瞪着她们。

"这些都是我的妹妹们。"宝珠介绍道，"她们平时就住在这仙池边。"

"这是我的恩人，妹妹们不得无礼。"她又向那几个女仙叮嘱，挽起苏奈的手，"走，去我宫中，我带你看看，吃点心。"那几名女仙也一哄而上，笑闹着推着她走。

"不成！奴家有事，奴家还有事！"苏奈大惊失色，费了好大的劲儿才抽出手来。虽然她听到点心就觉得饥肠辘辘，可想到杨昭便什么也吃不下了，抓住宝珠的手臂道，"奴家有朋友困在那欲界天了！你们能否救救他？"

"欲界天？"众女仙都惊疑不定地问道。

宝珠闻言抬手，手中一道白光砸落白气袅袅的天池中，如霹雳分拂水面，下面的水如镜一般平滑，慢慢地显出欲界天的景象。

只见杨昭被众多天兵按着，身负捆仙绳，脖子上青筋爆出，却一言不发。他用力地抬头，不驯地瞪着空中，眼角因为用力挣扎而泛红。在他的身旁，祁之褚老老实实地跪伏着。

一个浑厚的声音抛落下来："你当值不力，怎能让凡人跑到了九重天上来，搅闹得一片混乱。"

祁之褚虚弱地道："是，小神自当请罪……可是这，这天、天辅星毕竟受点将台之命，将领仙职，还请陛下念在这点，从轻发落。"

"他已经入障，带着魔气如何领神职？"这个降下法旨的人站在九色祥云之上，身着层叠华丽的法服，金衮玉带，腰佩玄剑，左右侍立着一对童子，皆是面色严肃，气势不凡。他头戴珠冠冕旒，遮住了大半面容，但见长髯俊美，凤目如炬，目光带着威仪。

"此事没有这么麻烦。寡人抽去他的情丝，斩去魔气，你再送他去点将台便可。"他说着，手按住佩剑。

苏奈倒吸一口气，指着水面的杨昭："他，他就是奴家的朋友！"

其他几名女仙也趴在雕栏上讶然道："父亲刚才下界去抓的人原来便是他呀！"

话语砸进耳中，苏奈直跳脚："原来他是你们的爹，那你们快叫他停下！"

她的男人脑子里原本就缺根筋，再少一根情丝，那得变成什么样？不会把她和小香给忘了吧？

众女仙却面露难色，面面相觑："吾等虽然是天帝之女，但天帝是这九重天之尊，谁敢忤逆天帝呀？"

"是呀……"

苏奈急忙望向宝珠，可宝珠也神情凝重："他是天辅星……天辅星，这是仙家渡劫之事，按说是不能干涉的。"

"陛下——等等！"祁之褚忽然指着天道，"天辅星，他还有个同伙，法力威天，呃，就是她以一己之力带着天辅星上来的。此人还没有抓到，现在恐怕已经冲上十二重天，不知意欲何为，只恐是调虎离山之计。"

苏奈扒着栏杆，忽然感觉背后凉凉的。

天帝手中的金光忽然一现，捆仙绳收紧，责问杨昭："那'法力威天'的同伴去了何处？"

"我没有同伴，"杨昭咳了好几声，"是我一个人来的……"

宝珠看看水面，天兵如银浆溅起，从四面爬升到上界，又见苏奈退了两步，不由得惊愕地道："他们……他们说的难道是你？这是怎么回事？快与我说说！"

苏奈将前因后果道出。

宝珠愕然，随即道："你冒这么大的风险，便是为了阻挠天辅星渡劫？"她认真地道，"别说在地府的人肯定回不来，渡劫原本是好事，也不可避免，你不该从中作梗。"

那几个女仙也来拽苏奈："天兵马上要追过来了，快走呀！让姐姐送你回凡间。"

"奴家不走！"苏奈的衣裳都被拽得变形了，抱住栏杆不肯走，气愤地冲着宝珠嚷嚷道，"你说什么？你竟然说渡劫是一件好事！你先前沦落在山中，都那般、那般了，还不是被那什么破劫数所害。你一个神仙，倘若不是渡劫，也不至于受那般罪过！你却说这是好事，还想让别人也被折腾！"

宝珠被她清凌凌的眼睛触动，表情变得柔和下来，她叹了口气道："小狐狸，你听我说。此事有前因后果。我是天帝的大女儿，主司雷电刑罚，但因为从未离开过九重天，对想象中的凡人只怀有慈悲怜悯，缺乏防备之心。后世镜中预言，三百年后我将因为心软，放走了一个伪装成凄苦老妪的凡人，那人下界以后为祸世间，酿成大祸。"

"正是因为有这样的预言，我命中才会有一劫。"宝珠伸出手，掌中划过一线紫色的电光，"虽说受了些皮肉之苦，可却让我彻底明白凡人是什么样的，也彻底抹杀了我性格中不该有的恻隐之心，只有这样，我行刑才能公正，才能守护人间。我相信天辅星也是一样，有他不得不渡劫的理由。"

这番话将苏奈说得哑口无言，难道真的是她错了不成？

可是，她又不认识身为神仙的杨昭，她只认识那个鲜活的少年杨昭，还有小桃，还有黑犬……

"只要苏姐姐你不怕，山海我杨昭都能荡平。"

她的脑海中浮现出那少年褪去眉间飞扬的神采，面无表情地出现在云端上俯瞰她的场景，感觉一阵害怕，急忙晃了晃脑袋。她只喜欢活泼的杨昭，倘若变了泥胎木塑的杨昭，那还是杨昭吗？

苏奈一个一个地看过那些女仙的脸，问："你们都很喜欢做神仙吗？"

"那当然啦。"一个女仙道，"我们是天帝的女儿，生来便以承担神职为荣，我们想担负神职还轮不上呢！"

"他是天辅星，自会有人引导他。反倒是你，一个小妖，怎么敢不自量力，擅闯九重天！"另一个女仙说，"你还是赶快走吧，不要耽搁他，也不要连累自己。"

她们说着，又来拉她。

"可是杨昭不想做神仙呀！"苏奈大声道，"他与你们不同，他本就是凡人，生长在人间，人间是他的家，就像狐狸洞是奴家的家一样，他不想离开家，难道有错吗？对你们来说，做神仙是无上的好事，可对他却是惩罚，就因为要当神仙，就要他受尽磨难，失去最珍贵的人。要奴家说，那什么点将台也不讲道理，打过胜仗的将军那么多，就不能选个愿意当神仙的吗？为什么非要逼着一个不想当神仙……唔唔……"

她被一个女仙捂住嘴巴，用电弧狠狠地打了一下："你这小妖，竟然敢说点将台的是非！"

"他不愿意，就要抽去他的情丝……"苏奈颓然耷拉下尾巴，这种挨打认罚的时刻她经历过很多，就如丛林之中，在猛兽的阴影下夹着尾巴生存一样，"杨昭说得不错，在你们这些神仙眼里，凡人果然什么都不是。"

她自己找天梯继续爬！她扯正衣裳，转身就走。

女仙们面面相觑，敛声屏气，不知是哪里做错了。

宝珠道："就算我能帮你拖住一时半刻，你又能如何解决此事？"

苏奈忽然站住，抓住她的袖子："你有办法！你送奴家去三十三重天，找大神仙求情。"

"神尊？"宝珠的表情变了，"你当真要去找神尊？可是九重天上，没有一个人见过他。"

苏奈轻描淡写地说："奴家就见过他。"见过化身，应该也算是见过吧。

红毛狐狸挠了挠脸。

"奴家还跟他很熟呢。"她又道。六个女仙都睁大了眼睛，以眼色相互交流。

有毒公子都抱过她两次，应该勉强算熟吧。苏奈的尾巴甩动两下，有些心虚。

总归大姐姐说过，越是高位的神仙，越是注重功德，不会随便制造杀孽。狐狸精的命也是命。何况她现在还是一只没做过坏事的狐狸精……

看着宝珠仙子迟疑的表情，苏奈从袖子里取出那两颗佛珠，递到她的眼前："神尊跟奴家说过，遇到事情可以去找他，奴家就是这样上来的。不信你瞧。"

宝珠的指尖方才一触到佛珠的金芒便缩回来："可是……"

苏奈仰头道："你是不是欠奴家的情？是不是说了要还？"

"好吧，我们走吧。"宝珠拉过苏奈的手。

"宝珠儿，你疯了！"天女们纷纷阻拦，"我们是没有能耐去到上界的。何况私闯三十三重天是重罪，你不怕父亲的责罚？"

"我意已决，自有办法。你们也按照我的吩咐去吧。"宝珠说着，挥袖荡平天池水。

在合拢的影像中，她瞧见那个少年脸贴着地，几乎痛得变了形，像只被捆仙绳折磨得奄奄一息的羔羊，却不肯说出同伴在哪里。而那只小妖敢爬三十三重天，为他讨还一个公道。

正因为她见过凡人的阴私、凡人的懦弱，凡人之中，有情有义者，才显得格外珍稀。

天帝正欲行刑，他身后的光晕中，忽然钻出数只飞舞的白鸟，又变成了六个貌美的女仙，喊道："父亲！父亲！"

天帝按下玄剑，看着六个女儿同时出现，略有不满，但仍然慈爱地问："何事大呼小叫？"

"有人私闯天池！"

"你们未曾阻拦吗？"天帝问。

"女儿们应付不来！"

离得近了，才看见她们发髻凌乱，衣裙破烂，神情委屈，似乎经过一场恶战。难道那么多天兵制不住一个人吗？天帝大怒，目光如电，持剑点地，携金童玉女化一道紫光登天而去。天女们跟在他的身后。

跪在杨昭身旁的祁之褚悄然抬眼，看见跟在最后的那名小女仙回过头，双手结印，给趴在地上的杨昭悄悄地施以甘霖。

祁之褚感到十分意外，悄然双手合十以示感激，那个女仙微笑着点点头，眼神狡黠。

"那只狐狸，好厉害的狐狸精！"祁之褚惊讶地道，"从哪儿搬来这么多救兵，连天女都被蛊惑……"


宝珠仙子已经变成一只通体洁白的大鸟，两翅展开，她对苏奈道："抓紧我脖子上的羽毛。"

苏奈抓得十分熟练，她的二姐姐真身是一只五彩斑斓的野鸡，从前也这样驮着她逃命。白鸟直冲云霄而上，苏奈只觉得罡风袭面，被吹得睁不开眼睛，混沌中已经破升好几层。

果然比天梯快得多！

但随后又被无色的雾霭境困住，眼前丝丝缕缕的云雾像鸭绒一般充斥整个境中，不见来路与前路。

宝珠像迷路一般谨慎地徘徊，苏奈也有种不寻常的感觉。尾巴毛根根竖立起来，皮肤隐隐发痒，因为一种莫名的恐惧，浑身战栗起来，直到耳边听到一声微弱的噼啪声。

云雾中布满了紫色的细小电弧。

"不要乱动。"宝珠道。

苏奈连头发丝都僵住，浑身颤抖着，哪怕一个动作不慎，都可能被劈成焦灰。

说时迟那时快，宝珠拍出如雪浪般的翅膀，只见云雾中所有的电弧如奔鱼一般自四面八方朝她涌来，翅膀一翻，无数电弧忽然汇成一道无比明亮粗壮的闪电，如刀裁布一般劈开天穹！

红毛狐狸的毛发狂舞，眼珠被电光映亮，被这一幕所震撼。

不知是不是耗费了太多法力，宝珠的喘息声愈发沉重。

雾霭竟像合拢的花盏凋落在她们身下，很快又被卷入电闪雷鸣。

宝珠也没有来过这重天，以至于毫无防备。狂乱中，两个人如同巨浪中行船，被吹得东倒西歪，在乌云上不住地撞来撞去，发出阵阵惨叫。

白鸟一个跟头栽倒在云头上时，苏奈用尾巴护住了宝珠的眼睛，尾巴尖差点磕碎，自己也从鸟背上直挺挺地摔了下来。

苏奈艰难地摸出一枚佛珠，佛珠在昏暗中发出一线微弱的光，指向前路。

宝珠却哀鸣一声："糟了。"白鸟迅速缩小了一圈，苏奈看到她颈上、翅膀上显出道道金色的法印，好像被牢笼套住一样痛苦地挣扎着，又缩小了一圈。

"你怎么了？"

"父亲可能已经知道实情，唤我回去。"宝珠说，"九重天的神仙，莫不听命于天帝，我恐怕不能再往前了。"

苏奈看了看头顶乱飞的神树叶："那前面……还有多远才能到三十三重天？"

"我也不知……从没来过这么远。"说话间，白鸟又缩小了一圈，化为人形坐在地上，宝珠咬着嘴唇道，"要不你随我一起回去吧，我有把握不让父亲怪罪你，上方还不知什么样子！"

"可是都走到这里了，感觉马上就到了……"苏奈见宝珠的脖颈上显出代表惩戒的法印，都是因为帮她，心中感到十分愧疚，将佛珠塞在宝珠的手里，"你回去吧。你要是责罚你，你就说是大神仙让你做的。奴家、奴家再试试，往上走走。"

宝珠见苏奈坚持，不再置喙，拉过她的手画一道符箓，随后用尽全力一挥袖，直将她拍到上层："保重——"

　　红毛狐狸就这么飞到了无尽的永夜中。

　　上下左右，无声、无风、无形，她衣服上的最后一丝云也消弭了。

　　她飘浮在这伸手不见五指的黑暗中，有如困在永劫牢笼。

　　苏奈感觉一阵心慌，低头，在一片黑暗中看到了自己心口燃着的赤红色的火焰。

　　这、这……她拍了拍胸脯。她的心着火了！苏奈手足并用，扑不灭火，向上挣扎着，眼前黑暗却无穷无尽。比黑暗更可怕的是只有她一个人，她叫了几声，连声音都被黑夜吞噬。

　　她用指尖探出藤蔓，那些藤蔓似乎感知到她的恐惧，疯狂地向上蔓延，将她的妖气吸了个干净，直截到了顶部。

　　顶部？苏奈侧头，感知着，藤蔓探了探，在那上面打个结，随后她化为火红的狐狸，沿着藤蔓向上爬去。

　　怘吓人，她一刻也不想待在这个鬼地方了！

　　然而这浓稠的黑暗像是要挽留她一般，她每爬一截，最下面的藤蔓便枯萎化为灰，消失在这永夜中。苏奈的瞳孔微缩，随后不顾一切地向上攀爬，心脏狂跳，眼前发白。

　　跑到最后，头顶出现了一道光，苏奈的腿一蹬，将自己抛飞出去。红毛狐狸重重地栽到柔软的地上，滚了两圈，直挺挺地摊在地上。她的指甲动了动，指尖上勉强冒出一丝嫩芽，又全然消失了。

　　苏奈嘴唇干裂，呼吸滚烫，浑身上下一点儿妖力也没有了。

　　她不禁在心中唾骂，又有一丝委屈，这个大神仙怎么住得这样高，让人连见他一面都要费这么大的力气！

　　苏奈缓了好一会儿，睁开眼睛，被这片色与光摄住心魄。

　　赤紫色云霞磅礴展开，如一双巨翼拱起，托举一方高高在上的琉璃天，漫无边际，深不可测，不知此间多大，多广。

　　苏奈翻身站起。视线颠倒过来。她将云霞踏在脚下，变成女身。

　　四面别无他物，只有通向琉璃天的肃穆云霞，若梦幻泡影，苏奈却仿佛听到苍生歌响起，听到世上千百种声音，水滴的声音、敲打木缶的声音、细碎祈愿的声音空灵地交织在一起。

苏奈抬头，云霞无边无际。与这方云境相比，她宛如一粒小小的尘埃。

刚抬起脚，苏奈脚上的布鞋的鞋底就掉了下来，被灼烧得只剩下半块。她再一摸身上，经过这一遭，道袍早就变得破破烂烂，衣难蔽体。

狐狸精可以滚草成衣，可她连一点妖力也不剩，又试了几下，再也变不出藤蔓，就连一件衣裳也没有了！这样前去，大神仙该不会觉得她没有礼貌吧？

苏奈想起从前季先生看她衣冠不整时那鄙夷的眼神、严厉的叱骂，裹紧了从欲界天女仙那里抢来的外衣，又缩回红狐狸形态。

神仙和凡人一样，破规矩多！

红毛狐狸拖着剑套，骂骂咧咧地朝那方琉璃天爬去。

狐狸全力穿行的速度快，再远的地方，跑起来不过咫尺之距。但在这茫茫云海中，路却好似走不到尽头，跑着跑着，苏奈忽然感觉自己双脚离地。

她猛地回头，只见剑套悬浮在半空中，内里隐有绮丽的光透出，直将她也带离了地面，苏奈赶紧拽住它。她的剑，剑成精了！

"瞧你那蠢样！"一道女声自头顶响起。

苏奈环顾，四周没有人，除了她便只有这把剑，是剑在说话。它似乎感受到了她的凝视，晃了晃剑身，随即猛地向下斜扎在云层上，又说话了："上来吧。"

这是季先生赠给她的剑，后来有毒公子也想要它，但最终没有拿走。苏奈从不知道它竟然会说话。

红毛狐狸拿尾巴尖小心地碰了剑鞘两下，又蹬了两脚，见里面没有钻出什么东西咬人，半信半疑地爬上去，抱住剑身。

随后剑如流星，带着哇哇大叫的苏奈直射琉璃天，最后划了道弧线，跌在云山脚下。

任凭苏奈怎么叫唤，它都不再说话，应当是用光了能力。

也没多大用嘛。苏奈用力踩了它几脚，随后仰着脖子向上看。

云阶蜿蜒而上，高约千仞，千仞之上，有一点明灭的星光。

怎么走了这么半天还是这样远，这个大神仙就非得住得这么高吗？

红毛狐狸将剑套拖着，开始冷着脸爬云梯。

苏奈一边飞快地爬着，一边数着，等她救了杨昭，她今天辛苦地爬了多少阶，到时便要采他多少次来还！

三百六十次……五百三十次……八百八十次……八百九十八……九百九十七次，九百九十八，九百九十九……

狐狸爪搭上了最后一节云阶，狐狸毛都被汗水打湿成一绺一绺的。狐狸上气不接下气中，感觉一阵扑面的寒冷。她哆嗦了好一会儿，一骨碌翻了上来，眼中的光却因为失望而骤然熄灭。

这云山上面光秃秃的，并无法殿，也没有人，只有流转的云。方才在下面看到的那闪烁的亮光正是这些彩云在流动中产生的华光。

苏奈感到一阵心慌，难道大神仙不在这上面？她再回头看去，来路布满灰色的爪印，直将那彩云点染得斑斑驳驳。苏奈抬起脚看了看，一阵怒火涌上心头，她也没这么脏吧。

她顾不得形容狼狈，化了人身，捏着最后一颗佛珠高高对着四个方向，指望它能指指路，佛珠却越缩越小，最终在她手中融化消散。

"有毒公子，你肯定在里面……"苏奈一头挤进那些彩云中，她不信！

那通天的云彩宛如接踵摩肩的巨人，用冰冷的臂膀将她推来搡去，眼前一片模糊。她又冷、又饿、又痛，苏奈险些被挤成一张饼，她终于受不了了，两眼冒出绿光，拔出那把剑，仿佛有一道红光伴随着几颗火星冒出，那怒火顺着胸膛流淌到了剑上。那些带着冰冷湿气的云彩为之所慑，纷纷向两边散去。

眼前是一面接天的云幕。中间有一个云气流转的漩涡。

苏奈在西山下的坟场见过这样的云幕，只是比它小得多。当时她与杨昭尾随着送礼物的小妖怪，得以进入有毒公子的领地。但当时那禁制是怎么解的来着？

苏奈两腿打战地凑近，用左手手指在上面迟疑地画了个圈，又试着画了个十字、一道闪电、一个"王"字、一个"正"字……

云幕寂然不动。

苏奈浑身颤抖着，连尾巴尖都像触电一般竖立起来，她自小到大从没来过这么远、这么冷的地方，将自己弄得这般狼狈，还不知杨昭现下如何，她的那个男人是不是已经……

红毛狐狸颤抖着攥紧手上的剑，退后两步，以全身之力照着那面墙毫无章法地一阵乱劈！

叫你不开！

剑与本该柔软的云墙相接，却如金石相触，发出刺耳至极的嗡鸣声。

两道红光如蛛丝一般在这云幕中蔓延，只听两声闷响，整个云境竟然震天动地地摇晃起来，苏奈的身后云雾斜飞，像逃命之雀。她反应过来之前，已经乱砍了几剑，然后才跳着脚，想要离开这左摇右摆的坍塌之境，却已经无路可逃。

云幕自上而下，雪崩般坍塌。

那云浪砸下来时却并没有重量和气味，眼前如雪雾倾下，白雾倒转。

苏奈咳了半天，睁大眼睛朝那白雾的后面看，眼中倒映出两束神异的光。

眼前是一座殿堂，长满高高低低的金莲，有的已经盛开，轻轻摇曳。

殿内的墙壁与顶上金碧辉煌，绘制这十罗刹，皆为凶神恶煞、怒目圆睁之相，仿佛挤在头顶的乌云，俯瞰她，镇压她，令她瑟瑟发抖，不敢再向前一步。

最后一缕云气也飘落下来。那苍生歌的声音更加明晰，更加滞重。

满地金莲之中簇拥着的真身端坐，看不清面容与衣饰，只见一手拈花，洁净如玉塑。金光勾勒出那人的轮廓，锋芒如烈日难以逼视。他衣上悬垂着万千条金灿灿的锁链，向四面八方高高吊起，一时让人分不清那是锁链，还是漆金的发丝。

剑上的余波颤动那些锁链，令其发出一阵阵细小的铃铛声，在这殿堂中却成了刺耳的嗡鸣，在耳边震荡不止。

那个人便缓缓地睁眼。金色的长睫毛分开，如蝴蝶破茧，暗中生辉，静静地凝望着苏奈。

这是一双难以形容的眼睛，其中似乎有白雪覆地之苍凉，又有江河流转之博大，剔透如琉璃，蛊惑如魅女，单纯若赤子，慈悲似母亲。

"奴家……"苏奈愣愣地仰望着他，持剑的手抖个不停，自以为声音很大，发出的却是蚊蚋之声，"你……你……找你好辛苦。"

她内心急得跳脚。呸，说的什么玩意儿！她是想问他是不是神尊，还要让他去救杨昭，可是在这般注视之下，她的嘴巴根本不听使唤，眼睛也无法挪开半分，只能感觉到心脏一下一下地撞击着胸腔。

"神尊……"她张了张口，"杨昭——"

一阵柔风自那内殿吹来，如一只手轻轻拂过苏奈的发顶。

分明没有人声，可她心中却立刻收到了神尊的回应："我知晓了。"

这就知道了？

"可是奴家还没说话呢！"她急切地踏出一步，被骤然涌起的金莲逼得向后挪移了好几步，她趴在金莲上、仰着脖子狐疑地喊，"你、你真的知道了？"

自神座向下望，只见狐狸胸膛内燃烧的烈火，火焰炽红，艳得几乎有几分妖异，令殿内所有灯盏都黯然失色。

神尊不免凝视着那团火光片刻。若是没记错，他们已经见过四面。

第一次，狐女伸出指爪欲对书生不轨，凶恶的影子投在破庙的墙壁上，灵山府君隐在帷幕之后；第二次，狐狸从塑像金身上摔下，正好掉进提篮童子手中的大花篮里，提篮童子眼梢一转；第三次，她惊慌地奔跑而来，迎面跳进释颜的怀里，抱个满怀；第四次，她在墙头仰望着独公子，双手掩耳，目盛明月。

今日正是第五面，万千生灵交错的面孔与欲念中剥离出一面，慢慢变得清晰，便是眼前的人发髻散乱，神情妩媚，衣衫褴褛，手持利剑。

千百年来，第一个到达三十三重天上，爬过九百九十九节云梯，闯到他面前的生灵。

苏奈趴在一堆金莲上，头上簪着一大朵花，那花经过独公子的手，此时芬芳吐蕊，每一片白色花瓣尾端都是尖角，像狐狸歪头思考时上扬的眼尾。

金芒之中，神尊的手忽然一动，将手中花枝点洒，他的动作极为柔美，但快得惊人。苏奈仿佛看到了水波内晃动的残影，但兽类感知危险的本能令她整个人凝在原地，动弹不了分毫。

大神仙在做什么？难道他要杀她不成？

她的脑海中一片空白。说时迟那时快，苏奈感觉一股难以控制的力量自右手的手腕倾泻而出，一条火龙转瞬间从她的剑尖奔腾出来，那绛龙的残影向前、向上，瞬间就将阻拦在前面的金莲灼烧成灰，直冲内殿！

苏奈目瞪口呆地看着空中烈火熊熊的大肉虫，她想收回手，却无法松开剑，眼看那条散发着火光的绛龙对神尊张大嘴巴，几欲吞噬。

她凝视着座上之人，口中发出她听到过的那道女声，不失得意、快意："佛前一金莲耳，也敢自尊为神，神界凋敝无人当如是……"

话未说完，片片花瓣利如刀锋，又带着水汽，束缚住它，令绛龙发出声声惨叫。

苏奈的手终于不麻了，将剑狠狠地扔了出去，在衣裳上擦了擦，转身便跑，对神尊交代道："奴家、奴家叫人去！"

这把剑中竟然藏有这么大的麻烦，季先生可害苦她了！想来大肉虫藏在剑中，送她上神殿，便是为了攻击神尊。细细算来，还是她将这东西带上来的呢。

苏奈觉得欲哭无泪，她的倒霉都传染到天界，传染给神尊了，这该如何是好？杨昭有难，她能来求神尊。这下连神尊都遇到了麻烦，她又该找谁呢？

先去找宝珠！

苏奈感觉到背后传来一阵灼热感，边跑边回头，毛发倒竖，那条绛龙竟掉头凶恶地冲她而来，还喷着烈火，火快着灼烧到她的衣襟。

只听耳边传来一声空灵的轻响，下一刻，苏奈的眼前便陡然切换了场景，只见纷纷扰扰的云雾擦着她的脸快速地向上飘。随后她才反应过来，她是被什么东西给弹飞了，正在快速下落。她向下一看，乌泱泱的城镇变得越来越清晰，脑袋里嗡的一响，挣扎起来，抱住一片云。

上次那个小和尚便是这样二话不说便弹飞她的。

苏奈心中有些空落落的感觉，还十分恼火，越是向下落，心情越沉重。

她费了多大力气才爬到三十三重天，可回来时却又是这般两手空空。

红毛狐狸坠落在一片树林里，扬起落叶无数，她拿衣裳盖住脑袋，半天都没有爬起来。

内殿之中，那如玉的手松开，一把漆黑的旧剑掉落在地。

金莲丛已经一片狼藉，但内殿冷寂至极，一如那只野狐狸精从没有来过的样子，只有那些细细的锁链震荡不休。

清脆的磬钟声穿过层层云雾，落下九重天。

无论是端着托盘的女仙们，含泪不语的宝珠，抑或怒发冲冠的天帝，都有一瞬间的愣怔。

片刻之后，只见云层中道道金光穿梭，九重天内负有神职的仙人，自四面八方汇聚至凌霄法殿。本该登上尊座的天帝却只是垂手站立于众臣之前，肃穆地望着屏风之上的祥云。

神尊降谕，这是一件多年不遇的稀罕事。

法殿云层上，文官武将分列左右，小声议论着。

"方才地动，感觉到没有？"

"那是自然，绛龙残魂现世，动静甚大，神尊叫我们来此，恐怕是想说这件事吧。"

"上古诸神叛军，大有死灰复燃之态，若真如此，并非我辈能抵抗的，恐怕是人间之浩劫。"

"之前查到双剑的来路，陛下不是命人从凡间取回来吗？怎么又闹上三十三重天？是叫哪一城的府君去办的？"

"是西洲府君。"秉笔道。

那西洲府君，祁之褚在身后干咳了一声，众仙纷纷回头，见他手握锁链走来，连忙让开一条路。锁链另一端是个穿素衣的妙龄女子，身量单薄，怯怯地低头。他提着的分明是个魂魄，身染地府气息。

其他人纷纷愕然，不知神尊命他将一个魂魄提上九重天，所为何事？

唯有被捆仙绳缚住的杨昭睁大了眼睛。吴捱香也瞧见了杨昭，满眼惊诧，人走过去，雪白的脸还侧向他。

两个人隔着众仙对视，半晌说不出话来。

杨昭见所有人汇聚于此，唯独不见苏奈，表情冷下来，问祁之褚："苏姐姐呢？"

"你快闭嘴吧！"祁之褚有气无力地道，"她可闯了大祸了。"

天界众仙，就连天帝都没见过神尊的真容，先被一只凡间的野狐狸精抢先窥见，实乃惊世骇俗。更何况，独公子慈悲，点化她修成烈火之心，她却拿这烈火把绛龙残魂给唤醒，险些咬碎了神尊的内殿，岂非恩将仇报？

小妖也不像那等能深谋远虑之人，恐怕是阴差阳错，遭人利用。

先前听神尊的口吻，这只野狐狸同他有旧情。但神尊与一只动物能有多深的交情，都这样撒野，定然不会再包庇她，要当场治她的罪，兴许当时已经成了灰。

唉！可怜那山野红狐才三百岁，心性未定，咋咋呼呼的，卷入神仙的是非却是倒霉。

杨昭还欲再问，祁之褚指了指前方。

天帝立在首位，承接住空中落下的青龙、绛龙两剑，放在金童玉女手持的托盘中。杨昭睁大眼睛，这不是他的剑，还有苏姐姐的剑吗？

他与吴挹香对视一眼，都感到十分恐惧。

"双龙残魂已经降服，镇于剑中，未成现世之劫。"

众仙都已经听见一道柔和的声音，若灵泉汇于顶，清凉得能涤去心中尘埃。

九重天众仙家中，有一半是由神尊亲自点化成仙，心中激动不已，一片肃然无声。

天帝道："残魂蛊惑凡人铸剑，以剑为身潜滋暗长，是各地守丞之失职；未能将剑拿回，是西洲府君之失职；让那只小妖上天，是寡人教女不严，导致出了这等纰漏，险些酿成大祸，请神尊于上见证，容寡人一一降罪。"

"非也。"那个声音缓缓地道，"守丞仅为地仙耳，无法感应神魂；西洲府君受我之命，才将绛龙剑留下；至于宝珠仙子和诸位天女，恩义两全，实在无可责罚。"

话音刚落，下面站着的天女们已经面露激动之色，小声欢呼起来，叫天帝反过身斥责一声，才又低头安静下来。

神尊道："此事归根结底，是独公子中途移交武曲天辅星劫数引发，再溯源，是我居三十三重天之上，却心念有二之罪过。我已为自己设好一劫。"

"神尊……"天帝不免感到惊诧，众仙家的议论声亦瞬间响起。

贪狼星君巨大而通红的眼睛望向杨昭："神尊何故要如此责怪自己？这分明就是天辅星君的问题。"

"不错，我等谁不是历劫方得飞升，但没见谁有这般问题的。"另一个人接话。

站在这凌霄宝殿内的文官武将皆已斩断七情，灵台明澈，看到那一双素衣的男女，不仅毫无恻隐之心，反而冷眼以对。那些冷冰的目光从四面八方沉甸甸地压下来，吴挹香咬着嘴唇，杨昭的表情冷硬得像顽石。

神尊道："杨昭与吴挹香上前来。"

580

锁链的声音叮当作响。两个人终于靠近，杨昭拉住了吴挹香的手腕，她也用冰冷的手抓住了他。

"杨昭，你可愿意做天辅星君？"神尊亲口问道。

"我不愿意。"杨昭考虑片刻，还是仰头，并无胆怯地道，"我不愿意，是为这一口气，因为这渡劫的安排有轻慢之意。我知道此身与你们相比，渺若微尘，可就算是尘埃，也不高兴被人摆弄。你们在天上有你们的生活，我们凡人却也有自己的日子。这些神仙说情爱不过累赘之物，要将其磋磨掉。今日神尊要问杨昭，杨昭便替凡人答，亲缘、情缘，在我心中是无价之宝，富贵长生我却不屑。"

吴挹香的脸上虽然带着胆怯之色，亦点点头，以示同意。

此言既出，众仙的喧闹如同炸开锅一般，纷纷指责其浅薄、短视、幼稚之至。

季尧臣站在其中，却将须点点头，沉吟着道："宣父犹能畏后生，丈夫未可轻年少……"

杨昭又哽咽着道："要抽去我的情根强迫我做神仙，不如先将我锉骨扬灰。不过到如今这步，我也不用肖想了。扰乱天宫因我而起，杨昭什么罪责都愿受，只求神尊，饶了苏……跟我同来的那只小妖，她是为了帮我的忙无辜卷入，她是我见过最善良的妖，最有胆气的妖！"

什么……小妖？

众仙家面面相觑，交头接耳："什么小妖？还有妖精掺和其中？"

"听说是一只狐狸精，她带着天辅星君闯上九重天，从欲界天偷了一件衣裳，还穿着她跑到了三十三重天上去了。"

"这！"听者险些晕厥，"是天眼九尾狐族的叛将？"

"非也，是个山野杂毛小妖，才化得人形，貌美体腴，不知从哪里来的，以前从没人见过。"

"当真爬上了三十三重天？一只野狐狸？"

"正是！那绛龙残魂便是她带到神尊面前的。"

一瞬间这个消息不胫而走，传遍整个凌霄宝殿，正是百年难遇之奇闻。

九重天将中唯一的狐族——通悟立在众仙中，只是撇了撇嘴。

他可是早就与那只野狐狸打过交道了。美貌少年的耳尖动了动，一双宝石般的靛蓝色眼睛望向身边的文昌君。

季尧臣目光严肃，一双手拢在袖中，暗自掐算。并没有死啊。

那只狐狸此时此刻正穿梭在凡间的树林子里，活蹦乱跳，他的眉头这才松开，略微松了口气。

但听闻周遭窃窃私语，什么"偷衣裳"，又有衣冠不整之类的流言，不免又蹙起眉头。难道苏奈还没放弃那个采补男人的志向，甚至采补到了九重天来？

文昌君一抖袍袖，严肃地道："那个小妖有名字，叫作苏奈，奈何之奈。"

苏奈让人这般轻视，他这个老师也面上无光。

周遭安静下来，文官纷纷向文昌君拱手致歉。他们在心中琢磨着这个名字，却不明白到底为何要记住一只野狐狸精的名字。难不成她对于神尊来说真当有什么特别之处？

神尊的回应却全然忽略那只小妖，只对杨昭道："确实是此劫不善，非你一人之过。"

"难道神尊要听从一个凡人的不成？"贪狼星君急忙道，"假如人人都有这么多理由，日后都推诿渡劫，如何是好？这种事不应怀柔，应该叫他入劫，再入劫，反复入劫，直至磨平他这脾性，愿意飞升为止。"

杨昭瞪向贪狼星君，后者带着轻蔑的表情看着他。

贪狼主权力，行事冲动，难免有偏激之见，但却说出不少仙家的心声。他们敬仰神尊，可对这个解决的方法未必心服。

神尊转而问道："贪狼缘何认定杨昭必须承担这个神职，而不是让别人来承担呢？"

贪狼星君一时语塞："是点将台点选他，证明他是合适之人。"

"点将台代表天地意志，却只勘天赋，难知心性、脾性。"一线光落在杨昭的身上，将他身后翻滚的煞气照映得十分清晰，又慢慢地将其吸收，"杨昭性偏执，为人刚硬，易行偏激之事，并非完全契合神位。点将台点选他，只是因为他是眼下所有人当中最契合的人罢了。"

神尊居然认为是点将台的错！

众仙家鸦雀无声。点将台代表天地意志，就连神尊也是在天地的意志中诞生，如今他却做出违背点将台的判断，正如子女悖逆父母，不免让人担忧，却也令人自惭形秽。

"我将再分化身，入天辅星之位。"那个声音平和地道。

众仙一起低下头。

神尊的化身法力纯然，自然比杨昭更契合，可以免除后顾之忧。但不断地分出化身，也令三十三重天上，最后的上古之神的力量不断削弱……但除此之外，似乎也没有别的办法。

神尊道："凡人因为法力低微，其言语难以传至天界之上，既然今日宝殿上有此声音，便说明问题早已十分严重，毋需遮掩。仙家渡劫本是为挑选天赋异禀、六根清净之人任神职，却不应行本末倒置之事。神仙以法力护佑苍生，正如天父地母慈爱万物，不应是镇压、勉强的关系。"

磬钟声如水滴入泉，清越入耳。仙人衣袂纷飞，自察灵台，于心底颔首。

"杨昭，"钟声中，那个柔和却十分平静的声音问道，"你不愿放弃与吴抿香的姻缘，倘若要你分出一半仙命给她，自此仙途断绝，莫能成人，你依然愿意吗？"

杨昭的嘴唇颤抖着，胸口剧烈地起伏："杨昭愿意！"

神尊又问："吴抿香，你曾经发愿为人，倘若与杨昭相守，此后不能为人，你也愿意吗？"

吴抿香急忙擦干眼泪道："只要能与郎君不再错过，不论是妖，是鬼，是稻草人，奴家都愿意！"

持盘的金童玉女讶异地抬起头，只见盘中两把玄剑立了起来，竖着飘浮于半空中。

"此双剑之中，需要两位剑灵者，日夜修炼屠龙，看守残魂，不得放其再出世。等残魂彻底陨灭之后，你二人可做回凡人夫妻。此罚，你们认否？"

杨昭与吴抿香对视一眼，几乎不敢相信自己的耳朵，如观音座下的童男童女，手拉着手相互看了好一会儿，方才跪下道："多谢神尊！"

两滴露水，带着花枝的清香，弹落至两个人的额心。

两个人的身形在一瞬间消失了。

那双宝剑上方却多了两个核桃大小的小人，身负柔光，盘坐在剑身上，形貌与杨昭和吴抿香相仿，仍冲着众仙家稽首。

众仙看着他们，不由得叹息地点点头。

"既然有剑灵镇压，此后这双凶剑化为法器，同出同入，不得拆分。"神尊又向那一对小人儿道，"既然是你们的父亲们以肉身打造的剑，本当属于你二人。如今，你们愿将剑交予谁，便是从此以后听命于谁。"

杨昭与吴抿香对视一眼，想都没想便道："我愿将我的剑赠与苏姐姐。"

若无苏奈，怎敢念想今日？

吴抿香也欢喜地道："奴家也愿将剑赠给苏姐姐。"

"什么情况……"

"怎么回事……"

凌霄宝殿上再度如炸开锅一般传来众仙议论之声。一双仙剑，事关重大，满堂神仙竟无良主，竟然落到一个山野小妖手上？这个小妖到底是何来头？

神尊似乎叹息一声，道："她如今是妖非仙，难掌此剑。文昌君。"

"臣在。"季尧臣连忙出列。

"你既然是昔日赠剑之人，便由你代为看管，待日后，看她的造化。"

那对金童玉女引着剑来，通悟一把抱过两把宝剑，看看这个，又看看那个，难掩羡慕之情。那只野狐狸怎么会有这么好的运气，一下子便得到两件法器，实在是气人。

十二扇金屏之下，七个天女，连同宝珠都欢喜起来。神尊既然如此说了，便说明苏奈好好的，并未受到什么责罚。此刻她恐怕已经回到凡间去了。

磬钟声尽，余音绕梁，嗡鸣之声缓缓散去。

众仙都安静地望向前方。

这绮户朱门，金屏翠扇，玲珑廊桥，珊瑚玉树，宝华穹顶，仍旧华丽万分，打扇的侍女们冰清玉洁，驻守的银甲武将胆气上昂，殿内却忽然显得空落冷寂，叫人有失落无依之感。

宝珠偷偷看去，对面的瑶池之上，无声无息，飘落白雪，不知是怎么回事？

天帝闭目捻诀四十九道，转过身来："神尊已经应劫去了，众卿散了吧。"

凡间却是烈日似火，蝉鸣如织。

街上卖抛饼的、挑担子的、卖货的、买绸的，人们穿梭往来，一派热闹景象。

一个丰腴娇媚的小妇人一只手捂着胸口，一只手大力拽着一条凛凛生威的大狗，艰难地穿过街市，引得旁人纷纷侧目。

苏奈用力叩响了郎中家的门。

门开了，那位郎中看上去竟然比先前老了好几岁，他先是看了一眼苏奈，又瞧了一眼狗，气得胡须颤抖着，又好像是激动得要哭出来："你们不讲信用，不讲信用！"

"不是说几天还给你吗？"苏奈擦了擦脸上的郎中唾骂喷出的口水，"奴家这不是还回来了吗？这也没超几天。"

"什么几天，得有两三年了！"郎中怒气冲天地喊道。

苏奈吃惊地掩口。

什么……两三年了？原来大姐姐说的什么"天上一日，地上一年"是真的……

此事一想起来，红毛狐狸便气得发抖。

她费了那么大力气去天上一趟，不仅到嘴的男人飞了，连剑也丢了，就因为看了神尊一眼，还没说话，她便被扔了下来，脖子上还多了一瓣金印。

不管是那草头神，还是祁之褚，还是神尊，都不是好东西，遇见他们会倒霉！

她以后要绕着走。

苏奈心想，待还了狗，我日后绝不再多管一毛钱闲事，要专心地在凡间做一只坏到底的狐狸精。

眼下，郎中蹲下来抱着狗道："你们到底带它去了哪里，把我家大黑折磨成这个样子！"

"奴家哪里折磨它了？"苏奈心虚地道，"借你一只黑狗，还你一只金狗，还不够好吗？"

她落下来不久，那只黑犬便紧接着从天上掉了下来，险些将她砸得吐血。

天宫走一趟，它毫发无损，只是饿瘦了些，浑身的毛尖变成了金色，好似镀了层金。

"什么呀，"郎中抱着狗哭道，"我只要我的黑狗，要什么金狗，你还我的黑狗！"

那只金犬吐着舌头，忽然发出浑厚的男声："主人，我好着哪！"

苏奈吓了一跳，连忙看向郎中，只见他动作骤然一停，双目圆睁，眼珠转向狗鼻子，像愣住一般。

金犬热情地舔了舔郎中的脸，毫无所觉："主人……"

只见那个郎中嘴唇一动，两眼一翻，在苏奈的叫喊声中，直挺挺地晕厥过去。

"你开了灵智，为了你的主人好，以后不要随便开口了。"将郎中拖回屋里，苏奈擦了擦汗。

"什么是灵智呀？"那只金犬还追问道，"我没觉得和以前有什么不同呀。"

苏奈禁不住感到一阵悲愤。开灵智，口吐人言，起码得修炼百年才能做到。这只狗上天一趟，都白得了一百年的修为，她却什么都没有得到，还把男人给丢了！

金犬开始用嘴拱郎中的脸："我该怎么办呀？"

"在他醒了以后，你学着像以前一样叫唤就行了。"红毛狐狸摆着尾巴，刻薄地说。

大狗哑了声，张了张尖嘴练习了两下，眼珠子转了转："我好像忘了以前是怎么叫的了。"

苏奈道："那你便闭上嘴，做只哑巴狗！"

方才她捏着郎中的鼻子，往他的脸上吹了口妖气，但郎中的年纪太大，双目紧阖，呻吟了半天都没睁开眼睛。苏奈等得不耐烦，尖锐的指甲一下一下地敲着窗台。

一狗一狐蹲在郎中的床边，中间泾渭分明。

金犬练习了一会儿狗叫，又开口："我不跟主人说话，能跟你说话吗？"

"你和奴家有什么好说的？"苏奈警惕地问。狗可是狐狸的天敌，之前这只狗追着她咬的仇，她可还记着呢！

金犬老实地道："哦，我想告诉你，你家可能被围攻了。"

"你说什么？"

586

"有很多死人抬着很多箱子去到一个洞里，泥地里留下好些道人的脚印和气味，他们是冲山上去的，那无头人还指给你看了。"

苏奈愣住。死人？箱子？她想起来了！

它说的怕是有毒公子派尸体们帮她将箱子抬到狐狸洞的那次。

那天，她不想尸体们上山引起苗珊珊的注意，便驱使无头尸体们将东西放在她新挖出来的墓穴里。路上，领头的无头尸体一个劲地往山上指，她还以为它是闻到真正的狐狸洞的气味了呢。

这只金犬什么意思？那天有很多道人去了山上？

苏奈觉得后背一凉，急忙问黑犬道："什么样的道人？"

倘若是路过的商队还好，就怕是什么斩妖除魔的臭道士去茬。大姐姐闭关没有出洞，山上只有那只臭猫一个妖怪，修为不高，还爱惹事。

"我也不知是不是叫'道人'。"金犬打了个喷嚏，"反正就是法力高强的人。"

树林内绿浪翻滚，红毛狐狸御风一般，满眼惊恐地狂奔。

苏奈先跳进她存放箱子的墓穴。凡间两年有余，墓穴内积了不少灰尘和蜘蛛网。她扒拉开蜘蛛网，将财宝留下，丹药和不知做什么用的法器挑出来，飞快地打了个包，背着包裹往山上跑，心怦怦直跳。

距离金狗看见那些道人这都两年了，那只臭猫……不会已经变成猫干了吧？

苏奈觉得心中一凉，脚下跑得更快了。

苏奈她们住的山是荒山野岭，没有石阶步道，在山野小妖看来，却有千百种路径。苏奈熟练地分花拂叶，一路穿行，忽然听见不远处隐隐传来说话声，瞧见了雪白的人影晃动，忙藏身在一片大叶子下。

还真的有人……是几个少年，他们身着白绢道袍，腰悬弹弓，脚踩云头靴，后背都有金线绣制的图案，那图案还有些眼熟。

阴阳八卦旗标志！

不是道人，是修士。他们穿着一样的衣服，是同一个门派里面的修士。

修士没给苏奈留下什么好印象。她遇到的修士，虽然躯体干净，但却没什么香味，好不容易有很香的，便是杨昭，还被他的师门给赶了出来。

他那些师兄弟还用火烧山开路，没有礼貌，还有一个修士拐走了二姐姐……

苏奈偷偷看见这几个修士拿着地图，站在树林中小声说话，便伸长耳朵。隔得很远，原本以为听不见什么，未料心念刚一动，那些声音却清晰无比，一字一句全都落进耳中。

"柳师兄和梦瑶师妹最后去的地方真的是此处吗？"

"不可能有错。他们失踪后，蒋师叔立刻派道人手持罗盘来寻，回去的人中，有一个人说，曾经看到过梦瑶师妹在山道上走，却没有追上。"

"可是这些年几番来寻，翻遍了山上，连片衣角都没找到，我看梦瑶师妹只怕已经……"

"别这样讲！那话本子中不是常说，山中别有洞天，说不定，梦瑶师妹和柳师兄就困在秘境中，等我们去救呢。"

"唉！说好一起去蜀地，他们为何要单独折返，师尊原本就病重，若是知道此事，只怕得因为伤心病更重了。"

"还不是因师尊的伤。梦瑶师妹整理师尊东西时，发现一本宗门秘册，还有罗盘，是那秘册上说此地藏有千年修为的蛇妖，妖丹大补。师妹一定是救父心切，想杀了那条蛇妖取了妖丹入药，这才以身犯险。"

"山上当真有蛇妖？我看连妖气都没有半分。"

"山中精怪，狡兔三窟，指不定我们现在就在它们的眼皮子下呢。"

说得几个人都打了个寒战："那我们还分头去找吗？不如就在此地歇息，等着师叔祖来吧。"

话音刚落，从头顶的树枝上砸下来一团冰冷黏腻的东西，砸在几个人的靴子上。几个人定睛一看，是一条花纹斑驳的蟒，正缓缓地昂起头，吐着细细的蛇芯子。

几个人像瞬间被一只冷手掐住脖颈，喊了一声"有毒"，连爬带滚地往山下逃。

那尾随其后的大蟒却慢慢地变僵，最后伏卧在地，变成了一条纽扣藤。

苏奈收回施法的手，气愤地啐了一口，迅速绕着古柏转了五圈，身影凭空消失，通过禁制回到她们姐妹几个的住地。

出大事了！她要赶快回去告诉大姐姐！

 588

苏奈从天而降，砸在草垫子上时，吓得在石窗边梳头的苗珊珊腾地一下站了起来，扭头一瞧是她，骂道："臭狐狸，你怎么越发神出鬼没了！还有，这是我的窝，你给我出去！"

听到苗珊珊的声音，苏奈松了一口气，但苗珊珊那副温婉的新皮囊，却是怎么看都不太习惯。

这只臭猫一直在换脸，苏奈都有些想不起她最开始长什么模样了。

"谁愿意落在你的窝里了？"苏奈嫌弃地掸了掸身上的灰尘和草屑，"脏死了。"

苗珊珊柳眉倒竖，继续拿一排鱼骨刺妖娆地梳她的长发，这副新皮囊的一头秀发又长又黑亮，比从前那些皮囊的头发都好，苗珊珊很是喜欢，需要天天梳理才不会打结。

"我问你，"苏奈赶忙问，"这两年有没有修士闯进咱们这里？"

"没有啊。"

"那山上怎么会有那么多修士来来去去？"

"哦，你说那些凡人啊。"苗珊珊不以为意，"一直都有人来，但那又怎么了？大姐姐的禁制不是那些凡人能轻易解开的，他们进不来的。"

"说起来怪你。"苗珊珊反倒抱怨道，"若不是你和大姐姐都不让我与修士为难，我早就把他们吓走了，就不会有这么多人晃来晃去，惹人眼烦。"

苏奈听得心中吸气，视线慢慢地落在苗珊珊穿得发黑、看不出本来面目的衣衫上。随后拔了一根狐狸毛，一道清洁术落在苗珊珊的身上，令那衣裳一亮。

苗珊珊的背后赫然有一个绣成的阴阳八卦阵，与那些修士的衣裳上的图案一模一样。

苏奈一阵眩晕："完了……"

"什么完了？"苗珊珊不满地转过来。

"都让你不要碰修士了！"苏奈冲她喊道，赶快将林中听到的话跟她重复一遍，"你惹了大祸了！你杀的这个女修士，多半就是他们要找的那个梦瑶师妹。"

"是不是……"苗珊珊咽了口唾沫，干巴巴地说，"那我已经碰了。你吼什么吼？谁叫你上次才说？"

"还有一个男人呢？"苏奈开始在猫窝四处翻找。

"这都猴年马月的事情了，我怎么会记得，可能早就腐烂了吧？"苗珊珊拦住苏奈。

苏奈已经揭开了井窖上的毛毯子，看到了下面垒着的一层白骨，只感觉两腿打战，手也发抖："我要去告诉大姐姐！"苏奈撒丫子便跑。

"大姐姐在闭关，你别去打扰！"苗珊珊忙从后面追上她。

苏奈在蛇洞前停下。蛇洞果然被一层薄薄的膜封着，无法进入。

白素每逢闭关渡劫时，便会用蛇毒封住山洞的入口，以免外界的打扰，直到她渡劫成功，自己出来，才会解除封存。只是大姐姐以往渡劫三五天就会结束，至多几个月也会出来。可这已经两年多了……

"大姐姐两年都没有渡完劫吗？"苏奈忍不住问。

"是呀。"苗珊珊轻飘飘地道，"她说了，这次是死生大劫，渡过则蜕尾成人，若失败了便是功亏一篑。"

苏奈听得打了个寒战。

洞中不住地有青色的光冒出来，将那蛇毒凝成的薄膜顶得鼓出来，像半个气泡。散出来的法力很是锋锐，像轻薄的刀片刮擦着她的皮肤。她站在外面都能感觉到，不难想象蛇洞内发生的蜕变有多么痛苦和激烈。

妖类渡劫时非常脆弱，不能中途停止，也不能被打扰。大姐姐是不可能出来给她们想办法了，看这样子还得靠她们来保护。

"这可怎么办？"苏奈忽然感觉一阵心慌。

以往都是大姐姐白素一手一个提着她和苗珊珊，庇佑着她们。这还是第一次，天塌下来没了主心骨。

"什么怎么办？来了打跑就是，几个手持法器的凡人，有什么可怕的？"苗珊珊道。

苏奈喃喃着道："我真羡慕你，你自我感觉这样良好，不懂修士的厉害！"

"我确实没见识。"苗珊珊抱着手臂，尖酸刻薄地道，"可凭什么你在外面逍遥自在，我却要留在这里守着山？"她忽然伸长脖子向苏奈的肩上嗅了嗅，笑着道，"真不知该说你倒霉，还是没用，又过了两年，竟然还是一个男人都没采到！"

虽然没采到男人，妖丹的气息却更加圆融了，不知用了什么法子进益了修为。苗珊珊感到有些失落，山下果然有很多好东西，上一次苏奈叫她，她就应该一起去的。

"你说什么？"苏奈捂着耳朵，假装没听见那句刺耳的话，耐心地道，"你想下山便下啊，谁拦着你了？"

"你以为是我不想下山吗？"苗珊珊气愤地继续道，"是大姐姐不知怎么想的，偏要设了一道禁制，叫我不能踏出山一步。"

苏奈道："那大姐姐可真有先见之明！"

苗珊珊冷冷地哼了一声，漆黑的眼珠咕噜噜地转向一边，泛出一线冷光："倘若我能下山，可绝对不像你这么笨，定能闯出一片天地。"

苏奈这次回山，可算将苗珊珊的惫懒日子打破了。

"你有完没完？"

"这到底有什么用？"

"你到底要干什么？"

这几日，苗珊珊被苏奈晃得烦不胜烦，她眼看着红毛狐狸穿梭来去，将各种法器放置在各个角落，连她的猫窝都不放过。

"当然是救你了。那些人说，过些日子有个什么师叔祖要来打我们。"苏奈凉凉地说，一把将趴在地上的灰色山猫提起来，"此事因你而起，你还有脸躺着？快去将这四张符纸贴在对面。"

苏奈这么紧张，闹得苗珊珊心里也紧张起来，一跃便化成人，边贴边问："臭狐狸，从哪儿搞来这些纸片。"

"什么纸片？这是防护符，万一有人来攻打我们，它可以帮我们挡下一劫。"

那箱子里，独公子给她的所有的法器上面都附了纸笺，说明了用法，怕她看不明白，还画了图示。

苏奈的脑海中浮现出有毒公子温文尔雅的脸，随即便是自己被一指头弹飞的惨状，她将符纸用力拍在石壁上，冷冷地说："都是拿我的男人换的。"

"男人给你换的？什么男人这样好心？"苗珊珊没听清，舔了舔符纸背面，将它贴在石壁上，"可别是贪图你的妖丹，故意对你好。"

苏奈啐她："你以为谁都像你一样？"

"臭狐狸，说起来，你这两年都去哪儿了，跑出去连个音信也没有。"苗珊珊有意想问出她修为的来源。

"我怎么知道会是两年啊！"苏奈惆怅地看着风中飘荡的符纸，"我分明是前天出的门，爬了九百九十九阶……就去了一趟三十三重天，脚还没踩实呢，又回来了！"

对面一点声音也没有。

苏奈扭头，只见苗珊珊神色奇怪地盯着她，过来半晌，苗珊珊扑哧一声笑倒在地上，原形都露出来了："什么？三十三重天？就你？"

"哈哈……"山猫笑得滚来滚去，"你上了三十三重天，那我还下了三十三重地哩！"

苏奈感觉胸口快被憋炸了，她盯着苗珊珊，尾巴尖都在颤抖："是真的！"

"哈哈……你知道三十三重天什么地方吗？那是神仙住的地方，连大姐姐都上不去，你一只小妖精，吹牛也不打草稿！"苗珊珊擦了擦眼泪，"苏奈，你其实是做了两年的梦吧？"

苗珊珊的笑声戛然而止，苏奈在她张大的嘴巴里塞了一大团狐狸毛，她跳起来，夸张地把狐狸毛吐出去，怒道："臭狐狸！你想打架？"

苏奈早就脚底抹油，狂奔出了猫窝："我去给大姐姐的蛇洞加防护——"

苗珊珊气愤地捋下了袖子，手上还有两张符咒，她犹豫了一下，还是舔了舔，贴在了猫窝的石壁上。刚贴上最后一张，那张她看不懂的符咒忽然从尾部向上燃烧起来，在片刻内便消失了，险些烧到她的猫爪。

就在此时，地动山摇！

苗珊珊的瞳孔缩小，她回头一看，只见方才贴好的其他三张符纸同时燃尽。

怎么回事？那只臭狐狸不是说，有人攻打她们，这张符纸才会燃烧吗？

角落里，之前被苏奈摆好的不知名法器似乎感应到什么，忽然张开一个光罩，将苗珊珊罩在里面。

苗珊珊捂着眼睛抬头，只隐约看见光罩外面的石壁，地上龙蛇出洞，虫蚁乱窜，俨然是慌不择路的模样。

难道……真有什么劳什子修士？

苗珊珊慌了，红毛狐狸真是走霉运！她不回来什么事没有，她一回来，修士便立刻上了门。

下一刻，一道金光霹雳当空而下！如巨斧，快而狠。只听那光罩窸窣破碎之声，随后光罩碎裂。苗珊珊被漏下的一击冲击得通身一麻，待她反应过来时已经坐在了地上，浑身的毛发耸立起来。

苗珊珊想喊苏奈，但发不出声音，在这巨大的威慑下，她手撑着地，勉强向后挪了挪。那金光霹雳还在猫窝的四壁流窜，苗珊珊愕然地看见石壁上用青鳞粉写就的文字一闪，正在一行行消失。

白素给她留下的那道"不许下山"的禁制被击碎了！

白素已经修炼千年，是四姐妹当中法力最为高深的，连她的禁制都不堪一击，那便说明来人的法力比白素还高。

那，那，那……也就说明，白素的门禁已经无法阻挡这些修士了！

又是一道霹雳，金光倾盆，苗珊珊已经不用喊人了。她那巨石凿成的猫窝被掀去顶棚，整个猫窝都被夷为平地，荒山野岭一览无余，她毫无遮挡地看见了站在巨大的蛇洞前的苏奈。

苏奈也愣在原地，转过身，和废墟中的苗珊珊大眼瞪小眼。

"啊——"

此时，天上悬浮着一座巨大的铜钟，好像将要给地面加盖一样。

铜钟震颤着，那金色的霹雳正是由它所发出。

不远处的一座山丘上，立有一名白须老者。他的道服飘荡，一手捻诀，一手将符纸飞出，掷在铜钟上，令铜钟不断发出音浪，轰击苏奈所在的那座山头。

这位老者正是清一仙宗的师叔祖，人称"定离道人"。他的身后躲着几名少年修士，都用草团堵着耳朵。

这座飞在天上的东皇钟是清一仙宗的镇派法器，其清正之声震动天地，可以肃清山水之脉，击溃妖邪法术。

金色霹雳把一棵参天大树击出个洞以后，被白素用术法隐藏的洞穴瞬间映入眼帘，那些弟子惊吓得退了好几步。他们看到了一座凭空出现的小石山。

雾气盈满，依稀可见盘踞着一条深绿之物，将石山包裹得严严实实。开始时，众人以为这就是那只修炼了千年的蛇妖趴在上面，可仔细一瞧，并非如此，只是石山上的藤蔓而已。

"什么藤？怎么这般巨大？估摸得有碗口粗细，你们见过这样粗的藤？是成精的藤吗？"

"不是精怪，就是草而已。"

话音刚落，那条藤上忽然有无数片绿叶支棱起来，诡异地上下挥舞，有张牙舞爪之态，又吓得那些弟子一阵叫唤："你们看啊！必然是藤精！"

石山之下，一处斜立的断壁背后，躲着噤若寒蝉的苏奈和苗珊珊。她们的身影和这座石山相比实在太小，故而没有被远处的修士发觉。

"臭狐狸，你是从哪儿弄出这么粗的瓜秧子的？"苗珊珊小声疑问。

方才猫窝被劈碎，眼看她就要被东皇钟的音浪劈了，便见苏奈在一息之间弹跳过来，把她拉出了危险的地方，还用藤蔓将大姐姐的蛇洞给包裹住了。

苏奈自己也很纳闷。以往她的确能借妖丹之力放出藤蔓，但放出如此长而粗壮的藤蔓却是第一回。方才她生怕大姐姐的渡劫被打断，情急之下放出这般丑陋的东西，放得太急了，还引得一股气在体内转来转去。

她蹙眉，拿指尖按着小腹，顺便拿尾巴抽了苗珊珊一下："什么瓜秧子，这藤蔓是我感悟出的法术！"

"你感悟出法术了？"苗珊珊毫不示弱，一爪子拍回来，"二姐姐不是说，我们妖精的法术，要么是火系，要么是水系，你这瓜秧子是什么？土系？田系？哈哈……"

两只妖龇着牙相互拍打了一会儿，又怕被修士所察觉，只好矮身躲着，愁容满面。

眼下，她们面临着一个抉择。是继续守着，还是跑？

苗珊珊力主逃跑，她连猫窝里残余的肉干都打包好了："这些修士连大姐姐的禁制都能破除，难道是我们能对付的？再不跑，只怕跑不掉了！"

苏奈道："他们是冲大姐姐来的。我们若跑了，大姐姐就倒霉了，你想看着大姐姐死吗？"

"那我们在这里也没什么用。"苗珊珊道，"要不你在这里守着，我下山叫人？"

苏奈看都没看她，一把揪住她的包袱。苗珊珊都没下过山，能搬什么救兵，别以为她不晓得，这只没良心的臭猫定是一去不返！

"那我守着，你下山也行？"山猫用力拽过包袱，不死心地道。

"再等等，看他们要做什么。"苏奈的心怦怦直跳，将藤蔓又加厚了一层。

万一这些人知难而退了呢？再不济，多拖一刻也有用，万一下一刻大姐姐就能渡完劫出来了呢？苏奈只能这样安慰自己。无论如何，抛下生死未卜的大姐姐，就这么逃命去，她的确迈不动脚步。

另一边，定离道人闭眼感受着满山的藤蔓，作出判断："此藤不是妖精，乃是有人施法做出的屏障。那条蛇妖终归是动物，把老窝遮挡得如此密实，定是因为原身正虚弱，不敢出来应战。要么是怀孕产子，要么是蜕皮渡劫，此乃大好良机，我们应当乘胜追击。"

他不再犹豫，取出一片符咒，两指连通首尾，掷了出去。

钟身震颤，一道金色的霹雳直奔小石山。

同时，苏奈突然感觉一股气涌进胸口。她忙捂住肚子。这股气将那本就乱作一团的气弄得更加活跃，她的肚子被撑得几欲爆炸，她一会儿摸肚子，一会儿摸脖子，不知道发生了什么，恐惧之下，掏出独公子送的药丸一口吞进腹中……应当能救命吧？红毛狐狸惊恐地哑巴着嘴巴。

药丸入腹，清凉无比，慢慢将几股气压了下去。

苏奈闭上眼睛，感觉化开的药丸像一只手，推着体内的力量在丹田缓慢地旋转，又引领它们如小溪一般流转过四肢百骸。她觉得通身舒适，那股外来的气却上蹿下跳，横冲直撞，很是烦人。她嫌弃地睁开一只眼睛，慢慢地操纵着自己的力量，围拢上去。

实在恼人——把它吞了！

苏奈只顾运气，没有发现远处的藤蔓上也同时发生着变化。

只见藤蔓上星星点点地生出许多花苞，那些花苞随后绽开千百朵白花。漫山盛开的花朵宛如张开的小嘴，音浪还未袭到山上，便拆成数缕，被它们尽数吸纳干净。

定离道人大吃一惊。他又拍下两符，东皇钟还在颤动，却一点儿声响也听不见了，山中只闻鸟语，仿佛清脆的嘲笑声一般。

"这是怎么回事？"弟子们窃窃私语。

"不是说东皇钟可以肃清妖邪吗？这藤蔓既然是妖术所变，应该立刻炸开才是，它竟然不怕，还能将音浪吸收！"

断墙背后，苏奈和苗珊珊望着那些花朵，兴奋得交握双手，挡住了！

苏奈是头一次知道她的藤蔓还能开花。

她闭目推着体内的气盘绕着妖丹旋转，睁开眼睛，果然又有更多的花朵徐徐绽开。

好美呀！红毛狐狸两眼惊奇地望着花海，发丝被风吹动。

"臭狐狸，你方才吃的是什么好东西？"苗珊珊忍不住问，"怎么一吃便这么厉害了？还有没有，我也想吃。"

苏奈便给了她一枚药丸，还没叮嘱，苗珊珊便抢过去一口吞下，随后捂着肚子，神色十分痛苦："我怎么感觉有股气在我的肚子里乱跑！哎哟！"

苏奈将手放下，怜悯地看着这个馋嘴东西，活该！

那定离道人却又发难。他扔出符咒，精准地擦在东皇钟的边缘，音浪的形状也与前次不同，形如弯弧，斜削过来，一下便自根部削落了一大片白花。

定离道人继续削掉其他地方的花朵。他是顶级的音修，能以最精准的手法控制东皇钟的声响。

苏奈见自己制造的藤蔓的花被大片大片地削落，心里十分焦急，闭目感受丹田，只想像刚才一样把音浪吞了。只是那股气却变得诡谲至极，横冲直撞，无法将它捕捉，她一着急，竟然连花苞也结不出来了。

苏奈怒不可遏，一仰头，一口气吞了三颗药丸。随后，红毛狐狸只感觉自己的怒火滔天，围绕着妖丹旋转的气也磅礴而起，仿佛一个站起来的巨人，鼓起两腮，直接将那音浪吹出体内！

"那黑黑的是什么东西？"清一仙宗的弟子们喃喃着道。

那藤蔓上又密密麻麻地结出花苞，这些花苞却比刚才更大一些，怒放的每朵花中央都含着一枚圆滚滚的黑色果实。

音浪刚要靠近，便被花瓣一卷，给抽打回去，不等众人反应，那些花朵纷纷合拢花瓣，又猛地张开，将那些果实喷吐过来！

漫天黑色的弹珠迎面砸来，弟子们连忙挡住脸，向后撤去，只听爆炸声四处炸响，那些果实落在地上炸开，放出一簇簇像狐狸又像犬的火球，追着他们的衣裳撕咬，火舌卷到衣裳，弟子们慌不择路，拍打起衣裳灭火。

就连定离道人也十分狼狈，左右躲避，拍打着衣裳。

对面那藤蔓上又耀武扬威一般，结出一批新的果实，一起对准他们。

有人扛不住了，说道："师叔祖，这条蛇精有此藤庇护，不惧东皇钟，再缠斗下去，只能是两败俱伤，万一伤及梦瑶师妹……"

"天真如斯！"定离道人说，"梦瑶是我的侄孙女，我如何不心疼？你们瞧，蛇妖连我都对付不了，她一个小辈，更大的可能是已经成为蛇腹中的骸骨。今日我们不是来寻梦瑶，而是给梦瑶报仇的！"定离道人缓缓地判断，"我想此藤并非妖术，而是仙术。"

"是仙术？"众弟子觉得十分意外，"难怪它无惧东皇钟！可是这只蛇精怎么会仙术呢？难道它已经修炼成仙？"

"龙、蛇原本就是上古灵兽，再加上千年的修为，本就胜人近仙，会几个仙术并不奇特。"定离道人冷笑着道，"就算是仙术也并非不可破解。尔等且看！"

他说着，压住左边被烧得破破烂烂的衣袖，左手两指并拢，指尖生出一道泉水，譬如银线，泻入对面的山头："引水诀！"

但凡天地灵植，没有不喜水的。那些藤蔓如同干渴已久的婴孩，遇水则不停地吸收，原本有些萎靡的藤蔓重归丰满，叶片挺立，花瓣舒展，亭亭玉立。

但定离道人却不停下注水的手。

苏奈变出来的藤蔓还在拼命吸水，越吸越饱涨，花盏终于撑不住沉重的果实，果实纷纷滚落在地，再也冒不出灵火。不久，吸饱水的花朵也都因为太重而掉下枝头。

苏奈本人也被呛了一下，感觉自己仿佛被按进水池里，快要溺毙，她两手掐住喉咙，吐出了一线水。红毛狐狸开始不住地向外吐水。

此举吓坏了刚刚融合丹药，坐起来的苗珊珊："臭狐狸，你这是怎么了？"

苏奈一边吐水，一边骂骂咧咧的，想要运气，却被折磨得无法凝神，气得直拍地，这个臭道人想用水撑死她！岂有此理，岂有此理！

定离道人又捻诀画符："清一无名，追根溯源，灯烛既明，身形速现！"

苗珊珊战战兢兢地指着苏奈："……你亮了。"

苏奈倒吸一口冷气，眼看自己的手上、腿上，周身冒出红光，宛如大灯一般明晃晃地发着光。她觉得头皮发麻，当机立断，一爪子将苗珊珊丢到了远处，自己则化为原形，跃进另一边的树林中。

暴露身形，便意味着暴露在捕食者的眼皮底下。苏奈能感觉到那种被无数双眼睛盯着，头皮发麻的恐惧感，她毛发竖立，用尽平日里逃命的本事，在林中左右撒疯般横跳起来。

"师叔祖，它跑得太快，我寻不准它！"众弟子的弹弓也跟着挪来挪去，直教人眼花缭乱。

他们已经听到定离道人的号令，摘下腰间的捕灵弓，对准藤蔓的主人。此弓以捕灵树果实为弹子，一旦射中目标，果实便能张开大网，将目标捉住。眼下射出去的无数弹子却全都浪费了。

定离道人感到有些意外。他的目标原本不是这只小妖，他原想以此术法令蛇妖现身，以便确定它在洞内的位置，却没想到控制藤蔓与他们相斗的却另有其人。

方才那一瞥，分明是个坐在石壁后面的年轻女子，身后还有一条大尾巴。

狐狸精？会使仙术的野狐精？闻所未闻，见所未见……

"将她捕获！"无论如何，只要将狐狸精制住，藤蔓必然退散，届时就能顺利攻入山洞，生擒蛇妖。

无数弹子从天而降。红毛狐狸一边吐水，一边乱窜，勉强发力维持着藤蔓，慌不择路，连骂人都顾不上了，只感觉自己分裂成了好几份。

定离道人维持双符的气力将尽，鼻孔流出血来，手开始颤抖，不免气急败坏，什么狐狸精这般厉害，十个修仙弟子加他一个半仙，竟然对付不了！

那现身符先坠地，随后引水诀消散，定离道人后退几步，险些栽倒。

苏奈松了口气，像死了一样趴在地上喘息，口中又吐出一线水。

定离道人抓住了机会，只见那皱缩的藤蔓上露出一线缝隙，定离道人不顾弟子们的搀扶，强撑着从袖中持符击钟！音浪旋转着，金光霹雳自那缝隙精准地切进石壁。

苏奈的瞳孔一缩，浑身僵硬。

598

幸好……幸好那里只是外部，大姐姐渡劫应当在石洞的最里面。她虽然不至于被劈到，但一定受到了干扰。

苏奈挽起袖子，缓缓地运气，怒而开花、结果。

跟你们拼了！

清一弟子连同定离道人一起，目不转睛地盯着那座小石山，目光中有几分期待。

方才音浪分明已经劈了进去，可是等了许久，风平浪静，就像什么事也没有发生过一样。

怎么会毫无反应呢？只要那条蛇是妖精，只要洞中有妖气，至少也会劈裂几块山石才对。

定离道人颤抖着取出一张符，还要再击，天地间忽然银光一闪，寂静中，空中自上而下忽然出现两行血字，字迹劲瘦冷厉：清一无名，天地为盾，万妖百鬼，悉数退散！

随后，众人的瞳孔紧缩，只见方才击入石山中的那道音浪忽然原封不动反射回来，金光霹雳迎面而来，将所有人都轰到了崖壁上。

苏奈目瞪口呆，看着毫发无损的蛇洞，又看看倒了一片的修士，她，她还没出手呢，这是怎么回事？

"快去看看师叔祖还好吗！"弟子们勉强爬起来。

众人的臂弯中，定离道人的眼睛瞪得圆滚滚的，满是不可置信之状："怎会……是定……一……"他吐出一线鲜血，昏厥过去，只剩那些少年们面面相觑。

"定一，这是什么？"

"慎言，是师祖的法号，师祖号'定一道人'，他是清一仙宗开宗立派之人。"

"师祖？怎么会？难道师祖在这处石洞里，所以才回击我们？"

"怎么可能？师祖他已经仙逝了很多年，就连师祖的身份也是他仙逝后由师尊追封的……"

"若真的是师祖，为何要攻击自己人？肯定是这只蛇妖施了什么妖法。"

"没错儿。"

无论如何，为首的定离道人既然已经倒下，弟子们只好将他背着，打道回府。

众人都受了伤，衣衫褴褛，真是灰头土脸。

"伤了师叔祖，我们哪里有脸两手空空地回去？"有一个少年气愤地道，"我们去对面的林中，捕获那只结藤的小妖，抓回去细细审问。"

众人点头称是，有几个人不甘心，自发出列："走，我们这就去！"

对面的石山下，却忽然传来一声细细的呼唤。

那个少年侧耳倾听，不敢相信自己的耳朵："慢。"他指向远处，难以置信地道，"梦瑶师妹？"

身着一袭白袍的梦瑶果真就站在石洞下的山雾中，风吹得她衣袂翻飞，显得单薄无比。

"梦瑶"扯着裙摆，边喊边往这边走来："你们可是我门派中人吗？"

"看那里，是梦瑶师妹！"

"果真是！梦瑶师妹还活着！"

"苗珊珊！"苏奈难以置信，小声急促地道，"你疯啦？你在干什么？赶快回来！"

苗珊珊扭头瞥了苏奈一眼，见苏奈的丹凤眼内满是急切和担忧，有些意外，没想到这只臭狐狸对她居然这般情真意切。

"你这个表情做什么，我又不是为了救你。"苗珊珊小声道，"你不觉得很好玩吗？他们还以为我是他们的师妹呢，我要下山去闯一闯。"

方才吃下那枚丹药后，她的妖力和神志都更进一步，妖气融合得也更加圆融，只有淡淡的气味。苏奈随手给她一枚丹药都这样厉害，可见山下的好东西真的很多。苗珊珊在这座山上已经待得十分厌倦，方才想到这个主意，她简直佩服自己！眼下正是天赐良机，她岂能忍住。

"哪有你想得这么简单？"苏奈急得直捶腿，"你不知道有多危险！他们会杀了你的，快回来！"

"呸！你又咒我。你这么笨都可以，我肯定也行。"苗珊珊道，"不管了，我要去了！"

苏奈眼睁睁地看着她顺着修士们放出的藤桥走到了那些弟子中间，心都快跳出来了。

"你们是清一仙宗的修士吗？"苗珊珊看看这张脸，又看看那张脸，尽量像个少女一样小声说话。

听到他们叫"梦瑶师妹"，她便啜泣起来："我只记得，我是来采蛇妖的妖丹，没打过那条大蛇，反而被捉住。它将我囚禁在蛇洞内，百般折磨，叫我说出清一仙宗的秘密，我不肯，它便强迫我吞了一只猫妖的妖丹，我只怕现在已经不是人了，不知变作什么奇怪的东西。"她说着，手掏喉咙，作势欲呕，"我不想活了……"

"梦瑶师妹！"几个人连忙抓住她的手，安抚道，"这都无妨，只要你活着就好，快随我们回去。"

"是了，回到宗门中必有办法。"

"我来背你吧。"

苗珊珊被袖子遮住的脸上露出诡谲的笑容。

看看，不就是装人吗？她怎么会比苏奈差？

苗珊珊趴在一个弟子身上，被他背着向山下走去。她最后回头看了一眼那座生养她的苍山翠岭。一片绿意当中，一个娇俏丰满的人影还站在那里看着她，慢慢变得越来越小，苗珊珊在心中嗤笑这只臭狐狸真傻，随后又有种说不出的滋味，又不是不回来了……

等着吧。她不下山则已，一下山一定会更厉害。至少不能再当姐妹中最弱的那一个了。

苗珊珊再回过头，眼中的怅然已经被兴奋取代。


露水打湿苏奈的裙摆，她环顾四周，只听见山林被风吹得簌簌作响。方才还热热闹闹的，可转眼就剩下她一个人。

大姐姐保住了，可是苗珊珊又丢了。臭猫非得作死，拦都拦不住。

苏奈抱着膝坐在溪边，呆呆地看着溪水流淌，感觉脑袋发涨。

这山谷溪流，一草一木都这般熟悉。

看到它们，苏奈便能想起她与苗珊珊还未化形的时候嬉戏打闹的场景。

一个念头忽然击中了她：再也回不去了。

再也回不去了。可是，这是什么意思呢？

她们姐妹几个人，便像眼前流淌的几条溪水，分别奔向不同的地方，只能向东入海，没有逆流之时。就像此时，她能清楚地想起百年前自己未化形时的模样，却变不回去了，苗珊珊也不可能变回去。

未来的路，她可能是孤身一个人行走，又或者说，所有的人或妖，其实都是孤身？

红毛狐狸按住脑袋，感觉脑壳痛。

她忽然想到有毒公子曾经问她的问题："你想做人，还是要做妖呢？"

这遥远的抉择忽然变得清晰起来，堵在她的喉咙口。

她也没那么想做人，但若做妖的话……溪中浮上一条死鱼，那味道令苏奈捂住嘴巴，暗暗作呕。未化形时，这种被砸死的生鱼是她最爱吃的零食之一。

苏奈一尾巴将它打进泥坑里埋起来，随后赶紧在溪水中洗了洗尾巴尖。

水中倒映出她的人形。小妇人的脸颊绯红，头发乱得像杂草窝。

苏奈难以忍受，赶紧将发髻拆了，梳洗干净，重新挽个发髻，把花簪好，再小心地插上一根造型别致的树枝做钗子，才终于满意。

苏奈捧着脸，呆呆地看着自己的倒影，大尾巴摆来摆去的，心中久久无法平静。

她好像也无法完全做一只妖了。想到此处，她悲从中来，忽然觉得很孤单，仿若无所凭依。

她想起大神仙的眼睛，大神仙虽然可恨，但那双眼睛是她见过的最美的东西。若能扯住他的衣袖，看着他的眼睛，倾诉一下就好了……最好，倾诉完了，再给她采补一下。采了大神仙，那得变成多厉害的狐狸精啊，就不会这么容易胡思乱想了。

苏奈越想越远，只听到一声轻响。

苏奈一摸头上，果然是她的花掉进了水里！她倾身去捡，却见它迅速地生根长叶，重新长出水面，花盏里有一只没来得及游走的小虾在里面惊恐地乱蹦，溅得苏奈满脸是水。

红毛狐狸僵在原地，拿袖子擦了擦脸。她嫌弃地将花一倾，把小虾放走了。

这样一来，思绪却全然被打散了。

苏奈瞅了瞅白花，大力把花给拔了出来。有毒公子送给她就是她的，不能便宜了溪流。她准备移栽在自己的狐狸洞里。

就在这时，蛇洞内传出异响。

一个模糊的声音呼唤道："奈奈，你进来。"

大姐姐！是大姐姐醒了，那封洞的蛇毒已经消失。

苏奈连忙揣着花，跑进蛇洞。她有很多疑问要问大姐姐，还有方才发生的一切，比如那凭空出现的血字符咒，还有，要把苗珊珊的事也告诉她。

苏奈一进去便屏住呼吸。她看见蛇洞的石壁上，遍布深深的刻痕。那刻痕闪烁着亮光，镶嵌着从白蛇身体上弹射出的蛇鳞，那闪闪的光便是蛇鳞发出的。

地上也全是碎鳞和血迹，蛇洞内，奇异的腥味和一种幽香纠缠着。

苏奈以往也进过白素的石洞，可却没有如此刻一般，如此这般感受到白素的狼狈与脆弱，她不禁咽了咽口水，指尖发抖。

在白素的居室内，苏奈惊讶地看到一只巨大的茧。

只有蝇、蛾才结茧，可此时的白素却如弱小的飞蛾一般，困在透明的、青色的茧中。她的白色蛇尾上面已经全无鳞片，她两手撑着茧壁，头发和皮肤都湿漉漉的，竟是满脸泪痕。

白素平时以一副冷淡持重的模样示人，这是苏奈第一次见到她露出这样的神情，不免惊骇："大姐姐……"

"我没事。"白素道，"是我渡劫至一半，强行打开洞门，才会这样。"

"你还没有渡完劫？"苏奈惊讶地道，"那为何还、还……"

"奈奈，方才多谢你，若不是你，我恐怕气数已尽。"白素虚弱地道，"你听我说，我开启洞门是有事要拜托你。"

"什么事？"苏奈惊恐地问。

透过茧看大姐姐，苏奈只觉得她的面容有些变形，时而是她熟悉却又悲伤的样子，时而又变得陌生、冰冷、端肃，眼睛与往常大不相同。

"我遗忘了一件重要的事，任我如何想都想不起来，所以此劫迟迟无法渡过，俨然有失败的迹象。想我白素修炼千年，我不甘心！我想应该与被遗忘的事有关。事关生死，请你帮我寻来现世镜，让我瞧一眼，如果我能想起来，或许还有救……"白素的眼泪顺着苍白的脸落下，眼中满含悲伤。

"现世镜？"苏奈只觉得这个名字很熟悉。

祁之褚曾经给杨昭看过前世镜，上面有杨昭和桃树的前世。宝珠又说，天界有一面后世镜，镜中预测了未来发生的事。但这些都不是现世镜。

苏奈急忙问："这现世镜长什么样子，又从哪里获得？"

白素轻轻咬牙，最后一片蛇鳞从茧中飞出，落在苏奈的手心，还带着余温："在扶桑国，这鳞片会带你去，尽快。"

苏奈撒腿向洞外跑去："我会尽快取来，大姐姐，你一定要等我！"

她停顿一下，又回头，"对了，大姐姐，苗珊珊她去清一仙宗了，我……"

"我晓得。"白素奄奄一息，声音中却有一种极为镇静的冷，令苏奈感到彻骨冰冷，"她的路已经与你不同了。这是她自己选的。"

白素注视着苏奈的背影，还有她身上流转的灵气，隐约叹息一声："奈奈，你现在还想要做狐狸精吗？"

苏奈的脚步一顿，咽口唾沫，大声道："大姐姐，等我先拿了现世镜，我一定会努力采补到男人的！"

"……不是这个意思。"白素彻底昏迷过去。

等白素再度转醒，苏奈已经离开，洞中无人。墙上、地上的鳞片全部被拔了出来，整齐地堆在墙角，蛇洞被收拾得干干净净，一尘不染。白素微微睁开双眼，目之所及，地上有一枝盛开的白花，对着她开着，随风轻轻摇曳。

此时的苏奈将狐狸洞和猫窝都封存住，又用藤蔓将蛇洞护好。她把有毒公子的那些东西打了个包，抱在怀里，坐在山脚，等着和她方向一致的过路的船。

红毛狐狸最后回头看了一眼那座小山，纵身一跃，来到一条商船上，随后趁左右无人，直起身子，又变成一个妖媚动人的小妇人，抚摸一下鬓发，钻进船篷内。

没有钱，只能逃票了。

商船分拂水面而过，回望身后，青山已远。

**图书在版编目（CIP）数据**

苍生渡 : 全 2 册 / 白羽摘雕弓著 . -- 南京 : 江苏
凤凰文艺出版社 , 2025. 6. -- ISBN 978-7-5594-9373-6

I. I247.5

中国国家版本馆CIP数据核字第202585JK42号

# 苍生渡：全 2 册

白羽摘雕弓　著

| | |
|---|---|
| 责任编辑 | 耿少萍 |
| 策划编辑 | 宅 |
| 封面设计 | 光学单位 |
| 责任印制 | 杨　丹 |
| 出版发行 | 江苏凤凰文艺出版社 |
| | 南京市中央路 165 号，邮编：210009 |
| 网　　址 | http://www.jswenyi.com |
| 印　　刷 | 三河市九洲财鑫印刷有限公司 |
| 开　　本 | 880 毫米 × 1230 毫米　1/32 |
| 印　　张 | 19 |
| 字　　数 | 623 千字 |
| 版　　次 | 2025 年 6 月第 1 版 |
| 印　　次 | 2025 年 6 月第 1 次印刷 |
| 标准书号 | ISBN 978-7-5594-9373-6 |
| 定　　价 | 69.80 元（全 2 册） |

江苏凤凰文艺版图书凡印刷、装订错误，可向出版社调换，联系电话 025-83280257